TOUTES les matières

1re et 2e années

SAM

Support à l'action managériale

Objectif BTS

W0375470

OPTIMISATION DES PROCESSUS ADMINISTRATIFS
GESTION DE PROJET
Anne-Christine DRAY
Florence FOURNIER

COLLABORATION À LA GESTION DES RESSOURCES HUMAINES
Delphine ROBERJOT-DUTHION

CEJM
Bruno BONNEFOUS
Marc GÉRONIMI
David LECCIA

CULTURE GÉNÉRALE ET EXPRESSION
Émilie DHÉRIN

ANGLAIS
Corinne DENIS

ESPAGNOL
Oscar TORRES VERA

hachette
ÉDUCATION

PAPIER À BASE DE FIBRES CERTIFIÉES

hachette s'engage pour l'environnement en réduisant l'empreinte carbone de ses livres. Celle de cet exemplaire est de :
1,5 Kg éq. CO_2
Rendez-vous sur www.hachette-durable.fr

Crédits photographiques

P. 340 : © By courtesy of Julian Hartnoll/Bridgeman Images ;
p. 345 : © Shutterstock ; **p. 346** : © Tarker/Bridgeman Images ;
p. 348 : © Everett Collection/Bridgeman Images ;
p. 353 gauche : © Shutterstock ; **p. 353 droite** : © Shutterstock ;
p. 356 : © Shutterstock ; **p. 357** : © Shutterstock ;
p. 359 : © Bridgeman Images ; **p. 363 haut** : © Shutterstock ;
p. 363 bas : © Shutterstock ; **p. 370 haut** : © Shutterstock ;
p. 370 milieu : © Shutterstock ; **p. 370 bas** : © Shutterstock.

Réalisation

Mise en pages et schémas : CB Defretin
Couverture : Stéphanie Benoit
Édition : Jean-Benoit Ormal-Grenon, Emmanuelle Saint

ISBN : 978-2-01-715089-3
www. parascolaire.hachette-education.com

Sommaire

BTS SUPPORT À L'ACTION MANAGÉRIALE							
Intitulés et coefficients des épreuves et unités			Voie scolaire dans un établissement public ou privé sous contrat, CFA ou section d'apprentissage habilité, formation professionnelle continue dans les établissements publics habilités		Formation professionnelle continue dans les établissements publics habilités	Voie scolaire dans un établissement privé, CFA ou section d'apprentissage non habilité, formation professionnelle continue dans les établissements publics non habilités ou en établissement privé, enseignement à distance, candidats justifiant de 3 ans d'expérience professionnelle	
Épreuves	**Unités**	**Coef.**	**Forme**	**Durée**	**Évaluation en cours de formation**	**Forme ponctuelle**	**Durée**
E1 Culture générale et Expression	U1	3	Ponctuelle Écrite	4 heures	CCF 3 situations d'évaluation	Écrite	4 heures
E2 Expression et culture en langues vivantes étrangères			Ponctuelle				
Sous-épreuve E21 Langue A*	U21	2	Écrite Orale	2 heures 20 minutes	CCF 4 situations d'évaluation	Écrite Orale	2 heures 20 minutes
Sous-épreuve E22 Langue B*	U22	1	Écrite Orale	2 heures 20 minutes	CCF 4 situations d'évaluation	Écrite Orale	2 heures 20 minutes
E3 Culture économique, juridique et managériale	U3	3	Ponctuelle Écrite	4h	CCF 2 situations d'évaluation	Écrite	4h
E4 Optimisation des processus administratifs	U4	4	Ponctuelle Orale	55 minutes	CCF 1 situation d'évaluation orale	Orale	55 minutes
E5 Gestion de projet	U5	4	CCF 2 situations d'évaluation	Situation A : 15 minutes Situation B : 1 heure 15 minutes	CCF 1 situation d'évaluation	Orale et pratique	1 heure 30 minutes
E6 Collaboration à la gestion des ressources humaines	U6	4	Ponctuelle Écrite	4 heures	Ponctuelle Écrite	Écrite	4 heures
EF 1* Langue vivante étrangère C****			Ponctuelle orale	20 minutes	Orale	Orale	20 minutes
EF 2* Module de parcours individualisé**			Ponctuelle orale	20 minutes	Orale	Orale	30 minutes

* Liste des langues autorisées : anglais, allemand, arabe, chinois, espagnol, italien, portugais, russe, japonais et hébreu. L'une des deux langues vivantes étrangères choisies par la candidate ou le candidat est l'anglais.

** La langue vivante étrangère choisie au titre de l'épreuve facultative est obligatoirement différente de celles choisies au titre de l'épreuve obligatoire.

*** Pour ces deux épreuves facultatives, seuls comptent les points au-dessus de la moyenne.

Optimisation des processus administratifs

COMPRENDRE EN VIDÉO Retrouvez tous nos tutos vidéos sur notre chaîne YouTube « Objectif BTS Hachette ».

L'ÉPREUVE Présentation de l'épreuve d'optimisation des processus administratifs

Épreuve ora
Durée : 55 min
Coefficient :

1 L'objectif de l'épreuve

L'épreuve vise à évaluer les compétences acquises et décrites dans le bloc 1 du BTS SAM :

- **conduire** l'action administrative en appui aux membres de l'entité ;
- **conduire** l'action administrative en gestionnaire de dossiers ;
- **contribuer** à la pérennisation des processus ;
- **rationaliser** l'usage des ressources de l'entité.

2 Les modalités d'évaluation

Il s'agit d'une épreuve orale qui se déroule sous forme ponctuelle. **Elle s'appuie sur la constitution d'un dossier et sur la prestation orale du candidat.**

3 Le contenu du dossier

- **Le dossier est élaboré par le candidat de façon personnelle, à l'aide d'outils numériques.**

Il est constitué de **4 fiches expliquant les missions effectuées par le candidat et correspondant aux 4 activités du bloc 1 des compétences, à savoir :**
– 1 fiche correspondant à l'activité 1 : **Support opérationnel aux membres de l'entité** ;
– 1 fiche correspondant à l'activité 2 : **Amélioration continue des processus** ;
– 1 fiche correspondant à l'activité 3 : **Gestion des dossiers en responsabilité** ;
– 1 fiche correspondant à l'activité 4 : **Gestion des ressources de l'entité**.

Remarque

Le candidat doit produire **2 fiches réalisées dans un contexte international.**

- **Chaque fiche doit contenir les informations suivantes :**

– la date ou la période de réalisation ainsi que la durée totale ;
– la compétence visée ;
– le ou les objectifs poursuivis ;
– la méthodologie et les moyens mobilisés pour la réalisation de la mission ;
– les productions réalisées ;
– les résultats obtenus ;
– les initiatives et responsabilités prises par le candidat ;
– une analyse réflexive de l'action du candidat.

- **Les missions présentées ont été réalisées en cours de la formation,** y compris durant les stages effectués en milieu professionnel pour les candidats en formation initiale. Pour les candidats en alternance, les missions présentées doivent avoir été effectuées uniquement en milieu professionnel.

• **Le dossier complet est constitué :**
– d'un sommaire ;
– des 4 fiches décrivant les missions dans chaque activité du bloc 1 ;
– de l'attestation du candidat de non-plagiat ;
– des attestations de stage pour les candidats en formation initiale ;
– des contrats de professionnalisation pour les candidats en alternance.

4 Le déroulement de l'épreuve

L'épreuve se déroule en deux phases. Le jury est composé de deux membres.

A 1re phase (25 min maximum)

• Le candidat présente son parcours de professionnalisation et les missions proposées dans son dossier.

• Ensuite, le candidat expose les 4 missions en étayant son propos avec tout document à sa convenance. Le candidat peut donc utiliser tout support et mobiliser les outils de communication numérique pour démontrer ses compétences.

Remarque

Le jury n'interrompt pas le candidat.

B 2e phase (30 min maximum)

Le jury conduit un entretien avec le candidat portant sur les missions présentées, les choix ou les décisions prises afin d'apprécier l'acquisition des compétences visées.

Conseil

Connaissez bien votre entreprise, préparez-vous activement à passer un oral et constituez un dossier complet avec tous les documents utiles à l'explication des missions.

1 L'organisation du poste de travail

Le poste de travail est l'endroit (le bureau et son équipement) où les collaborateurs d'une entreprise effectuent leur travail. Les ressources matérielles et numériques mises à leur disposition doivent être configurées de façon optimale : téléphones, ordinateurs, imprimantes, scanners, copieurs...

1 La composition d'un poste de travail

• **Matériel :** bureau, chaise, retour pour poste informatique, bannettes, éphémérides ou agenda, petites fournitures (blocs, stylos...).

• **Téléphonie :** téléphone fixe et/ou portable.

• **Informatique :**
– **périphériques d'entrée :** souris, clavier, webcam intégrée, micro-casque audio... ;
– **périphériques de sortie :** écran, imprimante, copieur, haut-parleurs, vidéoprojecteur, disque dur externe, clé USB... ;
– **matériels nomades :** portables (PC et téléphones) et tablettes électroniques sont de plus en plus utilisés en entreprise, notamment par les équipes commerciales à qui ils permettent de créer, consulter ou modifier en direct les différents documents stockés dans le ***cloud*** (nuage) de l'entreprise.
Ce matériel est généralement connecté au serveur central d'une entreprise ainsi qu'au réseau WIFI.

Remarque

Le *cloud* exploite la puissance de stockage de serveurs informatiques distants par l'intermédiaire d'Internet afin de récupérer des fichiers, des photos... sur n'importe quel poste informatique, smartphone ou tablette.

2 Les systèmes d'exploitation

• **Les systèmes d'exploitation** (de l'anglais « OS », *operating system*) sont un ensemble de programmes qui dirigent l'utilisation des ressources d'un ordinateur par des logiciels d'applications. Ils sont généralement préinstallés sur les ordinateurs (MacOS ou OS sur les Mac, Windows sur les PC).

• **Linux** est un système d'exploitation qui s'appuie sur le « noyau Linux », un logiciel libre que les utilisateurs (expérimentés !) peuvent modifier et améliorer en intervenant sur le code source.

3 Les messageries électroniques

• **L'utilisation de la messagerie Outlook** est généralisée dans les entreprises. Il existe toutefois d'autres logiciels de messagerie tels que Gmail ou Thunderbird.

• **Les entreprises** utilisent bien d'autres outils pour communiquer : échanges visuels (Skype, visioconférence), messageries instantanées...

• **Les messageries électroniques** proposent de multiples paramétrages pour gérer les messages ; pour paramétrer une règle dans Outlook, il suffit d'aller dans « Accueil/Règle » et « Créer une règle ».

Exemples de paramètres de messagerie

Carnet d'adresse	Intégrer tous les contacts professionnels internes et externes et en gérer l'organisation
Dossiers (ou libellés ou catégories)	Créer et gérer une arborescence afin de trier et classer les différents courriels
Règles de filtrage des courriels	Paramétrer des règles d'arrivée et de départ des courriels
Listes (ou groupes) de diffusion	Créer des listes de diffusion groupées par catégorie de contacts et en gérer la distribution
Signature automatique	Intégrer une signature automatique et personnalisée dans l'envoi des courriels

4 Les ressources logicielles les plus utilisées

Certains logiciels sont presque incontournables dans les organisations. Il est important de pouvoir les identifier ainsi que leur fonction.

A Les navigateurs Internet

• Ils servent à rechercher des informations, à créer des alertes pour de la veille, à gérer l'image extérieure de l'entreprise…

• Les plus courants sont **Google Chrome**, **Mozilla Firefox**, **Safari** (intégré à Apple pour Mac), **Microsoft Edge** (intégré à Windows 10).

B Les logiciels de bureautique

• **Le Pack Office** de Microsoft est la suite bureautique la plus utilisée ; elle est composée de multiples logiciels :

Word	Traitement de texte pour créer et modéliser des documents
Excel	Tableur, base de données, planifications
Powerpoint	Présentation sur vidéoprojecteur
Access	• Logiciel de bases de données sous forme de tables, relations, requêtes, formulaires, états, macros, VB. • Une base de données Access peut être constituée d'un seul fichier.
Publisher	Publication assistée par ordinateur pour créer des invitations, des bulletins d'information, des prospectus, des flyers

• Ces versions sont également disponibles sous Google sous forme d'application avec les mêmes fonctionnalités.

• **Il existe des logiciels de bureautique libres et gratuits** tels que **Open office Writer**, Calc, Base, Impress.

Voir pp. 23 et 45

• **Les entreprises utilisent aussi des PGI** (progiciels de gestion intégrés) propres à leur activité ou des **PMS** (*Project Management System*) et ont recours à la **GED** (gestion électronique de documents) en matière d'archivage.

Remarque

Il est possible d'utiliser les logiciels de stockage du *cloud* (Dropbox, Google Drive, ICloud…).

2 La communication orale interpersonnelle

La communication orale interpersonnelle est une autre façon de dire que deux personnes échangent à l'oral.
Les **acteurs internes** sont les collaborateurs commerciaux ou administratifs de l'entreprise, qu'ils soient sur place ou délocalisés.
Les **acteurs externes** sont les intervenants extérieurs à l'entreprise (clients, fournisseurs, sous-traitants, banquiers...).

1 Les interlocuteurs de la communication orale

• **On peut communiquer avec un ou plusieurs acteurs.** Il existe donc différentes sortes de communications :
– **interpersonnelle :** entre deux interlocuteurs ;
– **de groupe :** entre plusieurs interlocuteurs ;
– **de masse :** en utilisant des supports (TV, publicité, radios...).

• **Pour bien définir à qui l'on s'adresse,** il faut prendre en compte :
– **le statut de l'interlocuteur** (la place donnée à un individu dans un groupe ou une entreprise) ;
– **son rôle dans l'entreprise** (l'ensemble des comportements attendus d'une personne en relation avec la fonction qu'elle occupe) ;
– **sa personnalité** (ses traits de caractère) ;
– **sa culture** (commune avec les autres membres du groupe ou différente).

2 Le message

A Les composantes d'un message

• Deux interlocuteurs (et davantage) sont simultanément **émetteurs** et **récepteurs** et exercent une influence réciproque l'un sur l'autre ; on parle alors d'**interaction.**

• Cette communication s'appuie sur une chaîne d'interaction dynamique et complexe qui repose sur des **signes verbaux** (mots, expressions), **non verbaux** (gestuelle, posture) et **paraverbaux** (voix, regard, intonation, débit de parole). Tous ces signes concourent pour véhiculer une **signification au message**.

• Le message comporte un **sens explicite** (clairement exprimé) et un **sens implicite** (sous-entendu), un **contenu informatif** et une **définition de la relation** entre les interlocuteurs. Tout message échangé comprend donc un double niveau.

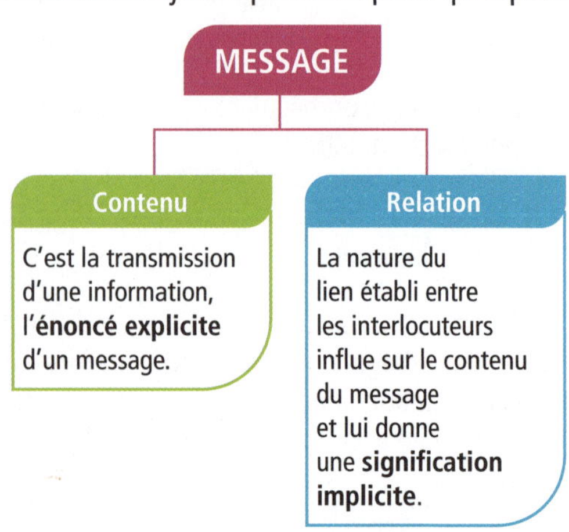

B Les types de communication

- **La communication formelle** entre deux interlocuteurs est une communication cadrée, souvent programmée (réunion, rendez-vous, entretien) et a un caractère obligatoire.

- **La communication informelle** s'effectue dans divers endroits de l'entreprise au hasard des rencontres des salariés (cafétéria, couloirs, photocopieuse...). C'est souvent par ce type de communication que circulent les informations sur la vie de l'entreprise.

Remarque

Dans les communications informelles, la circulation de rumeurs peut nuire au bon fonctionnement de l'organisation.

3 Les enjeux de la communication

- **Tout échange comporte des enjeux,** c'est-à-dire ce qui se joue pour les interlocuteurs pendant l'échange.

- **Arriver à définir les enjeux** dans une situation de communication permet d'interagir avec plus d'efficacité.

Exemples d'enjeux

Informatif	Informer autrui
Identitaire	Se positionner dans la relation, défendre son opinion
Territorial	Respecter l'espace (physique et symbolique) de chacun
D'influence	Influencer autrui
Relationnel	Concrétisation de la relation humaine
Normatif	Élaborer des normes relationnelles
Opératoire	Atteindre l'objectif fixé

Définitions

Territoire physique : espace invisible qui nous entoure et dont l'intrusion peut être ressentie comme une agression.
Territoire symbolique : ce que l'on ne veut pas rendre public, la préservation de la sphère privée.

- **Pour atteindre leur objectif,** les acteurs s'appuient également sur des **stratégies** :
– **conscientes** (mises en place consciemment pour atteindre un objectif) ;
– ou **inconscientes** (qui émanent de la personnalité, du charisme ou de l'autorité naturelle de l'interlocuteur).
Arriver à les distinguer permet de mieux communiquer.

Exemple Un interlocuteur peut chercher consciemment à en influencer un autre par la manipulation ou la séduction, ou en l'évitant, en faisant semblant de ne pas le voir, en restant dans l'inertie.

4 L'écoute active

- Il est également important en situation orale de faire preuve **d'écoute active**, c'est-à-dire de questionner, de reformuler et de synthétiser les informations reçues et d'utiliser l'**empathie**.

- L'empathie consiste à **se mettre à la place d'autrui**, à avoir la capacité de ressentir les émotions de quelqu'un.

Remarque

Écoute active et empathie sont deux techniques couramment utilisées dans la prise de notes ou lors d'informations données par un tiers.

3 L'accueil des visiteurs

Accueillir un visiteur (français ou étranger) obéit à quelques règles simples mais importantes pour l'image de l'entreprise.

1 L'accueil physique

A Les étapes de l'accueil

- étape 1 Vérifier les procédures d'accueil de l'entreprise
- étape 2 Se renseigner sur la qualité des personnes à accueillir
- étape 3 Établir un premier contact visuel
- étape 4 Se lever, saluer en personnalisant l'accueil (*Bonjour M. … / Mme …*)
- étape 5 Pratiquer l'écoute active en questionnant et en reformulant la demande du visiteur
- étape 6 Noter d'éventuelles informations
- étape 7 Prendre la pièce d'identité et donner un badge si la procédure l'exige

S'il n'existe pas de procédure d'accueil dans l'entreprise, vous pouvez en créer une et la proposer à votre hiérarchie.

B Identifier les besoins

Il s'agit d'identifier la **raison de la présence de l'interlocuteur** afin de pouvoir répondre à ses besoins. Il faut pour cela **poser des questions**.

Exemples

Bonjour Monsieur/Madame, puis-je vous aider ?
Pouvez-vous me confirmer votre nom ?
Puis-je vous renseigner ?
Avez-vous rendez-vous ?

Conseil

Votre présentation doit être soignée, car vous êtes la première image que le visiteur a de l'entreprise.

C Faire patienter un visiteur

Le visiteur peut être dirigé vers une salle d'attente. Il est alors nécessaire de :
– le rassurer sur son temps d'attente ;
– lui proposer une boisson ;
– revenir vers lui si le temps d'attente dépasse 10 minutes.

Exemples
Puis-je vous proposer une boisson chaude ou froide ?
Madame Bernard arrive dans 2 minutes.
M. Martin aura 10 minutes de retard, il vous prie de l'excuser.
Pouvez-vous prendre l'ascenseur pour vous rendre au 2e étage où vous attend Mme Bernard ?

D Prendre congé d'un visiteur

La prise de congé doit être courtoise et agréable.

Récupérer le badge visiteur → Rendre la pièce d'identité → Prendre congé de manière polie

Exemples
Merci M. Martin, je vous souhaite une agréable journée.
Au revoir Madame, bon voyage.

2 L'accueil téléphonique

A Prendre un appel

La règle est de décrocher avant la 3e sonnerie. Cela renforce la bonne image de l'entreprise et du service en prouvant la réactivité des membres de l'équipe.
– Se présenter en décrochant : « Société IMAGE, Joséphine Delcourt à votre écoute ! »
– Pratiquer l'écoute active en **questionnant** et en **reformulant** la demande de l'interlocuteur.
– Noter les renseignements concernant l'interlocuteur et sa demande afin de l'orienter ou de lui répondre correctement.

Conseil
Au téléphone, le sourire s'entend !

B Prendre congé d'un appel

Remercier l'interlocuteur de son appel, le saluer selon les règles simples de politesse et attendre qu'il ait raccroché avant de reposer le combiné.

C Filtrer un appel téléphonique

L'assistant réceptionne de nombreux appels à destination de son manager. Il doit donc être attentif à ne pas le déranger sans arrêt et savoir filtrer les appels.

- **Pour les appels de démarcheurs :**

– ne jamais donner le nom du manager ;
– prendre les coordonnées et les informations à transmettre ;
– prendre congé de l'interlocuteur.

- **Si le manager a donné des consignes précises :**

– expliquer la raison du filtrage (« il est en rendez-vous / en réunion ») ;
– prendre les coordonnées et les informations à transmettre ;
– proposer une heure ou une date de rappel (soit par vous, soit par votre manager).

3 L'accueil en langue étrangère

- Il faut prendre en compte la nationalité du visiteur ou de l'interlocuteur et adapter son discours.
- Que ce soit en face à face ou au téléphone, les mêmes règles s'appliquent.

Exemples

Français	Anglais
Je suis désolée, M. Martin n'est pas disponible	*I am sorry, but Mr Martin is not available right now.*
Voulez-vous me donner votre nom et vos coordonnées téléphoniques pour qu'il/elle puisse vous rappeler rapidement ?	*Would you like to give me your name and phone number? I'll ask him/her to call you back as soon as possible.*
Il/elle est actuellement en réunion.	*He/she is in a meeting right now.*
Souhaitez-vous rappeler à 14 h ?	*Would you mind calling back at 2 o'clock?*
Je vous mets en relation avec Mme / M. ..., veuillez patienter.	*I'll put you through to Mr / Ms..., please hold the line.*

4 La communication écrite

Dans toute entreprise, on peut constater le nombre croissant de messages entrants, circulants et sortants.
Toute organisation a besoin de communiquer par écrit en interne, de manière ascendante et descendante, et en externe.

1 Les différents écrits professionnels en interne

• Un écrit peut :
– représenter une économie ;
– venir en complément d'une communication orale ou permettre d'éviter une communication orale ;
– jouer un rôle d'aide-mémoire ;
– avoir un rôle juridique.

A Les types d'écrits internes à l'entreprise

Note d'information ou de service	• Transmission d'informations au personnel • Utilisé par la hiérarchie dans un cadre formel • Diffusion par voie d'affichage en support papier ou numérique
Compte-rendu	• Établi suite à une réunion, rapporte toutes les discussions et décisions prises • Diffusé par voie d'affichage en support papier ou numérique
Procès verbal	• Caractère formel et juridique • Établi lors de réunions spécifiques : assemblées générales, conseils d'administration ou de directoire • Support papier
Rapport Note de synthèse	• Analyse de documents, d'un problème et proposition de solutions pour une aide à la prise de décision • Support papier ou numérique
Diaporama	• Employé lors d'une présentation en groupe afin d'étayer les propos de l'interlocuteur • Diffusion via un logiciel dédié et projeté
SMS / MMS	• Transmet une courte information ou demande à un collaborateur • Diffusion via un téléphone portable
Messagerie instantanée	• Permet des échanges directs et synchrones avec des collaborateurs • Diffusion par voie électronique par le biais d'applications dédiées

• On trouve également en entreprise :
– les affiches obligatoires (signalisation, règles à respecter) ;
– les livrets d'accueil ;
– les journaux internes (*via* l'intranet ou en support papier) ;
– les revues de presse (*via* les courriels, intranet ou support papier).

Exemple de présentation d'une note de service

Le logo ou le nom de l'entreprise → Logo

Numéro, date et objet obligatoires → Note de service n° 224

L'émetteur est une direction, un service ou une personne → Émetteur

En copie pour information : une ou plusieurs personnes → Pour information

Récepteur de la demande : une ou plusieurs personnes → Pour action

Logo	**Note de service n° 224** Date : 15/04/X Objet : Modification catalogue	
Émetteur : Direction Commerciale	**Destinataires :** **Pour action :** M. Médec Responsable catalogue	**Pour information :** M. Maurel Inspecteur commercial

Au cours de la réunion annuelle de février, les visiteurs médicaux ont formulé des critiques sur la lisibilité du catalogue.

En conséquence, vous voudrez bien réfléchir à une nouvelle présentation permettant une meilleure identification des produits. En particulier, le graphisme général, les types de caractères et les photos des conditionnements pourront être revus.

La maquette devra être soumise aux directeurs lors de la réunion du 29 avril prochain.

Le directeur commercial,
J. Dyro

B Précisions sur le rapport

La rédaction d'un rapport répond à une demande du manager qui a besoin de s'informer sur une question avant de prendre une décision.

- **Le rapport d'étude** analyse une situation et propose des solutions.
- **Le rapport d'opportunité** justifie une importante décision à prendre (investissement, création de poste…).
- **Le rapport de synthèse** ou **note de synthèse** fait le point sur un sujet déterminé. Il est rédigé à la demande d'un cadre et circule de façon ascendante.

Exemple de présentation d'un rapport

En-tête simplifié	Date :
RAPPORT	
Émetteur : nom / fonction	Destinataire : M. …
Objet : rappel de la demande	

L'introduction : se rédige en 3 parties liées.

- **On rappelle le sujet :** le sujet est ramené dans un contexte général ; le lecteur comprendra aisément le thème choisi.
- **On expose le sujet :** on présente au lecteur la manière choisie pour traiter le sujet.
- **On explique le sujet :** le lecteur aura une visibilité sur le développement du sujet (analyse de l'existant, diagnostic et propositions d'amélioration).

La conclusion : elle reprend l'idée directrice et ouvre le sujet sous forme de préconisations.

Signature de l'émetteur

C Précisions sur le compte-rendu

• Le compte-rendu est un texte informatif et rigoureux dont le but est de **préciser et notifier des questions, débats, événements qui se sont déroulés lors d'une réunion**.

• Il permet de **garder une trace des points abordés** à l'ordre du jour et de **planifier les points à traiter** lors de la prochaine réunion. C'est un **outil de synthèse et de suivi**.

• Certains éléments doivent impérativement figurer sur le compte-rendu de réunion ; ils sont indiqués dans le modèle ci-contre.

Exemple de présentation d'un compte-rendu

<table>
<tr><td>Logo / en-tête simplifié de l'entreprise</td><td colspan="3">Compte rendu réunion … du ... (date)</td></tr>
<tr><td rowspan="3">Date :</td><td colspan="3">Objet : Projet xxx</td></tr>
<tr><td>Présents :</td><td>Absents :</td><td>Excusés :</td></tr>
<tr><td>Noms / fonctions</td><td>Noms / fonctions</td><td>Noms / fonctions</td></tr>
<tr><td colspan="4">Ordre du jour :
- Point 1 : …
- Point 2 : …</td></tr>
<tr><td colspan="4">L'introduction reprend l'ordre du jour (les questions qui seront abordées) et précise les présents et les absents.
Le développement reprend toutes les discussions (dans leur ensemble) et les décisions prises ou à prendre par les différents interlocuteurs.
La conclusion termine la séance (la réunion) et indique une éventuelle date de prochaine réunion.
Signature, nom et fonction du rédacteur</td></tr>
</table>

2 Écrits professionnels en interne et en externe

Les écrits professionnels (courriers, courriels) diffusés en externe représentent l'image de l'entreprise. Ils doivent donc être **structurés**, précis, concis, rédigés à l'aide de phrases simples et courtes et aller directement à l'essentiel.

A Les types d'écrits internes et externes à l'entreprise

Courriel	• Transmission d'informations, demandes diverses, traitement d'une demande... • Soumis aux règles de la nétiquette • Diffusion par voie électronique
Courrier	• Établi dans un cadre commercial en réponse à des demandes de clients ou de fournisseurs, un cadre administratif (URSSAF, inspection du travail) ou un cadre juridique (lettres d'embauche, avertissements...) • Diffusion par support papier, voie postale ou électronique en pièce jointe
Questionnaire	• Pour recueillir des informations, des avis sur des actions ou des prévisions d'actions • Diffusion par support papier, par voie postale ou électronique
Diaporama	• Accompagne un interlocuteur lors d'une présentation en extérieur • Diffusion via un logiciel dédié et projeté
SMS / MMS	• Transmet une courte information ou demande • Peut être utilisé dans le cadre promotionnel • Diffusion via un téléphone portable
Messagerie instantanée	• Pour des échanges directs et en temps réel avec des fournisseurs ou clients • Diffusion par voie électronique par le biais d'applications dédiées

• **La nétiquette est l'équivalent d'une charte implicite** utilisée pour s'exprimer sur Internet ou par messagerie électronique. Les règles à respecter sont simples :
– éviter d'écrire en lettres majuscules, cela l'indique l'agressivité ;
– l'objet d'un courriel doit être très court, avec des mots-clés ;
– le contenu du courriel doit être structuré ;
– il faut limiter l'utilisation des smileys et éviter la couleur rouge ;
– la formule de politesse doit être courte (« Cordialement », « Bien à vous »...) ;
– la signature doit être lisible, elle fait souvent office de carte de visite.

B La construction d'un courrier commercial

• **L'introduction ne doit pas faire double emploi avec le développement.** Sa rédaction dépend du type de lettre :

– en réponse à un courrier :

étape 1 Accuser réception de la lettre,

étape 2 donner sa date ou sa référence chronologique,

étape 3 rappeler son objet (possibilité d'exprimer en plus la surprise, le plaisir ou le regret).

– en confirmation d'une lettre restée sans réponse :

étape 1 Rappeler le premier courrier, sa date, ou sa référence,

étape 2 rappeler son objet (on peut joindre une photocopie de la 1re lettre) ;

– autres sortes de lettres : entrer directement dans le sujet et exposer les raisons de cette communication.

• **Le rôle du développement** est de faire connaître de façon précise et détaillée l'**objectif de la lettre** et **son but véritable**. On expose les faits dans l'ordre chronologique pour développer les raisons d'une attitude positive ou négative ; l'utilisation des mots de liaison au début des paragraphes permettra un enchaînement harmonieux des arguments.

C Le plan du courrier commercial

Plan du courrier	Exemples
Le passé : rappel des faits	*Nous avons bien reçu votre lettre du ... concernant nos changements de produits...*
Le présent : explication de la situation présente en rapport avec le rappel des faits	*L'évolution technologique étant très rapide dans notre secteur d'activité, nous avons dû nous perfectionner sur les produits de notre catalogue...*
Le futur : annonce des conséquences liées à l'action	*De ce fait, nous avons remplacé tous les produits obsolètes par des nouveaux plus performants et parfaitement compatibles avec...*
Souhaits pour le futur ou action attendue : formule de conclusion	*Nous espérons que ces innovations s'intègreront parfaitement dans votre production et...*
Formule de politesse	*Nous vous prions d'agréer, Madame, Monsieur ..., l'expression de nos salutations distinguées.*

D Les courriels

La structure des courriels est similaire à celles des courriers. La différence tient :
– **dans la civilité** (« bonjour Monsieur, Madame » ou en nommant directement la personne) ;
– **dans les formules de politesses** plus directes (« Cordialement », « Bien cordialement », « Bien à vous »).
– on utilise des mots-clés en objet et on évite d'écrire un courriel trop long.

3 Les règles de rédaction et de présentation

A Les règles générales d'écriture

• **Quel que soit le support,** pour bien écrire il faut respecter certaines règles importantes :
– **se mettre à la place du destinataire** car c'est lui qui va vous lire ;
– **écrire l'essentiel** ;
– **ne pas répéter** deux fois la même information sous deux formes différentes ;
– **utiliser des mots courts** et des expressions courtes, **un vocabulaire simple**, varié, vivant, précis, des verbes d'action et des données chiffrées sans équivoque ;
– **construire des phrases courtes** : sujet, verbe, complément… et émettre **une seule idée par paragraphe**.

Conseils
• Pensez à l'impact du message : bien écrire pour s'assurer d'être lu !
• Respectez les règles typographiques : espaces, ponctuation, présentation.

B Les normes à respecter pour présenter un courrier

La présentation des courriers diffère selon que l'on écrit à un correspondant français ou anglo-saxon.

	En français	En anglais
Marge gauche	2,5 cm	
Adresse de l'expéditeur, nom de la société	En en-tête	En haut à droite
Bloc destinataire	À 9 cm de la marge gauche	À gauche
Date	Au même niveau que le bloc destinataire	Alignée sur l'adresse de l'expéditeur
Références des courriers	Les majuscules sont les initiales du signataire ; les minuscules celles de la personne qui a saisi la lettre *Ex.* : Vos réf : NB/fc/2018002 Nos réf : JL/sc/20182808	Les références du destinataire sont placées à gauche
Objet	Doit être très court. *Ex.* : v/facture N°…	
Formule de salutation	Cher Monsieur, Chère Madame Madame, Monsieur	Avec le nom s'il est connu, sinon en utilisant *Dear Sir* ou *Dear Madam*

	En français	En anglais
Formule de politesse	6 interlignes entre la formule de politesse et la signature	Varie selon le degré de connaissance de la personne Ex. : *Yours sincerely*
Signature	Les nom, prénom et fonction du signataire à 9 cm	Les nom/prénom et fonction du signataire à gauche

Exercice d'entraînement

Corrigé p. 93

Vous êtes assistant(e) formation chez Forma+ à Cannes, en charge du catalogue des formations. Le 10 août, votre manager vous demande de répondre à la lettre reçue le 28 juillet du client Berger Bois, 24 Chemin de la Passerelle, 06140 Mouans-Sartou, représenté par Alexis Gontrand, DRH, concernant sa demande de catalogue de formations en management pour l'année 2019.

Présentez ce courrier en respectant les normes et les règles d'un courrier commercial.

5 La gestion des conflits

Il y a conflit lorsque la notion d'un enjeu est différente pour l'un des acteurs d'un groupe. Le conflit peut être latent ou énoncé clairement.
Une équipe qui fonctionne bien est une équipe dans laquelle les conflits sont identifiés et résolus, voire anticipés ; c'est l'assurance d'avoir une atmosphère de travail positive et une bonne performance.
L'assistant(e) de manager peut percevoir les conflits dans une équipe et aider à les régler.

1 Les différents types de conflits

- **Le conflit latent** est un conflit existant mais non exprimé, voire refoulé. Il se manifeste par des non-dits, de l'absentéisme, de la démotivation.

- **Le conflit ouvert** est un conflit exprimé par l'une ou l'autre des parties de manière vive, souvent avec colère. Il se manifeste par des paroles excessives, des cris ou des pleurs.

- **Un désaccord** est une opposition entre deux ou plusieurs personnes sans enjeu pour l'une ou l'autre. Un désaccord peut se régler rapidement avec des concessions.

Remarque
S'il n'est pas résolu, un conflit peut entraver une action, une organisation, créer un climat néfaste dans l'organisation.

2 L'identification d'un conflit

Pour résoudre un conflit, il faut en identifier la structure : sa source, sa nature, les parties prenantes.

A Les sources de conflits

Économique	Entreprise en perte de vitesse, revendications salariales…
Social	Mésentente ou opposition entre une direction et les salariés, plan social…
Technologique	Nouveaux matériels, machines, logiciels installés nécessitant des formations
Psychologique	Légitimité sur un poste, nouvelle arrivée d'un collaborateur plus jeune
Relationnel	*A priori* sur des collègues, mauvaise entente au sein d'une équipe

B La nature des conflits

Conflit d'intérêts	Intérêts contradictoires entre les parties
Conflit de pouvoir	Intervient entre deux personnes qui souhaitent conserver ou accéder à un poste, une fonction
Conflit d'identité	Concerne une attitude non conforme à une fonction, à un rôle dans l'organisation
Conflit d'idéologie	Opposition d'idées, de modes de pensée entre plusieurs personnes
Conflit organisationnel	Opposition, réfraction à des nouvelles méthodes d'organisation dans une entreprise

C Les parties prenantes

L'identification des parties prenantes permet de repérer leurs relations et de résoudre plus facilement le conflit en respectant la position de chacune.

Conflit intrapersonnel	Le conflit concerne uniquement la personne elle-même
Conflit interpersonnel	Implication de deux individus
Conflit intragroupe	Apparaît au sein d'un même groupe et peut en modifier le fonctionnement
Conflit intergroupe	Opposition entre deux ou plusieurs groupes

D Les comportements face au conflit

Pour régler le conflit, il faudra agir différemment selon l'attitude des acteurs.

L'évitement	La domination	La collaboration	L'accommodation
• Fuite face au conflit • Évite la confrontation	Fait valoir ses intérêts à tout prix sans tenir compte des autres	Souhait de trouver un consensus pour la satisfaction des deux parties	Privilégie la partie adverse au détriment de ses propres intérêts pour le bon fonctionnement de l'organisation

3 La résolution d'un conflit

Il existe plusieurs façons de résoudre un conflit. Le choix sera fait en fonction de la nature et de l'importance du conflit, et de la volonté des acteurs.

A Les différents modes de résolution d'un conflit

Mode de résolution	Description	Remarque
La voie hiérarchique	Fait appel à un supérieur hiérarchique afin de trancher dans la prise de décision	Ne règle pas vraiment le conflit, il peut rester latent pour un des acteurs
L'arbitrage	L'arbitre prend une décision après concertation avec les différents acteurs	Implique que les parties soient ouvertes à la résolution
La médiation	Le médiateur relaie et guide les discussions, apaise les tensions	Implique que les acteurs soient désireux de résoudre le conflit sereinement
La négociation	Recherche d'un accord entre les parties en utilisant : – l'ajustement (solution satisfaisant les deux parties à partir de leurs propositions) ; – la concession : acceptation de quelque chose ou renoncement ; – le compromis : chaque partie fait des concessions permettant le déblocage du conflit	La négociation peut être « gagnant-gagnant » donc collaborative, ou « gagnant-perdant » donc antagonique

B Aide à la résolution de conflit

Afin de résoudre un conflit, on peut suivre le processus suivant :

Identifier le conflit → Prendre du recul → Évaluer la situation → Pratiquer une écoute active → Avoir de l'empathie → Rechercher des solutions → Garder le self control → Garder sa bonne humeur

6 La gestion des clients

Une organisation fournit un produit ou un service correspondant au besoin d'un client. Cette relation génère des commandes, des bons de livraison et des factures sans oublier la relance clients. Ces documents et processus doivent être parfaitement gérés pour éviter tout incident. Le **respect mutuel des contrats ou accords** passés fait partie intégrante de la **relation gagnant-gagnant** entre une entreprise fournisseur et ses clients.

1 Les documents clients : le circuit d'une commande

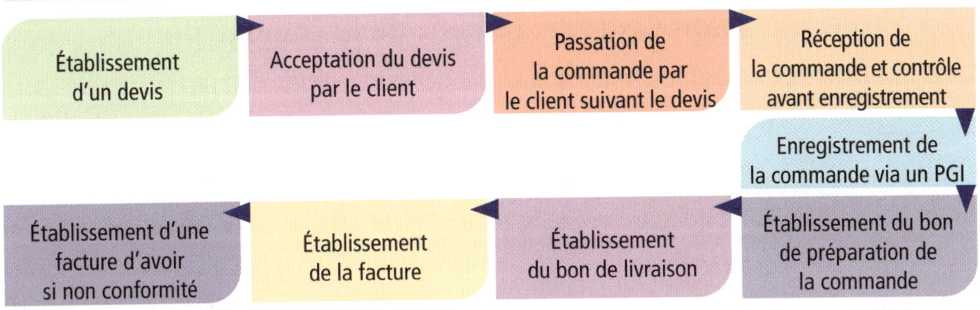

2 L'utilisation des PGI

• **En entreprise, la gestion clients est de plus en plus traitée à l'aide de PGI** (**progiciels de gestion intégrés**) ou **ERP** (*Enterprise Resources Planning*). Les PGI permettent de gérer tous les aspects d'une entreprise : les fichiers et documents clients ainsi que les RH, la paye, les stocks…

• **Les PGI intègrent toutes les étapes du traitement des commandes :**
– émission d'un devis ;
– enregistrement de la commande ;
– gestion des stocks produit ;
– gestion des bons de livraison ;
– gestion de la facturation ;
– gestion des relances clients.

• **Les PGI assurent une vision globale et cohérente** en apportant un support organisationnel à l'entreprise.

Remarque

Quelques noms de PGI : Sage, SAP, Ciel Gestion, EBP...

3 Les différents documents de la gestion clients

A La commande

Une commande est un document écrit ou parfois oral (téléphonique) réclamant un ou plusieurs produits. Elle peut être envoyée par courriel (le plus souvent) ou par courrier, par fax (de plus en plus rare).

Conseil

Accusez toujours réception de la commande d'un client par courrier, courriel ou fax.

Qui ?	• Clients de l'entreprise • Commerciaux terrain qui relaient les commandes
Comment ?	• Par courriel ou sur support papier si elle est relayée par un commercial non informatisé • Par téléphone, par fax
Quelle forme ?	• Message téléphonique • Sur le site Web de l'entreprise • Devis reçu daté et signé (donc accepté) • Bon de commande établi par l'entreprise cliente ou par l'entreprise fournisseur

Exemple À la fin de son rendez-vous, un commercial en visite chez un client peut envoyer un courriel avec le bon de commande signé du client au service commercial de son entreprise.

B Le contrôle avant l'enregistrement de la commande

Il est important de contrôler les commandes avant de les enregistrer dans le PGI.

Qui ?	Vérifie
Les sites d'information sur les sociétés (*infogreffe.fr, kompass.com, société.com*)	La solvabilité d'un client
Le service comptabilité	L'état des créances d'un client déjà enregistré : habilité à fournir des informations sur les règlements en attente ou sur une mise en recouvrement de créances
Le service commercial	Les CDV (conditions générales de vente) établies pour vérifier leur mise à jour
Le service commercial ou service clients	• La conformité du bon de commande • La présence des informations obligatoires sur tout bon de commande envoyé par un client
Le service commercial ou l'ADV (administration des ventes)	L'état des stocks (consultable sur le PGI de l'entreprise) avant la saisie d'une commande pour informer le client en cas de rupture
Le service commercial ou service clients	La présence d'un acompte avec le bon de commande : un acompte peut être demandé pour une commande au-delà d'un certain montant

C Les bons de livraison

• Le bon de livraison reprend toutes les informations du bon de commande en y ajoutant les références des produits commandés, le nom des produits, la quantité commandée et la quantité livrée ou restant à livrer.

• Il est parfois signé du client à réception des marchandises.

Conseil

Vérifiez la commande à réception à l'aide du bon de livraison avant de le signer. En cas de réclamation, vous pourrez prouver l'exactitude des informations ou des manquements relevés.

D Les factures

• **Toute commande livrée et vérifiée** donne lieu à l'établissement d'une facture du fournisseur. C'est un document obligatoire que l'on appelle aussi **facture de doit**.

• **La facture rappelle :**
– le numéro et la date de la facture ;
– les coordonnées du client (adresse de livraison et adresse de facturation) ;
– les références et les libellés des produits ;
– les quantités ;
– le prix unitaire ;
– le prix total HT ;
– le taux de TVA appliqué et le montant calculé ;
– le prix TTC ;
– les frais de port et les éventuelles réductions commerciales accordées ;
– le taux d'intérêt des pénalités de retard.

• **Les conditions de règlement** sont également stipulées dans la facture (par traite, chèque, virement, à 30 jours fin de mois, au comptant).

• **Une facture n'est pas annulable** une fois éditée par le fournisseur. En cas de remboursement, de renvoi de tout ou partie des produits, le fournisseur établit une **facture d'avoir** qui reprend les mêmes informations que la facture d'origine.

4 Les relances clients

Une bonne gestion de la clientèle et des relances de paiements peut éviter des difficultés de trésorerie pour l'entreprise. **Les objectifs de la relance clients** sont :
– la réduction des retards de paiement ;
– une bonne gestion de la trésorerie ;
– une bonne gestion des clients dits « à risques ».

Remarque
Les entreprises gèrent les mises en recouvrement *via* leur service juridique ou par le biais de sociétés spécialisées.

Les diverses possibilités de relances clients

Le commercial en charge du client	Il suit son portefeuille clients à l'aide de son *reporting* clients et peut identifier les défauts de paiement
La direction du service commercial	Envoi d'un courriel si l'appel est resté sans réponse
Le service comptabilité	Envoi d'un 1er courrier de rappel 10 jours après l'échéance
	Envoi d'un 2e courrier de relance 20 jours après l'échéance
Le service comptabilité ou le service juridique	Envoi d'un courrier précisant la mise en recouvrement de l'impayé auprès d'un service juridique si les relances courrier sont restées sans réponse

7 La gestion du temps

Gérer son temps est une affaire de méthode et d'organisation. Cela permet de gagner en efficacité dans les tâches quotidiennes et lors d'une charge de travail exceptionnelle. Plusieurs outils sont à la disposition de l'assistant pour planifier et contrôler le travail.

1 Les outils de planification

COMPRENDRE EN VIDÉO

Voir vidéos : Gantt Project ; le graphe PERT

Outils	Utilisation	Avantages	Inconvénients
Agenda personnel papier	• Constitue une mémoire • Il est conseillé d'avoir un agenda en double et de reporter les RDV de son responsable	• Facile d'utilisation • Coût réduit	• Lourdeur dans la gestion du double agenda • Pas pratique à transporter • Lisibilité pas toujours évidente
Agenda personnel numérique	Logiciel de messagerie électronique sur ordinateur et smartphone	Synchronisation entre le PC du bureau, l'ordinateur portable et le smartphone	Envahit la sphère privée
Agenda partagé numérique	Agenda de plusieurs personnes géré et partagé à partir d'un logiciel de messagerie	Organisation rapide des réunions, réservation des salles et information aux personnes concernées	Une transparence jusque dans la perte d'une certaine confidentialité
Échéancier ou trieur	Divisé en sections de 1 à 31 (jours du mois), de 1 à 12 (les 12 mois), de A à Z, ou en sections thématiques	Gérer son quotidien, hebdomadaire ou mensuel (courriers à traiter, factures à régler, clients à contacter…)	
Calendrier	Accroché au mur ou en sous-main	Visualiser l'année d'un coup d'œil	
Planning	En tableau, permet de planifier et prévoir les actions des personnes, de suivre et contrôler leurs réalisations	Informatisé, permet une saisie et des modifications rapides	
Liste de contrôle	Sur Excel, présente les tâches d'une opération dans un ordre chronologique	Contrôler au fur à mesure la réalisation des opérations	Outil personnel
Doodle	Service en ligne gratuit, utilisé pour choisir une date de réunion avec sondage des participants	On répond en mettant son nom dans une case prévue à cet effet	
Schéma d'ordon-nancement	• **Le réseau PERT** : visualiser l'enchaînement des tâches et calculer le délai de réalisation le plus court • **Le diagramme de Gantt** : mettre en évidence tâche par tâche le temps utilisé et le temps restant et voir les dépassements éventuels	Développer sur le logiciel Gantt Project	Limité à une vingtaine de tâches

8 Les outils de coordination

• La coordination consiste à **définir le meilleur agencement des tâches**.
• De nombreuses méthodes sont utilisées pour optimiser la division du travail, coordonner les acteurs et gérer les projets. Une fois la répartition des rôles et des responsabilités accomplie, la coordination permet un gain de temps important.

1 La matrice des responsabilités

A Son rôle

• La matrice des responsabilités **liste des personnes** pour chaque action prévue sur un projet et décrit leur niveau de responsabilité.

• Elle est utilisée lorsqu'un projet implique un **grand nombre de personnes**. Son objectif est d'éviter les malentendus, les redondances, les dilutions de responsabilités.

B Sa présentation

• On la présente dans un tableau qui fait apparaître :
– en colonne, les **membres de l'équipe**,
– en ligne, les **missions** à réaliser,
– le **rôle** de chaque acteur est précisé par une lettre (un code) placée à l'intersection d'une ligne et d'une colonne. Les lettres utilisées sont légendées en bas du tableau.

Exemple de matrice des responsabilités

Activités	Membres du groupe projet site web		
	Chef de projet	**Rédacteur**	**Web designer**
Élaboration du contenu	R	R	
Définition de l'arborescence	R		R
Iconographie	P	R	P

(les codes sont choisis en fonction de la teneur des responsabilités de chacun)
R : Responsable ; P : Participation

2 Le tableau de répartition des tâches (TRT)

A Son rôle

• **Un outil de contrôle et d'amélioration :** le tableau de répartition des tâches récapitule et comptabilise la durée de l'ensemble des tâches et leur répartition entre les différents acteurs.

• **Son objectif :** fournir l'évaluation et la statistique du temps de travail pour chaque personne et la durée de chaque tâche.

• **Le tableau permet d'analyser la répartition du travail** entre les différents acteurs. Selon les résultats, le manager pourra proposer un nouveau TRT pour équilibrer les temps de travail et ainsi améliorer sa qualité. Il est important d'attribuer les tâches et le temps de travail en fonction des compétences et des missions de chacun.

B Sa présentation

• **Le TRT se présente sous la forme d'un tableau à double entrée :**
– les colonnes représentent les **personnes**,
– les lignes représentent les **tâches** effectuées,
– à l'intersection, on indique le **temps consacré à la tâche** par la personne.
– Une ligne **« total »** indique le **cumul des heures effectuées par personne**,
– une colonne **« total »** indique le **cumul des heures effectuées pour chaque tâche**,
– une colonne **« % »** montre le rapport entre le temps de chaque tâche et le temps total.

Exemple de TRT

TRT service commercial / une semaine (105 h soit 3 × 35h)					
Tâches/opérateurs	Assistant(e)	Commercial 1	Commercial 2	Total	%
Accueil téléphonique	15h	8h	5h	**28h**	37 %
Suivi dossier	10h	2h	3h	**15h**	20 %
Devis	5h	2h	5h	**12h**	16 %
Facturation	5h	0h	1h	**6h**	8 %
Relances paiement	8h	1h	5h	**14h**	19 %
Total	**43h**	**13h**	**19h**	**75h**	**100 %**

• **Commentaire de l'exemple :** sachant que les commerciaux sont aussi en rendez-vous clientèle, ce TRT permet de se rendre compte que l'assistant fait davantage d'heures pour rattraper le peu de temps que les commerciaux consacrent aux tâches administratives et au suivi.

3 Le *workflow*

• Un *workflow* est la représentation d'une suite de tâches ou d'opérations à réaliser et à suivre par les personnes impliquées dans un projet.
• Il permet de représenter visuellement les niveaux d'intervention de chacun et de repérer rapidement les tâches à effectuer ainsi que les documents utilisés.

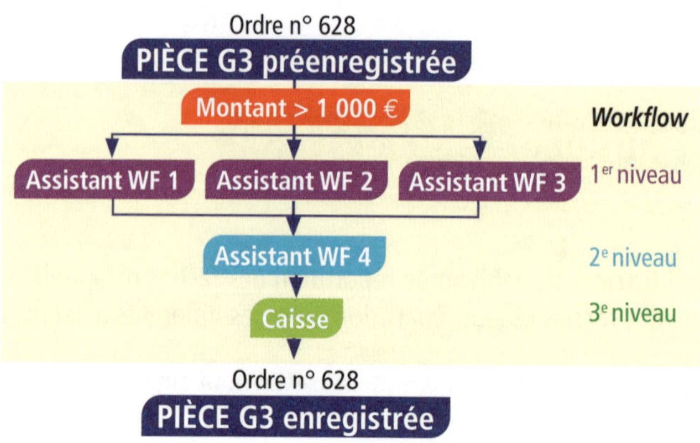

Définition
Workflow : anglicisme pour « flux de travail ».

Exercice d'entraînement

Corrigé p. 93

Au sein de la société Aline & Plan, la formation « Gestion des conflits » est à mettre en place. Il s'agit de déterminer qui y participera et qui sera responsable des différentes tâches à mener. La durée totale du projet est estimée à 90 heures, soit 15 heures par collaborateur réparties équitablement entre les membres du groupe, avec une marge de 20 % (appliquée aux 15h) entre les collaborateurs les plus impliqués et ceux qui le sont moins.

- **Liste des membres**

1. Le directeur général (DG)
2. L'assistant(e) de manager (AM)
3. Le gestionnaire de formation (GF)
4. Le comptable (C)
5. L'assistant(e) RH (ARH)
6. Le directeur RH (DRH)

- **Liste des principales tâches**

A. Rédaction du cahier des charges → AM, ARH, DRH, **DG***
B. Sélection des organismes de formation → GF, **DRH**
C. Appel d'offres → **GF**, AM
D. Tableau comparatif des offres de formation → GF, AM, **DRH**, C
E. Choix de l'organisme de formation → GF, AM, **DRH**, C, DG (pour validation)
F. Passation de la commande → GF, **DRH**
G. Convocation des salariés à la formation → ARH, GF, DRH (validation)
H. Déroulement de la formation → **GF****

* Les collaborateurs dont le code est en gras sont responsables de la tâche, les autres participent seulement.
** La tâche H nécessite la nomination d'un responsable auquel se référer en cas de problème mais les prestations sont assurées par l'organisme de formation externe.

1. Complétez la matrice des responsabilités suivante :

Code	Libellé des tâches						
A	Rédaction du cahier des charges						
B	Sélection des organismes de formation						
C	Appel d'offres						
D	Comparatif des offres de formation						
E	Choix de l'organisme de formation						
F	Commande						
G	Convocation des salariés						
H	Déroulement de la formation						

2. Étudiez le TRT suivant. Qu'en déduisez-vous, que proposez-vous et quelles seront les incidences sur la matrice de responsabilités ?

Ébauche du projet formation « Gestion des conflits » : organisation de la formation								
Codes	**Libellé des tâches**	**Directeur Général**	**AM**	**Gestionnaire de formation**	**Comptable**	**Assistant RH**	**DRH**	**Total**
A	Rédaction du cahier des charges	15h	10h			10h	10h	**45h**
B	Sélection des organismes de formation	1h	3h	2h			2h	**8h**
C	Appel d'offres		3h	2h				**5h**
D	Comparatif des offres de formation		5h	5h	5h		5h	**20h**
E	Choix de l'organisme	1h	1h	2h	2h		1h	**7h**
F	Commande			1h				**1h**
G	Convocation des salariés		1h	1h		1h	1h	**4h**
H	Déroulement de la formation							
	Total	**17h**	**23h**	**13h**	**7h**	**11h**	**19h**	**90h**

9 La liste de contrôle

La **liste de contrôle** (*check-list*) est un outil indispensable à l'organisation des activités. Les différentes étapes à réaliser sont envisagées dans le temps, présentées dans l'ordre chronologique et sous la forme d'un tableau.

1 Méthode

Une bonne liste de contrôle doit être pensée et préparée afin de remplir correctement son rôle. Pour ne rien oublier il faut :
– réfléchir à tout ce qu'il y aura à faire,
– lister ces actions,
– les ordonner chronologiquement en fixant pour chacune une date butoir.

2 Plusieurs listes de contrôle

• Selon la complexité des activités à organiser, on choisira :
– **une présentation simple :** un tableau en 3 colonnes présentant dans la 1re colonne le numéro des tâches ou le délai, dans la 2e colonne la liste des opérations, et dans la 3e colonne la réalisation ;
– **une présentation avec une colonne** pour la date prévue et une pour la date réelle ;
– **une présentation avec délai**. On remplacera la 1re colonne par une colonne « délai » qui décompte en jours, en mois ou en semaines.
• En option, on peut ajouter une colonne « **observations** » pour expliquer les écarts et une colonne « **ressources** » pour indiquer les personnes ou documents à mobiliser.

Exemple

Nom et date de l'activité				
		Date d'exécution		
Tâche N° (ou Délai)	Opérations	Prévue*	Réelle**	Observations
1 (ou J – 100)				
2 (ou J – 90)				

* La colonne « date prévue » est remplie dès que la liste est créée.
** La colonne « date réelle » est remplie *a posteriori*, au fur et à mesure de l'exécution des opérations.

Exercice d'entraînement

Corrigé p. 94

Pour les 25 ans de l'entreprise, *La Chocolaterie artisanale* organise une journée portes ouvertes suivie d'un cocktail le 15 juin N. À trois mois de l'événement, le responsable du service communication vous confie une partie de l'organisation et vous remet la liste définitive des personnes à inviter. Vous devez :
– vous occuper des invitations et de la logistique de l'événement, de la présentation sur PowerPoint des dates-clés de l'entreprise et des témoignages des salariés et des clients ;
– rechercher un chef cuisinier afin de préparer un buffet où le chocolat sera cuisiné de façon originale ;
– choisir un lieu pour le cocktail parmi trois adresses présélectionnées et en préparer l'équipement technique et informatique.
Avant de vous mettre au travail, vous établissez la liste de contrôle de l'ensemble des tâches.

10 L'assistance à l'utilisation des équipements et solutions numériques

Les organisations actuelles utilisent toutes des équipements informatiques et les supports numériques qui les accompagnent.
Ces équipements et supports rencontrent parfois des difficultés techniques provoquant des ralentissements dans l'organisation ou dans la productivité d'un service, avec des incidences sur la relation entre les collaborateurs. L'assistant(e) a un rôle à jouer dans l'accompagnement et la mise en place de procédures.

1 Les domaines d'assistance

Le besoin d'assistance peut se faire sentir dans divers domaines.

Logiciels ou application	• Explication du fonctionnement et utilisation courante • Paramétrage • Mise en place d'une synchronisation de données • Mise à jour des versions
Matériel fixe ou nomade	Smartphones, tablettes, ordinateurs portables et fixes, imprimantes
Sécurité des données	Identifiants, mots de passe, cryptage des données

2 Les modes d'assistance

- L'assistant(e) qui se charge de l'aide à l'utilisation doit mettre en place des procédures pour lui permettre d'identifier les causes du problème puis aider son interlocuteur à le régler.

- L'assistant(e) peut créer plusieurs types d'aide à l'utilisation ; l'utilisateur choisira celle qui lui convient le mieux.

Identifier le problème	Technique ; manque de connaissance de l'outil ; insuffisance en matériel (logiciel, mémoire, autorisations...)
Établir un mode opératoire d'assistance	Détaille les étapes des opérations à effectuer
Créer un tutoriel d'assistance	En support vidéo, permet de visualiser l'aide et une assistance en direct pour l'utilisateur
Créer une procédure	Schématise les divers cas de marche à suivre : • perte ou vol de smartphone • utilisation d'une messagerie électronique • installation d'un nouveau logiciel • débogage d'une application
Dépanner en direct	Utilise les compétences d'un collaborateur proche ou d'un service dédié pour apporter une aide ponctuelle

⚠ La création de modes opératoires ou de tutoriels vidéo nécessite une mise à jour régulière qui prend en compte celle des logiciels et applications en constante évolution.

11 Les procédures et modes opératoires

Les procédures et modes opératoires sont des documents de référence sur lesquels s'appuient les collaborateurs de l'organisation. Leur création demande donc de la rigueur et de la précision.
Les modes opératoires reprennent étape par étape, avec des images, les différentes façons d'utiliser un matériel, un logiciel, un smartphone, une application...

1 Les procédures

A Définition

• **Les procédures schématisent** à l'aide de formes reliées par des flèches un circuit de documents, de demande, une marche à suivre en cas de panne, de perte, de vol ou un problème technique simple.

Exemple
Procédure pour changer le toner de l'imprimante en réseau.

• **Une procédure décrit une activité,** les acteurs concernés et précise les modalités de mise en œuvre de l'action. C'est un **document formalisé**, **interne** à l'entreprise et **référencé**. La procédure doit être validée par une hiérarchie avant sa diffusion.

B Comment élaborer une procédure ?

Voir p. 55

• Une fois l'objectif de la procédure déterminé, il est important d'utiliser la **méthode QQOQCP** avant de la rédiger afin de répondre aux questions :

Qui ?	Qui sont les intervenants de cette procédure ?
Quand ?	À quel moment commence-t-elle et finit-elle ?
Quoi ?	Quelle est la nature de l'activité, son contenu, les conditions de mise en œuvre ?
Comment ?	Comment seront ordonnancées les tâches, les contrôles et la validation ?

• Il faut ensuite veiller à collecter tous les documents et informations nécessaires et mettre à jour la procédure aussi souvent que le logiciel ou la tâche évoluent.

C La présentation d'une procédure

• Les procédures sont souvent standardisées et regroupent toujours les mêmes informations en en-tête : dates de création et de mise à jour, auteur, référence, numéro de version, titre et descriptif de la procédure.

Exemple

Logo entreprise	Référence : PR/Ach2018/1	Date création :
Auteur :	Titre Procédure **installation logiciel**	Date mise à jour : Version : 1.0

- Les symboles à utiliser pour la formalisation d'une procédure :

	Début et fin de traitement
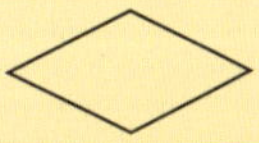	Question test ou condition (avec oui ou non)
	Symbole de traitement
	Entrée d'une information
	Symbole de liaison

Conseil

Analysez bien le traitement à réaliser en repérant les conditions et actions à effectuer ; respectez les règles de construction et les symboles normalisés.

Exemple de procédure

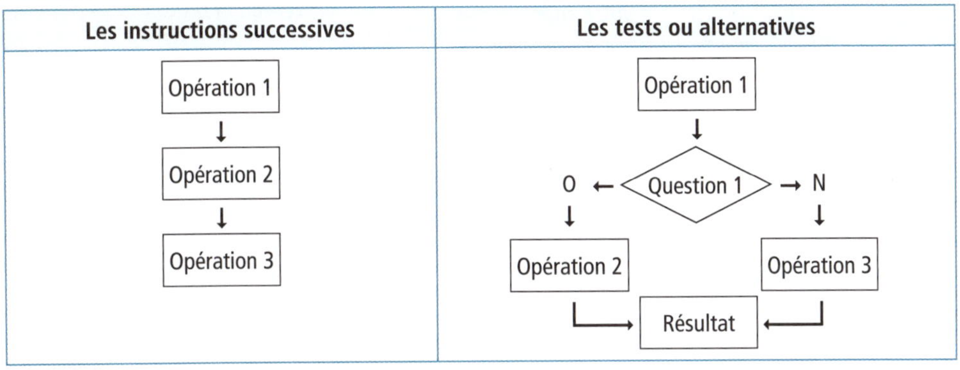

2 Les modes opératoires

Un mode opératoire est un document technique qui répond à un besoin spécifique et **traite une suite d'actions précises pour réaliser un travail**.

Exemples

Comment définir la date et heure sur son smartphone ? Comment synchroniser son courriel sur son smartphone ou tablette ? Comment ajouter des contacts ?

A Comment élaborer un mode opératoire (MO) ?

- **Sa présentation est libre,** mais on encourage l'emploi d'images.

- **Son élaboration doit répondre à cinq critères importants :**

– **la simplicité :** rester simple et efficace et retirer toutes les informations superflues ;
– **la clarté et la précision :** décrire les actions à travers des visuels clairs et précis à l'aide de copies d'écran, de flèches explicatives, d'images, de dessins ;
– **privilégier la numérisation :** les différents MO sont conservés dans des classeurs pour un accès rapide mais, dans une optique « zéro papier » pour un développement durable, il est préférable d'inciter les utilisateurs à les consulter sur écran ;
– **en faire un pilier de référence dans l'entreprise :** plus les MO mis en place sont clairs, précis, concis, plus ils seront appréciés par les collaborateurs et reconnus comme indispensables ;
– **se mettre à la place des utilisateurs lors de sa rédaction :** impliquez vos collègues, demandez leur avis : c'est pour eux que vous créez ce mode opératoire !

- Il est nécessaire d'établir un mode opératoire **pour les divers matériels** type smartphone Apple, Android et les différents logiciels présents dans l'entreprise. Il est alors **essentiel de référencer les modes opératoires** pour les distinguer.

> **Conseil**
> Plus le mode opératoire est simple et imagé, plus il sera utilisé.

B La présentation d'un mode opératoire

- **L'en-tête** est facultatif :

Logo entreprise	Référence : MO/APPL 2018/18	Date création :
Auteur :	Titre **Ajouter une application sur votre smartphone**	Date mise à jour :
		Version : 1.0

- Puis, on représente pas à pas **la marche à suivre** pour atteindre l'objectif.

Exemple : enregistrer au format PDF sous Word 2007

étape 1 Cliquer sur le bouton Office.

étape 2 Cliquer sur « Enregistrer sous ».

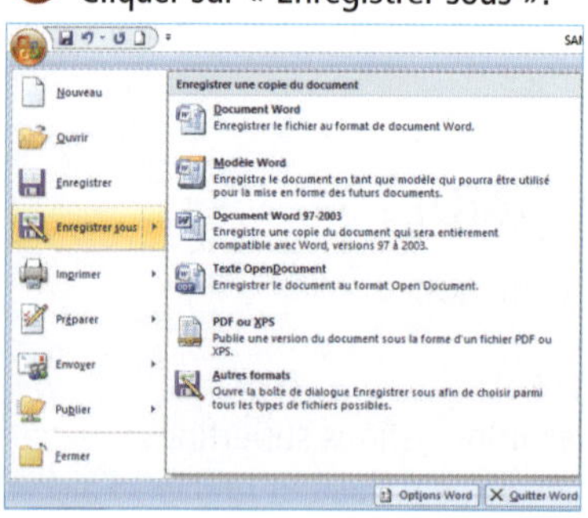

étape 3 Choisir « PDF ou XPS ».

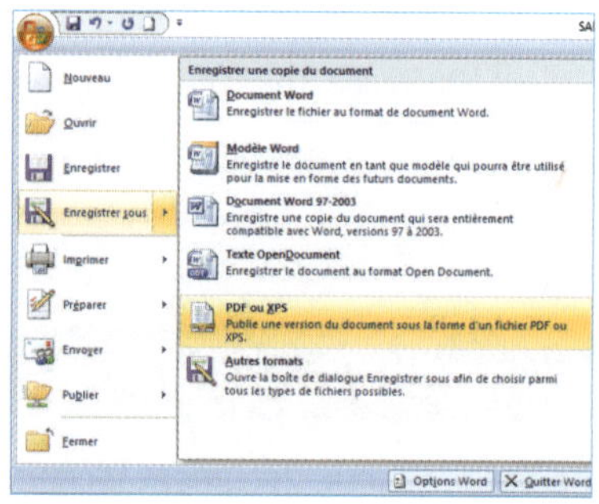

étape 4 Choisir un dossier de destination, nommer votre fichier puis cliquer sur « Publier ».

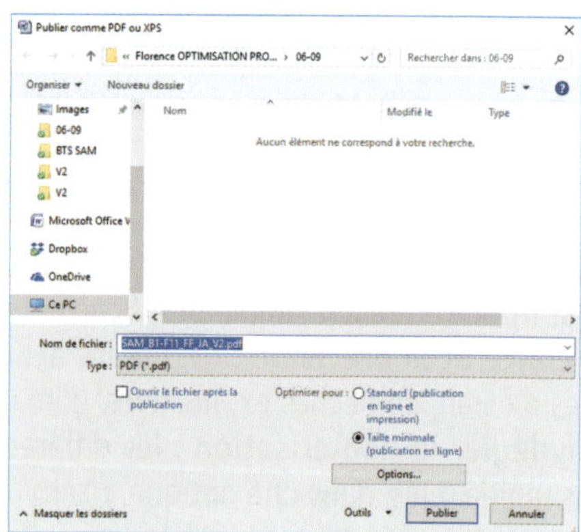

12 Le travail collaboratif et la facilitation des échanges

À l'ère nouvelle des technologies de l'information et de la communication (**TIC**), le travail collaboratif a pris une dimension plus importante. Internet et Intranet offrent aux entreprises de nouvelles possibilités dans l'organisation du travail, notamment en termes de gestion de projets. On peut parler d'**outils de travail collaboratif** (OTC).

1 Le travail collaboratif

• **C'est l'utilisation des ressources et des compétences entre différents membres d'une équipe** ou d'un groupe afin d'aboutir à un projet commun en utilisant tous les outils mis à leur disposition. **Le travail collaboratif implique les notions de partage** (informations, connaissances, relations) **et de travail de groupe**.

• **Les collaborateurs** peuvent être présents dans l'entreprise ou travailler dans des sites différents (prestataires extérieurs, télétravail, représentants itinérants…). Les TIC permettent de créer un **lieu de travail en commun**.

2 Le travail coopératif et le travail collaboratif

Dans le cadre d'un projet, chacun a son rôle. Mais le travail, les idées, les avis sont partagés et la validation est commune. Le leader du projet va devoir adopter un **style participatif** pour permettre le travail en coopération et/ou en collaboration.

A Travailler en coopération

• **Le travail coopératif met en évidence l'individualité de chacun :** il s'agit de répartir des tâches entre les membres du projet. Les compétences de chacun sont mises en valeur et utilisées pour atteindre un objectif commun.

B Travailler en collaboration

• **C'est une communication permanente** pour une production commune en utilisant l'échange des compétences. Chacun porte la responsabilité du projet. Cela valorise le travail de groupe.

C Les valeurs de la collaboration

• **Elles reposent principalement sur celle du partage** puisque collaborer, c'est partager avec les autres (partenaires, clients, fournisseurs, collaborateurs, prescripteurs…) :
– **des valeurs** pour créer des liens et la confiance ;
– **un projet** pour atteindre des objectifs communs ;
– **des connaissances** pour améliorer les décisions ;
– **des ressources** pour consolider les engagements ;
– **des outils** pour coordonner les activités.

• **Le travail collaboratif** repose également sur des comportements :
– **vouloir coopérer** : être motivé pour entrer en relation avec l'autre et partager avec lui une partie de son pouvoir et de son savoir ;
– **savoir coopérer** : comprendre la psychologie de l'autre et maîtriser les compétences relationnelles qui permettent de construire une relation humaine de qualité.

3 Le travail de groupe

Voir p. 117

• **Dans la constitution d'une équipe projet,** la notion de groupe est affinée puisque **tous les interlocuteurs sont partie prenante du projet**. Les responsabilités sont partagées. Le chef de projet doit tenir compte des individualités de chacun afin de guider l'équipe vers l'atteinte de l'objectif commun.

• **Pour atteindre cet objectif,** les TIC ont permis l'émergence de nouveaux outils qui permettent de gagner en efficacité.

A Utiliser un espace dédié sur un serveur d'entreprise

• **Les entreprises** se sont dotées d'un serveur où sont stockées les données de l'entreprise afin de permettre l'échange d'informations. Ce serveur peut être organisé en plusieurs parties (pour chaque service par exemple).

• **Les services** peuvent créer dans l'arborescence du serveur le dossier « parent » et décliner les sous dossiers.

Exemple

Ici, les droits d'accès seront donnés au service comptabilité uniquement.
🗀 Factures 2017
→ 🗁 Factures Janvier
  → 🗁 Client ....
  → 🗁 Client ....
→ 🗁 Factures Février
→ 🗁 Factures Mars

B Partager un document

• **Le partage de documents permet de travailler en commun** sur un document unique et d'y apporter des modifications de manière à ce que chacun en soit averti. Chaque membre de l'équipe projet peut travailler sur un même dossier, en **mode synchrone** (en même temps) **ou asynchrone** (chacun son tour).

Remarque

Le suivi des modifications de documents doit être précis pour éviter un nombre important de versions différentes en circulation.

Voir p. 122

• **Les applications de type *drive*** facilitent le partage des documents (Google Drive, Icloud, Dropbox...). Chaque utilisateur a ainsi une visibilité des documents qui constituent un projet, peut y avoir accès, ce qui facilite l'échange des documents et des données au fil du projet.

• **L'administrateur du groupe ou du document original** doit spécifier les droits d'accès à des collaborateurs, en fonction de leur position dans le projet et du niveau de confidentialité des documents :
– **droits de lecture** (aucune possibilité de modifier le document) ;
– **droits d'écriture** (modifications autorisées).

C Utiliser les fonctionnalités de Word

Travailler sur un même document impose une certaine rigueur pour que tous les acteurs puissent coordonner leur travail.

• **Le mode « suivi des modifications »** est accessible dans l'onglet « Révision » de Word. En l'activant, tous les collaborateurs peuvent suivre les modifications affichées dans une couleur différente, elles sont présentées dans la marge.

• **« Nouveau commentaire »** permet d'insérer des commentaires sur des parties du document qui seront visibles dans la marge. Le nom de l'auteur est mentionné et on peut y répondre.

D Utiliser Internet, Intranet, Extranet

Internet	Intranet	Extranet
Accès libre à toutes les informations publiées	Accès à l'information limité aux seuls collaborateurs	Accès à certaines informations pour les clients, fournisseurs, collaborateurs

• **Internet.** Les informations de l'entreprise sur Internet sont **consultables par tous** : l'activité de l'entreprise, ses produits, ses spécificités. Il est possible de s'enregistrer pour passer des commandes, par exemple sur certains sites marchands. Enfin, des sites de travail collaboratif payants existent.

• **Intranet.** Réseau interne de l'entreprise **dédié à tous les collaborateurs**, l'intranet regroupe toutes les informations utiles de l'entreprise (RH, CE, CHSCT, activités, commercial...). Ce réseau peut être élargi *via* le service informatique à la gestion de projet pour favoriser le travail collaboratif.

• **Extranet.** Certaines plateformes autorisent l'accès à des informations complémentaires **uniquement pour les clients, les fournisseurs et/ou collaborateurs grâce à un mot de passe.** Il est ainsi possible de travailler à distance, de passer des commandes, de consulter son compte fournisseur ou client…

13 Les réseaux sociaux

Les réseaux sociaux ouverts à tous permettent aux entreprises de diffuser plus largement les informations sur leurs activités, produits ou événements.

1 Les principaux réseaux sociaux

Voir p. 149

De plus en plus d'entreprises utilisent les réseaux pour **communiquer** sur leurs produits et leurs événements. En fonction de la communication voulue, il faudra choisir le réseau social qui permettra de cibler la clientèle au mieux.

Conseil

Veillez à la qualité de l'information diffusée. **Internet a de la mémoire :** une erreur de communication peut avoir un effet négatif durable.

Facebook	• Réseau généraliste, utilisé de manière personnelle à l'origine avec l'ouverture d'un compte et l'invitation « d'amis » de son propre réseau. • Création d'une page spécifique à laquelle on peut s'abonner pour la « suivre » en tant que membre. • Avec un compte d'entreprise, on peut structurer une page pour mobiliser son réseau clients, faire de la publicité ciblée et communiquer avec les clients ou prospects sur ses événements.
Twitter	• Réseau de publications courtes (280 caractères) pour faire de brefs commentaires sur une actualité (souvent en direct) et propager très rapidement des informations à un grand nombre de *followers*. • Risque de propagation de fausses nouvelles et de *bad buzz* pour l'entreprise qui doit faire très attention à ce qu'elle publie.
Youtube	• Réseau de partage de vidéos, très utilisé pour l'autoformation : on peut y présenter un produit, un mode opératoire, la vidéo d'une conférence… • Le nombre de *likes* est un enjeu important pour que Youtube mette la vidéo en avant.
Instagram	• Permet de partager des photos et des vidéos avec un réseau d'amis, de fournir une appréciation positive (« j'aime ») et laisser des commentaires. • Une entreprise peut diffuser ses produits ou services avec des visuels, mais puisqu'il s'agit de son image, ils doivent être de bonne qualité.
LinkedIn	• Réseau professionnel personnel avec un compte orienté autour de thématiques et activités où l'on donne le détail de son profil professionnel. • Permet une recherche d'emploi active ; les entreprises ont accès à de nombreux profils de collaborateurs potentiels. Un service Premium payant offre davantage de fonctionnalités.
Viadeo	Réseau similaire à LinkedIn.

2 Les messageries instantanées

Ces applications permettent de **discuter en direct**, soit avec les collaborateurs de l'entreprise, soit avec les clients et prospects à l'extérieur.

Whatsapp	Appels audio et vidéo gratuits *via* le Wifi, envoi de photos, vidéos, messages audio ; création de groupes de discussion
Google Hangouts	Appels vidéo sur le support Gmail ; très utilisé en entreprise pour communiquer avec des collaborateurs distants ou des fournisseurs
Skype	Appels sur téléphones fixes et mobiles partout dans le monde, appels vidéo de groupe, envoi de messages
Facebook Messenger	Appels audio, vidéo, envoi de photos, de messages audio ; création de groupes de discussion

14 Organiser les déplacements

Les déplacements professionnels sont fréquents en entreprise : rendez-vous avec un client, réunion, séminaire, session de formation…
Un déplacement mal organisé aura des conséquences importantes : dépassement budgétaire, perte de temps, contrariété pour celui qui voyage, détérioration de l'image de l'entreprise auprès des personnes rencontrées due au retard, aux contretemps…
Un déplacement réussi doit optimiser les frais et la durée, et tenir compte du confort du voyageur.

1 Méthode

étape 1 Définir l'ensemble des besoins et des contraintes

étape 2 Identifier les éléments à rechercher : moyen de transport, horaires, hébergement, voiture de location, restauration, formalités administratives pour l'étranger

étape 3 Faire un tableau comparatif de tous les postes en tenant compte de toutes les possibilités de déplacement (avion, train, voiture de location, taxi ...)

étape 4 Préconiser les solutions les plus économiques en fonction de la proximité géographique des hôtels et restaurants et des horaires acceptables pour voyager

étape 5 Maîtriser les dépenses dans le respect du budget prévisionnel et gérer les imprévus

étape 6 Préparer le dossier du déplacement : plan, adresse, téléphone, contacts, billets, références

Exemple de tableau comparatif
Déplacement de (*nom* + *fonction*) à (*destination*) le (*jour*) pour (*objet*)

	Proposition 1 Avion	Proposition 2 Train
Jour départ Horaire départ Horaire arrivée Durée Montant		
Jour retour Horaire départ Horaire arrivée Durée Montant		
Sous-total transport		
Autres frais (détail) **Sous-total autres frais**		
Montant total		
Coût total (si plusieurs personnes)		

• **Un tableau comparatif à double entrée permet de mettre en évidence la solution la plus pertinente,** car le seul prix du billet ne garantit pas toujours le meilleur coût : selon les horaires, des frais peuvent s'ajouter (nuit d'hôtel, repas supplémentaires).
• **L'ajout de commentaires** à la suite du tableau apportera un éclairage pour faciliter la prise de décision et éventuellement préconiser une solution.

2 La gestion budgétaire des déplacements

A Le budget prévisionnel

Le projet du déplacement incombe aux différents responsables et décisionnaires (chef d'entreprise, responsable de service...). Quand l'**enveloppe budgétaire** est définie, l'assistant de manager oriente ses recherches et prépare son dossier en fonction du montant alloué. Sinon, il établit lui-même un budget prévisionnel qu'il proposera à la validation avant d'engager des dépenses.

B Le déblocage des fonds

• **Avant de lancer et de confirmer les réservations,** une demande d'autorisation d'engagement des frais doit être faite auprès du responsable.
• **Le paiement est effectué par le payeur** (directeur financier, comptable, responsable).
• **Les délais de remboursement** concernant les frais engagés directement par les salariés est un sujet important qui peut générer tensions et discordes. La politique de remboursement doit être rapide et efficace, voire envisager des cartes de crédit prépayées pour l'entreprise comme moyens de paiement.

3 Les outils numériques pour la gestion des déplacements

• **L'automatisation des notes de frais** sur Excel ou la **mise en place dans le PGI** d'une grille automatique de remboursement est une **priorité**. Elle permet d'éviter les délais de remboursement et de diminuer les risques de tension.
Voir p. 199
• **D'autres outils facilitent les recherches de l'assistant :** des **solutions SIRH** permettent de réduire les saisies, de rationaliser les tâches en associant les processus de réservation et de notes de frais professionnels et d'automatiser les processus administratifs.
• **Les applications sur les smartphones** permettent à la personne en déplacement de gérer elle-même des modifications de réservations. Les flashcodes permettent de ne pas imprimer les billets.
• **Les utilitaires** comme Google Maps, outre le guidage GPS, permettent de visualiser les adresses de destination et d'identifier les meilleurs emplacements d'hôtels.

Définition

SIRH (système d'information des ressources humaines) : système informatique permettant d'automatiser un certain nombre de tâches liées à la gestion des ressources humaines et d'en assurer un suivi.

4 Les formalités administratives

Pour les déplacements à l'étranger, il convient de rassembler des documents :

Documents	Variables	Vérification
• Carte d'identité • Passeport (biométrique) • Visas	• Selon que le déplacement se déroule dans l'UE ou en dehors • Passeport biométrique indispensable pour les USA	• Validité • Délai d'obtention des visas
Vaccins	Selon les destinations	Site de l'Institut Pasteur
Risques sanitaires	Selon les destinations	Site du ministère des Affaires étrangères
• Carte vitale • Assurance, assistance rapatriement	Carte européenne pour l'UE et en dehors de la France	• Site de l'assurance maladie • Compagnies d'assurance

Documents	Variables	Vérification
Permis de conduire	Validité ou non en fonction du pays	• Préfecture de police • Possibilité de le transférer en permis international

Le directeur commercial de votre société se rendra à Brest pour visiter un salon nautique mardi, mercredi et jeudi prochains. Il souhaite être présent dès l'ouverture (10h) le premier jour et partir dans l'après-midi du troisième jour.

Exercice d'entraînement

Corrigé p. 95

À l'aide des annexes, vous établissez un tableau comparatif des coûts relatifs à ce déplacement et rédigez le commentaire qui participera à la prise de décision.

1. **Tableaux tarifs et horaires train/avion**
2. **Renseignements complémentaires**

ANNEXE 1 Tarifs et horaires train/avion

- **Train direct - horaires et tarifs**

Paris-Brest*				
Départ	15h08	16h08	18h05	19h03
Arrivée	19h46	20h31	22h17	23h45
Durée	4h38	4h23	4h12	4h42
Tarif	154 €	150 €	104 €	115 €

Brest-Paris (trains de l'après-midi)				
Départ	14h33	15h41	17h00	Pas d'horaires plus tard
Arrivée	19h17	20h18	21h17	
Durée	4h44	4h37	4h17	
Tarif	125 €	85 €	93 €	

*Pas de train le matin : temps de trajet trop long pour présence à l'ouverture du salon.

- **Avion direct - horaires et tarifs**

Paris-Brest				
Départ	8h00	9h30	15h30	21h30
Arrivée	9h10	10h40	16h40	22h40
Durée	1h10	1h10	1h10	1h10
Prix	194 €	194 €	203 €	203 €

Brest-Paris (avions de l'après-midi)			
Départ	15h15	21h00	Pas d'autres horaires
Arrivée	16h30	22h15	
Durée	1h15	1h15	
Prix	225,50 €	237,50 €	

ANNEXE 2 Renseignements complémentaires

- Tarif d'une chambre d'hôtel : 95 €/nuit
- Restauration : 8 €/petit déjeuner, 30 €/repas
- Pour la location d'un véhicule :

– 152 €/forfait 3 jours,
– Carburant : 66,26 €/le trajet
– Durée du trajet : 5h40
– Péage autoroutier : 28,80 €/le trajet

15 Conduire les dossiers de certification

La certification est le fait de donner aux clients d'une entreprise une **assurance qualité** sur un service ou un produit grâce au contrôle d'un organisme indépendant qui valide le respect d'un cahier des charges.
Pour être certifiées, les procédures mises en place dans une entreprise doivent être respectées et répondre à des normes précises fixées par le référentiel de certification.

1 Une certification est tripartite

• **L'entreprise demande une certification** afin de valider la maîtrise d'une solution, la reconnaissance d'une expérience professionnelle ou acquérir et développer ses compétences.

• **L'organisme de normalisation** établit les normes destinées à des utilisateurs extérieurs.

• **L'organisme de certification** confirme par écrit qu'un produit, un processus ou un service sont conformes aux exigences spécifiques décrites dans un référentiel de certification. Un **organisme d'accréditation** (le COFRAC) doit reconnaître la compétence des organismes de certification pour qu'ils aient le droit de certifier.

Remarque

Une certification n'est pas un label. Le label juge et valide la qualité du produit/service final. La certification juge et valide la qualité des procédures.

2 L'intérêt de la certification

• **La certification est une démarche coûteuse** (recours à un cabinet de consultants, à un organisme certificateur, temps de mise en place du management de la qualité et des formations…). L'entreprise doit bien identifier l'objectif de la certification pour que le processus soit efficace.

• **Les intérêts de la certification** sont multiples pour une entreprise :

– **amélioration de l'organisation fonctionnelle** (suite à l'audit et à la modification éventuelle des processus) ;

– **optimisation et réduction des coûts** (de fonctionnement, de production, de formation) ;

– **réponse à des appels d'offres** imposant une certification ;

– **amélioration de la relation client**, plus grande confiance, levier de déclenchement des décisions d'achat.

3 Les différentes certifications

A Les trois types de certifications

Certification d'organisme	Référentiels identiques quel que soit le secteur d'activité ; ils fixent des exigences sur la maîtrise des processus.
Certification de produit	Référentiels précis en termes d'organisation, d'essais et de contrôle pour la réalisation de produits.
Certification de service	Référentiels spécifiques aux différentes professions ; ils fixent des exigences sur l'organisation et les résultats.

B Les organismes de certification

• **La certification CE** est obligatoire pour les produits circulant au sein de l'Union européenne).

• **NF est une marque de certification délivrée par l'Afnor**, obligatoire pour certains produits (jouets, électroménager). Il existe trois marques : **NF** pour les produits industriels et de consommation ; **NF Environnement** pour les produits écologiques ; **NF Service** pour les services.

• **De nombreux organismes certificateurs** proposent de nombreuses certifications. Il peut être difficile de choisir la plus adaptée à son entreprise. Il est préférable de ne sélectionner que celles issues de référentiels connus et reconnus et de choisir des organismes certificateurs accrédités. Le coût de la certification doit aussi être pris en compte.

• Les organismes de certification peuvent couvrir plusieurs secteurs d'activité ou être spécialisés :
– **l'Afnor** (Association française de normalisation) est également organisme de certification ; c'est elle qui délivre le marquage **CE** et la marque **NF** ;
– **Qualibat** se consacre à la validation des procédures et techniques des artisans du bâtiment.

4 La procédure de certification

Organisme auditeur	• Choix de l'organisme • Audit des processus
Vérification de la conformité	• … du système • … du produit
Écarts constatés	• Actions correctives sur les écarts constatés • Formations
Certification	Délivrance d'une certification valable 3 ans

• Avant toute chose, l'entreprise doit **identifier l'objet de la certification** et le référentiel le mieux adapté. La mise en place d'une équipe projet pour suivre le processus permet de bien gérer le dossier.

• Cette démarche demande plusieurs mois de préparation en amont. Il faut impérativement, souvent **en collaboration avec l'organisme auditeur**, mettre en place des procédures normées et des documents standardisés en impliquant l'ensemble des salariés.

• Entre le choix d'un organisme certificateur et l'obtention de la certification, il peut s'écouler entre 2 et 4 mois.

16 La GED, gestion électronique des documents

La GED est un ensemble de moyens informatiques qui facilitent la recherche, la consultation, la circulation et le stockage des documents.
Elle permet de remplacer des documents papier par des documents numériques et d'opérer des transferts de documents son ou image.
Elle améliore le stockage des documents car elle représente un gain d'espace inestimable, de même qu'un coût de stockage inférieur au coût physique.
La GED devient indispensable pour le télétravail et le travail collaboratif et représente un gain de temps considérable.

1 La gestion des documents entrants

A L'enregistrement des documents

• **L'enregistrement des documents entrants** varie selon leur format d'origine et leur utilisation. Les documents papier (factures, catalogues, devis…) sont **numérisés avant de pouvoir être utilisés** (transférés, modifiés) et **classés** : si les documents sont déjà numérisés, il s'agira simplement de les classer dans l'arborescence de la GED.

• **Le stockage est l'étape finale de la GED :** il consiste à classer et à ranger les documents dans l'arborescence de l'entreprise.

B Les principaux formats de fichiers

• **L'assistant(e) est amené(e) à manipuler et à transmettre un grand nombre de fichiers de différents formats.** Cette multitude de formats peut entraîner des problèmes de compatibilité et de convertibilité des documents échangés, ainsi que dans la transmission électronique de fichiers trop volumineux.

• **Il est préférable de disposer du logiciel d'origine** pour ouvrir le format du fichier correspondant, mais certains logiciels permettent d'ouvrir les formats de fichiers émanant de logiciels de même nature. Selon le degré de compatibilité entre les logiciels, la mise en forme du document sera plus ou moins conservée.

• **Pour obtenir la fidélité totale d'un fichier,** il faut s'équiper d'un format de fichier reconnu par plusieurs logiciels. Ainsi, l'enregistrement d'un document au **format RTF** (*Rich Text Format*) le rend compatible avec la plupart des logiciels de traitement de texte. Idem pour les **formats PDF** (*Portable Document File*) qui permet de transférer tous types de documents quelles que soient leur provenance et nature.

Conseil

Il est nécessaire de connaître les principaux formats et leurs extensions afin d'exploiter les fichiers de façon optimale.

Définitions

Logiciel libre (*freeware*) : ce n'est pas un logiciel gratuit mais il donne la liberté à ses utilisateurs de l'exécuter, le copier, le distribuer, l'étudier, le modifier et l'améliorer.
Licence de logiciel : contrat par lequel le titulaire du logiciel donne le droit à un utilisateur d'installer le logiciel, de l'utiliser et de faire des sauvegardes. L'emploi du logiciel sans licence est une atteinte au droit d'auteur.

Logiciels	Extension	Utilisations
Word	.doc, .docx	Traitement de texte
Excel	.xls, .xlsx	Tableur
Access	.mdb, .mdbx	Base de données
Publisher	.pub, .pubx	PAO : publication assistée par ordinateur
PowerPoint	.ppt, .pptx	PréAO : présentation assistée par ordinateur
Acrobat	.pdf	Encodeur de documents
Bitmap	.bmp	Image de grande définition et non compressée
TIFF	.tif	Format de compression d'image sans déperdition de qualité
GIF	.gif	Format pour illustrations, logos, animations et copies d'écran destiné aux pages Web
JPG	.jpg, .jpeg	Format de compression d'images pour les pages Web recommandé pour les photos et les courriels. Reconnu par la plupart des programmes de retouche d'images
	.mp3, .mid, .wav, .wma	Fichiers audio
	.mpeg, .mov, .avi, .ra, .flv	Fichiers vidéo
	.zip, .rar	Documents compressés
Internet	.html, .php, .xml	Langages utilisés pour les pages Web

2 Le traitement des documents numérisés

A Le nommage

• **Pour retrouver facilement les fichiers numérisés,** on les nomme selon un code connu par tous les utilisateurs de l'entreprise. **Chaque fichier doit avoir un nom unique**.

• **Les règles de nommage** sont l'ensemble des conventions définies par l'entreprise et qui lui sont spécifiques. Elles doivent impérativement être respectées par les utilisateurs pour obtenir une uniformisation des fichiers.

• **Ces règles permettent de localiser** les documents entrants et sortants et d'éviter les doublons. Le nommage est construit selon le type de document (**C** pour contrat, **CR** pour compte-rendu, **REU** pour réunion…) et dans l'ordre des propriétés (date, numéro personnel, version, format du document).

> **Exemple**
> **Type de document** = facture ⇒ F
> **N° de document** = Numéro du client ⇒ NC 086 (le n° des clients doit être connu des opérateurs)
> **Extension du fichier** = .docx (pour Word)
> Les propriétés sont séparées par des tirets bas (_)
> Le document sera enregistré sous le code **F_NC_086.docx**

B L'indexation

• **L'indexation consiste à renseigner les propriétés du document** afin que tous les utilisateurs puissent le retrouver rapidement : Auteur/Titre/Objet/Mots-clés/Catégorie/État/Année…

• **Les mots-clés sont essentiels** pour identifier un document : il peut s'agir d'un nom d'auteur, d'un grand thème, d'un mot qui résume le contenu. Certains logiciels de GED et les versions récentes de Word déterminent les mots-clés automatiquement.

C Le classement

• **La structure en arborescence :** sur un poste informatique, les fichiers sont généralement classés dans des dossiers incluant des sous-dossiers. La construction de l'arborescence des dossiers est conduite par la nature ou le contenu des sous-répertoires (niveau 2 de l'arborescence).

• **Le classement des documents doit être bien organisé** de manière à faciliter la compréhension et l'accès. On présentera les différents dossiers par leur nom et niveau.

Conseil

Attention à ne pas construire une arborescence avec trop de niveaux au risque de nuire à son accès.

• **Il existe au moins 4 types de classements :** alphabétique, thématique, chronologique, numérique.

Exemple d'arborescence

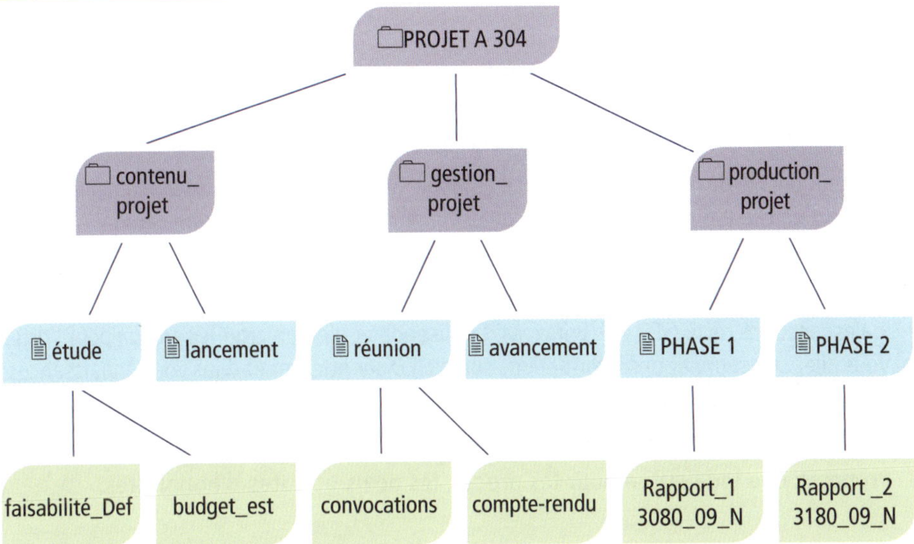

D La diffusion et l'archivage

• **Les documents numérisés, indexés et classés sont déposés dans l'espace collaboratif de l'entreprise.** Leur accès est limité en fonction de leur nature, du statut des utilisateurs et des interventions possibles qui leur sont accordées (simple consultation, modification, suppression).

• **Les archives peuvent être classées en fonction de leur fréquence d'utilisation :** courante, intermédiaire, définitive.

• **Les documents numériques obéissent aux mêmes lois de conservation que les documents papier :** 5 ans pour les relevés bancaire, 10 ans pour les documents comptables, commandes, factures… et jusqu'à 30 ans pour les titres de propriété. Il est possible de les détruire lorsque la date de conservation est atteinte.

Exercices d'entraînement

Exercice 1

Corrigé p. 95

Vous êtes assistant(e) au sein de la société Conforplus.

Votre manager vous demande de proposer une organisation logique des dossiers et sous-dossiers informatiques au sein desquels seront archivés les fichiers informatiques de la société.

Pour déterminer l'arborescence à créer, elle vous donne les informations suivantes :
- création d'une arborescence de classement à un ou deux niveaux de sous-dossiers ;
- la société possède 4 services :
  - service Recherche et développement,
  - service Commercial,
  - service Comptabilité et facturation,
  - service Ressources humaines ;
- l'entreprise entre dans sa troisième année d'existence ;
- tous les services possèdent un dossier « archives ».

Exercice 2

Corrigé p. 95

Le cabinet d'avocat Marceau Associés a un réel problème de classement et d'archivage de ses dossiers. Par manque de temps et de place, de mauvaises habitudes ont été prises.

Son directeur décide de mettre en place une solution GED afin de pourvoir rechercher efficacement l'historique d'un client ou d'un procès. L'enjeu est important car il va ouvrir un cabinet à Marseille et compte bien pourvoir consulter tous ses dossiers depuis les deux cabinets.

Il vous demande de collecter des informations sur le sujet et de rédiger un rapport comportant les principales fonctions de la GED, ses principes d'utilisation et d'en préciser les enjeux pour l'organisation. Vous allez sélectionner des informations sur la GED sur Internet et dans vos connaissances pour réaliser ce travail de synthèse.

1. **Présentez votre plan et rédigez l'introduction.**
2. **Proposez une indexation pour les procès, les devis et notes d'honoraires.**

17 Le système d'information et les réseaux

Le **système d'information (SI)** de l'entreprise est constitué des **données et des ressources humaines, matérielles et logicielles** qui permettent de regrouper, classifier, traiter et diffuser de l'information sur un environnement donné.
L'enjeu de l'entreprise est de mettre à disposition des moyens de dématérialisation et d'automatisation : l'assistant(e) de manager est au cœur du dispositif.
La sécurisation du SI est primordiale.

1 Le rôle du SI

• **Le SI est un élément stratégique** permettant d'améliorer la productivité de l'entreprise. Il est indispensable dans les tâches récurrentes de l'assistant(e) de manager notamment pour la réservation des trains, la gestion des stocks… Il permet d'accélérer les échanges et les traitements. Il apporte une cohérence d'image qui rassure les clients.
• **Le SI repose sur quatre fonctions** essentielles :

COLLECTE
Informations internes ou externes

DIFFUSION
Information rapide et de qualité

SI

STOCKAGE
Informations rendues disponibles

EXPLOITATION
Échange et circulation des informations, production de nouvelles informations

2 Les conditions d'un bon fonctionnement du SI

• **Le SI repose sur la bonne marche des outils de communication informatique** tels que la connexion à Internet, la messagerie, le téléphone, le fax, la plateforme collaborative ainsi que sur le matériel informatique et les logiciels. Cela nécessite une maintenance importante, une mise à jour régulière et la mise en place de procédures pour faciliter leur utilisation.

• **Le SI représente un avantage concurrentiel.** On définit sa qualité à partir de trois critères :

FIABILITÉ
Mettre à jour les informations

IMMÉDIATETÉ
Les informations doivent être disponibles en temps réel

SÉCURITÉ
Prévoir des dispositifs de sécurité qui garantissent la confidentialité et l'intégrité des informations

3 L'évolution du SI et le PGI

• **Un progiciel de gestion intégré (PGI) est un outil qui permet l'évolution du SI** car il agit sur l'ensemble des processus de l'entreprise et permet de les automatiser. À partir d'une base de données unique, il intervient aussi bien dans la gestion des ventes, des stocks, de la production, de la comptabilité, de la gestion clients fournisseurs et des RH.
• **Il est important vérifier annuellement si le PGI est adapté aux besoins de l'entreprise** et à ses utilisateurs. Les mises à jour sont incontournables et la redéfinition de son architecture est toujours possible en fonction des nouveaux besoins.

4 La sécurité du SI

• **On doit veiller à la sécurité du réseau** puisque c'est un outil majeur de l'entreprise. Il s'agit de lutter contre les virus et de se protéger contre les **fuites** et les **pertes de données**.
• **L'entreprise doit identifier les risques possibles** et les moyens de protection, puis mettre en place des réponses adaptées pour se protéger.

Risques à déjouer	Moyens de protection
Risques environnementaux : incendie, dégâts des eaux	• Sauvegardes régulières sur différents supports • Armoires blindées ignifugées • Données stockées dans des lieux différents
Pannes matérielles	• Sécurisation de l'alimentation électrique • Maintenance régulière
Malveillance : piratage, virus, vols	• Filtrage des utilisateurs (droits d'accès, codes, clés, badges afin de protéger physiquement les postes de travail) • Complexifier les mots de passe (minuscules, majuscules, chiffres…) • Cryptage des informations sensibles • Signature électronique (protège les documents sortant de l'entreprise) • Antivirus (identifie et bloque le virus), anti-spyware (lutte contre les logiciels espions), anti-spam (écarte les publicités non sollicitées), pare-feu (porte d'entrée entre l'entreprise et l'Internet) • Anti-phishing (empêche les piratages et la récupération de données)

5 La prévention auprès des utilisateurs

• **Les mesures préventives** et les moyens de protection techniques mis en place permettent de diminuer les risques et les menaces, mais une prévention **auprès des utilisateurs** est aussi nécessaire ; c'est souvent à cause de mauvaises pratiques que des ***malwares*** s'implantent dans les systèmes.
• **Le recours à une charte informatique** qui fixe un cadre clair des utilisations permettra aux nouveaux utilisateurs d'adopter les bonnes pratiques. Elle sera complétée par des formations régulières proposées à l'ensemble des utilisateurs.

Définition

Malware : terme anglais désignant tout logiciel qui s'inscrit dans la volonté de nuire à l'entreprise (virus, cheval de Troie…).

• **Il est enfin important de veiller à la bonne formation de chacun :** outre les mauvaises pratiques, des erreurs involontaires de manipulation peuvent créer des problèmes facilement évitables. Pour préserver la disponibilité, l'intégrité et la confidentialité des données, **il est aussi important de protéger l'infrastructure que d'apporter une éducation numérique** aux utilisateurs de l'entreprise.

18 Mettre en place des processus

Un processus est **un ensemble d'étapes qui s'articulent logiquement entre elles** pour concourir à la réalisation d'un projet ou d'une tâche.
Dans l'organisation de l'entreprise, **les processus interviennent à tous les niveaux des services**. Leur mise en place permet un gain de temps et d'efficacité.

1 Les processus

• **Il y a plusieurs modes de représentation des processus selon les situations.** Les processus obéissent tous à des exigences et à des règles bien précises. L'objectif principal est que **les étapes à respecter** dans la réalisation d'une tâche **soient immédiatement compréhensibles** par tous les utilisateurs.

• **Un processus peut concerner plusieurs fonctions de l'entreprise** et des acteurs de plusieurs services différents. On trouve différents types de processus :
– **les processus métier** concernent la production de l'entreprise (biens, services) ;
– **les processus support** viennent en soutien des processus métier et leur permettent de mieux fonctionner ;
– **les processus de pilotage** permettent de diriger l'organisation des autres processus.

• **Un processus est composé de plusieurs éléments :**
– des acteurs ;
– des activités (tâches à réaliser) ;
– des flux ;
– des documents ;
– un objectif.

2 Champ d'application et méthode des processus

• **Les processus interviennent dans la mise en place d'une nouvelle organisation** (information d'un système, introduction d'une nouvelle tâche), la **modification d'une procédure** (changement de codification, de logiciel, de circuit de traitement de l'information, accueil d'un nouveau salarié…).

• **Pour établir un processus**, on repère et on fait la liste de la suite des actes à accomplir pour parvenir au bon déroulement d'une activité, depuis son initiation jusqu'au terme de sa réalisation.

3 Les outils de représentation et d'analyse des processus

A Le diagramme des flux

• **Il permet de détailler le processus et les échanges de flux d'information** entre les différents acteurs en interne et/ou en externe) et de repérer éventuellement les dysfonctionnements ou les lourdeurs auxquels il conviendrait de remédier. Ce diagramme est utilisé lorsque peu d'acteurs sont concernés.

• **Pour construire le diagramme :**

étape 1 on représente les **acteurs** internes et externes et les **flux** ;

étape 2 on **numérote** les flux ;

étape 3 on représente le diagramme en respectant les **symboles** : un **cercle** pour les acteurs, un **rectangle** pour l'entreprise, le service ou le domaine, des **flèches** pour les flux ; on inscrit la nature du flux sur chaque flèche et le numéro attribué à l'étape 2.

Exemple

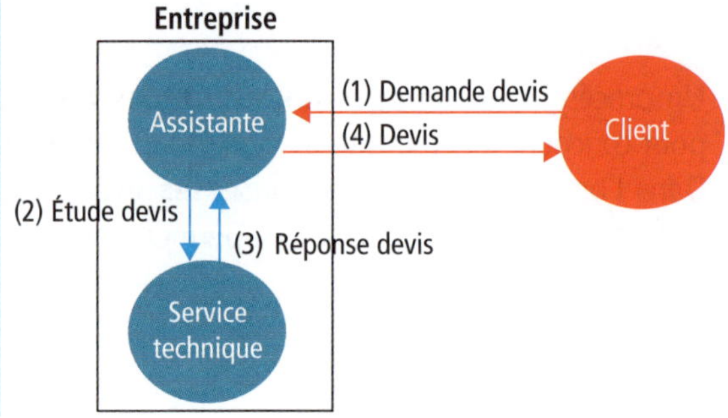

B Le diagramme imagé

• **C'est un tableau très visuel qui schématise la circulation des documents** à travers les différents acteurs concernés. Les acteurs sont présentés en colonnes par ordre d'intervention. Les acteurs externes sont placés à l'extrême droite du tableau et séparés par une double ligne verticale. Les étapes sont numérotées. Les documents sont représentés par des symboles.

• **Pour construire le tableau :**

étape 1 on recense les acteurs dans l'ordre chronologique de leur intervention dans le processus ;

étape 2 on identifie les outils d'information utilisés (fax, téléphone, saisie informatique, impression documents) ;

étape 3 on recense les différentes opérations à réaliser (transmission de documents…) ;

étape 4 on utilise des symboles pour représenter les actions, par exemple :

	Imprimé		Transfert de document
	Tout document		Consultation de document
	Document en plusieurs exemplaires		Comparaison de documents
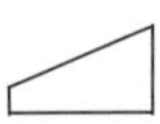	Saisie	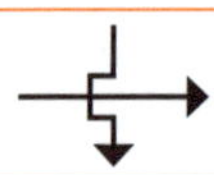	Croisement
	Dossier	①	Numérotation des tâches

Exemple

Dans l'entreprise de carrelage, les clients passent la commande à l'assistante commerciale.

– Celle-ci saisit la commande sur la base de données clients et transmet un exemplaire à l'entrepôt et un autre au responsable commercial.

– L'entrepôt procède à la livraison et transmet un exemplaire du bon de livraison au client, un autre à l'assistante commerciale.

– L'assistante commerciale édite une facture qu'elle transmet au service comptabilité et au client.

– Le client adresse son règlement au service comptabilité.

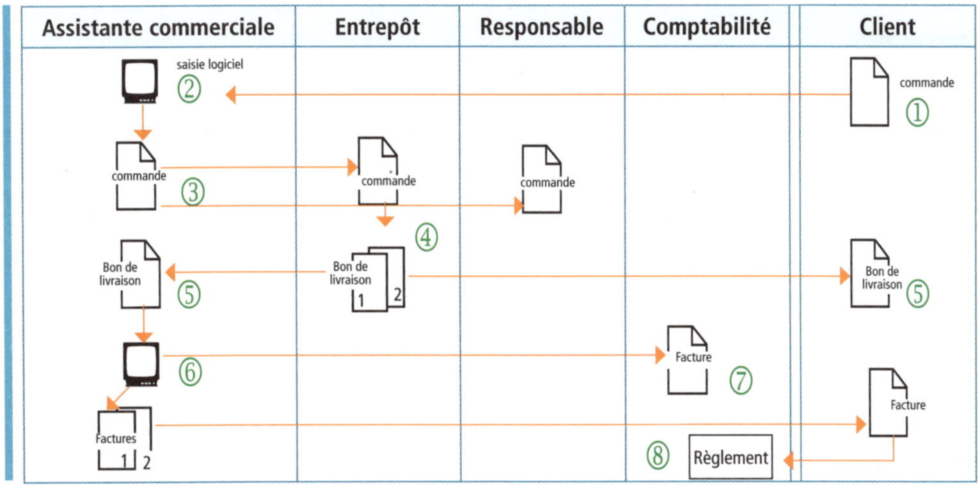

C Le schéma postes-documents

- Proche du schéma imagé par sa construction et l'utilisation de symboles, le schéma postes-documents est à privilégier pour analyser un processus dans le but d'y apporter des améliorations.
- On le choisit aussi lorsque le processus comporte plusieurs documents. Le tableau à double entrée représente les acteurs en colonnes et les documents en ligne.
- On note sur chaque symbole la première lettre du nom du document (par exemple D pour Devis) et on propose une légende en fin de schéma.

D Le logigramme (ou ordinogramme)

- **Le logigramme présente l'enchaînement logique des opérations qui participent à la réalisation d'un processus.** Il est parfaitement adapté aux processus qui font intervenir plusieurs choix possibles dans le déroulement des étapes.
- Sa représentation se lit de haut en bas et de façon chronologique.
- Le logigramme utilise des règles et des symboles qui lui sont spécifiques.

Exemple

Symbole	Signification
	On représente le départ / le début et l'arrivée / la fin du processus dans un rectangle aux angles arrondis.
	Le rectangle représente une opération ou une action.
	Le losange sert à poser une question, que l'on écrit dans le symbole. « Oui » et « Non » sont inscrits sur les chaînes qui poursuivent l'enchaînement.

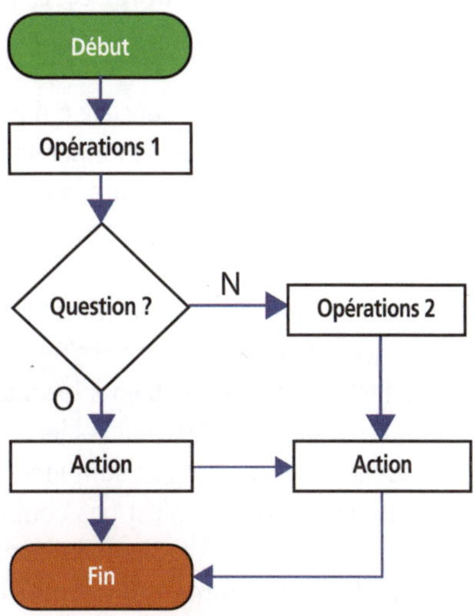

Exercices d'entraînement

Exercice 1

Corrigé p. 96

Vous travaillez dans l'entreprise Dépann'ordi.

Vous réalisez un diagramme des flux du processus de commande aux fournisseurs à l'aide des renseignements suivants.

– Quand le service informatique adresse au service des achats ses demandes de réapprovisionnement, ce dernier envoie des demandes de prix à trois fournisseurs.
– Les fournisseurs envoient leurs offres ; elles sont étudiées en détail et comparées par les acheteurs qui font ensuite un choix.
– Le service des achats établit un bon de commande à destination du fournisseur retenu. Une copie est transmise au magasin en vue de la réception.
– Quand la livraison arrive, le magasinier contrôle quantitativement la marchandise. Le magasin établit le bon à payer au service comptabilité.
– Quand le service comptabilité reçoit la facture du fournisseur (généralement 3 jours après la livraison), il vérifie que le bon à payer lui correspond et il émet le chèque de paiement.

Exercice 2

Corrigé p. 97

Vous êtes l'assistant(e) du directeur des ressources humaines de l'entreprise Ecocity qui propose des conseils aux industries soucieuses d'appliquer les normes liées au respect de l'environnement.

– Les consultants ont un besoin perpétuel de formation pour rester pertinents et efficaces dans leurs conseils. Chaque salarié consulte le catalogue des formations une fois par an. Quand il identifie la ou les formations qu'il souhaite suivre, il doit remplir un imprimé de demande de formation en trois exemplaires.
– Les trois exemplaires en support papier vous sont ensuite remis. Vous les contrôlez en vérifiant qu'ils sont complets puis vous les transmettez au DRH qui valide ou non la demande.
– Vous transmettez ensuite un exemplaire au salarié avec la mention « accordé » ou « refusé » et classez les 2ᵉ et 3ᵉ exemplaires dans votre dossier « Formation personnel ».
– Enfin, vous remplissez en ligne le formulaire d'inscription sur le site du centre de formation. Quelques jours plus tard, vous et le salarié recevez une confirmation électronique.

1. **Représentez la procédure par un schéma postes-documents.**

2. **Sous forme de note, vous présenterez les zones de dysfonctionnements et proposerez des solutions afin d'améliorer cette procédure.**

Exercice 3

Corrigé p. 97

Le garage Taulet Peinture, spécialisé dans la location de véhicules, a modifié sa procédure de traitement des factures, depuis la numérisation de ses documents jusqu'à son investissement dans un logiciel de reconnaissance de caractères (OCR).

– Les factures des voitures ayant fait l'objet d'une intervention lui sont adressées soit par email, soit par courrier.
– Si c'est une facture papier, le comptable la scanne et la soumet à la lecture de l'OCR. L'opération de vérification peut avoir lieu. Il s'agit de contrôler :
  · si la facture correspond bien à la voiture donnée à réviser ou à réparer au concessionnaire,
  · si les réparations ont bien fait l'objet d'une demande d'autorisation de la part du directeur technique,
  · si les tarifs des prestations sont identiques à ceux déjà enregistrés dans la base de données.
  · si l'un de ces aspects n'est pas conforme la facture est refusée, ce qui déclenche automatiquement une lettre de refus. Sinon, la facture est validée.

Concevez le logigramme qui permet de suivre la procédure depuis la réception d'une facture jusqu'au déclenchement de son paiement.

19 Identifier un problème : la méthode QQOQCP

Un problème est un phénomène qui intervient dans le fonctionnement de l'entreprise. Il apparaît le plus souvent sous la forme d'un **dysfonctionnement** ou d'un **besoin**. Avant de résoudre un problème, il faut d'abord l'identifier.

1 Démarche de la résolution de problème

Identification d'un problème → Recherche et analyse des causes → Recherche de solutions → Choix de la solution la plus adaptée → Vérification que le problème est résolu

2 Le principe

• **La méthode QQOQCP permet d'analyser la situation et de comprendre la nature des problèmes.** Cet outil simple d'utilisation permet d'intervenir à tous les niveaux de résolution des problèmes. Il s'agit de collecter toutes les informations susceptibles d'aider à la compréhension du problème en posant les questions : **Quoi ? Qui ? Où ? Quand ? Comment ? Pourquoi ?**

• **On y ajoute parfois la question Combien ?** Dans le tableau, les questions « Pourquoi ? » et « Combien ? » peuvent être traitées à la suite des autres questions ou bien combinées à toutes les autres questions.

3 La présentation

Cette méthode se présente sous la forme d'un tableau et doit être complétée par des analyses supplémentaires (arbre des causes, diagramme d'Ishikawa) pour affiner le diagnostic.

Questions	Situation / problème	Pourquoi ?	Combien ?
Quoi ?	• Quel est le problème ? • De quelles informations dispose-t-on sur le problème ?	La raison du problème	• Fréquence ? • Les différents effets du problème
Qui ?	Qui est concerné ? (responsables, destinataires, exécutants)	Pourquoi ces personnes ?	Nombre d'acteurs, de destinataires
Où ?	Où se manifeste le problème ? (services, sites, poste de travail, document…)	Pourquoi ces lieux ?	Nombre de lieux, de postes de travail, de documents
Quand ?	• Dates et durée du problème ? • Quand doit-il être résolu ?	Contraintes de temps	Depuis quand ?
Comment ?	• Comment se manifeste le problème ? • S'est-il déjà posé ?	Quelles en sont les causes ?	Quelles sont les différentes catégories de causes ?

20 Le questionnaire

Dans le cadre de la recherche des problèmes et de leurs solutions, certaines informations sont inexistantes et pourtant nécessaires pour élaborer un diagnostic complet et proposer des solutions adaptées. Pour obtenir ces informations, l'assistant(e) de manager peut avoir recours au **questionnaire d'enquête**.

1 La présentation

• **Un questionnaire est un document professionnel** qui doit être administré de manière claire. Pour l'élaborer :

– n'oubliez pas **l'en-tête** : le logo de l'entreprise ou le nom du service interne ;

– au centre, placez un titre présentant **l'objet du questionnaire** et une **accroche** ;

– **écrivez une introduction** : elle précise l'**objectif du questionnaire** et met la personne enquêtée en confiance ;

– **les questions** (une dizaine) doivent être numérotées, courtes, avec une seule idée par question, regroupées par thèmes et par ordre logique ;

– à la fin du questionnaire, demandez des **renseignements sur la personne questionnée** (âge, sexe, profession, emploi…) ;

– précisez la **date de retour** et le **mode de retour** (courriel, urne, etc.).

2 Les étapes de la construction d'un questionnaire

étape 1 Précisez l'objectif du questionnaire :

– pourquoi fait-on un questionnaire et que voulons-nous savoir ?

– de quelle information avons-nous besoin pour avancer ?

Ces questions définiront la population cible du questionnaire et en détermineront le mode d'administration.

> **Conseil**
> Pour bien fixer l'objectif du questionnaire, tournez-vous vers le demandeur qui saura préciser son besoin.

étape 2 Rédigez les questions pour obtenir les informations souhaitées.

– Choisissez des questions simples, variées (faites preuve de créativité pour éveiller l'intérêt !) et ordonnez-les chronologiquement, soyez précis dans la rédaction et faites preuve d'esprit de synthèse.

– Soignez l'introduction et la clôture du questionnaire.

– Veillez à adapter le style du questionnaire selon le mode d'administration ; il sera différent s'il est lu par un enquêteur ou s'il est auto-administré.

> **Conseil**
> Faites preuve de créativité dans les questions : le but est de rassurer la personne et de lui donner envie de répondre.

étape 3 Testez votre questionnaire auprès d'un échantillon réduit de personnes pour vérifier qu'elles comprennent bien les questions, la durée du questionnaire et le bon enchaînement entre les questions.

3 Les différents types de questions

Favorisez les questions fermées, car elles facilitent le dépouillement et l'analyse. Les questions ouvertes doivent être limitées à deux au maximum.

Types de questions fermées	Exemples
À choix binaire	Prenez-vous un petit-déjeuner le matin ? ❑ Oui ❑ Non
À choix multiple	Prenez-vous au petit-déjeuner : ❑ Des céréales ❑ Du jus d'orange ❑ Du pain
Échelle d'évaluation : *(on préfère un nombre de réponses pair pour éviter une concentration de réponses en position centrale)*	« Il est important de boire un jus de fruit frais le matin », êtes-vous : ❑ Tout à fait d'accord ❑ D'accord ❑ Moyennement d'accord ❑ Pas du tout d'accord
Classement par ordre d'importance	Classez par ordre d'importance ce qui compose un petit déjeuner équilibré : ❑ Un produit laitier ❑ Une boisson chaude ❑ Des céréales ❑ Du pain complet ❑ Des viennoiseries ❑ Du miel
Types de questions ouvertes	**Exemples**
Réponse numérique avec notation	Sur une échelle de 1 à 10, quelle note attribueriez-vous au petit-déjeuner que nous venons de vous servir ?
Suggestion	De quoi se compose, pour vous, un petit-déjeuner idéal ?

4 L'administration du questionnaire

Plusieurs modes d'administration existent. Il s'agit de choisir le plus adapté.

- **Par Internet.**

L'enquête est menée au sein de l'entreprise ou à destination de clients ou consommateurs, et l'on ne souhaite pas mobiliser de personnel pour l'administrer. Par ailleurs, elle nécessite le plus grand nombre de réponses possible (enquête quantitative).
Elle sera réalisée par Internet grâce à l'utilisation d'un logiciel spécialisé gratuit (Google form) ou payant (Sphinx).

- **Sur papier, en distribution libre.**

L'enquête est menée au sein de l'entreprise ou à destination de clients ou consommateurs (dans la rue), et le retour se fait par courrier ou dans une urne prévue à cet effet. Ce sont plutôt des enquêtes quantitatives, et le personnel n'a pas besoin d'être formé.

- **Sur papier, en face à face.**

L'enquête est menée au sein de l'entreprise ou à destination de clients ou consommateurs (dans la rue, à domicile, sur un point de vente ou par téléphone), et l'on mobilise du personnel (qui doit être formé) pour l'administrer. Il s'agit souvent d'une enquête plutôt qualitative, et on peut poser davantage de questions ouvertes.

5 Le dépouillement

- Une fois les questionnaires récupérés, on reporte les réponses dans un tableau.
- Le dépouillement peut aussi être informatisé à l'aide de logiciels (Sphinx, Ethnos).

N° de la question	Réponses possibles	Quantité	Pourcentage
1	Oui	20	29 %
	Non	50	71 %
	Total	70	100 %

Exercice d'entraînement

Corrigé p. 98

Vous intégrez le service des ressources humaines d'un laboratoire de 300 salariés. Vous avez décelé un problème important lié aux jeunes parents (environ 60 % de l'effectif) : des absences répétées dues aux problèmes de garde de leurs enfants. Certains salariés envisagent de chercher un emploi plus proche de leur domicile pour faciliter leur quotidien.

- **Conscient de la situation et avant d'envisager une ouverture d'une crèche dans l'entreprise, votre manager vous demande de procéder à une enquête afin d'approfondir le sujet.**

21 Déterminer les causes d'un problème : l'arbre des causes

1 Définition

• **Son rôle.** L'arbre des causes est un **outil de résolution de problèmes**. Il permet de déterminer la totalité des causes d'un incident en considérant celui-ci comme **l'aboutissement d'un enchaînement de faits**.

• **Sa présentation.** Il se présente sous la forme d'un schéma : les faits sont reliés par des flèches qui vont toutes dans le même sens, **des causes vers les conséquences**.

2 Construire le schéma

A Les étapes

étape 1 On démarre le schéma par **le fait ultime**, **l'incident**, en le plaçant à droite.

étape 2 On commence par relever tous **les faits concrets et objectifs** qui ont abouti à l'incident.

étape 3 Pour trouver l'enchaînement hiérarchique et logique des causes, on se pose la question « **Pourquoi ?** ».

B Enchaînement, conjonction ou disjonction des causes ?

• **Représentation des enchaînements :** les faits antécédents à l'incident s'enchaînent les uns aux autres par une flèche.

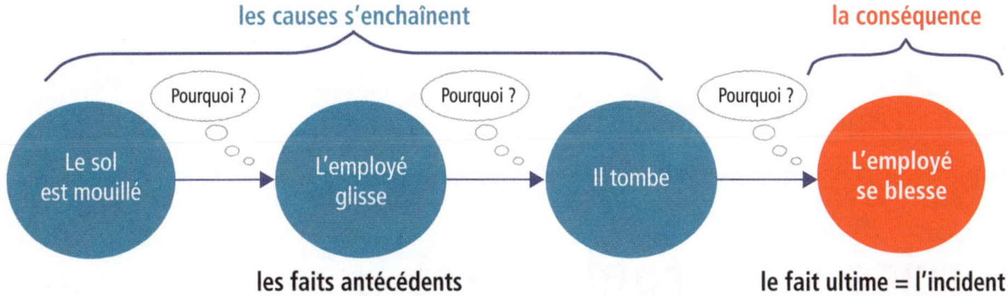

• **Représentation convergente :** des causes indépendantes les unes des autres convergent vers la même conséquence.

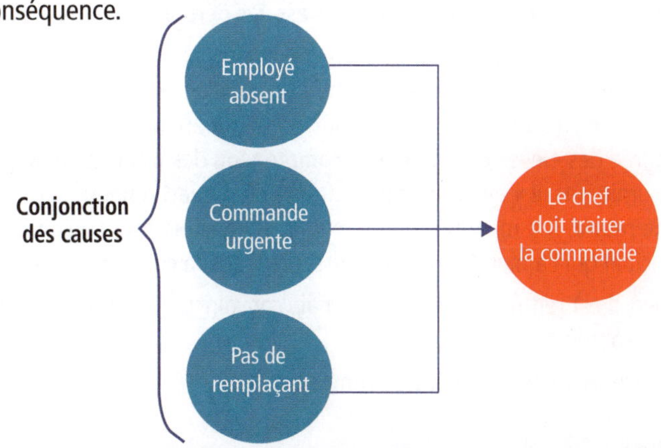

- **Représentation divergente :** une cause est à l'origine de plusieurs conséquences.

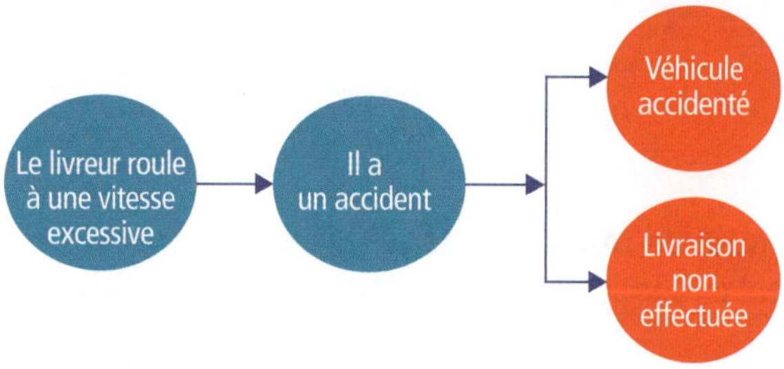

Remarque

Un schéma bien construit doit permettre de reconstituer les causes de l'incident de façon logique en reliant les faits sans rien omettre.

– Le schéma s'arrête lorsqu'après la question « **est-ce suffisant ?** » la réponse est « **oui** » ; on poursuit le questionnement si la réponse est « **non** ».
– Une fois toutes les causes identifiées, les actions correctives devront être mises en place pour éviter que le problème se reproduise.

Exemple

Après la réclamation d'un client important, l'assistant(e) de manager a recueilli auprès des différents services de l'entreprise l'ensemble des événements qui ont permis d'établir l'arbre des causes suivant :

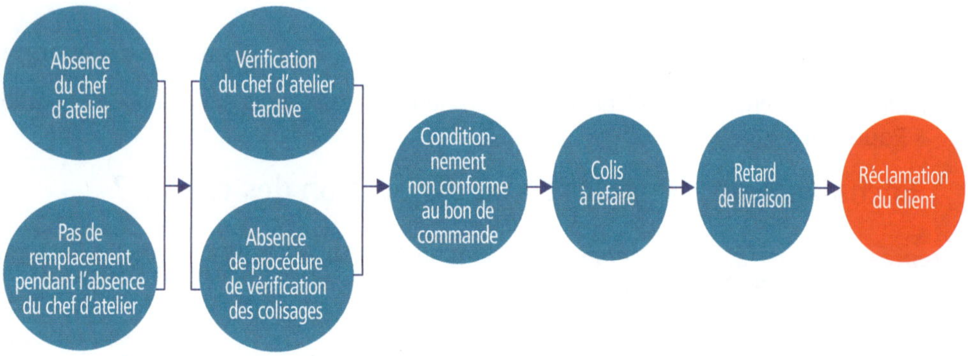

Exercice d'entraînement

Corrigé p. 98

C'est l'année du bac et, après une année de première catastrophique, Lucas a pris la résolution de ne plus arriver en retard. Mais sa première journée ne s'est pas déroulée comme prévu.

Tout d'abord son nouveau réveil n'a pas sonné ! Il avait dû mal lire la notice. Du coup, il s'est passé de petit déjeuner pour espérer arriver à l'heure. Ensuite, sa moto n'a pas voulu démarrer ; heureusement, il a réussi à attraper le bus de justesse mais il avait déjà perdu 20 minutes.
Arrivé au lycée, l'entrée des élèves était ralentie : compte tenu des dispositions Vigipirate et du nouveau système de tourniquets, il y avait une file d'attente d'un quart d'heure.
Avec 40 minutes de retard, il a manqué son premier cours et s'est tout de suite fait remarquer par son professeur principal qui l'a menacé d'un avertissement si son comportement ne changeait pas.

À la fin de sa journée, il est rentré chez lui dépité, mais convaincu qu'il devait changer ses habitudes s'il voulait tenir sa résolution !

- **Établissez l'arbre des causes de cette rentrée ratée.**

22 Classer les causes : le diagramme d'Ishikawa

Le diagramme d'Ishikawa est aussi nommé « diagramme causes-effets ».

1 L'intérêt du diagramme d'Ishikawa

• **Son rôle.** Une fois le problème défini, la réalisation d'un diagramme d'Ishikawa sera pertinente s'il y a un nombre important de causes et que ces dernières sont aussi variées que nombreuses. Il conviendra alors d'établir une liste précise des causes et d'attribuer à chacune d'entre elles une catégorie dans laquelle on va la rattacher.

Conseil

L'assistant(e) de manager l'utilise pour présenter de façon structurée les causes d'un problème par familles.

• **Sa présentation.** Aussi appelé **diagramme causes-effets** ou en **arêtes de poisson**, le diagramme d'Ishikawa permet de classer les causes du problème selon la méthode des « **5M** » : **Main-d'œuvre, Matières, Méthodes, Matériel, Milieu** (ou **7M** si il y aussi des dysfonctionnements dans le **Management** et les **Moyens financiers**).

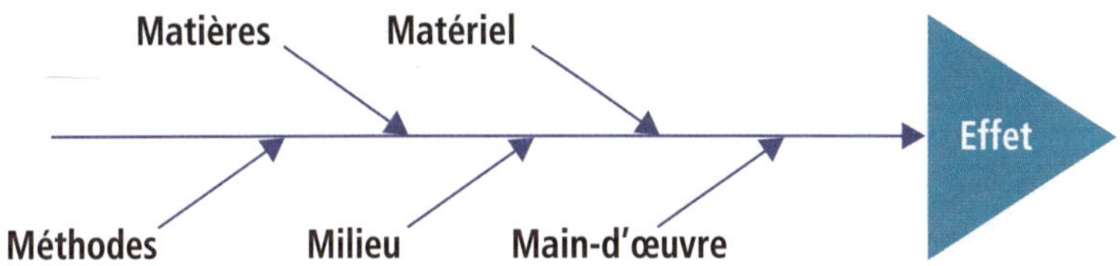

COMPRENDRE EN VIDÉO

Voir vidéo : Le diagramme d'Ishikawa

Familles	Causes liées ...
Milieu	à l'environnement matériel (bruit, implantation), ou immatériel (intranet, conditions de travail)
Matière	aux ressources : documents, produits, matières premières
Matériel	au matériel utilisé : problèmes de locaux, pannes
Main-d'œuvre	au personnel : absentéisme, manque de compétences, effectif inadapté
Méthode	aux procédures suivies : mode opératoire, mode d'organisation
Management	au style de management, aux consignes données
Moyens financiers	aux coûts, au budget alloué

2 Construire le diagramme

étape 1 Identifiez le **problème** : c'est l'effet constaté indiqué dans un triangle à droite.

étape 2 Répertoriez la liste des causes à l'origine du problème.

étape 3 Associez les causes aux différentes **familles** adaptées au contexte.

étape 4 Tracez le diagramme. À chaque flèche est affectée une famille.

étape 5 Sous chaque famille, placez les **causes** et les **sous-causes**. Adoptez un style concis.

Exemple : les facteurs liés à la mauvaise gestion des commandes

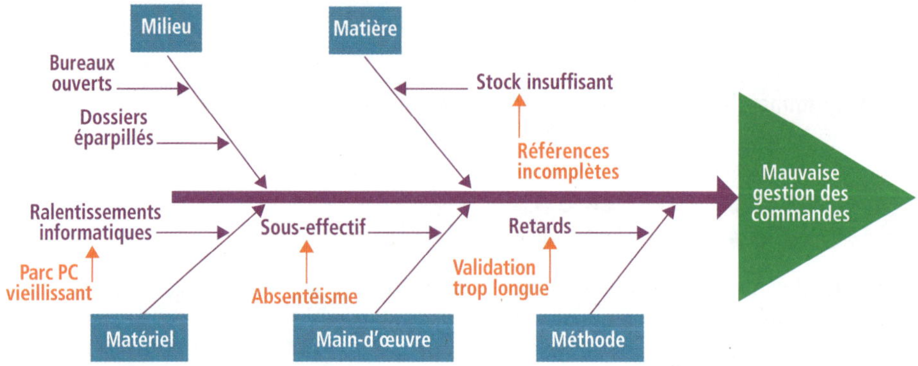

Remarque

Selon le problème constaté, il est possible de ne présenter que 3 ou 4 familles.

Exercice d'entraînement

Corrigé p. 99

Le dernier séminaire « réunion force de vente » de votre entreprise a montré un réel problème dans son organisation, au point de douter de son efficacité.

– L'ordre du jour n'a pas été suivi et tous les points n'ont pas été abordés.
– Les réunions se sont terminées plus tard que prévu.
– La salle de réunion était sombre, sans air conditionné et trop petite.
– Les plateaux repas n'étaient pas assez copieux.
– Il a fallu 30 minutes pour trouver le câble de connexion du vidéoprojecteur.
– La mise en page du diaporama était médiocre : trop de texte et caractères trop petits.
– En raison de la réservation tardive, les participants ne logeaient pas tous dans le même hôtel.
– Dans la salle de réunion, la disposition des tables n'était pas conviviale.
– Le lieu du séminaire était trop éloigné de celui de l'animation parapente.
– L'animation parapente a commencé avec 40 minutes de retard.

• **Chargé(e) d'organiser le prochain séminaire, vous commencez par prendre en compte l'ensemble des critiques. Repérez les différentes causes, classez-les par famille puis présentez-les dans un diagramme d'Ishikawa.**

23 Hiérarchiser les causes : le diagramme de Pareto

Le diagramme de Pareto est une **représentation graphique** qui **hiérarchise les causes** en fonction de leur incidence sur le problème. Il est aussi appelé « **loi des 20/80** » : si l'on traite 20 % des causes d'un problème, on peut en supprimer 80 % des effets.

1 L'intérêt du diagramme de Pareto

Il permet de cibler les causes principales sur lesquelles il faudra trouver et mettre en œuvre des solutions. On ne peut utiliser cet outil que si l'on dispose de données quantitatives et/ou de valeurs. Souvent, 20 % des problèmes (en quantité) représentent 80 % de la valeur (en euros).

2 La méthode de Pareto

COMPRENDRE EN VIDÉO

Voir vidéo : Le diagramme de Pareto

A Des données quantitatives

étape 1 Avant de réaliser un diagramme de Pareto, des données quantitatives ont été collectées grâce à un questionnaire ou une étude statistique. Ces données ont permis de mettre en évidence les problèmes relevés et d'évaluer chaque problème à l'aide d'un chiffre. À partir de ces données quantitatives, on élabore un tableau à 4 colonnes :
- **colonne 1** : les **causes** classées par ordre décroissant d'effectif ;
- **colonne 2** : la **fréquence** (le nombre de fois où s'est produite la cause) ;
- **colonne 3** : la **fréquence** (exprimée **en pourcentage**) ;
- **colonne 4** : le **cumul des fréquences** (exprimé **en pourcentage**).

étape 2 La représentation graphique de ce tableau est ensuite réalisée sous la forme d'un histogramme qui reprend les données des pourcentages. La courbe est la représentation des pourcentages cumulés (dernière colonne).

étape 3 On trace une courbe à partir des pourcentages de fréquences cumulées de la colonne 4.

Exemples

Code des causes	Fréquence	Fréquence (en %)	Cumul des fréquences (en %)
A - Erreur d'adresse	50	50 %	50 %
B - Adresse incomplète	30	30 %	80 %
C - Retard de livraison	15	15 %	95 %
D - Colis livré sans signature	5	5 %	100 %
TOTAL	100	100 %	

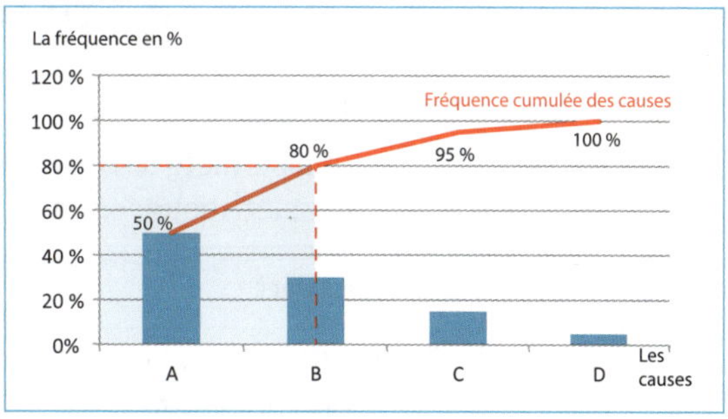

• Commentaire du schéma :

Pour identifier les causes responsables de 80 % des effets négatifs, on trace un trait vertical depuis l'intersection de la courbe avec la ligne de 80 % des ordonnées jusqu'à l'axe des abscisses.

Ici, on doit agir en priorité sur les causes A et B à l'origine de 80 % des problèmes.

B Des données en valeur

Si des **données en valeur** (en euros) sont disponibles **en plus des données quantitatives**, le tableau doit prendre en compte cette **double information**.

étape 1 Les causes sont indiquées dans l'ordre décroissant **en fonction de la valeur des pertes**.

étape 2 Le diagramme sera construit à partir des pourcentages cumulés des quantités et des valeurs.

Exemple

Codes des causes	Fréquence	Fréquence (en %)	% cumulé	Valeur (en euros)	Valeur (en %)	% cumulé
B	7	7 %	7 %	65 €	38 %	38 %
A	14	14 %	**21 %**	54 €	32 %	**70 %**
C	33	33 %	54 %	37 €	22 %	92 %
D	46	46 %	100 %	15 €	8 %	100 %
TOTAL	100	100 %		171 €	100 %	

• **Commentaire du schéma :**
On constate que seulement **21 % des causes en quantité représentent 70 % des pertes en valeur**.
Il faudra donc agir en priorité sur les deux premières causes (A et B) pour réduire significativement les pertes.

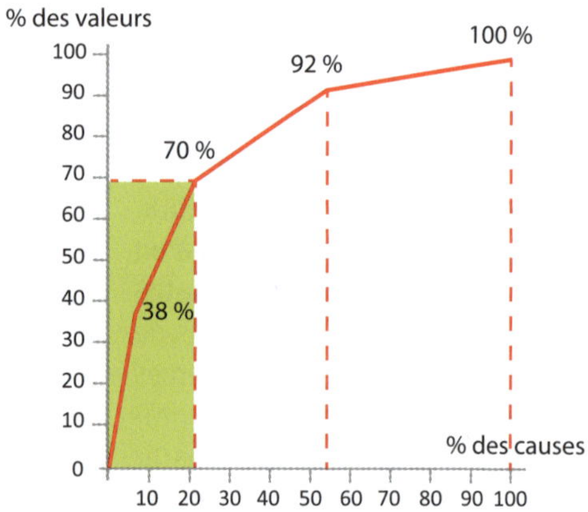

Exercice d'entraînement

Corrigé p. 99

La comptabilité a constaté beaucoup d'erreurs dans le remboursement des frais des commerciaux.

Afin de détecter les erreurs qui permettront de diminuer rapidement les pertes, réalisez un diagramme de Pareto à l'aide des statistiques suivantes, en suivant les étapes de la méthodologie.

Code	Erreurs constatées	Nombre d'erreurs (en quantité)	Valeurs totales des erreurs (en euros)
A	Manque de justificatifs de repas	115	1440 €
B	Erreurs de calcul dans les frais de déplacement	43	3600 €
C	Erreurs de saisie des montants	35	2900 €
D	Dépassement du barème des repas	82	695 €
E	Erreurs d'imputation	56	3725 €

24 Chercher des solutions

Une fois les problèmes identifiés et avant de rédiger le diagnostic définitif, il est temps de **proposer des solutions pour améliorer la situation**. La difficulté consiste à proposer les solutions les plus pertinentes et les plus adaptées au problème du point de vue de leur faisabilité et en fonction des moyens et des contraintes de l'entreprise.
Plusieurs méthodes peuvent être mises en œuvre pour favoriser la créativité des collaborateurs et proposer des solutions.

1 Le remue-méninges (ou *brainstorming*)

A Le principe du *brainstorming*

• **Le *brainstorming* est une technique de créativité** qui permet de produire un maximum d'idées dans un minimum de temps. Elle est surtout employée avec des groupes, mais elle s'adapte aisément à une seule personne.

• **Cette technique favorise la fluidité de la pensée** des individus et du groupe et préserve le flux des idées. Elle consiste à énoncer dans un premier temps une grande quantité d'idées sans censure ni autocensure et sans jugement extérieur ou personnel.

• **Après avoir émis le plus d'idées possible,** on peut analyser, critiquer et sélectionner les idées trouvées. On transforme ainsi les idées brutes en solutions adaptées à la situation.

B Les étapes du *brainstorming*

étape 1 **On cerne le problème** et on définit l'objectif du remue-méninges de façon précise en inscrivant le problème et l'objectif sur une feuille ou un tableau. On rappelle les règles de fonctionnement (absence de jugement, temps de parole…).

étape 2 **On laisse libre cours à l'imagination** et aux idées en les écrivant toutes, dans un minimum de temps, sans se censurer. On multiplie les associations d'idées, on améliore ses idées en surfant sur celles des autres ou sur les précédentes (si on travaille seul). Plus on cumule d'idées, plus on envisage des alternatives.

étape 3 **On transforme les idées en solutions** en évaluant et analysant les idées émises pour ne retenir que celles qui correspondent aux objectifs fixés. On sélectionne ainsi des solutions nouvelles, réalistes, réalisables, susceptibles de répondre aux exigences de la situation et du problème.

2 Le schéma heuristique ou carte mentale

A Le principe du schéma heuristique

• **C'est une méthode d'organisation d'idées sous forme de dessin ou d'arborescence.** Le schéma heuristique ou *mindmap* permet de produire une image visuelle de ce que l'on pense. Grâce aux associations, au regroupement et à la visualisation des idées, il devient facile d'obtenir une image globale de nos pensées sur un sujet.

• **La carte mentale manuscrite** permet de noter rapidement et au fur et à mesure les idées qui viennent. La mise en forme et l'organisation sont libres d'un individu à un autre. On peut utiliser des couleurs, des dessins, des mots adaptés.

B Les étapes du schéma heuristique

étape 1 **On note le sujet de réflexion au centre d'une feuille**, puis on inscrit autour les idées comme elles viennent en les notant sous forme de mots-clés.

étape 2 **On trace des flèches pour mettre en évidence les relations avec les idées.** On peut effectuer des regroupements thématiques entre différentes parties du schéma.

étape 3 **Une fois le schéma réalisé, on obtient un plan d'ensemble synthétique et structuré** facilitant la réflexion et permettant de visualiser les différents points de vue. Il met en évidence de nouvelles pistes de solutions.

Pour réaliser un schéma heuristique, il est possible d'utiliser des logiciels libres comme *Mindmanager* ou *FreeMind*.

Exemple : le déménagement du service commercial

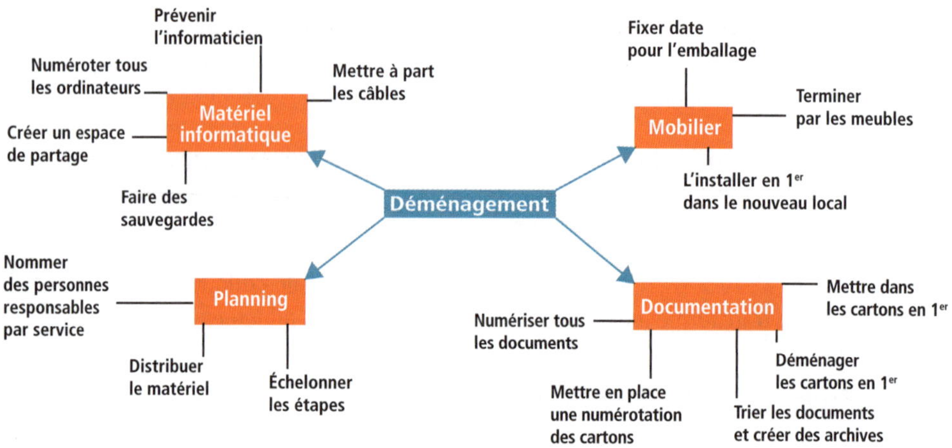

3 Les autres méthodes

• **La méthode analogique** ou méthode comparative consiste à prendre en exemple une situation identique ou proche de la situation à améliorer et qui a donné de bons résultats. **On étudie ainsi les solutions qui ont été appliquées au précédent problème.**

• **La méthode de concassage** permet d'**examiner un problème sous plusieurs angles grâce à l'utilisation des déclencheurs SCAMPER** (acronyme de **s**ubstituer, **c**ombiner, **a**dapter, **m**odifier, **p**roduire, **é**liminer, **r**éorganiser), qui correspondent à une liste de questions à se poser face à un problème. En utilisant ces questions de manière aléatoire ou systématique, on arrive à générer de nouvelles idées et imaginer ainsi des changements à une situation problématique.

• **Le scénario catastrophe** est une technique qui consiste à **imaginer le pire** et à **recenser tous les obstacles possibles et les freins** dans la mise en œuvre d'une action en se posant la question « **Comment faire pour échouer ?** ». Cette technique permet de mettre en évidence les pièges à éviter. À l'issue d'un *brainstorming*, on analyse et on exploite les résultats.

25 Comparer des solutions

Lors de l'épreuve, la qualité du rapport sera d'autant plus appréciée qu'il sera structuré, aéré et qu'il respectera les normes imposées de présentation.

1 Le tableau avantages/inconvénients

C'est un simple tableau en deux colonnes qui présente les avantages et les inconvénients des solutions et peut être intégré au tableau causes/solutions ou en complément d'une matrice de compatibilité.

2 La matrice de compatibilité

Cet outil a pour objectif de **sélectionner des solutions**. Toutes les propositions de solutions sont présentées dans un tableau à double entrée :
- un signe **+**, **–** ou **?** est attribué en fonction de votre évaluation.
- on utilise le signe « + », si la solution est compatible avec le critère, le signe « – » si la solution ne l'est pas et le signe « ? » s'il est impossible de prendre une décision ;
- on retiendra les solutions qui auront obtenu le plus grand nombre de **+**.

Exemple : sélectionner une fiche bricolage

Solutions / Critères	Proposition 1 Fabriquer un mobile	Proposition 2 Améliorer un meuble étagère
Originalité	+	–
Intérêt	–	+
Facilité à mettre en œuvre	–	+
Explication claire	+	+
Schémas simplifiés	+	+
TOTAL	3 +	4 +

Dans cet exemple, le choix se portera sur la proposition 2.

3 La grille multicritères

La grille multicritères compare des solutions avec une notation et un coefficient attribué aux critères.

- Le tableau à double entrée met en ligne les **critères**(1), en colonnes la **notation** de chaque critère(2). (*Voir exemple page suivante*)

Remarque

Exemple de coefficients de pondération :
- Critère très important 5
- Critère important 3
- Critère moins important 1

- On ajoute une colonne « **coefficient de pondération** »(3), la valeur attribuée aux coefficients est en fonction de l'importance que l'on accorde à chaque critère ; une colonne « **note pondérée** » pour le résultat(4) et une ligne pour le **total** afin de déterminer le meilleur score(5).

Exemple : le mode de diffusion des fiches bricolage

		Site Internet de bricolage		Journal *Le bricolage à la maison*		Fiches gratuites en magasins spécialisés	
Critères[1]	**Coefficient de pondération**[3]	**Note/4**[2]	**Note pondérée**[4]	**Note/4**[2]	**Note pondérée**[4]	**Note/4**[2]	**Note pondérée**[4]
Coût / contact	5	4	20	1	5	4	20
Diffusion	3	3	9	3	9	4	12
Impact	1	1	1	3	3	3	3
Total [5]	9	8	30	7	17	11	35

Ici, on constate que la diffusion de fiches gratuites en magasins spécialisés est la meilleure solution : une très bonne diffusion et un bon impact pour un coût très intéressant.

4 Les outils de simulation

Ils permettent avec les tableurs de **simuler des résultats et des hypothèses**. Ils confirment les décisions qui ont été prises ou qui aident à prendre la décision finale.

A Le tableau croisé dynamique

On le réalise à partir d'un fichier source largement renseigné sur Excel. Le tableau croisé dynamique permet de synthétiser **des informations, de trier des données,** d'inverser leur orientation en plaçant des champs différents dans les colonnes ou les lignes, et de calculer toutes sortes de combinaisons qui éclaireront sur la situation et la suite à donner dans la décision.

B La valeur cible

Cette fonction d'Excel permet, à partir d'un tableau dont certaines valeurs sont renseignées par vous-même et de formules de calcul, de faire varier automatiquement la valeur d'autres cellules pour essayer de s'approcher de la valeur cible souhaitée.

Exemple

Dans ce tableau, on constate que le prix de revient du produit est de 2 496 €. On voudrait ramener ce montant à 2 000 €.

Pour cela, on doit calculer quel est le montant de la remise qui devra être accordée pour arriver à 2 000 € ou savoir quel devrait être le montant des matières premières (ou des frais de fabrication ou de transport).

Éléments	Quantité	Prix unitaire	Total
Achat matières premières	64	25,00 €	1 600,00 €
Frais de fabrication	64	2,00 €	128,00 €
Frais de transport	64	12,00 €	768,00 €
Prix de revient			2 496,00 €

En utilisant les fonctions avancées d'Excel (analyse de scénarios dans l'onglet Données), le logiciel calculera que pour atteindre 2 000 € de prix de revient, il faudra obtenir une remise de 20 %.

26 Proposer des solutions

Après avoir trouvé et analysé les solutions à un problème, il faut les présenter de telle manière que le manager puisse en avoir une vision synthétique.

1 Construction du tableau

C'est par un tableau que l'on peut obtenir une présentation synthétique et complète :
– il récapitule les solutions en fonction des différents domaines et services ;
– il aide l'assistant(e) de manager à orienter ses propositions en mettant en perspective les moyens financiers et humains, la situation économique et les contraintes (humaines, environnementales, temporelles, techniques, budgétaires, légales).

2 Panorama des solutions

• Plusieurs solutions peuvent coexister pour un même problème. Pour être performantes et cohérentes, elles doivent intervenir à la fois aux niveaux **managérial**, **organisationnel**, **relationnel** et **technique**.

Exemple : présentation des solutions par domaines

Au niveau managérial	• Formation pour les équipes ou le personnel (mise à niveau ou évolution de carrière) • Organisation des temps de travail/Rotation des équipes • Aménagement des espaces de travail et des avantages en entreprise • Amélioration du type de management (davantage de concertation, de collaboration entre les équipes) • Aménagement des postes de travail • Gestion des congés et des absences/Recadrage d'un collaborateur • Création d'une dynamique de groupe • Mise en place d'une plateforme collaborative, création ou entretien d'un réseau relationnel
Au niveau relationnel	• Amélioration de la communication en interne (intranet, GED*, numérisation, archivage, indexation) • Amélioration des mises en réseau (agendas partagés, Google drive, utilisation des TIC) • Amélioration de la relation en interne (entretiens individuels, mise en place de réunions) • Évaluation du climat de l'entreprise (questionnaires d'enquête, bilans)
Au niveau technique	• Mise en place de moyens pour sécuriser le système informatique • Calcul de la rentabilité, d'un coût de revient, calcul et analyse des écarts • Analyse de la situation financière de l'entreprise, les soldes intermédiaires de gestion • Mise en place d'un budget, d'un tableau de bord et d'indicateurs • Création de modèles de documents (lettres, notes de frais, demandes de déplacement, de formation, de congés) • Gestion des stocks, des sauvegardes, des droits d'accès
Au niveau organisationnel	• Création ou mise en place de procédures afin d'améliorer le travail • Mise en place d'un système de veille informationnelle (alerte Google) • Mise en place d'une GED/Modélisation de documents (administratif, commerciaux) • Élaboration d'un questionnaire d'enquête • Mise en place d'un diagramme de Gantt pour suivre l'évolution d'un projet • Création d'un TRT**, liste de contrôle • Mise en place d'un plan de communication

*Gestion électronique de documents ** Tableau de répartition des tâches

Voir pp. 56 et 75

• Dans tous les cas, il faudra ensuite vérifier si le problème est résolu. Pour cela, on pourra utiliser un **questionnaire** et un **tableau de bord**.

27 Établir un diagnostic

Un diagnostic est l'**analyse d'une situation** dans une entreprise, un service, où l'on a relevé un problème ou un dysfonctionnement. Le diagnostic ouvre la voie à la rédaction d'un rapport qui permettra au responsable concerné de décider des mesures et actions à mettre en place.

1 La présentation du diagnostic

A Les mentions obligatoires

Certaines mentions sont incontournables dans un rapport de diagnostic. Il doit comprendre :
– le logo de l'entreprise (en haut à gauche) ;
– l'émetteur (nom du service, nom, prénom, fonction) ;
– le destinataire avec ses nom, prénom et fonction ;
– le lieu et la date ;
– le titre du document : « rapport » ou « note de synthèse » ;
– l'objet ;
– les pièces jointes avec leur titre et le numéro des annexes ;
– la signature avec le prénom et le nom de l'émetteur ;
– en pied de page, la date, la numérotation des pages et la référence du document (titre et nom de l'auteur et du service).

B Présentation et transmission

Le mode de présentation, papier ou numérique, dépend de l'usage en cours dans l'organisation et des destinataires du document :

– **en cas d'impression,** il faut privilégier une impression couleur, brocher le document avec les 2 ou 3 pages du résumé et les annexes jointes ;

– **sous forme numérique,** le rapport sera réalisé sur un traitement de texte puis enregistré au format PDF (dans sa version définitive) et natif (traitement de texte) pour les corrections. Le document sera transmis par courriel ou dans un espace dédié sur l'intranet, en respectant les règles de confidentialité et les droits d'accès.

2 Le plan : la démarche suivie

Le plan d'un rapport de diagnostic est classique et reflète la démarche suivie :
– **formulation claire du problème,** chiffré ou non ;
– **identification des causes du problème** (causes internes, externes…) ;
– **inventaire des forces, faiblesses, opportunités et menaces** de l'organisation face à ce problème ;
– **synthèse** qui permet de proposer des solutions afin de surmonter le problème identifié.

A L'introduction

En quelques lignes, elle **rappelle la demande**, **formule clairement le problème** et **annonce le plan**.

B Le développement

Il sert à **présenter la situation** et à en **analyser les causes**.

Voir pp. 55 et 59

- **Analyse de la situation actuelle.** Il est nécessaire de :

– caractériser le problème en précisant le contexte dans lequel il est survenu ;

– rappeler les enjeux et les objectifs ;

– identifier les contraintes et les opportunités.

Exemple :
RH : turnover des salariés
service commercial : clients mécontents…

- **Analyse des causes** en vous appuyant sur les **outils d'analyse**.

C La conclusion

- La conclusion est importante car elle **expose les solutions** pour améliorer la situation afin d'éclairer le choix de l'interlocuteur et de l'aider dans sa prise de décision.

- L'émetteur parle en son nom personnel et utilise soit « je », soit « nous ».

- Plusieurs outils permettent de présenter les solutions :

– **le tableau causes-solutions** comprend une colonne « causes » et une colonne « solutions » pour les mettre visuellement en relation. Il évite de s'éparpiller ;

– **les outils de comparaisons de solutions** permettent de sélectionner les solutions pertinentes par rapport aux contraintes et aux opportunités de l'entreprise, à ses forces et à ses faiblesses. Des critères de comparaison sont alors utilisés comme les coûts, les délais, les performances, la pérennité ;

– **l'évaluation des risques** : chaque solution envisagée peut entraîner des risques qu'il est nécessaire d'estimer : coûts supplémentaires, outils et matériels à acquérir, délais…

- On termine le rapport par une brève formule de politesse et la signature (nom et fonction) de l'émetteur.

28 La gestion budgétaire

La gestion budgétaire d'une entreprise repose sur la **prévision des recettes et des dépenses**. En collaboration avec un responsable, l'assistant(e) de manager peut être amené(e) à élaborer le budget de fonctionnement d'un service et doit être en mesure d'interpréter un budget de trésorerie.

1 Les différents budgets

- **Les budgets de fonctionnement** sont relatifs à un service ou à une activité (participation à un salon, organisation d'un événement…).

- **Le budget de trésorerie** regroupe l'ensemble des budgets et permet de connaître le montant de la trésorerie en fin de mois (l'argent disponible).

- **Les budgets sont interdépendants** dans une entreprise, et sont construits dans un ordre logique. Les budgets des ventes conditionnent le budget des productions et des investissements, qui déterminent le budget des charges.

2 Le budget de fonctionnement

- **Le budget de fonctionnement** reprend et décrit avec précision toutes les dépenses et les recettes d'un service. Il fait partie du budget général de l'entreprise.

- **Il est construit à partir des données en volume et en valeur financière.** Il comprend les dépenses nécessaires au fonctionnement de l'activité ou du service :
– **les charges du personnel** (salaires + primes + charges patronales) ;
– **les charges liées aux activités** (hébergement, restauration, déplacements, formation) ;
– **les charges de fonctionnement** (amortissement des investissements, locations immobilières et mobilières, assurances, téléphone, énergie, matériel et fournitures de bureau, logiciels, maintenance informatique).

- **Ce budget est mensualisé** et doit faire l'objet d'un suivi régulier. Les tableaux de suivi permettent d'analyser les postes de dépenses et de mettre en place des alertes et des actions correctives si besoin.

3 Le budget de trésorerie

- **Il présente mois par mois** les **dépenses** (décaissements) et les **recettes** (encaissements). Il centralise tous les flux d'encaissements et de décaissements.

- **Le montant de la trésorerie** est **bénéficiaire** ou **déficitaire**. Le manager devra trouver des solutions pour rééquilibrer un budget déficitaire comme payer ses fournisseurs, réduire le crédit client ou demander des autorisations de découvert aux banques…

Définitions

Décaissements : somme des différentes charges à payer aux fournisseurs.
Encaissements : montants des commandes que vont payer les clients.
Ces notions sont liées aux **délais de paiement**.

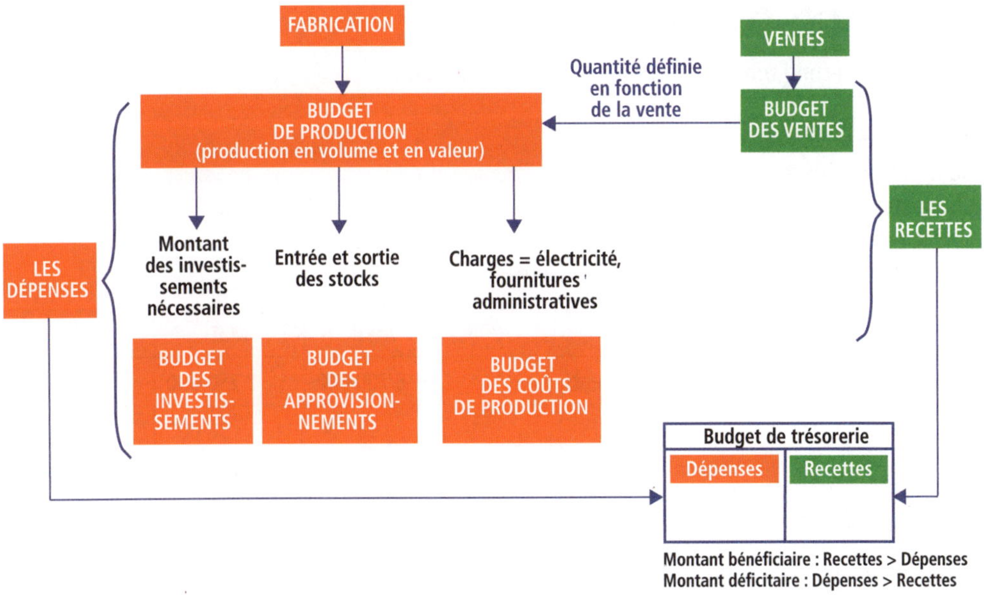

▲ Schéma du budget de trésorerie

• Dans le cadre du contrôle budgétaire, il est indispensable de comparer les prévisions budgétaires avec les réalisations, d'analyser les écarts et de prendre les décisions correctives.

Exemple : présentation des solutions par domaines

	Mois 1	Mois 2	Mois N
Encaissements Total des ventes	30 000	20 000	
Décaissements Achats Charges Salaires	 4 500 3 264 8 760	 8 500 3 264 8 760	
Total des dépenses	16 524	20 524	
Flux de trésorerie (1)	13 476	– 524	
Trésorerie début de mois (2)	527	14 003	
Trésorerie fin de mois (3)	14 003	13 479	

(1) Total des ventes – total des dépenses : 30 000 – 16 524 = 13 476
(2) On reporte le montant de la trésorerie de la fin du mois précédent
(3) Flux de trésorerie + trésorerie début du mois : 13 476 + 527 = 14 003

4 Le contrôle budgétaire

• En fin de projet, il est indispensable de comparer les prévisions budgétaires avec les réalisations, d'analyser les écarts et de prendre les décisions correctives.

Voir p. 75

• La bonne tenue des différents budgets permet d'avoir une vision synthétique des résultats. On peut ensuite réaliser des tableaux de bord à l'aide des données contenues dans les budgets. Vous travaillez dans un magasin de sport. Chaque trimestre, la société réalise son budget prévisionnel de trésorerie.

Exercice d'entraînement

Corrigé p. 99

Le CA N-1 du second trimestre se décomposait comme suit :
– Avril : 8 395 880 €
– Mai : 9 239 885 €
– Juin : 11 646 889 €
Compte tenu des investissements de publicité cette année, on espère une augmentation des ventes de 12 %.
Par ailleurs le budget prévisionnel de décaissement a été calculé :

Libellés	Avril	Mai	Juin
Achat de marchandises et approvisionnements	6 700 000	7 750 000	8 900 000
Charges administratives	38 000	38 000	38 000
Charges du personnel	420 000	420 000	420 000
Charges sociales	210 000	210 000	210 000
Dotations aux amortissements	326 520	455 788	457 955
Charges de commercialisation et de distribution	315 420	444 698	358 628
Total	**8 009 940**	**9 318 486**	**10 384 583**

1. **Calculez le budget prévisionnel des encaissements d'année N.**
2. **Calculez le budget et celui de la trésorerie du second trimestre N en partant d'un montant de trésorerie initiale de 56 227,00 € pour le mois d'avril N.**

29 Le tableau de bord

Le tableau de bord permet d'assurer un suivi optimal des projets : c'est un **outil de pilotage et de mesure des performances** utile à tous les services de l'entreprise (gestion, commercial, RH).

1 Le rôle du tableau de bord

COMPRENDRE EN VIDÉO

Voir vidéo : Le tableau de bord sur Excel

A La mise en évidence des réalisations et des écarts

- **Le tableau de bord** présente de manière synthétique, selon une périodicité et un délai limités, les activités et résultats de l'entreprise, à l'aide de données, chiffrées ou non, sous forme d'indicateurs caractéristiques et de graphiques.

- **Il permet de comparer et de contrôler** la réalisation des objectifs, de prendre les décisions et d'apporter les mesures correctives nécessaires.

- **Il met en évidence les écarts** objectifs/réalisations, les résultats physiques (quantités fabriquées, vendues…) ou financiers (chiffre d'affaires, marges, résultat net…) par rapport aux objectifs préétablis qui servent de référence.

B Un outil de diagnostic

Le tableau de bord attire l'attention sur les anomalies et phénomènes « anormaux », au-delà d'un seuil de tolérance (défini en valeur absolue ou relative pour chaque indicateur).

Remarque

C'est un excellent révélateur des points faibles dans l'organisation (double-emplois, définition insuffisante des responsabilités…).

C Un outil de prise de décision

- **La mise en évidence des écarts** doit conduire à analyser les causes et à prendre des mesures correctives. La survie de l'entreprise passe par une détection rapide des anomalies.

- **Dès sa parution,** le tableau de bord doit servir de base de dialogue entre les différents niveaux hiérarchiques au cours du comité de direction ou d'une réunion spécialisée.

2 Réalisation d'un tableau de bord

- **À l'origine du tableau de bord,** il y a le **besoin formulé par un collaborateur** (bilan d'une opération, statistiques de ventes, mesure des embauches…) **d'une analyse chiffrée** sur une période donnée (mois, semestre, année…).

- **Une fois ces éléments fixés,** le tableau de bord se réalise en deux étapes.

A Étape 1 : la définition du tableau de bord

• **Collecter des informations :** il est nécessaire de bien identifier les services et les documents nécessaires à l'élaboration du tableau.

• **Définir les objectifs :** qui sont les destinataires du tableau ? À quoi ce tableau va t-il servir ?

• **Définir la périodicité du tableau de bord :** quotidien, hebdomadaire, mensuel...

Exemple
La périodicité est déterminée en fonction de sa pertinence : le CA sera suivi de façon hebdomadaire tandis que la marge sera suivie mensuellement.

B Étape 2 : la conception du tableau de bord

• **La présentation.** On rencontre deux types de tableaux de bord :
– **statique :** alignement de chiffres ;
– **dynamique** ou tableau des « clignotants » : il permet de porter un jugement de valeur d'après un certain nombre d'indices, de ratios, de chiffres-clés.

• **Le choix des indicateurs :** quantitatifs ou qualitatifs. Il peut s'agir d'indicateurs numériques, symboliques, graphiques. Ils sont déterminants dans la lisibilité et la compréhension du tableau. Leur choix dépendra de l'utilisation du tableau et des différents destinataires.

Conseil
Le nombre d'indicateurs doit être limité pour éviter de noyer l'interlocuteur sous un flot d'informations.

• **Les résultats à mettre en avant :** on choisira par exemple de mettre l'accent sur l'évolution du chiffre d'affaires (généralement en valeur relative) plutôt que sur la marge.

3 La présentation d'un tableau de bord

A Les indicateurs

• **Les indicateurs doivent être comparés.** Tous les éléments chiffrés sont comparés par rapport aux chiffres précédents, aux chiffres budgétés, aux chiffres de la profession et aux chiffres des meilleurs. Les écarts doivent traduire un résultat (en hausse, en baisse, en constante) à prendre en compte dans la prise de décision.

• **On peut identifier différents points de comparaison :**
– **les normes professionnelles** : il s'agit des indicateurs économiques de différents organismes (syndicats professionnels, banque de France, centres de gestion agréés, journaux économiques...) ;
– **les prévisions** : on suit les réalisations par rapport aux prévisions (écarts sur budget) et aux projections (écarts sur prévisions à court terme) et on prend des décisions si les écarts sont importants. Le calcul des écarts se fera par poste et en cumul, en valeur absolue et en pourcentage ;
– **les valeurs historiques** : on compare d'un mois sur l'autre, sur une période, avec l'année précédente...

- **L'utilisation des indicateurs de performances.**

Pour mesurer et suivre	Indicateurs de performance
l'activité	Chiffre d'affaires : calcul qui permet de comparer le nombre de commandes entre des périodes précédentes
la productivité	Marge réalisée sur la production, qualité des produits (taux de retour, nombre de pannes, de réclamations), marge commerciale
le domaine financier	Délai de règlement des clients, coût de distribution, seuil de rentabilité réactualisé avec la date à laquelle il sera atteint
les frais de personnel	Calcul en valeur relative à partir de la masse salariale : taux d'absentéisme, turnover, taux de participation aux formations

- **Les indicateurs peuvent être très variés.**

Indicateurs	Mesure des résultats	Exemples
Économiques	En valeur avec unité monétaire ou/et en taux (%, ratio)	CA, prix de vente moyen, part de marché, marge, rentabilité, rotation des stocks…
Physiques	En quantité (nombre)	Quantités vendues, nombre de clients, nombre de commandes…
Qualitatifs	En qualité (pourcentage)	Taux de rebut, nombre d'erreurs, délai d'attente…
De coûts ou de consommation	En valeur avec unité (de temps, de distance, ou monétaire)	Nombre d'heures de main d'œuvre, heures machine, quantité de matière consommée, kilomètres parcourus…
Humains	En pourcentage / En valeur avec unité de temps ou monétaire	Taux d'absentéisme, nombre de démissions, accidents de travail, heures supplémentaires...
Une note	Qualité d'un service, d'un produit	Qualité du tissu : 10/20

B Les représentations graphiques

- **Les graphiques complètent les données chiffrées** et permettent une compréhension plus immédiate.

- **On peut construire de nombreux types de graphiques** à partir de données renseignées dans un tableau Excel : **histogrammes, courbes, secteurs, barres, aires, nuages de points, graphiques boursiers, graphiques de surface, anneaux, bulles et radars**. Chacun a son avantage et il est possible de mixer les graphiques pour accroître la compréhension des informations.

- **Avant d'opter pour l'un ou l'autre des graphiques, il faut se demander :**

– que voulons-nous montrer ?
– comment structurer ses données pour y arriver ?
– quel modèle de graphique choisir ?

Les graphiques les plus utilisés sont les graphiques en secteurs et les histogrammes.

• **Le graphique en secteurs** est bien adapté pour **représenter des proportions entre les catégories**. Il ne traite qu'une seule série : s'il faut représenter plusieurs séries, plusieurs graphiques sont nécessaires. Les données peuvent être présentées en valeur mais elles sont le plus souvent sous forme de pourcentages.

Types de visiteurs	
Femmes	58
Hommes	17
Enfants	41

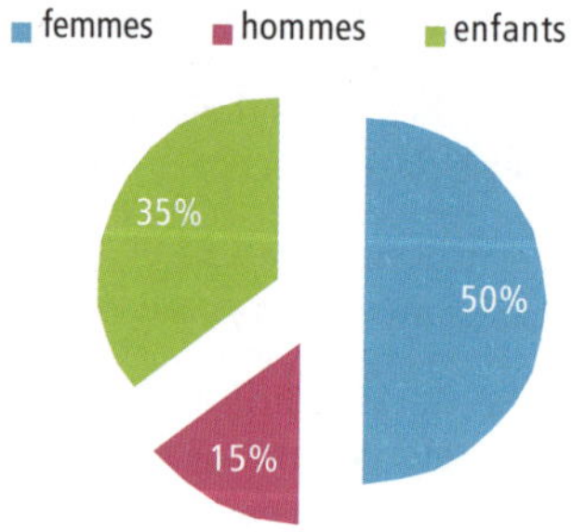

▲ Répartition des visiteurs

• **L'histogramme** est utile pour comparer des données entre elles ou pour montrer une évolution dans le temps. On peut montrer les données sous forme de barres, de cylindres ou de cônes. Leur hauteur est proportionnelle à la valeur des données représentées. L'axe vertical (ordonnées ou axe Y) reçoit les valeurs ; l'axe horizontal (abscisses ou axe X) reçoit les catégories.

Zone	Commercial	N – 1	N
Est	Bertrand	620	735
Est	Hubert	435	822
Est	Raoul	785	829
Ouest	Roger	510	813
Ouest	Igor	523	623
Ouest	Dimitri	742	652
	TOTAL	**3 615**	**4 474**

▲ Chiffre d'affaires N – 1 / N des secteurs Est et Ouest par commercial

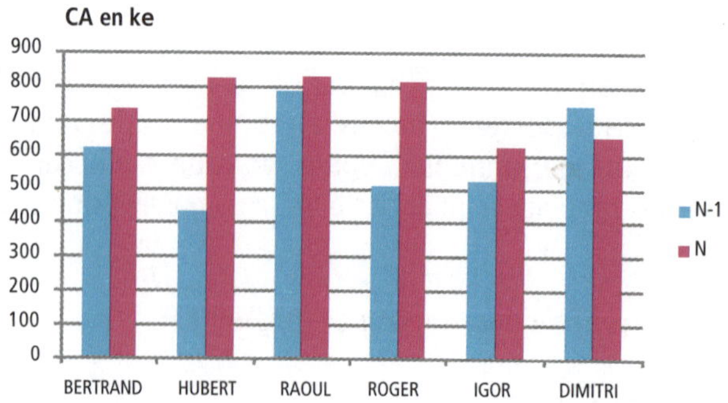

▲ Histogramme du CA N – 1 / N des secteurs Est et Ouest par commercial

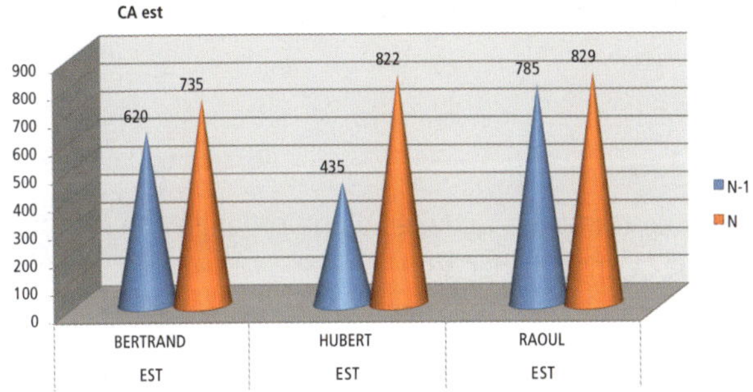

▲ Histogramme du CA N – 1 / N du secteur Est par commercial

C Les pictogrammes

Les pictogrammes sont utilisés afin de pouvoir identifier rapidement un point positif, négatif, une relation, une évolution, un point de vigilance…

Évolution	Qualitatif	Divers

Exercice d'entraînement

Corrigé p. 100

La société ÉCOVITRE vend des fenêtres avec isolation économique.
Son nouveau directeur commercial voudrait analyser l'évolution des résultats obtenus au premier semestre par son équipe et les comparer aux objectifs qui avaient été fixés pour l'année N – 1 (voir tableau).
Il vous demande :

1. **de calculer l'écart du premier semestre N – 1 entre le CA réel et l'objectif ;**
2. **de comparer les CA N – 1 et N au premier semestre, et l'évolution du CA.**

	CA MENSUEL		OBJECTIFS	
MOIS	**N**	**N – 1**	**N**	**N – 1**
Janvier	4 999,00 €	3 719,00 €	5 500,00 €	5 600,00 €
Février	5 705,00 €	6 551,00 €	5 000,00 €	6 500,00 €
Mars	6 072,00 €	6 799,00 €	5 500,00 €	5 500,00 €
Avril	5 893,00 €	6 328,00 €	6 000,00 €	6 000,00 €
Mai	6 472,00 €	7 249,00 €	4 500,00 €	5 500,00 €
Juin	7 052,00 €	7 560,00 €	7 000,00 €	7 500,00 €

30 Calculer des coûts

Les coûts sont la somme des charges de toutes les activités d'une organisation. Ils interviennent dans les différentes étapes de la prise de décision.

1 Le tableau de calcul des coûts

• **Dans la gestion courante d'une entreprise**, l'assistant(e) est amené(e) à calculer des coûts. Il peut s'agir de **coûts directs** (charges directement affectées à l'opération) ou de **coûts indirects** (qui ne peuvent pas être directement et uniquement affectés à l'activité).

Exemple

Le coût de revient d'une baguette de pain intègre :

– **les charges directes** imputées directement à la fabrication de la baguette : le prix d'achat des matières premières (farine, sel, levure), le transport de la marchandise ;

– **les charges indirectes** liées à la fabrication (électricité, salaire du boulanger), à la distribution (la vendeuse) et aux charges administratives (commande des matières premières et factures).

• **Certaines charges générales** qui pèsent sur la totalité de la production de l'entreprise **sont réparties sur chaque production** : les impôts et les taxes, le téléphone, l'électricité et le loyer, les assurances, les autres salaires.

• **Le calcul des coûts** se fait *via* un tableau en 3 colonnes.

Éléments du coût	Calculs	Montants en euros
Regroupés par catégories de coûts (charges directes, fournitures…)	Détaillés, afin que tous les acteurs les comprennent	Avec des sous-totaux pour une meilleure lisibilité

2 Le principe des coûts complets

Le principe des coûts complets permet de visualiser les différentes étapes et les charges qui correspondent. **Chaque coût calculé intègre le précédent :**

– **le coût d'achat :** prix d'achat d'un produit ou de matières premières + frais d'achat (port, etc.) ;

– **le coût de production :** coût d'achat + frais de fabrication ;

– **le coût de revient :** coût de production + frais hors production (coûts administratifs ou frais de transport).

3 Le coût de revient

Le coût de revient est le **coût réel de la production** d'une activité ou d'un produit **en intégrant toutes les charges** (directes et indirectes). Il est utilisé pour fixer le prix de vente définitif : **l'entreprise doit couvrir son coût de revient et y ajouter une marge** pour être bénéficiaire.

A Le calcul du coût de revient

COMPRENDRE EN VIDÉO — *Voir vidéo : Le traitement des charges indirectes*

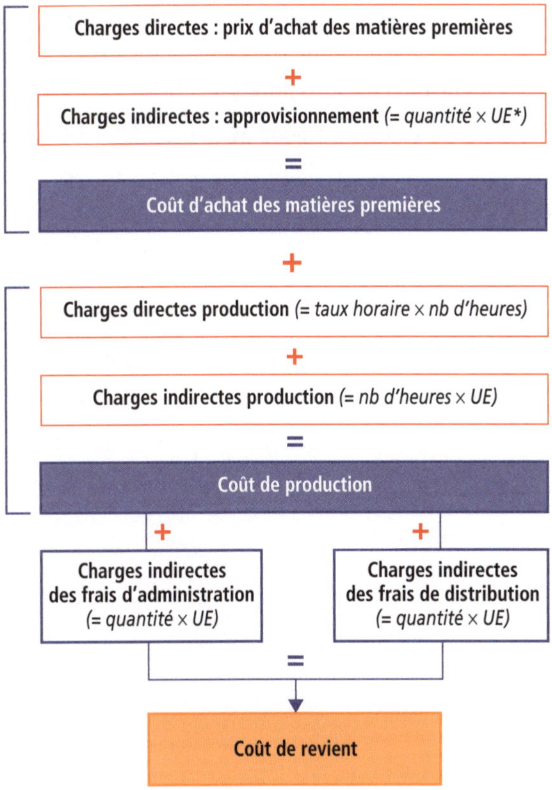

*UE = unité d'œuvre

B L'unité d'œuvre

• **Une unité d'œuvre (UE)** est le moyen de répartir les charges indirectes en fonction de critères comme le nombre de salariés, le coût de l'heure de travail, le nombre d'heures utilisées afin de les imputer dans le calcul du coût de revient. Une fois le montant de l'unité d'œuvre calculé, il suffira de le multiplier par le montant source (prix d'achat, par exemple) pour intégrer dans le coût de revient les frais indirects, comme le temps passé à traiter la commande ou les frais d'électricité et la main d'œuvre pour fabriquer le produit.

• **Il y autant d'unités d'œuvre qu'il y a de services** dans une entreprise. On attribue une unité d'œuvre à chaque centre principal (approvisionnement, fabrication, emballage, contrôle d'expédition) et au centre de structure (administration et distribution).

• **Le calcul du coût de l'unité d'œuvre** d'un centre d'analyse est le quotient du coût du centre d'analyse par le nombre d'unités d'œuvre du centre. On l'obtient par la formule suivante :
Montant total des charges du centre d'analyse/Nombre d'unités d'œuvre du centre.

Exemple de calcul d'unité d'œuvre
On additionne tous les montants des différents postes (matières consommables, services extérieurs, impôts, taxes, salaires, gestion du matériel) que l'on divise par le nombre d'unités d'œuvre. Si le total est égal à 768,12 € et que le nombre d'UE = 3 200, le coût de l'UE = 768,12/3 200 = 0,24.
Pour imputer au coût d'achat des matières premières les charges indirectes, on multiplie la quantité par l'unité d'œuvre : 200 kg de ciment × 0,24 (UE de l'approvisionnement) = 48 €.

Exercice d'entraînement

Corrigé p. 100

Kit&co veut réaliser un nouveau coffret à bijoux. Ce coffret sera composé d'un collier, de boucles d'oreilles et d'un bracelet. Avant de lancer la réalisation de ce coffret, vous êtes chargé d'estimer le coût de revient et des bénéfices possibles pour la fabrication de 900 coffrets.

Il faut compter pour les fournitures 72 kg de perles à 27 €/500 g ; 10 000 m de fil à 0,20 €/mètre et 25 kg de fermoirs à 7,5 €/kg.

Trois ateliers sont chargés de la réalisation du kit :
– un atelier fabrication, 20 €/h : 185 h ;
– un atelier emballage, 12 €/h : 85 h ;
– le service logistique, 12 €/h : 70 h.

- **Calculez le coût de revient, sachant que l'unité d'œuvre approvisionnement est de 0,26/1 000, la fabrication 26,5, l'emballage 14,57, la logistique 2,78, et l'administration 0,32.**

31 Gérer des stocks

Les stocks de fournitures et autres produits d'une entreprise doivent être gérés de façon optimale. C'est une priorité pour l'entreprise dont l'objectif est de réduire ses coûts de fonctionnement tout en assurant la continuité du service ou d'une production.

1 Les enjeux de la gestion des stocks

• **Les fournitures ou consommables, les produits livrables,** doivent être disponibles pour ne pas retarder le travail sans pour autant être stockés en trop grande quantité car ces postes représentent un coût important.

• **Pour cela, il faut éviter toute rupture de stock,** toute détérioration due à de mauvaises conditions de stockage et respecter le budget imparti. Cela suppose :
– une évaluation des besoins réels ;
– un choix judicieux des fournisseurs et des articles ;
– la surveillance du niveau des stocks.

2 Les achats

A La politique d'achat

• **Une entreprise met en place une politique d'achats** (qu'il s'agisse de petit ou de gros matériel) avec des procédures à respecter.

• **L'assistant(e)** peut être amené(e) à gérer la partie « stock » (celui de son service ou de l'entreprise elle-même) dans le respect des procédures mises en place.

Remarque
Un service peut être dédié à l'achat et à la gestion des stocks (notamment dans les grandes entreprises).

B Le processus d'achat

Recenser les fournisseurs
• Dans le panel de fournisseurs référencés par l'entreprise
• Rechercher d'autres fournisseurs si la demande a évolué en matière technologique par exemple ou pour d'autres partenariats
• Vérifier la santé de l'entreprise fournisseur

Établir un cahier des charges selon la politique d'achats
Bien détailler la demande en matière de prix, de qualité, de délais…

Comparer les offres des fournisseurs
Faire un tableau comparatif des différentes offres émises par les fournisseurs consultés

Décider, négocier
• Prendre la décision d'acheter après comparaison des fournisseurs
• Mener la négociation des prix, délais et autres conditions

Exemple de tableau comparatif de fournisseurs

Fournisseurs	Sites web	Commande en ligne	Article	Prix	Qualité	SAV	Commentaires
Société A	Oui	Non	disque dur externe 2 To	153,18	+	Oui	
Société B	Non	Non	DD externe 2 To	157,32	– +	Non	
Société C	Oui	Oui	DD externe 2 To	162,20	+ +	Oui	

3 La gestion des stocks

A L'enregistrement

• Une fois la commande passée, on enregistre les articles reçus dans le PGI de l'entreprise ou dans un tableau Excel.

• Cet enregistrement reprend :
– la référence du produit ;
– le libellé exact du produit ;
– la quantité commandée ;
– le prix unitaire ;
– le nom du fournisseur et ses coordonnées.

Remarque

La fiche client / fournisseur dans le PGI référence les produits fréquemment commandés / utilisés. Il est possible de paramétrer des commandes automatiques en fonction des stocks restants.

Exemple de suivi de stock fournisseur

Réf produit	Fournisseurs	Coordonnées	Libellé produit	Date achat	Qté stock	Prix unitaire	Prix total
DA7812	Médical Sce	xxx	Seringues 10 cl	18/02	1000	0,89	890
DA7628	Médical Sce	xxx	Seringues 20 cl	18/02	800	0,97	776

B Les diverses méthodes de prélèvement dans les stocks

Aléatoire	• Aucun ordre de prélèvement, aucune distinction d'ancienneté • Utilisé principalement pour les petites fournitures
Premier entré premier sorti (FIFO, *First In First Out*)	• Prélèvement des articles entrés en premier dans le stock • Idéal pour les articles avec une date de péremption
Dernier entré premier sorti (LIFO, *Last In First Out*)	Prélèvement des articles entrés en dernier dans le stock

C La gestion du niveau de stock

• **La fiche de stock** (support papier, sur Excel ou dans le PGI) recense les informations concernant un produit. Elle permet de calculer les stocks critiques et de décider des commandes.

• **Il est nécessaire de comprendre la signification des termes suivants** pour utiliser correctement ce document.
– **Stock initial (SI)** : stock au début d'une période.
– **Stock final (SF) :** stock à la fin de la période.
– **Stock minimum (SM) :** correspond aux ventes pendant les délais de livraison (consommation, délai d'approvisionnement).
– **Stock de sécurité (SS) ou stock tampon :** quantité de produit à avoir en plus du stock minimum, pour faire face à un éventuel retard de livraison ou à des ventes supplémentaires durant ce délai de livraison.

Exemple
Stock minimum de 20 articles ⇒ stock de sécurité de 2 articles
– **Stock d'alerte :** stock déclenchant la commande. Il est égal au stock minimum + le stock de sécurité.

Exemple de suivi de stock

Réf produit	Libellé produit	Date achat	Qté stock	Prix unitaire	Prix total	Quantité sortie	Prix unitaire	Prix total	À commander
DA7812	Seringues 10 cl	18/02	1 000	0,89	890	420	0,89	373,80	oui
DA7628	Seringues 20 cl	18/02	800	0,97	776	100	0,98	98	

Exemple de fiche de stock

SERINGUES 10 cl

Fournisseur : Médical Service
Réf. DA7812
Délai de livraison : 5 jours

Stock maximum : 1 000
Stock minimum : 300
Stock d'alerte : 250

Date	Mouvement	Entrées	Sorties	Stock
01/05	En stock			1000
03/05	Bon de sortie n° 12		100	900
07/05	Bon de sortie n° 13		650	250
10/05	Livraison	750		1000
12/05	Bon de sortie n° 16		200	80

COMPRENDRE EN VIDÉO
Voir vidéo : Le CUMP

32 La négociation

La négociation consiste **à trouver une zone d'accord commun** dans le cadre d'une opération d'achat ou de vente, dans une série d'entretiens ou des démarches entreprises, pour parvenir à l'atteinte d'objectifs communs.

1 Les domaines de négociation

• **La négociation commerciale :** d'une entreprise à une autre (clients/fournisseurs), avec une institution (banque, administration). Les négociations peuvent aussi avoir lieu entre interlocuteurs de pays différents.

• **La négociation sociale :** entre les salariés d'une entreprise, les délégués et les syndicats avec la direction des ressources humaines (grèves, accords sociaux, négociation annuelle obligatoire sur les salaires...).

• **La négociation interne :** négociation personnelle (augmentation de salaire, demandes de congés...) ou d'un responsable de service (budget alloué, organisation...).

2 Les types de négociation

A La négociation de coopération

B La négociation conflictuelle

3 La préparation de la négociation

A La prise en compte des variables

Contexte	Caractéristique
Le temps	État d'esprit (ouverture à la négociation, esprit disponible)
Le lieu	Intérêt des parties prenantes
Les relations	Les émotions, les tensions
Les enjeux	Gains, durée, pérennité du contrat, risques éventuels, conséquences possibles

B La connaissance de l'enjeu

• **Cette étape est primordiale** afin d'aboutir à un accord entre les parties quel que soit le type de négociation.

oir
55

• **En utilisant la méthode QQOQCP,** on peut préparer et connaître son dossier avant d'entrer en négociation.

Qui ?	Qui sont les clients ? (tenir compte de leurs caractéristiques, de leur rôle dans leur entreprise, s'ils sont décisionnaires ou pas)
Quoi ?	Définition de leur demande (besoin), de la proposition possible
Où ?	Chez le client ou dans l'entreprise
Quand ?	Déterminer les dates de RV pour la négociation
Comment ? Combien ?	• Quels arguments utiliser ? Anticiper les objections • Quels seront les conditions financières acceptables pour le client ? • Quel taux de remise accordé ?
Pourquoi ?	• Favoriser l'échange • Faciliter la relation client/fournisseur • Pérenniser les contrats

4 L'argumentation et les objections

Pour mener à bien une négociation, il faut faire souvent preuve de patience, d'écoute, de fermeté et surtout bien préparer son dossier.

Conseil

Essayez de cerner rapidement le ou les interlocuteurs afin de mener des discussions ouvertes.

A L'argumentation

• **Pendant une négociation, on distinguera les faits des opinions.** Les faits sont basés sur des éléments concrets et vérifiables (données chiffrées) et les opinions sur des éléments abstraits (valeurs, pensées). Affiner sa négociation en s'appuyant sur des faits permettra de renforcer l'argumentation.

• **Le négociateur peut utiliser l'influence pour arriver à ses fins.** L'**influence positive** (par sa connaissance du produit, sa viabilité) conduira le client vers une ouverture d'accord, l'**influence négative** (intimidation, agressivité, chantage) s'apparente à de la manipulation.

B Faire face aux objections possibles

étape **1** **Réceptionner l'objection.** Faire comprendre à l'interlocuteur que l'on a saisi ses objections, sans pour autant les réfuter ou les nier. Il faut désamorcer une situation qui pourrait devenir conflictuelle.

Exemple
Objection : « Vos prix sont chers par rapport à notre budget. »
Réception : « Effectivement, nous sommes conscients que cela représente un investissement important pour vous. »

étape **2** **Construire un retour d'objection.** Resituer le contexte, réexpliquer calmement avec d'autres mots votre proposition.

Exemple
« Nous privilégions le rapport qualité/prix pour un meilleur retour sur investissement de nos clients. »

étape **3** **Répondre à l'objection en l'ajustant,** en faisant ressortir le rapport qualité/prix par exemple.

Exemple
« On peut comparer notre offre à celles que vous avez reçues et mesurer les écarts en termes de qualité. Je pourrais certainement m'aligner sur votre budget tout en gardant notre rapport gagnant-gagnant. »

5 Les manières de conclure la négociation

Type de conclusion	Interprétation	Exemples
De manière directe	Formulation précise de l'accord conclu	*Nous sommes d'accord sur le prix de ...* (reformulation des accords)
De manière indirecte	On sous-entend que l'accord est conclu en passant directement aux modalités	*Je vous transmets dès demain le contrat...*
En influençant négativement	Faire comprendre qu'il n'y a pas d'autre possibilité	*Ce sont les derniers en stock, il faut faire vite.*

Définitions

Compromis : alternative acceptable pour les différentes parties.
Consensus : accord trouvé à partir des intérêts de chacune des parties après discussion des besoins respectifs.

6 Récapitulatif : comment mener une bonne négociation

Il faut associer **fermeté** et **assertivité** (l'affirmation de soi) pour déterminer ce que l'on considère comme acceptable ou non, tout en **respectant autrui**, ce qui permet de développer des relations harmonieuses.

Prise en compte des paramètres
• Environnement (durée, lieu) • Style et attentes des interlocuteurs
Objectifs
Enjeux des interlocuteurs, crédibilité, affrontement, gagnant-gagnant ou gagnant-perdant
Collecte des informations
Préparation du dossier de négociation
Négociation
Exposé des faits, des arguments de chacune des parties, mise en place de stratégies pour atteindre des objectifs communs
Ajustement et validation des accords
Discussion d'ajustement des accords / consensus, reformulation et validation des accords
Conclusion des accords
Formalisation par écrit des accords trouvés

7 Les erreurs à éviter

– Préparation insuffisante

– Mauvaise connaissance de la partie adverse

– Pas d'écoute ou d'empathie

– Ne pas poser les bonnes questions par rapport au besoin

– Temps non contrôlé (de RV, d'entretien)

– Mauvaise connaissance de l'entreprise, des produits

– Mauvaise présentation de soi/de l'entreprise

– Manque d'assertivité

– Les tics de langage dans l'expression d'un doute

– Être fermé aux discussions en cas de désaccord

33 Les différents contrats

Toute entreprise fonctionne par l'établissement de contrats pour exercer son activité.

1 Le principe du contrat : les obligations

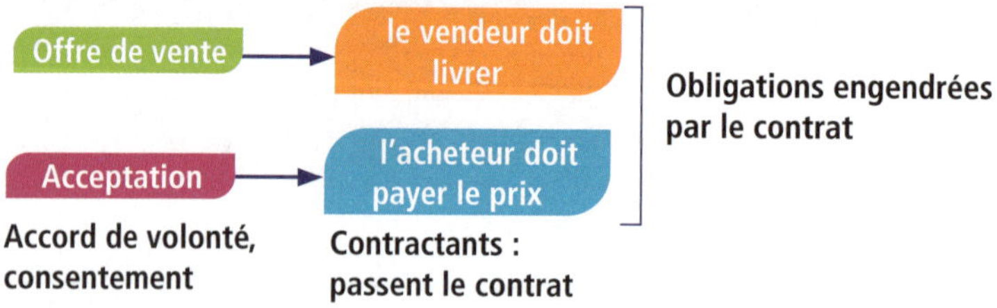

2 Les principaux contrats

A Les contrats commerciaux

• **Contrat de location immobilière :** un prestataire met à disposition d'un client pour son usage personnel un bien immobilier (appartement, maison, locaux commerciaux) moyennant un loyer mensuel encadré par un bail reprenant toutes les conditions d'habitation ou d'occupation.

• **Contrat d'abonnement :** conclu entre un prestataire de services et un client moyennant un prix forfaitaire mensuel ou annuel pour une prestation effectuée sur plusieurs mois ou années.

Exemple
Abonnement à des magazines, forfait de téléphone portable.

• **Contrat de maintenance :** établi entre un prestataire et un client pour maintenir en état des locaux, des installations techniques, pendant la durée du contrat signé moyennant un prix forfaitaire négocié.

• **Contrat de vente commerciale :** une entreprise doit s'approvisionner auprès de ses fournisseurs désignés par contrat et revendre leurs marchandises.

• **Contrat de bail commercial :** une entreprise peut louer ses locaux commerciaux à une autre entreprise ou à un bailleur privé. Le bail commercial dure en général 9 ans avec la possibilité de donner congé tous les 3 ans.

• **Contrat d'assurance :** une entreprise doit s'assurer sur tout risque éventuel pour se protéger en cas d'incident ou d'accident ou litige éventuel avec un client. Suivant l'activité de l'entreprise, le montant des échéances est négocié.

B Les principaux contrats de travail

Voir p. 162

• Un contrat de travail est établi entre une entreprise et un futur collaborateur pour définir les règles et conditions de travail et la rémunération.

• Il peut être à **durée indéterminée** (CDI), **déterminée** (CDD), **saisonnier, d'étudiant, d'alternance, d'apprentissage**.

3 Les points à contrôler dans un contrat

Sa durée	Mention à vérifier avant toute signature : selon le type de contrat, l'enjeu peut varier en fonction de la durée (CDD, saisonnier, location meublée, maintenance).
Les modalités de résiliation	L'ajout d'un article précisant la manière dont un contrat peut être rompu peut éviter tout litige avec le client ou le collaborateur.
L'état de la prestation	Un état des lieux (location, bail) doit être effectué et toutes les observations notées afin d'éviter tout litige éventuel.
Le respect des échéances de paiement, de facturation	Il s'agit de s'assurer que toutes les clauses du contrat sont respectées et appliquées.
Le respect des aspects négociés	Vérification avant signature des points à assurer, des articles supplémentaires à insérer, des montants négociés...
L'information des parties	Vérification de l'exactitude des informations personnelles ou de l'entreprise pour les deux parties prenantes du contrat.

4 Les conditions de validité des contrats

• Les personnes doivent avoir la capacité légale de contracter : Art. 1123 du Code civil : « Toute personne peut contracter, si elle n'en est pas déclarée incapable par la loi. »

• Un contrat n'existe que s'il y a eu **accord de volonté**, c'est-à-dire un consentement non vicié. Il existe **trois vices de consentement** :

L'erreur	• Sur la substance de la chose • Sur une qualité essentielle de la chose • Sur la personne du cocontractant
Le dol	Consentement de l'une des parties suite à une tromperie ou à des manœuvres frauduleuses
La violence	Contrainte physique ou morale dont une personne est victime

5 Le suivi des échéances

• L'assistant(e) est parfois en charge de la gestion des contrats de son service ou de son entreprise. Pour cela, il (elle) doit pouvoir gérer leurs échéances de façon claire et exhaustive afin d'avoir une visibilité précise.

• Un contrat peut **être renouvelé par tacite reconduction** ou être renégocié par la personne en charge des négociations de contrats. L'assistant(e) indiquera les contrats concernés au responsable. Un tableau de suivi permettra une gestion précise.

Remarque

Dans un renouvellement par tacite reconduction, il n'est pas nécessaire d'indiquer par courrier ou par courriel le souhait de renouveler le contrat ; cela se fait automatiquement à la date anniversaire de la signature du contrat.

Exemple de contrat commercial

Libellé du contrat	Date du contrat		Montant (annuel ou mensuel)	Échéances	Renouvellement	Observations
	Début	Fin				
Maintenance copieurs	10/12/16		500 €/mois	30 du mois	Tacite reconduction	

Exemple de contrat de travail

Noms	Prénoms	Date entrée	Date sortie	Type de contrat	Durée	Observations
XXX	XXX	21/06/2019		CDD	3 mois	

6 Mise en place d'une veille informationnelle

Voir p. 127

• **L'assistant(e) peut mettre en place une veille informationnelle** pour se tenir au courant et respecter les différentes réformes liées à la législation.

• **Une veille juridique** sur tous les contrats de l'entreprise permettra de respecter la législation qui est rigoureuse et en constant changement.

Exemple

En vérifiant les modalités de résiliation d'un contrat, on consulte la loi Chatel et on constate l'obligation pour un prestataire d'informer un client de la reconduction ou non d'un contrat au plus tôt 3 mois avant la date limite de résiliation et au plus tard 15 jours avant.

4 La communication écrite *Énoncé p. 20*

FORMA +
12 Boulevard de la Côte
06000 Cannes

BERGER BOIS
Monsieur Gontrand - DRH
24 Chemin de la Passerelle
06140 MOUANS-SARTOU

Vos réf : AG/xx
Nos ref : XX/se
Objet : Votre demande de catalogue

Cannes, le 10 août 2018

Monsieur,
Nous faisons suite à votre courrier du 28 juillet concernant votre demande de catalogue de nos formations.
Vous trouverez joint à ce courrier notre catalogue répertoriant toutes nos formations et plus précisément nos formations « Management » pour l'année 2019. Vous constaterez qu'elles sont au nombre de 10 sur différents sujets.
Afin de déterminer celle qui correspond le mieux à votre demande, n'hésitez pas à contacter M. xxx au 04 55 20 XX XX pour de plus amples informations. Il se fera un plaisir de vous expliquer la teneur exacte des formations proposées.
Par ailleurs, nous vous joignons également nos tarifs à titre informatif.
Nous vous prions d'agréer, Monsieur, l'expression de nos salutations distinguées.

Sandra Élite
Assistante formation

8 Les outils de coordination *Énoncé p. 29*

1. La matrice des responsabilités

Code	Libellé des tâches	Directeur Général	AM	Gestionnaire de formation	Comptable	Assistant RH	DRH
A	Rédaction du cahier des charges	R	P			P	P
B	Sélection des organismes de formation			P			R
C	Appel d'offres		P	R			
D	Comparatif des offres de formation		P	P	P		R
E	Choix de l'organisme de formation	V	P	P	P		R
F	Commande			P			R
G	Convocation des salariés			P		P	V
H	Déroulement de la formation			R			

Légende : V = Validation ; R = Responsable ; P = Participation

2. Analyse du TRT
Le temps d'organisation pour la mise en place de cette formation n'est pas réparti de manière équitable entre les différents membres du projet. Trois personnes font plus que les 15h prévues et, même avec la marge de 20 % (applicable sur les 15h de travail, soit 18h), cette durée n'est toujours pas respectée pour l'AM et le DRH.

Les propositions doivent intégrer les contraintes et éviter de faire appel à de nouvelles personnes pour équilibrer la masse de travail. Il faut également rester dans les 90h prévues initialement.
L'incidence sur la matrice des responsabilités est que le comptable participera aux tâches A, B et C et l'assistant RH participera aux tâches B, C et D.

Version corrigée du tableau de répartition des tâches

Ébauche du projet formation « GESTION DES CONFLITS » : organisation de la formation								
Code	**Libellé des tâches**	**Directeur général**	**AM**	**Gestionnaire de formation**	**Comptable**	**Assistant RH**	**DRH**	**Total**
A	Rédaction du cahier des charges	~~15h~~ 13h	~~10h~~ 8h	3h	3h	10h	~~10h~~ 8h	**45h**
B	Sélection des organismes de formation	1h	~~3h~~ 2h	2h	2h	1h	~~2h~~ 1h	**9h**
C	Appel d'offres		~~3h~~ 1h	2h	1h	1h		**5h**
D	Comparatif des offres de formation		~~5h~~ 2h	5h	~~5h~~ 6h	2h	~~5h~~ 4h	**19h**
E	Choix de l'organisme	1h	1h	2h	2h		1h	**7h**
F	Commande			~~1h~~	1h			**1h**
G	Convocation des salariés		1h	1h		1h	1h	**4h**
H	Déroulement de la formation							
	Total	~~17h~~ 15h	~~23h~~ 15h	~~13h~~ 15h	~~7h~~ 15h	~~11h~~ 15h	~~19h~~ 15h	**90h**

9 La liste de contrôle *Énoncé p. 30*

La Chocolaterie artisanale **Liste de contrôle Portes ouvertes et cocktail**				
Délai	**Activités**	**Date de réalisation**	**Observations**	**Ressources**
J-90	Visite des 3 lieux présélectionnés			
J-88	Choix et réservation du lieu définitif			
J-87	Liste des besoins matériel et équipement			
J-80	Sélection clients et salariés pour témoignages			
J-75	RDV clients pour témoignages			
J-74	RDV salariés pour témoignages			
J-70	1re version présentation Powerpoint au responsable			
J-67	Correction présentation Powerpoint et validation			
J-66	Planning des portes ouvertes et programme pendant le cocktail			
J-65	Conception et rédaction lettre + carton d'invitation			
J-63	Impression lettre + carton invitation chez l'imprimeur			
J-50	Réception documents de l'imprimeur			
J-49	Envoi lettre invitation clients et partenaires			
J-45	Recherche et sélection traiteur			
J-35	Réception des réponses invités			
J-32	Relance des non-réponses			
J-30	Point définitif nombre invités			
J-29	Commande traiteur en fonction du nombre d'invités			
J-20	Contrôle matériel technique et informatique pour la salle			
J-2	Badges visiteurs + liste des invités pour le contrôle			
J-1	Signalétique pour les portes ouvertes et préparation de la salle			
Jour J	Réception du traiteur et accueil des visiteurs			
J+2	Bilan de l'événement			

14 Organiser un déplacement professionnel *Énoncé p. 42*

Tableau comparatif des coûts pour le déplacement au salon nautique de Brest
Horaires du salon : 10h00-20h00

Détails	Proposition 1 : AVION	Proposition 2 : TRAIN	Proposition 3 : LOCATION DE VOITURE
TRANSPORT			
Jour de départ	Mardi	Lundi	Lundi
Heures de départ	8h00	16h08	16h00
Heures d'arrivée	9h10	20h31	21h40
Durée	1h10	4h23	5h40
Prix aller	**194,00 €**	**150,00 €**	
Jour de retour	Jeudi	Jeudi	Jeudi
Heures de départ	15h15	17h00	15h00
Heures d'arrivée	16h30	21h17	20h40
Durée	1h15	4h17	5h40
Prix retour	**225,50 €**	**93,00 €**	
Coût du transport	**419,50 €**	**243,00 €**	**342,12 €***
AUTRES FRAIS			
Hébergement			
Nombre de nuits hôtel	2	3	3
Total nuitées	**190,00 €**	**285,00 €**	**285,00 €**
Petit déjeuner	2	3	3
Total petit déjeuner	16,00 €	24,00 €	24,00 €
Repas			
Nombre déjeuner	3	3	3
Nombre dîner	2	3	3
Total repas	150,00 €	180,00 €	180,00 €
Total restauration	**166,00 €**	**204,00 €**	**204,00 €**
Coût autres frais	**356,00 €**	**489,00 €**	**489,00 €**
TOTAL COÛT	**775,50 €**	**732,00 €**	**831,12 €**

* Détail calcul location de voiture : Location forfait 3 jours : 152,00 €
Consommation 2 × 66,26 € = 132,52 € Péage 2 × 28,80 € = 57,60 € 152,00 + 132,52 + 57,60 = **342,12 €**

Commentaires

– Le voyage en train est le moins cher mais, avec une différence de 43,50 €, le déplacement par avion (**775,50 €**) fait gagner du temps et une journée de travail.

– Une autre option est envisageable : un aller en avion et un retour en train : 194,00 € (aller avion) + 190,00 € (nuitées) + 166,00 € (restauration) + 93,00 € (retour train) = **643,00 €**

– Il faut exclure le trajet en voiture qui est plus cher que l'avion, et absolument pas optimisé pour la fatigue.

Conclusion : le voyage en avion pour l'aller et en train pour le retour est recommandé.

16 La GED, gestion électronique des documents *Énoncés p. 48*

Exercice 1

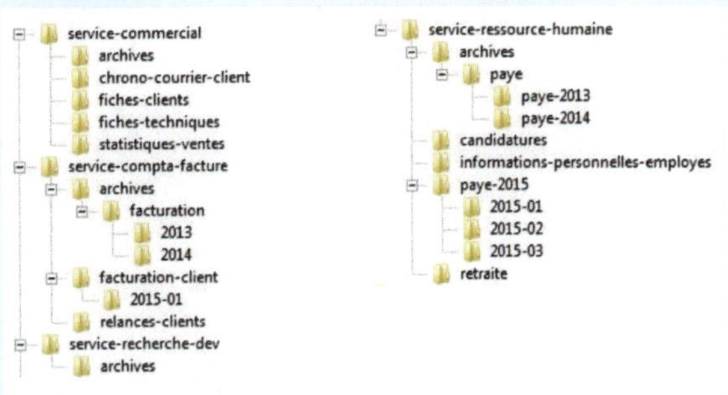

Exercice 2

1. **Plan du rapport**
(ne pas oublier les mentions de l'expéditeur, du destinataire, de la date)
Objet : **Mise en place d'une GED** (gestion électronique des documents)
Titre : **Rapport**
Introduction : (Rappel de la demande. Annonce du plan)
Vous m'avez chargé(e) de réaliser une étude sur la gestion électronique des documents. Vous trouverez ci-dessous les éléments s'y rapportant. Dans la première partie, vous verrez les principales fonctions de la GED. La deuxième partie sera consacrée à ses principes d'utilisation et dans la troisième partie, je vous présenterai les enjeux pour notre cabinet.

I. Principales fonctions de la GED
– Amélioration au quotidien de la gestion des documents
– Facilité de partage et de mise à jour des dossiers
– Fonction d'archivage de classement et recherche d'informations

II. Principes d'utilisation
Plusieurs étapes :
– création d'un document ou numérisation de documents papier ;
– enregistrement ;
– indexation ;
– mots-clés.

III. Enjeux
– Enjeu humain : s'adapter à de nouvelles technologie et habitudes
– Révision du matériel informatique et logiciels
– Formation à envisager pour la mise en place d'une plateforme de partage

2. **Indexation pour les procès, devis et notes d'honoraires**

Les procès	Les devis	Les notes d'honoraires
N° du procès	N° de devis	N° de note d'honoraires
Date du procès	Date de création	Date
Nom de l'avocat	Nom de l'avocat	Nom de l'avocat
Nom du client	Nom du client	Nom du client
Lieu du procès	Lieu du procès	Lieu du procès

18 Mettre en place des processus *Énoncés p. 54*

Exercice 1

Diagramme des flux du processus de commande pour Dépann'ordi

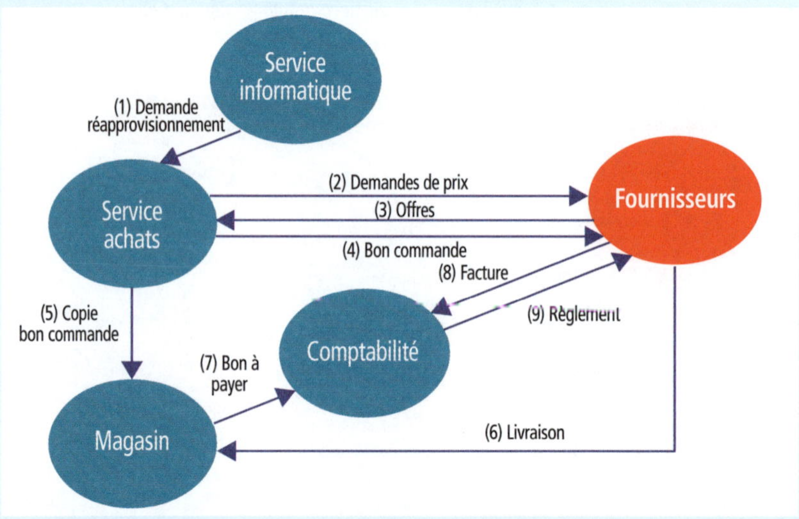

Exercice 2

1. Schéma postes-documents pour Ecocity

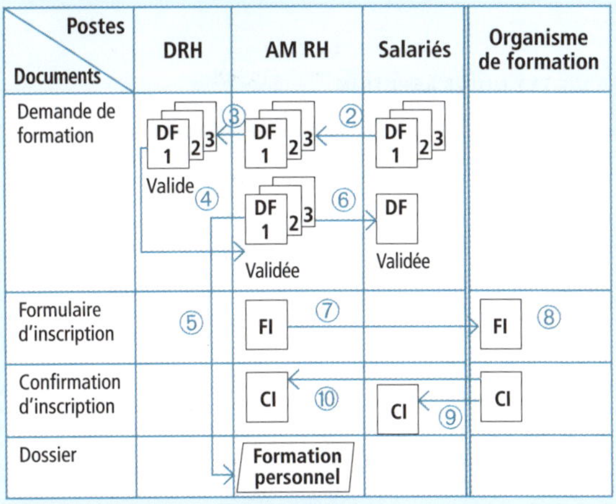

2. Note sur les dysfonctionnements et proposition de solutions

Lieu, le JJ/MM/AA
Expéditeur : Assistant(e) de manager
Service Ressources Humaines
Objet : Mise en place d'un schéma postes-documents et analyse des dysfonctionnements
PJ : diagramme

NOTE

Ce schéma postes-documents représente le circuit emprunté de tous les documents nécessaires pour l'inscription d'un salarié à une formation.

À la lecture de ce schéma, il apparaît très nettement qu'à l'étape de la demande de formation, il est inutile que celle-ci soit faite en trois exemplaires. En effet, deux exemplaires sont suffisants, un pour le salarié, une fois la demande validée, et un exemplaire pour le dossier Formation Personnel, pour l'assistant.

Exercice 3

Logigramme de procédure de traitement des factures pour Taulet Peinture.

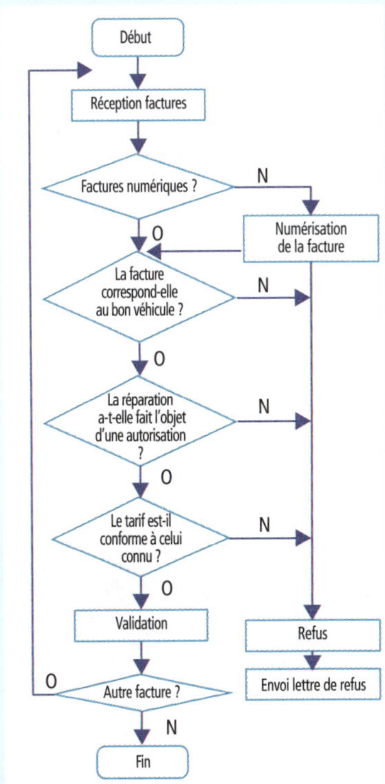

20 Le questionnaire *Énoncé p. 58*

Enquête

Service des ressources humaines Date :

VOUS FACILITER LA VIE EST NOTRE AMBITION

Le service des ressources humaines étudie la possibilité de créer un service de garde d'enfants en bas âge dans l'entreprise. Merci de bien vouloir répondre à ces quelques questions afin de nous aider dans ce projet.

I - Vos enfants

1. Combien avez-vous d'enfants ? ……..............................

2. Quel est l'âge de chacun ?

	– De 6 mois	6 à 12 mois	12 à 36 mois	De 3 à 5 ans	+ de 5 ans
1er enfant					
2e enfant					
3e enfant					

II - Votre mode de garde actuel

3. Qui garde votre (vos) enfant(s) actuellement ?

❑ conjoint ❑ famille ❑ nourrice ❑ au pair ❑ crèche collective

4. À quelle heure déposez-vous votre (vos) enfant(s)

le matin ? ❑ 7h00 ❑ 8h00 ❑ 9h00 ❑ plus tard

le midi ? ❑ 12h00 ❑ 13h00 ❑ 14h00

5. À quelle heure récupérez-vous votre (vos) enfant(s) le soir ?

❑ 18h00 ❑ 19h00 ❑ 20h00 ❑ plus tard

6. Quel est le coût moyen de votre mode de garde ?

❑ 0 € ❑ moins de 300 € ❑ de 300 à 500 €
❑ de 500 à 1000 € ❑ + de 1000 €

7. En êtes-vous satisfait ? ❑ oui ❑ non
Si non pourquoi ?

❑ trop coûteux ❑ trop éloigné ❑ autre raison

III - Le projet d'une crèche d'entreprise

8. Seriez-vous intéressé par une crèche d'entreprise ? ❑ oui ❑ non
Si oui, pourquoi ? (par ordre de préférence)
❑ horaires plus souples ❑ moins de fatigue ❑ moins coûteux ❑ autres

9. Quels seraient vos créneaux horaires ? (plusieurs solutions possibles)

❑ 6h00 ❑ 7h00 ❑ 8h00 ❑ 18h00 ❑ 19h00 ❑ 20h00

10. Quel est votre budget ?

❑ de 200 à 400 € ❑ de 400 à 600 € ❑ de 600 à 800 €

IV -Vous

11. Vous êtes : ❑ une femme ❑ un homme

12. Votre fonction

❑ chercheur(se) ❑ laborantin(e) ❑ emploi cadre ❑ emploi administratif ❑ accueil

21 Déterminer les causes d'un problème : l'arbre des causes *Énoncé p. 60*

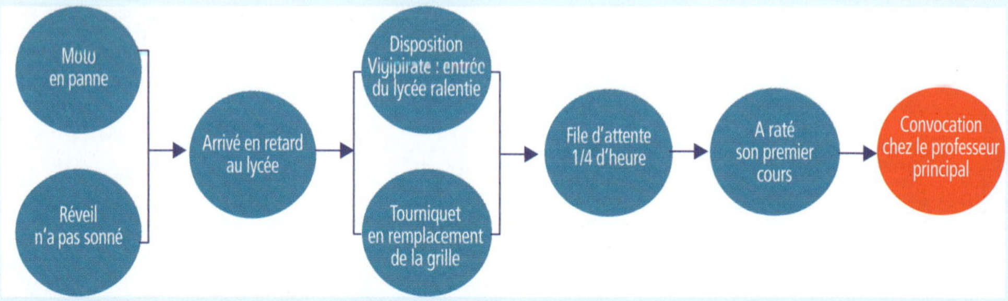

22 Classer les causes : le diagramme d'Ishikawa

Énoncé p. 62

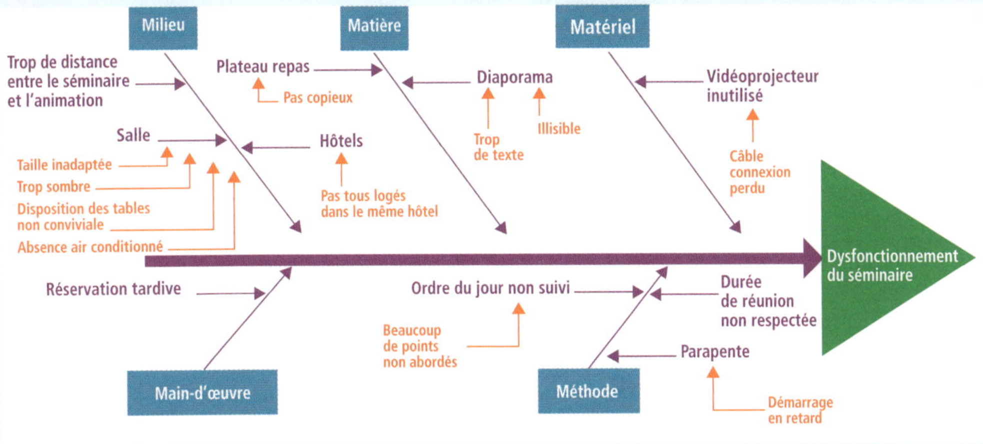

23 Hiérarchiser les causes : le diagramme de Pareto

Énoncé p. 64

56/331 × 100 = 17 %

Codes erreurs	Nombre d'erreurs constatées			Valeurs des erreurs		
	Quantité	en %	% cumulé	Valeurs en euros	en %	% cumulé
E	56	17 %	17 %	3725	30 %	30 %
B	43	13 %	30 %	3600	29 %	59 %
C	35	11 %	41 %	2900	23 %	82 %
A	115	35 %	76 %	1440	12 %	94 %
D	82	24 %	100 %	695	6 %	100 %
Total	**331**	100 %		**12630**	100 %	

Commentaire

Il apparaît que les erreurs d'imputation (E), les erreurs de calculs dans les frais de déplacement (B) et les erreurs dans les saisies des montants (C) soient la cause de 82 % des pertes en valeur. C'est sur ces trois causes qu'il faut agir en priorité.

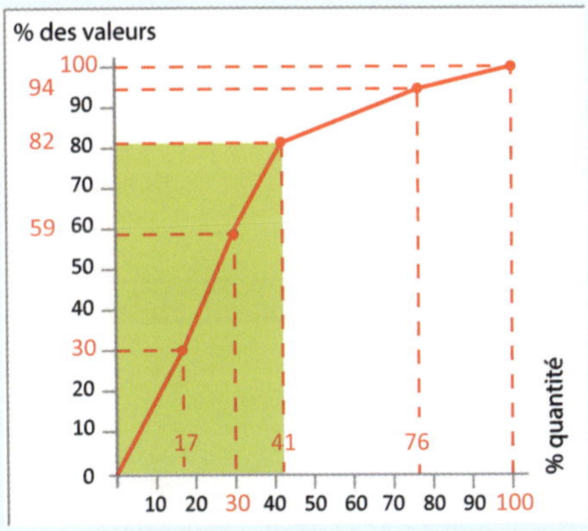

28 La gestion budgétaire

Énoncé p. 74

1. Budget prévisionnel des encaissements

Mois	CA N – 1	Augmentation 12 %
Avril	8 395 880,00 €	9 403 395,60 €
Mai	9 239 885,00 €	10 348 671,20 €
Juin	11 646 889,00 €	13 044 515,68 €

2. Budget prévisionnel de trésorerie du 2nd trimestre N

Libellés	Avril	Mai	Juin
Trésorerie initiale	56 227,00	1 449 682,60	2 479 867,80
Recettes	9 403 395,60	10 348 671,20	13 044 515,68
Dépenses	8 009 940,00	9 318 486,00	10 384 583,00
Total	1 449 682,60	2 479 867,80	5 139 800,48

30 Le tableau de bord *Énoncé p. 79*

1. Écart année N – 1 entre le réel et les objectifs.

Mois	CA	Objectifs	Écart	en %
Janvier	3 719,00 €	5 600,00 €	– 1 881,00 €	– 33,5%
Février	6 551,00 €	6 500,00 €	51,00 €	1 %
Mars	6 799,00 €	5 500,00 €	1 299,00 €	23,5 %
Avril	6 328,00 €	6 000,00 €	328,00 €	5,5 %
Mai	7 249,00 €	5 500,00 €	1 749,00 €	32 %
Juin	7 560,00 €	7 500,00 €	60,00 €	0,8 %
Total	**38 206,00 €**	**36 600,00 €**	**1 606 €**	**4,38 %**

2. Comparatif chiffre d'affaires 1er semestre années N et N – 1 et évolution du CA.

Mois	CA mensuel N – 1	CA mensuel N	Écart	en %
Janvier	4 999,00 €	3 719,00 €	– 1 280,00 €	– 25,5 %
Février	5 705,00 €	6 551,00 €	846,00 €	15%
Mars	6 072,00 €	6 799,00 €	727,00 €	12%
Avril	5 893,00 €	6 328,00 €	435,00 €	7,5 %
Mai	6 472,00 €	7 249,00 €	777,00 €	12%
Juin	7 052,00 €	7 560,00 €	2 552,00 €	36%
Total	**36 193,00 €**	**38 206,00 €**	**2 013,00 €**	**5,5 %**

Commentaire

Le chiffre d'affaires du premier semestre N est supérieur au CA pour la même période en N – 1 ; l'écart s'élève à 2 013 euros, soit une évolution du CA de 5,5 %.

31 Calculer des coûts *Énoncé p. 82*

Calcul du coût de revient

Eléments	calculs	montant en euros
Coût d'achat		
prix d'achat matières premières	3888 + 2000 + 187,50	6 075,50 €
charges indirectes d'approvisionnement		
perles	72 x 0,26 €	18,72 €
fil	10 x 0,26 €	2,60 €
fermoirs	25 x 0,26 €	6,50 €
Coût d'achat des matières premières		**6 103,32 €**
Coût de production		
cout d'achat des matières premières		**6 013,32 €**
charges directes de production		
atelier fabrication	185 h x 20 €	3 700,00 €
atelier emballage	85 h x 12 €	1 020,00 €
service logistique	70 h x 12 €	840,00 €
charges indirectes de production		
atelier fabrication	185 h x 26,5 €	4 902,50 €
atelier emballage	85 h x 14,57	1 238,45 €
service logistique	70 h x 2,78	194,60 €
Coût de production		**17 908,87 €**
Coût de revient		
coût de production		17 908,87 €
frais d'administration	900 x 0,32	288,00 €
Coût de revient		18 196,87 €

Gestion de projet

ENDRE
VIDÉO

Retrouvez tous nos tutos vidéos sur notre chaîne YouTube « Objectif BTS Hachette ».

Gestion de projet

L'ÉPREUVE

Présentation de l'épreuve de gestion de projet

Épreuve éc
Durée : 1h
Coefficient

1 Les attentes

L'étudiant doit démontrer ses capacités à :

- formaliser le cadre du projet ;
- conduire une veille informationnelle ;
- suivre et contrôler le projet ;
- évaluer le projet.

2 Les modalités d'évaluation

L'épreuve se déroule sous forme ponctuelle et en contrôle en cours de formation. Elle s'appuie sur **un dossier qui présente deux projets** conduits par le (la) candidat(e), un compte-rendu de la veille informationnelle effectuée pour un des projets et une prestation orale et pratique.

3 La constitution des projets

Les projets présentés doivent répondre aux caractéristiques suivantes :

- répondre à un besoin d'une organisation avec un objet clairement identifié ainsi que des objectifs stratégiques et opérationnels définis ;
- présenter un caractère singulier ;
- coordonner les partenaires internes et externes ;
- couvrir le cycle de réalisation d'un projet avec l'expression de contraintes de coordination aux différentes étapes ;
- permettre une planification des tâches, une expression des livrables et une évaluation de la durée du projet ;
- offrir une autonomie dans la prise de décision par une prise en compte des risques associés au projet ;
- permettre la définition d'un budget avec plusieurs postes ;
- présenter des éléments contractuels avec les partenaires ;
- mobiliser plusieurs outils (notamment numériques) ;
- permettre d'évaluer ses retombées.

4 Le contenu du dossier

• **Le dossier est personnel.** Il est élaboré à l'aide d'outils numériques. Il présente deux projets vécus dans l'entreprise dans laquelle le (la) candidat(e) a effectué son alternance, ses stages ou des ateliers de professionnalisation.

• **Le dossier comprend :**

– **2 fiches descriptives** de projets ;

– **un compte-rendu de la veille informationnelle** effectuée pour un des projets ;

– **l'attestation du (de la) candidat(e) de non plagiat.**

5 Le déroulement de l'épreuve

Les candidat(e)s doivent se munir des équipements mobiles et nomades : logiciels, applications, ressources informatiques, productions et documents nécessaires au déroulement de l'épreuve.

A Sous la forme ponctuelle

L'épreuve se déroule en trois phases.

• **1re phase : préparation sur poste informatique – 45 minutes maximum**

Le (la) candidat(e) prend connaissance de la nouvelle demande associée au projet sélectionné par le jury. Il/elle dispose de 45 minutes pour y répondre. Il/elle utilise son équipement numérique personnel, ses documents associés au projet, les applications et services disponibles *via* son équipement numérique à l'exclusion de toute fonction de communication avec une tierce personne.

> **Remarque**
>
> Le jury dispose du dossier personnel du (de la) candidat(e). Il choisit une des deux fiches de projet présentées. Cette fiche est utilisée pour modifier un ou plusieurs paramètres du projet ou le compléter par une nouvelle demande.

• **2e phase : simulation et entretien – 30 minutes**

Le (la) candidat(e) présente au jury le résultat de la nouvelle demande en utilisant les outils numériques et en adaptant sa communication en fonction de l'expression du besoin (10 minutes).

Le (la) candidat(e) s'adresse au jury en le considérant comme des interlocuteurs du projet. Après la simulation, le jury procède à un entretien afin que le (la) candidat(e) justifie sa démarche ainsi que l'utilisation des outils mobilisés ; le jury demande des éclaircissements ou approfondissements sur les différents travaux présentés dans le cadre du projet choisi en ayant accès aux productions numériques (20 minutes).

• **3e phase : présentation de la veille informationnelle – 15 minutes**

Le (la) candidat(e) présente ses travaux de veille informationnelle réalisés dans le cadre de la conduite d'un projet en justifiant sa démarche, les outils utilisés et le résultat de sa veille. Il/elle effectue une démonstration sur son équipement numérique des modalités de conduite de veille (5 minutes).

Le jury s'entretient avec le (la) candidat(e) sur les résultats de la veille présentés, la démarche utilisée, les choix opérés et les outils mobilisés (10 minutes).

B En contrôle en cours de formation

Les épreuves sont identiques mais sont découpées en deux situations : la situation A, où le candidat se verra interrogé sur la veille informationnelle, et la situation B, qui regroupe les phases 1 et 2 de l'épreuve ponctuelle.

1 Le cadre du projet

Un projet est une activité temporaire d'une entreprise. Il mobilise des ressources financières, humaines et matérielles pour réaliser un produit ou un service unique. Pour atteindre cet objectif, il est structuré en ensemble d'actions.
Un projet est **limité dans le temps** et les dates de début et de fin sont déterminées. C'est un **travail d'équipe** qui mobilise plusieurs corps de métier et plusieurs compétences. Enfin, un projet s'inscrit en rupture par rapport à la gestion permanente de l'entreprise.

1 Les objectifs du projet

• **Chaque projet doit comporter des objectifs clairement définis** qui permettent d'orienter l'ensemble des tâches à mener. Ces tâches correspondent à des étapes (ou jalons) qui permettent de planifier le projet et de vérifier l'avancée et la réalisation des objectifs ainsi déterminés.

Conseil

Quand les objectifs ne sont pas bien définis, le projet perd en qualité, dure plus longtemps et risque de ne pas aboutir.

• **Les phases** sont les dates importantes du projet où l'on attend une production de livrables.

• **Les livrables** correspondent à tout résultat ou document, mesurable, tangible ou vérifiable, qui résulte de l'achèvement d'une partie du projet ou du projet.

Exemple

Un cahier des charges et une étude de faisabilité sont des livrables.

2 Les types de coopération

La gestion de projet nécessite un sens de la coopération entre les différents acteurs.

• **La coordination :** les acteurs interviennent de façon isolée et sont très peu dépendants les uns des autres. Le projet est dans une démarche séquentielle où chaque acteur intervient pour sa partie. Chaque maillon de la chaîne nécessite des compétences différenciées, avec un haut niveau d'expertise.

• **L'intégration :** l'interdépendance entre les compétences de chacun garantit la réussite du projet. Le chef de projet doit s'assurer de la bonne gestion des compétences.

• **La coopération :** les acteurs doivent travailler ensemble ; ils co-construisent et co-définissent le projet au fil de leur interaction. La confrontation des idées et des réflexions est aussi importante que les compétences et expertises de chacun.

3 Contraintes et périmètre du projet

Tout projet doit tenir compte du contexte externe (opportunités et menaces) et interne (forces et faiblesses) et des contraintes.

A Les contraintes

La gestion de projet doit respecter des critères de qualité, de coûts et de délais.

Qualité	Définir les ressources nécessaires à la réalisation et réussite du projet.
Coûts	Établir un budget prévisionnel qui doit être accepté avant le début du projet.
Délais	Fixer des dates de début et de fin, des outils de planification, aidera à respecter les délais et à rester vigilant pour les tenir.

B Le périmètre

- Les parties prenantes d'un projet doivent toujours en **délimiter les contours** et **déterminer son champ d'application**.

- Il est essentiel de repérer les contraintes : elles sont **matérielles**, **légales**, **financières**, **spatio-temporelles**.

Mesurer	• **Les enjeux :** définir ce que le projet apporte de positif et/ou de négatif à l'entreprise. • **Les risques :** les imprévus qui peuvent devenir un problème s'ils se réalisent. Il faut réfléchir aux actions à mener pour les prévenir.
Prendre en compte	• **Les phases :** les étapes qui nécessitent une signature (par exemple) pour poursuivre le projet. • **Les attendus / les livrables :** une maquette, un compte-rendu, un devis…
Évaluer	• **Les coûts :** l'estimation budgétaire doit inclure les coûts directs et indirects. • **Les délais** à respecter pour la réussite du projet. • **Les indicateurs** qui permettent au fil du projet de mesurer les marges de progression (respect des délais, des dépenses, nombre de ressources utilisées, risques générés…).

4 Les grandes étapes du projet

Un projet est piloté par un **chef de projet** qui s'assure du bon déroulement des opérations et de la réalisation des étapes par chacun des acteurs.

1 RÉFLEXION → 2 FAISABILITÉ → 3 CONCEPTION → 4 RÉALISATION → 5 CLÔTURE

étape 1 Clarifier les objectifs et les livrables attendus.

étape 2 Élaboration du projet, identification des ressources humaines et techniques, évaluation des délais.

étape 3 Concevoir l'équipe projet, le planning et les indicateurs.

étape 4 Conduite du projet : mise en place des tableaux de bord pour comparer les attentes et le réel, évaluer la progression.

étape 5 Fin du projet : bilan, mise en avant des écarts entre le prévisionnel et le réel.

5 Les acteurs du projet

Voir p. 117

• **Un projet ne se réalise pas seul.** Les acteurs sont nombreux et ont tous des objectifs et des attentes variés ; ils peuvent être en interne ou en externe et sont en relation les uns avec les autres.

Conseil

Chacun des acteurs doit comprendre son rôle précis au sein de l'équipe.

• **Pour piloter le projet,** il faut parfois coordonner les équipes et les intervenants extérieurs qui appartiennent à des sociétés différentes. **On centralise l'information du projet au sein d'un référentiel commun à tous** afin de suivre et tracer les actions sans difficulté.

• **Le maître d'ouvrage** est la personne physique ou morale qui commande le projet. C'est le porteur du projet. Il peut s'agir d'un client externe ou de l'entreprise elle-même. **Le maître d'ouvrage définit les objectifs du projet et décide d'investir dans le projet.**

• **Le maître d'œuvre** ou **chef de projet** choisit l'équipe projet et l'anime, organise le projet et le conduit ; **il est responsable du résultat du projet devant le maître d'ouvrage**.

• **L'équipe projet est en charge du management du projet.** Elle est composée d'un groupe de personnes désignées en fonction de leur statut hiérarchique et/ou de leurs compétences : planificateur, coordinateur, contrôleur des coûts, etc. Elles vont collaborer à la réalisation du projet quelle que soit sa durée et son ampleur.

• **Le comité de pilotage** reçoit des comptes-rendus du chef de projet et rend compte au maître d'ouvrage.

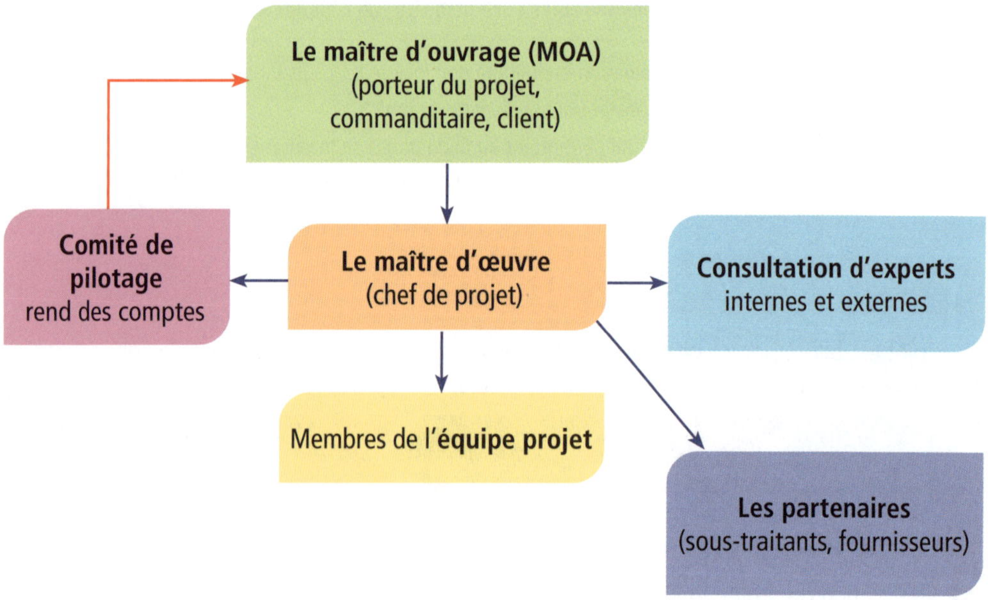

6 Méthode, outils et logiciels de gestion de projet

<table>
<tr><th>Outils</th><th>Définitions</th><th>Fonctionnalités et intérêt</th></tr>
<tr><td>PMW
(Project Management Workbench)</td><td rowspan="2">Planification du projet</td><td rowspan="2">• Synchronisation mobile / ordinateur
• Rapports (diagrammes de Gantt)
• Groupware (indexation des comptes-rendus)
• Fichiers des intervenants
• Consultation des livrables
• Matrice de risques
• Gestion des phases test</td></tr>
<tr><td>• MSP
(Microsoft Project)
• Open Source
(Open Workbench)</td></tr>
<tr><td>Mobile Project Manager</td><td>Applications de gestion de projet pour les smartphones</td><td></td></tr>
<tr><td>Méthode RACI</td><td>Outil de coordination et de communication
R - Responsible - il réalise
A - Accountable - il supervise et rend des comptes
C - Consulted - il conseille
I - Informated - il est informé</td><td>• Permet de savoir qui sont les participants et comment intervient chaque membre de l'équipe au sein du projet
• Pertinent pour des projets complexes avec des risques de chevauchement</td></tr>
<tr><td>Gap analysis</td><td>Compare la situation actuelle et la situation projetée, puis repère les leviers et tâches à mener afin de supprimer cet écart</td><td>Utilisation en 3 étapes :
1. Où sommes-nous ?
2. Où voulons-nous être ?
3. Comment y aller ?</td></tr>
</table>

2 La budgétisation d'un projet

Le budget d'un projet s'établit en évaluant les coûts des ressources humaines et des ressources matérielles nécessaires à sa réalisation.
Le budget prévisionnel du projet est l'ensemble des dépenses estimées. Elles comprennent des **coûts directs**, affectés directement au projet, et des **coûts indirects** qui ne peuvent pas être directement affectés.

1 Évaluer le coût du projet

A Les coûts indirects

Les coûts indirects sont calculés en fonction des ressources mobilisées pour le projet : factures de consommables, loyer, électricité… Un prorata de ces dépenses va être affecté au projet en fonction du temps estimé d'utilisation.

B Les coûts directs

Les coûts directs sont nombreux ; ils comprennent :
- **la main-d'œuvre interne** (coût de la main d'œuvre = coût du travail × temps passé à l'activité) ;
- **les ressources humaines externes** (coût total = prix d'une unité de facteur × quantité de facteurs) ;
- **les achats liés au projet** (produits, équipements, frais de communication, transport, assurance, expertise, audit…) ; ces montants seront collectés lors des appels d'offres adressés aux divers prestataires et fournisseurs.
- **les frais annexes** tels que les déplacements en voiture, train ou avion, la restauration, l'hébergement.

Conseil
Les devis seront comparés d'une société à l'autre afin d'établir le budget le moins élevé.

2 Préparer le budget

A Lister les coûts

- La préparation du budget prévisionnel permet de **concevoir un outil de référence pour la durée du projet** afin de pouvoir comparer les dépenses réelles au budget prévisionnel.

Conseil
Prévoir une marge d'erreur de l'ordre de 3 à 5 % du montant total des dépenses.

- On liste tous les éléments à intégrer au budget et on les classe par rubrique.

B Présenter le budget

- Un budget prévisionnel est présenté sous forme de tableau avec les fonctions du tableur Excel. On calcule souvent des sous-totaux à chaque catégorie de dépenses afin de faciliter la lisibilité et de répartir correctement les coûts indirects.
- Le budget n'est valable et utile que s'il est **daté**.

Astuce

Prévision : calcul d'une prédiction en fonction de valeurs connues. =PREVISION (*x* cherché ; plage de y connus ; plage de *x* connus).
Tendance : calcul d'une approximation linéaire grâce à la fonction « courbe de tendance ».

Exemple de budgétisation des ressources humaines d'un projet

Le projet est la création d'un site Internet marchand pour une entreprise qui souhaite vendre en ligne ses produits. Un tarif journalier en fonction du profil de compétence est établi.

Budget prévisionnel pour un nouveau site Internet					
Taux journaliers des ressources humaines du projet					
€HT	**Consultant**	**Infographiste**	**Développeur**	**Ingénieur expert**	**Chef de projet**
Tarif/jour	800	250	365	850	900

Puis on présente les tâches en ligne, le nombre requis de jours d'intervention par compétence et le coût total.

Coût total des ressources humaines du projet						
	Consultant	**Infographiste**	**Développeur**	**Ingénieur expert**	**Chef de projet**	**Total HT**
Stratégie	10				1	8 900
Charte graphique		5	3		1	3 245
Mailing list			5			1 825
Création d'un moteur de recherche			10	2		5 350
Sécurisation du site			5	5		6 075
Création d'un forum		1	5	1		2 925
Formulaire de contact			1			365
Installation et maintenance			3			1 095
Suivi de projet					15	13 500
Référencement				25		21 250
TOTAL HT						64 530

- **On peut calculer le coût journalier des ressources internes** en se basant sur le salaire brut. On multiplie ensuite ce coût journalier par le nombre de jours prévus d'intervention sur le projet.
- **Pour compléter le budget,** il restera à évaluer les autres coûts : celui des licences des logiciels nécessaires au projet, des serveurs de tests et des serveurs de production.

3 Les appels d'offres

En faisant un appel d'offres, un acheteur a la possibilité de demander des prix à plusieurs fournisseurs sur un même matériel.
On distingue les **appels d'offres ouverts** (tout fournisseur peut candidater) et les **appels d'offres restreints** (accessibles aux seuls fournisseurs autorisés après une sélection).

1 Les étapes d'un appel d'offres

• Suivant l'importance de l'affaire à traiter, c'est l'acheteur qui prend la décision de faire ou de ne pas faire un appel d'offres.

- étape 1 : Identification d'un besoin
- étape 2 : Rédaction du cahier des charges
- étape 3 : Création de lots
- étape 4 : Définition des critères de choix
- étape 5 : Diffusion de l'appel d'offres *via* des plateformes dédiées
- étape 6 : Réception des offres, analyse et évaluation des soumissionnaires
- étape 7 : Choix du prestataire et contractualisation

▲ Le plan de projet

2 Le processus d'un appel d'offres

A Le cahier des charges

• **Le cahier des charges est contractuel.** Il décrit :
– **les besoins** du maître d'ouvrage ;
– **les grandes fonctionnalités** et les usages attendus pour le produit ou service ;
– **les exigences** ;
– **les contraintes** propres à la maîtrise d'ouvrage.

• **Il se présente sous la forme :**
– **d'une étude préalable** ou de spécifications fonctionnelles générales ;
– **de l'ensemble du CCPT** (cahier des clauses techniques particulières) **et CCAP** (cahier des clauses administratives particulières) pour un marché public.

B Les lots

Un lot peut désigner un produit semi-fini, fini ou un ensemble de produits/pièces/articles/objets..., issus d'une même fabrication.

C Les critères de choix

Les critères de choix sont définis selon des méthodes d'analyse des offres et de formalisation des grilles de sélection. Il faut en préciser les thématiques :

– **le coût :** le soumissionnaire doit intégrer sa partie financière et la détailler ;

– **la langue :** pour la rédaction de la proposition et toute traduction éventuelle des produits et/ou notices ;

– **les fonctionnalités :** elles doivent être conformes au cahier des charges ;

– **l'accompagnement :** le soumissionnaire doit être en mesure d'avoir les capacités techniques et humaines afin d'accompagner les clients tout au long de la mise en œuvre et de la vie du produit ou du service ;

– **les caractéristiques des fournisseurs :** renseignements précis sur l'entreprise (effectifs, pérennité, présence sur le marché local) ;

– **les techniques :** les capacités techniques doivent être vérifiées, notamment la pleine conformité à certaines normes reconnues sur le marché.

Conseils

• **Une date butoir** de réponse à l'appel d'offres doit être indiquée.
• **Le fournisseur** doit s'appuyer sur un support administratif standard pour remplir sa proposition.
• **La quantité de matériel** nécessaire, l'indication de lieux de livraison différents doivent être précisés si besoin.

3 Le dépouillement des offres

• **L'unique critère du prix** n'est pas forcément celui qui décidera du fournisseur. Les autres critères de choix sont également intégrés dans le dépouillement et dans l'attribution éventuelle d'un marché.

• **Pour choisir le fournisseur** en fonctions des différentes offres, l'acheteur porte son attention sur :
– **la qualité** du produit proposé (performances techniques) ;
– **le prix** du produit (et les éventuelles remises appliquées) ;
– **les frais de transport et d'emballage** ;
– **les conditions de paiement**.

Exemple de tableau comparatif de prix

Désignation du produit	Qualité	Qté	Fournisseurs	Prix unitaire HT	Remise	Total HT	Conditions de vente			
							Livraison		Paiement	
							Port	Emballage	Comptant	À terme

4 Les appels d'offres publics

• L'État et ses établissements publics ainsi que les collectivités territoriales sont soumis au **Code des marchés publics**. Il s'agit d'une procédure particulière strictement règlementée et régie par le décret n° 2001-210 du 7 mars 2001.

• La procédure à mettre en œuvre par l'acheteur se détermine en fonction des montants et des caractéristiques des prestations à réaliser. Les documents à fournir et les formulaires à remplir sont référencés.

Fournitures & services	Marché à procédures adaptées (MAPA)	Procédures formalisées Appel d'offres
État	De 25 000 € à 144 000 € HT	> 144 000 € HT
• Collectivités • Marchés de défense	De 25 000 € à 221 000 € HT	> 221 000 € HT
• Entités adjudicatrices • Secteurs de l'eau, de l'énergie, des transports et des services postaux	De 25 000 € à 443 000 € HT	> 443 000 € HT

Travaux	Procédures adaptées (MAPA)	Procédures formalisées
État et collectivités	De 25 000 € à 5 548 000 € HT	> 5 548 000 € HT

▲ Tableau récapitulatif des seuils et des procédures

• **Pour permettre à toute entreprise de « soumissionner »,** il est obligatoire de publier l'offre d'appel à concurrence dans les journaux spécialisés tels que le **BOAMP** (Bulletin officiel des annonces des marchés publics) ou le **JOUE** (Journal officiel de l'Union européenne). Aujourd'hui, les dépôts d'avis d'appels d'offres, les réponses des soumissionnaires et les avis d'attribution sont dématérialisés et effectués via des plateformes web dédiées (*marche-public.fr, BOAMP.fr, marcheonline.fr*).

• **Le traitement administratif de ces dossiers est spécifique.** Il exige de la rigueur de la part des personnes qui demandent le dossier et transmettent la réponse : aucune pièce ne doit être omise et le délai doit être respecté à la minute près !

4 L'ordonnancement des tâches : PERT et Gantt

Pour mener à bien les projets de l'entreprise, il convient d'identifier toutes les tâches à accomplir, de déterminer leur durée et leur antériorité : c'est la **planification**.

1 Le réseau PERT

COMPRENDRE EN VIDÉO

Voir vidéo : Le graphe PERT

A Son rôle

• **Le réseau PERT présente de façon visuelle l'enchaînement logique des tâches.** Sa réalisation graphique obéit à des conventions précises :

– chaque **tâche** est représentée par une **flèche** ; au-dessus de la flèche, une **lettre** correspond au **code** donné à la tâche, au-dessous un **chiffre** indique sa **durée** (en heures, jours, mois) ;

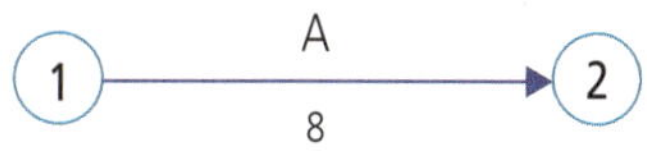

– les **étapes** sont représentées par un **cercle** (un **nœud**) qui contient le **numéro** de l'étape ;
– chaque tâche est **toujours** précédée et suivie par une étape.

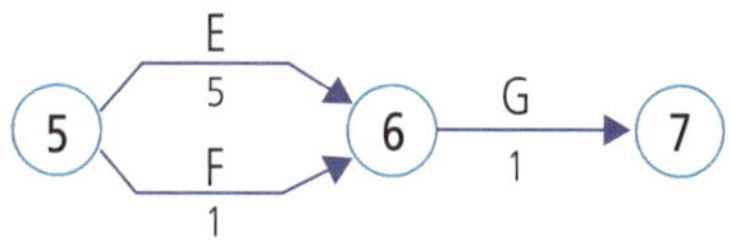

• **Les tâches simultanées.** Plusieurs tâches doivent être exécutées en même temps pour permettre la réalisation de la tâche suivante ; les tâches E et F (*schéma*) convergent vers la tâche G.
• **Les tâches convergentes** vont toutes vers une étape commune.
• **Les tâches fictives,** de durée nulle, représentent une contrainte d'antériorité. Elles sont représentées par une flèche en pointillés.

B Méthode pour construire un diagramme PERT

• **On s'appuie sur un tableau d'antériorité** qui indique la liste des tâches à accomplir, leur durée et leur antériorité les unes par rapport aux autres.

Exemple

Il n'y a pas d'antériorité à la tâche A, elle démarre en 1er.

Tâches	Description des tâches	Durée (en jours)	Antériorité
A	Appel d'offres auprès de fournisseurs d'imprimantes	8	–
B	Tableau comparatif des offres	1	A
C	Choix de l'imprimante	1	B
D	Commande	1	C
E	Mise au point du document à imprimer	5	D
F	Installation de la machine	1	D
G	Test du document	1	E ; F

Les tâches E et F ont la même antériorité : D.

2 antériorités : pour faire la tâche G, il faut que les tâches E et F aient été exécutées simultanément.

• **Un tableau d'ordre des tâches** indique dans quel ordre les tâches seront accomplies ; à partir du tableau d'antériorité, on constate que les tâches E et F sont au niveau 5.

Niveau	1*	2**	3	4	5	6
Tâches	A →	B →	C →	D →	E F →	G

* Le niveau 1 comprend la ou les tâches qui n'ont aucune antériorité.
** Le niveau 2 comprend les tâches (ici B) qui ont pour tâches immédiatement antérieures la ou les tâches de niveau 1, et ainsi de suite...

• **On établit le diagramme de PERT** suivant à partir du tableau d'antériorité.

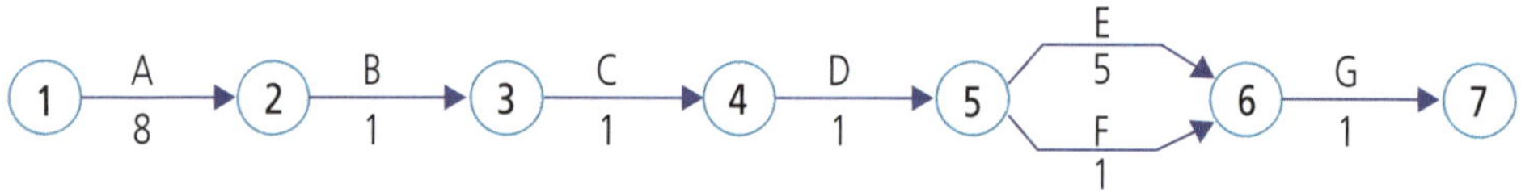

C Évaluation de la date au plus tôt / au plus tard du projet

• **On établit le planning** en indiquant pour chaque tâche les **dates au plus tôt** (début au plus tôt et fin au plus tôt de la réalisation de la tâche) et les **dates au plus tard** (début au plus tard et fin au plus tard de la réalisation de la tâche).

• **On calcule la date au plus tôt à partir de l'étape 1 :**

– on additionne les durées des tâches **de gauche à droite** et on reporte les nombres en bas des nœuds sur la gauche (en rouge sur le diagramme) ; le résultat final correspond à la date au plus tôt ;

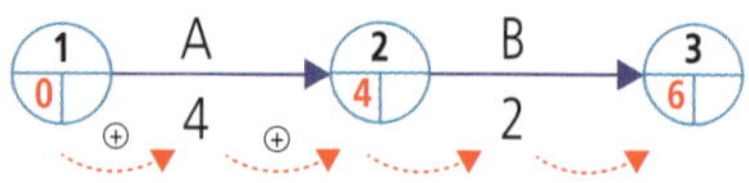

– lorsque deux comptes de durées différentes se présentent (en cas de tâches simultanées de durées différentes), on choisit la **valeur maximale** pour indiquer **la date au plus tôt**.

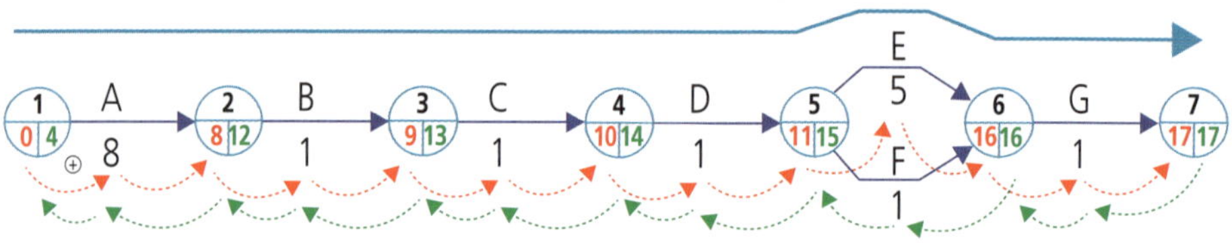

• **On calcule la date au plus tard à partir de la dernière étape :**

– on additionne les durées des tâches **de droite à gauche** et on reporte le résultat en bas des nœuds sur la droite (en vert sur le diagramme) ;

– lorsque deux comptes de durées différentes se présentent (2 chemins possibles), on choisit la **valeur minimale**.

D Le chemin critique et la marge

• **La durée du projet** est le temps qui s'écoule en additionnant la durée de chaque étape.

• **Le chemin critique** (flèche bleue sur le diagramme) correspond au chemin dont la durée est la plus **longue** pour réaliser l'ensemble des étapes. Il montre les tâches qui n'admettent aucun retard dans leur exécution : la durée du projet serait allongée par le moindre retard dans l'une d'elles.

• **La marge** est la possibilité de retarder une tâche sans allonger la durée du projet. Les tâches qui sont sur le chemin critique ont une marge nulle.

2 Le diagramme de Gantt

COMPRENDRE EN VIDÉO — *Voir vidéo : Gantt Project*

A Son objectif

• Le diagramme de Gantt permet de **planifier de façon optimale** et de **communiquer avec les différents intervenants et responsables**.

• Cet outil d’ordonnancement et de gestion de projet est souvent utilisé en complément du réseau Pert. Il permet de **visualiser dans le temps les diverses tâches du projet et d’en contrôler son avancement**.

• Il permet :
– de déterminer les dates de réalisation d’un projet ;
– d’identifier les marges existantes sur certaines tâches (grâce au chemin critique) ;
– de visualiser en un coup d’œil le retard ou l’avancement des travaux.

B Construction du diagramme de Gantt

• **Il s’agit d’une représentation sous forme de tableau** sur Excel ou à partir d’un logiciel gratuit (Gantt Project, Microsoft Project).

• **Chaque tâche est représentée par une bande** dont la longueur correspond à sa durée :
– en ordonnée figure la liste des tâches dans l’ordre de leur exécution ;
– en abscisse, chaque colonne représente une unité de temps (jours, semaines, mois…) ;
– les durées d’exécution prévues sont représentées par un trait épais ;
– le déroulement est en pointillés : dans l’exemple, le 5 du mois le projet est dans les temps.

Exemple à partir d’un tableur Excel

Tâches	Durée en jours	1	2	3	4	5	6	7	8	9	10	11	12	13	14	15	16
A	2	...	...														
B	3			...	...	...											
C	8																
D	2																
E	2																

C La préparation

Tout comme pour le réseau PERT, le tableau des antériorités et le tableau d’ordre des tâches facilitent la réalisation du diagramme. Les antériorités sont représentées sur Gantt Project par des petites flèches.

Exemple à partir du logiciel Gantt Project

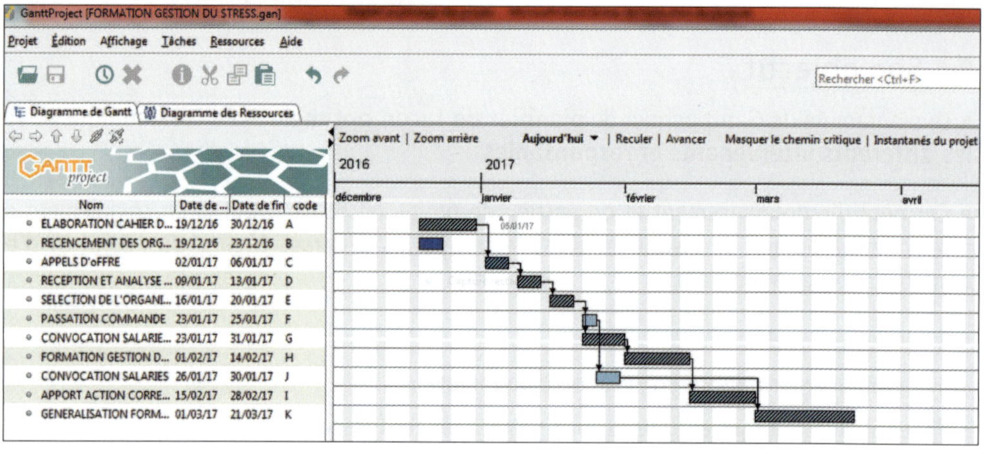

- Gantt Project synthétise le projet et rend lisible l'exécution des tâches et leur déroulement dans le temps.

- Il peut également gérer les ressources humaines et matérielles (diagramme des ressources) en répartissant des tâches aux différents membres de l'équipe.

Remarque

Le diagramme de Gantt prend en compte les jours non travaillés : samedis, dimanches et jours fériés ; cela a un impact sur le planning.

Exercice d'entraînement

Corrigé p. 144

Un cabinet médical composé de 4 généralistes a trouvé de nouveaux locaux et doit maintenant organiser son déménagement. Le responsable du projet a décidé de lister toutes les tâches et d'en estimer leurs durées afin d'être tout à fait prêt le jour du déménagement.

1. En vue de déterminer la durée globale des préparatifs, vous ordonnancez les tâches dans un diagramme de PERT et vous réalisez un diagramme de Gantt.

2. Sachant que le bail a été signé le 1er août, à quelle date pourra se dérouler le déménagement ?

Tâches	Description des tâches	Durée (jours)	Tâches antérieures
A	Signature du bail	1	
B	Étude des nouveaux plans pour l'aménagement	3	A
C	Contact entreprises de rénovation peintures et de déménagement	10	B
D	Commande de nouveau mobilier	3	C
E	Réception des réponses des entreprises interrogées	12	C
F	Travaux et peintures dans le nouveau local	15	E
G	Réception du nouveau mobilier	1	D
H	Aménagement et décoration du nouveau local	14	G
I	Évaluation des besoins en carton	10	E
J	Mise en carton des dossiers	30	I
K	Déménagement	1	F H J

5 Le comité de pilotage

Le comité de pilotage est constitué d'un **groupe de personnes décisionnaires et responsables**. Il doit **veiller au bon déroulement d'un projet du point de vue opérationnel** en entretenant à la fois une bonne dynamique au sein du groupe et des différents acteurs qui le compose et en vérifiant les ressources matérielles.
Le comité de pilotage assure un suivi fiable avec un regard constant sur l'ensemble du projet. Il mesure précisément son avancement, valide les dates-clés et sait prendre les décisions qui s'imposent en cas de difficulté.

1 La constitution du comité

oir 106

- Le comité est constitué d'un **maître d'ouvrage** qui assure la stratégie et d'un **maître d'œuvre**, ou chef de projet, qui assure l'opérationnel. Il prend ses fonctions dès que le budget du projet a été validé.

- Au cours du projet, le comité de pilotage va comparer le **réalisé** avec le **prévisionnel**, et éventuellement réviser les plannings et les charges.

2 L'équipe du projet

L'équipe du projet est composée de l'ensemble des acteurs venus d'horizons différents et désignés pour le comité de pilotage.

A La gestion des ressources humaines

- **La réussite du projet repose sur la bonne organisation de cette équipe.** Un des premiers critères lors de la planification du projet est la prise en compte des contraintes, comme les congés, les jours de RTT et les ressources de chacun. Le taux d'affectation des personnes est ainsi planifié en fonction des phases du projet : certaines personnes sont dédiées à 100 % au projet, et d'autres en fonction des besoins.

Conseil

L'équipe projet doit être suffisamment encadrée, régulièrement suivie et toujours encouragée.

- **La stabilité de l'équipe est un enjeu important.** Les projets de longue durée sont sources de démotivation, d'usure. À cela s'ajoutent les surcharges de travail alternées avec des temps morts, ce qui entraîne un important risque de *turnover.* Il faut prévoir des remplacements et s'assurer du transfert de compétences auprès des ressources demeurant sur le projet.

B L'impact du management

- **Le chef de projet est un manager d'équipe.** Il adopte un management vertical ou transversal aux différentes étapes du projet. Son rôle-clé agit sur le climat général de l'équipe, sur la motivation et l'implication de ses membres.

Management vertical	• Le manager gère une équipe avec une autorité directe sur ses collaborateurs. Il est souvent spécialiste dans son domaine. • Ses pouvoirs sont liés à sa fonction et, en tant que « chef », il a le pouvoir de la récompense et celui d'exercer une contrainte. • La communication est plus lente voire plus difficile.
Management transversal	• Le manager conduit une équipe sans autorité directe, il n'est pas spécialiste de tous les champs abordés par le projet et travaille en incertitude forte. • Ses pouvoirs sont personnels, liés à ses compétences et à son charisme. L'information est fluide entre les différents membres de l'équipe et lui. Il libère un espace de parole pour chacun, en adoptant un mode de management participatif, régulant ainsi des conflits à leur source. • Il sait mieux travailler avec tous les membres de l'équipe et son pouvoir d'implication et sa motivation sont plus importants.

• **Pour favoriser un climat favorable :**
– le manager **adopte une attitude positive et équitable** vis-à-vis des membres de son équipe ;
– il **favorise l'intégration de nouvelles ressources** par des formations et un encadrement adapté ;
– il **choisit les profils de compétence** adaptés au projet.

• **Pour souder les équipes projet :**
– il **reformule l'objectif commun régulièrement**, afin de maintenir la cohésion dans le temps ;
– il **organise des soirées** au restaurant, des soirées thématiques avec des jeux d'équipe ;
– il **encourage les initiatives individuelles**.

3 Le pilotage des ressources

A Les ressources humaines

• Au cours du projet, il est important de toujours vérifier l'adéquation entre les ressources et les besoins, dans le but **d'optimiser l'affectation des ressources**.

• Le chef de projet évalue à date régulière les besoins par rapport aux profils de compétence requis. Il réajuste les taux d'affectation de ressources en fonction des imprévus (une tâche qui s'avère plus longue que prévue…).

B Les ressources matérielles

• **Les besoins en ressources matérielles peuvent évoluer** au cours du projet. Ils sont souvent exprimés par les membres de l'équipe.

• **Le chef de projet devra répondre rapidement à ces nouveaux besoins** et gérer les risques liés à d'éventuelles indisponibilités. L'obtention des ressources matérielles supplémentaires dépendra de l'accord du comité de pilotage et de la direction.

4 Les indicateurs de pilotage

A La notion d'indicateur

Les indicateurs de pilotage du projet déterminent l'état d'avancement du projet et permettent de mettre en avant sa réalisation ou son absence de mise en œuvre totale ou partielle : ils mesurent une situation ou un risque, donnent une alerte ou signifient l'avancement correct du projet.

B Le choix des indicateurs

• **Les indicateurs** (financiers, humains, techniques, économique, de qualité, de flexibilité, d'éclairage) doivent être :
– **clairs et en lien direct avec l'action** à entreprendre ;
– **les moins nombreux possible** ;
– **non manipulables** (n'importe quelle personne de l'entreprise doit être en mesure de les lire de la même façon) ;
– **prédictifs** (ils doivent prévoir l'avenir) ;
– **évolutifs** (ils doivent pouvoir évoluer en même temps que la stratégie).

• **Identifier les indicateurs de pilotage nécessite une réflexion préalable** et implique de :
– **déterminer le plan d'actions** à mettre en œuvre pour atteindre les performances espérées ;
– **identifier les actions concrètes à mettre en œuvre**, chiffrées et mesurables ;
– **s'assurer que ces actions soient ambitieuses** mais réalistes (objectifs atteignables) ;
– **repérer les personnes responsables** de ces actions ;
– **retenir les indicateurs les plus pertinents.**

• **Les indicateurs sont regroupés sous la forme d'un tableau de bord**, le *scoreboard*.

6 La communication dans le projet

La communication est le fondement de la réussite d'un projet ; tous les membres d'une équipe projet doivent **avoir le même niveau d'information** afin de garder la cohésion du groupe projet.
Il est important de bien choisir son mode de communication selon les situations.

1 La communication orale

Voir p. 10

La communication orale au sein du projet peut être **formelle** (réunion, entretien physique ou téléphonique) ou **informelle** (pause-café, heure de déjeuner). Ces communications font souvent circuler l'information efficacement, permettent l'échange d'idées et personnalisent les relations.

• **La communication formelle est souvent obligatoire**, déclenchée par une convocation. Elle prend la forme d'un entretien ou d'une réunion. On la choisit pour un **suivi de projet**, un **échange d'informations**, de ressources et/ou d'idées. Tous les acteurs internes ou externes du projet sont conviés. C'est souvent **l'occasion d'un point d'étape**.

• **La communication informelle n'a pas de cadre obligatoire**. Elle peut se faire au détour d'une rencontre dans un couloir de l'entreprise, à la cafétéria, durant la pause-café ou déjeuner. En général, elle est conviviale et se fait naturellement.

Conseil

Ne négligez pas la communication informelle, car beaucoup d'informations circulent ainsi.

2 La communication écrite

Voir p. 15

Elle est souvent électronique (courriel, messagerie instantanée). Les comptes-rendus de réunion, les suivis de projet, les planifications, les tableaux de bords sont envoyés par courriel ou (le plus souvent) diffusés *via* un outil de partage collaboratif (*cloud*, *drive*…).

3 Les objectifs de la communication

• Toute action de communication doit être réfléchie en fonction des objectifs visés par le communiquant. Ces objectifs peuvent être différents en fonction des personnes concernées ou de l'étape du projet.

- Aide à des prises de décision
- Alerte sur d'éventuelles difficultés
- Information sur l'avancée d'un projet
- Obtention ou diffusion d'un ou des supports
- Demande de ressources complémentaires

4 Planifier la communication

- La communication doit être adaptée aux interlocuteurs, à l'étape du projet, au sujet concerné…

- Afin d'adopter une communication efficace, il faut identifier un certain nombre d'éléments : **que veut-on communiquer ? Pourquoi ? Comment ? Quand ? Et par qui ?**

- Il est possible de mettre en place des matrices afin de répondre à ces questions :

Public cible	Objectif de communication	Type d'informations	Canal de transmission	Période et Fréquence	Émetteur
Responsables de services	Informer sur le projet	Modalités d'organisation	Électronique (courriel)	Mensuelle	Assistant(e) du chef de projet
Salariés	Informer sur le projet	Modalités d'organisation	Réunion d'information	En début de projet	Chef de projet

- On peut aussi réaliser une matrice en fonction de l'étape de la partie opérationnelle du projet.

Phase du projet	Date	Objectif	Informations à transmettre	Moyen de transmission	Émetteur
Cadrage ou initialisation du projet	xxx	Annonce du lancement du déménagement	Information sur le changement de locaux	Courriel, newsletter, intranet	Chef de projet

Exemples d'informations à communiquer en fonction de l'interlocuteur

Pour un client	Le suivi des livrables sous forme de tableau Excel détaillé
Les membres de l'équipe projet	• Le suivi du planning • Les retards et autres difficultés rencontrées
Le comité de pilotage	• Le tableau de bord de pilotage du projet • Le suivi budgétaire du projet
Le comité de direction	• Le suivi budgétaire • Les risques mis à jour • Les décisions prises

Gestion de projet

7 L'environnement numérique du projet

Le développement des outils numériques permet d'accélérer et de faciliter le travail autour d'un projet. Pour cela, il faut savoir adapter leur utilisation en fonction des besoins et de connaître les contraintes techniques concernant leur diffusion.

1 Les fonctions des outils numériques

Plusieurs outils sont à la disposition de l'équipe de projet, chacun avec des finalités différentes : **communication**, **coopération**, **coordination**. Il est nécessaire de bien savoir les employer tout en tenant compte des besoins de chaque collaborateur.

• **Communiquer :** il est important pour le chef de projet de **capter l'humeur du moment sur l'avancée du projet**. L'utilisation des réseaux sociaux d'entreprise, les blogs, les plateformes de travaux collaboratifs, les messageries instantanées, facilitent la communication et aident à évaluer le niveau d'implication et de motivation.

• **Coopérer :** les outils numériques peuvent servir à **partager des savoirs**, échanger des pratiques, **des outils et des méthodes**. On peut produire des vidéos ou des audios dans une démarche de travail collaboratif grâce à des wiki professionnels ou à des outils d'écriture collaborative sur un portail intranet permettant le dépôt de contenus. Les **réseaux sociaux d'entreprise** (RSE) permettent aussi la coopération. C'est un moyen d'entrer en contact direct avec les autres membres de l'équipe.

• **Coordonner :** l'utilisation d'un *workflow* permet de décrire par exemple le circuit de validation des livrables, les tâches à répartir entre les différents acteurs et l'avancée du projet. Il décrit aussi la suite des étapes ou des opérations à effectuer.

Conseil

Vérifiez que les acteurs disposent des bons outils collaboratifs, qu'ils sont informés de l'équipement mis à leur disposition et qu'ils sont formés à leur utilisation.

2 Les principaux outils numériques

• **Un espace collaboratif est indispensable** pour partager les documents au sein de l'équipe projet. Quel que soit le format du document (texte, vidéo, image...), le partage des informations s'effectue en temps réel (**synchrone**) ou en différé (**asynchrone**).

• **La sécurisation et l'accessibilité** sont assurées par des droits d'accès aux membres. Par ailleurs, d'autres outils peuvent permettre le travail collaboratif.

Définitions

Communication synchrone : échange d'informations en direct (téléphone, visioconférence, visiophonie, audiophonie...).
Communication asynchrone : échange d'informations en différé (courriel, forum...).

Nom	Type d'outil	Utilisation	Gratuité	Travail collaboratif
Sphinx	Réaliser des enquêtes en ligne	• Gestion processus • Pour les évaluations, des questionnaires de satisfaction…	2 versions en ligne : gratuite mais limitée et payante	Possibilité d'éditer les enquêtes de manière collaborative en ligne
Padlet	Tableau	Au début d'un projet pour du *brainstorming* à distance	Oui	Synchrone et asynchrone
Office 365	Espace collaboratif en ligne utilisant le pack Office	• Échange de documents • Partage de calendrier	Non	Synchrone
Framindmap	Carte heuristique	Création de cartes mentales	Oui	Asynchrone
BigBlueButton	Système de conférence en ligne	• Animation de visioconférence • Partage de document audio/vidéo, clavardage, partage d'écran ou tableau blanc	Oui	Synchrone
Framapad	Éditeur de texte collaboratif directement dans le navigateur Web	Tous travaux d'équipe, rapports d'activité du groupe, feedback direct par les pairs…	Oui	Écriture collaborative et fonctions de messagerie instantanée
Skype	Conférence en ligne	Conversation, chat, envoi de dossiers et documents, images, vidéos	Oui	Synchrone et asynchrone (messagerie)
Dropbox	Transmettre, partager, stocker	Partage des documents et des dossiers	Oui jusqu'à un certain volume, puis payant	Asynchrone

3 Produire des documents multimédia

COMPRENDRE EN VIDÉO — *Voir vidéo : Comment réaliser un bon PowerPoint*

• **Le projet** nécessite de créer et d'utiliser une variété importante de documents, qu'il s'agisse des livrables ou des documents nécessaires au déroulement du projet pour communiquer, coopérer ou coordonner.

• **Un document multimédia** permet de **communiquer des informations à un groupe projet**. Sa forme dépend de son objectif : présentation devant un public, consultation à distance, publication papier…

• Un document multimédia (diaporama, vidéo, pages Web...) intègre un ensemble d'informations et de ressources numériques : textes, images 2D, 3D, tableaux, graphiques, sons, animations, vidéos…

	Publications			
	Papier	**Diaporama**	**Montage audio-vidéo**	**Site Web**
Type de document	• Publication assistée par ordinateur (PAO) • Pour communiquer sur un support papier en y intégrant des textes, images, graphiques, tableaux ...	• Présentation assistée par ordinateur (PréAO) • Présentation animée avec une succession de diapositives intégrant des textes, images, vidéos, son...	• Montage vidéo • Pour réaliser des films avec des incrustations d'images, du texte, du son...	• Publication sur Internet • Pour communiquer avec des pages Web consultables à distance au contenu varié avec des textes, images, vidéos...
Logiciels	Logiciel de dessin, Indesign, Publisher…	PowerPoint	Windows Movie Maker, Virtualdub.	Structure de site CMS (*Content Management System*), FreeGuppy, Spip, Typo3
Étapes de production	Étudier le cahier des charges			
	Rechercher des informations	Rechercher des informations	Élaborer le scénario du film	Préparer les textes et les images à enregistrer sur le site
	Prévoir la maquette sur feuille de brouillon de la page à réaliser	Élaborer le scénario de l'intervention	Filmer les scènes	Prévoir une arborescence de site (succession de pages)
	Créer des cadres et insérer des éléments à l'intérieur : textes, images, tableaux	Créer les diapositives et/ou les pages écrans (après insertion des objets textes, images)	Réaliser le montage en coupant-collant la succession de scènes	Réaliser les différentes pages en mode administration (textes, images, liens...)
	Mettre en forme selon la charte graphique	Mettre en forme les diapositives et organiser des transitions entre chacune	Mettre en forme le film en ajoutant les effets d'animation et textes	Mettre en forme selon la charte graphique
	Imprimer	Lancer le diaporama	Diffuser le montage vidéo	Partager les pages sur un serveur local ou Internet

8 La gestion de l'information

Dans le cadre du projet, l'information est nécessaire pour prendre des décisions. Sa qualité est primordiale, ce qui entraîne une vérification des sources, de l'auteur, de la date, sa pertinence et la possibilité de l'utiliser.
Lorsque le besoin d'information est continu et que la stratégie demande de rester informé, les acteurs ont besoin d'organiser une **veille informationnelle**.

1 La qualité de l'information

- **Plusieurs critères déterminent la qualité d'une information :** sa fiabilité, son actualité, sa pertinence, sa disponibilité et son coût.

- **Sa source est déterminante :**

– **d'où vient l'information ?** Le site ou l'auteur de l'information sont-ils des personnes/entreprises de référence (site officiels, publics, ministériels, centres de recherches, documentation technique, revues professionnelles) ?

– **les auteurs sont-ils une référence dans le domaine ?**

– **la date compte aussi**, car une information diffusée il y a quelques années ou quelques mois peut ne plus être valable.

Conseil

Il est essentiel de vérifier que les informations récoltées ne sont pas des fausses informations (*fake news*).

2 Les besoins d'une veille informationnelle

- **La veille informationnelle s'inscrit dans la durée afin de suivre l'évolution de l'information.** Sa fréquence dépend de l'ampleur et des besoins du projet et des délais.

- **Il revient à l'assistant(e) de manager d'organiser la récolte des informations** en tenant compte de son organisation personnelle, car le traitement de l'information est chronophage : la recevoir et la traiter une fois par semaine demande d'avoir quelques heures devant soi pour assimiler les données.

- De nombreux outils et méthodes sont donc nécessaires pour mettre en place une stratégie de veille efficace.

Astuce

Les 4 concepts à retenir pour une veille :
- **activité continue** qui s'exerce sur le long terme ;
- **activité itérative** qui se répète plusieurs fois ;
- **activité de surveillance** d'un environnement ;
- **anticipation** des évolutions.

3 Les divers types de veille informationnelle

Catégorie de veille	Objectif / utilisation
Stratégique (qui englobe les suivantes)	**Surveillance de l'environnement global de l'entreprise** : recherche, collecte, traite, analyse et diffuse l'information qui orientera les décisions stratégiques de l'entreprise.
Marketing et commerciale	**Suivi du marché de l'entreprise pour anticiper les évolutions du marché, améliorer son offre** : étude de marché (produits, prix, tendances), étude des clients, des fournisseurs, des pratiques commerciales.
Concurrentielle	**Surveillance des concurrents dans le secteur d'activité de l'entreprise** : repérer l'apparition de nouveaux produits, comparer les ventes et les prix de vente, les techniques de distribution…
Technologique	**Suivi des développements technologiques** : dépôts de brevets, nouveaux procédés de fabrication.
Veille d'image	**Analyse des informations relatives à l'image, à la notoriété de l'entreprise ou d'une marque** : retombées d'une campagne de communication ou de communiqués de presse, commentaires positifs ou négatifs sur les réseaux sociaux ou les forums, rumeurs, avis de consommateurs...
Juridique et réglementaire	**Suivi des évolutions juridiques** : réduire les risques de non-conformité des procédures, éviter des comportements ou des écrits non conformes à la loi.

9 Organiser une veille

La veille consiste à surveiller son environnement afin d'alerter en cas de menace ou d'opportunité, et ainsi de gagner un avantage concurrentiel.
Une veille doit donc être organisée, structurée et anticipée pour être efficace.

1 La mise en œuvre de la veille

L'assistant(e) chargé(e) de la collecte d'information commence par établir une stratégie de veille puis détermine les axes de recherche prioritaires en fonction des objectifs et des attentes de ses responsables.

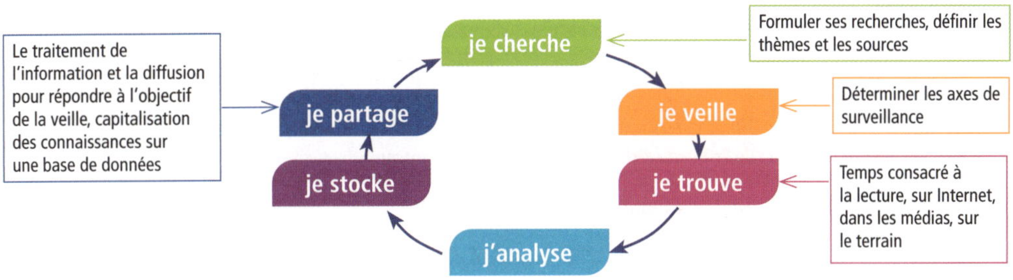

2 Deux méthodes de collecte d'informations

• **La méthode *push*** repose sur un paramétrage automatisé d'Internet. Elle consiste à **pousser vers l'utilisateur l'information dont il a programmé la recherche** en fonction de critères choisis. Selon le cas, ces messages sont reçus dans son courriel, dans le compte d'un agrégateur, sur une page Web.

Avantages	Inconvénients
Gain de temps	Risque d'être rapidement submergé par l'information
Démarche automatisée	Répétition de la même information provenant de sites multiples
Régularité de la mise à jour des résultats de la recherche	

• **Avec la méthode *pull*** (veille active), l'utilisateur se rend directement et régulièrement sur Internet pour en extraire les informations les plus récentes dans le domaine concerné.

Avantages	Inconvénients
Information recueillie plus pertinente car mieux ciblée	Nécessite plus de temps
Aucun abonnement requis	Risque de veille irrégulière (car non automatisée) et de manquer certaines informations

3 Les outils de la veille

A Les moteurs de recherche

• On peut trouver la plupart des informations en quelques clics sur Internet *via* des moteurs de recherche : Google, Bing, Yahoo, Ask…

• Il faut savoir déterminer les mots-clés importants, savoir utiliser les filtres proposés (langue, pays, images, vidéo, date...) et maîtriser les fonctions de recherche avancée afin de gagner du temps et d'obtenir des résultats pertinents.

Opérateurs booléens	
« »	Restreignent la recherche aux pages contenant l'expression exacte
AND	Exclut les pages ne contenant pas l'ensemble des termes spécifiés
OR	Recense les pages de chacun des mots exprimés séparément dans la recherche
–	À placer devant chaque mot à éliminer dans la recherche
Opérateurs avancés (permet d'exclure des résultats polluants)	
RELATED	Ajoute une URL à la suite de l'opérateur pour connaître des pages similaires : *related:google.fr* permet de découvrir d'autres moteurs de recherche
DEFINE	Pour obtenir la définition d'un terme
LINK	Sélectionne les sites Web les plus récents et enlève les contenus non pertinents
INTITLE	Recherche dans le titre des sites
INTEXT	Recherche dans le texte des sites
INURL	Recherche dans l'adresse des sites

B Les flux RSS

• **Les flux RSS** (*Really Simple Syndication*) sont des dépêches de contenus Web accompagnées de liens vers la version intégrale de ce contenu. La plupart des sites proposent de s'abonner à ce service gratuitement. Il suffit à l'utilisateur de cliquer sur le logo du fil RSS pour se tenir informé des nouveautés.

• **Avec un nombre d'abonnement de flux restreint,** une messagerie suffit pour recevoir les informations.

• **Avec un nombre important de flux,** l'utilisation d'un **agrégateur** est indispensable : il permet de trier, agréger et classer des centaines de sources d'information. Les sources sont organisées sous forme de catégories. La consultation se fait comme un journal, en ligne ou sur le mobile.

Astuce

Feedly ou *Netvibes* sont les agrégateurs gratuits les plus populaires.

C Les agents d'alerte

On sélectionne des mots-clés sur *Google Alerts* (l'agent d'alerte le plus connu) afin d'être prévenu lorsque du contenu mis en ligne correspond au sujet. On choisit à quelle fréquence les requêtes arriveront sur la messagerie.

D Les agents de surveillance

Pour les sites qui ne proposent pas de flux RSS, les agents « intelligents » scrutent à intervalle régulier le contenu des pages Web qu'on leur indique et **avertissent des changements** : *Page Monitor* (compatible avec Google Chrome), *Distill Web Monitor* (compatible avec Mozilla, Firefox, Google Chrome).

E Les outils de curation

La curation de contenu Web consiste à **sélectionner, éditer et partager du contenu**. La curation apporte de la valeur par rapport à l'agrégation, car elle sélectionne et trie l'information. Face à la surcharge d'information, la curation permet de mettre de l'ordre et d'animer ses espaces : *Scoop.it* permet ainsi de créer un journal personnalisé.

F Les réseaux sociaux

- Les réseaux *Twitter*, *FaceBook*, *LinkedIn* permettent de suivre des personnes, des entreprises ou des organismes et de partager des informations intéressantes.

- *HootSuite*, *SproutSocial* et *TweetDeck* sont des gestionnaires de réseaux sociaux qui regroupent les réseaux sociaux sur une interface unique.

4 La diffusion de la veille

Aussi importante que la collecte, la diffusion de l'information est à la fois un service et un exercice de communication qui doit être réalisé dans le respect des règles juridiques du droit de la publication et d'information.

Outils et moyens de diffusion		
	Avantages	**Inconvénients**
Partage réseau	Le stockage de document est simple d'utilisation.	• Difficile pour le travail collaboratif car on ne peut pas travailler simultanément sur un même document. • Mise à jour non automatique.
Messagerie électronique	Avec des liens hypertextes, les messages des courriels sont complets s'ils renvoient aux pages des sites collectés.	Le destinataire a tendance à oublier ses courriels ou à les consulter tardivement.
Forum	• Espace de discussion ouvert aux acteurs du projet sur une plateforme collaborative. • Les liens hypertextes permettent de signaler de nouvelles collectes d'information. • Les discussions sont archivées.	Au fil des discussions, les liens hypertextes sont vites perdus.
Newsletter interne	• Simple et peu coûteux. • Transmission régulière des informations.	Travail de préparation et de rédaction plus important qui demande synthèse, analyse et commentaires.
Les réseaux sociaux	**Facebook** : rapidité et multiforme de la diffusion : partage de liens, de textes, vidéos... **Twitter** : diffusion et circulation de l'information en temps réel.	Une information en chasse une autre. La limite de 280 caractères ne permet pas l'analyse.

10 Mobiliser son équipe projet

Une équipe projet est un ensemble de personnes réunies afin de collaborer pour l'atteinte d'un objectif commun. Cela nécessite donc de bien gérer la communication et l'animation.

1 Les différents types de groupes

A Qu'est-ce qu'un groupe ?

Le groupe est un ensemble d'individus qui interagissent pour atteindre un but commun.

– Un groupe impose des règles de comportement à ses membres (la norme) ;

– développe un sentiment d'appartenance ;

– établit des relations interactives, les membres établissent des liens réciproques et des échanges.

B Le groupe primaire

Le groupe primaire entretient une relation de proximité ou relation directe. Les liens sociaux sont le plus souvent de nature affective (famille, les groupes de pairs...) ainsi que des relations de travail, de voisinage... Ses caractéristiques :

– bonne structuration ;

– nombre restreint d'individus ;

– relations humaines riches ;

– forte conscience des buts communs ;

– les actions sont nombreuses et communes, spontanées et novatrices.

C Le groupe secondaire

Le groupe secondaire entretient des relations moins proches, de nature plutôt utilitaire. L'interaction naît du besoin d'échange (avec la hiérarchie au travail, dans un syndicat). Ses caractéristiques :

– aussi appelé « organisation » ;

– très bonne structuration ;

– nombre plus ou moins élevé d'individus ;

– relations fonctionnelles entre les membres ;

– actions communes habituelles et planifiées.

Remarque

Un groupe projet est un groupe secondaire ; il est structuré avec des relations fonctionnelles entre les membres pour les actions ou le but communs au groupe.

2 Le fonctionnement des groupes

A Des codes et des normes

• **Il est nécessaire de mettre en place des normes propres au groupe** pour qu'il fonctionne :

– **codes de salutation** (bise, serrage de main…) ;

– **instauration d'une réunion informelle** chaque semaine (autour d'un déjeuner par exemple),

– **instauration de réunions ou rendez-vous formels** selon les normes établies dès la constitution du groupe de projet (respect des délais, partage d'informations...).

> **Conseils**
> La dynamique créée va renforcer la cohésion et rendre le travail du groupe plus efficace.

• **Pour qu'un groupe fonctionne bien,** il est important de :

– solliciter et valoriser les compétences de ses membres ;

– établir un objectif explicite et commun ;

– favoriser l'engagement envers la poursuite de cet objectif ;

– favoriser un environnement au sein duquel chacun participe et reçoit ;

– faciliter le travail en proposant un cadre favorable ;

– mettre en valeur une cohérence entre les objectifs du projet et ceux de l'entreprise.

B La place des membres du groupe

• **Le chef de projet initiateur du groupe doit tenir compte de ces paramètres :**

– **le leader** se détache du groupe soit par son autorité, soit par son charisme. Il décide des actions à mener.

– **la minorité active** ne prend parti ni pour l'un ni pour l'autre mais s'exprime librement et prend part aux votes.

– **la minorité passive** se rallie à la majorité forte ou renonce à se prononcer.

• **Le chef de projet peut valoriser chaque membre de l'équipe projet :**

– par une répartition précise des rôles de chacun ;

– par une participation à la prise de décision ;

– en favorisant l'interaction.

C La prise de décision dans le groupe

• **Le chef de projet va devoir adopter le bon style de leadership** pour que le projet réussisse.

• **La prise de décision peut se faire :**

– **de façon directive ;** le leader décide pour tout le monde et ne laisse aucune place aux autres ;

– **de façon participative** par la voie du vote, pour favoriser une participation active de chaque membre et une implication forte dans la prise de décision ;

– **de façon délégative** par le consensus pour trouver un accord entre tous les membres du groupe projet si des divergences de vues existent et persistent.

3 Faciliter la collaboration

A En tant que leader du projet

• Le leader du projet est **responsable de la coordination technique et fonctionnelle** de l'équipe en lien direct avec le projet (planning de l'équipe, répartition du travail, cohésion du groupe, suivi du projet…).

• Son style de leadership, sa communication efficace et l'animation de son groupe faciliteront la collaboration entre les membres de l'équipe projet.

Communiquer activement
- avoir de l'empathie
- avoir de l'assurance
- animer efficacement les réunions

Jouer un vrai rôle de leader
- être disponible
- favoriser la circulation de l'information
- valoriser le travail réalisé

B En tant qu'assistant(e) dans le projet

Le rôle de l'assistant(e) est primordial puisqu'il/elle est le **relais opérationnel du chef de projet**. Il s'agit de :

– participer à la phase de conception et à la construction du projet ;

– suivre et mettre à jour les plannings ;

– assurer le *reporting* auprès du chef de projet ;

– gérer les relations avec les prestataires ;

– surveiller la conformité de la réalisation avec le cahier des charges ;

– surveiller le respect des délais, des coûts et de la qualité ;

– participer au déploiement de l'application ;

– accompagner le changement.

Remarque

L'assistant(e) assure surtout la communication entre les membres de l'équipe projet et les acteurs internes et externes du projet.

11 Préparer et animer une réunion

La conduite d'un projet au sein d'une entreprise enclenche la **mise en place d'un suivi au moyen de réunions**. L'assistant(e) doit être en mesure de choisir le type de réunion adapté, de déclencher ces réunions, de communiquer.

1 Les types de réunions

Types de réunions	Objectifs	Périodicité
Réunion d'information	Informer, expliquer une décision, un choix stratégique, une nouvelle organisation à **tous les membres d'un service ou de l'entreprise**.	Ponctuelle
Réunion de résolution de problèmes	• Recueillir des avis, des idées, réfléchir sur une situation, analyser les causes et proposer des solutions par un **nombre restreint de participants**. • En gestion de projet, il peut s'agir de tous les participants au projet.	Ponctuelle, mensuelle ou bimensuelle
Réunion de négociation	• Discuter, négocier des contrats, des propositions salariales, des horaires de travail, de partenariat, de distribution… • En gestion de projet, négociation de contrat avec le client, de délais, du cahier des charges ; **de deux participants ou plus** suivant le type de négociation.	Ponctuelle
Réunion de créativité	• Recueillir le maximum d'idées, de propositions dans un domaine précis (marketing, communication), ou autour d'une étape d'un projet. • En général, **les membres du service concerné** y participent.	Ponctuelle
Réunion interne ou de coordination	Faire le point et coordonner les activités à venir avec les membres d'un service sur un sujet précis.	Hebdomadaire, mensuelle, trimestrielle…

• Les réunions peuvent également se tenir à distance *via* le téléphone (*conference call*) ou le Web au moyen de logiciels dédiés du type Webex.

2 Préparer la réunion

A La liste de contrôle

• L'assistant(e) est souvent chargé(e) de la préparation et de l'organisation des réunions. Une liste de contrôle lui permet de planifier au mieux les différentes tâches à mener.

Voir p. 55

• Afin d'établir la liste de contrôle de façon exhaustive, on peut utiliser la méthode **QQOQCP** (qui, quand, où, quoi, comment, pourquoi).

Exemple

Qui ?	Les directeurs de services
Quand ?	24 janvier N
Où ?	Salle de réunion Amboise
Quoi ?	Réunion information organisation déménagement
Comment ?	Envoi des convocations par courriel
Pourquoi ?	Sensibilisation à une planification et à une organisation millimétrée

B Les principales tâches à effectuer avant la réunion

– Réserver la salle suivant le nombre de participants.
– Vérifier la fonctionnalité du matériel (vidéo projecteur, branchements, *paperboard*...).
– Préparer les accessoires (stylos, blocs, marqueurs, papier pour *paperboard*...).
– Préparer la disposition des tables.
– Faire appel à l'assistance technique en cas de nécessité avant la date de la réunion.
– Préparer tous les supports (papier ou visuels) nécessaires à la conduite de la réunion.
– Vérifier la liste des participants.
– Établir des badges et des chevalets nominatifs (si besoin).
– Prévoir si besoin, eau, café, thé.
– Prévenir l'accueil pour la prise des messages.
– Préparer l'envoi des convocations/invitations aux participants.

Remarque

Disposer les tables en U pour favoriser l'échange, **en conférence** pour une dizaine de participants, **en rond** pour des petits groupes.

3 Animer une réunion

Une réunion efficace est une réunion bien animée. Cela passe par diverses actions avant, pendant et après la réunion.

A Avant la réunion

• **L'animateur endosse plusieurs rôles** tels qu'orateur, facilitateur, dynamiseur de la réunion. Il doit donc bien la préparer pour assurer une fluidité des échanges.

• **Il définira les objectifs de la réunion,** les **points à aborder** (ordre du jour), les **participants à convier**.

• **Le jour de la réunion,** il doit **accueillir les participants** (avec émargement d'une liste de présence si besoin) et **distribuer les documents nécessaires**.

B Pendant la réunion

C Les techniques d'animation

• L'animateur ajustera son mode d'animation en fonction du type de réunion. Il utilise les **techniques de communication** (voix, gestuelle, intonation, débit) afin de maintenir le rythme des échanges.

• Il a un rôle de facilitateur et doit mener différentes actions afin de permettre l'émergence d'idées :
– **écoute active** (neutralité, respect de la parole) ;
– **savoir-être** (maîtrise, dynamisme) ;
– **distribution équitable de la parole** ;
– **identification du verbal, du non verbal** (la gestuelle) et du **paraverbal** (ton, débit) ;
– **régulation des interventions** ;
– **cadrage**.

• Certaines techniques sont utilisées pour animer la réunion de manière dynamique.

- Les questions ouvertes (*Comment, Pourquoi, Pouvez-vous développer ?*) appellent une réponse argumentée.
- Les questions fermées apportent des réponses précises et courtes (*oui, non, pas dans ce cas de figure*)
- La relance du sujet et la reformulation (reprise d'un propos) permettent d'avoir un développement plus argumenté.
- L'utilisation du « je » favorise la position de leader, le « nous » favorise l'idée d'une construction commune et renforce la cohésion du groupe.

D Après la réunion

Il peut être demandé à l'assistant d'établir et de proposer au manager un compte-rendu de la réunion : il devra être précis, exhaustif, présenté selon les règles appliquées dans l'entreprise, et adressé aux bons interlocuteurs.

12 Le suivi du projet

La gestion d'un projet nécessite de suivre son avancement et de vérifier si tout se déroule conformément aux prévisions (planning, respect du budget...).

1 Le principe du suivi de projet

Voir p. 75

• Le suivi de projet s'effectue **au niveau global** et **pour chaque tâche** en fonction de la responsabilité de chaque acteur. Il repose sur des données chiffrées et prend la forme d'un **tableau de bord**.

• Il s'articule autour de deux critères : **les délais et le suivi du budget**. Sa fréquence peut varier ; elle est en général mensuelle pour le suivi global et hebdomadaire pour le suivi par tâche.

Délais	Budget
• Suivre les dates prévues. • Prendre en compte le nombre de jours de travail.	• Vérifier si tous les acteurs respectent l'enveloppe budgétaire fixée au départ. • Les indicateurs sont des montants, des pourcentages d'évolution, des pourcentages de part.

2 L'exploitation des données chiffrées

La collecte des données s'effectue auprès des responsables et/ou des services concernés. Les éléments à analyser sont choisis en fonction de la nature du projet et des besoins de chacun.

A Les statistiques

Ce sont des données exprimées en valeur absolue ou en valeur relative (pourcentage) présentées dans un tableau. Les chiffres doivent être comparés pour tirer des conclusions.

Exemple

Une société d'études spécialisée dans le tourisme a publié les habitudes de voyage des Français. Sur 1 000 personnes interrogées, voici la proportion en valeur et en pourcentage de leurs moyens de transport préférés pour partir en vacances.

Moyen de transport	Sur 1000 personnes interrogées	En %
Train	420	42,00 %
Voiture	302	30,20 %
Avion	249	24,90 %
Car	23	2,30 %
Bateau	3	0,30 %
NSP	3	0,30 %
Total	1 000	100 %

B Exploiter les données statistiques

Après avoir lu et bien compris les données chiffrées, l'assistant(e) doit savoir les exploiter. Pour cela, il faut les **traiter et les présenter dans un nouveau tableau** après avoir converti les valeurs absolues en pourcentages, pour calculer le taux d'évolution, de répartition ou tout simplement pour calculer les écarts.

> **Conseil**
> On présente les données statistiques avec deux décimales et on arrondit au chiffre supérieur au-delà du 5.

Nature du calcul	Utilisation	Formule
Répartition	Détermine le pourcentage de chaque élément dans un ensemble	Part relative / valeur totale × 100
Augmentation de la valeur avec un pourcentage	Calcule la nouvelle valeur augmentation comprise	Valeur × 1 + taux d'augmentation
Diminution de la valeur avec un pourcentage	Calcule la nouvelle valeur réduction comprise	Valeur × 1 – taux de minoration
Évolution	Calcule une évolution en comparant un résultat à deux périodes données	(Valeur d'arrivée – valeur de départ) / valeur de départ × 100
Écarts en valeur absolue	Calcule la différence entre l'objectif et la valeur réalisée	Objectif – valeur réalisée
Écarts en valeur relative	Calcule le pourcentage de différence entre l'objectif et la valeur réalisée	(Objectif – valeur réalisée) × 100

▲ Les principaux indicateurs à utiliser pour exploiter les données chiffrées

C Commenter les tableaux

- **Les taux ainsi calculés** peuvent ensuite être comparés dans le temps, en fonction des objectifs, ou dans l'espace (par rapport aux concurrents) pour en tirer des conclusions.

- **Pour faire une analyse pertinente des tableaux,** il faut savoir lire les résultats et en tirer un commentaire adapté :
– **utiliser les pourcentages** par exemple permet de relativiser un montant en valeur absolue, qui peut apparaître important, mais qui, ramené à un pourcentage, sera minime.
– de même, **les écarts entre la prévision et le réel doivent être mis en perspective** : un dépassement de deux jours dans un projet peut être lourd de conséquences ou pas selon que cette étape s'inscrit dans le chemin critique ou non.

- **Chaque information** est donc à relativiser avant d'élaborer des conclusions et créer des alertes.

Voir pp. 61 et 63

- **En trouvant la cause des écarts,** on peut réadapter l'organisation du projet et apporter des rectificatifs. Pour cela, on utilise souvent le diagramme d'Ishikawa ou le Pareto.

- **Toutes les données** vont être utiles pour les commentaires et analyses. Plus la compréhension des chiffres sera immédiate, plus l'analyse sera efficace.

> **Conseil**
> Pour présenter clairement les conclusions, on expose d'abord le constat puis on donne une explication concrète ; enfin, on tire une conclusion quant à l'état du projet.

3 Alerter et mettre en place des mesures correctives

Dans la gestion d'un projet, plusieurs événements sont susceptibles d'intervenir et de modifier les paramètres du départ du projet (retard de délais, dépassement budgétaire…). **On met donc en place une gestion et évaluation des risques.**

A La matrice de criticité

• **Dans l'objectif de quantifier et de qualifier les risques,** on considère les éléments de calcul qui permettent de mesurer le niveau de criticité : le niveau de gravité du risque et la probabilité d'occurrence.

• **Les critères sont intégrés dans une matrice de criticité** où des valeurs leurs sont attribuées. Les zones critiques sont ainsi définies. Il est possible de multiplier simplement les deux valeurs « gravité » et « probabilité » pour obtenir le niveau de criticité.

Exemple

Retard possible sur le chantier		Gravité			
		1 Faible	2 Moyenne	3 Grave	4 Très grave
Probabilité	4 Très probable				
	3 Probable				
	2 Improbable				
	1 Très improbable				

• **Probabilité d'occurrence :** sur un chantier par exemple, les retards sont possibles en raison des intempéries. On peut estimer une probabilité à partir des statistiques et des prévisions météorologiques. La probabilité qu'il y ait un retard variera en fonction de la précision des prévisions. Le retard pourra être certain (probabilité 100 %) ou dans d'autres cas comme dans l'exemple, il n'y en aura pas (0 %).

• **Gravité :** elle dépend de l'impact du retard. Par exemple, si une pluie survenait, le travail en cours prendrait deux jours de retard, or un jour de retard est égal à une pénalité de 5 000 € ; deux jours de retards seraient donc graves.

• **La criticité se calcule ensuite** en appliquant la formule **gravité × probabilité** : dans l'exemple ci-dessus, $3 \times 1 = 3$.

B Cotation de la criticité

Résultats	Niveau de criticité	Commentaire
< 4	1	Le projet ne devrait pas subir de conséquences significatives.
5 à 8	2	Risque maîtrisable ayant des conséquences sans danger pour le projet.
9 à 12	3	Risque qui aura des conséquences sur les objectifs du projet.
13 à 16	4	Risque qui aura des conséquences majeures sur le projet.
17 et +	5	Le maître d'œuvre peut décider d'arrêter le projet.

C La fiche action risque

- La fiche « action risque » liste les **actions à mettre en place pour traiter les risques identifiés**. Elle est élaborée par le responsable des risques et validée par le chef de projet afin d'obtenir les ressources nécessaires.
- Les actions décidées seront intégrées dans le planning, le budget et la liste des tâches. Les résultats produits seront reportés sur cette fiche. Il est possible de décider de continuer ou d'arrêter à tout moment les mesures correctives.

Exercice d'entraînement

Corrigé p. 144

Vous êtes chargé d'étudier le tableau des achats des produits jardinerie pour les deux dernières années.

1. **Présentez pour chaque année la part du coût total de chaque type de produit dans le coût de l'année.**
2. **Comparez les deux années et commentez.**

Gamme Anatyrel	Année N – 2	Année N – 1
Poterie	2 150,00 €	2 619,00 €
Jardinière	7 314,00 €	7 810,00 €
Coupe	3 462,00 €	5 224,00 €
Suspension	70 720,00 €	72 150,00 €
Vasque	13 125,00 €	13 021,00 €

13 Résistance et conduite du changement

Un changement ne se fait pas sans résistance. La nouveauté est perçue comme un facteur d'angoisse car elle remet en cause la stabilité si difficilement acquise. Le changement implique également de nouvelles exigences auxquelles les individus ont peur de ne pas pouvoir répondre.

1 La résistance au changement

• **La résistance au changement** est le fait d'un acteur qui rejette une modification dans son environnement. Les facteurs liés à cette résistance sont d'origines multiples.

Facteurs personnels	L'individu préfère une stabilité car toute nouveauté est un facteur d'angoisse en ce qui le concerne.
Facteurs liés à la nature même du changement	L'objet du changement n'est pas en cause, mais le temps et l'énergie nécessaires pour mettre en place le changement.
Facteurs liés à la personne qui initie le changement	Si elle semble avoir des intérêts personnels au changement qu'elle propose par exemple.
Facteurs organisationnels	En fonction de sa structure rigide ou souple, le groupe peut s'adapter au changement ou pas ; s'il est attaché à des valeurs de cohésion, il sera difficile à ébranler.

• **L'entreprise** doit aussi faire preuve d'une certaine souplesse pour accepter de changer ses habitudes de travail et remettre en question certaines de ses valeurs. Le changement, bien que présenté dans le cadre d'un nouveau projet comme un avantage pour l'entreprise et les salariés, pourra mettre du temps à être accepté et à se réaliser.

2 La conduite du changement

• **La conduite du changement** correspond à un **ensemble d'actions menées pour atteindre un résultat, s'adapter à l'évolution de son environnement ou corriger une situation.**

• **L'objectif de la conduite du changement** est d'**obtenir l'adhésion et la participation des bénéficiaires** en faisant comprendre le nouveau projet. Il s'agit donc beaucoup de **communication** et de **management**.

Remarque

Le changement peut concerner des domaines divers : technologique, organisationnel, managérial, culturel, juridique…

CONDUIRE LE CHANGEMENT

- **Ressources humaines**
  - Un responsable du changement
  - Une équipe projet qui conclut le changement
  - Une équipe terrain relais de l'équipe projet qui permet la réalisation en profondeur des actions du changement
- **Techniques managériales et organisationnelles**
  - Réunions régulières
  - Échanges facilités et développés par les outils numériques
  - Suivi avec des outils de pilotage

3 Les moyens pour accompagner le changement

La communication	• Plan de communication pour la cohérence et l'intégralité des actions à mener • Transmission régulière des informations (transparence, réassurance) • Développement des échanges pour dédramatiser et éviter les rumeurs
L'accompagnement de la communication	• Réunions, conférences, comités, groupes de travail, entretiens individuels, espaces de discussion, forums, réseaux sociaux… • Plaquettes, dépliants, affiches, courriels, sites, newsletter...
La formation	• Permet de surmonter les résistances et de susciter l'adhésion • Plan de formation (obligatoire depuis 1971) en 2 catégories : – formations pour s'adapter au poste – formations pour développer des compétences

4 Piloter l'action de conduite de changement

• **On mesure les résultats des diverses actions tout au long du projet,** et on vérifie l'acceptation du changement auprès des personnes concernées.

Voir p. 75

• **Trois moyens permettent de piloter l'action :**
– **la planification** (diagramme de Gantt),
– **le tableau de bord** avec des indicateurs de mesure de la conduite du changement,
– **le retour d'expérience**.

14 Bilan et clôture du projet

Une fois le projet terminé, on en fait le bilan pour **vérifier si les objectifs ont été atteints**. En analysant et précisant les réussites et les difficultés rencontrées pendant le projet, on pourra en tirer des enseignements.
Enfin, le bilan a pour objectif de mesurer la bonne conduite du projet, la coordination des équipes, la maîtrise des coûts et des délais.
Le bilan doit être réalisé rapidement (dans les 2 mois qui suivent la fin du projet) et par l'équipe entière.

1 Le principe

• **En fin de phase de projet**, il appartient au chef de projet de rédiger le bilan avec son équipe. Le bilan couvre les étapes du projet depuis l'étude préalable jusqu'à la mise en œuvre. Cela demande au chef de projet une collecte minutieuse des éléments qui lui permettront de dresser un bilan argumenté du projet.

• **Il est possible d'utiliser un document « bilan de projet »** qui sera mis à la disposition de l'équipe et complété à chaque phase du projet en y renseignant les points forts, les points faibles et ce que l'on peut en retenir.

2 Le document

Le bilan est un rapport structuré, appelé aussi « rapport de clôture de projet ». Il propose une synthèse du projet et formalise sa fin.

A Plan du bilan

I. INTRODUCTION ← Rappel du projet (intitulé, organisation objectifs initiaux, planification, budget, risques, l'équipe projet)
- A RAPPEL DES DONNÉES
- B OBJECTIFS
- C L'ÉQUIPE PROJET

II. BILAN DU PROJET ← Développement en plusieurs sous-parties
- A GESTION
  - a. Planning
  - b. Analyse des écarts avec graphique
- B BILAN TECHNIQUE
- C BILAN FINANCIER
- D BILAN HUMAIN
  - a. La communication interne
  - b. La communication externe (clients, partenaires)
  - c. La résistance au changement

III. CONCLUSION ← Recommandations et améliorations à apporter
- a. Critères et éléments de succès
- b. Retour d'expérience

B Présentation du bilan

• **La présentation** contient des mentions obligatoires :
– **1re page** : nom du rédacteur, des destinataires, titre du projet et date du rapport ;
– **2e page** : table des matières ;
– **les pages sont numérotées** et comportent des notes de bas de page ;
– **les annexes sont numérotées** et présentées dans une table.

• **Le rapport** sera enregistré au format PDF pour diffusion numérique et/ou imprimé et relié pour archive et consultation lors de la réunion finale.

Conseil
Veillez à présenter le document en respectant la charte graphique de l'entreprise.

3 La clôture du projet

• **La clôture du projet** est un moment à la fois convivial et très professionnel, qui prend la forme d'une réunion, d'un séminaire ou d'un cocktail d'inauguration du projet.

• **Cet événement est l'occasion** de **remercier les équipes qui ont participé au projet**, **reconnaître les compétences** et souligner les talents de chacun, ce qui permet de renforcer la cohésion et la motivation au sein de l'entreprise.

4 Le retour d'expérience (REX ou RETEX)

• **À la suite du projet, le retour d'expérience doit être minutieusement préparé** et la communication doit être soignée. Les thèmes abordés peuvent à la fois être **porteurs** lorsque le bilan est positif comme **destructeurs** si le bilan est mitigé. L'analyse s'appuiera sur des éléments à la fois quantitatifs et qualitatifs.

Conseil
Il est important de faire passer le message que chaque expérience est une leçon à apprendre, que les enseignements à tirer seront constructifs pour l'avenir.

• **Le retour d'expérience peut prendre plusieurs formes.**

Formes de REX	Les participants	Communication
Favoriser les échanges : • entretiens • questionnaires • ateliers de parole	• Organisateurs : chef de projet ou manager • Participants : l'équipe du projet	• Convocations à une réunion (mention de la date, l'heure, les objectifs, thème et enjeux) • Fiche de retour d'expérience à faire circuler

Voir p. 133

• **Les ateliers de REX** doivent répondre aux critères habituels de l'animation de réunion : favoriser un climat de confiance et une participation active, encourager les échanges à l'aide de questions ouvertes, constats, bilan chiffré…

CORRIGÉS

4 L'ordonnancement des tâches : Pert et Gantt Énoncé p. 116

1. **La durée globale des préparatifs.**

Diagramme Pert

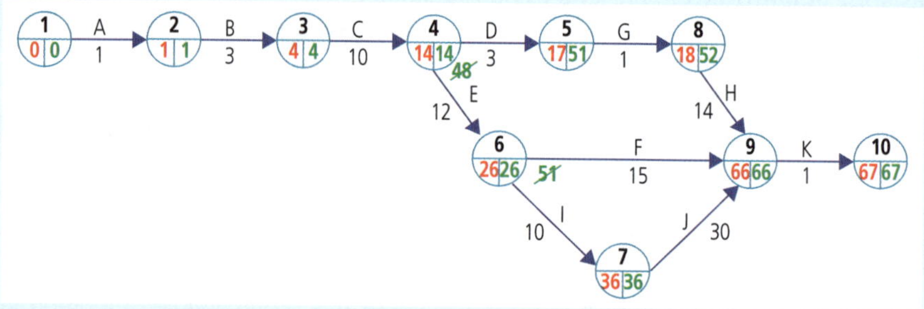

Diagramme de Gantt

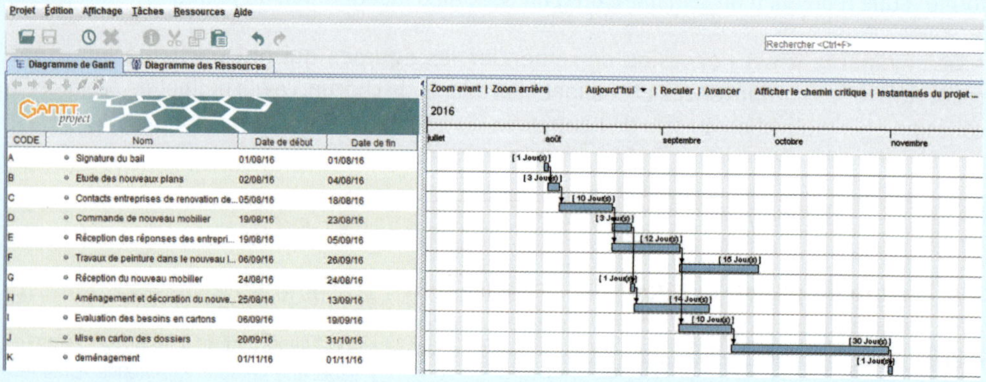

2. Sachant que le bail a été signé le 1er août, l'ordonnancement des tâches des diagrammes Pert et Gantt permet de constater que le déménagement ne pourra pas avoir lieu avant le 1er novembre (en tenant compte des samedis, dimanches et jours fériés.

12 Le suivi du projet Énoncé p. 139

1. **Part du coût total de chaque type de produit**

Gamme Anatyrel	Année N – 2	% répartition	Année N – 1	% répartition
Poterie	2 150,00 €	2,2 %	2 619,00 €	2,6 %
Jardinière	7 314,00 €	7,66 %	7 810,00 €	7,8 %
Coupe	3 462,00 €	3,6 %	5 224,00 €	5,2 %
Suspension	70 720,00 €	73,0 %	72 150,00 €	71,5 %
Vasque	13 125,00 €	13,6 %	13 021,00 €	12,9 %
Total	96 771,00 €	100 %	100 824,00 €	100 %

2. **Comparaison des deux années**

Gamme Anatyrel	Année N – 2	Année N – 1	Écart en valeur	Écart en %
Poterie	2 150,00 €	2 619,00 €	469,00 €	18 %
Jardinière	7 314,00 €	7 810,00 €	496,00 €	6 %
Coupe	3 462,00 €	5 224,00 €	1 762,00 €	34 %
Suspension	70 720,00 €	72 150,00 €	1 430,00 €	2 %
Vasque	13 125,00 €	13 021,00 €	– 104,00 €	– 1 %
Total	96 771,00 €	100 824,00 €	4 053,00 €	4 %

Commentaires

- Les achats ont augmenté de 4 % en N – 1.
- Globalement la tendance des acheteurs pour les produits de la gamme est la même d'une année à l'autre. On peut constater une légère baisse des vasques qui représentait en année N – 1 et N – 2 un peu plus de 10 % des achats. On peut s'interroger sur la persistance de ce produit pour l'année N + 1.
- En revanche, on note une belle percée de la coupe avec 34 %. Il faudra évidemment maintenir ce produit à la vente, voire en proposer un choix plus important (différentes tailles par exemple) pour profiter de cet engouement afin d'augmenter notre chiffre d'affaires.

Collaboration à la gestion des ressources humaines

COMPRENDRE EN VIDÉO Retrouvez tous nos tutos vidéos sur notre chaîne YouTube « Objectif BTS Hachette ».

L'ÉPREUVE

Présentation de l'épreuve de collaboration à la gestion des ressources humaines

Épreuve éc
Durée : 4 he
Coefficient

1 L'objectif de l'épreuve

L'objectif de l'épreuve est de vérifier les aptitudes du (de la) candidat(e) dans les quatre domaines de la gestion des ressources humaines :

– la gestion de la relation de travail ;

– la mise en œuvre des actions d'amélioration de la qualité de vie au travail ;

– l'organisation des activités du champ des relations sociales ;

– la mobilisation les outils du développement de la performance individuelle et collective.

Les candidats seront évalués sur les critères de performance exprimés pour chaque compétence liée au bloc « collaboration à la gestion des ressources humaines » mais également sur les critères associés tels que la communication, la production et la gestion de l'information.

2 Le déroulement de l'épreuve

Le sujet est composé d'une **étude de cas en relation avec la gestion des ressources humaines.** Une situation d'organisation (entreprise ou autre) dotée d'un système d'information des ressources humaines (SIRH) et rencontrant un ou plusieurs problèmes est présentée. Le dossier comportera également des annexes.

L'épreuve est composée de deux parties indépendantes.

• **Dans la première partie,** le/la candidat(e) doit **réaliser un diagnostic relatif à la gestion et au management des ressources humaines de l'organisation** en mettant en évidence un ou plusieurs problèmes relevés dans le contexte donné. Le/la candidat(e) devra également **proposer des solutions adaptées, et présenter leurs modalités de mise en œuvre, de suivi et d'évaluation.** Ce travail sera présenté sous forme de note argumentée et structurée.

• **Dans la deuxième partie,** le/la candidat(e) pourra **mettre en œuvre des solutions dans deux domaines de la gestion des ressources humaines.** Ces solutions devront être argumentées et répondre aux évolutions du contexte proposé dans le dossier.

3 Conseils

L'une des principales difficultés consiste à bien gérer son temps lors de l'épreuve.

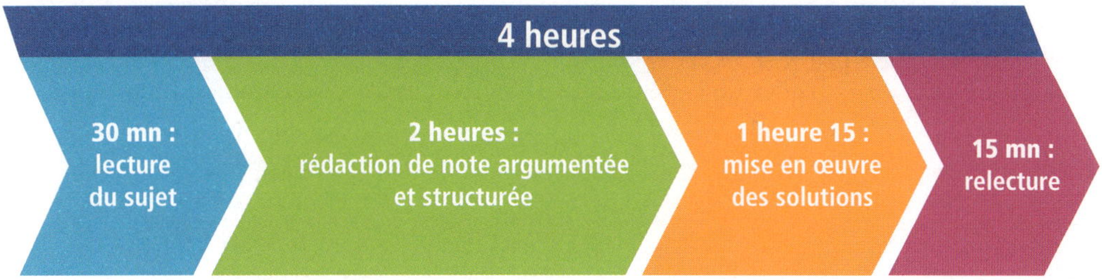

▲ Indication sur la gestion du temps

A Étape 1 : la lecture du sujet

• Vous devez prendre connaissance du sujet afin de **comprendre le contexte et de vous projeter dans cette organisation**. Ceci vous aidera à être le plus crédible possible dans vos écrits.

• Pensez à vous munir de surligneurs afin de **faire ressortir les éléments importants**.

oir 55

• Au brouillon, pensez à **réaliser un QQOQCP** (méthode Quoi ? Qui ? Où ? Quand ? Comment ? Pourquoi ?)

B Étape 2 : la rédaction de la note argumentée et structurée

Sur les feuilles de brouillon, vous devez matérialiser votre plan et noter les éléments importants que vous souhaitez transcrire dans votre note.

Conseils

Vous n'aurez pas le temps de la rédiger au brouillon.

C Étape 3 : la mise en œuvre des solutions

Formalisez les outils au brouillon pour ensuite les retranscrire sur votre copie. De cette manière, vous éviterez d'oublier des éléments importants.

D Étape 4 : la relecture

Cette étape ne doit pas être négligée. Les correcteurs sont attentifs au soin et à l'orthographe apportés.

Astuce

Pensez à aérer votre copie pour faciliter la lecture du correcteur.

1 La marque employeur et sa valorisation

La marque employeur est le reflet de l'identité de l'organisation en interne et en externe. Apparue en France dans les années 1990 avec le développement d'Internet, la marque employeur connaît aujourd'hui un véritable essor grâce aux réseaux sociaux.

1 De l'identité numérique à la marque employeur

A L'identité numérique

L'identité numérique est l'ensemble des **informations trouvées sur Internet** concernant une organisation. Ces informations peuvent être mises en ligne de manière **maîtrisée ou non** :
– les publications de l'organisation (site Internet, annonces, photos, publicités) sont **maîtrisées** ;
– mais les publications faites par des tierces personnes (des avis sur un blog, un forum, un article) sont considérées comme des contenus **non maîtrisables**.

B La e-réputation

• **La e-réputation** est la **perception des internautes** d'une organisation en fonction des éléments trouvés sur le Web. Pour véhiculer et préserver cette réputation, l'organisation doit poster de manière régulière et effectuer une veille sur la communication non maîtrisée.

• **Le numérique permet de garder trace de toutes les publications** et de les retrouver de manière quasi instantanée ; ces informations peuvent avoir une influence positive ou négative sur l'e-réputation des organisations. **L'identité numérique et la e-réputation sont donc liées.**

C La marque employeur

La marque employeur est synonyme de « **réputation employeur** ». Il s'agit de l'image de l'entreprise en matière de ressources humaines auprès de ses salariés, des candidats potentiels mais également auprès des anciens salariés.

Remarque

L'entreprise est identifiable à travers sa mission, ses métiers, sa culture, son management, ses valeurs, sa politique RH et sociale, son environnement de travail, etc.

2 Les enjeux

Les enjeux de la marque employeur sont nombreux pour les entreprises. La prise en compte de cet élément est source de performance. Les enjeux se déclinent de différentes manières.

A En externe

• **L'entreprise se démarque des autres concurrents.** L'image de certaines pratiques managériales perçue à l'extérieur peut influencer de manière positive ou négative les clients ou prospects et ainsi augmenter ou réduire la part de marché. Il s'agit ici de sa réputation, son image de marque, sa notoriété.

Voir p. 230

• **Une communication positive** en matière de ressources humaines attire les candidats potentiels, soit lorsque l'entreprise est en phase de recrutement, soit dans le cas de candidatures spontanées. L'entreprise développe ainsi son vivier de talents grâce à une communication externe qui met en avant les avantages de l'organisation, l'ambiance de travail, les chiffres clés (chiffre d'affaires, nombre de salariés, nombre de clients), les engagements liés à la RSE (responsabilité sociale de l'entreprise)…

B En interne

• **Les salariés se sentent valorisés** par l'image de l'entreprise dans laquelle ils travaillent – leurs fonctions au sein de l'entreprise contribuent à la bonne image de l'entreprise à l'extérieur.
• **Un sentiment d'appartenance** émerge alors. Les salariés plus motivés, impliqués seront source de performance pour l'entreprise. Les taux de turnover et d'absentéisme sont restreints, ce qui permet de limiter les dépenses liées aux recrutements ou aux remplacements.

3 Les outils

A Les outils internes

La marque employeur est principalement animée par le biais des nouvelles technologies.
• **Les SIRH** (système d'information des ressources humaines), les réseaux sociaux, les blogs, les chats permettent la diffusion des informations et les échanges.
• **Le site Internet** de l'organisation permet de présenter l'organisation *via* son espace carrières, de publier des témoignages de salariés sous différentes formes (interviews, vidéos), de faire des publi-reportages lors de différents évènements internes, de mettre en avant les recrutements.

B Les réseaux sociaux

Un réseau social professionnel est un réseau social à usage exclusivement professionnel, orienté sur la mise en valeur et les échanges professionnels de ses membres, à la différence des réseaux sociaux grand public comme Facebook.

Réseaux sociaux professionnels

LinkedIn peut être utilisé pour tout ce qui concerne la vie professionnelle : trouver du travail, des profils intéressants, des prestataires, développer les affaires, etc.
LinkedIn permet aux entreprises de maîtriser leur communication et d'attirer et/ou de valoriser ses talents.

Viadeo permet de construire et de regrouper son réseau professionnel. C'est un réseau de connaissances qui facilite le dialogue entre professionnels.
Viadeo propose une rubrique Carrières et Jobs pour la promotion de la marque employeur (recrutement, culture d'entreprise et témoignages).

Autres réseaux sociaux

Twitter est un réseau social de microblogage. Il permet à un utilisateur d'envoyer gratuitement des tweets (messages limités à 280 caractères) sur Internet.
Les entreprises utilisent Twitter pour des informations d'ordre général, pour un recrutement ou pour donner des conseils.

Facebook permet à ses utilisateurs de publier en ligne des images, photos, vidéos, fichiers et documents, d'échanger des messages, de joindre et créer des groupes et d'utiliser une variété d'applications.
Au niveau professionnel, c'est un support de communication efficace pour attirer et nouer un contact avec le public cible.

C La communication et le marketing

• **Les communications digitales** telles que les e-newsletters participent à la promotion de la marque employeur.
• **Les actions menées** pour faire exister les marques employeurs peuvent être vérifiées et suivies grâce à des veilles informationnelles *via* Google Alertes, Google News, Netvibes ; des analyses chiffrées peuvent être obtenues grâce à Hootsuite ou Glassdoor dans le but de vérifier si la communication à travers les réseaux sociaux est pertinente et porteuse.

4 Les acteurs de la marque employeur

Les directions (DRH, communication, marketing) font la promotion de la marque employeur. Avec l'arrivée du Web, des nouveaux métiers apparaissent tels que le ***community manager*** (animateur de communautés Web) et le ***social media manager*** (gestionnaire des réseaux sociaux) :
– le ***community manager*** doit gérer la e-réputation de la marque grâce aux différentes communications sur les réseaux sociaux et la promouvoir ;
– le ***social media manager*** conçoit les plans de communication, les stratégies. Il gère et assure une veille des réseaux sociaux, des plateformes, agit et réagit. Il doit être très réactif.

Exercice d'entraînement

Corrigé p. 212

	Vrai	Faux
1. L'identité numérique est la carte d'identité que l'entreprise diffuse sur son site Internet.	❑	❑
2. Une e-réputation négative n'a aucune importance pour une organisation.	❑	❑
3. L'organisation peut intervenir sur sa e-réputation.	❑	❑
4. La marque employeur est le logo de l'organisation.	❑	❑
5. La marque employeur a une importance en interne et en externe pour l'organisation.	❑	❑
6. Pour animer la marque employeur, l'organisation dispose seulement de son site Internet.	❑	❑
7. Seuls les *community managers* sont habilités à promouvoir la marque employeur.	❑	❑

2 Les modes et processus de recrutement à l'ère du digital

Les ressources humaines ne pouvant être figées, les recrutements sont des moments importants de la vie des organisations. La qualité de ces derniers engage la pérennité de l'entreprise.
Les processus de recrutement ont été fortement impactés ces dernières années par le développement des outils numériques et d'Internet.

1 Les enjeux du recrutement

La décision de recruter est une démarche importante qui permet à la société de répondre à ses besoins en compétences, les résultats de l'entreprise en dépendent.

Définition

Processus de recrutement : ensemble des étapes permettant de recruter un candidat pour un poste défini.

- **Un enjeu d'ordre financier :** le recrutement représente des coûts directs et indirects pour l'organisation. Ces coûts sont liés au temps passé à la recherche, à l'analyse des candidatures, à la formation, à l'intégration des candidats.

- **Un enjeu social** : une nouvelle recrue au sein d'une équipe peut influencer de manière positive ou négative le climat de travail et par conséquent la productivité.

- **Un enjeu d'ordre stratégique :** les candidats recrutés doivent posséder les compétences nécessaires pour répondre aux besoins de l'organisation.

2 Les modes de recrutement

Le recrutement peut se faire en **interne** ou en **externe** :
– le **recrutement en interne** signifie que l'emploi à pourvoir est proposé à un salarié déjà en poste dans l'organisation ; il nécessite une bonne connaissance des salariés ainsi qu'une évaluation régulière des compétences et des potentiels des individus ;
– le **recrutement en externe** consiste à recruter des candidats externes à l'organisation.

Recrutement interne		Recrutement externe	
Avantages	**Inconvénients**	**Avantages**	**Inconvénients**
• Coût moindre • Intégration rapide • Motivation des salariés • Rapidité du recrutement	• Coût de formation • Possibilité de tensions entre les salariés	• Nouvelles compétences pour l'organisation • Compétences déjà acquises par les salariés entrants	• Coût • Temps d'adaptation, d'encadrement

3 Les différentes étapes du recrutement

Identification et définition des besoins → Recherche des candidats → Présélection des candidats → Entretien → Choix du candidat

A Étape 1 : l'identification et la définition des besoins

Voir p. 298

• Lorsque l'organisation émet le besoin de recruter à la suite de la prise en considération de la **GPEC**, ou suite à une démission ou de manière ponctuelle pour renforcer ses équipes, il est nécessaire de **définir le poste de manière précise**.

• **Pour cela, le service RH crée la fiche de poste.** Cet outil permet de définir les missions et activités confiées dans un service ou une structure. Elle détaille les responsabilités à assumer et l'ensemble des différents savoirs nécessaires (savoir théorique, savoir-être et savoirs faire).

Définition

GPEC (gestion prévisionnelle des emplois et des compétences) : dispositif permettant à l'organisation d'anticiper les besoins en effectifs et en compétences après avoir analysé ses ressources propres. L'ajustement est fait en comparant les ressources actuelles et les besoins stratégiques futurs (développement d'une activité) ou démographiques (prévision des départs à la retraite).

B Étape 2 : la recherche des candidats

En s'appuyant sur le profil de poste pour rechercher des candidats potentiels, l'organisation dispose de plusieurs options.

• **Après avoir élaboré une annonce**, l'organisation la diffuse par l'intermédiaire de Pôle emploi, de sites spécialisés, de la presse, des réseaux sociaux. Elle peut également la diffuser sur son propre site Internet, dans un espace dédié. L'offre d'emploi ou l'annonce doit être rédigée de manière à attirer le candidat et **respecter des contraintes légales**. Son contenu est règlementé notamment par l'article L. 1132-1 du Code du travail.

• L'organisation peut aussi chercher des candidats *via* les **CVthèques de sites spécialisés** (APEC, Cadremploi, jobboards…) ou confier la recherche des candidats à des **entreprises spécialisées**, les **cabinets de recrutement**.

Remarque

L'article L.1132-1 du Code du travail précise qu'aucune personne ne peut être écartée d'une procédure de recrutement, d'un accès à un stage ou à une formation ou faire l'objet d'une mesure discriminatoire, directe ou indirecte, en raison de son origine, de son sexe, de ses mœurs, de son orientation sexuelle, de son identité de genre, de son âge, ou tout autres éléments.

• L'organisation peut disposer de son **propre fichier de candidatures** constitué grâce aux précédentes recherches et aux candidatures spontanées.

• Les **réseaux sociaux** modifient l'approche du recrutement. Les *social media managers* n'hésitent pas à promouvoir les postes pour attirer les nouveaux talents ou même à démarcher directement les candidats potentiels d'après leur profil.

C Étape 3 : la présélection des candidats

• **L'entreprise procède à un premier tri** suite à l'étude des CV et des lettres de motivation, afin de sélectionner un échantillon restreint de candidatures ; celles-ci sont mises en parallèle des fiches et profils de poste afin de vérifier l'adéquation entre le candidat et le poste à pourvoir.

• **La fiche de profil de poste** permet de comparer le profil du candidat idéal au profil des candidats reçus. Sous forme de grille, cet outil recense la formation, les compétences et qualités ainsi qu'une échelle d'évaluation. La grille est adaptable en fonction des profils recherchés.

D Étape 4 : les entretiens

- **Les candidats présélectionnés** sont ensuite convoqués à un entretien (en général individuel) et/ou à des tests pour évaluer leurs aptitudes. Les responsables du recrutement conduisent l'entretien à l'aide d'une **grille d'évaluation** ou d'une **grille d'entretien**.

- **Les tests** peuvent prendre la forme de **mises en situation**, notamment grâce à des jeux sérieux (*serious games*) afin de vérifier les réactions des candidats. L'objectif est de les placer dans l'environnement de l'entreprise où ils postulent et de leur confier la réalisation de missions ; certaines sont censées révéler la personnalité des candidats.

Exemple de grille d'entretien (simplifiée)

Grille d'entretien Nom du candidat : Poste :				Date : Reçu par :
Rubriques	**1**	**2**	**3**	**Commentaires**
Présentation				
Posture				
Parcours professionnel				
Formation				
Compétences informatiques				
Etc…				

Légende :
1 : insuffisant
2 : Satisfaisant
3 : Très satisfaisant

E Étape 5 : le choix du candidat

- Après les entretiens, l'organisation analyse les différents profils rencontrés à l'aide du profil de poste ou de la fiche de poste, des différentes réponses aux questions, des attitudes, pour déterminer la candidature la mieux adaptée au poste proposé.

- L'organisation confirme son choix au candidat retenu et informe les autres candidats de leur non-sélection.

Exemple de fiche de poste

Fiche de poste				
Fonction : webmaster **Service : communication**				
Critères	**1**	**2**	**3**	**4**
Formation				
• Formation générale				X
• Diplôme				X
• Expérience		X		
• Maîtrise de l'anglais				X
Compétences				
• Aisance rédactionnelle			X	
• Maîtrise des outils bureautiques			X	
Savoir être				
• Aisance relationnelle		X		
• Aisance à l'oral		X		

Légende :
Formation : 1. Primaire / 2. Secondaire < BAC / 3. BAC + 2 / 4. > BAC + 2
Diplôme : 1. Aucun / 2. CAP, BEP, BAC / 3. BTS, DUT, Licence / 4. Grandes écoles
Expérience professionnelle : 1. un an / 2. Entre 1 et 2 ans / 3. Entre 2 et 5 ans / 4. + de 5 ans
Autres : 1. Faible / 2. Assez bien / 3. Bien / 4. Très bien

Exercice d'entraînement

Corrigé p. 212

Vous êtes assistant(e) Ressources Humaines dans l'entreprise Richard de fabrication de chocolat. Cette entreprise en plein essor compte une équipe administrative de 15 personnes, et une équipe opérationnelle composée de 3 chocolatiers, 8 assistants chocolatiers et 4 techniciens de maintenance. La production de chocolat est expédiée dans une usine sous-traitante pour la mise en boîte et l'expédition. L'entreprise souhaite renforcer son équipe pour développer de nouvelles recettes en prévision des prochaines fêtes de fin d'année. Vous avez élaboré une fiche de poste correspondant au métier de chocolatier. Ce poste est à pourvoir pour le 1er juin prochain, en CDI, temps plein annualisé. La rémunération s'effectuera selon la convention collective.

1. Madame Richard vous demande maintenant de lui préparer une grille de profil de poste.

2. Elle vous demande également de réfléchir à la possibilité de recruter un chocolatier en interne, et les conséquences que cela pourrait avoir sur l'équipe en place.

ANNEXE **Fiche de poste**

Intitulé du poste	Chocolatier
Statut	Agent de maîtrise
Composition de l'équipe	15 personnes
Positionnement dans l'organigramme	Sous la responsabilité du chef chocolatier
Mission principale	Participer à l'élaboration de nouvelles recettes afin de développer la gamme existante
Activités	• Prépare et confectionne des produits de pâtisserie, confiserie, chocolaterie et glacerie selon les règles d'hygiène et de sécurité alimentaires. • Proposition et élaboration de nouvelles recettes. • Réalisation des moulages.
Compétences et qualités exigées	• Brevet technique des métiers chocolatier (équivalent BTS) • 2 à 5 ans d'expérience • Bonne connaissance des règles d'hygiène et de sécurité alimentaire • Utilisation de trempeuse (chocolat) • Techniques de sculptage de chocolat • Planifier la production selon les commandes de clients, les produits en stock et la saisonnalité • Travail en équipe

3 L'intégration des nouveaux personnels

Après avoir choisi le candidat qui correspond à ses attentes, l'organisation doit maintenant l'accueillir et l'intégrer à l'équipe en place.
L'intégration peut se faire sous différentes formes, grâce à plusieurs outils et avec un souci de réussite, dans un temps parfois restreint. Un accueil et une intégration de qualité permettent au salarié d'être rapidement opérationnel.

1 De l'embauche à l'intégration

La durée du processus d'intégration varie de quelques jours à quelques mois. Il est généralement terminé à la fin de la période d'essai en ce qui concerne l'accompagnement par un tuteur.

A Les formalités administratives avant l'arrivée

Ces formalités administratives sont aujourd'hui simplifiées grâce à la déclaration préalable à l'embauche (DPAE).

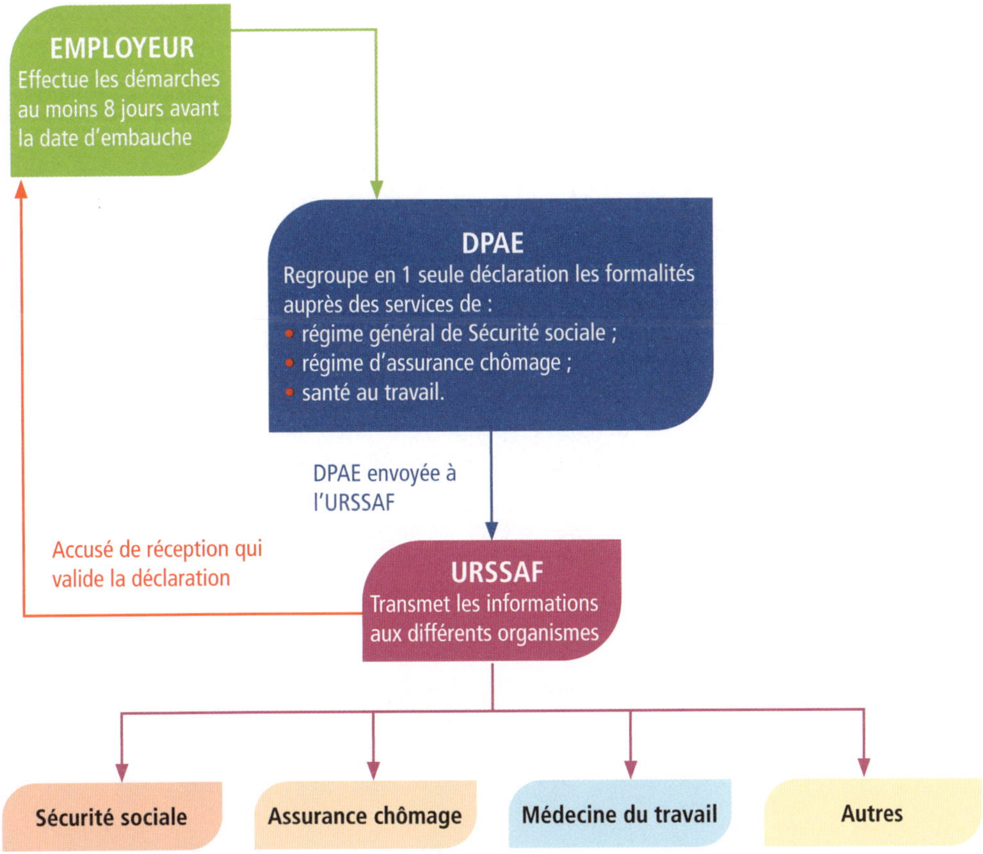

Ressources humaines

• Le salarié signe son contrat de travail pour officialiser la relation de travail, avant sa prise de fonction et dans un délai maximum de deux jours.

• En interne, le service RH met à jour son SIRH et communique au personnel en poste le nom et la fonction du nouvel arrivant. Son bureau et poste de travail doivent être préparés.

• L'organisation doit informer les clients, partenaires, fournisseurs qu'ils auront un nouvel interlocuteur.

Une fois les formalités administratives accomplies, le salarié peut commencer à exercer ses fonctions.

Définition

SIRH (système d'information des ressources humaines) : base de données de l'organisation qui gère les RH (recrutement, paie, congés, formations, plannings, absences...). Pour une organisation qui a opté pour un logiciel de gestion de son activité (vente, production, stocks, comptabilité) et de ses RH, on parle de **PGI** (progiciel de gestion intégrée).

B L'intégration

L'intégration regroupe l'ensemble des actions menées lors de l'arrivée d'un nouveau salarié dans le but de faciliter sa prise de fonction et sa mise au travail. Une intégration réussie participe au sentiment d'appartenance et à la motivation des salariés.

2 Les actions et outils de l'intégration

COMPRENDRE EN VIDÉO

Voir vidéo : Le savoir-être en entreprise

A Le jour de l'arrivée

Le jour de l'arrivée, le salarié est accueilli par l'équipe de direction et le tuteur. Il se voit remettre les différents documents nécessaires à sa prise de fonction, les clés, badges, codes d'accès divers, le règlement intérieur.

• **Le livret d'accueil** regroupe toutes les informations utiles au salarié pour évoluer dans l'organisation. Le plus souvent, il est composé de l'historique, de l'organigramme, d'un trombinoscope, d'un mot d'accueil de la direction, d'explications sur le fonctionnement d'un service... Il existe sous format papier mais le format numérique tend à se généraliser, ce qui facilite sa mise à jour. Ce livret peut également être consulté sur l'intranet de l'entreprise.

• **L'entreprise peut désigner un tuteur**, une personne ressource qui se charge du nouvel arrivant pour l'accompagner à ses débuts et répondre à ses interrogations. Le choix du tuteur est important : il faut une personne disponible et expérimentée, disposée à transmettre la culture d'entreprise. Dans le cadre d'un départ en retraite ou d'un remplacement pour mutation, la prise de fonction peut se faire progressivement avec un accompagnement par le salarié sur le départ. Dans certaines entreprises, on parle alors de « tuilage ».

• **La visite des locaux** permet au salarié de prendre ses marques et de visualiser les différents espaces de travail.

B Après l'arrivée

- **L'accompagnement du salarié doit être fait jusqu'à l'autonomie** afin de garantir une bonne intégration. Des entretiens avec la hiérarchie peuvent être organisés à la fin de la première semaine, du premier mois, de la période d'essai.

- **Un questionnaire** peut aussi être proposé pour évaluer l'intégration. Il permet au service RH d'analyser et éventuellement de modifier la procédure d'intégration des salariés dans le but de faciliter les prochaines arrivées.

3 Les enjeux de l'intégration

Les enjeux se situent à plusieurs niveaux.

- **Une intégration réussie** permet de montrer une image très positive de l'organisation, avec des collaborateurs fidèles et motivés, qui adhèrent aux valeurs de l'entreprise. Le **sentiment d'appartenance** développé permet une productivité plus importante. La **réputation de l'entreprise** est également un des enjeux de l'intégration.

- **L'enjeu économique** est réel, compte tenu du coût que représente un recrutement. En effet, un salarié recruté mais non intégré peut souhaiter quitter l'entreprise pour un concurrent. Il faudra à nouveau recruter, ce qui occasionne de nouveaux coûts.

Avant l'arrivée	• L'organisation doit communiquer au personnel en poste le nom et la fonction du nouvel arrivant. • Le bureau et le poste de travail doivent être préparés pour son arrivée. • Désigner un tuteur ou une personne ressource, un référent. • L'organisation doit communiquer aux clients, partenaires, fournisseurs, etc. le nom et la fonction du nouveau salarié. • Le candidat doit recevoir confirmation de la date et l'heure à laquelle il est attendu par courriel, courrier…
Le jour de l'arrivée	• Accueil par une personne de l'équipe de direction et le tuteur le cas échéant. • Remise des documents de prise de fonction (livret d'accueil, badge, clé, convention collective, codes d'accès divers, règlement intérieur…). • Visite des locaux, présentation brève aux autres salariés, découverte du poste de travail.
Après l'arrivée	• Accompagnement par le tuteur ou le référent jusqu'à l'autonomie. • Entretiens avec la hiérarchie à la fin de la première semaine, du premier mois, de la période d'essai. • Questionnaires pour mesurer la satisfaction du salarié intégré.

▲ Récapitulatif : le processus d'intégration

4 Les mobilités professionnelles et géographiques

Au cours de sa carrière professionnelle, un salarié a la possibilité de changer plusieurs fois de métier, de lieu de travail, et même d'entreprise. On parle alors de **mobilité professionnelle**. Celle-ci peut être **interne ou externe**.
Cette mobilité à l'initiative ou non du salarié est de plus en plus accompagnée par des **dispositifs** mis en place par les services des ressources humaines des organisations.

1 Les différentes formes de mobilité

A La mobilité externe

La mobilité externe est caractérisée par un **changement de poste à l'extérieur de l'entreprise** ou du groupe. Elle peut faire suite à des licenciements, des démissions, des demandes de congés ou des mises en disponibilité.

Exemple : Monsieur Tao est coiffeur chez R'N'Coif à Rambouillet. Il démissionne pour aller travailler dans le salon de coiffure de sa sœur qui se situe dans la même ville.

B La mobilité interne

• **Un changement à l'intérieur de l'entreprise** ou au sein du même groupe caractérise la mobilité interne. Il peut s'agir d'un changement de poste, de service, de fonction, de métier. Cette mobilité est en général bénéfique pour le salarié et pour l'employeur, car elle allie une acquisition de savoirs et une exploitation des compétences.

• **De nombreux facteurs influencent** la politique de mobilité interne mise en place dans les entreprises, notamment :
– **son effectif** : les changements sont plus aisés lorsque l'entreprise possède une masse salariale importante ;
– **sa configuration** : l'existence ou non de plusieurs entités au sein d'un groupe favorise les changements ;
– **sa culture d'entreprise** : la volonté de la direction de favoriser la mobilité.

• **Les changements liés à la mobilité** obligent l'organisation à modifier ses équipes en place, permettant la transmission des compétences et favorisant l'employabilité. Le dynamisme impulsé par les mobilités internes est souvent **source de motivation** et contribue à la bonne réputation de l'entreprise.

- La mobilité interne se décline de différentes manières :

MOBILITÉ INTERNE

Mobilité horizontale (ou mobilité fonctionnelle)

Le salarié reste au **même niveau hiérarchique**, mais peut changer de poste, de métier.
Fait suite à une démission, à une mutation, au départ d'autres salariés.

Mobilité verticale (ou mobilité ascendante)

Le changement de poste du salarié comporte une évolution, une **modification dans la hiérarchie**.
Fait suite à une promotion interne.

Mobilité géographique

Changement de lieu d'exercice du salarié : régional, national, international.
Soit à la demande du salarié (cas fréquent), soit en fonction des besoins de l'organisation (en application de la clause de mobilité géographique du contrat de travail).

Exemple : M. Tao est coiffeur chez R'N'Coif à Rambouillet. R'N'Coif possède un réseau de salons de coiffure. On a proposé à M. Tao de devenir responsable d'un salon situé à 30 km de Rambouillet. On parle ici de mobilité **interne verticale et géographique**.

C La mobilité à l'étranger

Une organisation française ayant son siège social en France peut permettre à ses salariés de **partir travailler à l'étranger**. Plusieurs possibilités sont envisageables.

Le détachement	• Utilisé pour les missions de courte et de moyenne durée. • Le salarié conserve son contrat de travail français ; il est toujours affilié aux organismes d'assurance sociale français (maladie, retraite, chômage...). • Le salarié fait toujours partie de l'effectif. • À son retour, il retrouve son poste.
L'expatriation	• Pour les missions de longue durée (3 ans ou plus). • Le salarié peut dépendre d'un contrat de travail français ou d'un contrat de droit local. • Le salarié est affilié au régime de protection du pays d'accueil ; il peut aussi cotiser à la Caisse des Français à l'étranger (sécurité sociale des expatriés). • À son retour en France, le contrat de travail français est réactivé.
Le *commuting*	• Le salarié travaille à l'étranger et rentre régulièrement (week-end ou vacances) pour retrouver sa famille. • Allège les dépenses d'accompagnement à la mobilité (frais de déménagement, de scolarité des enfants, compensations...). • Applicable si le pays de destination n'est pas trop éloigné de la France.

5 L'accompagnement aux mobilités internes et géographiques

1 Comment favoriser l'accompagnement

A L'importance de l'accompagnement

• **Afin que la mobilité soit une réussite** pour l'entreprise et le salarié concerné, il est primordial que l'accompagnement soit de qualité. Un échec pourrait amener une mauvaise image de l'entreprise, une perte des compétences du salarié, des conflits au sein des équipes…

• Des études ont démontré que les salariés bien accompagnés dans leur démarche de mobilité ont un **regard très positif sur leur entreprise**. Ils se sont sentis réellement soutenus s'ils ont pu s'appuyer sur des documents tels qu'une **charte de mobilité** ou avoir un **référent** pour répondre à leurs questions.

B Le processus d'accompagnement

C'est le plus souvent le service des ressources humaines d'une organisation qui se charge de l'**accompagnement à la mobilité**.

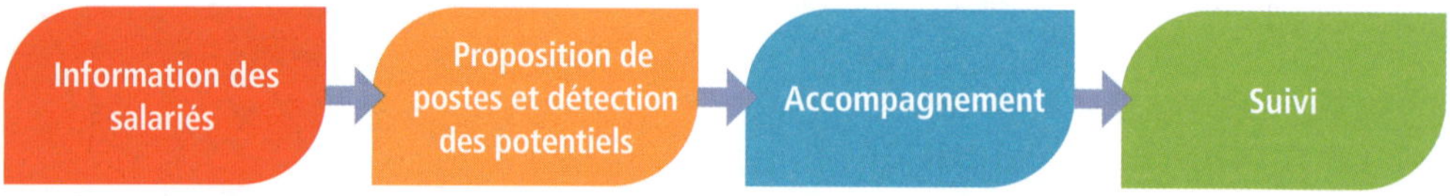

• **Avant la mobilité**, l'accompagnement commence par l'**information** aux salariés des postes vacants *via* le site intranet, des affichages, une bourse de l'emploi.
– Les postes peuvent être proposés aux salariés qui ont parfois émis le souhait de changement lors des entretiens annuels, ou parce qu'un potentiel est détecté chez un salarié en poste.
– Certaines entreprises mettent des outils à la disposition des salariés (charte de mobilité, cartographie des métiers, référentiels de postes) pour répondre à leurs interrogations.

• **Après la mobilité**, lorsque le changement a eu lieu, l'accompagnement peut prendre plusieurs formes :
– des entretiens professionnels ou de carrière, un bilan de compétence, une aide à la mobilité (formation, prise en charge de frais)… ;
– l'entreprise doit suivre le processus de mobilité lors des différents entretiens et surtout prévoir des solutions en cas de non-adaptation.

2 Les outils au service de l'accompagnement

Les services de RH disposent d'**outils** (plus ou moins répandus dans les entreprises) **pour aider les salariés**.

• **Les bourses de l'emploi :** application informatique qui recense les postes disponibles en interne et qui est consultable par les salariés.

Exemple : La **BIEP**, Bourse interministérielle de l'emploi public, accessible sur http://www.biep.gouv.fr/.

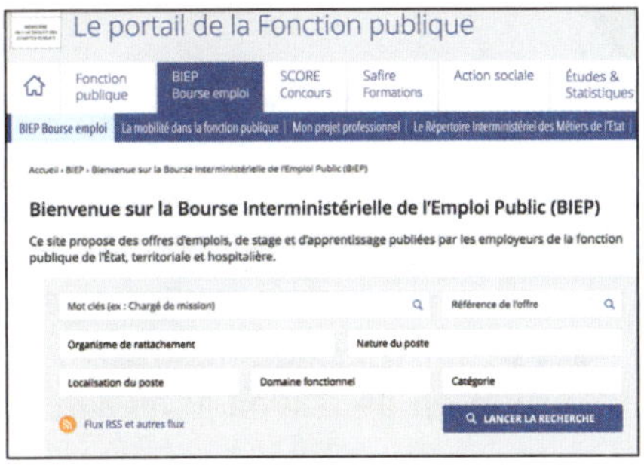

- **Les chartes de mobilité :** outil interne qui établit une liste de **règles que l'entreprise s'engage à respecter** (l'obligation d'informer de la vacance de certains postes, les différents accompagnements logistiques, financiers...), ainsi que **les devoirs des salariés** dans le cadre des dispositifs de mobilité (les formations, le retour dans l'entreprise en cas d'échec).

Exemple : Le groupe ARCADE, promoteur immobilier, possède une charte d'une dizaine de pages exposant ses principes en matière d'accompagnement à la mobilité. Elle s'adresse aussi bien aux salariés qui souhaitent une mobilité en interne, qu'à ceux qui rejoignent ARCADE dans le cadre d'une mobilité externe.

- **Les entretiens professionnels de carrière ou de mobilité** pour faire le point sur les aspirations professionnelles du salarié, ses compétences et son potentiel. Leur objectif est d'accompagner le salarié dans son choix de mobilité.

- **Les aides à la mobilité :** dans certains cas, les salariés bénéficient d'une aide personnalisée à l'installation dans une nouvelle ville (recherche d'un logement, ouverture des compteurs, organisation du déménagement), de subventions ou de prêts à taux réduits pour les frais occasionnés par la mobilité géographique.

3 Comment favoriser la mobilité interne et externe

Le congé de mobilité	Permet le retour à l'emploi dans le cas d'un projet de licenciement économique dans une entreprise dont l'effectif est supérieur à 300 salariés.
La mobilité volontaire sécurisée	Permet au salarié d'exercer une activité dans une autre entreprise en gardant la possibilité, pendant une certaine durée, de revenir dans son entreprise d'origine. Applicable sous certaines conditions et dans les entreprises de plus de 300 salariés.
Le portage salarial international	Nouvelle relation de travail tripartite : – l'**entreprise de portage salarial** facture des prestations à l'entreprise cliente et verse une rémunération au salarié « porté » ; – l'**entreprise cliente** signe un contrat de prestations avec l'entreprise de portage salarial et a recours au service du salarié ; – le **salarié « porté »** qui réalise une mission dans l'entreprise cliente est rémunéré par l'entreprise de portage salarial.
Le volontariat international en entreprise (VIE)	Permet d'exercer une mission d'ordre scientifique, technique, commercial ou culturel dans une entreprise française à l'étranger, sous certaines conditions (âge...).

6 Les différents contrats de travail et leurs évolutions administratives

Une fois le recrutement effectué, outre la rédaction et la signature du contrat de travail, le service des ressources humaines doit formaliser le lien avec le salarié et **effectuer des démarches administratives** correspondantes. Elles sont présentes du **début de la relation de travail** jusqu'au **départ du salarié.**

1 Les statuts de travail salarié ou non salarié

A Le statut de travail salarié

- Un contrat de travail est conclu entre l'employeur et le salarié et doit observer trois conditions.

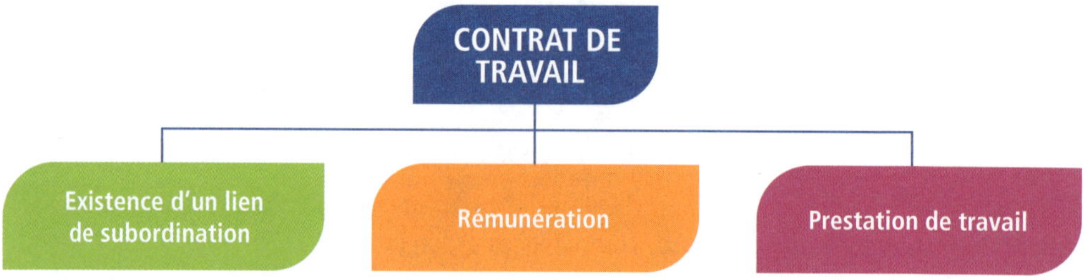

- Il existe différents types de contrat de travail afin de convenir à chaque cas.

Le contrat à durée indéterminée (CDI)	Forme ordinaire du contrat de travail. Il n'a pas de date de fin.
Le contrat à durée déterminée (CDD)	Le CDD comporte une date de début et de fin, il est temporaire et doit être justifié. Ce type de contrat peut être renouvelé sous certaines conditions.
Le contrat de travail temporaire (CTT) ou intérim	Utilisé pour une mission précise. Il s'agit d'une relation tripartite (entreprise d'intérim, salarié, entreprise cliente).
Le contrat d'apprentissage ou de professionnalisation	• Contrats principalement réservés aux 16-25 ans. • Ils permettent l'acquisition de compétences, d'un diplôme ou d'une qualification professionnelle.
Les parcours emploi compétences (PEC)	Ce dispositif d'insertion professionnelle est une forme d'emploi aidé qui repose sur l'emploi, la formation et l'accompagnement.

B Le statut de travail non salarié

- **Un travailleur non salarié (TNS)** est un chef d'entreprise qui exerce une activité non salariée, qu'elle soit à vocation commerciale, artisanale ou même libérale. Le travailleur non salarié a pour impératif de s'immatriculer auprès de la **chambre** dont dépend son secteur : **chambre** de **commerce** et **d'industrie (CCI)** ou **chambre** des **métiers**.

- **Le statut social du travailleur non salarié** est particulier : il oblige le travailleur à cotiser à certains organismes sociaux afin de recevoir en contrepartie une protection sociale particulière comme l'assurance maladie ou la retraite.

2 Les formalités d'embauche d'un salarié

Avant la date effective d'arrivée du salarié, l'entreprise doit obligatoirement officialiser l'embauche à travers différentes étapes.

A La DPAE (Déclaration préalable à l'embauche)

• **La DPAE doit être faite au plus tôt 8 jours avant la date d'embauche** auprès de l'Urssaf *via* le site net-entreprises.fr ou sous format papier (Cerfa n° 14738*01).

Cette déclaration permet l'ouverture des droits sociaux (Sécurité sociale, retraite…), l'organisation de la visite d'information et de prévention, l'officialisation de l'embauche.

Définition

Urssaf (Union de recouvrement des cotisations de Sécurité sociale et d'allocations familiales) : Organisme privé chargé d'une mission de service public, relevant de la branche « recouvrement » du régime général de la Sécurité sociale. L'Urssaf a pour mission principale la collecte des cotisations salariales et patronales destinées à financer le régime général de la Sécurité sociale, ainsi que d'autres organismes ou institutions (régime de l'assurance chômage, autorités organisatrices de la mobilité, fonds national d'aide au logement, fonds de solidarité vieillesse, fonds CMU, régime retraite complémentaire et prévoyance des employés de maison – IRCEM…).

• **En cas de non-respect** de cette inscription, l'entreprise peut être condamnée pénalement pour travail illégal.

B Le registre unique du personnel

L'inscription sur le registre unique du personnel permet de tenir à jour une **base de données des salariés** avec les dates d'arrivée, de modification de contrat, de sortie.

Cette base permet de connaître à tout moment la constitution de la masse salariale d'une entreprise.

L'entreprise doit obligatoirement tenir ce registre à jour.

C L'affiliation retraite à la caisse complémentaire obligatoire

L'entreprise doit aussi procéder à l'affiliation auprès de la caisse de retraite obligatoire **en fonction du statut du salarié** : l'Arrco pour tous les salariés et l'Agirc pour les cadres.

D La visite d'information et de prévention (VIP)

L'employeur est tenu d'organiser une visite d'information et de prévention (ex-visite médicale d'embauche), réalisée par un médecin du travail ou par un professionnel de la santé.

En général, ce rendez-vous doit avoir lieu **dans les 3 mois qui suivent l'embauche**.

3 Pendant le contrat

Les entreprises doivent assurer le suivi administratif du contrat de travail pendant toute sa durée d'exécution. Cependant, **la relation de travail peut évoluer** dans le temps et nécessiter des mises à jour.

A Le suivi administratif

Le bulletin de salaire	Remis chaque mois au salarié. Depuis 2017 ce bulletin peut être dématérialisé (en accord avec le salarié).
La déclaration sociale nominative (DSN)	Fichier mensuel consécutif à l'établissement de la paie et qui transmet les informations aux organismes concernés.
Les visites médicales du travail	L'entreprise est tenue de les organiser ; il peut s'agir d'un **suivi médical renforcé** ou d'**examens de reprise du travail et de pré-reprise**.

B Les modifications du contrat de travail

- **La modification d'un élément essentiel du contrat.** Le contrat de travail peut être modifié à la condition que les parties soient d'accord. On parle de **consentement**. Il peut s'agir de la qualification du salarié, de sa rémunération, du temps et/ou lieu de travail.

- **Encadrées par le Code du travail**, ces modifications requièrent **l'application de procédures** différentes selon que leur motif est économique, personnel ou disciplinaire.

Remarque

En cas de désaccord du salarié, l'employeur peut annuler les modifications envisagées ou procéder au licenciement du salarié.

- **La modification de la situation juridique de l'employeur.** Les contrats de travail perdurent lors d'une modification du statut juridique de l'employeur à la suite d'une vente, d'une succession.

Remarque

L'Article L1224-1 du Code du travail précise « Lorsque survient une modification dans la situation juridique de l'employeur, notamment par succession, vente, fusion, transformation du fonds, mise en société de l'entreprise, tous les contrats de travail en cours au jour de la modification subsistent entre le nouvel employeur et le personnel de l'entreprise ».

- **La modification des conditions de travail.** Les conditions d'exécution du contrat de travail peuvent être modifiées par l'employeur sans que cela nécessite une modification du contrat de travail **si le fond du contrat ne change pas.**

Exemple : L'affectation de nouvelles tâches qui correspondent à la qualification du salarié constitue un simple changement des conditions de travail et n'entraîne pas de modification du contrat de travail.

7 L'appui administratif lors de la fin du contrat de travail

Lorsqu'une une relation de travail se termine, on emploie le terme de rupture du contrat de travail ; elle peut être à l'initiative de l'employeur, du salarié ou des deux parties. Les ruptures de contrat de travail sont encadrées par la législation, ce qui impose aux salariés et entreprises de respecter certaines règles.

1 Les modalités de fin de contrat de travail

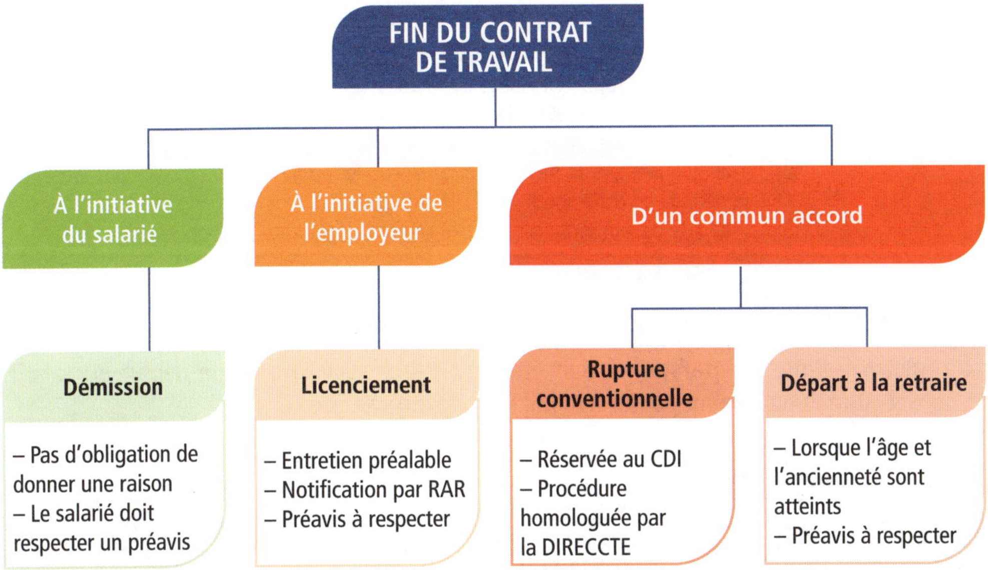

Définition

Les missions des DIRECCTE (Directions régionales des entreprises, de la concurrence, de la consommation, du travail et de l'emploi) : pilotage des politiques publiques conduites par les ministères du Travail, de l'Emploi et de l'Économie, des Finances et de l'Industrie, et **cohérence de leur mise en œuvre** territoriale.

• **Les CDD, contrats d'apprentissage, de professionnalisation** prennent fin à une date prévue. Toutefois, il existe 4 cas de ruptures anticipées :
– **par accord des deux parties** qui conviennent ensemble de mettre fin au contrat ;
– à l'**initiative du travailleur temporaire**, parce qu'il a trouvé un emploi en CDI ;
– **pour faute du salarié**, rendant impossible la poursuite du contrat de travail ;
– **pour cas de force majeure :** circonstances extérieures aux parties du contrat, imprévisibles et insurmontables.

2 Les formalités de sortie

A Les documents administratifs

En fin de contrat, le salarié doit recevoir plusieurs documents qui l'officialisent.

Le reçu pour solde de tout compte	Établi par l'employeur en double exemplaire car chaque partie en conserve un après signature. Il **récapitule les sommes versées** au salarié lors de la rupture du contrat de travail.
L'attestation Pôle emploi	Remise au salarié quel que soit le motif de la rupture (démission, licenciement...) pour lui permettre de **faire valoir ses droits aux allocations chômage**.
Le certificat de travail	• Remis à la date de fin du contrat de travail, pour tout type de contrat de travail (CDI, CDD...), quel que soit le motif de la rupture (démission, licenciement...). • Doit comporter : – l'identité et les coordonnées de l'employeur ; – l'identité et les coordonnées du salarié ; – les dates d'entrée et de sortie du salarié ; – la nature et les périodes du ou des emplois successivement occupés ; – le maintien gratuit de la couverture santé et/ou de prévoyance pendant toute la période de chômage si le salarié en bénéficiait ; – la date de remise du certificat, le lieu et la signature de l'employeur.

B En interne

Le **registre unique du personnel** doit être mis à jour avec la date de départ du salarié. Le service RH doit également penser à modifier l'**organigramme**.

C Les indemnités

En fonction des cas, des indemnités sont à verser à la fin du contrat de travail. Les sommes versées sont notifiées sur le **reçu de solde de tout compte**.

Indemnité de fin de contrat ou prime de précarité	• Pour les CDD et les contrats de travail intérimaire • L'indemnité ou la prime représente 6 à 10 % du montant de la rémunération brute de la période.
Indemnité compensatrice de congés payés	• Versée au salarié lorsque ce dernier n'a pas pu bénéficier de la totalité de ses jours de congés avant son départ. • Indemnité due que la rupture soit à l'initiative du salarié ou non.
Indemnité de licenciement	Versée au salarié sauf en cas de faute grave ou lourde.
Indemnité de rupture conventionnelle	Due au salarié et calculée sur la base de l'indemnité de licenciement ; elle ne peut être inférieure à cette dernière.
Indemnité de départ à la retraite	Calculée en fonction de l'ancienneté du salarié.
Indemnité compensatrice de préavis	• Versée au salarié si l'employeur le dispense de son préavis. Elle correspond au salaire perçu par le salarié. • Non applicable en cas de licenciement pour faute grave ou lourde.

8 Conditions de travail et risques professionnels

Dans une entreprise, les conditions de travail et les risques professionnels sont liés. Moins les conditions de travail sont bonnes, plus les situations à risques apparaissent et inversement.
Lorsqu'ils se transforment en accidents du travail, en maladies professionnelles ou en troubles psychosociaux, les risques professionnels une source de dépenses importantes pour l'organisation et peuvent véhiculer une mauvaise image.

1 Les conditions de travail

En règle générale, les conditions de travail sont représentées par l'environnement des employés sur leur lieu de travail. Elles comprennent la pénibilité et les risques du travail effectué, ainsi que les horaires ou l'environnement de travail (bruit, chaleur, exposition à des substances toxiques, cadence imposée pour les délais de production, etc.).

Remarque

La pénibilité se caractérise par une exposition, au-delà de certains seuils, à un ou plusieurs facteurs de risques professionnels pouvant laisser des traces durables, identifiables et irréversibles sur la santé, tels que le travail de nuit, le travail répétitif, dans le bruit ou exposé à des températures extrêmes, etc.

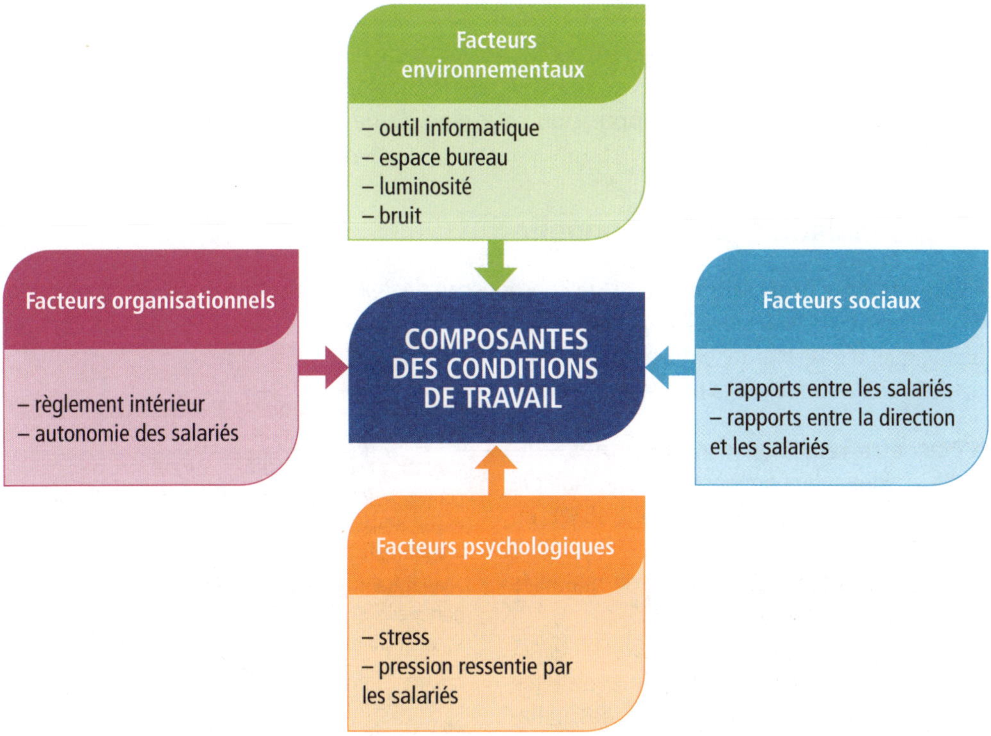

2 Les enjeux

La prise en compte des conditions de travail a un impact sur l'entreprise et sur les salariés.

Enjeux pour l'entreprise	Enjeu pour les salariés
• **Économique** De bonnes conditions de travail permettent l'adhésion des salariés, donc une bonne productivité. Un salarié satisfait reste davantage fidèle à son employeur, ce qui réduit les coûts d'absence, de remplacement, voire de recrutement. Un salarié malade et/ou absent est un salarié qui coûte à l'entreprise. • **Juridique** En cas d'accident du travail, la responsabilité de l'entreprise peut être mise en cause.	• **Humain** Un salarié dont les conditions de travail sont satisfaisantes aura un sentiment de bien-être, un surcroît de motivation.

3 Les risques physiques

Au sens littéral, un risque est un danger éventuel plus ou moins prévisible. Les **risques professionnels** doivent être bien définis afin de pouvoir les anticiper ; on les répartit en deux catégories : les **risques physiques** et les **risques psychosociaux**.

A Les accidents du travail

• **Un accident survenu au salarié** par le fait ou à l'occasion de son travail, quelle qu'en soit la cause, est considéré comme un accident du travail.

• **Pour que l'accident du travail soit reconnu**, le salarié doit justifier de deux conditions :
– le salarié a été victime d'un **fait accidentel** dans le cadre de son **activité professionnelle** ;
– le fait accidentel a entraîné **l'apparition soudaine d'une blessure** (coupure, brûlure, douleurs musculaires, etc.).

B Les maladies professionnelles

• **Une maladie professionnelle** est la conséquence de l'exposition, plus ou moins prolongée, d'un salarié à un risque physique, chimique ou biologique, d'un geste répétitif qui existe lors de l'exercice habituel de la profession.

• **Pour être reconnue comme professionnelle** et donner lieu à réparation, une maladie doit (en application de l'article L.461-1 du Code de la Sécurité sociale) :
– figurer dans l'un des tableaux de maladies professionnelles (établis par l'INRS) ;
– ou être identifiée comme ayant un lien direct avec l'activité professionnelle par le système complémentaire de reconnaissance des maladies professionnelles.

Définition

INRS (Institut national de recherche et de sécurité pour la prévention des accidents du travail et des maladies professionnelles) : contribue à la prévention des accidents du travail et des maladies professionnelles en :
– identifiant les risques professionnels ;
– analysant leurs conséquences sur la santé des hommes ;
– concevant et promouvant des solutions de prévention auprès de tous les acteurs : chefs d'entreprise, salariés, CHSCT, services de santé au travail, etc.

• **Les troubles musculosquelettiques (TMS)** occupent une place centrale dans les maladies professionnelles. Ils résultent de la combinaison de multiples causes liées au poste de travail et à son environnement, à l'organisation du travail, au climat social dans l'entreprise.

• **L'apparition des TMS** peut en partie être expliquée par l'accroissement des contraintes de productivité et l'augmentation de la cadence du travail couplés à un vieillissement de la population active.

▲ Exemples d'affiches de prévention des TMS distribuées par l'INRS.

C Les risques psychosociaux

• **Les risques psychosociaux** sont définis comme **un risque pour la santé mentale des travailleurs**. Leurs causes sont à rechercher à la fois dans les conditions d'emploi, les facteurs liés à l'organisation du travail et aux relations de travail.

• **L'ensemble de ces risques** sont sources de désorganisation pour l'entreprise car ils conduisent à des absences, de la démotivation, des démissions, etc.

Exemples de risques psychosociaux

Stress	• Situation liée aux exigences, aux cadences de production, à la mauvaise communication • Conduisent à des tensions nerveuses excessives, traumatisantes pour l'individu
***Burn-out* (épuisement professionnel)**	• Résulte d'un stress intense et continu, dû à un investissement personnel non limité • Peut mener à la dépression ou au suicide dans les situations extrêmes
***Bore-out* (ennui professionnel)**	• Caractérise le désintérêt ou l'ennui dans le travail • Conséquences et risques semblables au *burn-out*
Violences internes	• Commises au sein de l'entreprise par des salariés • Harcèlement moral ou sexuel, conflits aggravés entre des personnes ou des équipes

9 L'analyse des conditions de travail et la prévention des situations à risques

La notion de **qualité de vie au travail** (QVT) correspond à un sentiment de bien-être au travail perçu collectivement et individuellement qui regroupe la culture de l'entreprise, l'intérêt au travail, les conditions de travail, l'implication, le degré d'autonomie et de responsabilisation, l'égalité, etc.
Afin de garantir une qualité de vie au travail à leurs salariés, les entreprises ont le devoir de **limiter les situations à risques, voire de les rendre inexistantes**, en s'aidant de **plusieurs acteurs internes et externes**.
Des documents supports sont établis pour officialiser la démarche de prévention des situations à risques.

1 Les acteurs dans la prévention

La prévention des situations à risques ne peut se faire sans la participation de différents acteurs ayant comme **but commun le bien-être des salariés** au travail.

A L'employeur

Il doit veiller à l'application du règlement intérieur, des règles de sécurité et d'hygiène en vigueur, évaluer les risques professionnels et mettre en œuvre des actions de prévention et, le cas échéant, de corrections.

B Le Comité social et économique (CSE)

Voir p. 182

Présent dans les entreprises de plus de 50 salariés, le CSE est chargé de veiller à l'hygiène, la santé et la sécurité dans l'entreprise. Il surveille, analyse les risques professionnels et les conditions de travail. Les membres du CSE proposent également des axes d'amélioration.

Remarque

À compter du 1er janvier 2020, le CSE remplace les représentants élus du personnel dans l'entreprise. Il fusionne l'ensemble des instances représentatives du personnel (IRP), délégués du personnel (DP), comité d'entreprise (CE) et CHSCT.

C Les salariés

- **Premiers acteurs de la santé et de la sécurité au travail**. Au cœur du système, ils sont à même de déceler les situations à risques et disposent **d'un droit d'alerte et de retrait** dans ce cas. En fonction des activités et des effectifs des entreprises, certains employés sont formés et chargés par l'employeur de dispenser les gestes de premiers secours ; ce sont les **sauveteurs secouristes du travail** (SST).

Voir p. 165 et 167

- **En externe,** l'entreprise peut avoir le concours de **différents organismes** tels que la DIRRECTE, l'INRS, la médecine du travail, les ergonomes, etc., afin de les **aider à limiter les risques professionnels** soit par l'analyse des situations, soit dans le contrôle de l'application des normes.

Ressources humaines

2 La démarche de prévention des situations à risques

A Les obligations

- **L'employeur a des obligations en matière de santé et de sécurité au travail :**

– il doit mettre en place des **actions de prévention** (des formations par exemple) ;
– il doit aussi évaluer et **anticiper les risques** professionnels du poste de travail ;
– l'aménagement et l'utilisation des locaux de travail doivent **respecter certaines règles**, sinon la responsabilité civile et/ou pénale de l'employeur peut être engagée.

- **Les actions à mettre en place par l'employeur**

Actions de prévention des risques professionnels	Intervention d'un organisme spécialisé sur la prévention des risques et de la pénibilité (risques de chutes, travail de nuit, bruit, températures extrêmes).
Actions d'information et de formation	Réunions ou formations relatives à la manutention, à la gestion du stress…
Organisation et moyens adaptés	Par exemple, modifier des horaires de travail de nuit afin de diminuer l'accidentologie d'un poste de travail, faire bénéficier les salariés d'équipements de protection individuelle adaptés (casque, gants, chaussures antidérapantes).

B La démarche EvRP

- **L'évaluation des risques professionnels** (EvRP) est le point de départ de la démarche de prévention. L'identification, l'analyse et le classement des risques permettent de définir les actions de prévention les plus appropriées sur les plans technique, humain et organisationnel.

• **L'EvRP est une démarche structurée** dont les résultats sont formalisés dans un « document unique ». L'absence de formalisation des résultats de l'évaluation des risques dans ce document est passible d'une amende de 1 500 euros (doublée en cas de récidive).

• La démarche de prévention des risques professionnels est la combinaison de plusieurs étapes successives.

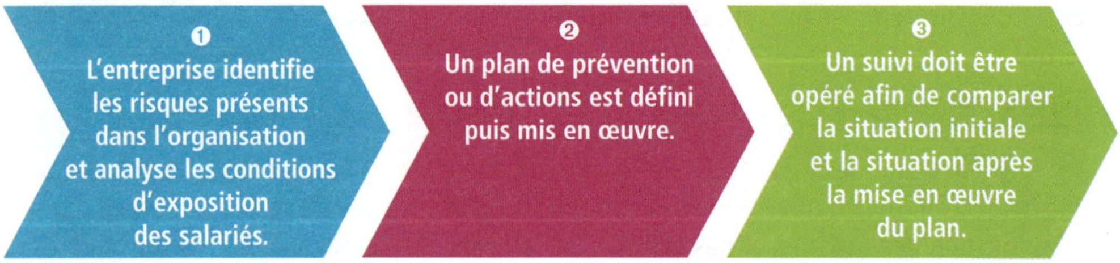

C Le document unique d'évaluation des risques professionnels (DUERP)

• Les résultats de l'EvRP sont transcrits dans un dossier appelé « document unique » qui contient :
- le cadre de l'évaluation ;
- la méthode d'analyse des risques choisie ainsi que les outils mis en œuvre ;
- la méthode de classement choisie ;
- l'inventaire des risques identifiés et évalués ;
- les actions à mettre en place.

• Le DUERP est **mis à la disposition** des salariés, du Comité social économique, du médecin et de l'inspecteur du travail, des agents des services de prévention des organismes de sécurité sociale ainsi que des inspecteurs de la radioprotection.

• **Obligatoire** pour toutes les entreprises, ce document doit être **actualisé au moins une fois par an**.

10 L'aménagement des postes et l'organisation des espaces de travail physiques ou virtuels

Les **évolutions technologiques et les recherches en matière de qualité de vie au travail** ont amené les entreprises à repenser l'aménagement des locaux.
Du **traditionnel bureau individuel** au travail **à distance**, les évolutions sont diverses et permettent aux entreprises de s'adapter aux différentes situations.

1 Les espaces de travail physiques

Espace de travail	Description	Type de travail	Avantages	Inconvénients
Le bureau individuel	Espace fermé ou semi-fermé par des cloisons ou des murs (traditionnellement, les salariés possédaient chacun leur propre bureau dans l'entreprise).	Tâches nécessitant de la concentration et de la confidentialité	• **Pour les salariés :** – calme – absence de stress – confidentialité • **Pour les entreprises :** – productivité des salariés	• **Pour les salariés :** – sentiment de solitude • **Pour les entreprises :** – nécessite de la place, donc coûteux
Le bureau collectif	Espace clos permettant à plusieurs salariés (entre 2 et 5) d'avoir chacun leur poste de travail	Tâches collectives, gestion des dossiers en commun	• **Pour les salariés :** – échanges entre eux – facilite l'accueil et l'intégration des nouveaux arrivants • **Pour les entreprises :** – réduction de l'espace, donc des coûts	• **Pour les salariés :** – bruyant – risque d'interruption par les collègues – moins de confidentialité • **Pour les entreprises :** – possible baisse de la productivité – risque de conflits
L'*openspace* ou bureau paysager	Plateau dépourvu de cloisons regroupant une dizaine de personnes ayant chacune leur poste de travail	Tâches exigeant de la communication et de l'interaction	• **Pour les salariés :** – échanges entre eux – facilite l'accueil et l'intégration des nouveaux arrivants – convivialité • **Pour les entreprises :** – coût réduit	• **Pour les salariés :** – absence totale d'intimité – manque de confidentialité – volume sonore important • **Pour les entreprises :** – risque d'absentéisme – peut favoriser le *turn-over* – risque de conflits
Le bureau semi-ouvert	Espace individuel matérialisé par des plantes, des cloisons amovibles, du mobilier dans un espace collectif	Tâches nécessitant de la collaboration	• **Pour les salariés :** – échanges facilités entre une équipe • **Pour les entreprises :** – gain de place	• **Pour les salariés :** – confidentialité mesurée • **Pour les entreprises :** – réflexion à mener sur l'implantation des espaces

2 Les espaces de travail à distance

Le concept du **télétravail** ou travail à distance vient des États-Unis ; il est en lien direct avec le développement des nouvelles technologies. Le télétravail permet au salarié d'effectuer sa mission de travail **en dehors des murs de l'entreprise**, c'est-à-dire **depuis chez lui ou depuis un espace dédié** (espace de *coworking*).

A Les différents espaces de travail à distance

Type d'espace	Implications	Avantages	Inconvénients
Le télétravail ou travail à domicile	Le salarié doit posséder un **espace de travail personnel**, un outil informatique et une connexion Internet de qualité. Il a l'obligation de se rendre régulièrement dans les locaux.	• **Pour les salariés :** – autonomie – gestion du temps de travail – reconnaissance – pas de perte de temps dans les trajets **Pour les entreprises :** – réduction des coûts – augmentation de la productivité	• **Pour les salariés :** – sentiment d'isolement • **Pour les entreprises :** – absence de contrôle permanent
Le *coworking* ou espace de travail partagé	S'apparente à de la **colocation professionnelle**. L'entreprise paie la location d'un espace de travail pour le(s) salarié(s). Ces derniers **partagent les locaux** avec les **utilisateurs d'autres entreprises**.	• **Pour les salariés :** – rencontre avec d'autres *coworkers* favorisant la créativité – autonomie – confiance de l'employeur • **Pour les entreprises :** – réduction des coûts – augmentation de la productivité	• **Pour les salariés :** – sentiment de ne pas travailler pour leur employeur • **Pour les entreprises :** – absence de contrôle permanent

Remarque

Quelques chiffres sur les bénéfices du télétravail :
– – **5,5 jours** d'arrêts maladies par an ;
– une augmentation du temps de travail **de 2,5 %** ;
– un gain de productivité **de 22 %.**

(*source* : enquête Kronos)

B Les outils du télétravail : les espaces de travail virtuels

• Le télétravail ou *coworking* est possible grâce aux évolutions technologiques. **L'apparition des espaces de travail virtuels** en fait partie.

• **Il s'agit d'utiliser les applications de travail de manière dématérialisée** *via* un espace personnel digital. Les outils et données de l'entreprise sont contenus sur un serveur indépendant et distant de l'entreprise et l'accès se fait grâce à Internet. Il y a donc un intermédiaire « virtuel » entre le salarié et l'entreprise.

• **Les outils** les plus répandus sont le *cloud computing*, le DaaS (*Desktop as a Service*) ou encore le VDI (*Virtuel Desktop Infrastructure*).

Cloud computing	• Système informatique permettant de délocaliser un grand nombre de services informatiques (stockage et sauvegarde des données, hébergement des applications…) **sans devoir investir dans une infrastructure** (serveur, applications…). • Une seule contrainte : disposer de terminaux informatiques (de simples PC) et d'une connexion Internet de qualité.
DaaS (*Desktop as a Service*)	• Le DaaS va plus loin que la simple utilisation à la demande de logiciels en ligne (SaaS) et le stockage en ligne des données (*cloud*). • Il donne accès à un véritable bureau virtuel en ligne à partir de n'importe quel matériel connecté (ordinateur, tablette, smartphone) *via* une simple connexion à Internet. • Toutes les ressources de l'utilisateur (système d'exploitation, logiciels bureautiques, données personnelles...) sont stockées à distance.
VDI (*Virtual Desktop Infrastructure*)	• **Technique de virtualisation** permettant l'accès à une interface bureautique • L'entreprise héberge son système d'exploitation en local et le VDI permet aux utilisateurs d'accéder *via* Internet à l'environnement de travail à distance.

• **L'utilisation des bureaux virtuels** permet d'accéder aux données depuis n'importe quel terminal et de s'adapter à la demande des entreprises. Néanmoins, il faut être conscient du **problème de la sécurité des données lié à la dématérialisation**.

Remarque

Le stockage en ligne requiert une grande vigilance afin d'éviter le risque de piratage des données, qui sont confiées à un tiers. Lorsque des données sont piratées, on parle de **cybercriminalité**.

11 La réglementation et les normes concernant les espaces de travail

Inscrite dans la loi **Rebsamen du 17 août 2015**, la notion de **qualité de vie au travail** indique que chaque salarié doit exercer son activité dans de **bonnes conditions de travail**. Afin de guider les entreprises, des **normes** sont à respecter pour permettre à chaque salarié, quelle que soit sa situation, d'évoluer dans les meilleures conditions.

1 L'ergonomie des postes de travail administratif

A Les normes

• **Les entreprises sont soumises à des normes** qui concernent des éléments tels que la surface des bureaux, la dimension des postes de travail, les espaces de circulation, le niveau sonore et l'éclairage.

• **L'AFNOR** (Agence française de normalisation) précise les règles minimales de travail souhaitables. Il ne s'agit pas de lois, cependant, en cas de litige, ces normes servent de référence.

Définition

Ergonomie : étude scientifique des conditions de travail et des relations entre l'être humain et la machine dans le but d'adapter l'environnement de travail (outils, matériel, organisation…) aux besoins de l'utilisateur. Le spécialiste de l'ergonomie se nomme l'ergonome.

Exemple : La norme AFNOR NFX 35-102 concerne les dimensions des espaces de travail en bureau. La norme AFNOR NF EN 14264-1 concerne la lumière et l'éclairage des lieux de travail.
La surface minimum d'un bureau individuel doit être de 10 m², sans câbles au sol pouvant gêner la circulation, sans machines de type photocopieur ou imprimante générant du bruit, et avec un éclairage minimum de 500 lux.

B Le cas d'un poste de travail informatisé

Voir p. 168

• **Dans le but d'assurer la santé et la sécurité au travail,** les entreprises doivent respecter des règles ergonomiques pour les postes de travail informatisés. Leur non-respect peut entraîner des troubles musculosquelettiques (TMS).

• **Afin de garantir un confort de travail,** il convient de retenir les éléments suivants :
– la tête doit être maintenue droite ;
– le salarié ne doit pas incliner la tête pour lire son écran ;
– le dos doit reposer sur un dossier de fauteuil pour que la position soit la plus naturelle possible ;
– les coudes doivent être pliés à 90° et les avant-bras sont en position horizontale ;
– les cuisses sont également à l'horizontale ;
– les pieds doivent reposer sur le sol, à plat. Sinon, le salarié doit pouvoir utiliser un repose-pied.

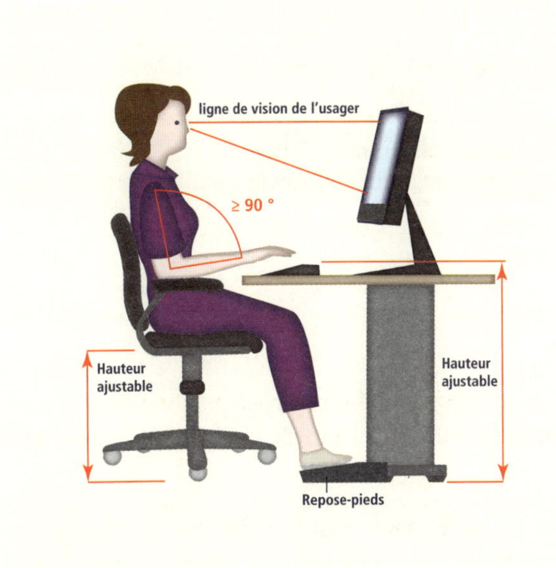

▲ L'aménagement du poste de travail informatisé

C Les règles d'aménagement du cadre de travail

• On retiendra comme éléments principaux l'ambiance de travail sonore, lumineuse et thermique.

Facteurs d'ambiance	Usages
Ambiance sonore	Le volume sonore ne doit pas excéder 55 décibels.
Ambiance lumineuse	• Ambiance naturelle de préférence. • Les sources de lumière artificielle restent de l'appoint. • Distance entre le bureau et la source de lumière inférieure à 6 mètres.
Ambiance thermique	• La température doit être comprise entre 20 et 22 °C. • Le taux d'humidité entre 40 et 70 % avec une ventilation régulière de la pièce.

• À ces facteurs d'ambiance, il est nécessaire d'ajouter un choix de couleurs et de matériaux de couleur claire et mate afin de ne pas trop solliciter les yeux.

D Le mobilier et matériel bureautique ergonomique

Un large panel de mobilier et matériel bureautique permet de préserver la santé des salariés au travail, par exemple :
– les **bureaux sont réglables en hauteur** afin de s'adapter au mieux à la morphologie de chacun ;
– les **fauteuils de bureau** permettent d'adapter la hauteur d'assise et l'inclinaison du dossier pour convenir au mieux à la position de travail ;
– les **repose-poignets pour clavier et pour les souris** permettent de soulager les poignets et ainsi éviter le syndrome du canal carpien ;
– le **repose-pieds** permet de bien positionner les angles des articulations des jambes, notamment pour que des personnes de petite taille puissent être assises correctement face aux plateaux de travail d'une hauteur standard de 72/74 cm.

Ressources humaines

Remarque

• La durée moyenne des arrêts causés par un lumbago après un arrêt de travail (AT) a presque triplé en 40 ans.
• Chaque année, plus de 3 000 lombo-sciatiques sont reconnues en maladie professionnelle (MP). La durée moyenne des arrêts de ces MP est de 360 jours et leur coût moyen de 44 000 euros.
• Chaque année, plus de 8 millions de journées de travail sont perdues pour les AT et MP liés aux lombalgies.

Source : INRS

2 L'accessibilité

• **Le Code du travail** indique que les lieux de travail, neuf ou nouvellement rénovés, doivent être **accessibles aux personnes handicapées** quel que soit leur type de handicap (article R.4214-26).

• **L'AGEFIPH** (Association pour la gestion du fonds pour l'insertion professionnelle des personnes handicapées) est aux côtés des entreprises pour les aider, les conseiller, pour le versement d'aides financières, l'aménagement des postes de travail aux situations de handicap.

• **Les aménagements des postes de travail** pour les personnes en situation de handicap peuvent concerner :
– l'acquisition d'un fauteuil ergonomique, d'un clavier braille ;
– les démarches pour obtenir un chien guide ;
– le financement des déplacements entre le domicile et le travail en taxi ;
– la mise en place de télétravail…

12 Les actions liées à l'égalité, à la diversité et au vivre ensemble au travail

En marge des notions de diversité et de vivre ensemble au travail, le concept d'égalité est à prendre en considération.
La diversité au sein des équipes permet aux entreprises de s'enrichir de différents potentiels.

1 La diversité

- **La diversité ramène à la notion de différence.** Tout individu est différent, possède des qualités, des défauts et des aptitudes variées.

- **La gestion de la diversité** est le fait, pour une entreprise, de faire des ces différences une richesse et de s'en saisir pour en faire un levier de performance. Les services de RH doivent donc veiller à gérer cette diversité afin d'assurer une égalité des chances et une égalité de traitement dans le monde professionnel.

- **Un fort enjeu économique et social** apparaît dans la gestion de cette diversité professionnelle : la réputation de l'employeur peut être valorisée ou dégradée.

2 Les mesures en faveur de l'égalité professionnelle, de la non-discrimination et de la gestion des diversités

L'État prend des mesures pour obliger les entreprises à effectuer des démarches.

A Les mesures pour lutter contre la discrimination

- **23 critères de non-discrimination sont à considérer** dans la gestion des ressources humaines d'une entreprise, en application de l'article L 1132-1 du Code du travail.

> **Extrait de l'article L1132-1 du Code du travail**
> Modifié par loi n°2008-496 du 27 mai 2008 - art. 6
> « Aucune personne ne peut être écartée d'une procédure de recrutement ou de l'accès à un stage ou à une période de formation en entreprise, aucun salarié ne peut être sanctionné, licencié ou faire l'objet d'une mesure discriminatoire, directe ou indirecte, [...] en raison de son origine, de son sexe, de ses mœurs, de son orientation sexuelle, de son âge, de sa situation de famille ou de sa grossesse, de ses caractéristiques génétiques, de son appartenance ou de sa non-appartenance, vraie ou supposée, à une ethnie, une nation ou une race, de ses opinions politiques, de ses activités syndicales ou mutualistes, de ses convictions religieuses, de son apparence physique, de son nom de famille ou en raison de son état de santé ou de son handicap. »

- **La loi Égalité et Citoyenneté** du 27 janvier 2017 oblige désormais les professionnels chargés des missions de recrutement à suivre une **formation à la non-discrimination** à l'embauche. Cette obligation concerne les entreprises de plus de 300 salariés.

B Les mesures en faveur de l'égalité hommes-femmes

• **Les articles L.3221-1 à L. 3221-7 du Code du travail** donnent un cadre réglementaire à la notion d'**égalité hommes-femmes**, que ce soit en matière de rémunération, de formation ou d'organisation du travail. La loi complète l'égalité de traitement par la notion d'**égalité des chances**. Cette dernière notion implique que des actions spécifiques soient engagées envers les femmes pour garantir une égalité réelle.

• **Le contrat pour la mixité des emplois et l'égalité professionnelle** entre les femmes et les hommes est conclu entre l'État et l'employeur. Il permet d'aider au financement d'un plan d'action en faveur de l'égalité professionnelle ou de mesures visant à améliorer la mixité des emplois.

• **De nombreux écarts persistent encore** malgré ce cadre légal. Pour exemple, l'Insee a publié une étude nationale, 18 études régionales et 18 indicateurs-clés sur les inégalités entre femmes et hommes tout au long de la vie.

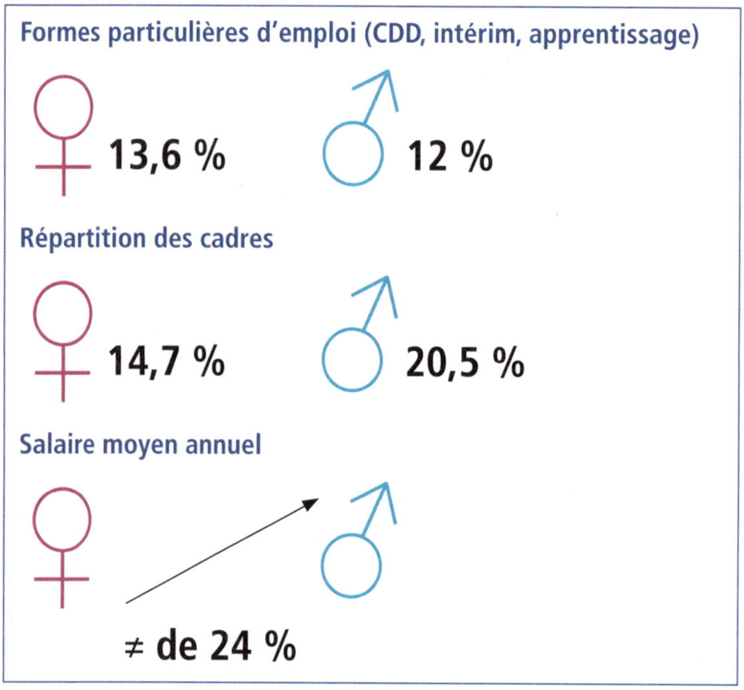

▲ Quelques indicateurs sur les inégalités entre femmes (♀) et hommes (♂)

C L'âge

Différents dispositifs sont mis en place pour favoriser l'emploi **des plus jeunes et des seniors dans les entreprises.**

• **L'État encourage l'embauche et le maintien dans l'emploi des seniors.** La conclusion d'accords et de plans d'actions seniors figure parmi les obligations des employeurs. Ils peuvent par ailleurs demander le bénéfice d'une **aide à l'embauche** pour les demandeurs d'emploi âgés de 45 ans et plus en contrat de professionnalisation.

- **Une aide financière versée par l'État** peut être accordée à une très petite entreprise (TPE) de moins de 11 salariés embauchant des **jeunes apprentis** (âgés de moins de 18 ans à la date de la conclusion du contrat).

- **La transmission intergénérationnelle des savoirs.** Il est important pour les entreprises de s'appuyer sur les connaissances des plus anciens afin de les transmettre aux plus jeunes ou aux moins expérimentés.

D Le handicap

- La loi du 10 juillet 1987 impose à toute entreprise privée de plus de 20 salariés, de compter **6 % de personnes en situation de handicap** dans son effectif. Si l'employeur ne respecte pas cette obligation, il doit verser une contribution annuelle à l'association pour la gestion du fonds pour l'insertion professionnelle des personnes handicapées (Agefiph).

- **Des aides financières** peuvent être attribuées à un employeur pour l'embauche d'une personne handicapée en CDI ou en CDD supérieur ou égal à 12 mois.

- Ce dispositif vise également à lutter contre les stéréotypes en permettant aux personnes en situation de handicap de travailler et de mettre leurs compétences au service de l'entreprise.

3 Charte et labels

Afin de **valoriser leurs actions**, les entreprises peuvent utiliser les **chartes ou les labels**.

Charte de la diversité

- Lancée fin 2004 par Claude Bébéar et Yazid Sabeg
- Texte d'engagement proposé à la signature de toute entreprise, quelle que soit sa taille, qui condamne les discriminations dans le domaine de l'emploi et décide d'œuvrer en faveur de la diversité

Label Égalité professionnelle

- Créé en 2004, soutenu par l'État et les partenaires sociaux
- Répond aux exigences d'un cahier des charges spécifique et à l'avis d'experts
- Atteste du respect de l'égalité des droits entre les collaborateurs hommes et femmes

Label Diversité

- Créé en 2008 et propriété de l'État, délivré par AFNOR Certification
- Vise à prévenir les discriminations et à promouvoir la diversité dans les secteurs public et privé
- Reconnaît et fait connaître les bonnes pratiques de recrutement et d'évolution professionnelle valorisant la diversité dans la sphère du travail

13 Les représentants du personnel et le dialogue social

Dans le but de **favoriser le dialogue social** et de permettre des négociations sans conflits, **la nouvelle « loi Travail » de 2017** fait apparaître des modifications dans la représentation du personnel des entreprises.
Les entreprises de plus de 11 salariés ont **jusqu'au 1er janvier 2020** pour se mettre en conformité avec cette réforme.

1 Les instances représentatives du personnel et leur rôle

A Les représentants du personnel

• À partir du 1er janvier 2020, toutes les entreprises de plus de 11 salariés doivent obligatoirement mettre en place le **Comité social et économique (CSE).** Pour les TPE et les PME, la mise en place du CSE est une **possibilité**, pas une obligation.

Loi Travail du 23 septembre 2017

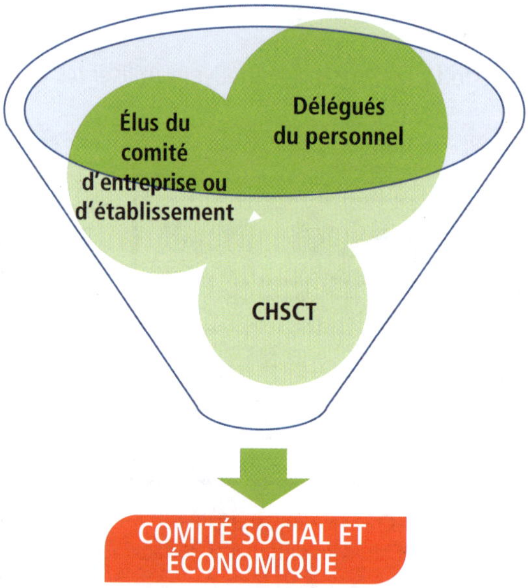

• En fonction de l'effectif des entreprises, les délégués syndicaux, la section syndicale et/ou les représentants syndicaux sont présents lors des réunions du CSE.

B La composition du CSE

• **L'employeur préside le comité.** Il peut être assisté de 3 collaborateurs.

• **Le CSE doit se doter d'une délégation du personnel** dont le nombre de membres varie selon l'effectif de l'entreprise. Cette délégation doit comprendre un nombre égal de titulaires et de suppléants selon la règle suivante :

Nombre de salariés dans l'entreprise	Nombre de titulaires	Nombre de suppléants
Moins de 24	1	1
Entre 25 et 49	2	2
Entre 50 et 74	4	4
Entre 75 et 99	5	5
Entre 100 et 124 *etc.*	6	6

C Les missions du CSE dans les entreprises de 11 à 49 salariés

• **Présentation à l'employeur des réclamations** individuelles ou collectives relatives aux salaires, à l'application du Code du travail et des autres dispositions légales concernant notamment la protection sociale, ainsi que des conventions et accords applicables dans l'entreprise.

• **Contribution à la promotion de la santé**, la sécurité et les conditions de travail dans l'entreprise.

• **Réalisation des enquêtes** en matière d'accidents du travail ou de maladies professionnelles ou à caractère professionnel.

• **Dialogue avec l'inspection du travail** au sujet d'éventuelles plaintes et observations relatives à l'application des dispositions légales dont elle est chargée d'assurer le contrôle.

• **Gestion des activités sociales et culturelles** pour les salariés et leurs familles.

D Les missions du CSE dans les entreprises de plus de 50 salariés

• **Assurer l'expression collective des salariés** permettant la prise en compte permanente de leurs intérêts dans les décisions relatives à la gestion et à l'évolution économique et financière de l'entreprise, à l'organisation du travail, à la formation professionnelle et aux techniques de production.

• **Organisation générale de l'entreprise. Consultation** sur les questions d'organisation, de gestion et la marche générale de l'entreprise, notamment sur les mesures ou décisions à prendre concernant :
– la masse salariale ;
– l'organisation économique ou juridique ;
– les conditions de travail, la formation professionnelle ;
– le lien entre les nouvelles technologies et la santé, la sécurité et les conditions de travail ;
– les conditions de travail des salariés handicapés et les actions mises en place pour assurer leur maintien ou leur retour.

• **Santé et sécurité dans l'entreprise**
– Analyse des risques professionnels.
– Contribution pour faciliter l'accès des femmes à tous les emplois, l'adaptation et l'aménagement des postes de travail pour les salariés handicapés.
– Réalisation d'inspections en matière de santé, de sécurité et des conditions de travail ainsi que des enquêtes en matière d'accidents du travail ou de maladies professionnelles ou à caractère professionnel.

• **Inspection du travail**
– Le CSE peut instaurer un dialogue lors des visites de l'inspection du travail.
– L'agent de contrôle se fait accompagner par un membre de la délégation du personnel du comité, si ce dernier le souhaite.

• **Droit d'alerte en cas :**
– d'atteinte aux droits des personnes, à leur santé physique et mentale ou aux libertés individuelles dans l'entreprise ;
– de danger grave et imminent en matière de santé publique et d'environnement ;
– de recours abusif aux contrats de travail à durée déterminée.

• **Participation au conseil d'administration** et aux assemblées générales.

• **Gestion des activités sociales et culturelles** pour les salariés et leurs familles.

E Les délégués syndicaux

• **Les délégués syndicaux siègent au CSE.** Ils représentent leur syndicat et assurent la défense des droits et des intérêts des salariés. Ils sont également chargés de la négociation des accords collectifs d'entreprise avec l'employeur.

• **Le nombre de délégués syndicaux** dépend de l'effectif de l'entreprise.

Effectif de l'entreprise	Nombre de délégués syndicaux
De 50 à 999 salariés	1
De 1 000 à 1 999 salariés	2
De 2 000 à 3 999 salariés	3
De 4 000 à 9 999 salariés	4
Au-delà de 9 999 salariés	5

Définition

Délégué syndical : représentant du personnel désigné par un syndicat représentatif dans l'entreprise. Il transmet à l'employeur ses réclamations, revendications ou propositions et négocie les accords collectifs. Il peut cumuler différents mandats.

2 Le dialogue social

• Le dialogue social peut prendre la forme d'un **dialogue formel**, sous forme de réunions prévues par la loi mais aussi d'un **dialogue informel** (groupe de travail, projets d'entreprise).

• Les réunions peuvent être **récurrentes** (programmées régulièrement) ou **ponctuelles** (programmées en fonction des besoins et événements de l'entreprise).

Définition

Dialogue social : ensemble des interactions et échanges entre la direction, les salariés et les représentants du personnel (CSE et représentants syndicaux).

A La fréquence des réunions formelles

Les personnes conviées aux réunions formelles sont :
– le médecin du travail ;
– le responsable santé/sécurité ;
– les trois collaborateurs de l'employeur.

Taille de l'entreprise	Fréquence des réunions
Moins de 50 salariés	• Au moins une fois par mois • En cas d'urgence, les membres sont reçus à leur demande
Plus de 50 salariés	• En général, 6 réunions par an dont 4 ayant pour thème la santé, la sécurité et les conditions de travail • Réunion du CSE en cas d'accident ayant entraîné ou ayant pu entraîner des conséquences graves ou en cas d'évènement grave, ayant porté atteinte ou ayant pu porter atteinte à la santé publique ou à l'environnement • Une réunion extraordinaire du CSE peut être organisée à la demande motivée de deux de ses membres, dans le domaine de la santé et de la sécurité

B La procédure d'organisation

L'organisation des réunions doit respecter une **procédure** bien définie, à savoir :
– la convocation des participants au moins 3 jours à l'avance avec annonce de l'ordre du jour ;
– la signature d'une liste d'émargement le jour de la réunion ;
– la rédaction du compte-rendu ou du procès-verbal de la réunion pour diffusion.

C Les documents du dialogue social

• L'assistant(e) est souvent sollicité(e) pour établir et rédiger les documents issus du dialogue social.

RÉUNIONS

Compte-rendu

Document interne qui rappelle les thèmes abordés pendant une réunion :
• pour garder une trace des informations entre les réunions
• pour les diffuser à ceux qui n'ont pas pu assister à la réunion

Procès verbal

Document officiel, obligatoire pour les réunions du CSE :
• établi après la réunion
• approuvé par les participants et signé par le responsable de la réunion
• utile pour la négociation des accords collectifs

• Les documents doivent absolument respecter des éléments de fond et de forme.

Sur le fond	• date d'émission du rapport ou du procès-verbal • identité et statut des personnes présentes, absentes et excusées • date et lieu de la réunion, objet du document • ordre du jour • retranscription des débats avec les idées émises, les décisions prises et les actions à entreprendre • date de la réunion suivante
Sur la forme	• le document doit respecter la charte graphique de l'entreprise • avoir un style rédactionnel professionnel • comporter un titre • doit être structuré (introduction, développement, conclusion) • prévoir les informations sur les signataires dans l'espace pour les signatures

14 Les élections professionnelles

L'assistant(e) de manager peut-être amené(e) à **organiser les élections professionnelles** du Comité social et économique.
Les entreprises dont l'effectif est supérieur à 11 salariés doivent se mettre en conformité avec cette nouvelle disposition avant le 1er janvier 2020. Ensuite, ces élections sont organisées tous les 4 ans.

1 Déroulement des élections professionnelles

Après avoir fixé la date des élections du Comité social et économique, la procédure est la suivante :

- étape 1 : Négociation du protocole d'accord préélectoral (PAP) avec les organisations syndicales
- étape 2 : Préparation des élections
- étape 3 : Élections
- étape 4 : Proclamation des résultats

A Le protocole d'accord préélectoral (PAP)

• **Le PAP est un accord** entre l'employeur et les instances représentatives du personnel qui permet de fixer les modalités d'organisation des élections professionnelles.

• **L'employeur doit inviter les instances représentatives à cette négociation** au moins 3 mois avant la date des élections. Un délai de 15 jours est respecté entre la date de l'invitation et la date de la réunion de négociation.

• **Ce protocole d'accord fixe :**
– le nombre et la composition des collèges électoraux (ouvriers et employés, cadres) ;
– la répartition du personnel dans ces collèges ;
– la répartition des sièges à pourvoir entre ces collèges (parité hommes-femmes) ;
– les modalités pratiques de l'élection : date du 1er tour et du 2e tour si besoin, horaires d'ouverture et de fermeture du bureau de vote, affichages, matériel à prévoir, organisation du dépouillement, rédaction du procès-verbal.

• **Pour être valable,** le PAP doit recueillir la signature de la majorité des négociateurs et être envoyé à l'inspection du travail. Puis le protocole doit être visible par l'ensemble des salariés de l'entreprise, par voie d'affichage par exemple.

Définition

Collège électoral : groupe restreint de personnes avec la même qualité participant à une élection (le collège ouvriers et employés, le collège cadres).

B La préparation des élections

• **Les listes électorales** doivent être établies avant l'organisation du vote par l'employeur. Identiques pour les deux tours de scrutin, elles doivent mentionner :
– les **noms** et **prénoms** des salariés et leur **ancienneté** dans l'entreprise ;
– les informations relatives à leur **statut d'électeur** et à leur éligibilité ;
– les renseignements personnels sur la date et le lieu de naissance, l'adresse, sont optionnels.

• **Le matériel nécessaire** pour les élections doit être préparé :

Bulletins de vote	• Imprimés sur papier blanc • Nombre égal et suffisant pour chaque liste de candidats • Respectent l'ordre des candidats sur chaque liste • Aucun signe distinctif • L'appartenance des candidats à un syndicat doit être mentionnée
Enveloppes	• Modèle uniforme et opaque • Nombre suffisant
Isoloirs	Pièce, rangée de casiers ou véritable isoloir
Urnes	• Modèle libre (boites ou cartons fermés autorisés) • Urnes fermées jusqu'à la clôture du scrutin

C Les élections

• **Le vote doit avoir lieu à la date et horaires fixés dans le PAP,** sur le temps de travail des salariés. Les salariés sont informés dans un délai suffisant pour pouvoir s'organiser et pouvoir voter.

• **Les différentes modalités de vote :**

Modalités	Vote sur place	Vote par correspondance	Vote par voie électronique
Conditions	Forme la plus courante	Si prévu par la convention collective ou le PAP	Si prévu par le PAP
Pour qui ?	Pour tous	• Salariés éloignés de l'entreprise pour raisons professionnelles • Salariés absents le jour du scrutin	• Salariés éloignés de l'entreprise pour raisons professionnelles • Salariés absents le jour du scrutin • Salariés qui le souhaitent
Déroulement	• Les salariés votent pendant leur temps de travail • 1 bureau de vote par collège, présidé par le salarié le plus âgé et tenu par 3 salariés • Signature de la liste d'émargement après avoir mis le bulletin dans l'urne	• Documents et matériel nécessaire envoyés aux salariés en recommandé avec AR ou remis en mains propres • Tenir compte des délais pour que les salariés reçoivent et renvoient leur bulletin de vote à temps	• Mode de scrutin à déclarer à la CNIL • Urne électronique scellée pendant la durée du scrutin • Expert indépendant mandaté par l'employeur pour veiller à la régularité du vote (rédaction d'un rapport pour la CNIL) • Assistance technique pendant la durée du scrutin

Ressources humaines

• **La CNIL (Commission nationale informatique et liberté)** veille à ce que l'informatique ne porte atteinte ni aux droits de l'homme, ni à la vie privée, ni aux libertés individuelles ou publiques. Dans l'univers numérique, la CNIL est le régulateur des données personnelles.

D La proclamation des résultats

étape 1 Le dépouillement doit être immédiat après la fermeture du bureau de vote et se dérouler en public. Après ouverture de l'urne, les bulletins sont comptabilisés pour vérifier la concordance avec le nombre de votants (liste d'émargement).

étape 2 Les votes sont comptabilisés.

étape 3 Si le quorum n'est pas atteint, il est nécessaire de procéder à un second tour. Il est organisé dans les 15 jours suivant le premier tour.

Remarque

Le **quorum est atteint** lorsque le nombre de suffrages exprimés (à l'exception des bulletins blancs ou nuls) **est au moins égal à la moitié du nombre des électeurs inscrits**. Il s'apprécie par collège et par élection : titulaires, suppléants.

étape 4 La proclamation des résultats est publique et doit être annoncée par le bureau de vote. On indique le nombre de sièges obtenus pour chaque liste, le nom des élus avec le nombre de voix obtenues. L'entreprise remplit un procès-verbal Cerfa pour formaliser les résultats.

étape 5 Après signature par les membres du bureau de vote, le formulaire est envoyé :
– au centre des élections professionnelles ;
– à l'inspection du travail ;
– aux organisations syndicales.

15 La négociation sociale

La négociation sociale ou **négociation collective** est l'ensemble des discussions entre des représentants des employeurs et des organisations syndicales représentatives des salariés dans le but de conclure une **convention** ou un **accord**. **Elle est obligatoire**. Ces accords permettent d'apporter aux salariés des réponses adaptées à leurs revendications.

1 Les acteurs de la négociation sociale

A Le processus de négociation

• La négociation sociale est un moment de dialogue permettant d'optimiser la gestion des ressources humaines.

• La négociation se déroule **entre l'employeur** (ou son représentant) et la **délégation de chacune des organisations syndicales représentatives dans l'entreprise** (un délégué syndical, voire deux en cas de pluralité des délégués).

Remarque
Le temps passé à la négociation est rémunéré comme temps de travail.

• Les entreprises peuvent compléter cette délégation par des salariés de l'entreprise (nombre fixé par les deux parties).

B Les délégués syndicaux

• **Le délégué syndical est un représentant du personnel** désigné par un syndicat représentatif dans l'entreprise. C'est par son intermédiaire que le syndicat fait connaître à l'employeur ses réclamations, revendications ou propositions et négocie les accords collectifs. Pour accomplir sa mission, il bénéficie de moyens. Il peut cumuler différents mandats.

• **Dans les entreprises de moins de 50 salariés,** tout salarié peut être délégué syndical.

• **Dans les entreprises de plus de 50 salariés,** tout salarié ayant obtenu au moins 10 % des suffrages au 1er tour des élections professionnelles peut être désigné délégué syndical. À défaut, le délégué peut être un autre candidat ayant obtenu un score inférieur ou adhérent à un syndicat.

• **Les syndicats ont permis de nombreuses évolutions sociales.** Pour être légitimes, ils doivent :
– respecter les valeurs républicaines ;
– être indépendants ;
– être transparents financièrement ;
– posséder une ancienneté minimale de deux ans ;
– avoir une influence caractérisée par l'activité et l'expérience de défense des intérêts des travailleurs ;
– avoir des effectifs, des cotisations et une audience suffisante aux élections professionnelles.

Remarque
En France, les syndicats sont autorisés par la loi depuis 1884.

2 Les thèmes de la négociation sociale

• **L'employeur engage une négociation au moins une fois par an** (sauf accord collectif prévoyant la négociation tous les 4 ans). Elle porte sur :
– la **rémunération**, notamment les salaires effectifs ;
– le **temps et l'organisation du travail, les horaires** ;
– le **partage de la valeur ajoutée** dans l'entreprise ;
– l'**égalité professionnelle entre les femmes et les hommes.**

• **Dans les entreprises de plus de 300 salariés,** une négociation sur la **gestion des emplois et des parcours professionnels** doit également être engagée par l'employeur, au moins une fois tous les 3 ans (sauf accord collectif permettant la négociation tous les 4 ans).

3 Les accords

• Lors de la négociation sociale, les discussions aboutissent à des accords. On distingue **les accords de branche** et **les accords d'entreprise** :

Accord de branche	Accord d'entreprise
• Conclu entre un ou plusieurs groupements d'entreprises appartenant à un même secteur d'activité et une ou plusieurs organisations syndicales représentatives. • Porte sur les conditions de travail et d'emploi ainsi que sur les garanties sociales accordées aux salariés. • Permet de compléter la loi par des règles adaptées à une branche professionnelle (entreprises relevant d'un même secteur d'activité : banque, bâtiment…).	• Négocié et signé entre la direction et les représentants des salariés. • Rôle important afin d'adapter les normes collectives aux réalités de l'entreprise. • Peut déroger aux dispositions conventionnelles dans davantage de domaines, durée ou les horaires de travail. • Implication des salariés dans le dialogue social.

• **La convention collective** contient les règles particulières du droit du travail applicable à un secteur donné (contrat de travail, hygiène, congés, salaires, classification, licenciement…). Elle est conclue par les organisations syndicales représentatives des salariés et les organisations ou groupements d'employeurs. **L'employeur doit l'appliquer**, sauf cas particulier.

4 La base de données économiques et sociales

• **Dans les entreprises de plus de 50 salariés,** **l'employeur est dans l'obligation de mettre à la disposition** des représentants du personnel de l'entreprise une **base de données** économiques et sociales **(BDES)**, ou « base de données unique » (BDU), qui rassemble les informations relatives aux grandes orientations économiques et sociales de l'entreprise.

• **La base de données contient des informations confidentielles** telles que :
– les données économiques et financières de l'entreprise ;
– les données relatives à l'investissement social, matériel et immatériel ;
– les données concernant l'égalité professionnelle entre hommes et femmes ;
– la politique de rémunération ;
– les activités sociales et culturelles financées par l'entreprise.

• **La base de données sert à préparer la réunion annuelle du CSE** au cours de laquelle seront évoquées les orientations stratégiques de l'entreprise et leurs conséquences.

16 Le climat social et les conflits sociaux

Un climat social de qualité est un **enjeu** pour toutes les entreprises.
Lorsque les individus évoluent ensemble dans de bonnes conditions, on parle de **cohésion de groupe.**
Cette cohésion peut parfois être entachée de **problème**, il s'agit alors de **conflits**.

1 Le climat social

• **Le climat social est le degré de satisfaction** des salariés au sein d'une organisation.

• L'organisation rassemble des individus et des groupes aux intérêts parfois divergents, qui doivent allier leurs compétences pour atteindre une performance globale. La communication entre les différents acteurs contribue à la **cohésion de groupe**.

• **En cas de climat social insatisfaisant,** des actions s'imposent pour éviter les conséquences négatives pour l'entreprise, notamment l'apparition de conflits sociaux.

• **Les enjeux** d'un climat social de qualité sont en priorité économique, puisqu'une mauvaise cohésion de groupe impacte la performance de l'organisation.

Facteurs internes	Facteurs externes
• Style de management • Gestion des RH • Conditions de travail…	• Environnement de l'entreprise • Contexte économique (chômage, politique de relance, baisse de la consommation)…

▲ Les facteurs qui influencent le climat social d'une entreprise

2 Les conflits sociaux

A Définition du conflit social

• **Un conflit social** est une situation dans laquelle les individus ou les groupes **s'affrontent dans des objectifs opposés.**

• **L'objet de tout conflit** est de **modifier le rapport de forces** existant entre les parties.

B Les caractéristiques du conflit

Le conflit ouvert	• Conflit exprimé et visible. • Les acteurs du conflit se sont exprimés sur leur point de divergence et s'affrontent pour faire valoir leurs propositions.
Le conflit latent ou larvé	• Conflit non exprimé. • Conflit caractérisé par un sentiment de malaise. Il n'y a pas eu de confrontation directe.

Ressources humaines

C Les différentes formes de conflit social

Forme de conflit social	Définition	Exemple
Le conflit individuel	• Entre un employeur et un salarié ou entre deux salariés pour des raisons individuelles, voire personnelles. • Perturbations souvent mineures.	Deux collègues qui ne s'entendent pas car ils n'ont pas les mêmes méthodes de travail.
Le conflit organisationnel	• Causé par une opposition relative à l'organisation de l'entreprise. • Entraîne souvent des changements dans l'organisation.	Le DRH souhaite recruter une personne pour renforcer son équipe mais le directeur administratif et financier s'y oppose.
Le conflit (social) collectif	• Exprime le mécontentement des salariés au sein de la société et donc une opposition entre deux groupes sociaux de niveau hiérarchique différent. • Se traduit parfois par une grève des salariés. • Conflit important nécessitant dialogue et parfois intervention d'une tierce personne.	Intérêts communs tels les augmentations de salaire, le temps de travail, le décalage des horaires, les acquis sociaux.

Remarque

La grève est l'arrêt complet, collectif et concerté du travail des salariés. Elle peut concerner quelques personnes ou l'ensemble du personnel. Le droit de grève est encadré par la loi et les revendications professionnelles doivent être présentées à l'employeur quand le mouvement se déclenche.

D Les raisons du conflit

On distingue plusieurs sources de conflits.

Conflit d'identité	Deux ou plusieurs individus s'opposent sur leurs qualités personnelles.
Conflit d'idéologie	Il repose sur les croyances, la façon de penser des individus qui composent le groupe et qui peuvent avoir des points de divergence forts.
Conflit d'intérêt	Il apparaît lorsqu'une personne se sent menacée sur un avantage particulier qu'elle possède.
Conflit de pouvoir	Il fait apparaître une mauvaise définition ou répartition des rôles des individus. Le flou entraîne un conflit entre les personnes qui se sont attribuées des tâches.

E Les acteurs dans les conflits sociaux

• **Les négociations lors d'un conflit** se font généralement entre la direction et les instances représentatives du personnel, le Comité social et économique et/ou des organisations syndicales.

• **Le recours à un médiateur est parfois nécessaire :** tierce personne extérieure à l'entreprise, il s'agit le plus souvent d'un professionnel, d'un représentant de l'État. Le médiateur joue un rôle d'arbitre ; il doit être neutre et apporter son expertise afin de guider les deux parties en conflit vers la conclusion d'un accord à l'amiable.

F Les conséquences des conflits

Les conflits engendrent des conséquences à plusieurs niveaux pour les entreprises.

Conséquences financières	Pendant le conflit, la cadence de travail peut être ralentie, voire stoppée, avec une perte de productivité.
Mauvaise image	• En interne, le conflit peut toucher les salariés ; en externe, les clients, les fournisseurs. • Conséquences encore plus graves en cas de conflit important dont l'existence est connue en dehors de l'entreprise.
Ressources humaines	• Désorganisation des équipes. • L'impact sur les RH peut être considérable puisque les conflits peuvent entraîner des absences, des arrêts de travail, des démissions.

3 La prévention des conflits collectifs

• **Afin de prévenir des conflits,** l'entreprise effectue une **veille sociale interne** (ou « analyse du climat social ») grâce à l'étude des indicateurs sociaux.

• **La veille sociale interne** consiste à **réunir des indicateurs** probants pour **mesurer la qualité des relations** entre les salariés et l'entreprise et entre les salariés eux-mêmes. Ceci permet de **détecter les risques** de naissance d'un conflit et de l'éviter.

• Cette veille peut se faire de trois manières. Les résultats peuvent être consignés dans un tableau de bord, on parle alors de **baromètre social**.

L'étude des indicateurs sociaux	Les entretiens individuels	Les enquêtes de climat social
Comparer des indicateurs à ceux des années précédentes ou aux indicateurs nationaux du même secteur d'activité : • taux d'absentéisme, de démission • *turnover* • fréquence des accidents du travail...	Communiquer et regrouper des informations provenant des salariés : • conditions de travail • inquiétudes sur d'éventuels changements…	Récolter des informations sur la satisfaction des salariés vis à vis de leurs conditions de travail : • réalisable par l'entreprise à tout moment... • ou annuellement

4 La gestion et la résolution des conflits collectifs

A Les solutions individuelles

• Lors des conflits en entreprise, les membres de la direction comme les salariés peuvent avoir **plusieurs comportements.**

Comportements de fuite		Comportements positifs	
L'évitement	**L'acceptation**	**La coopération**	**Le compromis**
La personne remet la conversation à plus tard.	La personne accepte sans être convaincue.	Volonté de négocier, de discuter.	Des concessions sont réalisées pour trouver une solution convenant à la majeure partie.

• Les managers doivent faire preuve d'écoute, d'empathie, respecter les opinions parfois divergentes, être vigilants face à la compréhension des propos tenus (ces derniers ne devant pas être interprétés).

B Les solutions collectives

Face aux conflits, les entreprises ont trois alternatives, régies par la loi.

Solution à l'amiable

La conciliation : l'entreprise fait appel à une commission en vue de rechercher une solution amiable. Cette alternative est souvent inscrite dans les conventions collectives ou les accords de branche.
La phase de négociation peut se traduire par un procès verbal de conciliation ou de non-conciliation.

Solution intermédiaire

La médiation : intermédiaire entre la conciliation et l'arbitrage. Le médiateur est désigné par les acteurs du conflit ou par les autorités administratives.
Il procède par un questionnement au sein de l'entreprise avant de proposer des solutions. Les parties ne sont pas obligées d'accepter les propositions.
Cette démarche peut se traduire par un procès verbal d'accord ou de désaccord.

Solution imposée

L'arbitrage : phase appliquée en cas d'échec des deux précédentes. Les solutions proposées par l'arbitre sont imposées et non négociables.

5 La communication en cas de conflit collectif

A La communication interne

• Le style de management a une importance capitale dans la gestion de la crise. Aussi, une **attitude autoritaire ou fuyante ne favorisera pas un retour à la normale**.

• Les dirigeants doivent veiller à soigner leur communication et la manière de transmettre les informations pendant les différentes phases du conflit.

- Cette communication a deux vocations :

Intervenir	L'entreprise doit communiquer en interne et en externe, réunir son personnel.
Apaiser	Dans la phase de cicatrisation du conflit, l'entreprise doit mettre en place des solutions en expliquant, en dédramatisant.

B La communication externe : les outils

- **La conférence de presse** est un événement organisé par l'entreprise afin de partager une actualité. Un cadre défini permet la réussite de ce dernier :

– **invitation des médias** quelques jours avant la date fixée, avec indication de l'objet de cette conférence, la date, l'heure et le lieu ;

– élaboration d'**un dossier de presse** reprenant les temps forts et les informations que l'entreprise souhaite diffuser aux journalistes ;

– **préparation de la présentation** qui doit être de qualité, dynamique afin de captiver l'attention des journalistes.

- La conférence pourra être diffusée en direct sur le site Internet pour que les médias absents puissent être informés et le dossier de presse sera mis en ligne.

- **Le communiqué de presse** est un document adressé aux journalistes pour leur annoncer un fait nouveau dans l'entreprise. Il comporte une information claire, courte et la rédaction doit être soignée. Les journalistes peuvent ensuite diffuser l'information dans les médias.

- Il existe d'autres moyens de communiquer : les interviews, la mise en place d'un blog, la diffusion d'informations sur le site Internet…

Remarque

Dans le cadre de ses missions, l'assistant(e) de manager peut avoir à organiser des conférences de presse ou rédiger des communiqués de presse. En cas de conflit social, cette communication permet de maîtriser les informations diffusées aux clients, fournisseurs ou partenaires.

17 Les indicateurs sociaux

Les indicateurs sociaux permettent à l'organisation de **pouvoir analyser l'état de ses ressources humaines** de manière **quantitative** et **qualitative**.
L'étude des indicateurs sociaux amène parfois l'organisation à prendre des décisions dans le but d'améliorer sa performance.

1 Les indicateurs sociaux

A Les différents types d'indicateurs

- **Les indicateurs sociaux sont nombreux :** ils peuvent avoir un lien avec la rémunération, la formation, les recrutements, les départs, les absences, la démographie ou la santé financière de l'organisation.
- Les indicateurs sociaux peuvent être quantitatifs ou qualitatifs selon ce qu'ils traduisent.
- On distingue les indicateurs de situation et les indicateurs de mouvement.

Type	Définition	Exemples
Indicateurs de situation	Indicateurs de structures	Effectif, masse salariale, budget formation, nombre d'accidents du travail, durée du travail
Indicateurs de mouvement	Indicateurs de performance relevant de la dynamique des ressources humaines	Taux de croissance des effectifs, taux de rotation

Exemple : Une entreprise de sidérurgie s'interroge sur sa politique de rémunération. Elle peut donc comparer la moyenne des rémunérations qu'elle propose avec la moyenne nationale des salaires dans le secteur de la sidérurgie. Il faut être attentif à l'exactitude des chiffres pour la comparaison et s'attacher à prendre des chiffres officiels provenant de l'INSEE, de la chambre de commerce et de l'industrie, de la chambre des métiers et de l'artisanat.

B Les principaux indicateurs

Taux de fréquence des accidents du travail (TF)	Taux de gravité des accidents du travail (TG)
$TF = \frac{\text{Nombre d'accidents du travail avec arrêt}}{\text{Nombre d'heures travaillées}} \times 1\,000\,000$ ⚠ Taux exprimé pour 1 000 000 d'heures travaillées	$TG = \frac{\text{Nombre de journées de travail perdues}}{\text{Nombre d'heures travaillées}} \times 1\,000$ ⚠ Taux exprimé pour 1 000 heures travaillées
• Compare la fréquence des accidents du travail avec arrêt de travail dans l'organisation sur des périodes différentes ou par rapport à la moyenne de la profession • Excellent révélateur sur la sécurité et la prévention des risques • Un taux élevé doit alerter la direction	• Mesure et compare la gravité des accidents du travail en tenant compte du nombre de jours perdus qu'ils occasionnent • Permet à l'organisation de faire un point sur les actes de prévention et sur la sécurité au sein de ses services • Plus le taux est élevé, plus l'organisation doit prendre des mesures pour y remédier

Taux de rotation du personnel (taux de *turnover*)	Taux d'absentéisme
$\dfrac{\dfrac{\text{Nombre de départs dans l'année} + \text{Nombre d'arrivées dans l'année}}{2}}{\text{Effectif total}} \times 100$	$\dfrac{\text{Nombre d'heures d'absence}}{\text{Nombre théorique d'heures travaillées}} \times 100$
• Mesure la rotation du personnel dans l'organisation (changements intervenus au cours de l'année) • Indicateur de bien-être au travail • Un taux important doit alerter l'organisation sur les causes : stress, démotivation, mauvaise ambiance, problème de rémunération, d'équilibre vie privée-professionnelle • Une rotation importante a des conséquences en termes de coût et d'organisation du travail	• Mesure l'importance de l'absence des salariés dans l'organisation • Plus le taux est élevé, plus les salariés sont absents de leur poste • Impact sur le déroulement du travail, coût pour les organisations et preuve d'un certain malaise

Taux de micro-absentéisme
$\dfrac{\text{Nombre d'heures d'absence } (\leq 2 \text{ jours})}{\text{Nombre théorique d'heures travaillées}} \times 100$
• Absences inférieures ou égales à 2 jours • Peut indiquer une démotivation du personnel

2 L'utilité des indicateurs sociaux

• Les indicateurs sociaux sont importants pour les organisations. Leur **analyse** et leur **prise en compte** doivent mettre en évidence certaines failles (sécurité) ou situations (absentéisme) afin d'améliorer la performance.

• Absences, turnover et accidents du travail sont sources de coûts et vecteurs possibles d'une mauvaise image.

Remarque

Pour avoir du sens, les indicateurs doivent être comparés à ceux de périodes différentes (année N – 2 / N – 1), à ceux d'autres organisations du même secteur (concurrents) ou aux chiffres nationaux (secteur du BTP...).

Ressources humaines

Exercice d'entraînement

Corrigé p. 223

Vous êtes assistant(e) dans une entreprise de fabrication de confitures artisanales.
M. Dumont vous demande de lui présenter une rapide étude afin de pouvoir comparer les indicateurs des deux sites de production.

1. Vous devez calculer, pour les deux sites de production :
– le taux de rotation du personnel ;
– le taux d'absentéisme et de micro-absentéisme ;
– le taux de fréquence des accidents du travail ;
– le taux de gravité des accidents du travail.

2. Comparez les chiffres afin de pouvoir aider M. Dumont dans sa réflexion.

Vous disposez des données suivantes :

ANNEXE Confi'miam : chiffres année N

	Tournon	Valence
Nombre de salariés	25	20
Nombre d'arrivées	2	4
Nombre de départs	2	3
Accidents du travail avec arrêt	2	1
Nombre de journées perdues pour accident de travail	45	32
Nombre d'heures d'absence	450	410
Dont Nombre d'heures d'absence < ou = à 2 jours	49	25

Les salariés travaillent annuellement 1 607 heures.

18 Le bilan social et son élaboration

Les indicateurs sociaux sont regroupés dans un **tableau de bord** qui sert de base pour le bilan social de l'organisation.
Les entreprises peuvent également se servir de leur système d'information des ressources humaines pour l'élaborer.

1 Le SIRH

• **Le système d'information de gestion des ressources humaines (SIRH) est un logiciel dédié** appelé ERP (*Enterprise Resource Planning*) ou **PGI** (progiciel de gestion intégré). Il permet de gérer et de suivre au quotidien l'ensemble des informations et des services opérationnels d'une entreprise.

• **Le SIRH permet d'automatiser l'ensemble des processus de gestion** de la DRH, des recrutements aux formations, en passant par la gestion des carrières. Il se compose de plusieurs logiciels interconnectés qui couvrent tous les champs des ressources humaines (gestion administrative, paie, connaissances, formation, recrutement, rémunération).

Les avantages des SIRH pour l'entreprise

Actions	Exemples
Simplifier et centraliser des tâches →	Gestion du dossier administratif du personnel, paie
Responsabiliser les collaborateurs et les salariés →	Remplir un formulaire de demande de congés
Améliorer la productivité générale et gagner du temps : données complétées une seule fois et transmises directement aux différents interlocuteurs →	Lors de la saisie d'un arrêt de travail, le dossier du salarié et le logiciel de paie sont mis à jour, le service du salarié est informé…
Réduire les coûts →	Gestion plus simple et automatisation de nombreuses tâches
Effectuer des analyses et examiner des mesures liées à des aspects organisationnels →	Élaboration de statistiques

2 Le tableau de bord social

• **Il présente un ensemble d'indicateurs** montrant la situation sociale de l'entreprise et son évolution sur trois ans.

• **L'analyse du tableau de bord** permet de dégager les tendances générales, de faire ressortir les informations marquantes, de chercher des causes.

• **Après analyse,** le dirigeant peut prendre des décisions stratégiques (recrutement, licenciement) ou des mesures correctrices (formation sur la sécurité au travail si taux d'accident en hausse).

A Domaines du tableau de bord social

Le tableau de bord est un véritable outil de pilotage qui accompagne les entreprises dans la recherche de la performance.

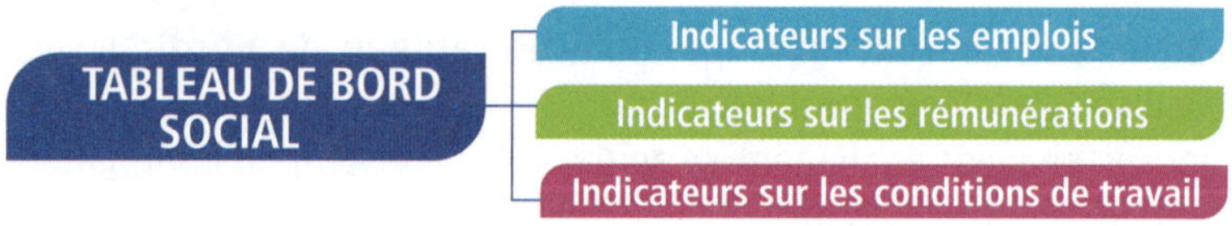

B L'élaboration du tableau de bord social

- La création d'un tableau de bord doit être réfléchie, les **indicateurs choisis en fonction des objectifs** et ne pas être trop nombreux.
- Réalisé à l'aide de logiciels spécialisés et/ou d'un tableau, le tableau de bord se présente sous cette forme :

Indicateurs	n	n – 1	n – 2	Appréciation	Variation

(vert) ↗ ↘ → (bleu) Chiffrée = Indique l'écart

- En fonction des écarts indiqués, des **seuils d'alerte** peuvent être déclenchés pour permettre aux services de ressources humaines de réfléchir aux causes et de réagir.
- Les tableaux de bord peuvent être traduits en graphiques pour visualiser les résultats. Les graphiques sont très utilisés et appréciés pour animer des présentations en réunion. **Le choix du graphique dépend de ce que l'on veut démontrer :** répartition ou évolution.

C Les graphiques

- **L'histogramme** permet de comparer des valeurs.

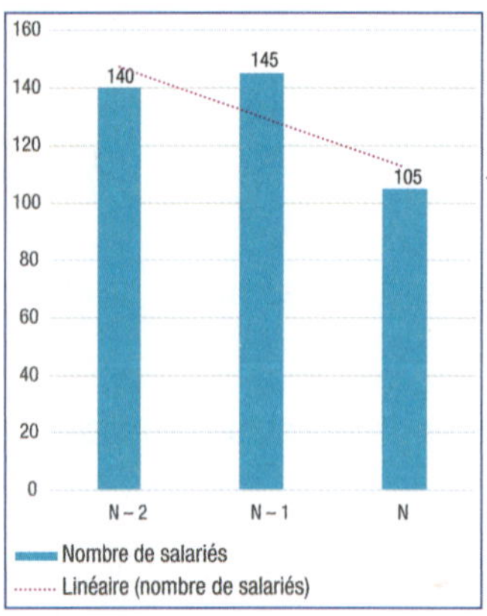

▲ Nombre de salariés

- **Le graphique en secteurs** permet de montrer des proportions. Il faut alors traduire les données en pourcentages.

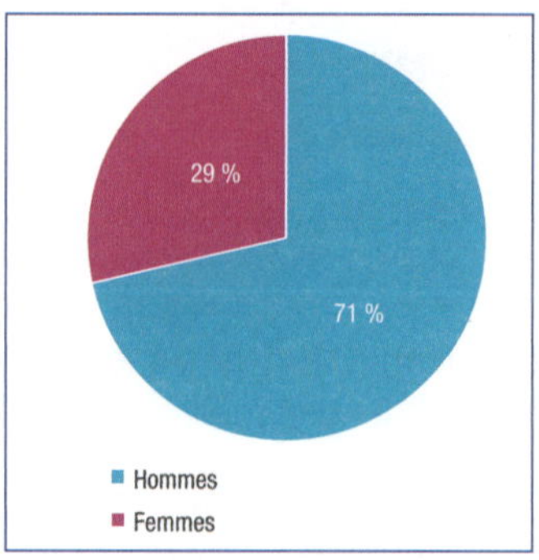

▲ Répartition hommes/femmes

- **Les courbes** permettent de représenter les tendances dans le temps.

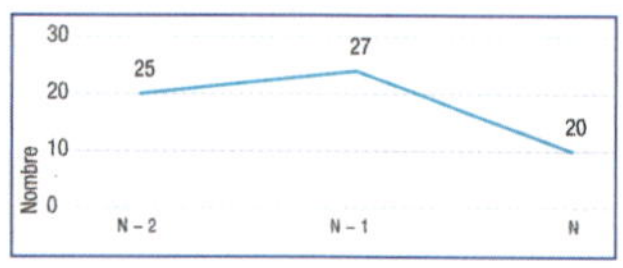

▲ Cadres

3 Le bilan social

Le bilan social est un document qui regroupe l'ensemble des données chiffrées permettant d'avoir une **vision globale des conditions sociales d'une entreprise sur une période de 3 ans**. Un bilan social annuel est obligatoire dans les organisations de plus de 300 salariés.

A Le contenu du bilan social

• **C'est un document de synthèse** qui contient les principaux indicateurs chiffrés permettant une comparaison avec les années précédentes.

• **Ce document est structuré en 7 chapitres** et l'employeur est tenu de renseigner, pour chaque rubrique, les indicateurs en fonction de la spécificité de son activité. Les indications sont commentées et peuvent être présentées visuellement.

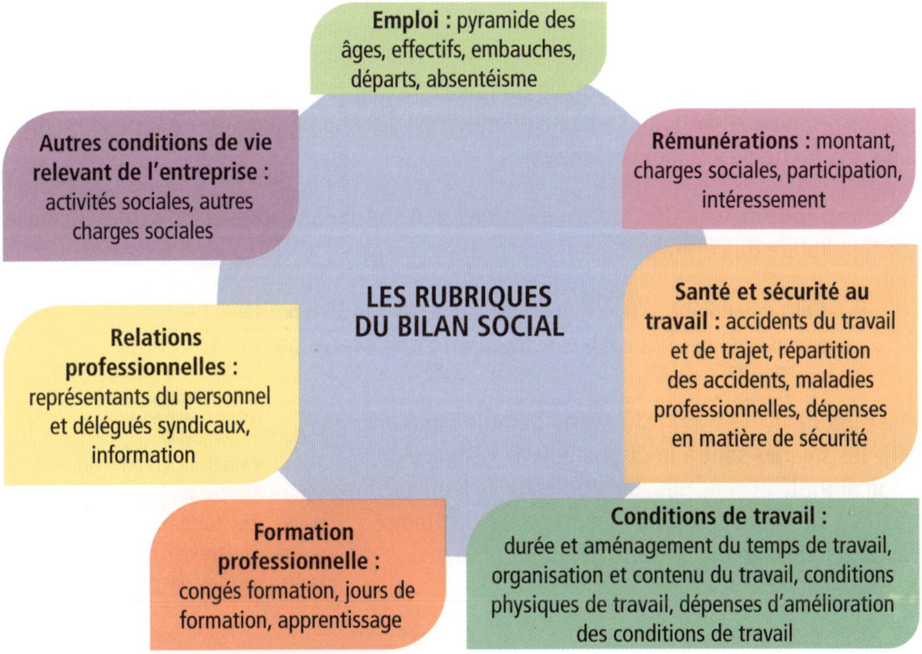

B La diffusion du bilan social

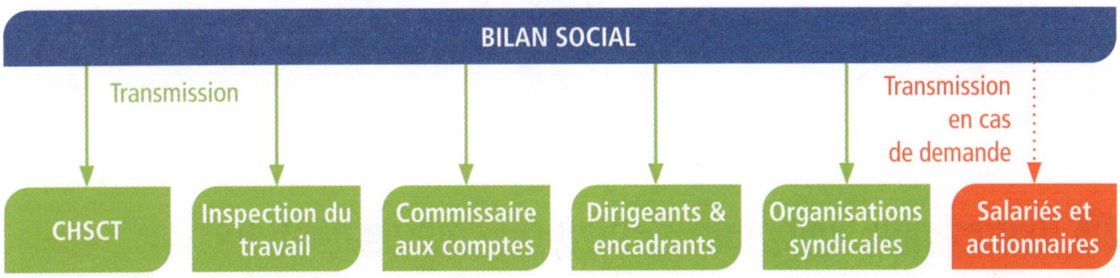

• **Le bilan social est un outil du dialogue social.** Présenté au CHSCT et aux organisations syndicales, il **sert de base de discussion et de réflexion sur les actions à mener** en matière de politique salariale. Ce document est examiné par les destinataires qui doivent émettre un avis et faire un retour aux dirigeants.

• Le bilan social est un **indicateur du climat social des entreprises.**

19 La gestion du temps de travail individuel et collectif

Encadrée par des lois, la gestion du temps de travail est une des préoccupations majeures des services de ressources humaines.
Les conventions collectives, accords d'entreprise ou de branche peuvent être plus favorables que le Code du travail et sont donc applicables au cas par cas.

1 Le temps de travail

A Durée

• **La durée légale du travail est de 35 heures par semaine** sauf dérogations conventionnelles ou collectives. La durée maximale de travail ne doit pas dépasser deux limites : 48 h sur une même semaine et 44 h par semaine en moyenne sur une période de 12 semaines consécutives dans la limite de 220 heures annuelles.

• **Elle s'applique à tous les salariés** quelles que soit la catégorie socio-professionnelle, la fonction, la nature du contrat.

> **Exemple :** Calcul du nombre d'heures mensuel sur la base de 35 h par semaine :
> (35 × 52 semaines par an) / 12 (nombre de mois) = **151,67 heures par mois**

• **Le temps de travail effectif** est la période pendant laquelle les salariés sont à la disposition de l'employeur, sous son autorité et sans pouvoir s'occuper de leurs préoccupations personnelles. Il ne comprend pas les temps de pause, d'habillage ou de transport.

> **Remarque**
> Sont considérées comme du temps de travail effectif les périodes de congés payés, de formation, de maternité, d'arrêt de travail pour accidents du travail ou maladie professionnelle.

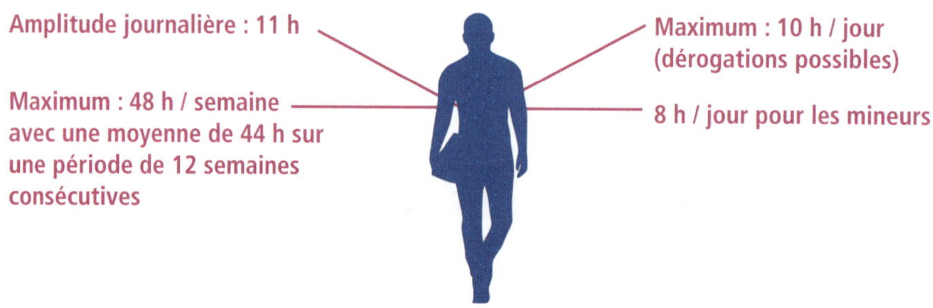

B Heures supplémentaires et heures complémentaires

• Au-delà de 35 heures, **des heures supplémentaires** doivent être payées.

• En cas de temps partiel, on parle d'**heures complémentaires**.

Heures supplémentaires	• Maximum annuel de 220 heures • À l'initiative de l'employeur • En général, le salarié ne peut pas les refuser	• Entre la 36e et la 43e heure : + 25 % de majoration de salaire • Entre la 44e et la 48e heure : + 50 % de majoration de salaire
Heures complémentaires	• Donnent lieu à rémunération • Limitées à 1/10e de la quotité horaire hebdomadaire ou mensuelle • Si accord collectif, elles peuvent être portées à 1/3 du temps de travail fixé au contrat • Le salarié peut refuser de les faire sans s'exposer à une faute	• Majoration de salaire de 10 % dans la limite des 1/10e d'heures complémentaires • 25 % pour chaque heure complémentaire effectuée au-delà des 1/10e

C Le temps de repos et les jours de repos

• Seul le 1er Mai est un jour férié obligatoirement chômé et rémunéré (sauf secteurs qui ne peuvent pas subir d'interruption de service : hôpitaux, transport, pompiers, forces de l'ordre).

• Si les autres jours fériés doivent être travaillés, cela doit être noté dans le contrat de travail du salarié.

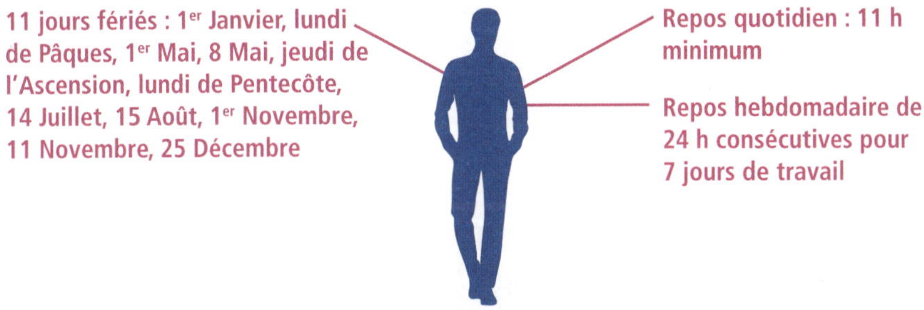

D Le repos compensateur et la contrepartie obligatoire en repos (COR)

Dans certaines entreprises, les salariés peuvent bénéficier de ces deux dispositifs.

Repos compensateur de remplacement	COR
• Intégré à l'accord collectif et peut prévoir le remplacement de tout ou partie du règlement des heures supplémentaires par un temps de repos • Le repos est l'équivalent de la rémunération majorée **Exemple :** Pour une heure supplémentaire majorée à 50 %, le temps de repos compensateur sera alors de 1 h 30.	• En cas de dépassement du contingent annuel de 220 h, chaque heure supplémentaire donne lieu, en plus de la rémunération majorée, à l'octroi d'une contrepartie obligatoire en repos • Entreprises de moins de 20 salariés : pour chaque heure supplémentaire, le salarié a le droit à 30 minutes • Entreprises de plus de 20 salariés : chaque heure supplémentaire donne lieu à 1 h de repos

E Horaires individuels et collectifs

• **Les horaires individuels** sont adaptables à chaque salarié en fonction de son poste ou de ses contraintes professionnelles ou personnelles. L'inspection du travail doit en être informée.

• En cas de plages horaires obligatoires, les salariés peuvent gérer leur temps de présence comme ils le souhaitent en dehors de celles-ci.

• **Les horaires collectifs** sont applicables à tous les salariés. Les heures de début, de fin et de pause sont identiques pour tous. L'affichage des horaires sur chaque lieu de travail est obligatoire.

F Les aménagements

Les entreprises et les salariés peuvent avoir recours à différents **aménagements du temps de travail**.

Le temps partiel	• Durée du travail inférieure à la durée légale du travail • En général, durée de travail non inférieure à 245 h par mois (sauf cas particulier demandé par le salarié, ou emploi étudiant) • Salaire calculé au prorata du temps de travail
L'annualisation du temps de travail	• La référence de durée du temps de travail est de 1 607 heures annuellement • Permet aux entreprises d'adapter leurs besoins en ressources humaines en fonction des activités (soldes, fins d'année dans les grandes surfaces...) en respectant les dispositions légales de durées quotidiennes et hebdomadaires maximales
Le travail à distance	• Matérialisé par un accord ou une charte entre employeur et salarié • Repose sur une confiance de l'employeur envers son salarié

2 Les congés

A Les congés payés

• **Les congés payés acquis et non soldés** par les salariés lors d'une rupture de contrat ou en fin de CDD font l'objet d'une **indemnisation**.

• **L'ordre des départs en congés** est fixé par un accord d'entreprise ou d'établissement, par convention ou accord de branche. À défaut, cette charge revient à l'employeur.

Pour statuer sur l'ordre de la prise de congés, l'employeur doit tenir compte de :

- la situation de famille des salariés
- l'ancienneté des salariés
- le cumul d'activité avec d'autres employeurs

• **Un compte épargne temps (CET)** peut permettre aux salariés de convertir des jours de congés payés (au maximum la 5e semaine) et/ou repos non pris **en jours de congés payés ultérieurs ou en rémunération immédiate ou différée**. Le CET n'existe pas dans toutes les entreprises, il doit être mis en place par des conventions ou des accords d'entreprise ou de branche.

B La procédure de gestion des congés payés

Le salarié complète sa demande de congés payés (expose ses motivations : congés en même temps que son conjoint, par exemple) → transmet → SERVICE RH

SERVICE RH → Affichage des plannings de congés payés au minimum 1 mois avant la date de départ

SERVICE RH → Information auprès de chaque salarié de l'accord ou du refus

- Dans une entreprise qui ferme annuellement, les salariés sont en congés payés pendant ces dates de fermeture.

> **Exemple :** En France, de nombreuses entreprises de BTP ferment 3 semaines en août. Les salariés sont alors en congés payés.

- **Les congés payés peuvent être fractionnés** (pris en plusieurs fois), avec l'accord du salarié. Cependant, le congé principal doit durer au moins 12 jours ouvrables continus et être pris entre le 1er mai et le 31 octobre, sauf indication contraire par accord d'entreprise ou convention ou accord de branche.

- **Le fractionnement des congés** donne le droit à des congés supplémentaires :
– 2 jours de congés supplémentaires, si le salarié prend 6 jours minimum de congés en dehors du 1er mai et 31 octobre ;
– 1 jour de congé supplémentaire, si le salarié prend entre 3 et 5 jours de congés en dehors du 1er mai et 31 octobre.

- Le salarié ayant acquis des droits à congés payés perçoit une indemnité de congés payés durant celui-ci. Ce montant est versé à la date de paiement habituelle des salaires.

C Les autres congés

- Le Code du travail prévoit des jours de congés rémunérés pour les évènements familiaux :
– mariage (du salarié ou d'un enfant) ;
– naissance (d'un enfant du salarié ou arrivée d'un enfant adopté) ;
– décès d'un enfant, du conjoint, d'un parent, d'un beau parent, d'un frère ou une sœur.

- Ces congés vont de 1 à 5 jours en fonction de l'évènement.

3 L'accord majoritaire d'entreprise

La loi El Khomri (ou « loi Travail ») d'août 2016 a modifié la législation du travail en accordant **aux accords majoritaires d'entreprise une priorité pour certaines prérogatives**, notamment celles liées à la gestion du temps de travail telles que :
– la durée maximale du travail ;
– l'aménagement des horaires individualisés ;
– les modalités de mise en œuvre du temps partiel ;
– la règlementation en matière de temps de pause ;
– la gestion du travail de nuit ;
– l'aménagement des congés ;
– l'organisation de la journée de solidarité et des jours fériés ;
– la modulation du temps de travail ;
– les heures supplémentaires.

> **Remarque**
> Les accords négociés au sein d'une entreprise peuvent donc prévaloir sur les conventions collectives ou les dispositions légales.

20 La démarche d'appréciation des compétences

La démarche d'appréciation des compétences est un enjeu de taille pour une entreprise. Elle permet de prendre en compte les ressources humaines en les accompagnant dans l'acquisition de nouvelles compétences qui seront ensuite utilisées par l'entreprise. Cette démarche s'inscrit également dans le cadre de la gestion prévisionnelle des emplois et des compétences.

1 La GPEC

• **La gestion prévisionnelle des emplois et des compétences (GPEC) permet :**
– **d'anticiper les besoins en ressources humaines** de manière qualitative et quantitative (compétences et emplois) ;
– **d'adapter la gestion des RH** pour parvenir à une situation souhaitée par l'entreprise en fonction de son environnement (économique, social, juridique).

• **C'est une démarche importante pour la performance de l'entreprise.** Elle permet aussi aux salariés d'envisager des évolutions de carrière.

2 La qualification professionnelle

La qualification professionnelle d'un salarié est reconnue par des **diplômes**, des **certifications de qualifications professionnelles** (CQP) ou de **l'expérience validée** en validation des acquis de l'expérience (VAE).

LA QUALIFICATION PROFESSIONNELLE

Les diplômes

• obtenus en formation initiale ou continue
• délivrés par l'État
• du niveau V (CAP, BEP, DNB) au niveau I (diplôme de niveau Bac+5 : master 2, doctorat, diplôme de grandes écoles)
• validité du diplôme permanente

Les certifications de qualification professionnelle

• créées et délivrées par une branche professionnelle qui atteste de la maîtrise de compétences liées à un métier
• validité permanente de la certification

L'expérience validée en VAE

• après un an d'expérience en rapport direct avec la certification visée
• tout individu peut demander la validation
• permet d'obtenir un diplôme à finalité professionnelle (CAP, BEP, Bac pro, BTS), un titre professionnel (reconnu par le ministère du Travail) ou une certification de qualification professionnelle

Remarque

Les diplômes, certifications de qualifications professionnelles ou expérience validée en VAE, sont inscrits au répertoire national des certifications professionnelles (une base de données qui sert de référence dans les entreprises).

3 Les compétences et le bilan de compétences

A Les compétences

Les compétences sont constituées de l'**ensemble des savoirs** (connaissances), **des savoir-être** (comportement) et **des savoir-faire** (qualification, expérience professionnelle et aptitudes personnelles) d'un individu.

B L'intérêt du bilan de compétences

• **Le salarié peut régulièrement faire le point sur ses compétences.** Le bilan de compétences est un des moments-clés de la vie professionnelle d'un salarié.

• **Ce bilan permet d'analyser ses compétences** professionnelles et personnelles, ses aptitudes et ses motivations en appui d'un projet d'évolution professionnelle et de formation.

Qui ?	• Salariés du secteur privé, en CDI ou CDD • Demandeurs d'emploi • Salariés du secteur public (fonctionnaires, agents non titulaires…)
Pourquoi ?	• Analyser ses compétences personnelles et professionnelles, aptitudes et motivations • Définir son projet professionnel et un projet de formation • Utiliser ses atouts comme instrument de négociation pour un emploi, une formation ou une évolution de carrière
Comment ?	• Congé de bilan de compétences réalisable : – hors temps de travail (pas d'obligation d'informer l'employeur) – sur le temps de travail (demande de congé à faire à l'employeur 60 jours avant la date envisagée ; refus impossible mais report de 6 mois possible) • Prise en charge financière possible par l'organisme collecteur auquel l'employeur verse la contribution destinée au financement des congés individuels de formation (CIF) • Bilan obligatoirement réalisé par des prestataires extérieurs sur une liste établie par un organisme collecteur (FONGECIF et OPCA agréés au titre du congé individuel de formation)
Durée ?	• 24 h maximum si le bilan se déroule dans le cadre du congé de bilan de compétences • Répartie généralement sur plusieurs semaines

C Le processus du bilan de compétences

Phase préliminaire

• Confirmer l'engagement du bénéficiaire dans la démarche.
• Définir et analyser la nature de ses besoins.
• L'informer des conditions de déroulement du bilan et des méthodes et techniques mises en œuvre.

→

Phase d'investigation

• Analyser ses motivations et intérêts professionnels et personnels.
• Identifier ses compétences et aptitudes professionnelles et personnelles, évaluer ses connaissances générales.
• Déterminer ses possibilités d'évolution professionnelle.

→

Phase de conclusion, par la voie d'entretiens personnalisés

• Prendre connaissance des résultats détaillés de la phase d'investigation.
• Recenser les facteurs susceptibles de favoriser la réalisation d'un projet professionnel et d'un projet de formation.
• Prévoir les étapes de mise en œuvre du projet.

• **La phase de conclusion** se termine par une **présentation au bénéficiaire** des enseignements du bilan de compétences. Il est **seul destinataire** d'un écrit reprenant les conclusions détaillées qui ne peuvent être communiquées à un tiers qu'avec son accord.

Remarque

Les organismes paritaires collecteurs agréés (OPCA) collectent les fonds de la formation professionnelle continue et financent la formation des salariés. L'OPCA conseille les employeurs et les salariés.

4 L'entretien professionnel

• **L'entretien professionnel** est un moment privilégié entre l'employeur et le salarié encadré par le Code du travail (article L.6315-1). Il doit avoir lieu tous les 2 ans.

• **Un état des lieux** doit avoir lieu tous les 6 ans et porter sur le parcours professionnel du salarié (missions et compétences mises en œuvre) et les formations suivies. Cet état des lieux se déroule généralement pendant l'entretien professionnel.

• **L'entretien professionnel ne doit pas être confondu** avec l'**entretien annuel d'évaluation** (non obligatoire) qui a généralement lieu en fin d'année civile pour faire le point sur la période écoulée en termes de résultats et fixer les objectifs pour l'année à venir. Les besoins en formation peuvent également y être abordés.

ENTRETIEN PROFESSIONNEL

Obligatoire tous les 2 ans
dans toutes les entreprises

Sujets :
- bilan période écoulée
- point sur le poste de travail du salarié
- projets d'évolution professionnelle et de formation

Permet de recenser les besoins
dans une démarche de GPEC

Contenu entretien consigné dans un document en 2 exemplaires
- 1 pour le salarié
- 1 pour l'employeur

21 L'élaboration et le déploiement du plan de formation professionnelle continue

La loi du 5 mars 2014 a donné une nouvelle orientation aux dispositifs de formation permettant ainsi aux salariés de se former et de favoriser leur progression professionnelle dans un environnement en perpétuel changement.

1 Les obligations et les droits en matière de formation

Les obligations de l'employeur	Les droits et obligations des salariés
• Obligation de former les salariés • Participe au financement des actions de formation continue (taxe annuelle : entre 0,55 % et 1 % de la masse salariale) • Permet au salarié de s'adapter à son poste de travail et de développer ses compétences par la formation • Établit un plan de formation • Consulte les représentants du personnel sur le bilan des actions de formation et les actions envisagées • Entretien professionnel tous les deux ans et état des lieux tous les six ans	• Ont un droit de formation • N'ont pas le droit de refuser une formation proposée par l'entreprise • Possèdent un compte personnel de formation (CPF) • Peuvent bénéficier d'un congé individuel de formation pour suivre une formation de longue durée

2 Le plan de formation en entreprise

Le plan de formation est la traduction concrète de la volonté de l'entreprise en matière de formation de ses salariés avec deux objectifs :
– les formations permettant d'assurer l'adaptation du salarié à son poste de travail ou son maintien dans l'emploi ;
– les formations permettant de développer les compétences des salariés.

A L'élaboration du plan de formation en entreprise

Recueil des besoins	• Lors des entretiens individuels • Lors des entretiens professionnels • Au cours de l'année grâce à des questionnaires • En fonction des besoins de l'entreprise
Choix des actions de formation	• Formation en interne ou en externe • Prestataires externes si besoin • Formations possibles par e-learning, MOOC
Établissement budget + contact OPCA	• Priorités en formation établies en fonction du budget disponible • L'OPCA peut prendre en charge une partie du montant des formations grâce aux taxes versées par les entreprises
Choix des prestataires + consultation CSE	• Prestataires choisis en fonction des coûts, qualité, disponibilité, personnalisation de la formation • CSE consulté pour validation ou discussion sur le choix

Définitions

e-formation ou **e-learning** : ensemble des solutions et moyens permettant l'apprentissage par des moyens électroniques.

MOOC ou **cours en ligne ouvert à tous** : formation accessible sur Internet qui offre la possibilité d'évaluer ses connaissances et peut déboucher sur une certification.

B La mise en œuvre du plan de formation en entreprise

• Les services des ressources humaines doivent anticiper les périodes de formations pour les inclure dans les plannings.

• Ils doivent ensuite veiller à la bonne organisation de la formation et à son suivi.

• Les informations liées aux formations (nombre d'heure, coûts, nombre de salariés…) seront reportées dans le bilan social de l'entreprise.

Avant la formation	• Convocation des participants • Réservation de la salle si formation en interne
Le jour de la formation	• Liste d'émargement pour vérifier la présence • Questionnaire / enquête pour mesurer la satisfaction des salariés
Après la formation	• Mise à jour de la base de données du personnel pour le suivi de la formation • Établissement et remise des attestations de présence (et validation de compétences) • Analyse des questionnaires / enquêtes pour amélioration si nécessaire

3 Les différentes possibilités de formation continue

Outre les formations accessibles par le biais de l'entreprise, les salariés peuvent demander des temps de formation hors temps de travail.

Nom	Principe	Détails
CIF **Congé individuel de formation**	La formation doit permettre : – d'accéder à un niveau de qualification supérieure ; – de changer de profession ou de secteur d'activité ; – d'enrichir ses connaissances dans le domaine culturel et social, ou se préparer à l'exercice de responsabilités associatives bénévoles ; – ou de préparer un examen pour obtenir un titre ou diplôme à finalité professionnelle enregistré dans le RNCP.	• Formation pas nécessairement en rapport avec l'activité du salarié • Durée minimum : 30 h • Durée maximum : 1 an ou 1 200 h si formation à temps partiel • Frais de formation pris en charge soit par l'organisme auquel l'entreprise cotise pour le CIF (entreprises de plus de 10 salariés), soit par un Opacif

CPF **Compte personnel de formation**	• Alimenté chaque fin d'année à raison de 24 h par année de travail à temps plein jusqu'à l'acquisition d'un crédit de 120 h, puis à raison de 12 h par année de travail à temps plein jusqu'à un plafond de 150 h. • Intégré au CPA (compte professionnel d'activité) qui regroupe CPF, compte pénibilité et compte d'engagement citoyen. • Heures de formation acquises traduites en euros (500 euros/an avec un plafond de 5 000 euros de droit de formation atteint en 10 ans).	• Remplace le droit individuel à la formation (DIF). Les droits acquis dans le cadre du DIF sont reportés sur le CPF. • Pour les entreprises, une seule cotisation de formation professionnelle collectée par l'URSSAF au lieu de deux (taxes de formation et d'apprentissage). • Chaque citoyen de plus de 16 ans peut consulter son compte sur *moncompteactivité.fr*.

4 Les acteurs de la formation professionnelle continue

Acteurs	Rôles
Fongecif **Fonds de gestion des congés individuels de formation**	• Organisme paritaire, interprofessionnel et régional • Informe, conseille, oriente et accompagne les salariés dans leurs projets personnels de formation et de mobilité professionnelle • Peut contribuer au financement du projet
OPCA **Organismes paritaires collecteurs agréés**	Organismes chargés de collecter les fonds de la formation professionnelle continue et de financer la formation des salariés
FPSPP **Fonds paritaire de sécurisation des parcours professionnels**	• Association constituée entre les organisations syndicales d'employeurs et de salariés représentatives au niveau national et interprofessionnel • Peut financer des actions de formation des TPE et PME après avoir obtenu les fonds *via* les OPCA

CORRIGÉS

1 La marque employeur et sa valorisation *Énoncé p. 150*

1. **Faux** – L'identité numérique est l'ensemble des informations sur une organisation que l'on trouve sur Internet, mises en ligne de manière maîtrisée ou non.

2. **Faux** – Compte tenu de l'importance des informations consultables sur Internet par les salariés, les consommateurs ou les usagers, une mauvaise e-réputation peut influencer de manière négative l'avis de ces derniers.

3. **Vrai** – L'organisation peut véhiculer une image positive en étant active et en communiquant de manière régulière.

4. **Faux** – La marque employeur est l'ensemble des caractéristiques de la marque dans le champ des ressources humaines. L'entreprise est alors identifiable à travers sa mission, ses métiers, sa culture d'entreprise, son management, ses valeurs (en lien avec la RSE), sa politique RH et sociale, son environnement de travail, etc.

5. **Vrai** – Les enjeux sont nombreux, en interne (ex. : sentiment d'appartenance des salariés) et en externe (ex. : image positive pour les candidats potentiels).

6. **Faux** – L'organisation dispose également des réseaux sociaux, des blogs…

7. **Faux** – Tous les membres des organisations peuvent promouvoir la marque employeur, seulement ce concept a fait apparaître de nouveaux métiers tels que les *community managers* et les *social media managers*.

2 Les modes et processus de recrutement à l'ère du digital *Énoncé p. 154*

1.

Profil de poste				
Fonction : Chocolatier **Service : production**				
Critères	**1**	**2**	**3**	**4**
Formation				
Formation générale			X	
Diplôme			X	
Expérience professionnelle			X	
Compétences				
Bonne connaissance des règles d'hygiène et de sécurité alimentaire				X
Maitrise des techniques de sculptage de chocolat				X
Utilisation de la trempeuse				X
Planification de la production, des commandes.			X	
Savoir être				
Aisance relationnelle			X	
Travail en équipe				X
Adaptabilité			X	

Légende

Formation :	1. Primaire	2. Secondaire < BAC	3. BAC + 2	4. > BAC + 2	
Diplôme :	1. Aucun	2. CAP, BEP, BAC	3. BTS, DUT, Licence	4. Grandes écoles	
Expérience professionnelle :		1. Un an	2. Entre 1 et 2 ans	3. Entre 2 et 5 ans	4. + de 5 ans
Autres :		1. faible	2. Assez bien	3. Bien	4. Très bien

Profil candidat recherché

2. Il est possible de proposer le poste à un des assistants chocolatiers en ayant à l'esprit les avantages

(motivation, reconnaissance, gain de temps pour l'adaptation) et les inconvénients (conflits possibles si poste convoité par plusieurs personnes).
Il faudra également envisager la formation de l'assistant sur le poste si des spécificités ne sont pas maîtrisées.
Par ailleurs, le poste vacant d'assistant chocolatier devra faire l'objet d'un recrutement si la charge de travail le nécessite.

17 Le suivi et l'analyse des indicateurs sociaux

Énoncé p. 198

1.

	Tournon	Valence
Heures théoriques travaillées	25 × 1 607 = 40 175	20 × 1 607 = 32 140
Taux de rotation	((2 + 2) ÷ 2 ÷ 25) × 100 = **8**	((4 + 3) ÷ 2 ÷ 20) × 100 = **17,5**
Taux d'absentéisme	450 ÷ 40 175 × 100 = **1,12**	410 ÷ 32 140 × 100 = **1,28**
Taux de micro-absentéisme	49 ÷ 40 175 × 100 = **0,12**	25 ÷ 32 175 × 100 = **0,08**
Taux de fréquence des accidents du travail	2 ÷ 40 175 × 1 000 000 = **49,78**	1 ÷ 32 140 × 1 000 000 = **31,11**
Taux de gravité	45 ÷ 40 175 × 1 000 = **1,12**	32 ÷ 32 140 × 1 000 = **1**

2.
– Le taux de rotation est beaucoup plus important à Valence ; l'entreprise doit en analyser les causes (un départ lié à la retraite et une démission n'ont pas la même signification).
– Le taux d'absentéisme est quasiment équivalent et n'est pas excessif.
– Le taux de fréquence des accidents du travail est plus important à Tournon, tout comme le taux de gravité. Il serait peut être utile de vérifier les formations liées à la sécurité et si les équipements de sécurité sont correctement utilisés.

Culture Économique, Juridique et Managériale

COMPRENDRE EN VIDÉO Retrouvez tous nos tutos vidéos sur notre chaîne YouTube « Objectif BTS Hachette ».

ÉCONOMIE DROIT MANAGEMENT

ÉPREUVE

Présentation de l'épreuve de CEJM

Épreuve écrite
Durée : 4 heures
Coefficient : 3

1 L'objectif de l'épreuve

• L'épreuve vise à évaluer les compétences du candidat à :

– analyser des situations auxquelles l'entreprise est confrontée ;
– exploiter une base documentaire économique, juridique et managériale ;
– proposer des solutions argumentées en mobilisant des notions économiques, juridiques ou managériales et les méthodologies adaptées aux situations proposées ;
– établir un diagnostic (ou une partie de diagnostic) préparant une prise de décision stratégique ;
– prendre des décisions opérationnelles intégrant les dimensions économique, juridique et managériale ;
– exposer des analyses et des propositions de manière cohérente et argumentée.

2 Les modalités d'évaluation

• L'épreuve prend appui sur un dossier qui comprend :

– la présentation d'une situation contextualisée d'entreprise contenant des problématiques de nature économique ou juridique ou managériale ;
– une base documentaire ;
– une série de questions permettant de structurer et d'orienter le travail à réaliser par le candidat.

3 Conseils

COMPRENDRE EN VIDÉO

Voir les 4 vidéos : Exploiter un tableau ; exploiter un graphique ; répondre à une question de manière structurée et organisée ; rédiger un cas pratique

étape 1 **Commencez par lire attentivement la présentation générale,** et plus particulièrement les **mises en situation**. Ces dernières introduisent le traitement des questions et sont importantes car elles peuvent contenir des éléments d'information importants.

étape 2 **Lisez ensuite les questions.** Sachez repérer les **verbes « d'action »** utilisés dans les consignes car ils précisent ce qui est attendu :

– **définissez :** définir une notion ;
– **caractérisez :** décrire les traits fondamentaux, voire expliquer ;
– **identifiez, repérez :** trouver les éléments d'explication dans les documents en annexe ;
– **expliquez, justifiez :** avancer les arguments ou le raisonnement qui donnent les causes d'un fait ou d'une situation ;
– **analysez :** proposez des éléments de comparaison ou d'explication d'au moins deux variables ou plusieurs qui ont des liens entre elles.

étape 3 **À chaque question, reportez vous aux annexes concernées.** Relevez les éléments d'information qui serviront à formuler une réponse pour chacune de vos questions. Lorsque la question nécessite de faire appel à vos connaissances, rédigez-les avec clarté et en lien direct avec la question posée.

⚠ Pensez à être soigneux dans la rédaction de vos réponses. En général, elles doivent être justifiées à l'aide des documents et, pour le droit, avec rigueur. Vous pouvez recourir en économie et en management à des tableaux ou à des tirets pour énumérer vos arguments.

Remarque

N'hésitez pas à être exhaustif et à avancer un maximum d'arguments car le barème détaillé tiendra compte du nombre d'idées différentes avancées.

1 Les agents économiques, leurs rôles et leurs échanges

De multiples acteurs interviennent dans le domaine économique ; en général, on les regroupe selon leurs fonctions économiques principales. On les qualifie alors d'**agents économiques**.
Les principaux agents sont les **entreprises**, les **ménages**, les **banques** et l'État (ou les **administrations publiques**).
L'activité économique découle des échanges qui se nouent entre ces agents.

1 Les entreprises

• **Une entreprise regroupe des moyens humains, financiers et matériels** dans l'objectif de **produire des biens ou des services vendus sur le marché**.

• **Pour produire, l'entreprise utilise des facteurs de production** (travail, capital, matières premières). Les savoirs et connaissances sont aussi considérés comme un facteur de production qui prend aujourd'hui une place croissante.

• **La majorité des entreprises a un but lucratif** (réaliser un profit). La théorie économique considère qu'elles visent à maximiser leur profit. En réalité, le profit n'est pas la seule finalité des entreprises ; l'essor du secteur de l'économie sociale et solidaire montre qu'elles peuvent s'attacher à d'autres objectifs, comme le développement durable.

2 Les ménages

• Au sens statistique, un ménage désigne tous les occupants d'un même logement, sans qu'ils aient nécessairement des liens de parenté.

Remarque
Un ménage peut être composé d'une seule personne.

• Les ménages disposent de **revenus** qu'ils tirent de leur travail (**salaires**) ou de la détention d'un patrimoine (**intérêts, dividendes, loyers**...).

• Avec leurs revenus, les ménages **consomment** et épargnent.

3 Les banques

• **Les banques sont des entreprises** dont le rôle traditionnel est de **collecter l'épargne** des agents (dépôts, livrets) afin de **financer par crédit** d'autres agents qui ont besoin d'emprunter (notamment pour l'investissement des entreprises).

• **L'essor du marché financier** (ou marché des capitaux) a fait évoluer le rôle des banques : elles permettent aux agents qui souhaitent épargner et à ceux qui souhaitent se financer d'accéder au marché et de s'y rencontrer directement. L'agent qui souhaite se financer va émettre et vendre des titres sur le marché (actions, obligations...), l'agent qui souhaite épargner va **acheter des titres** sur le marché.

4 L'État (ou les administrations publiques)

• **Les administrations publiques** regroupent l'État central (les ministères…), les collectivités territoriales et les organismes de protection sociale.

• **L'action de l'État** est principalement financée par des **prélèvements obligatoires** (impôts, taxes, cotisations).

LES FONCTIONS ÉCONOMIQUES DE L'ÉTAT

Allocation	Redistribution	Stabilisation (ou régulation)
Encadrer le fonctionnement du marché par des règles de droit (droit des contrats, droit de la concurrence…), voire être lui-même producteur de services non marchands (éducation, défense nationale…)	**Assurer une redistribution des revenus** pour éviter les inégalités les plus criantes (notamment *via* la protection sociale)	**Réguler l'activité par sa politique économique** (favoriser la croissance, lutter contre le chômage…)

5 Les échanges entre les agents économiques

• **Les agents sont amenés à nouer des relations économiques,** généralement lors de **transactions qui s'opèrent sur le marché.** Ainsi, la relation employeur-employé qui se noue entre les entreprises et les ménages s'apparente à la rencontre d'une offre et d'une demande sur le marché du travail :

– **l'offre de travail** émane des ménages ;

– **la demande de** (facteur) **travail** émane des entreprises ;

– **le salaire** correspond au prix auquel s'effectue l'échange.

• **Les entreprises échangent des biens et services** (**offre**) avec les autres agents en contrepartie d'un paiement (**demande**) : consommation pour les ménages, consommations intermédiaires ou investissement pour les entreprises.

• **Les entreprises demandent des facteurs** pour être en mesure de produire leurs biens et services :

– **demande de facteur travail** auprès des ménages ;

– **demande de facteur capital** auprès des banques, ou directement auprès de l'ensemble des agents en passant par les marchés financiers.

• **La relation entre agents économiques ne peut toutefois pas se résumer** à la confrontation d'une offre et d'une demande sur le marché.

Exemple
L'État produit des services non marchands (gratuits ou quasi-gratuits) qu'il finance par des prélèvements obligatoires.

2 Le fonctionnement et le rôle du marché

Le marché est le lieu (fictif) de confrontation de l'offre et de la demande.

1 Le fonctionnement du marché

Le marché permet d'égaliser offre et demande et fait émerger un **prix d'équilibre.**

- **Sur certains marchés, le prix d'équilibre est spécifique :**

– le **salaire d'équilibre** permet d'égaliser offre et demande sur le **marché du travail** ;
– le **taux d'intérêt d'équilibre** permet d'égaliser offre et demande sur le **marché des capitaux**.

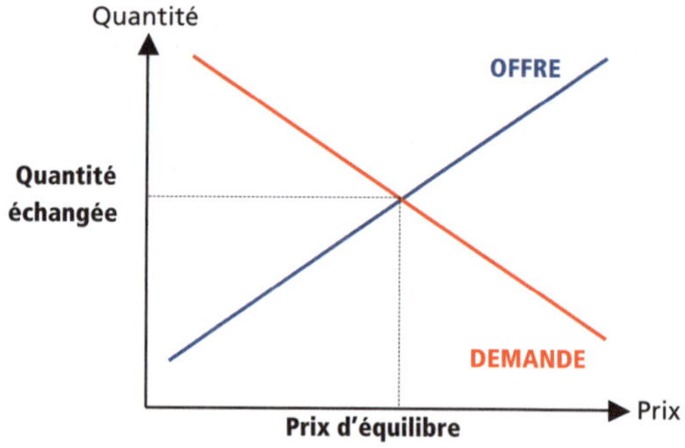

▲ Ajustement de l'offre et de la demande sur le marché

- **Sur le marché des biens et services :**

– seuls les offreurs ayant un coût de revient inférieur au prix de marché sont rentables et peuvent proposer leurs biens ou services. Lorsque le prix s'élève, un plus grand nombre d'offreurs se présente sur le marché ;
– lorsque le prix augmente, certains demandeurs quittent le marché, car leur pouvoir d'achat se réduit ; ils privilégient l'achat d'autres biens pour assurer leur satisfaction ;
– l'équilibre du marché (où les deux droites se croisent sur le schéma) est atteint lorsqu'il y a égalité entre l'offre et la demande. **Ce point de croisement définit le prix d'équilibre** (ou prix de marché)

- **En réalité, l'équilibre se met en place progressivement** par un jeu d'essais et d'erreurs.

Exemple
Le prix de vente initial proposé par certaines entreprises peut être trop élevé, mais la difficulté à vendre leur production va les conduire à réduire le prix et à se rapprocher de l'équilibre.

2 Le rôle du marché

Rôle d'ajustement	Le marché permet d'équilibrer offre et demande.
Rôle incitatif	Le marché oriente les actions et décisions des agents. **Exemple :** *une hausse de prix peut inciter des entreprises à se lancer sur le marché concerné car elles deviennent rentables.*
Rôle informatif	Le marché et le prix fournissent des informations aux agents sur les tensions entre offre et demande. **Exemple :** *une hausse de prix indique une pénurie d'offre et/ou une forte pression de la demande.*

- **En principe, le marché joue efficacement son rôle de régulateur** de l'activité économique lorsque deux conditions sont respectées :

– la possibilité pour les agents de **fixer librement leurs prix ;**
– le marché doit être concurrentiel : cette émulation pousse les entreprises à réduire leurs prix, à améliorer la qualité de leurs produits et prestations.

3 Les marchés : concurrence, coopération et barrières à l'entrée

« Avant qu'une entreprise puisse affronter la concurrence sur un marché, il faut déjà qu'elle puisse y entrer. » (site de l'OCDE)

1 La concurrence entre les entreprises

Définition

Concurrence : rivalité entre agents qui poursuivent un même but (ex. : développer leur part de marché).

- La compétitivité correspond à la capacité d'une entreprise à faire face à la concurrence :

– **la compétitivité-prix** reflète la capacité d'une entreprise à vendre ses produits à un prix similaire, voire plus faible que celui des concurrents ;

– **la compétitivité hors-prix** reflète la capacité d'une entreprise à se démarquer de ses concurrents autrement que par le prix (image de marque, innovation, qualité…).

- **Pour disposer d'un pouvoir de marché** (disposer de marges de manœuvre quant à la fixation de leurs prix, par exemple), les entreprises cherchent à résister à la pression concurrentielle qui s'exerce sur elles.

Les 5 forces de la concurrence (M. Porter)

- Les entreprises concurrentes du secteur
- Les fournisseurs
- Les clients
- Les entrants potentiels
- Les produits de substitution

Exemples

Un sous-traitant fait face à un nombre réduit de clients (parfois un seul). Il subit fortement la pression de sa clientèle.

Dans le transport ferroviaire, la fixation des prix se doit de tenir compte des prix pratiqués par les transporteurs aériens ou du coût du transport en voiture (influence des produits de substitution).

2 La coopération entre les entreprises

- Les entreprises nouent parfois des relations de coopération qui peuvent prendre plusieurs formes, parmi lesquelles :

Type de coopération	Exemple
Alliance (entre fournisseurs et clients)	Sous-traitance, contrat de franchise, concession…
Création d'une structure juridique propre	Filiale commune, GIE (Groupement d'intérêt économique)

- De nombreuses raisons peuvent justifier ces relations de coopération : mettre en commun des moyens ou des savoir-faire (mutualiser des efforts de R&D), atteindre une taille critique, pénétrer un marché étranger…

3 Les barrières à l'entrée

A Définition et conséquences

- Les barrières à l'entrée :

– **réduisent l'intensité concurrentielle** qui pèse sur les acteurs du marché ;

– **présentent un risque pour le consommateur que les prix soient plus élevés** que sur un marché pleinement concurrentiel.

Définition

Barrière à l'entrée : toute entrave qui empêche ou freine l'accès au marché à de nouveaux entrants.

- Lorsqu'il y a des barrières à l'entrée, le marché n'est constitué que de quelques offreurs, voire d'une seule entreprise. On parle alors d'**oligopole**, ou de **monopole**.

B Les différentes formes de barrières à l'entrée

- **Les barrières peuvent être d'ordre règlementaire** (nécessité d'avoir un diplôme, monopole institué par l'État), d'ordre **technologique** (accès au marché bloqué par un brevet), etc.

- **Les tensions commerciales entre pays** peuvent conduire à la mise en place de taxes sur les importations (ou droits de douane) comme ce fut le cas entre les États-Unis et la Chine lors de la présidence Trump. Ces taxes constituent des barrières (tarifaires) à l'entrée du marché.

- **La structure des coûts** du secteur ou des entreprises peut être à l'origine de barrières :

– lorsque les coûts d'entrée sur le marché sont importants ;

– lorsque la structure des coûts conduit à des économies d'échelle, c'est-à-dire une diminution du coût unitaire lorsque la production s'élève. Le premier entré sur un tel marché dispose d'un avantage en termes de coût lui permettant d'éliminer toute concurrence (en baissant suffisamment ses prix pour empêcher les concurrents d'être rentables).

Exemple

Des investissements très lourds à consentir pour accéder au marché du transport aérien (achat d'avions).

Exemple

Une telle structure de coût s'observe sur des activités qui supposent de créer et d'entretenir un réseau (transport ferroviaire, électricité, gaz…). Initialement des monopoles, ces secteurs font l'objet d'une ouverture à la concurrence, mais le nombre d'entreprises sur le marché reste limité.

4 L'asymétrie de l'information

1 Définition et conséquences

• **Il y a asymétrie d'information** lorsque, dans une transaction entre offreur et demandeur, l'un des deux manque d'informations pour prendre une décision parfaitement éclairée.

Exemples

– Le prêteur qui ne connaît pas parfaitement les qualités de gestionnaire de l'emprunteur ou ce qu'il va faire du montant emprunté.
– L'assureur qui ne sait pas si le conducteur couvert va conduire prudemment.
– L'employeur qui ne sait pas si la personne qu'il embauche sera aussi productive dans son travail que son niveau de qualification ne le suggère.
– Le client d'un concessionnaire de voitures d'occasion qui ne connaît pas les points faibles de la voiture qu'il achète.

• **Les asymétries d'information sont une situation de défaillance de marché.** Elles ont pour effet d'entraîner de mauvaises prises de décision, de mauvaises évaluations du risque.

Exemple

– Les banques peuvent être exagérément prudentes en n'octroyant que peu de prêts (au risque d'un rationnement du crédit) par peur d'un défaut de remboursement des débiteurs.
– Les agents peuvent au contraire prendre des risques excessifs : le conducteur, s'estimant couvert par son assurance, peut adopter une conduite dangereuse.

2 S'adapter aux asymétries

• Les agents qui souffrent de l'asymétrie peuvent parfois obtenir l'information qui leur manque : avant d'accorder un prêt, les banques demandent les bulletins de salaires, les avis d'imposition…

• L'insertion de clauses dans le contrat noué par les parties peut être un moyen de s'assurer de sa bonne exécution.

Exemple

– Les banques peuvent se protéger d'un défaut de remboursement avec des clauses dans le contrat de prêt (caution, hypothèque, nantissement).
– Pour s'assurer de l'investissement et de la productivité d'un futur embauché, l'employeur peut fixer des objectifs à atteindre (un objectif de chiffre d'affaires pour un commercial par exemple).

5 Les externalités négatives et positives

1 Définition

Il y a externalité lorsque l'activité d'un agent a des effets induits :

– **défavorables** pour d'autres agents, sans que celui à l'origine de l'externalité ne soit sanctionné → **externalité négative** ;

– **favorables** pour d'autres agents, sans que celui à l'origine de l'externalité n'en soit récompensé → **externalité positive.**

2 Les externalités négatives

Exemple	Production ou consommation causant une dégradation de l'environnement (rejets polluants, épuisement des ressources naturelles…)	
Raison de la défaillance	Les agents ne sont pas incités à être plus vertueux car le marché ne les sanctionne pas → Risque d'une pollution excessive	
Correction de la défaillance	Interdiction ou limitation de ces externalités par des règlementations publiques, l'introduction de normes **Exemple :** *interdiction de la production d'amiante*	• Principe du pollueur-payeur : faire supporter un coût au pollueur pour l'inciter à limiter les atteintes à l'environnement **Exemple :** *fiscalité verte ou écotaxe* • Logique de bonus-malus pour récompenser les agents les plus vertueux **Exemple :** *dans le secteur automobile*

• **La création d'un marché des droits à polluer** a mis en place le **principe du pollueur-payeur** relatif aux émissions de CO_2 à l'échelle mondiale :

– celui qui pollue excessivement doit **racheter des droits à polluer** ;

– celui qui pollue moins que les quotas qui lui sont accordés peut **revendre ses droits à polluer** et ainsi être « récompensé ».

3 Les externalités positives

Exemples	• La R&D : les nouvelles connaissances produites vont pouvoir inspirer d'autres entreprises. • La formation : une main d'œuvre mieux formée par une entreprise entraînera des gains profitables pour d'autres agents.
Raison de la défaillance	Si les agents à l'origine des externalités positives ne sont pas récompensés, cela favorise des comportements opportunistes dits de « **passager clandestin** » : – des entreprises peuvent attendre que d'autres engagent des dépenses en R&D pour les copier ou s'inspirer de leurs innovations ; – des entreprises peuvent débaucher des employés formés ailleurs.
Corrections de la défaillance	• Clauses contractuelles qui protègent l'agent à l'origine de l'externalité. **Exemple :** *clauses de dédit formation* éliminant *le risque de débauchage* • Droit des brevets : protège celui qui innove et constitue ainsi une incitation à la R&D ; • Mécanismes incitatifs de l'État (subventions ou crédits d'impôt) ou en produisant lui-même les activités sources d'externalités positives. **Exemple :** *enseignement et recherche publics*

6 Le rôle des banques et du marché financier

Le système financier regroupe les organismes qui permettent le financement des agents économiques. Les banques en sont un acteur incontournable, mais le marché financier (ou marché des capitaux) est aussi devenu prépondérant en matière de financement.

1 Le rôle du système financier

Le système financier a pour fonction première de **collecter l'épargne des agents à capacité de financement** (ménages, entreprises) afin de **financer les agents à besoin de financement** (ménages, entreprises) pour qu'ils puissent investir, consommer…

2 Finance indirecte et finance directe

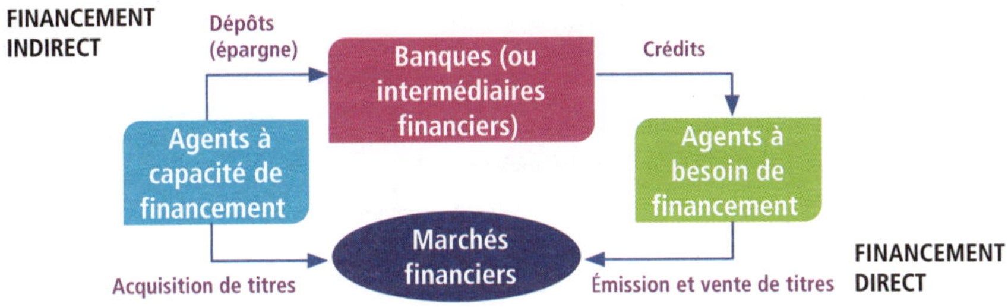

A Le financement indirect

Le **financement indirect** est également appelé **financement intermédié** (banques, intermédiaires financiers). Il reste indispensable pour certains agents qui ont des difficultés à se financer directement sur les marchés financiers (jeunes entreprises, PME).

B Le financement direct

• Il permet la **rencontre directe de l'offre et de la demande de capital sur le marché financier**. Selon les titres ou actifs financiers échangés, on distingue habituellement deux grands marchés :
– **le marché monétaire** utilisé par les entreprises, les États et les banques ; les durées d'emprunt et de prêt sont courtes ;
– **le marché financier** où les agents économiques émettent des actions ou des obligations ; les durées d'emprunt et de prêt sont plus longues.

• Le financement direct est devenu prépondérant au sein des économies développées. Il concerne principalement, pour les entreprises :
– **le marché obligataire** où les entreprises émettent et vendent des obligations en contrepartie d'**un remboursement futur et du paiement d'un intérêt pour le détenteur de l'obligation** (= une sorte d'emprunt morcelé) ;
– **le marché des actions** où les entreprises **augmentent leur capital en vendant des actions**. Les détenteurs d'action disposent alors d'un droit sur les bénéfices (dividendes) et espèrent une plus-value sur l'action.

7 Les principes généraux en matière contractuelle

Le droit défend les principes de l'autonomie de la volonté, du consentement libre, du respect de la parole donnée et de la loyauté entre les personnes.

1 La liberté contractuelle

La liberté contractuelle affirmée par l'article 1102 du Code civil obéit à 3 principes.

Les principes	Les limites légales	Exemples
Liberté de contracter *(s'engager ou ne pas s'engager)*	La loi interdit de conclure certains contrats.	Une société ne peut pas prêter de l'argent à ses dirigeants au risque de réaliser un abus de biens sociaux.
	À l'inverse, certains contrats sont obligatoires	Chaque véhicule doit être assuré.
Libre choix du cocontractant *(choisir avec qui on veut conclure un contrat)*	Le libre choix est pertinent dans les contrats dits *intuitu personae*. Mais le libre choix ne doit pas être une discrimination	Le droit de la consommation interdit le refus de vente à un consommateur sauf motif légitime (rupture de stock...).
Libre détermination du contenu du contrat *(fixer ses propres clauses)*	Le contrat doit respecter l'intérêt général, l'ordre public et les bonnes mœurs.	• La vente de produits illicites (drogue) est interdite. • Les clauses « abusives » créant un déséquilibre significatif entre les parties sont également interdites.

2 La force obligatoire des contrats

L'article 1103 du Code civil consacre le **principe d'irrévocabilité du contrat** : il ne peut être rompu que sous certaines formes ou conditions (par exemple, le respect d'un délai de préavis dans les contrats à durée indéterminée).

3 La bonne foi

- **« Les contrats doivent être négociés, formés et exécutés de bonne foi »** selon l'article 1104 du Code civil.

- **En droit des contrats,** une personne agit de bonne foi lorsqu'elle se comporte de façon loyale vis-à-vis de son partenaire. L'application de ce principe a créé de nombreuses obligations pour les contractants, dont une obligation générale d'information et de conseil, surtout lorsque le contrat est conclu entre un professionnel et un consommateur.

> **Exemple**
> Le droit de la consommation exige que le professionnel fournisse au consommateur toutes les indications relatives au produit vendu et à sa bonne utilisation. Pour un produit alimentaire, le vendeur doit indiquer la date de péremption, le poids net, le prix en euros au kilo, les ingrédients utilisés, les risques d'allergène…

8 La formation du contrat

Lorsque l'offre rencontre une acceptation, le contrat est conclu. En principe, tout formalisme est superflu. Un contrat peut donc être conclu oralement, de manière implicite, c'est le **principe du consensualisme**.

1 L'exception du formalisme dans les contrats

Deux atténuations peuvent être apportées au principe du consensualisme.

- **Le formalisme *ad probationem* :** le contractant a intérêt à se constituer une trace écrite ou électronique afin de disposer d'une preuve en cas de litige.
- **Le formalisme *ad validitatem* :** lorsque le contrat met en jeu des sommes importantes ou une grande responsabilité, la loi impose la rédaction d'un écrit pour le rendre valable.

2 Les conditions de validité de la formation du contrat

A Le consentement ne doit pas être vicié

- **Le consentement des parties** se forme par la **rencontre entre une offre ferme et précise**, éventuellement assortie d'un délai, proposée par une personne appelée l'offrant, et une acceptation. L'acceptant adhère pleinement à l'offre de manière expresse ou tacite. S'il la modifie, il fait une **contre-offre** qui est une invitation à rentrer en pourparlers.
- **La rencontre de l'offre et de l'acceptation fonctionne également avec les personnes morales** *via* leur représentant légal.
- L'article 1130 du Code civil identifie trois vices du consentement :

Erreur	Croyance fausse portant sur un des termes du contrat.	L'erreur porte sur la personne ou sur le bien mais pas sur le prix.
Dol	Fait pour un contractant d'obtenir le consentement de l'autre par des manœuvres ou des mensonges.	La rétention volontaire d'information ou le silence peuvent être considérés comme un dol.
Violence	Lorsqu'une partie s'engage sous une contrainte.	La violence peut être physique ou morale ; elle doit être illégitime pour être sanctionnée.

B Les parties doivent être capables juridiquement

Les parties doivent être des **personnes physiques majeures** ou **mineures émancipées** ou une personne physique représentant légalement une personne morale. Les mineurs et les majeurs **faisant l'objet d'un régime de protection** (tutelle, curatelle, sauvegarde de justice) ne peuvent pas conclure de contrats. Les intérêts des personnes incapables sont protégés par leur représentant légal.

C Le contenu du contrat est licite et certain

Voir p. 226

Le contenu du contrat **doit être déterminé** ou déterminable que ce soit sur le prix ou sur le bien ou la prestation de service à fournir.

Le contrat entaché d'un vice du consentement, d'une partie incapable ou d'un contenu illicite est **nul**. La nullité entraîne l'anéantissement rétroactif du contrat.

9 La négociation des contrats

L'ordonnance du 10 février 2016 réformant le droit des contrats met en avant le rôle de la phase des négociations dans le processus de formation des contrats. Si les négociations n'aboutissent pas, le contrat n'est pas conclu et les intérêts de chacun doivent être préservés. Une période de négociation et des avant-contrats précèdent la signature du contrat définitif.

1 Les phases de la négociation

Avant de s'entendre, les entreprises doivent prendre le temps de se rencontrer, d'établir un terrain d'accord, de fixer les conditions de leurs relations. Cela passe par :

Les pourparlers	Échanges informels d'intentions. Ils n'engagent pas contractuellement.
Les précontrats	Ou avant-contrats. Ils fixent les conditions du déroulement du processus de négociation et les modalités de rupture. Ils engagent les signataires.
Le contrat définitif	L'engagement lie les parties. Le contrat fixe les conditions de la relation contractuelle.

2 Les obligations durant la négociation

- **Les parties doivent satisfaire aux règles de la bonne foi** pendant ces différentes phases, ce qui fait naître une obligation générale d'information : les parties doivent s'échanger les informations déterminantes qui ont un lien direct et nécessaire avec le contenu du contrat ou la qualité des parties.

- **Ce devoir d'information est impératif (« d'ordre public ») ;** les parties ne peuvent ni le limiter ni l'exclure.

- Toutefois, le principal élément de négociation reste le prix du bien ou du service. C'est pourquoi la loi prévoit que ce devoir d'information ne porte pas sur l'estimation de la valeur de la prestation.

3 La protection en cas d'échec des négociations

- **En cas de faute commise** dans les négociations ou de non-respect du devoir d'information, **la partie qui s'estime lésée doit apporter la preuve de son préjudice**. À charge pour la partie adverse de prouver qu'elle n'a pas commis de faute ou qu'elle a bien fourni cette information.

COMPORTEMENTS POUVANT ENTRAÎNER UNE SANCTION

- Abus dans la rupture des pourparlers
- Non-respect d'une clause inscrite dans les avant-contrats
- Absence de remise d'une information déterminante par l'une des parties

- **La loi envisage plusieurs sanctions** selon l'importance du comportement constaté :
  - **le versement de dommages et intérêts** en fonction de la faute commise ;
  - l'**annulation du contrat définitif**, si la faute a généré un vice.

10 Les clauses contractuelles

1 Clause contractuelle et clause abusive

• **Chaque clause contractuelle est rédigée librement** par les parties en fonction de leurs besoins respectifs. Elles ont également pour but d'anticiper d'éventuelles difficultés. Pour chacune, il convient de respecter un équilibre entre les parties.

• **Une clause abusive** a pour effet de créer un déséquilibre significatif. Si elle était identifiée dans un contrat, elle serait réputée non écrite par le juge.

2 Les différentes clauses contractuelles classiques

Clause	Définition	Remarques
Pénale	Les parties s'engagent à verser une somme forfaitaire fixée à l'avance si l'une d'entre elles ne remplit pas ses obligations.	• Le montant peut être modifié par le juge s'il est excessif ou dérisoire. • Une mise en demeure préalable du débiteur est en principe nécessaire. • Elle est interdite dans certains contrats (de consommation, de prêt).
De renégociation	Les parties prévoient la possibilité de redéfinir les termes du contrat : le prix ou les prestations (car avec le temps, l'équilibre économique du contrat peut évoluer).	• Clause fréquente notamment dans les contrats à exécution successive incluant de longs délais d'exécution. • Les clauses dites de révision, de variation de prix ou d'indexation de prix sont très proches.
Résolutoire	Les parties prévoient que le contrat sera résolu de plein droit si survient un événement décrit.	• Elle dispense le créancier de s'adresser à la justice. Il devra adresser à son débiteur une mise en demeure. • Ne s'applique pas si l'inexécution résulte d'un cas de force majeure ou lorsque le créancier la met en œuvre de mauvaise foi.
Limitative de responsabilité	Clause qui aménage la responsabilité des parties. Les clauses les plus usuelles fixent à l'avance le montant maximum de dommages et intérêts en cas d'inexécution, d'exécution défectueuse ou de retard.	• Clause valable sous réserve de respecter l'ordre public et des textes spécifiques. • Elle ne peut pas porter sur les obligations essentielles du contrat **Exemple :** *la SNCF peut décliner sa responsabilité en cas de vol de bagages mais ne peut pas s'exonérer sur le fait que le train doit arriver à l'heure à la destination prévue.*
De réserve de propriété	Elle diffère le transfert de propriété d'un bien jusqu'au paiement complet du prix.	Véritable garantie pour le créancier qui peut venir saisir le bien vendu si le prix n'a pas été intégralement payé.

11 Les finalités de l'entreprise

La finalité d'une entreprise définit les buts principaux que celle-ci cherche à atteindre. La finalité a donc un caractère permanent pour l'entreprise.

1 Définition

• **Au-delà des aspects économiques,** la finalité de l'entreprise recouvre aujourd'hui des aspects de plus en plus larges.

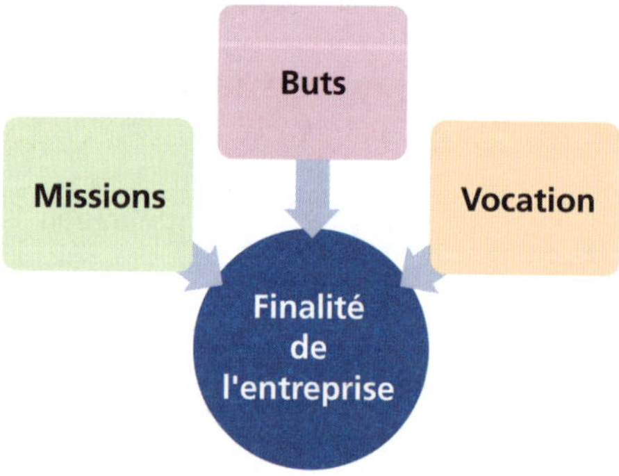

• **Le projet d'entreprise** traduit de manière effective la finalité de l'entreprise. Il permet d'exprimer l'**identité de l'entreprise** et de rassembler ses acteurs autour d'un projet fédérateur et mobilisateur décliné en termes d'objectifs concrets (**qualitatifs** et **quantitatifs**).

2 La responsabilité sociale de l'entreprise (RSE)

• La **responsabilité sociale de l'entreprise** se rapporte au concept de développement durable appliqué aux entreprises.

• À l'opposé d'une vision purement économique, la RSE incorpore les **aspects sociaux** (finalité sociétale), **environnementaux** (finalité environnementale) de l'action d'une entreprise, ainsi que les préoccupations de ses principales **parties prenantes** (clients, fournisseurs…). Elle illustre l'**impact des actions d'une entreprise** au sein de la société dans laquelle elle s'intègre.

Remarque

L'économie sociale et solidaire rassemble les entreprises qui cherchent à concilier solidarité, performances économiques et utilité sociale. En 2017, ces entreprises représentaient 10 % du PIB et près de 13 % des emplois privés en France.

3 Les facteurs qui agissent sur la finalité de l'entreprise

• L'histoire de l'entreprise, ses traditions, ses statuts et sa culture.
• La personnalité du dirigeant, ses valeurs et aspirations personnelles.
• Les attentes des parties prenantes (salariés, actionnaires, associés…) de l'entreprise.
• L'environnement commercial (fidélisation de la clientèle).
• L'environnement concurrentiel (part de marché et intensité de la concurrence).

Remarque

Peter Drucker propose de mettre en avant la gestion de la clientèle et de l'innovation dans la finalité de l'entreprise, ainsi que de mieux valoriser les ressources humaines de l'entreprise (analyse des conditions de travail, formation des salariés…).

12 Les parties prenantes

Dans une entreprise, le pouvoir de décision ne saurait se limiter à la volonté d'un seul individu. La prise de décision s'opère avec les motivations des différentes parties prenantes impliquées dans l'entreprise.

1 Les principales parties prenantes

Typologies de parties prenantes	Composantes
Internes	Propriétaires, dirigeants et managers, salariés
Externes	Ensemble des groupes liés à l'entreprise (actionnaires, clients, fournisseurs, distributeurs, concurrents, médias…)
Primaires	Liées contractuellement à l'entreprise et qui contribuent à son activité quotidienne : actionnaires, clients, salariés et fournisseurs
Secondaires	Ne contribuent pas directement au fonctionnement de l'entreprise : consommateurs, groupes de pression, concurrents, médias…

2 Les modèles de gouvernance

Modèle actionnarial (*shareholder*)	Modèle partenarial (*stakeholder*)
• Privilégie la relation dirigeant/actionnaire • Objectif de maximisation au profit des actionnaires • Dirigeant soumis au contrôle des actionnaires	• Cherche à prendre en compte et à défendre l'intérêt de l'ensemble des parties prenantes • Management qui prend en compte la notion de responsabilité sociétale

3 Les approches théoriques

• **Cyert et March** analysent l'entreprise comme une organisation constituée de groupes d'individus aux aspirations contradictoires : **approche conflictuelle fondée sur les intérêts divergents des parties prenantes**. Le manager cherche à répondre à des objectifs parfois divergents selon un processus de décision privilégiant le meilleur compromis possible entre les parties prenantes, parfois au détriment du choix de la solution la plus optimale pour l'entreprise.

• **Michel Crozier** insiste sur la nécessité pour le manager de **mettre en place des mécanismes prenant en compte les intérêts individuels divergents** au sein d'une entreprise, pour élaborer une dynamique collective positive et favoriser le bon fonctionnement de l'entreprise.

Exemple
On oppose souvent les attentes des actionnaires (recherche d'un dividende/profit maximum) aux aspirations des salariés (attentes d'augmentations salariales).

13 Logique entrepreneuriale et managériale

L'entrepreneur est l'acteur central de l'action collective engagée par l'entreprise. Sa démarche peut relever d'une logique managériale ou entrepreneuriale qu'il faut définir pour comprendre les motivations qui le guident.

1 Définitions

A Le processus entrepreneurial

Le processus entrepreneurial ne se limite pas à identifier une opportunité, sa mise en œuvre et le respect d'un certain nombre d'étapes sont indispensables pour assurer la réalisation du projet et garantir au mieux sa pérennité.

Remarque

Pour **Schumpeter**, l'entrepreneur est un agent économique dont la fonction est d'exécuter de nouvelles combinaisons productives ; c'est avant tout un innovateur qui a le goût de la prise de risque.

- étape 1 : Idée ou opportunité
- étape 2 : Formalisation du projet
- étape 3 : Étude de faisabilité
- étape 4 : Définition des moyens
- étape 5 : Business plan
- étape 6 : Choix de la structure
- étape 7 : Lancement de l'activité
- étape 8 : Choix stratégiques

▲ Les étapes du processus entrepreneurial

Définitions

- **Efficacité :** capacité à obtenir le résultat souhaité ou attendu, d'atteindre l'objectif qui a été fixé.
- **Efficience :** capacité de parvenir à un maximum de résultats avec un minimum de ressources.

Une action peut être efficace, mais pas efficiente si elle utilise des moyens disproportionnés.

B La logique entrepreneuriale

- La logique entrepreneuriale est une logique d'entreprise qui articule **quatre composantes** entre elles :
  - l'opportunité d'affaires ;
  - l'innovation ;
  - la création d'une organisation ;
  - la création de valeur.

- L'entrepreneur est donc tout à la fois un **innovateur**, un **manager** et un **leader**.

C La logique managériale

• La logique managériale est une logique d'entreprise caractérisée par la **recherche de performance** à travers l'**optimisation des ressources** exploitées pour réaliser les objectifs fixés.

• On la retrouve essentiellement dans les entreprises ou le manager n'est pas le propriétaire de l'entreprise. En tant que salarié, le manager se voit fixer des objectifs par les propriétaires de l'entreprise (les actionnaires).

2 Comparaison des deux logiques

	Entrepreneur	Manager
Gestion des risques	L'entrepreneur investit ses capitaux personnels et assume les risques de l'exploitation.	Le manager n'engage pas ses propres ressources. Il assume une responsabilité vis-à-vis du budget qui lui est accordé et des objectifs qu'il doit atteindre.
Recrutement	L'entrepreneur recrute ses collaborateurs.	Le manager partage le pouvoir décisionnaire ou confie le recrutement à un collaborateur.
Définition et mise en œuvre de la stratégie	L'entrepreneur définit la stratégie et les moyens nécessaires à sa réalisation.	Le manager participe à la définition de la stratégie mais doit surtout s'assurer de sa mise en œuvre et de l'utilisation des ressources qui y sont affectées.
Innovation	L'entrepreneur est un créateur, un innovateur en termes de produit, de procédé, de forme d'organisation du travail…	Le manager cherche à créer de la valeur et donc à intégrer l'innovation pour améliorer l'efficacité de l'entreprise et assurer sa pérennité face à la concurrence.

3 La notion d'intrapreneuriat

• Les logiques entrepreneuriale et managériale étant de plus en plus mêlées dans les entreprises, la notion d'**entrepreneur-manager** (intrapreneur) cherche à faire la synthèse des deux approches.

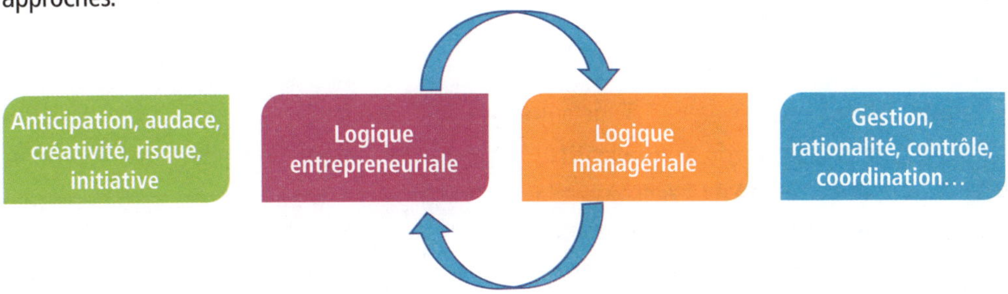

• Cette démarche permet aux entreprises de favoriser la prise de risque et l'innovation des collaborateurs, de dynamiser la gestion des personnels (facteur de motivation) en recherchant à la fois la performance et le développement de l'entreprise.

14 Les indicateurs de performance

Une entreprise est reconnue performante lorsqu'elle réalise les résultats et objectifs fixés compte tenu des moyens mis en œuvre pour y parvenir.

1 La mesure de la performance d'une entreprise

• **La notion de performance** implique une dimension interne à l'entreprise (rentabilité, productivité…) ainsi qu'une dimension externe (implication sociétale de l'entreprise, prise en compte des attentes des clients, des fournisseurs, des actionnaires…).

• **La performance,** souvent associée à des **critères quantitatifs** (résultats financiers), se mesure de plus en plus à partir de **critères qualitatifs** (climat social, degré de satisfaction de la clientèle…).

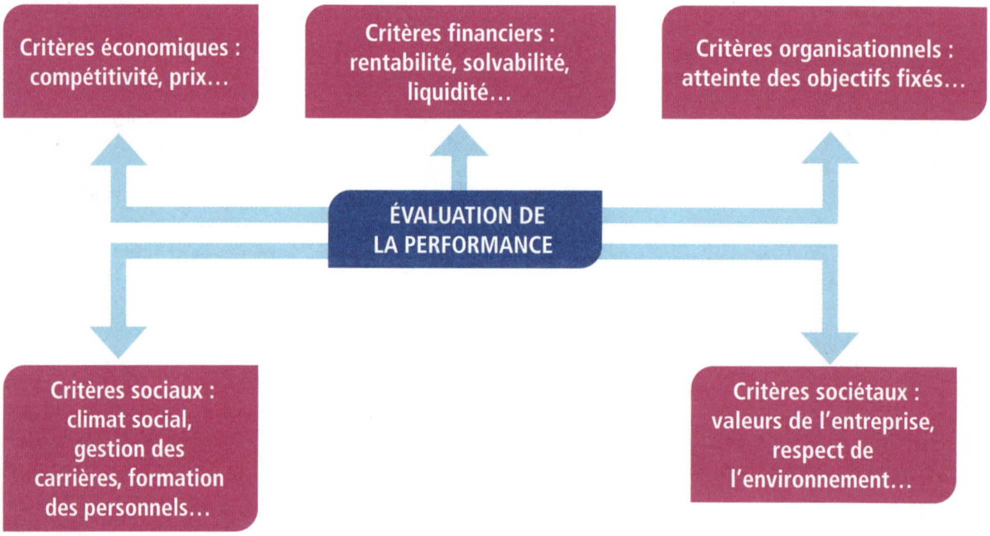

▲ Les différents critères d'évaluation de la performance

• **La mesure de la performance** d'une entreprise doit concilier :

– des éléments **quantitatifs et qualitatifs** : l'atteinte d'un objectif de production doit se faire dans le respect de normes de qualité ;

– des **objectifs à court et à long terme** ;

– la recherche d'une performance globale qui s'appuie sur une **efficacité à chaque étape du processus productif** ;

– la recherche d'une performance collective s'appuyant sur le **développement individuel de chaque membre** de l'entreprise ;

– **favoriser la stabilité** de l'entreprise tout en la rendant apte au changement ;

– **assurer une unité de pilotage** de l'entreprise tout en responsabilisant les acteurs (délégation du pouvoir de décision).

2 Le tableau de bord, un outil au service du manager

• **Le tableau de bord prospectif** permet d'orienter les décisions du manager. Avec cet outil d'évaluation, on passe du management stratégique au management opérationnel en rendant plus lisible la stratégie de l'entreprise. Le tableau de bord permet également d'équilibrer la répartition des critères de performance entre les acteurs.

• **Les principaux critères** utilisés pour concevoir un tableau de bord :

– le chiffre d'affaires ;
– le taux de marge ;
– les délais de paiement client et fournisseur ;
– le nombre de nouveaux clients ;
– le taux d'absentéisme ;
– le *turnover* des salariés ;
– les flux de trésorerie ;
– la rotation des stocks…

Les indicateurs utilisés sont des indicateurs quantitatifs. Ils doivent permettre de mesurer l'efficacité et l'efficience de chaque domaine.

Pour être pertinent, un indicateur doit être adapté, simple, précis, applicable et constant.

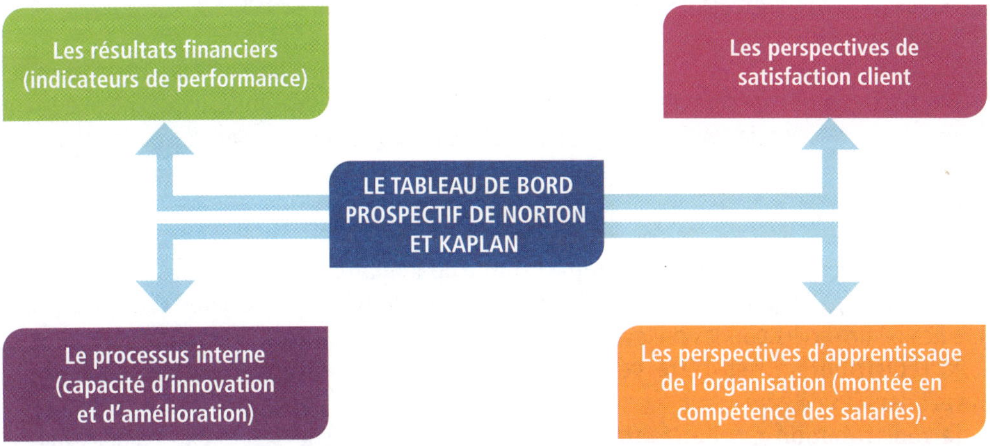

CEJM

15 Le rôle de l'État

Le poids de l'État est très différent d'un pays à l'autre. Néanmoins, quelles que soient les économies de marché, l'État assume **3 grandes fonctions** selon Richard Musgrave : **allocation, redistribution** et **régulation.**

1 La fonction d'allocation

Voir p. 219

• **L'État met en place le cadre juridique et institutionnel** indispensable au bon fonctionnement du marché : **droit de la propriété, des contrats, de la concurrence**…

Exemple
L'absence de droit des contrats pénaliserait sans doute l'activité économique : les travailleurs pourraient craindre de ne pas être rémunérés par l'employeur.

• **Lorsque le marché est défaillant,** l'État met en place les corrections nécessaires (par la fiscalité, par des droits spécifiques tels que les brevets…), voire se substitue au marché et devient lui-même producteur de services non marchands (éducation nationale, défense nationale…).

2 La fonction de redistribution

• L'État intervient pour **corriger une répartition trop inégalitaire** des richesses et des revenus.
• Son action passe par le versement de prestations ou la prise en charge de dépenses (soins médicaux) financées par des prélèvements obligatoires (impôts, taxes, cotisations) :
– **la redistribution peut être verticale :** les prélèvements s'opèrent sur les plus aisés en faveur des plus démunis.
– **la redistribution est horizontale** lorsqu'elle couvre les risques sociaux (maladie, maternité…) indépendamment des revenus.

3 La fonction de régulation (ou stabilisation)

• **La politique de régulation consiste à agir à court terme sur les fluctuations économiques.** Selon Kaldor, la situation économique d'un pays peut être envisagée *via* quatre critères ; la recherche d'équilibre passe par une attention à chacun des critères pour former un « **carré magique** ».

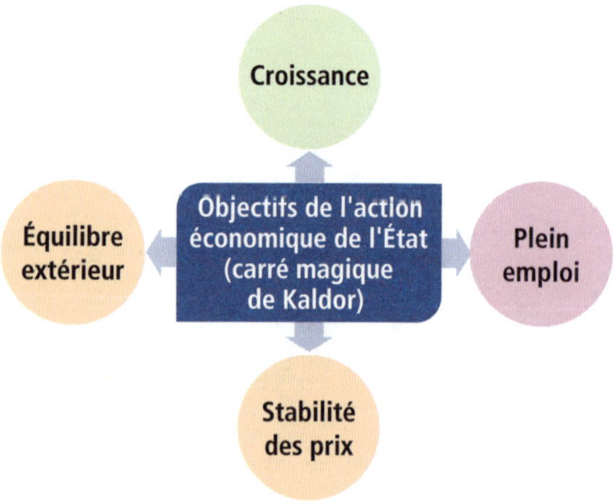

• En matière de politique économique, l'État s'appuie sur deux leviers principaux :
– **la politique budgétaire** : l'État cherche à influer sur l'activité économique *via* ses dépenses et ses mesures fiscales ;
– **la politique monétaire** : l'État (la BCE pour les pays membres de l'UEM) cherche à influer sur l'activité économique *via* ses émissions de monnaie et son action sur les taux d'intérêt.

16 La croissance économique

1 Mesure et portée de la croissance économique

• La croissance économique est mesurée par le **taux de variation du PIB (produit intérieur brut) d'un pays.** Ce dernier peut s'envisager selon 3 perspectives :

Optique production	Le PIB correspond aux richesses produites sur le territoire national. Il est égal à la somme des valeurs ajoutées (VA) produites par les agents. VA = Production – Consommations Intermédiaires
Optique demande	• Le PIB correspond à l'ensemble des éléments constitutifs de la demande globale. PIB = Consommation + Investissement + (Exportations – Importations) • Le PIB reflète les débouchés pour les entreprises : la demande interne (consommation et investissement), la demande externe (exportations). Une partie de ces débouchés est toutefois captée par des entreprises étrangères (importations).
Optique revenu	Le PIB correspond à l'ensemble des revenus versés aux agents économiques résidents. Ainsi le PIB par habitant (PIB / population) est un indicateur de revenu moyen.

• **La croissance est un objectif majeur de politique économique** car elle conditionne l'augmentation du niveau de vie des individus.

• Pour qu'il y ait véritablement croissance économique, il faut que le PIB/habitant s'élève (PIB qui progresse plus rapidement que la population).

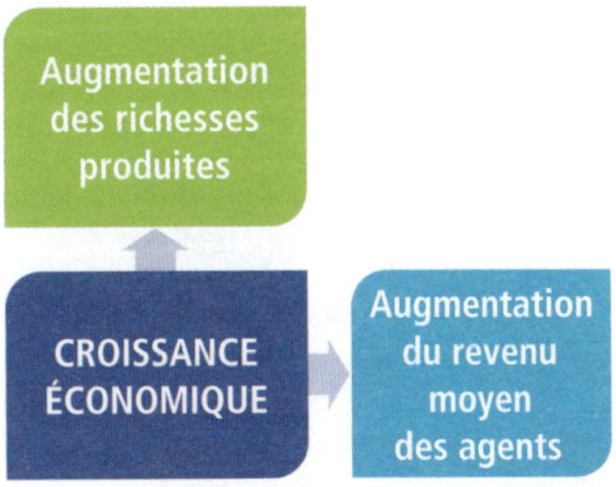

2 Les limites de la croissance

• **La croissance n'est pas toujours synonyme de progrès :**
– le progrès et le bien-être ne peuvent se résumer à des aspects exclusivement monétaires ;
– la croissance peut s'accompagner d'effets indésirables tels que la pollution (externalité négative) ;
– la croissance peut aller de pair avec un creusement des inégalités.

• Les pouvoirs publics s'attachent donc aujourd'hui à des **objectifs plus larges que la simple croissance.** La prise en compte d'un **développement durable** en est un exemple : concilier croissance et répartition équitable des richesses ainsi que préservation de l'environnement.

• **D'autres indicateurs ont été élaborés** afin de « mieux » mesurer la notion de progrès. **L'IDH (indicateur de développement humain)** est un outil de mesure qui ne néglige pas totalement le PIB (prise en compte du revenu national brut par habitant) mais qui intègre également l'espérance de vie et l'accès aux études.

17 L'existence de déséquilibres : inflation, chômage

1 L'inflation et la déflation

A Les effets de l'inflation et de la déflation

• **Une inflation trop forte est nuisible pour l'économie :**
– elle **réduit le pouvoir d'achat** des individus (hausse du coût de la vie) ;
– elle **crée de l'incertitude** sur les recettes et les coûts futurs des entreprises (les coûts d'achat vont-ils progresser plus vite que les prix de vente ?), ce qui peut paralyser l'activité économique.

• **La déflation peut toutefois s'avérer pire qu'une inflation forte** car elle est un symptôme de crise particulièrement grave : la baisse généralisée des prix conduit les entreprises à réduire leurs coûts (notamment salariaux) fragilisant ainsi la demande et les débouchés, ce qui a pour effet d'entretenir la crise (**spirale déflationniste**).

• C'est pourquoi les pouvoirs publics visent une relative **stabilité des prix** (objectif d'une inflation positive de moins de 2 % au sein de l'UEM).

Définitions

• **Inflation :** élévation généralisée et soutenue des prix.
• **Déflation :** baisse généralisée des prix (ou inflation négative).

B Les multiples causes de l'inflation

Inflation par la demande	Une forte demande incite les entreprises à augmenter leurs prix. Une croissance forte peut ainsi s'accompagner d'une dérive inflationniste.
Inflation monétaire	L'inflation est causée par un excès de création monétaire (crédit bancaire notamment).
Inflation par les coûts	La hausse des coûts conduit les entreprises à augmenter leurs prix pour maintenir leurs marges.

2 Le chômage

A Définition

• **Selon le BIT** (Bureau International du Travail), est chômeur toute personne en âge de travailler : sans emploi, disponible dans les 15 jours, à la recherche active d'un emploi.

• **En France,** la mesure habituelle du chômage diffère de celle du BIT et s'appuie sur le **nombre de demandeurs d'emplois en fin de mois** (Pôle emploi).

B Les effets du chômage

Outre la perte de revenu dont souffrent les chômeurs, **le chômage fragilise le potentiel de croissance** d'une économie (facteur travail disponible mais non utilisé) **et les débouchés pour les entreprises**.

C Les multiples causes du chômage

• **Faiblesse de la croissance et de l'activité** des entreprises.
• **Manque de flexibilité du marché du travail** (freine l'embauche des entreprises quand la conjoncture est favorable de peur d'avoir à licencier ultérieurement).
• **Problème de formation** (inadéquation avec les besoins des entreprises)...

18 Les politiques économiques et leurs finalités

1 Les objectifs des politiques économiques

Voir . 236

• L'économiste Nicolas Kaldor a identifié quatre objectifs principaux pour les politiques économiques : la croissance économique, le plein-emploi, la stabilité des prix, l'équilibre extérieur.
• On parle à ce sujet d'un « carré magique » pour signifier qu'il n'est pas possible de poursuivre simultanément ces 4 objectifs. Ainsi par exemple :

Privilégier une croissance forte → **Favorise les créations d'emplois**

MAIS
→ Favorise une demande dynamique qui peut entraîner un dérapage inflationniste
→ Favorise la demande de biens importés et la dégradation de la balance commerciale

• Les pouvoirs publics doivent donc constamment effectuer des arbitrages et privilégier certains objectifs au détriment d'autres selon le contexte et les déséquilibres observés.

2 Les principaux leviers de la politique économique

A La politique budgétaire

La politique budgétaire (et fiscale) consiste à agir sur les dépenses et recettes publiques.
• **Une politique budgétaire expansionniste** (ou de relance) consiste à **augmenter les dépenses publiques et/ou alléger la fiscalité** :
– elle favorise les revenus des agents (embauche de fonctionnaires, baisses d'impôts) ;
– elle favorise les débouchés des entreprises (consommation, investissement) ;
– elle favorise la croissance.
• **À l'inverse, une politique budgétaire visant à rétablir l'équilibre budgétaire** en réduisant les dépenses et/ou en alourdissant la fiscalité sera qualifiée de **politique de rigueur ou d'austérité**.

B La politique monétaire

La politique monétaire consiste principalement à agir sur les taux d'intérêt et la quantité de monnaie dans l'économie (*via* le crédit bancaire).
• **Une politique monétaire restrictive** (ou de rigueur ou d'austérité) consiste principalement à augmenter les taux d'intérêt :
– elle renchérit le coût du crédit bancaire ;
– elle freine la création monétaire et la demande ;
– elle réduit le risque inflationniste.
• **À l'inverse, une politique monétaire visant à faire baisser les taux d'intérêt** sera qualifiée de **politique expansionniste** (ou de relance).

C Les autres leviers

• La politique économique s'appuie aussi sur ce qui relève de la fonction d'allocation de l'État, notamment son pouvoir règlementaire : définir le niveau du SMIC, des cotisations, faire évoluer le droit du travail, élever le niveau de formation des individus…
• La politique économique de l'État peut également être plus ciblée : **politique industrielle, politique de change, politique commerciale**, etc.

19 Politiques conjoncturelles et politiques structurelles

1 Les politiques conjoncturelles

Les politiques conjoncturelles visent à agir sur la demande globale afin de stabiliser la conjoncture économique. Leurs effets se font en principe ressentir à court terme.

	Politique économique mobilisée	Moyens employés	Objectifs privilégiés
Politiques expansionnistes (ou de relance)	Politique budgétaire	Creusement du déficit budgétaire (↗ dépenses, ↘ impôts) pour stimuler la demande	Croissance et emploi
	Politique monétaire	↘ taux d'intérêt pour stimuler le crédit et la demande	
Politiques de rigueur (ou d'austérité)	Politique budgétaire	Résorption du déficit budgétaire pour freiner la demande	Stabilité des prix et équilibre extérieur
	Politique monétaire	↗ taux d'intérêt pour freiner le crédit et la demande	

2 Les politiques structurelles

Les politiques structurelles sont plus particulièrement centrées sur l'offre. Les actions de l'État visent principalement à mettre en place un contexte favorable à l'activité des entreprises et à favoriser les mécanismes d'un marché concurrentiel ; les effets ne se font donc généralement ressentir qu'à moyen terme voire à long terme.

Exemples

– Politiques de formation (élévation du niveau de formation, promotion de la formation continue…).
– politique de dérèglementation du travail (flexibilité horaires, moindres freins aux licenciements…).

3 Limites et difficultés de l'intervention de l'État

- Les politiques conjoncturelles et structurelles peuvent être difficiles à concilier.

Exemple

Politique de baisse des impôts →

Sur le plan conjoncturel
Favorise la demande (consommation, investissement) donc la croissance

MAIS →

Sur le plan structurel
Peut conduire l'État à réaliser des économies nuisibles pour la croissance de long terme (réduction des dépenses de formation, des investissements dans les infrastructures de transport et de communication

Voir p. 236

- L'État fait face à certaines contraintes et difficultés qui réduisent ses marges de manœuvre :

– une légitimité de l'État en matière de régulation économique parfois contestée ;

– des marges de manœuvre réduites sur le plan budgétaire : une fiscalité en France considérée comme lourde, une dette publique élevée ;

– une mondialisation qui créée des interdépendances plus fortes entre les pays.

20 Les limites de l'intervention de l'État dans une économie internationalisée

1 L'ouverture commerciale croissante

• **Le degré d'ouverture des économies** (poids des échanges extérieurs dans le PIB) a fortement progressé depuis la Seconde Guerre mondiale : progrès en matière de transports et de communications, rôle de l'OMC et réduction des barrières à l'échange telles que les droits de douane.

• **Les politiques de relance ont une efficacité moindre :** la stimulation de la demande profite en partie à des produits importés ; elle ne dynamise donc pas l'activité des entreprises locales.

2 La mobilité internationale des capitaux

• La plus grande mobilité des capitaux (mouvements financiers internationaux, délocalisations d'activité) **créée des interdépendances fortes entre les pays** et accentue les problèmes et contraintes suivants :
– **les disparités en matière de coût du travail et de fiscalité** qui affectent la compétitivité et l'attractivité des pays ;
– **la perte d'autonomie** des politiques monétaires et des politiques de change ;
– la nécessaire **prise en compte du problème du financement des dettes souveraines** (émises par un État ou une banque centrale).

3 Les problèmes à appréhender à l'échelle internationale

• Les règlementations et politiques menées à l'échelle nationale ne suffisent plus face à certains phénomènes (évasion fiscale, puissance des multinationales qui tendent à devenir apatrides) et à certains problèmes qui ne peuvent être traités qu'à l'échelle internationale, parmi lesquels :
– **les crises bancaires ou financières d'ampleur mondiale**. La mise en place de règles contraignantes pour les organismes financiers, si elles ne concernent qu'un pays, peut entraîner une fuite des capitaux ;
Voir p. 224
– **certains problèmes environnementaux** tels que les gaz à effet de serre et le réchauffement climatique.

4 Les perspectives

• La mondialisation économique rend donc les économies de plus en plus interdépendantes, ce qui réduit l'autonomie et l'efficacité des politiques économiques nationales.

• Un pays ne peut mener une politique économique propre sans s'interroger au préalable sur son impact en matière de compétitivité, sans envisager de possibles fuites de capitaux qui fragiliseraient le financement de l'activité économique…

Remarque

La réponse à ce problème passe par une coordination plus forte des politiques menées par les États (lors de réunions internationales telles que les G7), voire par l'établissement de règles supranationales.

21 Les principes de la régulation supranationale dans le cadre européen

1 UE et contraintes en matière de politique économique nationale

• La France est membre de l'Union européenne depuis sa création (traité de Rome de 1957 instituant la Communauté économique européenne).

• L'intégration européenne s'est renforcée au fil du temps. Aujourd'hui, l'UE est une Union économique et monétaire (UEM) dont les membres ont dû abandonner une partie de leur souveraineté économique.

Le marché unique	• La politique commerciale et douanière est définie par l'UE (suppression des barrières à l'échange au sein de l'UE, adoption d'un tarif extérieur commun). • Certaines politiques sont du ressort, en partie ou en totalité, de l'UE (concurrence, politique agricole commune…).
La monnaie unique	• L'adoption d'une monnaie unique (pour les pays membres de la zone euro) a eu pour principaux effets : – de confier la politique monétaire à la Banque centrale européenne dont la mission est de contenir l'inflation en dessous de 2 % ; – de priver les pays de la zone de toute politique de change propre ; – de soumettre les pays de la zone à une discipline budgétaire.

2 La monnaie unique

• L'adoption d'une monnaie unique a eu pour effet d'imposer aux pays membres de la zone euro une **discipline budgétaire** qui réduit leurs marges de manœuvre en matière de politique économique.

• Le laxisme budgétaire dont peut faire preuve un pays pourrait avoir des **répercussions négatives sur le taux de change de l'euro ou sur les taux d'intérêt** en vigueur et en ferait supporter le coût à l'ensemble des membres de la zone.

• C'est ainsi que les pays qui ont adopté l'euro :

– doivent en principe **contenir leur déficit public en dessous de 3 % du PIB** sous peine de sanction (et la dette publique ne doit en principe pas excéder 60 % du PIB) ;

– doivent **tendre vers un budget structurel équilibré** avec un déficit maximal de 0,5 % du PIB (hors aléas conjoncturels tels qu'une crise qui détériore le solde budgétaire) ;

– ne sont **pas autorisés à racheter la dette publique d'un autre pays** membre.

• Il convient de noter que **l'UE a su faire preuve de pragmatisme** à plusieurs reprises :

– la majorité des pays européens ont vu leurs déficits déraper à l'occasion de la crise de 2008 sans pour autant faire l'objet de sanctions ;

– pour soutenir la croissance européenne et écarter le risque d'une déflation, la BCE a racheté de la dette publique au milieu des années 2010.

22 Le rôle du droit dans la régulation économique

1 Les caractères de la règle de droit

- La règle de droit peut :

Obliger à faire	**Imposer**	Une entreprise cotée en bourse doit publier ses comptes annuels.
Obliger à ne pas faire	**Interdire**	Une entreprise ne doit pas pratiquer une entente avec une autre entreprise.
Ne pas obliger	**Permettre**	L'entrepreneur dispose d'un choix varié de formes juridiques pour démarrer son activité.

- Le législateur et les institutions de l'État au sens large jouent donc un rôle fondamental comme représentants et expression des volontés des citoyens pour régir les rapports sociaux.

- Les juges complètent par leur jurisprudence les insuffisances de la loi ou les vides juridiques à travers les décisions de justice rendues.

2 L'ordre public et le respect des libertés individuelles

- Le droit est donc une source de régulation de la vie des humains en général et des entreprises en particulier dans le monde économique.

- **L'autonomie de la volonté**, **la liberté contractuelle** et **la liberté du commerce et de l'industrie** ne sont garanties qu'à condition qu'elles respectent un intérêt général impérieux appelé **ordre public**. La cohésion de l'ensemble prime sur les prérogatives individuelles.

> **Exemple : article 1102 du Code civil**
> « Chacun est libre de contracter […] **dans les limites fixées par la loi**.
> **La liberté contractuelle ne permet pas de déroger aux règles qui intéressent l'ordre public**. »

- La notion d'ordre public fait référence à des **règles impératives** auxquelles on ne peut pas déroger, par opposition aux **règles supplétives** où l'individu peut proposer des aménagements selon son bon vouloir.

3 Ordre public de direction et ordre public de protection

Généralement le législateur régule l'activité économique selon :

– **l'ordre public de direction :** l'ensemble des règles qui ont pour vocation de fixer les limites entre ce qui est interdit et ce qui est autorisé ;

> **Exemple**
> L'interdiction de la mise sur le marché des organes humains pour de l'argent.

– **l'ordre public de protection :** l'ensemble des règles impératives qui ont pour vocation de protéger les parties faibles.

> **Exemple**
> Le montant du SMIC protège les salariés face à leur employeur.

23 Le droit de la concurrence

La liberté du commerce et de l'industrie a été proclamée en 1791. **Le droit de la concurrence** a pour objectif majeur de protéger le marché, d'une part en favorisant la concurrence, d'autre part en la protégeant. Ainsi, certains comportements sont considérés comme étant anticoncurrentiels, donc interdits, et d'autres sont règlementés.

1 L'interdiction des pratiques anticoncurrentielles

Pratique anticoncurrentielle	Article	Principe
L'entente	• Article L. 420-1 du Code du commerce • Article 101 du Traité sur le fonctionnement de l'UE	Toute forme d'accord entre entreprises qui cherche à limiter l'accès au marché, faire obstacle à la libre fixation des prix, limiter les débouchés ou répartir les marchés est interdit.
L'abus de position dominante	• Article L. 420-2 du Code de commerce • Article 102 du Traité sur le fonctionnement de l'UE	Une entreprise a le droit d'exploiter une position dominante mais pas d'en abuser. **Exemple :** imposer des conditions discriminatoires en menaçant de rompre les relations.

• **À titre exceptionnel,** les ententes et les abus de position dominante sont autorisés lorsqu'un texte règlementaire ou législatif le prévoit explicitement, ou lorsque l'entente peut assurer un progrès économique, la création d'emploi ou le partage équitable du profit qui en résulte, notamment pour le consommateur.

• **Les pratiques anticoncurrentielles sont sanctionnées** par l'autorité de la concurrence en droit français et par la Commission européenne sur le marché européen. Les sanctions sont pénales : des amendes financières et/ou la cessation du comportement illicite.

2 Le contrôle des concentrations

Les entreprises ont naturellement vocation à lutter contre leurs concurrents, à acquérir des parts de marché et à tendre vers une situation de monopole. Le but de la régulation est de contrôler les opérations de concentration afin que le niveau de concurrence soit maintenu.

A Définition des opérations de concentration

Les articles L. 430-1 et suivants du Code de commerce précisent les opérations visées. **La concentration suppose :**
– soit une **opération de fusion** entre entreprises ;
– soit une **prise de contrôle** d'une ou plusieurs entreprises par prise de participation.

B La procédure de contrôle

• L'autorité de la concurrence intervient lorsque l'opération de concentration dépasse certains seuils financiers (chiffre d'affaires du nouvel ensemble, par exemple) définis par une ordonnance du 29 mars 2011.

• La Commission européenne procède au même type de contrôle selon les seuils fixés par le règlement communautaire du 20 janvier 2004.

3 La concurrence déloyale

COMPRENDRE EN VIDÉO — *Voir vidéo : Qualifier des faits juridiques*

A Les conditions de l'action en concurrence déloyale

Une victime de concurrence déloyale **peut agir en justice par une action en concurrence déloyale pour obtenir réparation.** Cette action se fonde sur la responsabilité civile extracontractuelle (articles 1240 et 1241 du Code civil). Pour être efficace, le demandeur doit apporter la preuve de trois conditions :

Définition

Concurrence déloyale : ensemble des procédés concurrentiels contraires à la loi ou aux usages, constitutifs d'une faute intentionnelle ou non et de nature à causer un préjudice aux concurrents.

La faute du professionnel ← **Le lien de causalité entre les deux** → **Le préjudice de la victime**

Direct et certain

4 formes possibles :
– le dénigrement
– l'imitation ou la recherche de confusion
– la désorganisation de l'entreprise
– la désorganisation du marché

5 types de dommage :
– la dépréciation d'un élément attractif de la clientèle (comme une marque)
– la diminution d'un avantage concurrentiel
– le détournement de clientèle
– la gêne dans les initiatives commerciales
– l'atteinte à l'image de marque

B Les sanctions de la concurrence déloyale

• **Le versement de dommages et intérêts** pour indemniser la victime du préjudice subi peut être **financier**, **matériel** ou **moral** (atteinte à l'image de l'entreprise).

• **La cessation du comportement déloyal.**

• **La publication du jugement.**

Remarque

L'action pour actes déloyaux se prescrit en 5 ans à partir du moment où le dommage a été réalisé, ou au moment où le dommage a été constaté par la victime ou lors de la cessation des agissements déloyaux.

4 Le rôle des AAI

• **Sur un marché, le droit est mis en œuvre par des autorités de régulation :** les autorités administratives indépendantes (AAI).

• **L'Autorité de la concurrence est un exemple d'AAI.** Elle peut :
– **sanctionner** les pratiques anticoncurrentielles par des amendes ;
– **autoriser ou interdire** les opérations de concentration des entreprises ;
– **formuler des avis** et des recommandations.

Exemple

Autres exemples d'AAI :
– la Commission nationale de l'informatique et des libertés (CNIL) ;
– l'Autorité de régulation des jeux en ligne (ARJEL) ;
– la Commission de régulation de l'énergie (CRE).

24 Le droit de la propriété industrielle : brevet et marque

Dans un monde concurrentiel, l'État cherche à encourager l'innovation des entreprises et leur différenciation face aux concurrents.
À cette fin, il accorde un monopole d'exploitation temporaire et une protection contre les reproductions sans autorisation aux entreprises qui se démarquent par une innovation ou par un signe distinctif.
Grâce au droit de la propriété industrielle, l'État concilie régulation du jeu de la concurrence économique et incitation au progrès technique.

1 Les brevets

(art. L611-1 et suivants du Code de la propriété intellectuelle)

A Définition

Le brevet est un **titre juridique délivré par un organisme public** (Institut national de la propriété industrielle en France, INPI) qui confère à son titulaire un **monopole temporaire d'exploitation de l'invention** (20 ans). En contrepartie, le titulaire du brevet doit divulguer le contenu de son invention et payer une redevance annuelle à l'INPI.

B Conditions de brevetabilité

• **Pour être brevetable,** une invention doit remplir quatre conditions :
– **avoir un caractère industriel :** être utilisable dans l'industrie ou l'agriculture ;
– **être nouvelle :** produits ou procédés nouveaux, combinaisons nouvelles de procédés déjà connus ; ne pas avoir déjà fait l'objet d'une demande de brevet ; ne pas avoir été divulguée ;
– **impliquer une activité inventive :** il en est ainsi lorsque, pour un homme du métier, l'invention ne découle pas d'une manière évidente de l'état de la technique ;
– **être licite** : ne pas être contraire à l'ordre public et aux bonnes mœurs.

Exemple
Ne sont pas brevetables les procédés de clonage des êtres humains, les obtentions végétales et les races animales.

• **Par principe, le propriétaire du brevet est le déposant.** Toutefois, une entreprise est propriétaire du brevet dès lors que l'invention a été mise au jour par un salarié travaillant pour le compte de l'entreprise.

2 Les marques

(art. L711-1 et suivants du Code de la propriété intellectuelle)

A Définition

• La marque est un **signe susceptible de représentation graphique servant à distinguer les produits ou services d'une personne physique ou morale**. Elle joue un rôle actif dans la pérennité de l'entreprise, permettant notamment d'attirer et de retenir la clientèle.

• Une fois déposée, la marque est protégée pendant 10 ans renouvelables indéfiniment.

B Conditions de protection de la marque

Pour être valablement déposée, la marque doit remplir 4 conditions :

Condition : la marque doit…	Explication	Exemple
être originale et distinctive	Elle ne doit pas être la désignation générique ou usuelle du produit ou la forme imposée par la nature.	La marque « Orange » ne peut pas être utilisée pour désigner le fruit orange, mais elle peut l'être pour la téléphonie.
ne pas être déceptive	Elle ne doit pas tromper le public sur le produit ou le service.	« Évian Fruité » pour un produit qui ne comprend pas d'Évian.
être nouvelle	Elle ne doit pas porter atteinte à des droits antérieurs : une autre marque déjà enregistrée, une marque notoire, même non déposée s'il y a risque de confusion…	« Car2go » a été interdite car son nom était trop proche de la marque « Car'Go » qui propose des services de location de voiture.
être licite	Certains signes sont réservés ou prohibés.	La Croix rouge est réservée à l'aide humanitaire et internationale.

3 La protection de la propriété industrielle

A Les formalités de protection

• **Pour bénéficier de la protection liée au brevet ou à la marque,** les entreprises doivent réaliser un dépôt à l'Institut national de la propriété industrielle (INPI) en France. La protection est également accordée au niveau européen par le dépôt d'un brevet européen ou d'une marque communautaire.

• **Une procédure, dite d'extension,** permet de protéger également le brevet ou la marque dans les pays membres de l'OMC ou signataires de la convention de l'Union de Paris.

B L'action en contrefaçon

• **Le brevet comme la marque représente pour la plupart des entreprises une grande valeur patrimoniale,** c'est pourquoi il est nécessaire de le protéger. **Dès lors que le brevet ou la marque sont déposés, ils confèrent un monopole d'exploitation** que le propriétaire peut utiliser à sa guise comme un **droit de propriété**. Il peut le conserver pour lui, octroyer des licences d'exploitation ou encore le céder.

• **Si quelqu'un porte atteinte à ce monopole d'exploitation** sans avoir eu l'autorisation du propriétaire du titre juridique, ce dernier peut agir en contrefaçon. La contrefaçon est un **délit pénal**.

• **Si la contrefaçon n'est pas une reproduction identique** de l'invention ou de la marque, l'entreprise titulaire du titre peut agir en concurrence déloyale contre l'entreprise malveillante.

Remarque

• 9 Français sur 10 pensent que l'on peut acheter un produit contrefait sans s'en rendre compte.
• En 2020, la douane française a saisi 5,64 millions d'articles contrefaits.

• Selon l'Office de l'Union européenne pour la propriété intellectuelle, 435 000 emplois seraient perdus à cause de la contrefaçon en Europe et 15 milliards d'euros de recettes fiscales en moins pour les États.

25 Les caractéristiques de l'environnement

1 Les sources de l'avantage concurrentiel

• Une entreprise s'intéresse en premier lieu aux **forces et faiblesses** dont elle dispose vis-à-vis de ses principaux concurrents sur le marché.
• Pour définir ses sources d'avantage concurrentiel, une entreprise doit mener un **diagnostic global de son environnement**.
• Selon Michael Porter, les **5 forces de la concurrence** sont :
– **l'existence de produits de substitution** qui exerce une pression indirecte sur le marché de l'entreprise ;
– **le pouvoir de négociation des fournisseurs** qui mesure le degré de dépendance d'une entreprise par rapport à ses fournisseurs ;
– **le pouvoir de négociation des clients** qui mesure les conditions d'achat qui peuvent être négociées par les clients ;
– **l'intensité de la concurrence sur le marché** (taille et nombre des entreprises concurrentes) ;
– **le rôle ou l'influence de l'État** qui freine l'insertion de nouveaux concurrents potentiels.

Définition

Avantage concurrentiel : offres proposées par une entreprise qui la différencie de ses concurrents et lui procure un avantage sur eux ; c'est un facteur clé de succès, un atout stratégique.

Exemple

Pour relancer les ventes de l'ex-Cserie de Bombardier rebaptisé A220, Airbus veut renégocier les contrats de sous-traitants et réduire les coûts de 20 %, en échange d'une hausse des volumes afin de rester compétitif vis-à-vis de son concurrent Boeing.

2 Le modèle Pestel

• **Le modèle PESTEL** propose une **analyse plus globale de l'environnement** que celle de Porter.
• **Le diagnostic stratégique** fait donc apparaître les forces et faiblesses de chaque entreprise vis-à-vis des différentes composantes de son environnement et lui permet ainsi d'adapter sa stratégie pour réagir.

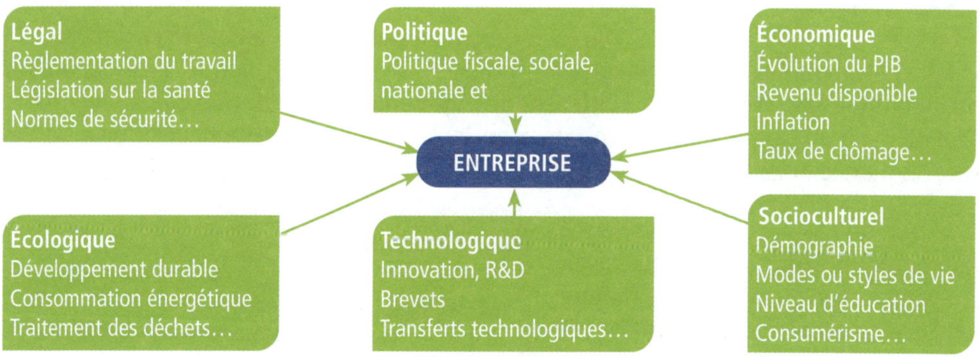

Exemple

Les confiseurs ont signé en juin 2018 une charte de déontologie et d'engagement pour rendre les bonbons plus transparents. Fini donc l'ajout du colorant E171, cancérogène, et place à un étiquetage plus clair pour les consommateurs. Par ailleurs, les fabricants de sucreries prévoient d'innover en créant des produits allégés en sucre, voire sans sucre.

26 Le rôle de l'innovation

L'innovation regroupe l'ensemble des démarches scientifiques, technologiques, organisationnelles, financières et commerciales qui aboutissent à la réalisation de produits, procédés ou processus nouveaux ou améliorés.

1 L'innovation

L'innovation distingue notamment :
– **la création de produits nouveaux** qui répondent mieux aux besoins des consommateurs ;
– **la satisfaction d'un besoin nouveau** ;
– **l'amélioration de la qualité** d'un produit ;
– **la conquête de nouveaux débouchés** ;
– **la mise au point d'une nouvelle méthode de production**.

Exemples
La PME Le Slip français réinvente la fabrication textile en France et se lance sur le Web puis en magasin ; les grands constructeurs automobiles se lancent dans la production de véhicules électriques pour remplacer les véhicules diesel et à essence ; Dyson abandonne l'aspirateur avec fil suite à ses innovations technologiques…

2 Le patrimoine technologique

• **Le patrimoine technologique** regroupe l'ensemble des technologies possédées par une entreprise, qu'elles soient émergentes (technique en phase de développement), **clés** (déterminantes dans l'avantage concurrentiel de l'entreprise) ou **de base** (nécessaires mais non discriminantes par rapport à la concurrence).
• **La connaissance du patrimoine technologique** de l'entreprise est un élément déterminant de la politique d'innovation qui pourra être décidée par le manager.

3 Le développement du patrimoine technologique

Pour accroître son patrimoine technologique, l'entreprise dispose de nombreux outils :
• **la recherche et le développement :** l'ensemble des travaux de création entrepris de façon systématique en vue d'accroître la somme des connaissances et son utilisation pour de nouvelles applications ;
• **la veille technologique :** l'ensemble des techniques licites qui organisent de façon systématique la collecte d'informations technologiques, l'analyse, la diffusion et l'exploitation de ces informations utiles à la croissance et au développement de l'entreprise ;
• **la démarche qualité :** mode de management qui consiste à rechercher l'amélioration continue et progressive des pratiques existantes.

Remarque
• Les dépenses de recherche et développement représentent un peu plus de 2 % du PIB en France ; en 2017, les entreprises françaises ont déposé 16 250 brevets à l'INPI, 90 500 marques et 6 000 dessins et modèles.
• Prépondérance des secteurs industriels parmi les principales entreprises innovantes : Valeo, PSA, Safran, Renault, Airbus, Michelin, L'Oréal, Thales.

27 Les facteurs de production

Afin d'assurer la production de biens ou de services, **l'entreprise s'appuie sur des facteurs de production** qui correspondent aux moyens humains, matériels et immatériels qu'elle utilise.

1 Le choix d'un mode de production

Voir p. 220

La majorité des entreprises opère dans un but lucratif : elles cherchent à adopter un **mode de production** tel que la valeur de la production excède les coûts engendrés par l'utilisation de facteurs.

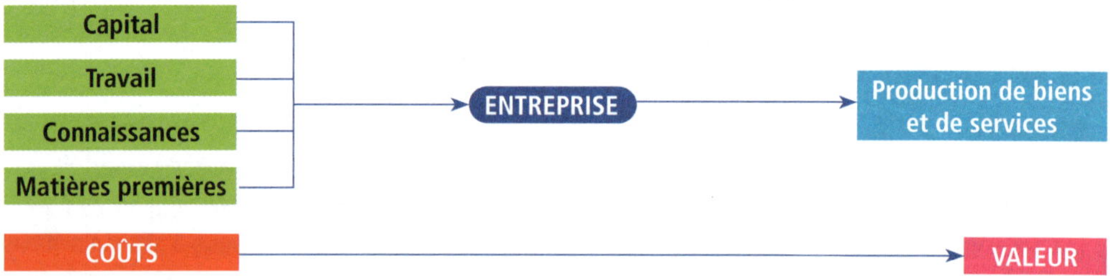

2 Les principaux facteurs de production

Les entreprises combinent plusieurs facteurs de production pour fabriquer des biens ou proposer des services.

• **Le facteur capital** peut être envisagé de deux façons :
– **les moyens financiers nécessaires au développement de l'activité.** Sur le plan comptable, le capital s'apparente à un **passif**, par exemple, le capital social ;
– **les moyens matériels (et immatériels) permettant la production.** Sur le plan comptable, le capital s'apparente à des **immobilisations** (actif), par exemple, les équipements et les machines.

• **Le facteur travail** regroupe **l'ensemble des moyens humains nécessaires à la production**, qu'ils soient permanents (CDI) ou temporaires (CDD, intérim).

• **Les connaissances** prennent une part de plus en plus importante dans le processus de production, car elles sont **source de différenciation, d'innovation et de progrès technique**. Elles résultent par exemple d'activités de R&D, de la formation des salariés.
Elles s'apparentent à un **capital immatériel** lorsqu'elles prennent la forme de **brevets**, de **logiciels.** Sur le plan comptable, on parle d'**immobilisations incorporelles**.

• **Les matières premières.** Contrairement au capital, elles sont détruites lors du processus de production et généralement incorporées aux biens et aux services réalisés.

28 Les gains de productivité et coûts de production

La productivité est une mesure de la contribution d'un ou plusieurs facteurs à la production : **production ÷ quantité de facteurs.**

1 Productivité et gains de productivité

• Les gains de productivité correspondent à un **accroissement de la productivité** :
– l'entreprise produit autant avec moins de facteurs ;
– l'entreprise produit plus en volume ou créée plus de valeur avec une même quantité de facteurs.

• Les gains de productivité sont le **fruit du progrès technique** qui peut provenir :
– d'une élévation des qualifications des travailleurs ;
– d'investissement dans des équipements plus performants ;
– d'une meilleure organisation de la production.

Exemple
Production ÷ temps de travail = productivité horaire.

2 Coûts de production

Facteurs de production	Éléments de coût
Capital (financier)	• Le coût du capital est surtout reflété par le taux d'intérêt. • Le taux d'intérêt représente le coût d'un financement lorsqu'il s'agit d'emprunt.
Travail	• Tensions sur le marché du travail (faible/forte demande pour un métier, pénurie de main d'œuvre…) • Aspects fiscaux et sociaux (cotisations) • Formations à mettre en place pour les nouveaux embauchés…
Connaissances	• Coûts des activités de R&D, coût de formation des salariés • Achats ou licences d'exploitation de brevets…
Matières premières	• Cours des matières premières • Éventuels coûts induits (externalités négatives → paiement d'écotaxes)

3 Choix d'une combinaison productive

• La part des différents facteurs utilisés dans le processus de production est le **fruit d'un arbitrage entre le coût des facteurs et leur productivité**. Ainsi, une entreprise peut choisir d'automatiser plus fortement sa production (renforcer la part du capital au détriment du facteur travail) lorsque plusieurs phénomènes le favorisent, par exemple :

- Les taux d'intérêt baissent → **baisse du coût du capital**
- L'automatisation améliore la qualité de la production et créée de la valeur aux yeux des consommateurs → **gain de productivité (capital)**
- Les taux de cotisation augmentent → **hausse du coût du travail**

→ **Choix d'une nouvelle combinaison productive :** plus de facteur capital, moins de facteur travail (ou substitution du capital au travail)

• Au-delà des seules considérations économiques, **la combinaison productive choisie par l'entreprise peut tenir compte d'objectifs de développement durable**, par exemple : privilégier des produits ou procédés plus économes en matières premières, envisager un possible recyclage en fin de vie du produit…

29 La chaîne de valeur

1 Présentation de la chaîne de valeur

• **La chaîne de valeur de Porter** a pour objectifs de **recenser les activités de l'entreprise** et de **mesurer en quoi elles sont créatrices de valeur pour les clients** (et donc de marge pour l'entreprise).

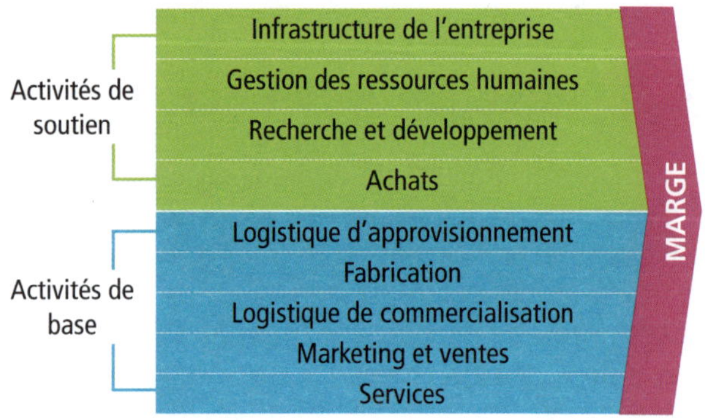

▲ La chaîne de valeur de Porter

• **Porter distingue :**
– **les activités de base** (fabrication, vente…) qui participent directement à la création et à la vente du produit de l'entreprise ;
– **et les activités de soutien ou de support** (gestion de l'infrastructure de l'entreprise, R&D, GRH…) qui rendent possibles les activités de base et en assurent la coordination, le bon fonctionnement.

• **La valeur que l'entreprise parvient à générer provient des activités elles-mêmes,** mais elle peut être le fruit de complémentarité entre activités.

Exemple
L'un des atouts d'Amazon est d'avoir su mettre à profit son activité de R&D (activité de soutien) pour robotiser et améliorer son activité de logistique en matière de gestion des stocks (activité de base).

2 Les enseignements à tirer de la chaîne de valeur

Activités fortement créatrices de valeur	• Les **développer pour construire un avantage concurrentiel** • Doivent rester dans le **cœur de métier de l'entreprise** • Logique d'optimisation pour l'entreprise : **maximiser création de valeur / coût** (ne pas chercher à faire des économies qui feraient diminuer plus fortement encore la valeur créée)
Activités faiblement créatrices de valeur	• Activités avant tout **génératrices de coûts** • Logique d'optimisation : **minimiser les coûts** • Peuvent faire l'objet d'une **externalisation**

Exemple
La société Nike a su bâtir son expansion en s'appuyant sur son image de marque :
– les **dépenses marketing et publicitaires** (en faisant appel à des sportifs reconnus) et la **conception des nouveaux modèles** valorisent cette image de marque et sont ainsi fortement créatrices de valeur ; elles restent le **cœur de métier** de la société ;
– en réalité, la fabrication des produits **crée peu de valeur**. Nike fait appel à des **sous-traitants**.

30 Les principes et finalités de l'impartition

La stratégie d'impartition consiste à faire réaliser ou produire des biens et services par d'autres entreprises.

1 Les techniques d'impartition

L'impartition **va de pair avec la domination ou le contrôle d'une entreprise sur une autre.** Les principales techniques d'impartition sont :

La concession	• Modalité très présente dans la distribution automobile. • Une entreprise (le concédant) s'engage à approvisionner en produits de sa marque une autre entreprise (le concessionnaire). • Le concessionnaire doit respecter des contraintes (éventuels quotas, politique commerciale de vente du concédant…).
La franchise	• Modalité présente dans divers secteurs, notamment la restauration rapide (Subway, McDonald's), l'entretien automobile (Feu vert, Point S)… • Une entreprise (le franchiseur) met à la disposition d'une autre entreprise (le franchisé) sa gamme de produits ou de services et une assistance commerciale ou technique. Le franchisé s'acquitte du paiement d'une redevance. • Permet une croissance rapide, sans moyens importants pour le franchiseur (il achète lui-même son point de vente).
La sous-traitance	Une entreprise (donneuse d'ordre) confie à une autre entreprise (le sous-traitant) des travaux à exécuter.

2 Les finalités de l'impartition

• Le recours à l'impartition est envisageable :
– **lorsqu'il y a un gain à recourir à une autre entreprise** car elle propose des prestations moins coûteuses et/ou de meilleure qualité qu'une prestation réalisée soi-même ;
– **les coûts de transaction** (liés à la coopération à mettre en place avec l'entreprise partenaire) **ne l'emportent pas sur les gains attendus.** L'entreprise peut ainsi se concentrer sur les activités créatrices de valeur.

Remarque
La question du recours à l'impartition est une réponse à la question : Faire ou faire faire ?

• **Mais l'impartition ne doit pas concerner les activités fortement créatrices de valeur,** source d'avantage concurrentiel.

• **L'impartition entraîne un risque de perte de savoir-faire et de compétences** qui peut causer une dépendance du donneur d'ordre envers le sous-traitant ; l'activité sous-traitée devient alors essentielle en termes de création de valeur pour le produit ou service d'ensemble.

CEJM

31 Le choix de la structure juridique pour l'entreprise

L'entreprise rassemble des moyens humains, matériels et financiers afin de fonctionner. Le choix de la structure juridique de l'entreprise dépend logiquement des moyens dont elle veut se doter. Plusieurs formes juridiques existent.

1 Les facteurs de choix d'une structure juridique

La structure juridique est le cadre légal de l'activité de l'entrepreneur. Choisir une structure juridique s'effectue à partir de différents critères qui peuvent être invoqués à la création de l'entreprise et au cours de son évolution.

A Entreprendre seul ou à plusieurs

- Le premier choix à effectuer pour créer son entreprise est de se demander si l'on souhaite lancer son activité seul ou à plusieurs. Le choix s'effectue selon quelques critères décisifs :

Critère clé	Entrepreneur individuel	Société commerciale
Nombre d'entrepreneurs	Une personne physique	Plusieurs personnes physiques ou morales appelées associés
Autonomie	Le chef d'entreprise décide seul. Il a tous les pouvoirs.	Les décisions sont prises au moins à la majorité des associés.
Formalisme	En quelques minutes une personne physique peut créer sa microentreprise.	L'existence de la personne morale suppose la signature des statuts et l'immatriculation de la société au RCS.
Le régime fiscal applicable aux bénéfices de l'activité	Impôt sur le revenu dans la rubrique « bénéfices industriels et commerciaux » (BIC)	Impôt sur les sociétés des bénéfices réalisés
La transmission de l'entreprise	Le chef d'entreprise doit transmettre l'ensemble des biens constituant son activité.	Les associés doivent simplement transmettre leurs parts sociales. Le transfert est facilité.

- Le choix de la forme juridique peut de nouveau se poser au cours de la vie de l'entreprise.

Exemple
Pour augmenter sa capacité financière, il est fréquent qu'une entreprise individuelle adopte la forme d'une société commerciale telle qu'une société à responsabilité limitée (SARL) ou une société par actions simplifiée (SAS).

B Protéger son patrimoine

Critère clé	Entrepreneur individuel	Société commerciale
Capacité financière de développement	Selon le patrimoine de l'entrepreneur	Possibilité de faire appel à des capitaux extérieurs et de créer des alliances avec d'autres structures
Étendue de la responsabilité	En principe, à l'ensemble du patrimoine de l'entrepreneur	Au montant des apports des associés, dans les SARL

• En matière d'entreprise individuelle, **le législateur a instauré plusieurs dispositifs afin de protéger le patrimoine de l'entrepreneur contre les risques de saisie par les créanciers** :
– depuis le 1er janvier 2011, **une personne physique peut opter pour le régime de l'EIRL** ; il permet de compartimenter son patrimoine et d'affecter une partie seulement de ses biens à une activité professionnelle ; alors, les biens en dehors de cette affectation ne sont pas saisissables ;
– depuis la loi du 6 août 2015, **la résidence principale de l'entrepreneur est insaisissable de plein droit** (auparavant il devait effectuer une déclaration d'insaisissabilité).

C Choisir son régime matrimonial

• Le régime matrimonial de l'entrepreneur marié ou pacsé peut avoir un impact sur les biens saisissables en cas de déconfiture de l'activité. Trois régimes coexistent :

Régime	Principe	Conséquence
La communauté légale	• **Régime par défaut du Code civil :** les biens acquis à titre onéreux pendant le mariage sont communs aux deux époux. • Seuls les biens acquis avant le mariage demeurent propres à chaque époux.	• L'époux non commerçant est engagé par l'activité commerciale de l'époux commerçant. • Tous les deux répondent des dettes professionnelles nées après le mariage.
La communauté universelle	**Régime conventionnel issu d'un contrat de mariage** : l'ensemble des biens, même ceux acquis avant le mariage, appartient à l'un et à l'autre des époux.	• Intéressant en cas de décès d'un des époux. Le conjoint survivant récupère tous les biens. • Régime incompatible avec les risques de la vie des affaires : aucun bien ne peut échapper aux poursuites des créanciers !
La séparation des biens	**Régime conventionnel issu d'un contrat de mariage** : ce qui est acquis par un conjoint, avant ou après le mariage, lui appartient exclusivement.	Si l'un des époux est commerçant, l'autre ne peut pas voir ses biens engloutis dans la déconfiture de l'exploitation.

• Lorsqu'un conjoint se lance dans une entreprise individuelle, **le régime matrimonial recommandé est la séparation des biens**. Le choix est plus libre si l'entreprise créée est une société.

2 L'entreprise individuelle et les structures sociétaires

Le choix de l'une ou l'autre forme juridique confère des régimes fiscaux et sociaux différents que le créateur d'entreprise doit prendre en compte.

Critère clé	Entrepreneur individuel	Société commerciale
Le régime fiscal applicable aux bénéfices de l'activité	Impôt sur le revenu dans la rubrique « bénéfices industriels et commerciaux » (BIC)	• EURL : impôt sur le revenu ou impôt sur les sociétés sur option • SA, SAS, SARL : impôt sur les bénéfices mais possibilité d'impôt sur les revenus sous conditions
Le statut social de l'entrepreneur	Travailleur non-salarié ou assimilé salarié	• Associés d'EURL : travailleurs non-salariés • Associés de SA, SAS, SARL : régime des salariés

32 Les formes juridiques de l'économie sociale et solidaire (ESS)

L'économie sociale et solidaire (ESS) est une **déclinaison du concept de développement durable.** Elle cherche à concilier trois piliers : la performance économique, le respect des humains en appliquant des valeurs d'équité et d'utilité sociale, et le respect de l'environnement.

1 Principes communs aux formes juridiques de l'ESS

• **L'ESS représente plus de 10 % du PIB en France et environ 12 % des emplois.** Les domaines d'activité sont multiples : santé, éducation, logement, insertion sociale, environnement, banque…

• **Les entreprises de l'ESS se définissent par des modes de gestion et de décision démocratiques et participatifs.** L'utilisation des résultats financiers est strictement encadrée : **leur finalité est de réinvestir des bénéfices dans l'activité, pas de distribuer des profits.**

• **Les formes juridiques de l'ESS** bénéficient d'un cadre renforcé par la loi du 31 juillet 2014 relative à l'économie sociale et solidaire : des sociétés commerciales peuvent être labellisées ESS, ce qui leur permet de bénéficier d'une fiscalité avantageuse et de dispositifs de financement spécifiques.

2 Règles spécifiques aux formes juridiques de l'ESS

Les coopératives

- Sociétés de personnes et non de capitaux : 1 adhérent = 1 voix
- Groupement ayant la capacité civile
- Création soumise à déclaration
- Principe de l'autogestion
- But non lucratif
- Obligations strictes de prudence financière pour garantir les intérêts des adhérents
- Dirigeants bénévoles élus au sein de leurs rangs

Les mutuelles

Différentes selon la qualité de leurs membres : les coopératives agricoles ont pour membres des agriculteurs ; celles de consommateurs ont pour membres des consommateurs.

↓

Les sociétés coopératives (SCOP) de forme SA, SARL ou SAS sont composées majoritairement de salariés qui détiennent au moins 51 % du capital et 65 % des droits de vote.

• **Les sociétés coopératives d'intérêt collectif** (SCIC) sont des SCOP dans les domaines de l'énergie, l'environnement, la culture, la santé. Toutefois, les membres associés au capital peuvent avoir des qualités très variées : salariés mais aussi clients, bénévoles, collectivités territoriales, partenaires privés… **L'essentiel est de s'impliquer dans le projet.**

• **Au sein de la SCOP :**

Nomination du dirigeant	Élu par les salariés associés.
Partage du profit : respect du principe d'équité	• Une part pour tous les salariés, sous forme de participation et d'intéressement ; • Une part pour les salariés associés sous forme de dividendes ; • Une part pour les réserves de l'entreprise.
Réserves	Non partageables et définitives, elles contribuent à la pérennité de l'entreprise.

33 La responsabilité de l'entreprise face aux risques juridiques

Dans un environnement concurrentiel et incertain, l'entreprise peut être amenée à affronter divers risques qui peuvent engager sa responsabilité juridique civile ou pénale lorsque plusieurs conditions sont remplies.

1 Les risques

- En termes de droit, **le risque est un événement dommageable dont la survenance est incertaine quant à sa réalisation**. L'entreprise est confrontée à de nombreux risques.

Type de risque	Illustration
Environnemental	Lorsqu'une entreprise porte atteinte à l'environnement, elle peut être amenée à réparer le préjudice écologique qu'elle a commis (Article 1246 du Code civil).
Technologique	Lorsqu'une machine tombe en panne ou qu'un brevet a été copié, l'entreprise peut réduire sa production et voir son chiffre d'affaires diminuer rapidement.
Numérique	L'entreprise peut faire l'objet d'une attaque par un virus informatique.
Politique	Le programme d'un homme politique peut avoir un impact sur l'activité de l'entreprise. *Ex. : Le plan de relance de 1 900 milliards de dollars prévu par Joe Biden pour faire face à la crise sanitaire va avoir un impact considérable sur la vie des Américains et va se ressentir dans les économies européennes.*
Économique	Un client fragile ne paie pas ses factures dans les délais.

- Lorsque le risque est subi, l'entreprise peut (mais pas toujours) agir en justice pour demander réparation au partenaire fautif. Lorsque l'entreprise est elle-même à l'origine du risque, consciemment ou non, elle engage sa responsabilité juridique.

2 La responsabilité civile et la responsabilité pénale

- Le droit distingue deux formes de responsabilité. Leurs caractéristiques diffèrent :

Type de responsabilité	Pénale	Civile
Manifestation	Atteinte à l'intérêt général	Atteinte à un intérêt privé
Fondement	Réalisation intentionnelle d'une infraction (contravention, délit ou crime)	Faute volontaire ou non Risque encouru
Type de sanction	Amende et/ou peine d'emprisonnement	Dommages et intérêts
Objectif de la sanction	Réparer le dommage causé à la société	Réparer le dommage causé à la victime

Pour qu'une infraction soit constituée, trois composantes doivent être réunies :
– **un élément légal :** un texte prévoit de sanctionner l'infraction. Il n'y a pas d'infraction sans texte.
– **un élément matériel :** l'infraction est exécutée et consommée par des actions précises ou parfois par une abstention ;
– **un élément intentionnel :** le délinquant doit avoir agi en connaissance de cause. La mauvaise foi doit être prouvée.

Remarque

En matière pénale, ce qui n'est pas interdit n'est pas une infraction.

Exemple

Le commissaire aux comptes commet un délit s'il ne dénonce pas une faute constatée dans la tenue des comptes de l'entreprise qu'il certifie.

CEJM

34 L'inexécution du contrat et la responsabilité civile contractuelle

Le contrat génère une stabilité dans le temps dont l'entreprise peut jouir. Mais si les contrats sécurisent effectivement les relations, ils peuvent être également source d'inexécution et donc de risque. Or l'article 1103 du Code civil rappelle bien que tout « contrat légalement formé tient lieu de loi à ceux qui les ont faits. » **L'inexécution du contrat entraîne donc la responsabilité contractuelle du débiteur défaillant.**

1 La responsabilité civile contractuelle

Les 3 conditions de la mise en jeu de la responsabilité civile contractuelle sont :

A La faute

Elle consiste en l'inexécution de ses obligations par l'une des parties et peut prendre trois formes :
– **l'inexécution totale,** comme le fait pour un vendeur de ne pas livrer le bien ;
– **l'inexécution partielle,** comme le fait pour un transporteur de ne livrer qu'une partie du colis confié (une inexécution défectueuse est considérée comme une inexécution partielle) ;
– **le retard dans l'exécution,** dans le cas de l'emprunteur qui ne respecte pas les dates d'échéance.

B Le dommage

Le créancier victime de la faute du débiteur peut exiger réparation dès lors qu'une des obligations au contrat n'a pas été remplie. Le dommage peut être patrimonial ou extrapatrimonial.

Dommage patrimonial
- → Matériel : dégradation ou perte d'un bien
- → Financier : manque à gagner, perte d'une chance ou conséquences économiques d'un dommage corporel

Dommage extrapatrimonial
- → Moral ou psychologique : « le prix des larmes »
- → Corporel ou physique

C Le lien de causalité

Ce lien entre la faute et le dommage doit être **direct et certain**. Seul le dommage prévisible donne lieu à réparation car chacun doit pouvoir calculer les risques qu'il prend en contractant.

Exemple
En cas de perte de l'objet confié, un transporteur ne remboursera que la valeur dont il a pu avoir connaissance.

2 Les 5 sanctions de l'inexécution contractuelle

Selon l'article 1217 du Code civil, des sanctions sont envisageables :

Sanction	Explication
L'exception d'inexécution	Dans un contrat synallagmatique, une partie peut refuser d'exécuter son obligation si l'autre n'exécute pas la sienne.

L'exécution forcée en nature	Lorsque l'obligation inexécutée est une obligation de payer une somme d'argent, l'exécution forcée s'effectue en nature : les biens du débiteur sont saisis et vendus. Le créancier est payé sur le prix de la vente.
La réduction du prix	Le créancier peut accepter une exécution imparfaite du contrat et solliciter une réduction proportionnelle du prix. Si l'obligation n'est que partiellement remplie, il est logique que le prix soit moindre.
La résolution du contrat	Le créancier dénonce la faute du débiteur et les parties reviennent dans la situation dans laquelle elles étaient avant la conclusion du contrat.
La réparation du préjudice	Le débiteur fautif verse des dommages et intérêts au créancier victime. Les intérêts versés peuvent être compensatoires et / ou moratoires.

3 Les formalités à accomplir

étape 1 Par une **mise en demeure**, le créancier envoie un dernier avertissement solennel au débiteur pour qu'il se conforme à ses obligations.

étape 2 Si cet ultimatum n'est pas suivi d'effet, le créancier peut **saisir la justice** et obtenir réparation de son préjudice ou l'exécution forcée du contrat.

Remarque

L'exécution forcée est envisageable pour le versement des sommes d'argent mais ne l'est pas pour la remise d'un bien ou la réalisation d'une prestation de service.

4 Le régime de la preuve

Comme dans le régime de droit commun, il appartient au créancier victime d'apporter la preuve de la défaillance de son cocontractant. Toutefois, la charge de la preuve peut dépendre de la nature de l'obligation en jeu.

Type d'obligation	Régime de la preuve	Mode d'exonération
Les obligations de résultat	En cas d'inexécution d'une obligation de résultat, la faute du débiteur consiste à ne pas avoir exécuté ce à quoi il s'était engagé. Cette faute est présumée dès qu'il y a inexécution du contrat.	Le débiteur ne peut pas s'exonérer de sa responsabilité en prouvant qu'il n'a pas commis de faute. Seule la preuve d'une cause étrangère lui permet de se libérer.
Les obligations de moyens	• En cas d'inexécution d'une obligation de moyens, le créancier doit prouver que l'inexécution résulte d'un manquement du débiteur à ses obligations, c'est-à-dire que celui-ci ne s'est pas comporté comme un homme prudent, avisé, diligent. • Le débiteur peut apporter la preuve qu'il n'a pas commis de faute.	Si la faute du débiteur est établie, celui-ci pourra encore se dégager de sa responsabilité en démontrant l'existence d'une cause étrangère ou d'une faute de la victime.

5 Les causes d'exonération

• **Une « cause étrangère »** peut correspondre à 2 situations :
– **un cas de force majeure :** il découle des forces de la nature ;

Exemple : Une inondation empêche un transporteur de livrer le bien convenu.

– **ou un cas fortuit :** il découle de l'intervention fortuite d'une tierce personne.

Exemple : Le retard du train est dû à une personne qui est passée sur la voie.

• Dans tous les cas, la cause étrangère est un événement extérieur, imprévisible et surtout irrésistible : le débiteur ne peut pas le surmonter.

CEJM

35 Les principes de la responsabilité civile extracontractuelle

Lorsqu'une personne subit un dommage dans le cadre non d'un contrat mais d'une situation relevant d'un fait juridique, la victime peut invoquer le régime de la responsabilité civile extracontractuelle pour obtenir une indemnisation.

1 La RC extracontractuelle : de la faute au risque

A Le principe : la faute

• Historiquement, la responsabilité d'une personne est engagée dès lors que l'on peut prouver qu'elle a **commis une faute intentionnelle**.

Exemple : Un entrepreneur se rend responsable de concurrence déloyale et engage sa responsabilité s'il laisse des commentaires désobligeants sur le blog tenu par son concurrent direct.

• La responsabilité est qualifiée de **subjective** car **elle n'est retenue que si la faute est établie**.

• Cette responsabilité a toutefois été étendue aux cas où l'auteur du fait juridique a agi avec imprudence et négligence. La faute est moins prégnante mais toujours présente. La jurisprudence parle de **faute involontaire** ou encore de **quasi-délit**.

Exemple : Sur un échafaudage, un peintre fait tomber malencontreusement un pot de peinture sur un piéton qui passait en dessous et le blesse.

B Les limites du fondement de la faute

• L'ère de la révolution industrielle et de la production en masse de produits complexes a rendu plus difficile l'identification des auteurs d'une faute. Est-ce l'ouvrier ou la machine qui cause le dommage ? Est-ce le distributeur du produit ? Le sous-traitant ? Le fabricant ?

• Pour éviter ces incertitudes, le droit s'est progressivement tourné vers une **systématisation de l'indemnisation**.

C Priorité à l'indemnisation de la victime : la théorie du risque

• La théorie du risque s'est bâtie pour permettre d'engager la responsabilité d'une personne physique ou morale sans avoir à prouver une faute de sa part. Le risque, c'est d'abord celui qu'il faut assumer parce qu'il accompagne le profit tiré d'une activité.

Exemple : L'employeur tire profit du travail de son salarié. Il est logique que l'employeur soit responsable de son salarié sans que ce dernier ait besoin de prouver que l'employeur aurait commis une faute.

• Dans ce cas, l'existence seule du dommage permet à la victime de devenir créancière. La responsabilité est dite **objective** ou de **plein droit**.

D Jusqu'au bout de la logique : la théorie de la garantie

Dans cette théorie, **la réparation du préjudice subi par la victime est considérée comme une priorité sociale** et son indemnisation est fortement facilitée.

Exemple : En cas d'attentat terroriste, les victimes sont indemnisées automatiquement via un fonds créé pour ce type d'événement.

On ne cherche plus à identifier l'auteur et sa faute (qui le sont d'ailleurs difficilement). Ce mécanisme s'appuie sur un **principe d'assurance**.

2 Les conditions de mise en œuvre

• Aujourd'hui, pour être engagée, la responsabilité civile extracontractuelle suppose de réunir trois conditions :
– **un fait générateur.** Le Code civil prévoit le fait personnel, le fait d'autrui et le fait des choses ;
– **un dommage :** son appréciation est la même qu'en matière contractuelle. Il est patrimonial ou extrapatrimonial ;
– **un lien de causalité** direct et certain entre le fait générateur et le dommage.

3 Les régimes spéciaux de la RC extracontractuelle

A La responsabilité du fait des produits défectueux (loi du 19 mai 1998)

• **Elle définit les conditions de la responsabilité de plein droit** du producteur lorsqu'un produit défectueux a porté atteinte à une personne physique ou à un bien (pour un dégât supérieur à 500 €).

• **Ce régime de responsabilité est autonome,** que son auteur soit lié ou non par un contrat à la victime.

• **Un produit est considéré comme défectueux** dès lors qu'il n'offre pas à son utilisateur la sécurité à laquelle il peut légitimement s'attendre. Dans ce cas, la victime doit prouver le défaut du produit, le dommage subi et le lien de causalité entre les deux. Toute personne ayant participé à la chaîne de production (fabricant, sous-traitant, revendeur…) est responsable solidairement du dommage causé.

• Le régime prévoit quelques cas d'exonération du producteur (article 1245-10 du Code civil).

B La responsabilité de l'employeur vis-à-vis de ses salariés

• **L'employeur a une obligation de sécurité de résultat vis-à-vis de ses salariés.** Il est responsable des dommages qu'ils peuvent subir dès lors qu'il « avait ou aurait dû avoir conscience des risques » qu'il leur faisait encourir. Ces risques ont un lien direct avec la santé et la sécurité des salariés. Il s'agit donc d'accidents du travail et de maladies professionnelles (troubles musculo-squelettiques), mais aussi de risques psychosociaux.

• **L'employeur doit donc prendre toutes les mesures nécessaires à la sécurité et à la santé physique et mentale de ses salariés.** Si à l'occasion de la réalisation de ces risques, la faute inexcusable de l'employeur est prouvée, il peut voir engager sa responsabilité civile mais aussi sa responsabilité pénale.

C La responsabilité du fait de l'atteinte à l'environnement

Depuis la loi du 8 août 2016, la responsabilité de l'entreprise peut être engagée à l'occasion de la survenance d'un **préjudice écologique**. L'article 1246 du Code civil énonce : « Toute personne responsable d'un préjudice écologique est tenu de le réparer. »

D L'obligation précontractuelle d'information

Lors de la négociation du contrat, l'ordonnance du 10 février 2016 prévoit une sanction sur le fondement de la responsabilité extracontractuelle lorsque l'une des parties ne respecte pas l'obligation de bonne foi et l'obligation précontractuelle d'information qui en découle.

36 Les ressources tangibles et intangibles

Selon la théorie des ressources d'Edith Penrose, l'entreprise est un ensemble de ressources tangibles (matérielles) et intangibles (immatérielles). Les ressources sont appelées ressources stratégiques lorsqu'elles permettent d'obtenir un avantage concurrentiel.

1 Les ressources tangibles

Les ressources tangibles constituent les **ressources matérielles propres à l'entreprise**.

RESSOURCES TANGIBLES

- Ressources humaines : les salariés
- Ressources physiques : bâtiments, équipements, installations techniques
- Ressources financières : financement à court et long terme (dettes, trésorerie)

2 Les ressources intangibles

• Dans une économie toujours plus fondée sur les technologies de l'information et de la communication (TIC), l'avantage compétitif d'une entreprise dépend de ses **ressources intangibles (immatérielles ou compétences)**.

RESSOURCES INTANGIBLES

- Organisation de l'entreprise (structure, SI)
- Ressources technologiques (brevets, savoir-faire)
- Ressources commerciales (image de marque, notoriété)

• La compétence des entreprises repose sur 3 éléments complémentaires détenus par ses salariés :
– **les connaissances** (le savoir) ;
– **les pratiques** (le savoir-faire) ;
– **les attitudes** (le savoir-être).

• Les compétences constituent un élément de plus en plus important de l'avantage compétitif d'une entreprise.

Exemple

Le groupe LVMH, leader mondial du luxe, a créé en 2014 un Institut des métiers d'excellence afin de proposer des formations en alternance et d'assurer la transmission de ses savoir-faire dans l'artisanat, la création et la vente.

Définitions

Savoir : il relève de la connaissance acquise par l'étude, par l'apprentissage, par l'expérience.
Savoir-faire : ensemble des expériences acquises par un individu ou une organisation, dans son domaine d'activité.
Savoir-être : capacité de produire des actions et des réactions adaptées à l'environnement humain et écologique. On parle aussi de « savoir-être relationnel ».
Compétence : capacité d'une entreprise à mettre en œuvre ses ressources afin d'atteindre ses objectifs.

37 Les mécanismes de coordination et de contrôle

Une entreprise se caractérise par une organisation (structure) particulière qui suppose des mécanismes de coordination et de contrôle adaptés.

1 Les composants d'une structure selon Henry Mintzberg

La pertinence d'une structure s'évalue notamment par les mécanismes de coordination et de contrôle qui en assurent le bon fonctionnement.

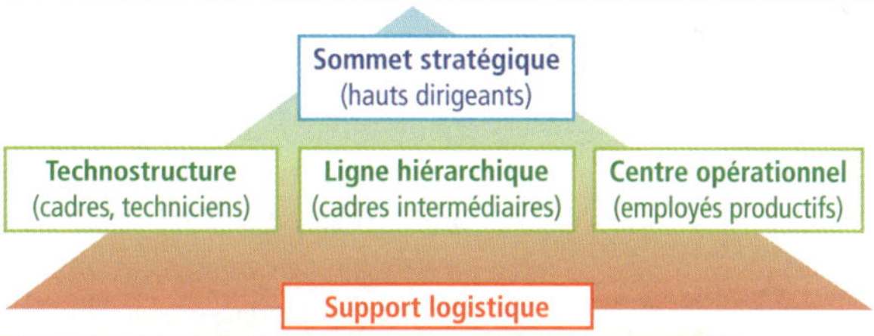

2 Les mécanismes de coordination d'une structure

Henry Mintzberg distingue **6 mécanismes de coordination** possibles selon le type d'organisation d'une entreprise.

❶ Supervision directe	Une seule personne donne les ordres et s'assure de la coordination du travail.
❷ Ajustement mutuel	La coordination des tâches se fait par la négociation et le compromis entre individus d'un même niveau hiérarchique.
❸ Standardisation des procédés	Processus d'uniformisation des règles de fonctionnement et des méthodes de travail. La technostructure assure l'essentiel de ce travail pour le compte des personnels du centre opérationnel.
❹ Standardisation des qualifications	Processus d'uniformisation du savoir et des compétences des salariés grâce à l'utilisation de références communes (langage, procédures…). Cela permet de coordonner le travail des salariés de l'entreprise.
❺ Standardisation des résultats	Processus d'uniformisation des objectifs (et donc des résultats) définis pour chaque département d'une organisation.
❻ Standardisation des normes	Processus d'uniformisation des croyances des membres de l'entreprise autour d'une culture commune.

3 Les mécanismes de contrôle

• **Il existe divers types de contrôles de la performance :**
– **par la règle** (bureaucratique) : respect des normes et des procédures.
– **par le marché :** contrôle des résultats obtenus par rapport aux objectifs initiaux.
– **par la standardisation :** respect des consignes et standardisation des opérations et de compétences.
– **par l'idéologie, les valeurs et la culture d'entreprise :** l'action des individus doit être conforme aux valeurs communes développées dans l'entreprise.

• **Ces types de contrôle ne sont pas exclusifs.** L'objectif n'est pas simplement d'analyser l'atteinte ou non des objectifs fixés, mais plutôt d'évaluer les écarts éventuels, d'en identifier les causes et de prendre les mesures correctives pour les réduire. La **pertinence** des indicateurs utilisés par l'entreprise doit permettre une bonne évaluation de **l'efficacité** (ou de l'efficience) de celle-ci.

38 Les styles de management et prises de décision

Le type de structure de l'entreprise influe sur le style de management et les prises de décision, facteurs importants de productivité.

1 Les différents styles de management selon Rensis Likert

Style de management	Caractéristiques
Style autoritaire ou autocratique	Décisions imposées par le dirigeant aux salariés sans concertation : ce système repose sur la sanction et le respect des instructions données par une **communication descendante**.
Style consultatif ou démocratique	La direction consulte les salariés avant de prendre ses décisions grâce à un système de communication aussi bien **ascendant** que **descendant**. Cette implication des salariés est un facteur de motivation.
Style paternaliste ou bienveillant	Système proche du style autoritaire : le dirigeant cherche à mettre en avant un rôle protecteur, bienveillant envers les salariés qui restent soumis aux décisions **descendantes**.
Style participatif	Décisions prises dans une démarche consensuelle avec l'ensemble des membres de l'entreprise impliqués. Selon Likert, cette démarche rend l'entreprise plus efficace.

L'exercice du pouvoir de décision dépend en grande partie du style de management mais s'analyse aussi selon une vision classique (descendante, hiérarchique) telle que décrite par **Henri Fayol**.

2 Les facteurs qui influent sur la prise de décision

Selon **Herbert Simon**, la prise de décision ne peut être dissociée de celui qui la prend et du contexte de l'entreprise dans laquelle elle est prise. Parmi les principaux facteurs qui l'influencent, on peut noter :
– **le style de direction** (concerté ou non) ;
– **le style du manager** (personnalité, histoire, attitude défensive ou offensive, expérience…) ;
– **la structure de l'entreprise** (entreprise décentralisée ou non) ;
– **le degré de risque** (niveau d'incertitude dans lequel est prise la décision) ;
– **la répétitivité de la décision**…

Exemple : Dans les TPE-PME, le dirigeant est généralement le propriétaire de l'entreprise et son mode de management déprendra en grande partie de sa personnalité (d'autoritaire à paternaliste). Dans de plus grandes sociétés, le manager ne possède pas l'entreprise. Son mode de management est plus orienté vers la recherche d'efficacité en lien avec les résultats attendus de la part des actionnaires.

3 Les trois types de décisions selon Igor Ansoff

• **Les décisions stratégiques** concernent les objectifs globaux de l'entreprise. Elles sont prises par la direction et sont irréversibles. Elles peuvent remettre en cause la pérennité de l'entreprise.
• **Les décisions tactiques** concernent le choix d'affectation des ressources au sein de l'entreprise. Elles sont prises par la direction opérationnelle et fonctionnelle de l'entreprise. Elles sont réversibles, mais à un coût très important pour l'entreprise.
• **Les décisions opérationnelles** concernent la vie quotidienne de l'entreprise. Elles sont prises par les différents niveaux de responsabilité de l'entreprise. Elles sont donc facilement réversibles.

39 Les processus de l'entreprise

La connaissance et l'analyse des processus d'une entreprise lui permettent de réaliser un diagnostic stratégique et d'identifier ses forces et faiblesses.

1 Le modèle de Porter de la chaîne de valeur

oir
252

Le modèle de Porter repose sur une représentation générale de l'entreprise s'appuyant sur un processus composé d'un **enchaînement d'activités** transformant les inputs (matières premières) en outputs (produits finis) vendus aux consommateurs. **L'entreprise est définie selon son processus de transformation à partir duquel elle génère de la valeur.** Ces activités créatrices de valeur sont de deux sortes : **activités principales** et **activités de soutien**.

2 Les activités principales

Les activités principales recouvrent l'ensemble des étapes nécessaires à la création et à la distribution au client du produit ou service réalisé par l'**entreprise**.

- **La logistique interne :** activités logistiques (en amont) de réception, de stockage et de manutention interne pour affecter les moyens indispensables à la production.
- **La production :** transformation des moyens de production en produits finis (y compris emballage et contrôle qualité).
- **La logistique externe :** ensemble des activités de livraison des biens et services aux clients (collecte, stockage, distribution).
- **La commercialisation (marketing) et la vente :** ensemble des moyens et méthodes utilisés pour promouvoir l'offre de l'entreprise (publicité, force de vente, choix des circuits de distribution).
- **Les services :** ensemble des activités associées à la fourniture de services complémentaires dans le but d'accroître la valeur du produit ou service fourni (maintenance, assistance...).

3 Les activités de soutien

Les activités de soutien constituent les **fonctions support** de l'entreprise :
– **les approvisionnements :** activités liées aux achats de matière, de marchandises, de fournitures diverses, mais aussi des moyens de productions de l'entreprise ;
– **le développement technologique :** activités qui permettent à l'entreprise de disposer des technologies indispensables à la production et aux activités de soutien (Recherche et développement, systèmes d'information de l'entreprise, développement des connaissances...) ;
– **la gestion des ressources humaines :** activités liées aux aspects RH de l'entreprise (recrutement, rémunération, motivation, formation, gestion de carrière...) ;
– **l'infrastructure de l'entreprise :** activités administratives liées au fonctionnement de l'entreprise (direction générale, planification, finance, comptabilité, communication, service juridique).

Remarque

Ces activités ne doivent pas être négligées, car elles contribuent largement à la compétitivité globale de l'entreprise.

40 La responsabilité éthique, sociale, sociétale et environnementale

Les entreprises sont dites « socialement responsables » quand elles prennent en compte la responsabilité de leur impact sur la société en dehors de la simple obligation légale.

1 La responsabilité sociétale des entreprises (RSE)

Les sociétés expriment généralement leur approche éthique par un ensemble de valeurs ou de principes fondamentaux qui sont clairement formulés et communiqués en interne et en externe.

On identifie généralement 5 dimensions à la RSE :

❶ **la gestion de l'entreprise :** prendre en compte le développement durable, l'intérêt des parties prenantes ;

❷ **la qualité de vie au travail :** privilégier la qualité de l'emploi, le dialogue social, l'équité des relations et la non-discrimination, assurer des conditions de travail saines et sûres ;

❸ **la protection de la planète :** réduire l'impact environnemental des activités et des produits ;

❹ **l'acteur responsable sur le marché :** dans le respect des droits de l'homme et de l'environnement, agir avec responsabilité envers les partenaires économiques (fournisseurs et clients) ;

❺ **l'implication locale :** en fonction de la localisation des activités, agir en respectant le développement des territoires.

> **Définition**
>
> **Éthique des affaires :** ensemble des règles, codes ou principes qui vont orienter les décisions des organisations vers plus de morale et de transparence.

2 Une démarche globale

- Au-delà de simples opérations de **communication**, les grandes entreprises sont plus sensibles à une démarche RSE du fait de l'évolution des modes de consommation, de la montée des **enjeux sociétaux et environnementaux** et des risques liés à leur **réputation** (image de marque).
- Une démarche RSE se traduit par un engagement continu d'amélioration en différentes étapes :

Exemples

– Le groupe **Lego** a présenté en 2018 ses premières briques *eco-friendly* obtenues à partir de canne à sucre. Le développement de pièces végétales vise à lutter contre l'utilisation du plastique.

– **Orange** a présenté fin 2017 une application mobile « Ellomi » qui présente les différents types de handicaps et précise l'engagement et les aménagements prévus par l'entreprise pour accompagner et maintenir ses salariés en situation de handicap dans l'emploi.

41 Les effets d'expérience

La maxime « C'est en forgeant qu'on devient forgeron » signifie qu'en exécutant de façon répétée une ou plusieurs tâches, on gagne en expérience et en savoir-faire. À l'échelle d'une entreprise, cela revient à faire valoir les effets d'expérience acquis par une organisation au fil du temps.

1 L'effet d'expérience pour l'entreprise

- L'effet d'expérience permet à l'entreprise de **produire plus rapidement**, **plus efficacement**, d'**améliorer la qualité de ses produits et de ses processus de production**.
- Ces éléments permettent à l'entreprise de se doter de manière durable d'un avantage de coût qui lui assurera un **avantage comparatif à long terme.**

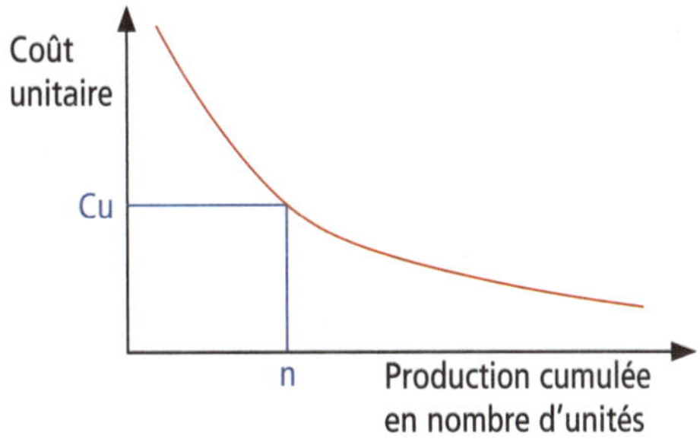

▲ La courbe d'apprentissage

2 Les principales causes de l'effet d'expérience

Les principales raisons qui expliquent cette **diminution du coût unitaire de production** sont :

– **l'effet d'apprentissage.** L'expérience acquise par les salariés d'une entreprise qui se traduit par des gains de productivité. Beaucoup d'entreprises sont sensibilisées à ces pertes d'apprentissage lors du remplacement de salariés (nécessité d'assurer une transmission des savoir-faire en interne) ;

– **la spécialisation des personnels.** Approche tayloriste qui consiste à spécialiser les salariés en divisant les tâches pour accroître la compétitivité globale de la chaîne de production au fur et à mesure que les volumes produits augmentent ;

– **l'investissement continu.** Il permet des modifications dans le processus de production (nouvelles machines plus performantes, nouvelle organisation du travail, évolutions technologiques…). Cette amélioration continue se traduit par des gains de productivité et une diminution du coût unitaire de production ;

– **l'effet d'échelle.** Il permet de répartir les frais fixes sur un volume plus important de biens produits (une hausse des volumes permet ainsi de faire diminuer le coût d'achat auprès des fournisseurs en jouant sur les quantités commandées…).

Exemple
En 2014, Volkswagen a investi dans 7 imprimantes 3D sur son site au Portugal afin de fabriquer des produits manufacturiers habituellement fournis par des prestataires extérieurs. À la clé, plus de souplesse, d'ergonomie et un gain de temps.

42 La distinction cycle d'exploitation-cycle d'investissement

Il existe un lien direct entre la définition de la stratégie et la réflexion à mener par l'entrepreneur sur le volume des ressources financières dont doit disposer l'entreprise pour faire face à ses besoins de financement.

1 Les besoins liés au cycle d'exploitation

• Par principe, une entreprise doit produire avant de vendre sa production, ce qui se traduit par un **décalage entre ses recettes futures et ses dépenses immédiates**.

• **Ces dépenses immédiates (cycle d'exploitation)** sont liées à l'ensemble des opérations nécessaires à une entreprise pour produire et vendre un bien ou un service :
– **acquisition des matières premières et biens intermédiaires** auprès de ses fournisseurs ;
– **fabrication du produit ou du service** (salaires, frais de la chaîne de production…) ;
– **stockage et approvisionnement** des points de vente (logistique…) ;
– **financement éventuel de la fonction commerciale** (vendeurs, commerciaux, crédits aux clients).

• **Le besoin en fonds de roulement (BFR)** détermine le montant que doit financer l'entreprise afin de couvrir le **besoin** résultant de ces décalages entre les **décaissements** (financement matières premières et biens intermédiaires, salaires, charges logistiques, frais de stockage…) et les **encaissements** (encaissement des ventes) liés à son activité.

Calcul

BFR = Actif circulant – Passif circulant

2 Les besoins liés au cycle d'investissement

• Outre le financement de son cycle d'exploitation, l'entreprise doit engager un ensemble de dépenses d'investissements (**cycle d'investissement**) pour financer l'acquisition d'**immobilisations**.

• **Ces immobilisations seront utilisées sur plusieurs cycles de production** et permettent à l'entreprise soit d'accroître, soit d'améliorer ses capacités de production.

• **Le financement du cycle d'investissement** repose sur des **financements à long terme** (ressources durables).

• **Le fonds de roulement net global** correspond à la différence entre les **ressources durables** d'une entreprise et les dépenses d'investissements engagées pour financer les immobilisations. **S'il est positif**, le fonds de roulement net global **permet à l'entreprise de financer tout ou partie de son besoin en fonds de roulement**.

Calcul

FRNG = Ressources stables – Emplois stables

43 Le bilan fonctionnel de l'entreprise

Le bilan fonctionnel permet d'analyser la situation financière d'une entreprise en comparant ses emplois (actifs) à ses ressources (passifs).

1 Analyse du bilan fonctionnel

L'analyse du bilan permet de s'assurer de l'équilibre financier d'une entreprise en distinguant les différents cycles qui impactent sa structure financière :
– **le cycle de financement et d'investissement** permet de vérifier l'adéquation entre les ressources financières d'une entreprise et leur emploi (un emploi stable doit être financé par une ressource stable) ;
– **le cycle d'exploitation et hors exploitation** permet d'analyser les besoins de financement générés par le cycle d'exploitation de l'entreprise et les modalités de son financement ;
– **le cycle de trésorerie** mesure l'impact des cycles précédents sur la trésorerie de l'entreprise.

2 Présentation simplifiée du bilan fonctionnel

Emplois (actifs)	Ressources (passif)
Emplois stables (principaux postes) – immobilisations corporelles – immobilisations incorporelles – immobilisations financières	**Ressources stables** – capitaux propres – provisions pour risques et charges – amortissements – dettes financières
Actifs circulant – d'exploitation (stocks, créances clients) – hors exploitation (autres créances)	**Passif circulant** – d'exploitation (dettes fournisseurs) – hors exploitation (autres dettes)
Trésorerie active – liquidités disponibles	**Trésorerie passive** – concours bancaires à court terme

3 Les principaux ratios financiers d'analyse du bilan

L'analyse du bilan fonctionnel d'une entreprise permet d'obtenir des informations utiles sur sa situation financière et sur sa capacité à assurer son développement et sa pérennité.

- **Délais de paiement accordés à la clientèle :** mesure la durée moyenne du crédit client.
$$\frac{\text{(Créances clients et Comptes rattachés)} \times 360}{\text{CA TTC}}$$
- **Taux d'endettement :** mesure le poids du financement externe dans les ressources stables d'une entreprise.
$$\frac{\text{Dettes financières}}{\text{Capitaux propres}}$$
- **Ratio d'indépendance financière :** permet de déterminer l'indépendance financière d'une entreprise vis-à-vis des établissements bancaires.
$$\frac{\text{Capitaux propres}}{\text{Dettes financières}}$$
- **Capacité de remboursement :** mesure le nombre d'années que l'entreprise mettra à rembourser ses dettes en utilisant sa capacité d'autofinancement.
$$\frac{\text{Dettes financières}}{\text{CAF}}$$

CEJM

44 Le compte de résultat de l'entreprise

Le compte de résultat (ou CR) est un document comptable qui présente l'ensemble des produits (encaissements) et des charges (décaissements) de l'entreprise pendant un an (exercice comptable).
Il fournit des informations sur les performances réalisées par une entreprise et constitue un outil indispensable à l'entrepreneur pour évaluer l'impact de sa stratégie sur la santé financière de son entreprise (**performance économique et rentabilité**).

1 Présentation simplifiée du compte de résultat

Charges (décaissements)	Produits (encaissements)
Charges d'exploitation (principaux postes) – coût d'achat des marchandises vendues – charges externes (fournitures, loyers, frais postaux…) – salaires et charges sociales – impôts et taxes sur la production – dotations aux amortissements, dépréciations et provisions	**Produits d'exploitation** – vente de marchandises – production vendue, stockée et immobilisée – reprises sur amortissements et provisions – autres produits – reprises sur amortissements, dépréciations et provisions
Charges financières – dotations aux amortissements et provisions – intérêts d'emprunts et charges assimilées	**Produits financiers** – intérêts sur placements – reprises sur provisions
Charges exceptionnelles – sur opérations de gestion ou en capital	**Produits exceptionnels** – sur opérations de gestion ou en capital
Bénéfice si produits – charges > 0	**Perte** si produits – charges < 0

Le **résultat net** (bénéfice ou perte) résulte de la différence entre les produits (encaissements) et les charges (décaissements).

2 Les principaux soldes intermédiaires de gestion (SIG)

Une analyse plus détaillée du compte de résultat permet d'établir les soldes intermédiaires de gestion.

• **Valeur ajoutée (VA) :** mesure la richesse brute créée par l'entreprise dans le cadre de son activité.

VA = Marge commerciale + Production de l'exercice
– Consommations de l'exercice en provenance de tiers

• **Excédent brut d'exploitation (EBE) :** mesure la performance commerciale et industrielle indépendamment de la politique de financement et d'investissement de l'entreprise et des événements exceptionnels.

EBE = VA de l'entreprise + Subventions d'exploitation
– Impôts, taxes et versements assimilés – Charges de personnel

• **Résultat d'exploitation :** mesure la capacité de l'entreprise à générer des ressources avec son activité principale, sans prendre en compte les éléments financiers et exceptionnels. Il met en avant la performance économique de l'entreprise.

Résultat d'exploitation = Produits d'exploitation – Charges d'exploitation

• **Capacité d'autofinancement (CAF) :** mesure l'ensemble des ressources internes générées par l'entreprise dans le cadre de son activité qui permettent d'assurer son financement.

CAF = Produits encaissables – Charges décaissables

45 Les différents modes de financement

1 Les principaux modes de financement

Financement interne (utilisation des ressources financières dégagées par l'entreprise elle-même)	Financement externe (obtention de ressources financières par des financeurs externes)
Utilisation de la CAF (capacité d'autofinancement) : ensemble des ressources financières internes sécrétées par l'entreprise et utilisables pour satisfaire ses besoins de financement à long terme.	**Apports financiers des associés qui constituent le capital social d'une entreprise mais qui peuvent l'abonder par la suite en cas de besoin.**
	Augmentation de capital : opération qui consiste pour l'entreprise à accroître son capital par émission de nouvelles actions.
Cession d'actifs (désinvestissement) : opération qui consiste pour une entreprise à céder à une autre entreprise une partie de ses actifs en échange d'une contrepartie monétaire.	**Crédit-bail** : opération permettant à une entreprise de disposer d'un bien d'équipement de son choix, sans en être propriétaire, en le louant à une société spécialisée qui l'achète au fabricant.
	Emprunts bancaires : opérations par lesquelles un établissement financier met à la disposition d'une entreprise une somme d'argent contre la promesse de remboursement et moyennant le paiement d'un intérêt.

2 Leurs caractéristiques

Le choix du mode de financement dépendra des avantages et inconvénients propres à chacun :
– **l'utilisation de la CAF** présente un risque de mauvaise utilisation des fonds disponibles qui sont immobilisés sans garantie initiale de rentabilité. La CAF constitue aussi une réserve financière que pourra utiliser l'entreprise en cas de difficultés ;
– **les cessions d'actifs** engendrent un risque de perte de compétences et de sortie définitive d'un marché par l'entreprise. Les cessions d'actifs peuvent par ailleurs entraîner un coût (moins-value) par rapport à la valeur comptable des actifs cédés ;
– **l'augmentation de capital** engendre un risque de perte de pouvoir de l'entrepreneur du fait de l'arrivée de nouveaux actionnaires et un coût financier futur lié à la nécessité de verser des dividendes plus importants ;
– **l'emprunt bancaire** engendre un coût financier lié à la nécessité de payer des charges d'intérêts sur les sommes contractées et un risque d'endettement trop important de l'entreprise ;
– **le coût de la location du crédit-bail** accroît les charges de l'entreprise. Le risque est plus limité puisque l'entreprise ne devient pas propriétaire des biens acquis par ce procédé.

Remarque

Une fois les contraintes financières identifiées, l'entrepreneur doit choisir le mode de financement adéquat pour adapter les ressources de l'entreprise à la stratégie mise en œuvre.

46 L'équilibre financier de l'entreprise

Dans le cadre de la gestion financière, l'entrepreneur ou le manager doivent faire face à deux types de besoins qui supposent des réponses spécifiques (mais non nécessairement dissociées) :
– des **besoins de financement à court terme**, pour faire face aux besoins de financement du cycle d'exploitation ;
– des **besoins de financement à long terme**, pour assurer le financement des investissements de l'entreprise à moyen et long termes en fonction de la stratégie de développement adoptée.

1 Les principales contraintes financières d'une entreprise

Définition

Gestion financière : ensemble des décisions et actions destinées à équilibrer les besoins et les ressources de financement de l'entreprise à long terme comme à court terme.

L'entrepreneur doit s'assurer d'une gestion financière qui intègre différentes contraintes :
– **la contrainte de solvabilité :** capacité de l'entreprise à honorer ses dettes exigibles à tout moment (contrainte de liquidité des fonds disponibles) ;
– **la contrainte de pérennité :** assurer la cohérence entre le besoin de financement (court ou long terme) et le mode de financement retenu pour le financer. Par principe, le financement d'un besoin doit être assuré par une ressource ayant la même échéance ;
– **la contrainte de disponibilité des ressources à court terme :** assurer le bon usage des ressources disponibles à court terme. Une entreprise doit par ailleurs disposer de réserves disponibles pour faire face à des besoins temporaires ou exceptionnels ;
– **la contrainte du coût du mode de financement retenu :** le coût du financement doit notamment être mis en parallèle avec la rentabilité attendue des dépenses envisagées.

2 La gestion du fonds de roulement

• **La gestion du fonds de roulement est un enjeu essentiel** pour l'entrepreneur qui doit s'assurer en priorité de la solvabilité de son entreprise.
• **Pour diminuer son besoin de financement à court terme** (différence entre le FRNG et le BFR), l'entrepreneur cherche au maximum à diminuer les besoins en fonds de roulement, notamment les besoins de financement à court terme de son cycle d'exploitation, c'est-à-dire réduire les postes qui mobilisent le plus de ressources financières ou accroître ses ressources financières disponibles à court terme.
• Cela suppose :
– de **réduire les délais de paiement accordés à ses clients** ;
– d'**accroître les délais de paiement consentis par ses fournisseurs** ;
– de **réduire les stocks intermédiaires** des productions réalisées.
• Ces différents éléments montrent l'importance de la relation qu'entretient l'entrepreneur avec les partenaires extérieurs de l'entreprise (clients, fournisseurs, banques...).
• **Le choix du mode de production qui sera retenu** par un manager doit prendre en compte les incidences financières qui vont en découler en termes de besoin en fonds de roulement (financement de stocks de produits...).

47 Place de marché et relations d'échange

L'essor du numérique a entraîné une **dématérialisation des échanges**.

1 Les différents types de relations d'échange

• **Les relations peuvent être directes** entre le producteur-vendeur et l'acheteur (e-commerce). C'est pourquoi l'on parle d'un phénomène de **désintermédiation**. Cette dématérialisation n'affecte pas uniquement les échanges marchands, elle favorise également les relations non marchandes, comme les formalités administratives en ligne.

• **Néanmoins, des plateformes électroniques appelées places de marché** se développent très rapidement et favorisent des **relations indirectes** entre vendeurs et acheteurs. On parle alors de phénomène de **réintermédiation**.

2 La notion de place de marché (*market place*)

• **Une place de marché est une application Web** qui joue un rôle d'intermédiaire et permet de mettre en relation des vendeurs et des acheteurs potentiels pour effectuer des transactions de biens et/ou de services.

• **Les places de marché sont ainsi des plateformes** aux mains d'un opérateur qui transmet la commande et les informations relatives à la livraison au vendeur partenaire, et qui sécurise les transactions.

A Les trois intervenants dans une transaction

La plateforme	L'opérateur de la place de marché se rémunère généralement par une commission.
Le vendeur	Le vendeur gagne en visibilité grâce à la place de marché et dispose d'un canal de distribution supplémentaire. Il a l'assurance d'**être payé**.
L'acheteur	L'acheteur bénéficie d'un plus large choix de produits et de prix et effectue ses achats dans un cadre sécurisé.

• La place de marché ne s'occupe pas des tâches relatives au stockage des articles. Sa performance repose sur sa **capacité à générer du trafic et à attirer ainsi des clients potentiels** pour les offreurs qui passent par elle.

Remarque

La qualité de service et la réputation d'une place de marché sont essentielles pour son attractivité.

B Des plateformes et des relations d'échange multiples

• Les places de marché peuvent mettre en relation des particuliers ou des professionnels entre eux, voire y associer des administrations.

• Les places de marché peuvent mettre en relation des particuliers ou des professionnels entre eux, voire y associer des administrations. Existent ainsi des plateformes B to C telles qu'Amazon ou e-Bay, B to B telles qu'Amazon Business ou Alibaba ou encore C to C telles qu'Airbnb ou Blablacar.

• Outres des ventes traditionnelles où le prix de vente s'affiche sur la plateforme, il peut y avoir des transactions qui s'opèrent avec des systèmes d'**enchères classiques**, d'**enchères inversées** (ou appels d'offre) ou sous forme de **troc**.

48 Les externalités de réseau

1 Essor des plateformes et externalités de réseau

A L'essor des plateformes

Voir p. 273

L'essor du numérique a favorisé le développement de plateformes qui ne se limitent pas aux seules places de marché : une plateforme est un service qui occupe une fonction d'intermédiaire dans l'accès aux informations, contenus, services ou biens édités ou fournis par des tiers (Conseil national du numérique).

B Le principe des externalités de réseau

• **Ces plateformes numériques créent souvent des externalités de réseau.** Elles correspondent aux **gains** qu'il y a à utiliser un réseau et apparaissent lorsque suffisamment de personnes utilisent le réseau en question : **la grande taille des plateformes en améliore la qualité et l'intérêt pour l'utilisateur** :

– **plus les places de marché sont grandes,** plus les acheteurs bénéficient de produits ou services, et les vendeurs d'une clientèle potentiellement plus importante ;

– **les grands réseaux sociaux** sont aussi intéressants pour leurs utilisateurs : davantage de contacts potentiels à nouer, plus de contenu à trouver sur le réseau (vidéos…).

• **Au-delà de l'intérêt pour les utilisateurs,** la taille du réseau **améliore la qualité de service de la plateforme** : un plus grand nombre d'utilisateurs fournit des données précieuses qui permettent à la plateforme de mieux connaître le client, donc de mieux cibler les contacts, les publicités…

2 Conséquences des externalités de réseau

A Les positions dominantes

Externalité de réseau → Qualité de service en hausse ⇄ Plateforme dont la taille grandit ⇒ Développement des plateformes qui peut conduire à des positions dominantes, telles que les GAFA (Google, Apple, Facebook, Amazon).

B Les politiques de concurrence

• **L'essor des plateformes numériques entraîne des interrogations quant aux politiques de concurrence.** L'émergence de positions dominantes fait craindre des pratiques anti-concurrentielles : abus de cette position dominante pour éliminer la concurrence, pour exercer une pression exagérée sur les fournisseurs ou annonceurs…

• **Mais les risques restent à nuancer :**

– les politiques de régulation de la concurrence visent avant tout à **protéger les consommateurs** or ceux-ci ne sont généralement pas lésés : la grande taille des réseaux améliore la qualité de service, la clientèle n'est pas captive… ;

– il n'y a généralement **pas de barrières à l'entrée** sur ces marchés : peu de moyens sont nécessaires pour créer une plateforme, la position d'un leader peut être rapidement remise en question…

C La régulation

L'essor des plateformes numériques suscite aussi des craintes et problèmes en matière de régulation : difficultés d'imposition, contournement des règles de droit du travail (ubérisation), protection des données personnelles…

49 L'évolution des modèles économiques

Le développement du numérique entraîne des changements de modèle économique (*business model*) pour les entreprises, c'est-à-dire la façon dont les entreprises créent de la valeur pour en tirer des revenus.

1 Les impacts sur la société

• Au-delà du modèle économique des entreprises, ces évolutions ont des impacts plus profonds sur la société ; dans de nombreux domaines, le développement du numérique remet en question **la notion d'achat et de droit de propriété**.
• Par souci économique ou environnemental, les individus privilégient un simple **droit d'usage** des biens (par exemple, les systèmes de location de vélos, de voitures, de trottinettes).

2 Les différents modèles économiques

Modèle « traditionnel »	Produire et tirer des revenus de la vente de sa production.
Quelques nouveaux modèles économiques	**Modèle gratuit financé par la publicité** : maximiser l'audience d'un site pour obtenir une rémunération grâce à des bannières publicitaires payées par des annonceurs.
	Modèle *freemium* : faire adhérer un maximum de gens à un service gratuit pour les rediriger vers un service payant plus complet. *Ex. : Le domaine des média, la presse « classique » devant faire face à la baisse des ventes de journaux papier.*
	Modèle de l'abonnement pour un accès : vendre un droit d'usage plutôt qu'un droit de propriété. Courant pour les vidéos ou musiques à la demande : le client n'achète plus un film, mais le droit de le visionner pendant un certain temps.
	Économie collaborative : des plateformes telles qu'eBay qui mettent différents acteurs en relation et se rémunèrent généralement par des commissions. Toutes ces plateformes ne relèvent pas du domaine marchand : troc, échange de logement pour les vacances, covoiturage…
Relations non marchandes	• De nombreux **logiciels sont gratuits** (gratuiciels ou *freeware*) ; certains sont open source (on peut accéder au code source du programme et le modifier). *Ex. : OpenOffice.* • Un grand nombre de **MOOCs** (formations ouvertes à distance) sont gratuits. *Ex. : My-mooc.com.*

3 Les impacts sur les activités traditionnelles

Le numérique et les TIC (technologies de l'information et de la communication) affectent aussi le modèle économique d'activités traditionnelles.

Exemple

Être référencé par des sites dédiés (Booking.com...) → Facteurs-clés de succès pour l'hôtellerie aujourd'hui

Optimiser le taux de remplissage grâce au *yield management* (tarifs différenciés) → Facteurs-clés de succès pour l'hôtellerie aujourd'hui

50 Le développement du numérique et ses effets sur l'économie

Les évolutions technologiques liées à la numérisation ont entraîné une dématérialisation de certaines activités et des relations d'échange. Elles favorisent l'automatisation des tâches.

1 Des mutations sectorielles

- Les entreprises de tout secteur ont intégré les TIC dans leurs modes de production afin de gagner en flexibilité et en réactivité pour adapter leur offre de biens et de services aux attentes des clients.

- Mais l'essor du numérique a entraîné des mutations plus profondes encore :

<table>
<tr><td>Déclin de certaines activités au profit de nouveaux secteurs émergents soumis à de nouveaux modèles économiques</td><td>Des innovations, de nouvelles technologie (effet de création) rendent obsolètes certaines activités (effet de destruction).
Ex. : l'hébergement de données.</td></tr>
<tr><td rowspan="2">Transformation du périmètre des entreprises ou de leur métier</td><td>• Les TIC favorisent le recentrage sur les activités créatrices de valeur et l'externalisation des autres activités (développement des entreprises-réseaux) : une gestion facilitée des relations entre entreprises partenaires permet par exemple d'automatiser les commandes entre client et fournisseur avec les systèmes d'échange de données informatisées.
• Les relations étroites entre entreprises partenaires nécessitent des interconnexions entre les systèmes d'information (SI) qui doivent être compatibles, d'où l'importance croissante des normes et des standardisations.</td></tr>
<tr><td>Les TIC ont profondément modifié les règles du jeu de certains secteurs :
– les plateformes type Uber pour le transport des personnes ;
– la vente d'un droit d'usage et non plus d'un droit de propriété : musique, vidéo, transport urbain.</td></tr>
</table>

2 Des mutations qui impactent le travail

<table>
<tr><td rowspan="3">En volume</td><td>Destruction d'emplois due à l'automatisation de tâches routinières</td><td rowspan="3">Les créations d'emplois compensent-elles totalement les destructions ?
→ Idées d'un revenu universel, d'une taxation des robots pour y faire face</td></tr>
<tr><td>Création d'emplois : nouveaux métiers au sein des secteurs émergents</td></tr>
<tr><td>Possibles relocalisations d'activités du fait de l'automatisation de tâches à faible qualification</td></tr>
<tr><td rowspan="2">En structure</td><td colspan="2">L'essor du numérique favoriserait des emplois qualifiés : les moins qualifiés subiraient les destructions.</td></tr>
<tr><td colspan="2">• Ubérisation de certains secteurs
• Précarisation du travail</td></tr>
</table>

51 Le rôle de la CNIL

La Commission nationale informatique et libertés (**CNIL**) est une autorité administrative indépendante instituée par la loi du 6 janvier 1978. Son rôle a été complété à l'occasion de l'entrée en vigueur du Règlement général sur la protection des données (**RGPD**) entré en vigueur le 25 mai 2018. **Sa mission se décline autour de quatre axes.**

1 Informer et protéger

La CNIL informe les particuliers et les professionnels et répond à leurs demandes. Elle met à leur disposition des outils pratiques et pédagogiques et intervient très régulièrement pour animer des actions de formation et de sensibilisation, notamment dans le cadre de l'éducation au numérique.

Remarque

La CNIL peut désigner des référents au sein d'entreprises ou de collectivités publiques, les « correspondants informatique et libertés » (CIL). Ils permettent un dialogue direct avec la CNIL. Le référent est responsable dans l'organisation du traitement des données : par exemple, à l'occasion d'un vote électronique par correspondance, il s'engage au respect de l'anonymat du vote.

2 Accompagner et conseiller

La CNIL dispose d'outils pour encourager les organisations à se conformer à des **pratiques respectueuses de la vie privée des personnes et de leurs données personnelles** :
- elle fournit des avis sur des projets de loi ou de décret ;
- elle formule des autorisations pour les traitements les plus sensibles ;
- ses recommandations peuvent être à l'origine de décisions du législateur et servent de conseils pour les professionnels ;
- elle propose des modèles qui simplifient les formalités pour se conformer à la loi ;
- elle est un interlocuteur avec qui dialoguer. Elle donne des conseils sur demande ;
- elle peut certifier la conformité d'un processus de traitement des données.

3 Contrôler et sanctionner

Phase de contrôle	Phase de sanction
La CNIL peut : – accéder à tous les locaux professionnels ; – demander communication de tout document nécessaire et en prendre copie ; – recueillir tout renseignement utile et entendre toute personne ; – accéder aux programmes informatiques et aux données.	La sanction peut prendre la forme : – d'une amende ; – d'une publication de la sanction ; – d'une injonction de cesser le traitement des données personnelles non conforme ; – d'un retrait de l'autorisation de la CNIL. → Les décisions rendues peuvent faire l'objet d'un recours devant le conseil d'État.

4 Anticiper

La CNIL met en place une **veille pour détecter et analyser les technologies ou les nouveaux usages pouvant avoir des impacts importants sur la vie privée.**

Remarque

De janvier à novembre 2017, la CNIL a mené un débat public sur les algorithmes et l'intelligence artificielle. Il a impliqué 60 partenaires partout en France et a donné lieu à la publication d'un rapport.

52 La protection des actifs immatériels

Dans l'économie numérique actuelle, les **actifs immatériels** des entreprises (sites Internet, noms de domaines, logiciels, bases de données, brevets, marques...) prennent une place croissante dans leur stratégie. Ils font partie du **patrimoine de l'entreprise** et sont **source de création de valeur**. Le droit protège ces actifs immatériels.

1 Les titulaires des droits d'auteur

- **Les droits patrimoniaux** appartiennent en principe à l'auteur de la création.

Type d'auteur	Propriétaire des droits patrimoniaux
L'auteur travaille de façon indépendante	L'auteur
Création collective (plusieurs auteurs)	Droits partagés entre les divers auteurs
Salarié	L'employeur

- **Les droits moraux** sont toujours de la propriété de leur auteur et de leurs descendants.

Exemple

L'auteur d'une œuvre peut choisir de percevoir des droits d'auteur ou de vendre son œuvre à un client, c'est le **droit patrimonial**. En revanche, il dispose d'un droit de paternité, de retrait, de repentir et d'intégrité sur son œuvre, non limité dans le temps. Il le transmet à ses héritiers ou ayants-droit : c'est le **droit moral**.

2 Le régime juridique des actifs immatériels

Créations intellectuelles	Régime juridique
Sites Internet	Les sites Web sont protégés par le droit d'auteur lorsque la condition d'originalité est remplie.
Noms de domaines	Le déposant du nom de domaine dispose d'un droit exclusif d'usage de ce nom.
Logiciels	• Le code source, le code objet et les travaux préparatoires du logiciel **font l'objet d'une protection**. • Les fonctionnalités, algorithmes et interfaces graphiques **sont exclus** de la protection.
Bases de données	Elles combinent deux régimes indépendants de protection : – une protection conforme aux droits d'auteur pour leur architecture ; – une protection spécifique des intérêts économiques du producteur de ces bases.

3 La protection des actifs immatériels

La dématérialisation bouscule la diffusion et l'utilisation des actifs immatériels qui se visionnent, se reproduisent, se transmettent sans entrave. Les atteintes au droit de propriété sont ainsi facilitées. Le droit envisage donc des protections adaptées :

– **par la protection *a priori***, le titulaire des droits d'auteur dispose de **droits moraux et patrimoniaux**. Ces derniers consistent dans l'octroi d'un **monopole d'exploitation** ;

– **avec la protection *a posteriori***, deux actions sont envisageables : **l'action en contrefaçon** sanctionne un délit pénal et **l'action en concurrence déloyale** se fonde sur la responsabilité civile extracontractuelle.

53 La protection de la personne dans la société numérique

Dans une société de l'information où de nombreux procédés existent pour collecter des données en grande quantité (manière de surfer sur Internet, cookies, formulaires remplis en ligne avec des données personnelles...), la vie privée et le droit à l'image des personnes physiques sont mis à mal.

1 Le droit au respect de la vie privée

• Les articles 9 du Code civil et 8 de la Convention européenne des droits de l'homme qui consacrent le respect de la vie privée doivent être renforcés pour protéger davantage.

Recul de la vie privée dans...	Exemples d'outils numériques
les informations collectées	• Les données à caractère personnel *via* des photos, des films ou des écrits • Les données de connexion • Les adresses IP de l'internaute
les procédés utilisés	• Les cookies • Les spams • La commercialisation des données

Voir p. 277

• **En France,** le droit a recherché un équilibre entre la liberté de circulation de l'information et la protection de la personne. Dès 1978, la **CNIL** a été créée pour assurer cette protection. Le droit communautaire a complété le dispositif à plusieurs reprises et récemment avec le **RGPD** entré en vigueur en mai 2018.

• **Le RGPD** a créé un nouveau poste en entreprise : le **DPO** (*Data Protection Officer*), responsable de la protection des données, est chargé de faire respecter la vie privée et les droits des salariés.

Les personnes disposent ainsi, sur leurs données personnelles :
– d'un droit au consentement préalable et éclairé sur l'utilisation des données ;
– d'un droit d'opposition au traitement des données ;
– d'un droit d'accès aux données collectées sur sa personne ;
– d'un droit de rectification en cas d'inexactitude ;
– d'un droit à l'oubli par effacement des données ou déréférencement sur les moteurs de recherche.

Les entreprises collectrices sont soumises à de nombreuses règles :
– déclaration à la CNIL ;
– demande d'autorisation ;
– obligation de sécurisation des données, qui doivent rester confidentielles ;
– transparence sur les modalités de collecte des données et sur la finalité du traitement.

• **La personne qui utilise à des fins malveillantes** des éléments de l'identité numérique d'une personne commet un délit pénal appelé **usurpation d'identité**.

2 La protection du salarié dans le cadre du travail

• **L'employeur peut contrôler davantage le travail de ses salariés** en :
– accédant au contenu du disque dur de leur poste de travail ;
– surveillant et chronométrant leur navigation Web ;
– surveillant leurs déplacements ou leur comportement (vidéosurveillance, géolocalisation).

• **Pour encadrer ce pouvoir,** l'employeur doit respecter le principe énoncé dans l'article L1121-1 du Code du travail : « Nul ne peut apporter aux droits des personnes et aux libertés individuelles et collectives de restrictions qui ne seraient pas justifiées par la nature de la tâche à accomplir ni proportionnées au but recherché. »

54 Le contrat de vente électronique

La dématérialisation des échanges a conduit le droit de la preuve à s'adapter en **intégrant la preuve électronique comme mode de preuve**.

1 L'existence du contrat : le régime de la preuve électronique

• Depuis 2000, l'article 1316-1 du Code civil énonce que **l'**écrit sous forme électronique est admis en preuve au même titre que l'écrit sur support papier, à deux **conditions cumulatives** :

Conditions cumulatives	Procédé technique : la signature électronique
1. Pouvoir identifier la personne qui en est l'émetteur.	La signature électronique suppose l'intervention d'un tiers certificateur et le recours à la cryptographie à clés asymétriques (une clé privée et une clé publique). Elle remplit ces deux conditions.
2. Pouvoir garantir l'intégrité du contenu du message : pas de faux possible et préservation de cette intégrité dans le temps.	

• Dès lors, la preuve électronique peut aussi bien servir à **constituer un support** *ad probationem* (pour se constituer une preuve, mais pas obligatoire) que *ad validitatem* (l'écrit est indispensable à la validité de l'acte sous peine de nullité).

2 Le contenu du contrat de vente électronique

• Le développement du numérique entraîne la **conclusion de contrats de vente par voie électronique** avec les consommateurs. Ce sont des contrats spécifiques car le **consentement est donné à distance** *via* **Internet**. Afin que l'acheteur/le consommateur/l'internaute soient protégés, le droit de la consommation prévoit des obligations à la charge du cybervendeur.

Protection accordée	Précisions
Obligation d'information Art. L111-1 Code de la consommation	• Le vendeur informe sur son identité, sur le bien et sur les procédés de paiement avant la vente du bien. • Il précise ses modalités de validation de la commande, ses procédés de traitement des données à caractère personnel…
Droit de rétractation du consommateur Art. L121-21 du Code de la consommation	• Une fois les informations fournies, un délai de rétractation de 14 jours court à compter de la conclusion du contrat. Tant que l'obligation d'information n'a pas été remplie, le délai de rétractation peut être reporté. • Il est d'ordre public, le consommateur ne peut pas y renoncer.
Obligation de résultat de l'exécution du contrat Art. L121-19-4 du Code de la consommation	• Le professionnel est responsable de plein droit à l'égard du consommateur de la bonne exécution des obligations résultant du contrat conclu à distance. • Exception : le professionnel peut s'exonérer de sa responsabilité en apportant la preuve que l'inexécution ou la mauvaise exécution du contrat est imputable soit au consommateur, soit au fait, imprévisible et insurmontable, d'un tiers au contrat, soit à un cas de force majeure

Remarque

Le professionnel vendeur ne peut pas inclure de clauses abusives dans le contrat. En outre, les clauses limitatives ou exonératoires de responsabilité en faveur du vendeur sont ici prohibées.

55 Les contrats de prestation de services numériques

Le développement du numérique rend indispensable le recours par les entreprises à des **services de prestataires informatiques** pour les besoins de leur activité.
Les contrats de prestation de service numérique (fourniture d'accès aux réseaux, hébergement de données, maintenance matérielle ou logicielle, développement de logiciels ou de sites Internet, conseils en ingénierie...) se multiplient. Ils présentent des obligations spécifiques.

1 Le contrat de fourniture d'accès aux réseaux

A Le principe

Le fournisseur a pour activité d'offrir un **accès au réseau de communication**, notamment de permettre une connexion à Internet. Les prestataires fournissent également des services complémentaires de télévision, de téléphonie et des services accessoires (disque de stockage, borne wifi...).

B Le contenu du contrat

Le prix	• Si le client est un consommateur ou un non professionnel, le droit de la consommation s'applique : droit de rétractation, obligation d'information préalable sur le prix et ses composantes... • Si le client est un professionnel, il peut exiger les conditions générales du prestataire afin de débuter des négociations. • En général, comme ce contrat est échelonné dans le temps, le prix à payer prend la forme d'un forfait ou d'un abonnement.
La prestation technique	• La connexion au réseau est une obligation de résultat qui pèse sur le fournisseur. Le client doit s'assurer que sa ligne est éligible au service demandé, mais c'est souvent le fournisseur qui le vérifie. • Le fournisseur garantit également un débit à son client.

2 Le contrat d'hébergement de données

A Le principe

L'hébergeur fournit un service de **stockage d'informations** et un accès à cette information au bénéfice de son client et/ou du public (cas du site Web).

B Les obligations des parties

Obligations de l'hébergeur	Obligations du client
• Fournir un espace mémoire pour stocker les informations • Garantir l'accès 24 h/24 aux données • Maintenir en état le fonctionnement du matériel	• Payer le prix (abonnement), sauf si l'hébergeur se rémunère par la publicité • Respecter le droit de la propriété intellectuelle (interdiction des téléchargements illégaux) • Respecter une charte de bonne conduite sur le Net

La jurisprudence semble s'accorder pour qualifier d'obligations de résultat les obligations de l'hébergeur. Elle limite les possibilités d'insérer des clauses limitatives de responsabilité en les considérant comme abusives pour les consommateurs ou créant un déséquilibre significatif entre commerçants.

3 Le contrat de maintenance informatique du matériel ou des logiciels

A Le principe

La maintenance est un contrat par lequel le « mainteneur » ou prestataire **s'engage à réparer ou entretenir le matériel et/ou les logiciels utilisés** par le client. Le client recherche souvent une solution complète et opte pour une maintenance rattachée au même prestataire que celui qui a fourni le matériel.

B Les obligations des parties

Obligations du mainteneur	Obligations du client
• **Obligation d'information,** qui suppose une obligation de conseil, de mise en garde et de renseignement. Le mainteneur doit s'informer des besoins de son client. • **Obligation d'exécution de la prestation,** qui peut englober deux volets : maintenance préventive et maintenance corrective. • **Obligation de confidentialité,** évidente lorsque le mainteneur agir sur le site de son client et entre en contact avec des données sensibles.	• **Obligation de collaboration :** le client joue un rôle proactif pour donner l'accès au matériel informatique et remettre au mainteneur les documents utiles. • **Obligation de payer le prix en contrepartie de la maintenance.** Le paiement peut être forfaitaire ou facturé pour chaque intervention. • **Obligation de recevoir la prestation :** le client doit accuser réception de la prestation de service. Il peut émettre des réserves ou même la refuser.

4 Les clauses des contrats de prestation

• **Les contrats de prestation de service numérique** conclus entre professionnels sont soumis au droit commun des contrats, mais **leur nature impose la rédaction de clauses spécifiques**.

Clause	Définition
de confidentialité	Le professionnel du numérique ne doit pas divulguer les informations confidentielles dont il pourra prendre connaissance en manipulant les données de son client.
de réversibilité des données	Elle permet au client de récupérer les données nécessaires pour transférer à un autre prestataire la gestion externalisée de son parc informatique.
de délai d'intervention	Lorsqu'une panne ou une anomalie technique apparaît, le SI de l'entreprise peut être neutralisé ; les parties peuvent prévoir des délais d'intervention selon le type de panne.
de suppléance ou *back up*	Les parties prévoient qu'en cas de panne, le prestataire proposera de manière temporaire un matériel de remplacement.
de droits d'auteur	Elle précise qui conserve les droits d'auteur lors de la livraison du logiciel : son concepteur ou son utilisateur. Elle fait de même lorsque le logiciel fait l'objet d'améliorations dans le cadre de sa maintenance.

• **La jurisprudence a mis à jour des pratiques abusives.** Pour protéger le client contre les clauses abusives du prestataire, celles-ci sont réputées **non écrites** :
– la facturation de frais d'impayés ;
– la fixation d'un délai pour contester les factures ;
– la clause de résiliation suivant laquelle tout mois commencé est dû.

56 Les caractères du SI dans l'entreprise

Dans un contexte où les entreprises se livrent à une vive concurrence, l'information, qu'elle soit d'origine interne ou externe à l'entreprise, est devenue une variable stratégique essentielle. Pour qu'elle soit exploitable par l'organisation, il est nécessaire de **la formaliser pour l'intégrer dans le processus de décision** ; c'est l'une des fonctions du système d'information (SI).

1 Les définitions du SI

Selon	Définition
Robert Reix	Le SI est « un ensemble organisé de ressources techniques, organisationnelles et humaines requises par le traitement des informations nécessaires à la stratégie et aux métiers de l'entreprise. »
Jean-Christophe Peaucelle	Un SI « se définit par l'information qu'il véhicule et par la manière dont il l'exprime sur ses différents supports. C'est un langage de communication d'une organisation, adapté à la nature plus ou moins répétitive de l'information que l'on veut y échanger. »

On distingue les **fonctions du SI** (la finalité recherchée par le SI) des **dimensions du SI** (la façon dont l'information est construite).

2 Les quatre fonctions du SI

- **Collecter :** l'entreprise acquiert des données provenant de son environnement interne ou externe.
- **Stocker :** le système d'information conserve l'information acquise afin de pouvoir la restituer.
- **Traiter :** l'information est transformée, analysée, structurée.
- **Diffuser :** le SI transmet ensuite l'information dans son environnement interne ou externe.

3 Les trois dimensions du SI

- **Le SI doit se structurer à plusieurs niveaux** pour remplir ses fonctions.

Dimension technique	Dimension humaine	Dimension organisationnelle
Système informatique qui regroupe des ressources matérielles (machines, ordinateurs et câbles) et immatérielles (logiciels, progiciels, bases de données). C'est le niveau de l'information brute.	Les hommes et les femmes qui conçoivent, traitent et donnent du sens à l'information. Le jugement humain est toujours au départ (conception du SI) et à la fin du processus (prise de décision).	Le SI déploie un ensemble de règles, de procédures et de processus pour que l'information aide à la décision ou à l'action.

- **Les progiciels de gestion** sont des ressources immatérielles (logiciels intégrés) qui traitent des informations relatives à plusieurs fonctions de l'entreprise. Ils mettent en relation des données afin de décloisonner les services de l'entreprise et la rendre plus performante.

Remarque

– Le SCM (*Supply Chain Management*) intègre l'ensemble de la chaîne logistique d'une entreprise. Cet outil est interne à l'entreprise.
– Le CRM (*Customer Relationship Management*) gère de l'information externe (qui provient du client) pour une utilisation interne.

57 Les apports du SI face aux défis de l'entreprise

Aujourd'hui, le développement du *Big Data* constitue un défi pour l'entreprise. Le SI doit être capable de collecter les données utiles, ce qui peut supposer une sélection préalable, et les agréger afin de constituer des informations pertinentes qui aideront à la prise de décision au sein de l'entreprise aux niveaux stratégique, tactique et opérationnel.

1 Le SI source d'avantage concurrentiel stratégique

A L'information est une ressource à part

- L'information ne s'use pas lors de son utilisation. À la différence d'une matière première traditionnelle, sa consommation n'entraîne pas sa destruction.
- La production de l'information représente un coût, mais son coût de réplication est nul ou quasi nul.
- Les deux éléments précédents rendent difficile la valorisation de l'information, contrairement à un bien tangible (immobilisation corporelle de l'entreprise telle qu'un immeuble ou une machine).

B L'information est une ressource différenciante

- **Un SI flexible est source de création de valeur** pour l'entreprise et peut générer un avantage concurrentiel s'il est mis au service du processus stratégique.

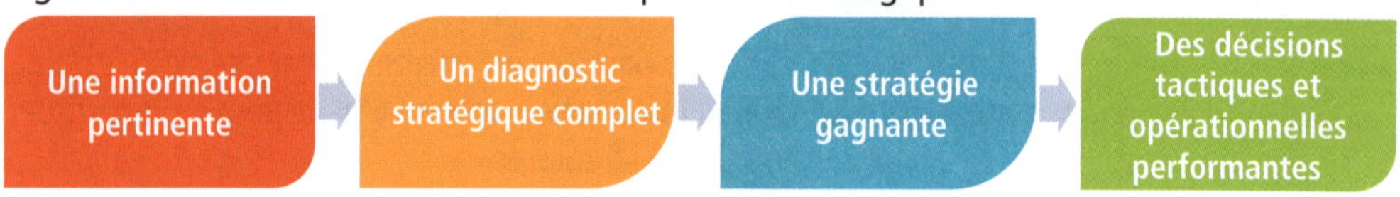

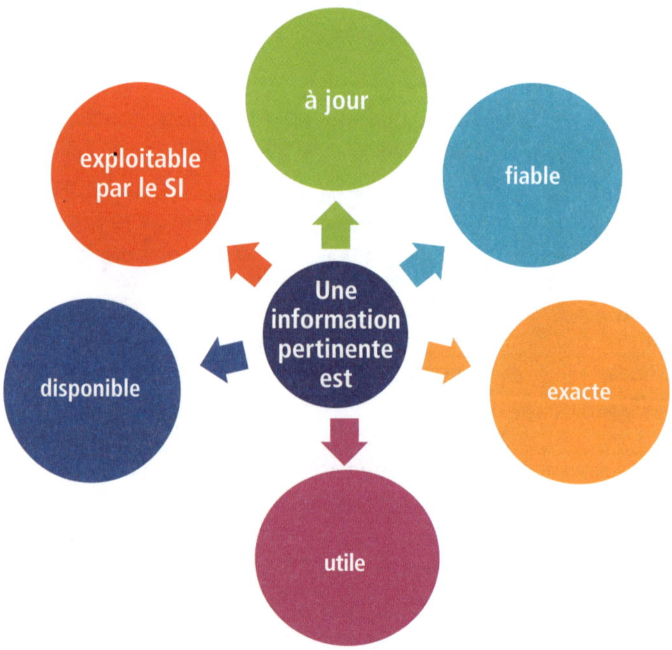

• **Le SI doit combiner une fonction d'intégration**, afin d'agréger un maximum d'informations et assurer une vue d'ensemble de l'entreprise, et une **fonction de spécialisation**, pour se placer au plus près de là où l'information est nécessaire pour décider et agir vite. Ces contraintes ont poussé les entreprises à développer de nouvelles configurations structurelles.

Remarque

Si le SI permet une bonne connaissance de l'ensemble des coûts de l'entreprise (et surtout la mise à jour de ses coûts cachés), celle-ci peut développer sa compétitivité prix.

2 Le SI source d'innovation structurelle

• Face à un environnement ouvert, changeant et incertain, les entreprises ont cherché à gagner en réactivité et peuvent s'appuyer sur le SI pour développer des structures organisationnelles plus souples et adaptables.

• Voici quelques tendances :

Empowerment	Démarche qui consiste à réduire le nombre de niveaux hiérarchiques afin d'accélérer la prise de décision.
Reengineering	• C'est une reconfiguration générale de la structure de l'organisation autour non pas des fonctions mais du processus. • Cette méthode a été mise en avant par Hammer et Champy.
Structure par projet	• Gestion des activités bâtie autour de la gestion d'un projet. Ce type de structure privilégie une gestion des coûts selon la méthode ABC et non pas seulement la méthode des coûts complets. • En termes de condition de travail, le *coworking* ou travail collaboratif est privilégié. • En termes de mécanisme de coordination, l'ajustement mutuel ou la communication transversale et non pas verticale est mise en avant.
Structure en réseau	• Les frontières de l'entreprise sont redéfinies. Le SI facilite une structure où les fonctions peuvent être externalisées mais les liens restent forts grâce à des partenariats étroits. • On parle d'« entreprise étendue ». Les fournisseurs, les clients, les sous-traitants peuvent co-concevoir, co-innover, co-construire.

58 Les risques et défis humains liés au SI

Le SI est un facteur de performance pour l'entreprise mais il pose également des difficultés que le directeur du système d'information (DSI) doit prendre en considération.

1 La typologie des risques liés aux SI

Les risques liés aux SI sont de plusieurs types : sécuritaire, opérationnel, juridique, sociaux et financiers.

Types de risque	Manifestation
Sécuritaire	**Atteintes au patrimoine informationnel** de l'entreprise : – cyber-attaques ; – diffusion d'un virus informatique ; – vol, piratage, espionnage industriel ; – destruction ou perte des données.
Opérationnel	**Tout événement qui empêche le fonctionnement normal** de l'organisation : – obsolescence ou panne du matériel ; – défaut de maintenance ; – mauvaise gestion des licences logicielles.
Juridique	**L'avènement du numérique a fait évoluer les règles du droit** sur de nombreux points : – négociation et gestion des contrats de prestations informatiques ; – respect de la réglementation en matière de protection des données à caractère personnel (RGPD) ; – protection des bases de données au titre des droits d'auteur.
Sociaux	L'outil informatique a envahi les lieux de travail et a entraîné l'**apparition de nouvelles pratiques qui doivent être surveillées** : – utilisation excessive, voire illégale, à des fins privées des moyens informatiques professionnels mis à la disposition des salariés ; – intrusion dans la vie privée sur les données récoltées relatives aux salariés ; – perméabilité entre les sphères professionnelle et privée (droit à la déconnexion).
Financiers	Le SI génère des coûts importants qu'il faut maîtriser : – coût d'acquisition et de maintenance du matériel, des licences logicielles ; – coût de l'intégration et du paramétrage du PGI et de la formation des utilisateurs.

2 Le SI source de crises et de résistance aux changements

- Au cours de la vie de l'entreprise, sa taille et sa structure évoluent ; avec elle, le SI s'adapte et évolue à son tour.
- Dans cette épopée entrepreneuriale, le changement de SI peut générer des difficultés humaines et des crises managériales à traiter.

A Les crises tout au long de la croissance de l'entreprise selon Greiner

Greiner identifie 5 crises possibles tout au long des 6 phases de développement des entreprises :

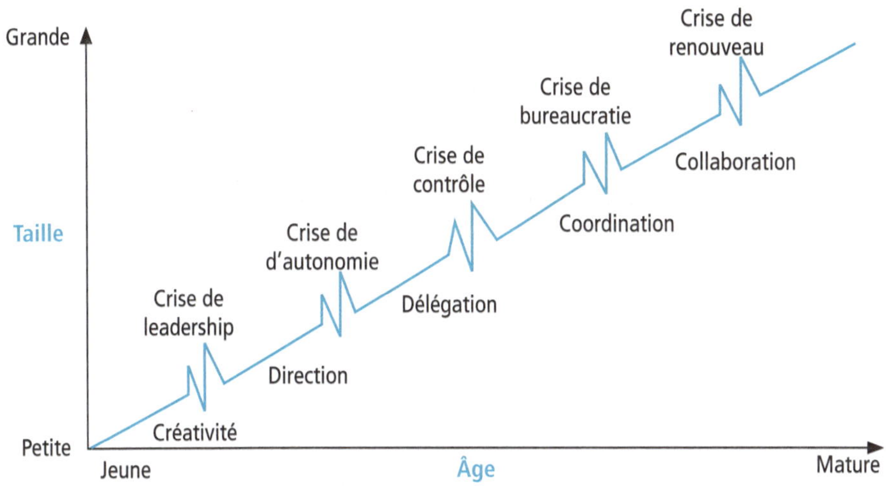

▲ Le modèle de Greiner

Phase	1. créative	2. directive	3 de délégation	4. de coordination	5. de collaboration	6. d'externalisation
Crise	de leadership	d'autonomie	de contrôle	de bureaucratie	de saturation psychologique des salariés	

B Les facteurs de résistances au changement

Le changement peut entraîner une résistance de la part des acteurs en présence. Les facteurs de ces résistances (selon Crozier notamment mais aussi Lewin, Lawrence, Coch et French) peuvent être multiples :

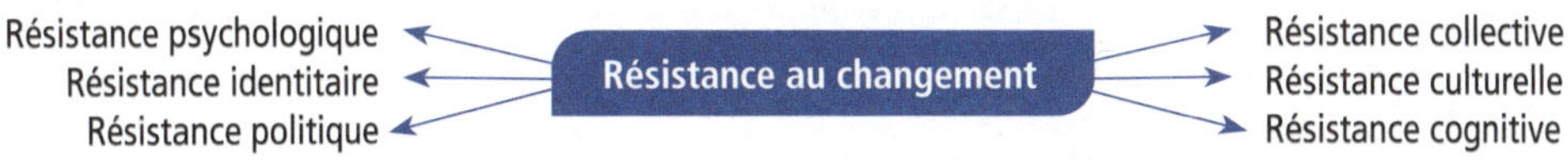

C Les recommandations pour gérer le changement selon Lewin

Lewin recommande de respecter les phases de résistance afin de gérer correctement le changement.

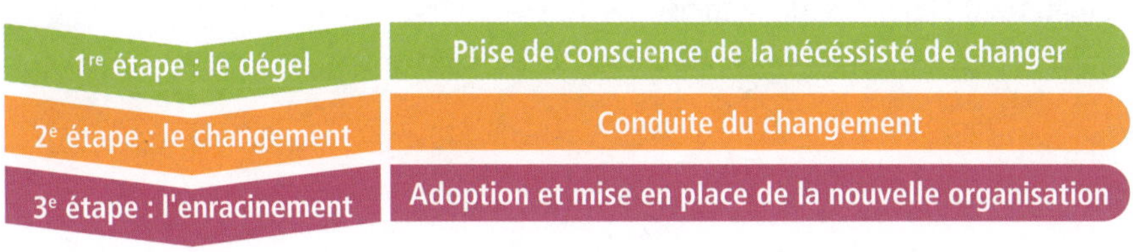

59 Offre, demande de travail et segmentation du marché du travail

Attention à ne pas faire de confusion avec le langage usuel :
– **l'offre de (facteur) travail** correspond aux individus qui disposent ou souhaitent disposer d'un travail rémunéré, leur permettant de financer leur consommation et leur épargne.
– **la demande de travail** émane des entreprises et organismes publics, pour qui il s'agit d'un facteur de production.
Offre de travail ⟷ Demande d'emploi
Demande de travail ⟷ Offre d'emploi

1 Offre et demande de travail sur le plan théorique

• **L'offre de travail** est censée être le fruit d'un **arbitrage entre temps de travail** (en contrepartie des efforts les salaires permettent de consommer) **et temps de loisir** (qui apporte une satisfaction immédiate mais génère un manque à gagner ou coût d'opportunité).

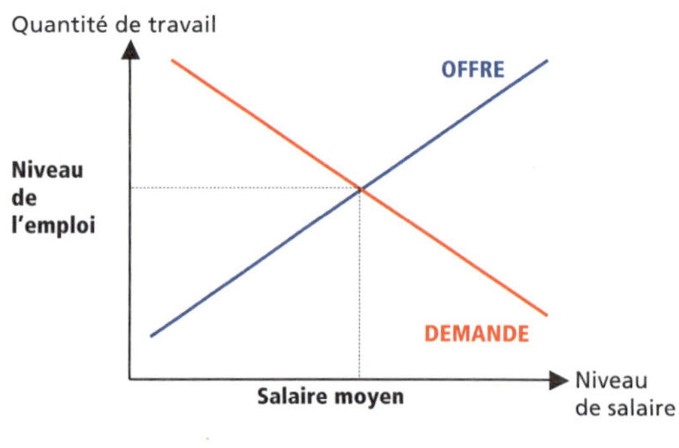

▲ L'ajustement théorique du marché du travail

• **L'augmentation du niveau des salaires** rend en principe le travail plus attractif (et il accroit le coût d'opportunité du temps de loisir) et **se traduit par une hausse de l'offre de travail.**

• **La demande de travail** est une demande de facteur permettant aux entreprises de produire. **Elle dépend essentiellement de sa productivité et de son coût.** En principe, la demande de travail diminue lorsque le niveau de salaire s'élève, car cela signifie un coût du travail plus élevé qui peut conduire les entreprises à privilégier d'autres facteurs de production (davantage d'automatisation).

Remarque
En théorie donc, le chômage ne peut exister sauf s'il est volontaire, puisque l'ajustement des salaires permet d'équilibrer offre et demande de travail.

2 Une réalité plus complexe

• En réalité, il n'y a pas un mais une multitude de marchés du travail, car ce dernier n'est **pas homogène**, tant du côté de l'offre que de la demande. Il ne peut y avoir **un seul** niveau de salaire permettant l'équilibre du marché.

L'hétérogénéité du travail	
Offre de travail	**Demande de travail**
Différents : – niveaux de qualification des individus – parcours et expériences professionnels – degrés de mobilité fonctionnelle et/ou géographique...	Des profils différents demandés selon : – les compétences, qualités… – le degré de spécialisation – le temps de travail (temps complet, temps partiel…) – le type de contrat proposé (CDI, CDD, intérim)...

• Ainsi, en dépit d'un chômage élevé observé en France, il existe des domaines où le marché du travail est en tension et où **les entreprises peinent à recruter** et à trouver ou attirer les profils qu'elles recherchent : il y a **coexistence de personnes au chômage et d'emplois vacants.**

3 Un marché du travail segmenté

• **L'hétérogénéité du travail** se traduit par une segmentation du marché qui conduit à distinguer plus particulièrement deux segments :

Marché interne (segment des *insiders*)	Concerne des travailleurs relativement protégés face au chômage ; leurs caractéristiques : – niveau de qualification élevé ; – contrats de travail relativement stables (CDI) ; – niveaux de rémunération élevés ; – perspectives de promotion.
Marché externe (segment des *outsiders*)	Concerne des travailleurs relativement défavorisés en termes d'emploi, plus susceptibles de connaître des épisodes de chômage : – statuts plus précaires (CDD, intérim…) ; – emplois soumis aux aléas de la conjoncture économique ; – faibles perspectives d'évolution dans l'entreprise.

• **Le marché du travail français est caractérisé par des tendances lourdes**, dont une partie est imputable à cette dualité du marché :

Déséquilibres et tendances lourdes du marché du travail français	
Tendances révélatrices d'une forte segmentation du marché du travail	• Accès à l'emploi difficile pour les personnes ne disposant pas de qualifications professionnelles • Temps d'accès à un emploi durable de plus en plus long, notamment pour les primoaccédants sur le marché du travail (y compris avec des qualifications élevées) • Taux d'emploi pour les personnes âgées de plus de 50 ans plus faible que dans les autres pays européens • Écart de rémunérations entre hommes et femmes persistant (même s'il diminue) • Temps partiel subi par un nombre croissant d'employés qui souhaiteraient travailler à temps plein
Tendances liées à d'autres facteurs	• Le niveau relativement élevé du SMIC (par rapport aux autres pays européens) pèse sur l'emploi dans certains secteurs à faible productivité (commerce, restauration…) • Tensions sur le marché du travail liées aux règlementations propres à certains secteurs comme des conditions de diplôme pour pouvoir exercer (médecins, pharmaciens, notaires, avocats…) • L'ubérisation croissante de certaines activités multiplie les formes atypiques d'emplois (indépendants, autoentrepreneurs)

• Certains économistes craignent par ailleurs que les progrès rapides dans le domaine numérique entraînent une disparition de métiers plus forte que les créations de nouveaux emplois.

60 La politique de l'emploi

Face aux déséquilibres du marché du travail, l'État mène une politique de l'emploi qui vise tout à la fois à résorber le chômage et aider les personnes sans emploi.

1 Les politiques actives de l'emploi

• **Également qualifiées de traitement économique du chômage,** ces politiques visent à réduire le chômage, notamment en augmentant le volume d'emplois dans l'économie.

Leviers théoriques visant à réduire le chômage	Réduire l'offre de travail	Retarder l'entrée sur le marché du travail (allonger la durée des études), réduire l'âge de départ en retraite...
	Accroître la demande de travail	Stimuler la croissance et l'activité des entreprises, réduire le coût du travail (SMIC, cotisations sociales)...
	Favoriser une meilleure adéquation en offre et demande de travail	Développer la formation des individus, accroître la flexibilité du travail...

• **Tous ces leviers ne sont pas nécessairement exploités** par les pouvoirs publics ; ainsi, les difficultés de financement des pensions de retraite ont conduit à retarder les départs à la retraite.

• **Les pouvoirs publics ont cherché à cibler les populations les plus fragiles** ces dernières années (jeunes, non qualifiés) et à privilégier les actions suivantes :
– **favoriser une meilleure adéquation entre les demandes des entreprises et l'offre de travail,** notamment par la politique de formation (élévation du niveau des études, développement de la formation professionnelle…) ou *via* l'action de Pôle Emploi ;
– **mettre en place des contrats aidés** (ou subventionnés) pour favoriser l'embauche de personnes en situation de précarité par des employeurs publics (ou privés).

2 Les politiques passives de l'emploi

• **Les politiques passives de l'emploi** visent à faire face aux conséquences négatives du chômage, notamment la perte de revenu qui en découle.

• **L'indemnisation des chômeurs** repose sur des leviers tels que le niveau ou la durée d'indemnisation du chômage. La générosité de l'indemnisation se heurte :
– **aux contraintes de financement** qui pèsent sur les organismes sociaux (financement de l'Unedic) ;
– à **une éventuelle désincitation** au retour à l'emploi.

• **Le traitement social du chômage** est moins mis en avant que par le passé, mais il reste important au regard des mutations extrêmement rapides du travail et des compétences dont les entreprises ont besoin. Il s'agit notamment d'aider les individus en période de transition professionnelle.

61 Les sources du droit du travail imposées et négociées

Le droit du travail régit les rapports individuels et collectifs créés par la relation de travail entre les employeurs et les salariés.
Chaque source du droit du travail se positionne dans la hiérarchie des normes : la norme juridique supérieure s'impose à la norme inférieure. Nous les présentons de la plus élevée à la moins élevée.

1 Les sources internationales

A Les traités internationaux

Ce sont des **conventions internationales** signées entre les États.

Exemple
Les États signataires de la convention de l'Organisation internationale du travail (OIT) s'engagent à ce que la procédure de rupture d'un contrat de travail respecte les droits de la défense du salarié.

B Les normes européennes

Normes	Définition	Exemple
Règlements communautaires	Généraux et abstraits, ils s'appliquent immédiatement dans le droit national des États membres.	Le règlement (UE) 2016/679 du Parlement européen et du Conseil du 27 avril 2016, régit la protection des personnes physiques à l'égard du traitement des données à caractère personnel et à la libre circulation de ces données.
Directives communautaires	Fixent des objectifs à atteindre dans un délai fixé ; elles nécessitent une transposition dans le droit national par les États membres.	• La directive européenne sur le temps de travail (2003/88/CE) impose aux pays de l'UE de garantir à tous les travailleurs des droits minimaux sur les congés payés, la durée du repos quotidien… • Les pays ne disposant pas encore de lois sur ce sujet sont donc tenus de transposer la directive en droit national.

La **Cour de justice de l'Union européenne (CJUE)**, sur saisine de la Commission européenne, d'une institution communautaire, d'un État membre ou d'un particulier selon les cas, veille au bon respect de ces normes.

2 Les sources nationales

• **La Constitution de 1958 prime sur les autres normes juridiques** selon le principe de la hiérarchie des normes.

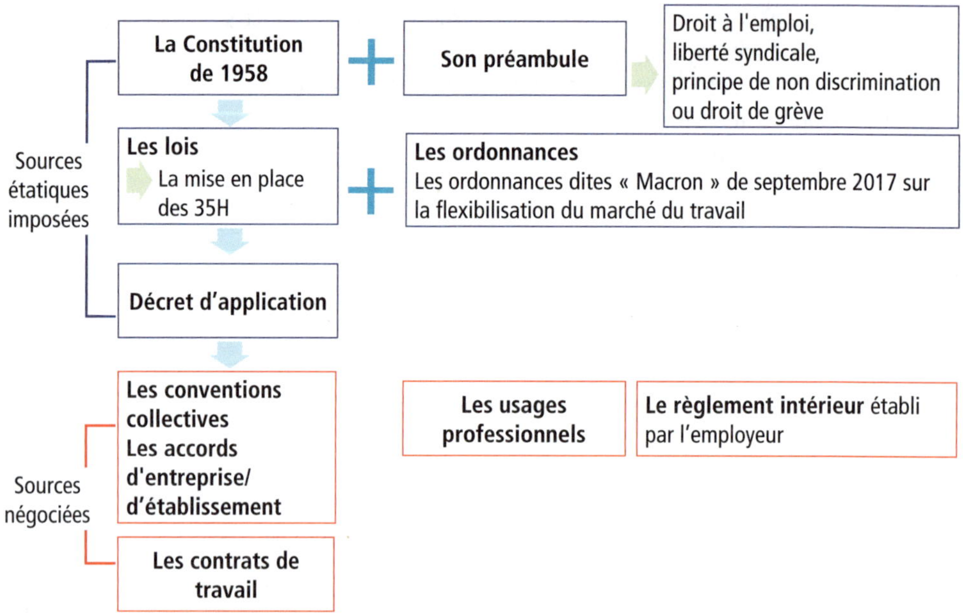

• **Le droit négocié** concerne l'ensemble des textes qui **résulte de la concertation entre les partenaires sociaux** : les organisations syndicales de salariés représentatives (OSR) et une ou plusieurs organisations d'employeurs ou tout autre groupement d'employeurs ou un employeur pris individuellement.

• **La négociation collective** vise à **trouver un équilibre entre efficacité économique et justice sociale**.

• **Le droit négocié, issu de la convention collective,** a pour objectif d'**adapter les règles du Code du travail aux spécificités** de la branche, de l'entreprise, voire de l'établissement.

62 Les régimes juridiques du salarié et du travailleur indépendant

Une activité professionnelle peut s'exercer selon plusieurs statuts.

1 Le salariat par un contrat de travail

A Présence d'un contrat de travail

• **Le contrat de travail** est la convention par laquelle une partie, le salarié, met son travail à disposition de l'autre partie, l'employeur, moyennant rémunération et dans un lien de subordination juridique.

Définition

Subordination : exécution d'un travail sous l'autorité de l'employeur qui a le pouvoir de donner des ordres et des directives à son salarié, de contrôler le déroulement de son travail et d'en sanctionner les manquements.

• **Le lien de subordination** ne peut faire l'objet d'une renonciation par les parties. Lorsqu'il existe dans la relation de travail mais que celle-ci n'est pas considérée comme un contrat de travail, le contrat peut être requalifié et l'employeur peut être condamné pour délit de travail dissimulé.

Exemple

Lorsqu'un travailleur indépendant ne travaille dans les faits que pour un seul client et que ce dernier impose les conditions de travail, le juge peut requalifier la relation en contrat de travail et condamner le client pour délit de travail dissimulé.

B Le statut du salarié

Qui est concerné ?	Les gérants minoritaires ou égalitaires rémunérés des SARL et les dirigeants des sociétés anonymes, mais également tous les ouvriers, employés, agents de maîtrise, techniciens et cadres.
Statut social	Cotisations obligatoires pour les régimes de protection sociale.
Statut fiscal selon la forme juridique	En principe, l'imposition se fait sur les revenus.

2 Contrat d'entreprise ou de prestation de service

Une entreprise qui fournit une prestation de service à son donneur d'ordre respecte un cahier des charges mais conserve sa liberté dans l'exécution de sa prestation. **Elle n'est donc pas subordonnée à son client mais indépendante.**

Qui est concerné ?	Entrepreneurs individuels, micro-entrepreneurs, gérants majoritaires de SARL, associés de sociétés de personnes.
Statut social	Possibilité de choisir une fourchette de cotisations.
Statut fiscal selon la forme juridique	En principe, l'imposition se fait soit sur les bénéfices de la société (IS) pour une personne morale, soit sur les revenus perçus pour une personne physique (IRPP). Pour ces derniers, l'imposition dépend encore de la nature des bénéfices : industriels et commerciaux (BIC), agricoles (BA), non commerciaux (BNC).

3 Des frontières floues

- **Les distinctions entre salariés et travailleurs indépendants s'estompent.** Depuis la création du statut d'autoentrepreneur en 2008 (devenu micro-entrepreneur), les entreprises incitent parfois leurs salariés à devenir leurs fournisseurs ou leurs distributeurs en adoptant ce nouveau statut : le statut change alors que les conditions de travail, donc de subordination, varient peu…

- **Dans le secteur numérique,** les plateformes de mise en relation entre prestataires de services et clients (de type Uber) diminuent encore cette frontière : le prestataire de service n'est pas salarié mais est fortement dépendant des conditions de travail imposées par la plateforme.

63 Les contrats de travail

Le contrat de travail individualise la relation de travail et crée des obligations entre les parties. Il doit respecter la réglementation du travail ainsi que les conditions de validité du droit commun des contrats.

1 Les 5 éléments fondamentaux du contrat de travail

Les parties	Le salarié est forcément une personne physique.
Le salaire versé	La rémunération peut se composer d'une part fixe et d'une part variable et d'avantages en nature.
La fonction occupée	Elle découle de la qualification du salarié : son expérience, ses diplômes.
Le lieu de travail	Fixe ou variable ; il peut inclure une clause de mobilité.
La durée du contrat	Le contrat doit respecter la durée légale du travail. Il peut être signé à temps partiel.

2 Les types de contrat de travail

CDI	Contrat de droit commun. Durée indéterminée. 86 % des contrats de travail.	
CDD	Contrat de travail dérogatoire. Durée déterminée.	Conditions de durée, de recours, de renouvellement, spécifiques afin de protéger le salarié.
CTT	Contrat de travail dérogatoire. Travail temporaire. Recours à une entreprise intérimaire.	

3 Les clauses du contrat de travail

En fonction de la protection des intérêts légitimes de l'entreprise et des souhaits du salarié, les parties peuvent négocier des clauses.

Période d'essai Articles L 1221-19 et suivants du Code du travail	• Pendant une période de 2 à 4 mois maximum, le salarié vérifie que l'emploi lui convient et l'employeur vérifie que le salarié correspond bien à ses fonctions. • Chaque partie peut rompre la période d'essai sans motif et sans indemnité, mais doit respecter un délai de préavis. Le salarié touche ses droits aux allocations chômage même s'il est à l'initiative de la rupture.
Clause de non concurrence	En contrepartie, d'une compensation financière, l'employeur interdit à son salarié de pratiquer une concurrence directe ou indirecte contre son entreprise si ce dernier venait à la quitter.
Clause de confidentialité	Les parties s'engagent à ne pas divulguer des informations dites sensibles telles que des secrets de fabrique.
Clause de mobilité	Le salarié accepte que l'employeur puisse modifier le lieu d'exécution du contrat de travail ; l'étendue géographique envisagée doit être précise.

64 Les principes de la protection du salarié

Face à la supériorité de l'employeur sur son salarié (lien de subordination), le droit du travail protège le salarié en **rééquilibrant la relation contractuelle** : il impose des obligations à l'employeur et confère des droits aux salariés. Enfin, le juge s'assure que les clauses du contrat de travail ne sont pas abusives ou déloyales.

1 Les obligations de l'employeur

L'art L1121-1 du Code du travail fixe **4 limites au pouvoir de direction** de l'employeur.

Obligation	Explication
Absence de discrimination	L'employeur ne peut exercer des discriminations d'ordre religieux, politique, sexuel ou syndical.
Respect d'une obligation de sécurité de résultat	L'employeur engage une responsabilité sans faute vis-à-vis de la santé de ses salariés. Il doit tout mettre en œuvre pour éviter tout accident du travail ou maladie professionnelle.
Respect des libertés fondamentales et de la vie privée	Le salarié dispose de sa liberté d'expression ou encore du secret de ses correspondances sur son lieu de travail.
Respect de la bonne foi	L'employeur doit agir dans l'intérêt de l'entreprise.

2 Les droits et libertés du salarié

A Pour évoluer pendant sa vie professionnelle : la formation

- La formation est le moyen pour un salarié d'acquérir ou d'actualiser ses connaissances, de développer ses compétences et son employabilité. C'est aussi une nécessité pour l'entreprise qui contribue à son financement.

Remarque

Selon l'article L6111-1 du Code du travail, « la formation professionnelle tout au long de la vie constitue une obligation nationale ».

- Les salariés disposent de plusieurs dispositifs de formation :

– le **compte personnel de formation** (CPF)
– la **validation des acquis de l'expérience** (VAE)
– le **conseil en évolution professionnelle** (CEP)

B Pour défendre ses conditions de travail

- Le salarié bénéficie également des libertés consacrées par le préambule de la Constitution de 1958 :

– **le droit de grève :** cessation totale et collective du travail en vue d'appuyer des revendications professionnelles préalablement présentées à l'employeur ;
– **la liberté syndicale :** tout salarié est libre d'adhérer à une section syndicale au sein de son entreprise.

- Le salarié peut également participer aux différentes instances représentatives du personnel : comité social et économique, délégué syndical.

3 La protection judiciaire du salarié

Le Conseil de prud'hommes tranche les contentieux liés au contrat de travail. Il reste impartial mais protège souvent les salariés face aux abus des employeurs dans la rédaction de certaines clauses.

65 Les modifications du rapport d'emploi

Le contrat de travail est un **contrat à exécution successive** : la relation de travail peut évoluer dans le temps. Le droit protège le salarié face à ces évolutions.

1 Modification à l'initiative de l'employeur

• En raison de la force obligatoire du contrat, l'employeur ne peut modifier unilatéralement le contrat de travail, mais la jurisprudence distingue deux cas :

La modification du contrat de travail	La modification des conditions de travail
L'employeur souhaite modifier le lieu, la rémunération ou la qualification du contrat.	L'employeur modifie un élément accessoire au contrat comme les horaires de travail.
Le salarié doit donner son accord. Un refus ne constitue pas une faute.	Le refus du salarié constitue une faute.

• Les parties peuvent convenir qu'un élément fondamental devienne une simple condition de travail.

Exemple : En signant une clause de mobilité, le salarié accepte que le lieu d'exécution de son travail puisse être modifié ultérieurement par l'employeur sans son accord.

2 Changement d'employeur

Selon l'article L1224-1 du Code du travail, lorsque l'employeur du salarié change du fait d'une fusion ou d'un rachat, tous les contrats de travail en cours au jour de la modification subsistent entre le nouvel employeur et le personnel de l'entreprise.

CEJM

3 La rupture du contrat de travail

Initiative de la rupture	Dispositif	Régime juridique applicable
Salarié	Démission	Elle doit être écrite et non équivoque.
	Départ à la retraite	Possible dès 62 ans. À 67 ans, le salarié a droit à une retraite complète même s'il n'a pas cotisé tous les trimestres exigés.
Employeur	Licenciement pour motif personnel	Il repose sur une cause réelle et sérieuse inhérente à la personne du salarié. Il peut s'agir d'un motif disciplinaire. L'employeur convoque le salarié à un entretien puis lui notifie son licenciement par une lettre écrite.
	Licenciement pour motif économique	Il résulte d'une suppression ou d'une transformation d'emploi ou d'une modification refusée par le salarié d'un élément essentiel du contrat de travail, consécutive notamment à des difficultés économiques, des mutations technologiques, à une réorganisation de l'entreprise nécessaire à la sauvegarde de la compétitivité, à la cessation d'activité de l'entreprise.
Les 2 parties	Rupture conventionnelle	Elle peut être individuelle ou collective.

• **Le droit cherche à prévenir les licenciements économiques** en proposant des négociations autour des emplois menacés. Ces mesures peuvent être regroupées dans un **plan de sauvegarde de l'emploi**.

66 De la GRH à la GPEC

1 La gestion des ressources humaines (GRH)

A Les enjeux de la GRH

• **La gestion des ressources humaines** regroupe l'ensemble des politiques et des actions qui permettent à une entreprise de disposer en permanence d'un effectif à la fois suffisant et compétent pour réaliser le travail demandé de manière performante.

• **La gestion prévisionnelle de l'emploi et des compétences (GPEC)** est donc un enjeu essentiel pour le maintien de la compétitivité de l'entreprise en anticipant ses besoins futurs.

B La mise en œuvre de la GRH

• **Souvent identifiée par sa dimension quantitative** (recrutements, licenciements…), la gestion des ressources humaines intègre de plus en plus d'éléments en lien avec la gestion qualitative des ressources humaines (cartographie des compétences, besoins en formation des salariés…).

• **L'entreprise doit mener un audit de ses ressources existantes** avant de définir sa politique en matière de ressources humaines. Il est (relativement) facile de faire un audit quantitatif des ressources disponibles (nombre de salariés, nombre d'heures travaillées…), mais il est plus difficile d'établir le bilan des compétences détenues et exercées par l'ensemble des salariés.

2 La GPEC

A Les enjeux de la GPEC

• **La gestion prévisionnelle des emplois et des compétences (GPEC)s constitue un enjeu important** dont l'objectif est de permettre à une entreprise de trouver un juste milieu entre le coût de sa masse salariale et la richesse créée par les salariés.

• **Les ressources humaines étant une source d'avantage concurrentiel durable,** l'entreprise doit favoriser l'émergence d'une **main-d'œuvre polyvalente** (pour répondre à un environnement de plus en plus complexe), **spécialisée** (sur les domaines de compétences recherchés), **réactive** (adaptable), **créative** (source de création de valeur ajoutée) et **disponible** (motivée et impliquée).

Définition

GPEC : démarche d'optimisation de l'allocation des ressources humaines. Elle vise à identifier les besoins à venir d'une organisation et à les mettre en relation avec les ressources actuelles. L'écart entre l'existant et les besoins entraîne la mise en œuvre d'actions d'ajustement (formation, recrutement…).

B Les outils de la GPEC

La mise en œuvre d'un **plan de formation** va donc concerner :

– **la réalisation de bilans de compétences** afin que les salariés puissent analyser leurs aptitudes et compétences, définir leurs priorités professionnelles et solliciter les formations en lien avec leurs objectifs de carrière ;

ACTIONS DE FORMATION À DESTINATION DES PERSONNELS

- Actions permettant une adaptation du salarié au poste de travail
- Actions liées à l'évolution des emplois ou participant au maintien dans l'emploi
- Actions permettant le développement personnel des salariés

– **la validation des acquis de l'expérience** pour permettre à chaque salarié de faire reconnaître par un diplôme, titre ou qualification, l'expérience professionnelle (et les compétences associées) acquise sur le lieu de travail ;

– **les congés individuels de formation** permettant à tout salarié de suivre à son initiative et à titre individuel des actions de formation ;

– **le compte personnel de formation** (500 ou 800 euros par an cumulables sur 10 ans) utilisable par le salarié après accord de son employeur pour suivre une action de formation.

Remarque

Un an d'expérience en rapport avec le contenu de la certification visée est nécessaire pour obtenir une validation des acquis de l'expérience (VAE).

Exemple

La pénurie de compétences s'amplifie dans les PME. Au premier semestre 2018, plus de 50 % des petites entreprises estimaient que leurs difficultés à recruter constituaient le principal frein à leur développement. Pour y remédier, les entreprises tentent d'augmenter les heures supplémentaires et la polyvalence des salariés en poste.

67 Les facteurs de la motivation et de la satisfaction au travail

Des actions en lien avec les facteurs de motivation identifiés doivent être menées par le manager pour favoriser la motivation individuelle des salariés.

1 Les facteurs de motivation selon Maslow, Herzberg et Vroom

- **Dans sa théorie des besoins,** Abraham Maslow détermine cinq catégories de besoins, hiérarchiquement structurés, que tout individu cherche à satisfaire et qui sont à la source de sa motivation : les **besoins physiologiques, de sécurité, sociaux, d'estime, d'auto-accomplissement**.
- **Frederick Herzberg** distingue les facteurs « **de motivation** » afférents au contenu du travail (réussite, considération, responsabilité) et des facteurs « **ambiance** » liés au contexte du travail (politique salariale, sécurité de l'emploi, conditions de travail…).
- **Victor Vroom,** dans sa théorie des attentes, explique la motivation des individus selon la récompense qu'ils peuvent attendre des efforts déployés. Elle ne saurait se limiter à un aspect purement financier et doit correspondre aux aspirations du salarié (comme le besoin de reconnaissance).

2 Les outils au service de la motivation des salariés

A Les facteurs liés à la rémunération

Le système de primes	Des primes, variables en fonction du critère retenu, permettent de mener une politique de rémunération flexible qui lie une partie du salaire aux résultats obtenus de manière individuelle ou collective.
La participation aux résultats	Système (obligatoire dans les entreprises de 50 salariés et plus) permettant aux salariés de percevoir une part des résultats de l'entreprise.
L'intéressement	Avantage financier fondé sur les résultats de l'entreprise distribué à tout ou à une partie du personnel de l'entreprise dans le but d'accroître l'implication.
Le plan épargne entreprise (PEE)	Système d'épargne collectif et facultatif mis en place pour permettre aux salariés de se constituer un capital sous forme de valeurs mobilières.
Les stock-options	Droit accordé à certains salariés d'acquérir dans le futur des actions de leur entreprise à un prix fixé lors de l'attribution du droit et pendant un nombre d'années donné.

B Les facteurs qualitatifs

- **Le contenu et l'environnement du travail :** élargissement des tâches, augmentation du degré d'autonomie, ergonomie du poste de travail…
- **Les perspectives d'évolution professionnelle :** promotions, montée en compétence, formation tout au long de la vie professionnelle…
- **L'adhésion à la culture de l'entreprise :** motivation collective par le biais du sens donné aux buts poursuivis par l'entreprise (éthique, valeurs…).

68 Les conditions de travail et leurs évolutions

L'organisation productiviste du travail qui a prévalu dans le cadre de **l'organisation scientifique du travail** a progressivement fait place à une autre approche des conditions de travail.

1 Les composantes des conditions de travail

Conditions de travail

Facteurs physiques et environnementaux
Bureau individuel/*open space*
Travail debout ou assis, sédentaire/itinérant…

Facteurs sociaux
Relations de travail
Style de management
Travail précaire/CDI…

Facteurs organisationnels
Consignes, règlements
Organisation du travail
Procédures et contrôle…

Facteurs psychologiques
Situations qui impactent la santé du salarié (stress, souffrance)

2 Les évolutions des conditions de travail

A L'organisation scientifique du travail

• **Les 30 glorieuses ont marqué la prédominance d'une organisation scientifique du travail** reposant sur une division verticale et horizontale des tâches dans une optique centrée sur une amélioration continue de la productivité des salariés (ordonnancement des tâches, contrôle du temps et des mouvements, organisation des méthodes et techniques de production).
• **Ce mode de production,** adapté à une production de masse standardisée, a été progressivement remis en cause :
– par le développement de la production de services ;
– par le développement d'une demande de plus en plus individualisée ;
– par les inconvénients de ces conditions de travail : démotivation, absentéisme, accidents du travail, turnover des salariés (pénibilité, ennui).

B Les nouvelles formes d'organisation du travail

Elles privilégient des conditions de travail différentes axées sur :
– **une nouvelle organisation du travail :** rotation des salariés sur les postes de travail, élargissement et enrichissement des tâches, travail en équipe, management plus participatif pour impliquer les salariés à la prise de décision ;
– **la mise en place de systèmes de gratification plus incitatifs et plus individualisés :** hausse de la part variable de la rémunération, intéressement collectif et/ou individuels ;
– **l'amélioration des conditions de vie au travail :** sur le lieu de travail (approche ergonomique du poste) ou pour les services proposés aux salariés (crèche, restaurant d'entreprise…) ;
– **l'accompagnement des salariés** dans une évolution des compétences et donc des carrières (promotion, formation continue) ;
– **le développement de l'adhésion à la culture d'entreprise :** favoriser la notion d'identité et d'objectif commun, développement des actions en lien avec la politique de responsabilité sociale de l'entreprise…

69 Le diagnostic interne et externe

L'environnement d'une entreprise constitue tout autant des **opportunités** que des **menaces** ; un manager doit savoir les identifier avant d'élaborer sa stratégie.

1 L'établissement d'un diagnostic externe et interne

A Le diagnostic externe et l'analyse de l'environnement

Voir p. 248

• L'entreprise doit s'interroger sur sa capacité à pouvoir agir sur les différents facteurs de son environnement. **Le modèle PESTEL** en constitue une synthèse.

• On distingue :
– **les facteurs macro-environnementaux** (non directement liés à l'entreprise) : croissance économique, environnement sociétal, facteurs juridiques et culturels… ;
– **les facteurs micro-environnementaux :** spécifiques à une entreprise, en lien avec son environnement direct (marché, concurrents, fournisseurs…).

• L'environnement est perçu comme une **contrainte** ou une **opportunité** selon différents critères parmi lesquels :
– **son degré de stabilité :** évolutions réglementaires, rythme des innovations technologiques…
– **son degré de complexité :** multiplicité des concurrents, substituabilité des produits…

B Le diagnostic interne et les ressources stratégiques de l'entreprise

• **À travers l'analyse des ressources internes tangibles et intangibles,** l'entreprise identifie ses compétences distinctives ; ce sont ses **facteurs clés de succès** (**FCS**) : ils permettent à l'entreprise d'apprécier sa compétitivité et constituent ses principales forces face à ses concurrents.

> **Définition**
>
> **Facteurs clés de succès :** éléments à caractère commercial ou technologique qu'une entreprise doit maitriser pour être compétitive dans une activité donnée.

• **Le concept de chaîne de valeur** de M. Porter permet d'**identifier les sources de différenciation que l'entreprise pourra exploiter** en fonction des FCS révélés par le diagnostic interne :

Voir p. 252

– elle pourra y allouer ses ressources internes pour accroître son avantage compétitif ;
– ou envisager une externalisation de certaines activités ;
– ou envisager des stratégies de diversification en développant certains FCS.

2 La synthèse des diagnostics internes et externes

Elle permet au manager de prendre les décisions stratégiques qui vont orienter l'activité de l'entreprise et affecter l'allocation interne des ressources disponibles. Plusieurs outils aident à faire cette synthèse.

• **La matrice SWOT** (FFOM en français pour Forces, Faiblesses, Opportunités, Menaces) permet de faire la synthèse du diagnostic interne et externe.

	Aspects positifs	Aspects négatifs
Diagnostic interne	Forces *Strenghts*	Faiblesses *Weaknesses*
Diagnostic externe	Opportunités *Opportunities*	Menaces *Threats*

▲ Matrice SWOT

• **La matrice d'Igor Ansoff** présente les choix stratégiques possibles pour une entreprise en fonction de deux facteurs : la **gamme de produits existants ou en développement** et la **position de l'entreprise sur le marché visé**. Cette matrice est donc plus opérationnelle pour un manager qui souhaite développer une stratégie de croissance.

Produit / Marché	Existant	Nouveau
Existant	Pénétration de marché	Développement de produit
Nouveau	Développement de marché	Diversification

▲ Matrice d'Igor Ansoff

70 La démarche stratégique

La stratégie conduit à la détermination par l'entreprise de choix globaux déclinés en objectifs à atteindre ainsi que des ressources nécessaires pour y parvenir. On peut la définir de plusieurs manières.

1 Définitions de la stratégie

• **Définition d'Alfred Chandler :** déterminer les buts et objectifs à long terme d'une entreprise, adapter les moyens d'action et allouer les ressources nécessaires pour atteindre ces objectifs.
• **Définition d'Igor Ansoff :** piloter les modifications des relations du système-entreprise avec son environnement et de la frontière de ce système avec ce qui n'est pas lui.

2 Les étapes de la démarche stratégique

• **La démarche stratégique** est souvent représentée par le **modèle de Harvard** (modèle LCAG).
• **La définition de la stratégie est le résultat d'un double diagnostic** interne et externe avec les **valeurs et aspirations du manager** d'une part, et des **valeurs de l'entreprise** dans laquelle elle s'insère d'autre part (responsabilité sociale de l'entreprise).
• Cette phase achevée, le manager précise les modalités de mise en œuvre de la stratégie choisie.

Remarque

La « **démarche stratégique** » renvoie au processus de réflexion et de conception de la stratégie s'appuyant sur un diagnostic interne et externe.

- étape 1 — **Évaluation externe :** analyser l'environnement de l'entreprise (menaces et opportunités)
- étape 2 — **Évaluation interne :** identifier les avantages compétitifs potentiels de l'entreprise par rapport à ses concurrents (forces et faiblesses)
- étape 3 — **Identifier les stratégies possibles** à partir de la synthèse des diagnostics internes et externes
- étape 4 — **Choisir la stratégie à mettre en œuvre**, ce qui implique de définir les actions à réaliser pour accomplir les objectifs fixés

▲ Les étapes de la démarche stratégique

3 Stratégie délibérée et stratégie émergente

Henry Mintzberg distingue deux approches de la stratégie.
• **La stratégie délibérée** est issue d'une **démarche active de l'entreprise** qui effectue un choix délibéré en fonction de ses capacités et de l'analyse de son environnement. Cette stratégie met en œuvre une **planification stratégique pour** atteindre les objectifs visés.
• **La stratégie émergente** est **non planifiée**. Les entreprises sont souvent obligées de faire preuve d'adaptation pour pouvoir réagir aux évolutions subites de l'environnement.

Remarque

De plus en plus d'entreprises évoluent vers des stratégies émergentes pour s'adapter et réagir à un environnement rendu incertain et complexe par la révolution numérique et la mondialisation.

71 Les options stratégiques globales et par domaines d'activités

Suite au diagnostic stratégique, l'entreprise peut définir sa **stratégie globale** et sa **stratégie par domaines d'activités**.

1 La notion de domaine d'activité stratégique (DAS)

• Lorsqu'une entreprise intervient sur différents marchés, la segmentation de ses activités en **domaines d'activités stratégiques (DAS)** lui permet d'obtenir une **vision synthétique** de ses activités. Elle pourra donc **mettre en place des stratégies spécifiques** pour chaque DAS identifié.

• Les DAS sont généralement définis selon des **couples produits/marchés** caractérisés par un certain nombre de **facteurs communs** (fournisseurs, concurrents, consommateurs, technologies, etc.) pour lesquels il est possible de définir une stratégie particulière.

Exemple
Sur le marché des cosmétiques, l'entreprise L'Oréal met en place des stratégies spécifiques adaptées à son portefeuille de marques en fonction de la clientèle visée et du canal de distribution de ses produits selon 4 DAS : produits pour professionnels, produits de luxe, produits grand public, produits issus de la cosmétique active (avec des vertus médicales).

• Il convient de différencier :
– **les critères de segmentation marketing** utilisés pour définir le *marketing mix* (composition de sous-groupes de consommateurs ayant des besoins différents à assouvir) ;
– **les critères de segmentation stratégique** qui permettent de diviser les activités de l'entreprise en segments homogènes régis par des facteurs clés de succès identiques.

• **Parmi les critères d'homogénéité** les plus fréquemment proposés pour circonscrire les DAS, figurent le métier, la mission, le type de clientèle, l'espace géographique, le circuit de distribution.

• **Les principales stratégies associées** à une approche par domaines d'activité stratégiques, ou « stratégies génériques » selon la classification de M. Porter, sont les **stratégies de domination par les coûts, de différenciation, de focalisation**.

2 Les stratégies spécifiques par DAS (M. Porter)

Stratégies	Objectif	Exemple
Domination par les coûts	• Développer un avantage compétitif prix par rapport aux concurrents. • Permet à l'entreprise d'accroître ses parts de marché, et peut contribuer à lui assurer un avantage durable du fait des économies d'échelle procurées par l'effet volume.	Le constructeur automobile Renault a acquis une expertise dans la production de véhicules à bas coût (marque Dacia).
Différenciation	Quand le prix ne constitue pas le facteur déterminant du choix des consommateurs (*ex. : IPhone*), cette politique conduit à une stratégie de segmentation du marché de la part de l'entreprise.	Stratégie développée par Apple sur l'ensemble de sa gamme qui lui permet de se positionner sur les segments haut de gamme.

CEJM

Stratégies	Objectif	Exemple
Concentration / focalisation	Focalisation de l'entreprise sur un segment de son marché afin d'y concentrer ses ressources pour obtenir un avantage compétitif suffisant.	En janvier 2018, Kering lâche le sport et se concentre sur le luxe. Le groupe de luxe a indiqué vouloir céder 70 % de ses parts à ses actionnaires.

3 Les stratégies globales selon Igor Ansoff

Igor Ansoff définit deux grands types de **stratégies globales pour les entreprises**.

Stratégies	Objectif	Exemple
Spécialisation	L'entreprise limite son activité à un seul métier sur lequel elle détient un avantage concurrentiel certain.	En août 2017, le constructeur automobile français PSA a conclu le rachat des filiales européennes Opel et Vauxhall de l'américain General Motors. Avec plus de 17 % de part de marché, PSA devient le second constructeur européen.
Diversification	Offre à l'entreprise l'opportunité de se développer sur un marché correspondant à un nouveau métier.	En juin 2017, La Poste poursuit la diversification de ses activités en entrant dans le secteur de la prestation de santé à domicile grâce à une prise de participation dans la société Asten Santé (accompagnement à domicile de patients atteints de maladies chroniques).

A Les diverses stratégies de spécialisation

- **La pénétration du marché** vise à accroître la part de marché de l'entreprise sur un domaine particulier.

- **La politique d'élargissement de la gamme** consiste à couvrir l'ensemble des segments d'un marché particulier.

- **L'expansion géographique** consiste à couvrir un espace géographique avec un produit identique (ou adapté à la demande locale) pour accroître sa part de marché globale.

B Les stratégies de diversification

- **La diversification de placement :** l'entreprise utilise ses ressources disponibles pour investir de nouveaux marchés.

- **La diversification de survie :** l'entreprise qui ne dispose pas d'un avantage concurrentiel initial satisfaisant se tourne vers un nouveau marché.

- **La diversification de redéploiement :** l'entreprise qui dispose d'un avantage concurrentiel initial se repositionne sur des marchés offrant de meilleurs potentiels de croissance.

- **La diversification de confortement :** l'entreprise ne disposant pas d'un avantage concurrentiel initial décisif conforte sa position en se développant sur une activité complémentaire.

4 Intégration - externalisation

Dans une démarche globale, **une entreprise s'interroge sur ce qui constitue son cœur d'activité**. Les choix qui s'offrent à elle relèvent de la stratégie d'intégration, ou au contraire d'externalisation.

Stratégies	Objectif	Exemple
Intégration	• L'entreprise cherche à se positionner sur un maximum d'éléments de la chaîne de valeur du produit qu'elle réalise (des matières premières jusqu'à la distribution). • Cette intégration peut être verticale (vers l'amont et/ou vers l'aval) ou horizontale (création de co-entreprises avec un concurrent).	Michelin se distingue depuis des années des autres grands acteurs du pneu en possédant des plantations d'hévéas ; ils produisent le latex qui donne le caoutchouc naturel, matière première indispensable à son activité.
Externalisation	L'entreprise concède à une autre entreprise la réalisation d'une partie de sa production ou d'une fonction particulière (informatique, RH, comptabilité…) pour concentrer ses propres ressources sur son cœur de métier.	La Société Générale a externalisé certaines activités de ses sites franciliens : maintenance technique (chauffage, entretien des bâtiments), services et supports aux occupants (accueil, courrier), propreté, hygiène et environnement, sécurité et sûreté. Après un appel d'offres, ces fonctions ont été attribuées à des entreprises prestataires spécialisées.

5 Synthèse des principales stratégies

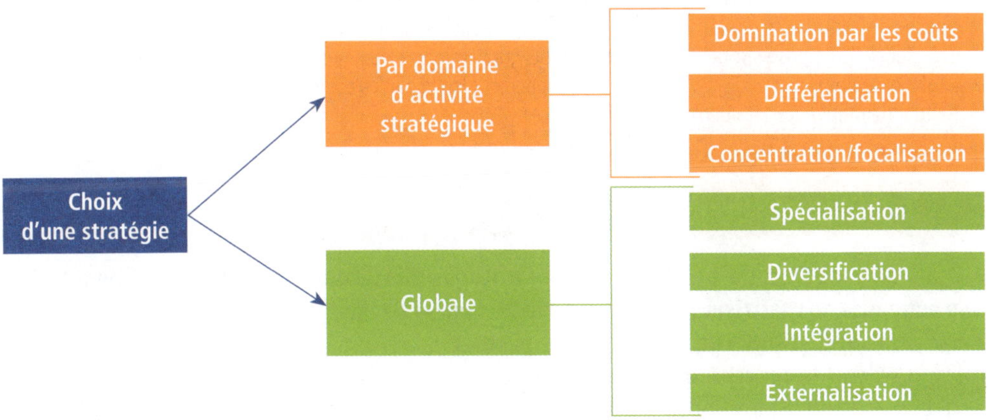

72 Les modalités de croissance des entreprises

1 Les différentes stratégies de croissance

Croissance organique ou interne	Développement des ressources et des compétences en interne
Croissance externe	Acquisition de ressources et de compétences en externe
Croissance conjointe	Association pour développer des ressources et des compétences en externe

2 Avantages et limites

A La croissance externe

Avantages	Limites
• Disparition d'un concurrent, donc moins de pression concurrentielle • Acquisition de savoir-faire non détenus initialement par l'entreprise • Croissance rapide de l'entreprise • Économies d'échelle	• Capacités financières de l'entreprise limitées pour pouvoir mettre en œuvre ce type de stratégie • Difficulté à intégrer de nouvelles ressources rapidement et risque de conflit lié à des opérations de rationalisation entre les différentes unités de l'entreprise • Perte potentielle de pouvoir du manager dans la nouvelle organisation de l'entreprise

B La croissance interne

Avantages	Limites
• Processus progressif adapté aux capacités de l'entreprise • Croissance qui repose sur de l'autofinancement • Facteur de motivation des personnels	• Stratégie longue à produire ses effets • Problème potentiel de taille critique et de compétitivité face à des concurrents qui développeraient des stratégies de croissance externe • Développement limité par les compétences existantes au sein de l'entreprise

3 La stratégie d'internationalisation

• **Dans une logique de production,** une **stratégie d'internationalisation** peut permettre à une entreprise de **maîtriser ses coûts** de production ou de maîtriser ses **approvisionnements.**

• **La stratégie d'internationalisation permet aussi d'élargir le marché de l'entreprise,** soit en accédant à de nouveaux consommateurs, soit en se positionnant sur des marchés étrangers en croissance. L'entreprise devient alors un producteur « national » dans le pays étranger concerné et évite ainsi les restrictions liées aux importations dans le pays visé.

• **L'internationalisation peut passer soit par l'exportation** à partir du pays d'origine de l'entreprise, **soit par une implantation directe sur les marchés étrangers,** directement (filiale, joint-venture avec un producteur local) ou indirectement (franchise, licences, accord de distribution avec un partenaire).

Exemples

Croissance externe : l'entreprise Blablacar a annoncé en août 2018 le rachat de son concurrent russe Beepcar dans le cadre de sa stratégie de croissance internationale.

Croissance interne : en août 2018, le constructeur automobile Tesla a annoncé la construction d'un site de production en Chine pour répondre à l'importante demande locale de véhicules électriques. Actuellement, les véhicules vendus en Chine sont produits aux États-Unis.

Corrigé p. 330

QCM L'intégration de l'entreprise dans son environnement

Parmi les affirmations suivantes, lesquelles sont vraies ?

1. Les fonctions économiques principales des ménages sont :

a. le financement de l'activité économique.
b. la consommation.
c. l'épargne.
d. la production de biens et services.

2. La fonction d'allocation de l'État intègre les actions suivantes :

a. la mise en place de règles en matière de droit de la concurrence.
b. le versement de prestations sociales telles que les allocations familiales.
c. les mesures de politique économique.
d. la production de services non marchands.

3. Les revenus du capital (ou du patrimoine) des ménages intègrent :

a. les salaires.
b. les prestations sociales.
c. les loyers tirés d'investissements locatifs.
d. les intérêts tirés de la détention d'actions.

4. Sur un marché concurrentiel, la hausse du prix d'un bien peut provenir :

a. d'une pénurie d'offre.
b. d'une offre abondante.
c. d'une demande dynamique.
d. d'une demande fragile.

5. La compétitivité hors-prix d'une entreprise repose sur :

a. sa maîtrise des coûts.
b. sa capacité à vendre ses produits à un prix inférieur à ceux de la concurrence.
c. sa capacité à se différencier par l'image de marque.
d. sa capacité à proposer des produits innovants.

6. L'existence de barrières à l'entrée d'un marché :

a. rend ce marché pleinement concurrentiel.
b. correspond à une asymétrie d'information.
c. correspond à une externalité.
d. tend à faire baisser les prix du marché.
e. Aucune réponse ne convient.

7. Les écotaxes :

a. sont une réponse possible au problème des externalités négatives.
b. sont une réponse possible au problème des externalités positives.
c. sont une réponse possible au problème des asymétries d'information.
d. obéissent au principe du pollueur-payeur.

8. Les externalités positives sont une défaillance du marché :

a. car le marché ne parvient pas à récompenser les agents qui en sont à l'origine.
b. car le marché ne parvient pas à sanctionner les agents qui en sont à l'origine.
c. qui justifient la mise en place d'un droit de la concurrence.
d. qui justifient la mise en place d'un droit des brevets.

9. La liberté contractuelle :

a. est consacrée par l'article 1103 du Code civil.
b. consiste notamment à choisir librement le contenu du contrat.
c. permet de contracter avec la personne de son choix quel que soit le type de contrat conclu.

10. Le principe d'irrévocabilité :

a. est consacré par l'article 1102 du Code civil.
b. signifie qu'une fois que le contrat est formé, les parties ne peuvent pas revenir dessus.
c. suppose que pour rompre le contrat, les parties doivent respecter un délai de préavis.

11. Pendant la phase de négociation, les parties :

a. sont engagées et si elles rompent les négociations, elles engagent leur responsabilité.
b. sont soumises à une obligation de bonne foi.
c. peuvent prévoir des clauses de confidentialité pour protéger des secrets de fabrication.

12. L'obligation générale d'information :

a. découle de l'obligation de bonne foi.
b. s'applique uniquement pendant la phase de négociation du contrat.
c. si elle n'est pas respectée, peut permettre d'obtenir des indemnités.

13. Le formalisme *ad probationem* :

a. signifie que si le contrat ne respecte pas un certain formalisme, il est déclaré nul.
b. ne s'applique que pour les contrats dits « solennels ».
c. signifie que rédiger par écrit le contrat est obligatoire.
d. Aucune réponse ne convient.

14. Dans la formation du contrat, l'erreur :

a. est le fait pour un contractant d'obtenir le consentement de l'autre par des manœuvres ou des mensonges.
b. peut porter sur le prix du contrat.
c. entraîne la nullité du contrat.

15. Une clause pénale est une clause :

a. dont le montant peut être révisé par le juge.
b. qui prévoit que le contrat sera résolu si une partie ne respecte pas ses obligations.
c. qui prévoit que la propriété du bien vendu n'est transférée à l'acheteur que lorsque l'intégralité du prix a été versée.
d. Aucune réponse ne convient.

16. Quelle est la décomposition de la finalité d'une entreprise ?

a. une mission.
b. une responsabilité.
c. un but.
d. une vocation.

17. Parmi les parties prenantes primaires, on trouve :

a. les actionnaires.
b. les clients.
c. les concurrents.
d. les consommateurs.

18. La notion d'intrapreneuriat est une logique permettant :

a. de faire la synthèse de la logique entrepreneuriale et managériale.
b. d'opposer la logique entrepreneuriale et managériale.
c. que la logique entrepreneuriale soit supérieure à la logique managériale.

19. Les critères d'évaluation de la performance de l'entreprise sont :

a. uniquement quantitatifs.
b. uniquement qualitatifs.
c. à la fois quantitatifs et qualitatifs.

20. Quels sont les différents critères d'évaluation de la performance ?

a. économique.
b. juridique.
c. financier.
d. organisationnel.
e. sociaux.

QCM

La régulation de l'activité économique

Corrig

Parmi les affirmations suivantes, lesquelles sont vraies ?

1. Selon Musgrave, les fonctions économiques que doit assumer l'État sont :

a. la fonction d'ajustement de l'offre et de la demande.
b. la fonction de régulation.
c. la fonction de redistribution.
d. la fonction d'allocation.

2. Le PIB peut être dynamisé par la progression de :

a. la consommation.
b. l'investissement.
c. les exportations.
d. les importations.

3. La croissance économique peut avoir pour effet indésirable :

a. une diminution des richesses produites sur le territoire.
b. une diminution du revenu moyen par habitant.
c. l'apparition d'externalités négatives.
d. l'apparition d'asymétries d'information.

4. Dans un pays, un dérapage inflationniste peut avoir pour origine :

a. une contraction du crédit bancaire.
b. une hausse du cours des matières premières.
c. une baisse du coût du travail.
d. une demande très dynamique.

5. L'objectif de la banque centrale européenne (BCE) en matière de stabilité des prix est :

a. d'être en situation de déflation (inflation négative) car la baisse des prix profite aux consommateurs.
b. d'atteindre une inflation de 0 %.
c. de contenir l'inflation à moins de 2 %.
d. de contenir l'inflation à moins de 5 %.

6. Une politique monétaire de hausse des taux d'intérêt :

a. est une politique de rigueur.
b. est une politique expansionniste.
c. favorise la lutte contre l'inflation.
d. favorise le dynamisme de la croissance.

7. Une politique budgétaire de creusement du déficit public :

a. est une politique de rigueur.
b. est une politique expansionniste.
c. favorise la lutte contre l'inflation.
d. favorise le dynamisme de la croissance.

8. L'appartenance d'un pays à la zone euro l'oblige (en principe) :
- a. à confier sa politique monétaire à la BCE. ○
- b. à contenir son déficit public en dessous de 3 % du PIB. ○
- c. à contenir sa dette publique en dessous de 100 % du PIB. ○
- d. à tendre vers un budget public structurel équilibré. ○

9. L'ordre public de direction est l'ensemble des règles :
- a. impératives qui ont pour vocation à protéger les parties faibles. ○
- b. qui ont pour vocation de fixer les limites entre ce qui est interdit et ce qui est autorisé. ○
- c. qui régissent les rapports des individus entre eux. ○

10. L'abus de position dominante :
- a. est une pratique anticoncurrentielle interdite. ○
- b. est sanctionné au niveau national mais pas au niveau communautaire. ○
- c. est un accord entre entreprises qui cherche à limiter l'accès au marché ou à faire obstacle à la libre fixation des prix. ○

11. Les ententes entre entreprises :
- a. sont légales. ○
- b. sont autorisées lorsque l'entente peut assurer un progrès économique. ○
- c. sont toujours sanctionnées par la Commission européenne. ○

12. L'action en concurrence déloyale :
- a. se fonde sur les règles de la responsabilité civile contractuelle. ○
- b. découle des articles 1240 et 1241 du Code civil. ○
- c. suppose la preuve d'un défaut, d'un dommage et d'un lien de causalité entre le défaut et le dommage. ○

13. Les opérations de concentration :
- a. rassemblent toutes les prises de contrôle et de rachat d'actifs. ○
- b. sont interdites car anticoncurrentielles. ○
- c. sont contrôlées par l'Autorité de la concurrence en France. ○

14. Un brevet est :
- a. un titre de propriété qui confère un monopole d'exploitation d'une découverte scientifique. ○
- b. un document qui permet de dater de manière certaine une invention. ○
- c. protégé pendant 10 ans renouvelables auprès de l'INPI. ○
- d. Aucune réponse ne convient. ○

15. Une marque :
- a. est un signe figuratif distinctif qui est protégé pendant 20 ans. ○
- b. est protégée par le biais de l'action en contrefaçon. ○
- c. appartient à celui l'a déposée à l'INPI. ○

16. Les sources de l'avantage concurrentiel selon Michael Porter sont :
- a. l'existence de produit de substitution. ○
- b. le pouvoir de négociation des fournisseurs. ○
- c. le pouvoir de négociation des clients. ○
- d. l'absence de concurrence sur le marché. ○
- e. le rôle de l'État. ○
- f. Aucune réponse ne convient. ○

17. Le modèle PESTEL permet d'analyser l'environnement :

a. politique.
b. légal.
c. touristique.
d. écologique.

18. L'innovation permet à une entreprise de :

a. conquérir de nouveaux marchés.
b. améliorer la qualité d'un produit.
c. améliorer sa rentabilité.
d. développer son profit.

19. Connaître son patrimoine technologique permet à l'entreprise de :

a. déterminer sa politique de production.
b. déterminer sa politique d'innovation.
c. Aucune réponse ne convient.

L'organisation de l'activité de l'entreprise

Corrigé p. 330

Parmi les affirmations suivantes, lesquelles sont vraies ?

1. Le capital, en tant que facteur de production, peut correspondre :

a. aux équipements matériels utilisés pour la production. ○
b. à des brevets, des logiciels. ○
c. aux moyens financiers qui permettent à l'entreprise de se développer. ○
d. aux matières premières incorporées dans la production. ○

2. Il y a des gains de productivité lorsque :

a. la production progresse plus vite que la quantité de facteurs utilisés. ○
b. la quantité de facteurs utilisés progresse plus vite que la production. ○
c. la production reste stable et la quantité de facteurs utilisés diminue. ○
d. la quantité de facteurs utilisés reste stable et la production diminue. ○

3. Une entreprise peut être incitée à recourir plus fortement au facteur travail dans sa combinaison productive lorsque :

a. les taux d'intérêt diminuent. ○
b. les charges sociales augmentent. ○
c. le niveau du SMIC augmente. ○
d. les équipements techniques gagnent en productivité. ○
e. Aucune réponse ne convient. ○

4. Les principales modalités de l'impartition sont :

a. le rachat de sociétés par OPA (offre publique d'achat). ○
b. la concession. ○
c. la sous-traitance. ○
d. le franchisage. ○

5. L'impartition se justifie lorsque :

a. l'activité sous-traitée est fortement créatrice de valeur. ○
b. l'activité sous-traitée est faiblement créatrice de valeur. ○
c. l'activité sous-traitée correspond à un avantage concurrentiel du donneur d'ordre. ○
d. le sous-traitant dispose d'un plus grand savoir faire que le donneur d'ordre. ○

6. Lorsqu'un entrepreneur individuel est marié, généralement, le régime matrimonial recommandé pour mettre les biens de son conjoint à l'abri de son risque de déconfiture est :

a. le régime de la communauté légale. ○
b. le régime de la communauté universelle. ○
c. le régime de la séparation des biens. ○

7. L'entrepreneur qui crée son entreprise avec une société commerciale peut :

a. opter pour une SA s'il veut être le seul associé et protéger son patrimoine personnel. ○
b. opter pour une EIRL s'il veut bénéficier des avantages d'une personne morale. ○
c. choisir d'être imposé sur le revenu, dans la rubrique « bénéfices industriels et commerciaux » (BIC). ○
d. Aucune réponse ne convient. ○

8. Les sociétés coopératives de production (SCOP) :

a. font partie avec les sociétés par actions simplifiées des formes juridiques de l'ESS. ○
b. reposent sur le principe démocratique : 1 personne = 1 voix. ○
c. confèrent à l'actionnaire un pouvoir proportionnel aux actions qu'il détient. ○

9. Au sein des mutuelles :

a. les dirigeants sont des bénévoles élus au sein de leurs rangs. ○
b. les actionnaires disposent d'un pouvoir proportionnel au nombre de parts sociales détenues. ○
c. la personne morale a un but lucratif et une capacité civile. ○

10. Les catégories de risques juridiques sont nombreuses. Lorsqu'une entreprise est victime d'un brevet copié par un concurrent, il s'agit :

a. d'un risque écologique. ○
b. d'un risque technologique. ○
c. d'un risque politique. ○

11. La responsabilité civile :

a. cherche à protéger l'atteinte à l'intérêt général. ○
b. se manifeste par des sanctions telles que des amendes et des peines d'emprisonnement. ○
c. suppose la réalisation d'une infraction. ○
d. Aucune réponse ne convient. ○

12. L'inexécution d'une obligation de résultat dans un contrat par le débiteur peut faire l'objet d'une exonération si :

a. le débiteur peut prouver l'existence d'une cause étrangère. ○
b. le débiteur peut prouver que le créancier a contribué à la réalisation du dommage. ○
c. le créancier prouve la faute, le dommage et le lien de causalité. ○

13. Les ressources tangibles ne comprennent pas :

a. les ressources humaines. ○
b. les ressources commerciales. ○
c. les ressources physiques. ○

14. Les ressources intangibles ne comprennent pas :

a. les ressources technologiques. ○
b. les ressources humaines. ○
c. les ressources financières. ○
d. les ressources commerciales. ○

15. Parmi les caractéristiques suivantes, repérez celle qui n'appartient pas au style de direction autoritaire.

a. Aucune coopération entre subordonnés. ○
b. Crainte, sanctions et récompenses. ○
c. Concertation collective. ○

16. Le rôle du management opérationnel est de :

a. rendre opérationnels les objectifs stratégiques. ○
b. mobiliser autour d'objectifs partagés. ○
c. gérer les ressources de manière performante. ○

17. La chaîne des valeurs :

a. permet de mesurer la valeur d'une immobilisation.
b. est synonyme de valeur ajoutée.
c. apprécie la création de richesse de chacune des fonctions de l'entreprise.

18. La RSE correspond à :

a. la prise en compte des impacts environnementaux.
b. l'attention portée aux salariés.
c. la recherche de la rentabilité maximale.

19. Parmi les affirmations suivantes, quelles sont les causes de l'effet d'expérience ?

a. la rémunération des salariés.
b. l'effet d'apprentissage.
c. l'effet de taille.
d. les économies d'échelle.

20. Les besoins liés au cycle d'exploitation résultent :

a. d'un décalage entre les recettes futures et les dépenses immédiates d'une entreprise.
b. d'un décalage entre les recettes immédiates et les dépenses futures d'une entreprise.
c. d'un décalage entre les recettes immédiates et les dépenses d'investissement d'une entreprise.

21. Le besoin en fonds de roulement :

a. détermine les besoins en financement du cycle d'exploitation d'une entreprise.
b. détermine les besoins en financement du cycle d'investissement d'une entreprise.

22. L'investissement permet de financer des immobilisations :

a. corporelles.
b. incorporelles.
c. financières.

23. Le taux d'endettement se calcul en divisant :

a. les dettes fournisseurs par le total de l'actif circulant.
b. les capitaux propres par le passif circulant.
c. les dettes financières par les capitaux propres.

24. Pour obtenir des financements externes, l'entreprise :

a. peut procéder à une augmentation de capital.
b. peut procéder à des cessions d'actifs.
c. peut contracter des emprunts bancaires.
d. peut utiliser sa CAF.

QCM L'impact du numérique sur la vie de l'entreprise

Parmi les affirmations suivantes, lesquelles sont vraies ?

1. Une place de marché (ou *market place*) :
- a. est un site Web qui permet de passer des ordres de bourse. ◯
- b. est un site Web de vente en ligne. ◯
- c. est un site Web qui met en relation des acheteurs et des vendeurs. ◯
- d. est un grossiste spécialisé dans le B to B. ◯

2. Les externalités de réseau :
- a. découlent des gains qu'il y a à utiliser une plateforme de grande taille. ◯
- b. correspondent aux dommages causés à l'environnement par l'essor du numérique. ◯
- c. favorisent l'émergence de monopoles ou quasi-monopoles dans le secteur du numérique. ◯
- d. se traduisent par une hausse de la qualité de service lorsque les plateformes numériques grandissent. ◯

3. Malgré l'émergence de positions dominantes, la régulation des plateformes numériques en matière de droit de la concurrence est complexe car :
- a. les consommateurs souffrent de la grande taille des plateformes. ◯
- b. les consommateurs profitent de la grande taille des plateformes. ◯
- c. les plateformes adoptent des pratiques anticoncurrentielles. ◯
- d. il y a d'importantes barrières à l'entrée sur ces marchés des plateformes. ◯

4. L'acronyme GAFA fait référence aux sociétés suivantes :
- a. Google. ◯
- b. Airbus. ◯
- c. Facebook. ◯
- d. Airbnb. ◯

5. La principale source de revenu de la société Google provient :
- a. de la publicité. ◯
- b. d'abonnements souscrits par ses clients. ◯
- c. de la vente d'articles en ligne. ◯
- d. de subventions publiques. ◯

6. Le modèle économique *freemium* a été adopté par :
- a. Netflix. ◯
- b. lemonde.fr. ◯
- c. Google. ◯
- d. Amazon. ◯

7. Les principales retombées attendues de l'essor du numérique en matière de travail :
- a. l'apparition de nouveaux métiers. ◯
- b. la disparition de certains métiers. ◯
- c. une baisse de la durée moyenne de formation. ◯
- d. une précarisation de certains emplois. ◯

8. La CNIL est :

a. la Commission du numérique pour l'individualisation des libertés. ○
b. une autorité administrative indépendante. ○
c. une commission compétente pour supprimer les clauses abusives dans les contrats de consommation. ○

9. Parmi les actifs immatériels suivants, le(s)quel(s) est (sont) protégé(s) par les droits d'auteur :

a. les brevets. ○
b. les courriels. ○
c. les logiciels. ○

10. Les sites Web sont protégés par les droits d'auteur lorsque la condition d'originalité est remplie. Si une entreprise copie un site Web existant en reprenant sa structure et sa charte graphique, la victime de la copie peut demander réparation :

a. en exerçant une action en concurrence déloyale. ○
b. en exerçant une action en contrefaçon. ○
c. en exerçant une action en responsabilité civile contractuelle. ○

11. Le règlement général sur la protection des données est entré en vigueur en mars 2018. Ce règlement :

a. crée un nouveau poste dans les entreprises : le DPO, pour Direction par objectifs. ○
b. permet aux salariés de prendre connaissance des données collectées par son employeur sur les autres salariés. ○
c. supprime la CNIL et crée une nouvelle instance de régulation européenne. ○
d. Aucune réponse ne convient. ○

12. L'article L1221-1 du Code du travail dispose : « nul ne peut apporter aux droits des personnes et aux libertés individuelles et collectives des restrictions qui ne seraient pas justifiées par la nature de la tâche à accomplir ni proportionnées au but recherché. » Cela signifie :

a. que l'employeur ou un de ses représentants peut toujours fouiller un salarié à l'entrée de l'entreprise quand il le juge nécessaire. ○
b. que l'employeur peut imposer une tenue à ses salariés pour respecter les conditions d'hygiène et de sécurité nécessaires à la bonne exécution du travail. ○
c. que le salarié peut refuser que l'employeur recherche des fichiers dans le disque dur de l'ordinateur de bureau de ce salarié. ○

13. Les principales fonctions d'un système d'information comprennent :

a. la collecte d'information. ○
b. la saisie des informations. ○
c. le stockage des informations. ○

14. Une information est performante lorsqu'elle est :

a. synthétique. ○
b. exacte. ○
c. disponible. ○
d. transférable. ○

15. Pour gagner en réactivité, les entreprises peuvent adopter des structures :

a. par projet. ○
b. matricielles. ○
c. en réseau. ○

16. Les principaux risques liés aux systèmes d'information sont d'ordre :

a. opérationnel. ○
b. matériel. ○
c. juridique. ○
d. financier. ○

17. Lewin propose différentes phases pour gérer le changement :

a. le dégel. ○
b. le mouvement permanent. ○
c. la flexibilité. ○
d. l'enracinement. ○

Corrigé p. 330

QCM Les mutations du travail

Parmi les affirmations suivantes, lesquelles sont vraies ?

1. La demande de travail tend à diminuer lorsque le niveau des salaires s'élève car :
- a. les travailleurs privilégient le temps de loisirs. ○
- b. les travailleurs privilégient les revenus du patrimoine. ○
- c. le travail « au noir » est favorisé. ○
- d. le travail est moins attractif pour les salariés. ○
- e. Aucune réponse ne convient. ○

2. L'idée selon laquelle il y aurait un marché du travail est contestée car :
- a. il n'y a pas de prix d'échange sur un tel marché. ○
- b. il n'y a pas homogénéité de la demande de travail. ○
- c. il n'y a pas homogénéité de l'offre de travail. ○
- d. les individus ne sont pas des marchandises. ○

3. En matière de segmentation du marché du travail, le groupe des « *insiders* » a pour principale(s) caractéristique(s)…
- a. un faible niveau de qualification. ○
- b. une forte précarité de l'emploi. ○
- c. de faibles perspectives de promotion. ○
- d. une forte exposition au chômage. ○
- e. Aucune réponse ne convient. ○

4. Le traitement économique du chômage s'appuie sur des mesures telles que :
- a. le versement d'indemnités aux chômeurs. ○
- b. la création de contrats aidés. ○
- c. la politique de formation. ○
- d. l'allègement des charges sociales pour réduire le coût du travail. ○

5. Le traitement social du chômage s'appuie sur des mesures telles que :
- a. le versement d'indemnités aux chômeurs. ○
- b. la création de contrats aidés. ○
- c. le développement de la flexibilité du travail. ○
- d. l'allègement des charges sociales pour réduire le coût du travail. ○

6. L'essor du numérique et l'accélération des mutations technologiques…
- a. rendent les politiques passives de l'emploi moins nécessaires. ○
- b. rendent les politiques actives de l'emploi moins nécessaires. ○
- c. renforcent l'intérêt des politiques de formation. ○
- d. justifient les réflexions autour de l'instauration d'un revenu universel. ○

7. Le droit de grève :
- a. est une règle qui prend sa source dans le droit communautaire. ○
- b. est un droit qui a été négocié dans les conventions collectives par les partenaires sociaux. ○
- c. est un principe juridique affirmé dans le préambule de la Constitution de 1958. ○

8. Dans la hiérarchie des normes, une convention collective est une norme juridique :
- a. située entre un accord d'entreprise et un contrat de travail. ○
- b. située entre la Constitution de 1958 et une ordonnance. ○
- c. située entre un accord d'entreprise et une ordonnance. ○

9. Le contrat de travail à durée indéterminée suppose :
- a. un lien de subordination de l'employeur vis-à-vis de son salarié. ○
- b. l'accomplissement d'une prestation de travail contre une rémunération. ○
- c. obligatoirement la fixation d'une durée du travail au moins égale à 35 heures. ○
- d. Aucune réponse ne convient. ○

10. Le lien de subordination dans le contrat de travail :
- a. est d'ordre public. ○
- b. signifie que l'employeur ou le salarié peut y renoncer. ○
- c. découle du pouvoir de direction de l'employeur. ○

11. La clause de non-concurrence est une clause par laquelle :
- a. les parties prévoient une période limitée pendant laquelle chacune vérifie que le poste lui convient. ○
- b. les parties s'engagent à ne pas divulguer des informations dites sensibles telles que des secrets de fabrique. ○
- c. le salarié accepte que l'employeur puisse modifier le lieu d'exécution du contrat de travail. ○
- d. Aucune réponse ne convient. ○

12. Dans le cadre de la relation de travail, l'employeur assume une obligation de sécurité :
- a. de moyens. ○
- b. de résultat. ○
- c. qui peut entraîner sa responsabilité même lorsqu'il n'a pas commis de faute. ○

13. Conformément au respect des libertés fondamentales, le salarié :
- a. peut être fouillé par son employeur. ○
- b. peut consulter sa messagerie personnelle sur son lieu de travail. ○
- c. peut être filmé par son employeur. ○

14. La gestion prévisionnelle de l'emploi et des compétences :
- a. vise à réduire la masse salariale d'une entreprise. ○
- b. permet d'optimiser l'allocation des ressources humaines. ○
- c. identifie les besoins à venir d'une organisation. ○

15. La théorie des besoins de Maslow identifie comme catégories de besoins :
- a. les besoins financiers. ○
- b. les besoins immatériels. ○
- c. les besoins d'estime. ○

16. Parmi les facteurs de motivation non liés à la rémunération, on trouve :

a. l'élargissement des tâches des salariés. ○
b. la VAE. ○
c. l'intéressement. ○
d. les stock-options. ○

17. Les composantes des conditions de travail comprennent :

a. des facteurs sociaux. ○
b. des facteurs psychologiques. ○
c. des facteurs organisationnels. ○

18. Les nouvelles formes d'organisation du travail privilégient :

a. une nouvelle organisation du travail. ○
b. une standardisation des tâches pour gagner en productivité. ○
c. une amélioration des conditions de vie au travail. ○

QCM Les choix stratégiques de l'entreprise

Parmi les affirmations suivantes, lesquelles sont vraies ?

1. Pour faire la synthèse des diagnostics internes et externes on peut utiliser :

a. la matrice SPOT. ○
b. la matrice SWAP. ○
c. la matrice SWOP. ○
d. Aucune réponse ne convient. ○

2. La démarche stratégique :

a. consiste à déterminer une stratégie en fonction des ressources internes de l'entreprise. ○
b. repose sur un diagnostic externe fait par l'entreprise. ○
c. s'appuie sur les diagnostics internes et externes menés par l'entreprise. ○

3. Face à un environnement qui évolue de plus en plus vite :

a. les entreprises développent des stratégies délibérées. ○
b. les entreprises développent des stratégies émergentes. ○
c. les entreprises développent des stratégies de croissance. ○

4. La segmentation stratégique :

a. consiste essentiellement à pratiquer une segmentation mercatique de l'offre d'une entreprise. ○
b. concerne l'ensemble de l'entreprise. ○
c. permet de répondre rapidement aux évolutions des besoins des consommateurs. ○

5. Une entreprise :

a. doit se spécialiser sur un seul domaine d'activité stratégique. ○
b. peut segmenter ses activités par domaines d'activité stratégique. ○
c. cherche à répondre à l'ensemble des besoins de ses clients. ○

6. Parmi les principales stratégies spécifiques par domaine d'activité stratégique, une entreprise peut mener :

a. une stratégie de diversification. ○
b. une stratégie de domination par les coûts. ○
c. une stratégie de concentration. ○

7. Une stratégie d'internationalisation :

a. peut permettre à l'entreprise de maîtriser ses approvisionnements. ○
b. passe nécessairement par une délocalisation de l'outil de production. ○
c. permet d'élargir le marché d'une entreprise. ○

Corrigé p. 331

ÉTUDE DE CAS

Le cas Roolett

L'entreprise Roolett est une société à responsabilité limitée de 58 salariés basée à La Duchère, dans l'agglomération lyonnaise. Son métier consiste à fabriquer des roues et des roulettes sous toutes les formes (en métal, en plastique, en caoutchouc avec ou sans chambre à air) et pour toutes les destinations (roues de diables de manutention, roulettes de caddie, pneus de brouette…).

L'entreprise créée en 1947 s'est transmise de père en fils, depuis le fondateur Alfonse Roulibre à son fils Albert puis à son petit fils Alain. L'entreprise s'est fortement développée depuis sa création mais aujourd'hui elle doit affronter de nouveaux défis : continuer d'innover et se développer pour faire face à la concurrence.

Vous êtes l'assistant(e) de Monsieur Alain Roulibre et il vous a confié plusieurs missions qu'il vous demande de remplir à partir des documents portés en annexe.

COMPRENDRE EN VIDÉO

Voir 3 vidéos : Répondre à une question de manière structurée et organisée ; Comment organiser son travail lors de l'épreuve de CEJM ; rédiger un cas pratique

Mission 1

1. Caractérisez l'entreprise Roolett.

2. Établissez un diagnostic de l'entreprise et justifiez la pertinence de mettre en œuvre une stratégie d'intégration verticale.

3. Présentez les solutions de financement qui permettraient de réaliser cette stratégie.

Mission 2

4. Qualifiez la structure organisationnelle de Roolett avant et après le rachat de son fournisseur Nevea. Présentez les avantages de la nouvelle structure au vu de la stratégie adoptée.

5. Expliquez le sort du contrat de travail des salariés de Nevea suite au rachat de cette entreprise par Roolett.

Mission 3

Monsieur Deloin, simple particulier, fait ses courses dans le supermarché Market-In. Alors qu'il se promène dans la galerie, son caddie rempli de victuailles, une roulette cède et le caddie vient s'écraser sur son pied. Gravement blessé, Monsieur Deloin est immobilisé et son médecin lui a rédigé un arrêt de travail pour 4 semaines. Les experts diligentés pour comprendre les causes de l'accident certifient qu'un défaut de fabrication de la roue en est à l'origine.

6. Contre qui et sur quel fondement juridique Monsieur Deloin peut-il agir en justice pour demander réparation de son préjudice ?

COMPRENDRE EN VIDÉO

Voir vidéo : Analyser une décision de justice

Mission 4

7. Expliquez en quoi l'abonnement de Roolett à une place de marché B to B pourrait constituer une opportunité de développement de ses ventes. Précisez l'incidence que cela pourrait entraîner sur ses charges et ses recettes.

ANNEXES	Description de l'opération promotionnelle
Annexe 1	Fiche d'identité de l'entreprise Roolett
Annexe 2	Le marché de l'entreprise Roolett : vue d'ensemble et tendances
Annexe 3	Nevea, un partenaire clé pour Roolett
Annexe 4	Organigramme de l'entreprise Roolett avant et après le rachat de Nevea
Annexe 5	Vente en ligne B to B : faut-il investir les *marketplaces* ?
Annexe 6	Quelques articles tirés du Code civil et du Code du travail

ANNEXE 1 Fiche d'identité de l'entreprise Roolett

Forme juridique : SARL
Siège social : La Duchère (69)
Effectif équivalent temps plein : 58 salariés
Date de création : 1947
Gérant majoritaire : Alain Roulibre
Chiffre d'affaires : 500 millions d'euros
Capital social : 10 millions d'euros répartis comme suit :

Associés	Part dans le capital social
Alain Roulibre	60 %
SARL *holding* familiale	20 %
Gérald Bicicle, investisseur	10 %
Adeline Tourniquet, investisseur	10 %

Endettement en cours : 1 million d'euros, soit un taux d'endettement de 10 %.

- Les roues et roulettes de Roolett sont le fruit des technologies de pointe et du savoir-faire de l'entreprise, issu d'une longue expérience. Depuis trois générations, la famille Roolett conçoit, fabrique et commercialise des roues et roulettes de tous types afin de répondre à de multiples besoins : manutention, industrie, collectivités, ameublement, grande distribution, jouets…
- Les différentes étapes de fabrication sont réalisées en interne au sein d'un parc machines important : fraiseuses numériques, presses à injecter des thermoplastiques, presses mécaniques, cisailles, plieuses, postes à souder, etc.
- Depuis sa création, l'entreprise Roolett cherche à innover pour répondre aux besoins des acteurs du marché en proposant de nouveaux produits. La société est spécialisée depuis plus de 30 ans dans le moulage des caoutchoucs par compression.
- Son département « approvisionnement / achat » lui permet d'assurer la fourniture de ses matières premières grâce à plusieurs partenaires.

Matière première	Part des partenaires dans l'approvisionnement			
Caoutchouc	Nevea (40 %)	Caooth (25 %)	Latexis (20 %)	Autres (15 %)
Métal	Steelor (30 %)	Holametal (30 %)	Assiri (20 %)	Autres (20 %)

- Grâce aux exportations, l'entreprise étend ses marchés à l'international :

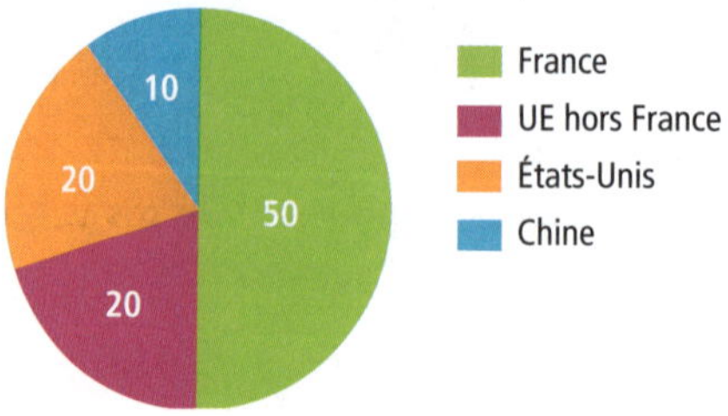

COMPRENDRE EN VIDÉO — *Voir 2 vidéos : Exploiter un tableau ; exploiter un graphique*

Annexe 2 Vue d'ensemble et tendances du marché de l'entreprise Roolett

• Le développement de la logistique et de la mobilité sous toutes ses formes donne un formidable relais de croissance au marché de la petite roue et de la roulette : trottinette urbaine pour les particuliers, chariots et diables pour les entrepôts des professionnels en sont de bonnes illustrations. Mais la concurrence internationale est rude : elle est espagnole, allemande et, dans une moindre mesure, américaine et chinoise.

• Pour faire face à la concurrence, l'entreprise Roolett peut s'appuyer sur ses produits de qualité réputés pour leur solidité et leur résistance aux frottements. Son unité de recherche et développement met au point des innovations pour améliorer les qualités techniques des roulettes : clipsage et déclipsage pour une maintenance facilitée, roues avec axe rotatif pour faciliter les manipulations sur des petits espaces…

• En termes d'approvisionnement, l'entreprise Roolett a besoin de se prémunir contre les aléas. Il est arrivé une fois que Nevea, son fournisseur de latex, subisse une grève de ses salariés, si bien que Roolett a connu une rupture de stock de quelques jours et a dû réorganiser au plus vite ses réapprovisionnements auprès de ses autres partenaires pour y remédier. Cet incident avait occasionné un arrêt de la chaîne de production et une diminution du chiffre d'affaires de l'entreprise.

Annexe 3 Nevea, un partenaire clé pour Roolett

• Nevea est une société d'exploitation agricole (SEA) implantée à Nançay dans le département du Cher (18). Son activité consiste à profiter du sol riche et humide de cette région en exploitant une plantation d'hévéas, arbres dont la sève permet de fabriquer le latex nécessaire à la production du caoutchouc. Nevea se compose d'un dirigeant, Monsieur Borocia, et de 12 salariés.

• Avec sa production annuelle de 200 000 tonnes de caoutchouc naturel, Nevea est un petit acteur sur ce marché, face à une production mondiale qui s'élève à plus de 12 millions de tonnes, qui émane principalement des producteurs asiatiques. Malgré cette concurrence forte, l'entreprise bénéficie d'un positionnement de proximité intéressant pour la France et ses pays frontaliers.

• Le chiffre d'affaires de Nevea est volatil, car il dépend du prix à la tonne du caoutchouc naturel. En 2018, le prix s'est stabilisé autour de 1 500 € la tonne, soit un chiffre d'affaires de 300 millions d'euros environ pour un capital social de 2 millions d'euros.

• Grâce à un partenariat signé il y a 10 ans, 82 % de la production de Nevea est revendue à l'entreprise Roolett. Toutefois, M. Borocia s'inquiète de cette quasi-dépendance envers un seul partenaire et s'interroge sur l'utilité de diversifier sa clientèle pour répartir les risques de son activité ; par exemple, des Espagnols souhaiteraient lui acheter un tiers de sa production. Pour autant, l'exploitation de Nevea n'est pas extensible : compte tenu de son parc d'hévéas, sa production de caoutchouc ne peut pas augmenter ; s'il satisfaisait la demande des Espagnols, ce serait au détriment des besoins de l'entreprise Roolett.

• Enfin, en raison des acteurs asiatiques du marché qui maintiennent une pression à la baisse des prix, M. Borocia est obligé d'être dur avec ses salariés et de surveiller de près leur progression de salaire. D'ailleurs, les employés mécontents ont récemment usé de leur droit de grève pour que leurs salaires soient reconsidérés. L'interruption de travail de 12 jours a empêché Nevea d'honorer une commande à destination de Roolett.

ANNEXE 4 Organigramme de l'entreprise Roolett avant et après le rachat de Nevea

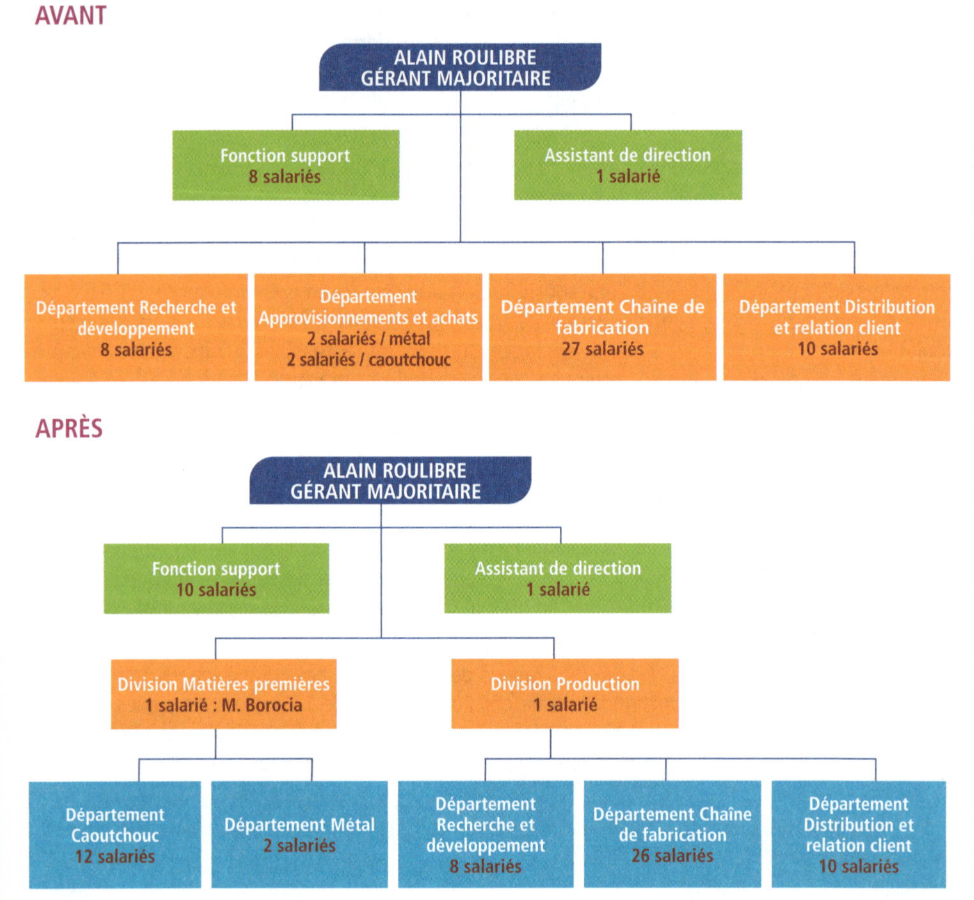

ANNEXE 5 Vente en ligne B to B : faut-il investir les *marketplaces* ?

La vente en ligne B to B est en pleine transformation digitale. Initiées par les géants du Web Amazon et Alibaba, les *marketplaces* sont devenues le modèle à suivre pour vendre en ligne aux professionnels. [...]

Vente en ligne B to B : un marché boosté par les attentes des acheteurs professionnels

À l'ère de la transformation digitale des entreprises, l'e-commerce est devenu un enjeu stratégique pour les entreprises. Les pratiques d'achat B to B tendent à se digitaliser de plus en plus grâce notamment au développement de services numériques dédiés aux professionnels et à l'arrivée de nouveaux modèles numériques comme les places de marché B to B ou les *marketplaces* spécialisées.

Face à cette mutation du commerce B to B, les comportements d'achats des professionnels évoluent au même titre que les services. Les acheteurs B to B sont ainsi de plus en plus nombreux à faire leurs recherches sur le Web et à acheter en ligne via une solution d'*e-procurement* ou directement sur un site e-commerce. Les professionnels transitent ainsi des canaux offline (catalogue papier, commerciaux, bon de commande, téléphone...) vers les canaux digitaux. Depuis la recherche de fournisseurs en passant par la sélection des produits et jusqu'à la prise des commandes et au suivi des achats, les clients professionnels utilisent le digital tout au long du process d'achat. Les acheteurs B to B font ainsi la tendance en matière de vente en ligne B to B. Face à ce mouvement, les vendeurs B to B adoptent l'e-commerce comme un nouveau canal de vente et adaptent leur stratégie de vente en intégrant le digital comme un nouveau levier de croissance.

[...]

Les *marketplaces* B to B : le modèle gagnant pour les entreprises ?

L'e-commerce B to B représente une formidable opportunité pour les entreprises qui souhaitent conquérir et fidéliser une nouvelle clientèle. Si la création d'une plateforme de commerce en ligne B to B peut engendrer des coûts importants et une restructuration des systèmes d'information, les places de marché représentent un canal privilégié pour les vendeurs B to B qui souhaitent se lancer dans l'e-commerce et tester la vente en ligne sur un segment de produits avant d'initier de gros chantiers au sein de leur entreprise.

Parce qu'elles regroupent un grand nombre d'acheteurs et de vendeurs, les places de marché sont devenues la référence en matière de vente et d'achat B to B en ligne. Amazon et Alibaba sont les géants qui ont initié cette tendance. Les vendeurs professionnels suivent ce mouvement et intègrent les *marketplaces* dans leur stratégie de vente et d'acquisition clients pour capter une nouvelle clientèle et accroître leurs ventes de manière rapide, le tout en bénéficiant de la notoriété de la plateforme et des services qu'elle garantit à ses acheteurs professionnels. Grâce à un trafic qualifié, les places de marché permettent aux vendeurs B to B de générer des ventes supplémentaires et d'être plus visibles auprès des acheteurs professionnels sans avoir besoin de débourser un budget dans des campagnes publicitaires online. En contrepartie, les vendeurs devront payer un abonnement à la *marketplace* et reverser un pourcentage des ventes. Un coût perçu comme un investissement marketing pour les vendeurs B to B. Les *marketplaces* sont aussi une réelle opportunité pour les petits vendeurs qui peuvent se payer une présence en ligne à un coût abordable.

La concentration de l'offre et de la demande sur les *marketplaces* et la garantie de services fiables font le succès de ces plateformes où les fournisseurs et les acheteurs commercent sans intermédiaire.

Amazon a lancé en avril 2015 Amazon Business en Amérique du Nord, sa place de marché entièrement dédiée aux professionnels. Selon une étude d'Acquity Group, 17 % des acheteurs B to B achètent régulièrement sur cette plateforme.

L'arrivée du digital dans le commerce inter-entreprises a permis de faciliter les échanges entre professionnels et de réduire les intermédiaires dans le commerce B to B. La vente en ligne B to B est un véritable relais de croissance pour les marchands professionnels. Avec plus de 20 % des entreprises françaises qui réalisent des achats via Internet, l'e-commerce représentait 18 % du montant total des ventes B to B en 2015. Selon les prévisions de la Fevad, l'e-commerce B to B français pourrait atteindre une part de marché de 24 % dans le volume des ventes B to B en 2020.

https://www.webetsolutions.com

ANNEXE 6 Quelques articles de droit

Code civil

- Article 1217 : « La partie envers laquelle l'engagement n'a pas été exécuté, ou l'a été imparfaitement, peut :
– refuser d'exécuter ou suspendre l'exécution de sa propre obligation ;
– poursuivre l'exécution forcée en nature de l'obligation ;
– obtenir une réduction du prix ;
– provoquer la résolution du contrat ;
– demander réparation des conséquences de l'inexécution.
Les sanctions qui ne sont pas incompatibles peuvent être cumulées ; des dommages et intérêts peuvent toujours s'y ajouter. »
- Article 1240 : « Tout fait quelconque de l'homme, qui cause à autrui un dommage, oblige celui par la faute duquel il est arrivé à le réparer. »
- Article 1245 : « Le producteur est responsable du dommage causé par un défaut de son produit, qu'il soit ou non lié par un contrat avec la victime. »
- Article 1246 : « Toute personne responsable d'un préjudice écologique est tenue de le réparer. »

Code du travail

Article L1224-1 : « Lorsque survient une modification dans la situation juridique de l'employeur, notamment par succession, vente, fusion, transformation du fonds, mise en société de l'entreprise, tous les contrats de travail en cours au jour de la modification subsistent entre le nouvel employeur et le personnel de l'entreprise. »

QCM

L'INTÉGRATION DE L'ENTREPRISE DANS SON ENVIRONNEMENT

Énoncé p. 309

1. b, c
2. a, d
3. c
4. a, c
5. c, d
6. e
7. a, d
8. a, d
9. b
10. b, c
11. b
12. a, c
13. d
14. c
15. d
16. a, c, d
17. a, b
18. a
19. c
20. a, c, d, e

LA RÉGULATION DE L'ACTIVITÉ ÉCONOMIQUE

Énoncé p. 312

1. b, c, d
2. a, b, c
3. c
4. b, d
5. c
6. a, c
7. b, d
8. a, b, d
9. b
10. a
11. b
12. b
13. c
14. d
15. b, c
16. a, b, c, e
17. a, b, d
18. a, b
19. b

L'ORGANISATION DE L'ACTIVITÉ DE L'ENTREPRISE

Énoncé p. 315

1. a, b, c
2. a, c
3. e
4. b, c, d
5. b, d
6. c
7. d
8. b
9. a
10. b
11. d
12. a
13. b
14. b, c
15. c
16. a
17. c
18. a, b
19. b, c, d
20. a
21. a
22. a, b, c
23. c
24. a, c

L'IMPACT DU NUMÉRIQUE SUR LA VIE DE L'ENTREPRISE

Énoncé p. 318

1. c
2. a, c, d
3. b
4. a, c
5. a
6. b
7. a, b, d
8. b
9. c
10. a, b
11. d
12. b
13. a, c
14. b, c
15. a, c
16. a, c, d
17. a, d

LES MUTATIONS DU TRAVAIL

Énoncé p. 321

1. e
2. b, c
3. e
4. b, c, d
5. a, b
6. c, d
7. c
8. c
9. d
10. a, c
11. d
12. b, c
13. b
14. b, c
15. c
16. a, b
17. a, b, c
18. a, c

LES CHOIX STRATÉGIQUES DE L'ENTREPRISE

Énoncé p. 324

1. d
2. c
3. b
4. b
5. b
6. b, c
7. a, c

ÉTUDE DE CAS : CAS ROOLETT

Mission 1

Énoncé p. 325

1. **L'entreprise Roolett** est une société commerciale, personne morale de type SARL que l'on peut qualifier de moyenne entreprise par sa taille (plus de 50 salariés) mais grande par son chiffre d'affaires (supérieur à 50 millions d'euros). L'entreprise développe son activité dans le secteur industriel. Elle vend ses produits à des professionnels et relève de la catégorie du B to B (Business to Business).
2. **L'objectif** : faire ressortir les difficultés d'approvisionnement de l'entreprise et justifier la pertinence d'une politique d'intégration verticale de la filière caoutchouc qui représente les 2/3 de la production de roues et roulettes dans un univers concurrentiel.

L'environnement externe	
Menaces	**Opportunités**
Forte concurrence internationale : espagnole, allemande, américaine et chinoise	Secteur en pleine croissance grâce à la mobilité et à l'essor de la logistique
Le diagnostic interne	
Faiblesses	**Forces**
• 40 % de l'approvisionnement en caoutchouc provient d'une seule entreprise, Nevea : forte dépendance • Roolett a dû faire face à une rupture de l'approvisionnement de Nevea • Cette dépendance crée un risque pour le chiffre d'affaires de Roolett	• Capacité d'innovation • Solidité et bonne qualité des produits

La stratégie d'intégration verticale est une stratégie de croissance qui consiste à ce qu'une entreprise décide de racheter une activité en amont ou en aval de sa propre activité. En l'occurrence, il peut être opportun pour Roolett, afin de chasser les aléas sur ses approvisionnements, de racheter l'entreprise Nevea.

Les arguments en faveur de l'intégration de Nevea :

– Roolett pourra contrôler 40 % de son approvisionnement en caoutchouc. Les aléas sur sa production sont donc réduits ;

– Nevea est basée en France, comme Roolett. C'est positif pour son image. L'approvisionnement ne posera pas de difficulté de transport ;

– les clients de Roolett sont principalement voisins : la France et l'Union européenne représentent 70 % du chiffre d'affaires. Le positionnement local est conforté ;

– Roolett contrôle la totalité de la production et dissuade ainsi M. Borocia d'aller fournir ses concurrents espagnols ;

– l'entreprise est de petite taille, tant en termes de salariés qu'en termes financiers de l'entreprise. Le capital social de Nevea est de 2 millions d'euros contre 10 millions pour Roolett. Le chiffre d'affaires de Nevea tourne autour de 300 millions contre 500 millions d'euros pour Roolett. Le rachat semble possible.

Remarque Il nous faudrait également l'estimation de la valeur des parts sociales au vu du montant des réserves de l'entreprise.

3. **Les solutions de financement envisageables pour la stratégie de Roolett :**

Augmenter son capital social en achetant les parts sociales de Nevea	Solliciter une nouvelle souscription de la part de ses associés avec maintien de la répartition si chaque associé contribue proportionnellement à son apport initial.
	Solliciter une nouvelle souscription de la part de ses associés avec modification de la répartition si tous les associés ne contribuent pas.
Augmenter son capital social en intégrant la SEA Nevea comme nouvel associé de Roolett	Si Nevea représente 2 millions d'euros, la société peut apporter cette somme au capital social de Roolett. Elle détiendra alors 2/12ᵉ du capital social du nouvel ensemble, soit environ 16,6 %. La part de M. Roulibre passerait de 60 à 50 % (6 millions sur 12). Il ne perdrait pas la majorité du capital. Les autres associés verraient également leur part diminuer.
Augmenter son taux d'endettement auprès des banques	Roolett peut ne pas modifier son capital social et solliciter un emprunt bancaire externe afin de financer le rachat pur et simple de l'entreprise, car son taux d'endettement est relativement faible. La SARL Roolett deviendrait alors l'associé de référence de la SEA Nevea.

Il est possible de proposer un mix de ces différentes options.

Mission 2

4. **La structure organisationnelle de Roolett** avant et après le rachat de Nevea ; les avantages de la nouvelle structure.

Avant	Après
• La structure est hiérarchique et fonctionnelle. • La production semble constituer un seul bloc. • Les fonctions de la production sont les critères de division de l'activité, quel que soit le produit fini.	• La structure est divisionnelle autour de deux stades clés de la production : approvisionnement et fabrication. • Un niveau hiérarchique supplémentaire est ajouté.

L'avantage de la structure divisionnelle est d'intégrer facilement Nevea sans modifier complètement la structure. On retrouve les 10 salariés de Nevea dans le département caoutchouc. M. Borocia demeure au contact de ses salariés et gagne en responsabilité puisqu'il dirige la division « matières premières » et supervise donc les salariés du département métal. 2 salariés de Nevea ont évolué vers la fonction support. C'est également l'occasion de promouvoir un salarié de Roolett du département de la chaîne de fabrication comme responsable de la nouvelle division « production ».

5. **Selon l'article L1224-1 du Code du travail**, à l'occasion d'un rachat d'une entreprise par une autre, les contrats de travail de l'entreprise rachetée sont maintenus et le nouvel employeur est l'entreprise acheteuse. Roolett devient donc l'employeur de tous les salariés de l'entreprise Nevea.

Mission 3

6. **M. Deloin est lié par un contrat** au supermarché Market-In mais n'est pas lié à l'entreprise Roolett. Toutefois, le dommage qu'il a subi provient d'une roulette de caddie fabriquée par Roolett.
Selon l'article 1245 du Code civil, M. Deloin peut engager la responsabilité du fait des produits défectueux du producteur du bien qui lui a causé un défaut. Il n'a pas besoin d'être lié contractuellement à l'auteur du défaut. Les producteurs sont solidaires entre eux.

M. Deloin peut donc se retourner :
– soit contre Roolett ;
– soit contre Market-In. Si ce dernier prouve que Roolett est à l'origine du défaut du caddie, il pourra se retourner dans un second temps contre lui.

Mission 4

7. **L'abonnement à une place de marché numérique** pour Roolett aurait les avantages suivants en termes de développement des ventes :
– visibilité sur le marché plus forte et meilleure mise en relation de Roolett avec ses clients potentiels ;
– le digital est un nouveau canal de vente et donc un levier de croissance supplémentaire.

Conséquences sur les charges	Conséquences sur les recettes
• Pas de dépense de publicité *online* • Réduction des coûts liés à l'édition de catalogue papier • Pas de charges liées à la sécurisation des paiements en ligne (gestion par la *marketplace* elle-même) • Mais coût de restructuration du système d'information et paiement d'un contrat de maintenance ou d'un abonnement avec la plateforme numérique, et paiement de commission sur les ventes au bénéfice de la plateforme	• Risque de réduction de la marge unitaire à cause du prélèvement de commissions et la facilité pour les clients de comparer les prix grâce aux comparateurs. Ces derniers peuvent obliger Roolett à devoir réduire ses prix. • Mais hausse probable du volume des ventes grâce à une meilleure visibilité et accessibilité de l'offre

Culture générale et expression

Entraînement
Retrouve les sujets corrigés et commentés sur
www.parascolaire.hachette-education.com ou flashe directement ce code.

COMPRENDRE EN VIDÉO

Retrouvez tous nos tutos vidéos sur notre chaîne YouTube « Objectif BTS Hachette ».

- Comment lire un texte et en cerner les enjeux ?
- Comment introduire ? Comment conclure ?
- Comment définir une problématique ?
- Comment définir un terme ?
- Comment faire une analyse iconographique ?

Culture générale et expression

L'ÉPREUVE Culture générale et expression

Épreuve é
Durée : 4 h
Coefficie

1 Les modalités d'évaluation

COMPRENDRE EN VIDÉO — *Voir vidéo : Comment lire un texte et en cerner les enjeux ?*

• **Les formes de l'évaluation.** On propose 3 à 4 documents de nature différente (textes littéraires, textes non littéraires, documents iconographiques, tableaux statistiques, etc.) choisis en référence à l'un des deux thèmes inscrits au programme. Chacun d'eux est daté et situé dans son contexte.

• **L'épreuve**

Première partie : synthèse (notée sur 40). Vous devez rédiger une **synthèse objective** en confron tant les documents fournis.

Deuxième partie : écriture personnelle (notée sur 20). Vous répondez de **façon argumentée** une question relative aux documents proposés. La question posée invite à confronter les documen proposés en synthèse et les études de documents menées dans l'année en cours de culture généra et expression.

La note globale est ramenée à une note sur 20 points.

2 Conseils de méthode

COMPRENDRE EN VIDÉO — *Voir vidéo : Comment introduire ? Comment conclure ?*

• **La synthèse**

La synthèse est l'exercice qui prend le plus de temps. Votre rédaction doit faire à peu près quatr pages, soit deux feuilles. L'ensemble doit être structuré, comprenant une introduction, un développe ment, une conclusion.

• **La lecture des documents**

Avant de vous lancer dans la rédaction, prenez bien le temps de lire chaque document, d'en vérifier l bonne compréhension et surtout d'en résumer le contenu très succinctement, en mettant en lumièr les idées principales, ainsi que les mots-clés.

Ensuite, envisagez les liens entre les documents et leur façon d'aborder le thème général.

Au brouillon, vous pouvez faire un tableau rapide pour synthétiser toutes ces données. Attention d ne pas oublier de document.

• **La rédaction**

L'introduction et la conclusion s'élaborent d'une traite au brouillon afin qu'elles soient dans une réell continuité. N'oubliez pas que ces deux parties sont fondamentales dans la mesure où elles orienten d'emblée l'appréciation du correcteur face à votre copie.

Une composition de qualité présente un ensemble :

– clair ;

– structuré : avec des paragraphes, alinéas, sauts de ligne cohérents et la présence de connecteurs ;

– concis : pas de « bavardage », ni de répétition, un vocabulaire juste et précis ;

– sans fautes : une bonne relecture finale évite parfois bien des étourderies.

INTRODUCTION	
4 composantes	1. **Présentation** du thème de l'année + **traitement** par les documents proposés. 2. **Présentation du corpus** (nature du document, auteur, date de parution, une phrase résumant chaque document). 3. **Problématique** : la question pivot du corpus à laquelle répondent les documents. 4. **Annonce du plan.**

Présentation	– **Introduction** = un paragraphe monobloc avec un alinéa au début et un saut de ligne avant de passer au développement. – **Documents :** ne pas les citer de façon numérotée (« dans le document 1 »), mais reprendre **le nom de l'auteur**. – **Problématique** à introduire par une formule du type : « **De fait, une question émerge : … ?** ». – **Pour l'annonce du plan**, utiliser des connecteurs : « Dans un premier temps, sera abordé(e)… (= **attention à l'accord avec le sujet inversé)** ; dans un second temps, sera évoqué(e)… ; dans un troisième temps, sera souligné(e)… ».
DÉVELOPPEMENT	
Composantes	– **2 ou 3 grandes parties**, chacune constituée de 2 ou 3 sous-parties. – 1 sous-partie = **un connecteur** + **une idée principale** + **traitement dans les documents** = mettre en évidence comment ils **se complètent ou s'opposent**. – **Transition à la fin** d'une partie : résumé de ce qui a été démontré + annonce de la suite.
Présentation	– Pas de saut de ligne entre les sous-parties, mais **entre les parties.** – Saut de ligne entre **la dernière partie et la conclusion.** – **Connecteurs en début** de chaque sous-partie (« Il en résulte / En effet / C'est pourquoi / Ensuite / Enfin… »). – Attention : ne pas trop citer d'extraits des documents mais en reformuler les idées principales. – SURTOUT pas d'avis personnel. Restez objectif et nuancé. – **Plan logique et cohérent** et non un simple inventaire des documents pris un à un.
CONCLUSION	
– **Synthèse** de ce qui a été démontré. – Reprendre les mots-clés et ne pas introduire de nouvelles données. – 1 **paragraphe** (alinéa + connecteur : « Pour conclure / En somme / Pour finir… »). – Ne pas utiliser de formules maladroites : « Nous avons montré que… ». – Le tout = 3 à 5 phrases dont une phrase au minimum pour chaque partie.	

• L'écriture personnelle

L'écriture personnelle, plus courte que la synthèse, consiste en une réponse argumentée à la question posée. Prévoyez entre 1 heure et 1 h 30 pour la composer. L'essentiel est de répondre clairement, de façon nuancée, pertinente (évitez l'emploi du « nous » et surtout du « je ») et structurée (introduction, développement, conclusion). Les principes de présentation sont les mêmes que pour la synthèse.

Introduction	1. **Amorce :** présentez le sujet. 2. **Problématique :** reprenez la question telle qu'elle vous est donnée. 3. **Annonce du plan.** Le tout = **un paragraphe** (alinéa + saut de ligne à la fin).
Développement	– **Réponse apportée à la question** + **d'autres possibilités**. Pas un point de vue, mais plusieurs. – Pas de simple reprise des éléments de réflexion des documents. ATTENTION : évaluation de culture générale (connaissances sur le thème) = enrichir la démonstration par **des références culturelles personnelles variées** (littérature, cinéma, peinture, sport, actualité, sciences, histoire, géographie…).
Conclusion	– **Une prise de position claire**, **nuancée** et répondant à la question posée en introduction. – **Brève** et **succincte** (reprenant les **mots-clés**) = **un paragraphe**, introduit par un connecteur.

• La préparation au cours de l'année

Pour vous préparer au mieux durant toute l'année, il faut un travail régulier et continu :
– Entraînez-vous à écrire pour entretenir la fluidité de votre expression.
– Faites des fiches de vocabulaire des différents mots-clés pour les réutiliser dans votre composition.
– Élargissez vos connaissances en consultant le maximum d'œuvres que vous référencerez sur des fiches synthèse.

THÈME 1

De la musique avant toute chose ?

Introduction

« De la musique avant toute chose ». Cet **aphorisme**, tiré d'un vers de Verlaine, cristallise un état du monde : celui de la relation de l'homme à la musique. Cette dernière est définie dans son sens premier par le dictionnaire le *Trésor de la langue française* comme la « combinaison harmonieuse et expressive de sons ». **La musique est un langage souverain, évocateur et subtil, faisant appel à la sensibilité de tous. Elle est donc universelle.** Elle s'adresse à tous, fédératrice dans un même et unique élan, unanime et engageante. Pourtant, chaque individu possède un lien d'intensité variable avec elle. Du musicien forcené à l'auditeur distrait qui l'écoute en musique de fond, elle s'ancre dans les moindres instants de la vie. C'est pourquoi elle est dite polymorphe et polyvalente.

> **Définitions**
>
> **Aphorisme :** proverbe
> **Polymorphe :** qui a plusieurs formes
> **Polyvalent :** qui a plusieurs valeurs

La musique reste une réalité sonore, complexe à saisir dans sa définition. Elle se caractérise par des sonorités harmonieuses où interfèrent des instruments, la voix ou la nature. Dans cette optique, quelles sont les caractéristiques de la musique ? Quelle originalité fondamentale permet de la préciser ? Autour de quel enjeu substantiel s'organise la diversité des supports ? Comment se définit alors la musicalité ? Quels sont les bienfaits reconnus de la musique ? Quelle place occupe le chant ?

La musique oscille entre nature et culture. En effet, c'est un art exigeant qui requiert une assimilation et une appropriation. Elle évoque la pluralité et la diversité de l'humanité. Comment peut-elle être fondamentalement identitaire et pourtant unanime et fédératrice ? De quelle manière se manifeste ce paradoxe ? Comment se détermine la relation de chaque individu à la musique ? Dans quelle mesure peut-on parler de processus d'assimilation et d'appropriation ?

Mais la musique s'ancre aussi dans la société de consommation. Un rapport de force s'instaure alors, dans la mesure où la logique consumériste peut venir dénaturer son essence même. Quels enjeux interviennent quand la société de consommation s'empare de la musique ? Comment se crée la cohabitation entre les outils numériques et la musique ? Comment se traduit alors cette relation ambivalente, voire antithétique ? À force d'être commerciale, la musique ne risque-t-elle pas de se perdre ?

> **Définition**
>
> **Consumériste :** qui consomme

1er axe de réflexion : *La musique, une réalité polymorphe (p. 338)*

Problématiques

- Quelle définition donner de la musique, cette réalité polymorphe et familière ?
- Quelles sont ses caractéristiques essentielles ?

1. Une sonorité harmonieuse

La musique est avant tout sonore et déterminée par l'harmonie. Elle mobilise un vocabulaire spécifique.

Mots-clés : son, voix, instrument, silence, bruit, harmonie, dissonance, accord, note, euphonie, cacophonie, polyphonie, contrepoint, rythme, tempo, cadence, variations.

2. Beauté et bienfaits de la musique

La musique est vécue comme une expérience apaisante et bienfaisante.

Mots-clés : musicalité, musicothérapie, chant, carmen, la musique adoucit les mœurs.

2e axe de réflexion : *Entre appropriation et assimilation, la musique comme artefact culturel (p. 342)*

Problématiques

- Comment s'acquiert la musique ?
- Quels processus, entre nature et culture, la musique met-elle en jeu ?

1. Une expression culturelle

La musique est plurielle dans son expression culturelle. Elle induit un rapport d'appropriation.

Mots-clés : musique classique, électronique, populaire, folklorique, funèbre, sacrée, religieuse, militaire, de chambre, variétés, requiem, opéra, comédie-ballet, opérette, jazz, rock'n'roll, rap, slam, comédie musicale, reggae, culture.

2. Un art essentiellement fédérateur

Dans sa dimension collective, la musique représente la cohésion du groupe. Elle est identitaire et fédératrice.

Mots-clés : cohésion, fédératrice, identitaire, artefact, assimilation, appropriation, genre musical.

3e axe de réflexion : *De l'art suprême à la standardisation : musique et technique (p. 346)*

Problématiques

- Quelle influence la logique matérialiste de la société de consommation a-t-elle sur la musique ?
- Comment la musique peut vaciller dans la standardisation, voire dans le nihilisme ?

1. La musique, un art

La musique est un art puissant, impliquant une logique de dépassement de soi.

Mots-clés : réglé comme du papier à musique, faire ses gammes, se mettre au diapason.

2. Vers la dépravation de l'art musical ?

Mais, confronté à la société consumériste, cet art se retrouve dénaturé, car totalement artificialisé.

Mots-clés : algorithme, musique électronique, playlist, télé-crochet musical, tube, marketing, standardisation, boys band, nihilisme, consumérisme, mercantilisme, artificialisation.

1 La musique, une réalité polymorphe

Thème 1 : De la musique avant toute chose ?

La musique est omniprésente. Mais, comme toute réalité qui nous est familière, il est parfois difficile d'en proposer une définition adéquate. En effet, la musique oscille entre simplicité dans ses caractéristiques essentielles et complexité dans ses diverses expressions.

1 Une sonorité harmonieuse

• **Une réalité sonore.** La musique donne la primauté à un seul sens : l'**ouïe**. Sa nature est avant tout **sonore**. Elle se perçoit entre un **émetteur** et un **récepteur** : l'**auditeur**. De cet échange bilatéral émerge la **création**, puis la **propagation** d'une **onde sonore**. C'est alors le domaine de l'**acoustique**, le phénomène qui concerne la production, la propagation et la réception des sons. La musique est constituée **de sons, de silences, de rythme, de hauteur, de nuances, de timbre**. Le rythme combine les sons dans le temps. La régularité garantit l'**égalité des temps** ; elle donne le **tempo**. La **fréquence d'un son** définit sa hauteur. Elle implique une notion de périodicité, c'est-à-dire une oscillation se reproduisant de façon identique un certain nombre de fois. La musique est produite par des instruments, mais aussi par le chant et parfois par des réalités bien différentes.

Définition

Hauteur : nom d'une note sur une échelle ou gamme

• **Une production instrumentale, vocale ou naturelle.** La musique est une émanation d'un **instrument**, c'est-à-dire d'un médium qui la génère. Dans un sens spécifique, l'instrument désigne un objet construit ou préparé pour produire des sons et servir de moyen d'expression au compositeur et à l'interprète. Mais la voix peut également devenir un organe musical. Elle diffuse le **chant**, expression de la **musique vocale**. La musique est donc plurielle dans ses manifestations, mais unique dans son harmonie sonore, essentielle à sa caractérisation. Elle est un **creuset** caractérisé par la musicalité.

• **L'harmonie, valeur maîtresse de la musique.** La musique est le **contraire du bruit**. Elle génère une combinaison harmonieuse ou expressive de sons. Elle impose une justesse, une cohérence, un ajustement entre les sons. La **cacophonie** se distingue alors de l'**euphonie**. Les préfixes grecs *eu-* (« bon ») et *kakos-* (« mauvais ») révèlent cette qualité antinomique. Peut prétendre au caractère musical tout ce qui se distingue du bruit par son harmonie. Ainsi, **Pythagore** théorise la **musique des sphères** ou l'**harmonie des sphères**. L'univers serait dominé par des rapports numériques harmonieux. De fait, les distances entre les planètes correspondraient à des intervalles musicaux car celles-ci seraient réparties selon des proportions musicales. Cette théorie concilie une notion métaphysique portant sur le tout, l'harmonie et la science (l'astronomie, les proportions, la musicologie).

Définitions

Cacophonie : mélange confus d'instruments ou de voix sans harmonie

Euphonie : mélange harmonieux de voix ou d'instruments

Document

De la musique avant toute chose,
Et pour cela préfère l'Impair
Plus vague et plus soluble dans l'air,
Sans rien en lui qui pèse ou qui pose.

Il faut aussi que tu n'ailles point
Choisir tes mots sans quelque méprise :
Rien de plus cher que la chanson grise
Où l'Indécis au Précis se joint.

C'est des beaux yeux derrière des voiles,
C'est le grand jour tremblant de midi,
C'est, par un ciel d'automne attiédi,
Le bleu fouillis des claires étoiles !

Car nous voulons la Nuance encor,
Pas la Couleur, rien que la nuance !
Oh ! la nuance seule fiance
Le rêve au rêve et la flûte au cor !

Fuis du plus loin la Pointe assassine,
L'Esprit cruel et le Rire impur,
Qui font pleurer les yeux de l'Azur,
Et tout cet ail de basse cuisine !

Prends l'éloquence et tords-lui son cou !
Tu feras bien, en train d'énergie,
De rendre un peu la Rime assagie.
Si l'on n'y veille, elle ira jusqu'où ?

Ô qui dira les torts de la Rime ?
Quel enfant sourd ou quel nègre fou
Nous a forgé ce bijou d'un sou
Qui sonne creux et faux sous la lime ?

De la musique encore et toujours !
Que ton vers soit la chose envolée
Qu'on sent qui fuit d'une âme en allée
Vers d'autres cieux à d'autres amours.

Que ton vers soit la bonne aventure
Éparse au vent crispé du matin
Qui va fleurant la menthe et le thym…
Et tout le reste est littérature.

Paul Verlaine, « Art poétique » in *Jadis et Naguère*, 1884.

Ce poème s'inscrit dans la lignée de *L'Art poétique* de Boileau, qui présente les préceptes à suivre pour écrire en vers classiques. Pour Verlaine, le renouvellement passe par le rythme, l'assouplissement des règles poétiques trop rigides qui enferment et empêchent la diffusion de l'émotion. Le lien analogique de la musique avec le poème se lit dans le carmen (ou « chant »), c'est-à-dire l'évocation d'un rythme vibrant et subtil capable d'épouser la diversité émotionnelle de la vie. La musique appelle à l'élévation, à l'exaltation pour d'autres cieux. Cette notion de musicalité prévaut face à la rigidité d'une codification considérée comme contraire à la beauté de l'existence.

2 Beauté et bienfaits de la musique

• **La musique naturelle.** La musique est donc une production, mais d'origine variée. En tant qu'émanation, elle a besoin d'un support pour être créée. Intervient alors un clivage entre ce qui est naturel et artificiel. La musique naturelle désigne les différents sons émis par la flore et la faune. Dans ce contexte, le terme « chant » équivaut à une parole, mais non articulée, une modulation heureuse et bienfaisante. Le chant des arbres, de l'eau, des fontaines, de la mer, du vent, de la forêt... associe pureté et authenticité. Dans les « Ariettes oubliées », l'une des quatre parties du recueil *Romances sans paroles*, Verlaine évoque le bruit doux de la pluie : *Ô bruit doux de la pluie, Par terre et sur les toits ! Pour un cœur qui s'ennuie, Ô le chant de la pluie !* L'osmose entre le cœur las du poète et le rythme de la pluie qui tombe crée un paysage intérieur.

• **Le chant.** La musique se fait chant quand la voix résonne. Cet organe naturel crée une élévation qui s'infléchit selon des modulations à différents degrés sur l'échelle diatonique (échelle musicale comportant sept degrés). L'étymologie latine du substantif ***carmen*** valorise la grâce, l'émotion, la mélodie, voire l'exception. Celui qui créé de la musique, que ce soit un homme, un animal ou la nature, évoque un moment de sublimation et d'idéalisation. Une légende prétend que le **cygne**, animal réputé pour son caractère dissonant, aurait au moment de mourir un instant de virtuosité vocale où se lirait toute la beauté de son âme prête à rejoindre les cieux. Dans l'*Odyssée* d'Homère, les **sirènes**, êtres fabuleux mi-femmes mi-oiseaux, étaient réputées pour séduire les marins grâce à leur chant. Oublieux de tout, ces derniers perdaient le sens de l'orientation en les entendant et venaient s'échouer sur les récifs avant d'être dévorés par ces créatures.

Le mythe d'Orphée

▲ Edward John Poynter, *Orphée et Eurydice*, 1862.

Le mythe d'Orphée raconte l'histoire d'un jeune musicien prodigieux, joueur virtuose de lyre, qui a la capacité de subjuguer toute la création par sa musique. Il aurait même réussi à faire fléchir la sévère Perséphone, déesse des Enfers, pour récupérer sa défunte épouse Eurydice. Sa musique miraculeuse relève du carmen, ce chant séduisant et envoûtant.

• **« La musique adoucit les mœurs. »** La musique présente des caractéristiques émotionnelles intenses. Elle oscille entre **apaisement** et « **électricisation** ». Elle suscite une réaction affective variée. En effet, elle s'adresse à la sensibilité, canal extrêmement variable pour chaque individu. Dans le film *La Famille Bélier*, le dénouement montre comment la jeune chanteuse parvient à faire partager sa prestation à ses parents sourds et muets. Les vibrations créent un **pacte universel** qui lie les individus entre eux. La musique crée ainsi une dynamique énergétique singulière. Généralement, on la conçoit comme bienfaisante et stimulante, l'expression d'un contexte festif. Le proverbe « **la musique adoucit les mœurs** » révèle combien la sémantique musicale est **apaisante**. La musique a un réel effet **physiologique**. Elle peut permettre de développer les **capacités cognitives**, d'atténuer le stress et d'intensifier la motivation, la créativité et, parfois, de raviver les souvenirs. Ses bienfaits sont tels qu'une thérapie, la **musicothérapie**, s'appuie sur la musique pour traiter certaines pathologies.

Définitions

Physiologique : qui se rapporte au fonctionnement du corps

Cognitive : qui concerne la connaissance

Document

La musique souvent me prend comme une mer !
Vers ma pâle étoile,
Sous un plafond de brume ou dans un vaste éther,
Je mets à la voile ;

La poitrine en avant et les poumons gonflés
Comme de la toile,
J'escalade le dos des flots amoncelés
Que la nuit me voile ;

Je sens vibrer en moi toutes les passions
D'un vaisseau qui souffre ;
Le bon vent, la tempête et ses convulsions

Sur l'immense gouffre
Me bercent. D'autres fois, calme plat, grand miroir
De mon désespoir !

Charles Baudelaire, « La musique » in *Les Fleurs du mal*, 1857.

Ce poème invite le lecteur à entrer dans la beauté suscitée par l'audition d'un morceau de musique. Cette expérience sensitive, soutenue par la métaphore filée du voyage maritime, évoque les états d'âme contrastés du poète. Rythme et sonorités miment le flot musical. Fervent admirateur de Wagner, Baudelaire en appelle au mouvement et à l'immensité maritime, reflet de la musique. L'osmose unit la production musicale et poétique.

Forte de toutes ces caractéristiques, la musique est une expression privilégiée. Elle instaure un temps de **partage**. Mais elle est également une expression culturelle et technique, fortement **identitaire** et pourtant **fédératrice**.

Document

Donc, il y a treize mois, ce fut une grande rumeur dans Paris. Un compositeur allemand, qui avait vécu longtemps chez nous, à notre insu, pauvre, inconnu, par de misérables besognes, mais que, depuis quinze ans déjà, le public allemand célébrait comme un homme de génie, revenait dans la ville, jadis témoin de ses jeunes misères, soumettre ses œuvres à notre jugement. Paris avait jusque-là peu entendu parler de Wagner ; on savait vaguement qu'au-delà du Rhin s'agitait la question d'une réforme dans le drame lyrique, et que Liszt avait adopté avec ardeur les opinions du réformateur. M. Fétis avait lancé contre lui une espèce de réquisitoire, et les personnes curieuses de feuilleter les numéros de la *Revue* et *Gazette musicale de Paris* pourront vérifier une fois de plus que les écrivains qui se vantent de professer les opinions les plus sages, les plus classiques, ne se piquent guère de sagesse ni de mesure, ni même de vulgaire politesse, dans la critique des opinions qui leur sont contraires. Les articles de M. Fétis ne sont guère qu'une diatribe affligeante ; mais l'exaspération du vieux dilettantiste servait seulement à prouver l'importance des œuvres qu'il vouait à l'anathème et au ridicule. D'ailleurs, depuis treize mois, pendant lesquels la curiosité publique ne s'est pas ralentie, Richard Wagner a essuyé bien d'autres injures.

Charles Baudelaire, « Richard Wagner et Tannhäuser à Paris », *L'Art romantique*.

Cet extrait présente le relativisme de la musique. En effet, des génies comme Wagner peuvent, selon les époques, voire les peuples, être déconsidérés. L'antithèse du traitement, opposant le point de vue allemand et parisien, révèle combien le jugement est parfois loin d'être unanime. La virtuosité de leur composition échappe à l'appréciation de critiques. Ainsi, le champ lexical de la pauvreté souligne l'absurdité de la situation. En critique, Baudelaire s'insurge. En effet, comment un compositeur d'une telle qualité peut connaître une pauvreté si affligeante ? La musique oscille entre pluralité et unicité.

2 Entre appropriation et assimilation, la musique comme artefact culturel

Le clivage entre nature et culture détermine un processus d'élaboration. En effet, la musique existe dans son état naturel comme une réalité sonore harmonieuse mais elle prétend à plus de perfectionnisme quand elle est prise comme un art. Intervient alors la technique, impliquant un processus d'appropriation et donc d'assimilation.

1 Une expression culturelle

• **La dimension culturelle.** Dans un sens figuré, le *Trésor de la langue française* définit la culture comme la « fructification des dons naturels, permettant à l'homme de s'élever au-dessus de sa condition initiale et d'accéder individuellement ou collectivement à un état supérieur ». Il faut donc entendre la culture comme un **apprentissage**, une volonté de **dépassement** de la précarité de sa condition première. La musique peut se faire le creuset de ce désir. En effet, la musique est fédératrice car universelle au genre humain. Elle est un état du monde à la fois naturel, mais aussi culturel. C'est cette bivalence qui en fait sa **complexité**. La musique existe dans une forme **intuitive**, mais brute ; et pourtant, elle se cultive.

• **Le processus d'appropriation.** L'homme s'approprie la musique, créant ainsi une relation privilégiée. Cependant, dans ce processus, la musique devient un **prolongement de l'être**, de ce que l'on est. C'est un acte volontaire, résolu, qui implique une identification, un choix orienté par différents paramètres. La dimension d'appropriation en est variable :
– à une échelle **individuelle**, elle traduit des goûts ;
– à une échelle **collective**, elle devient **fédératrice**, mais toujours **identitaire**.
Cette adhésion renvoie à une logique de reflet, de combinaison.

• **Un art pluriel.** La musique est donc plurielle, car représentative de la diversité humaine. Elle a cette capacité de se décliner en différents genres, teintes, rythmes… **Transversale**, elle s'intègre dans n'importe quel domaine en tant que mode d'expression. Le pluralisme des genres est phénoménal. Chaque culture possède sa propre musique, comme une empreinte, façonnée par des rythmes, des instruments, des inflexions spécifiques et des caractéristiques. Les rythmes entraînants, soulignés par une gestuelle énergique, les mouvements corporels de la soul music, les rythmes endiablés du rock'n'roll et bien d'autres créent une mosaïque de genres. La notion même de **genre musical** regroupe plusieurs critères comme la source sonore, le lieu de destination, la durée des morceaux, le rôle social. On peut citer par exemple : la musique classique, électronique, populaire, folklorique, funèbre, sacrée, religieuse, militaire, de chambre, les variétés, le requiem, l'opéra, la comédie-ballet, l'opérette, le jazz, le rock'n'roll, le rap, le slam, la comédie musicale, ou encore le reggae.

Document

Rien n'était si beau, si leste, si brillant, si bien ordonné que les deux armées. Les trompettes, les fifres, les hautbois, les tambours, les canons, formaient une harmonie telle qu'il n'y en eut jamais en enfer. Les canons renversèrent d'abord à peu près six mille hommes de chaque côté ; ensuite la mousqueterie ôta du meilleur des mondes environ neuf à dix mille coquins qui en infectaient la surface. La baïonnette fut aussi la raison suffisante de la mort de quelques milliers d'hommes. Le tout pouvait bien se monter à une trentaine de mille âmes. Candide, qui tremblait comme un philosophe, se cacha du mieux qu'il put pendant cette boucherie héroïque.

Enfin, tandis que les deux rois faisaient chanter des Te Deum, chacun dans son camp, il prit le parti d'aller raisonner ailleurs des effets et des causes.

Voltaire, *Candide*, chapitre 3, 1759.

Cet extrait à visée ironique de *Candide* présente le contexte sonore comme fondamental dans le cadre militaire. Non seulement il apporte toute son intensité au combat, mais il révèle aussi la galvanisation que peut produire une marche militaire au sein d'un combat. L'énumération antithétique « les trompettes, les fifres, les hautbois, les tambours, les canons, formaient une harmonie telle qu'il n'y en eut jamais en enfer », exprime le fracas instrumental, doublant la violence des armes. Toutefois, le chant religieux du Te Deum montre la variété de la musique qui accompagne tous les moments de la vie.

2 Un art essentiellement fédérateur

• **Une dimension identitaire.** Malgré la notion de genre musical, la musique dépasse cette simple dimension de représentation. **Cohérente** et **fédératrice**, elle incarne la substance même d'un groupe ou d'un individu. Elle devient l'expression d'un essentialisme. En effet, son **pluralisme** s'adapte pleinement à la diversité du **genre humain** et à son **histoire**. L'ancrage de la musique dans la société fait qu'elle contribue à la détermination sociale. Des événements se trouvent étroitement liés à des chansons. Ainsi, la victoire française de la Coupe du monde de football en 1998 est fréquemment associée à la chanson *I will survive* interprétée par Gloria Gaynor. La musique rassemble. De fait, des ethnies sont liées à des genres musicaux, comme le **jazz** qui est associé aux Afro-Américains. Il raconte leur histoire, leur combat, leur souffrance, leurs révoltes, les inégalités endurées. Très proche de leur histoire, le jazz exprime les souffrances de l'esclavage, de la déportation et de l'oppression. La musique devient le chant de la souffrance d'un groupe car elle est fédératrice.

• **Un hymne.** Cette capacité fédératrice est telle qu'elle est institutionnalisée en tant que telle. Chaque pays, chaque nation se construit autour d'emblèmes patriotiques comme l'**hymne**. Dans le domaine profane, ce chant solennel célèbre la patrie et ses défenseurs. Ainsi, *La Marseillaise* de Rouget de Lisle est l'hymne national de la République française. Écrite en 1792, elle commémore la guerre de la France révolutionnaire contre l'Autriche et la Prusse qui avaient envahi le territoire national. Cet hymne incarne la France comme patrie de la Déclaration des Droits de l'Homme et du Citoyen, pays de la Révolution, farouche défenseur de valeurs comme la liberté, l'égalité et la fraternité. L'hymne célèbre donc l'essence même d'un pays et ses valeurs fondatrices, dans une logique d'exaltation.

Document

Joie ! Joie ! Belle étincelle divine,
Fille de l'Élysée,
Nous entrons l'âme enivrée
Dans ton temple glorieux.
Ton magique attrait resserre
Ce que la mode en vain détruit ;
Tous les hommes deviennent frères
Où ton aile nous conduit.

Si le sort comblant ton âme,
D'un ami t'a fait l'ami,
Si tu as conquis l'amour d'une noble femme,
Mêle ton exultation à la nôtre !
Viens, même si tu n'aimas qu'une heure
Qu'un seul être sous les cieux !
Mais vous que nul amour n'effleure,
En pleurant, quittez ce chœur !

Tous les êtres boivent la joie,
En pressant le sein de la nature
Tous, bons et méchants,
Suivent les roses sur ses traces,
Elle nous donne baisers et vendanges,
Et nous offre l'ami à l'épreuve de la mort,
L'ivresse s'empare du vermisseau,
Et le chérubin apparaît devant Dieu.

Heureux,
tels les soleils qui volent
Dans le plan resplendissant des cieux,
Parcourez, frères, votre course,
Joyeux comme un héros volant à la victoire !

Qu'ils s'enlacent tous les êtres !
Ce baiser au monde entier !
Frères, au-dessus de la tente céleste
Doit régner un tendre père.
Vous prosternez-vous millions d'êtres ?
Pressens-tu ce créateur, Monde ?
Cherche-le au-dessus de la tente céleste,
Au-delà des étoiles il demeure nécessairement.

L'Hymne à la joie, texte chanté dans le quatrième mouvement de la *Symphonie n° 9* de Beethoven.

L'*Hymne à la joie* célèbre l'unité et la fraternité humaines. C'est pourquoi il a été choisi comme l'hymne officiel de l'Union européenne. Poème écrit par Friedrich von Schiller en 1785, il a ensuite été repris par Ludwig van Beethoven qui en a fait le final du quatrième et dernier mouvement de sa *Symphonie n° 9*.

• Vivre la musique individuellement : la condition de musicien. Outre cette dimension collective, la musique se vit également individuellement. Elle façonne des destins entiers, des vies consacrées corps et âmes à cet art. Elle s'assimile totalement à des figures de musiciens illustres, érigés en compositeurs ou en interprètes d'exception, voire en **génies inégalables**. L'histoire musicale en abonde. Réputé pour sa précocité, **Mozart** a ébahi les cours européennes par ses prouesses musicales. À 3 ans, il déchiffre son premier allegro. À 5 ans, il compose un menuet. **Rossini** apprend seul la musique durant les tournées de ses parents. Ses œuvres de jeunesse, composées quand il avait 12 ans, sont encore jouées dans le monde entier. À 8 ans, **Chopin** éblouit les cours de Pologne et de Russie. À 15 ans, il compose ses *Variations* au sujet desquelles **Schumann** s'exclamera : « Chapeau bas ! Messieurs, c'est un génie ». Ces « génies » vivent la musique dans l'intensité de leur existence. C'est par elle, à travers elle, qu'ils se construisent et, surtout, qu'ils laissent leur empreinte sur le monde. Car la musique est un partage, l'exaltation d'un art, d'une technique qui requiert un apprentissage dès le plus jeune âge.

▲ Mozart, enfant, répète avec son père et sa sœur.

Mozart commence la musique à l'âge de 3 ans. À 5 ans, son père lui apprend le clavecin. Il éblouit les auditoires des cours d'Europe par ses improvisations et ses compositions instrumentales, notamment des concerti et sonates pour piano comme des symphonies. À 11 ans, il découvre l'opéra. Il commence à en créer : *Apollon et Hyacinthe* (1767), *Bastien et Bastienne* (1768), *La finta semplice* (1769). Son répertoire est émaillé de chefs-d'œuvre : *Les Noces de Figaro* (1786), *Don Giovanni* (1787), *Così fan tutte* (1790), *La Flûte enchantée*, le *Requiem* (1791). Il meurt à 35 ans en laissant l'image d'un météore dans la mémoire collective.

Définition

Météore : personne qui brille par son talent ou sa personnalité

3 De l'art suprême à la standardisation : musique et technique

Face à ce polymorphisme et cette polyvalence de la musique, un paradoxe apparaît. Si la musique peut s'imposer comme la **quintessence** de l'art, exigeant l'apprentissage et le perfectionnement d'une existence, la société actuelle aide à dépasser ce **sacerdoce** d'une vie grâce à la technologie, qui démocratise l'expression musicale, la rendant accessible à tous, au risque parfois d'en perdre le perfectionnement.

Définitions

Quintessence : ce qu'il y a d'essentiel, de plus important
Sacerdoce : vocation

1 La musique, un art

• **La virtuosité, un idéal à atteindre.** La musique est un art d'exception et se définit en tant que tel. De nombreux mythes évoquant sa naissance lui confèrent une origine divine. Dans la mythologie grecque, Hermès, le messager des dieux, aurait créé la lyre à partir d'une simple carapace de tortue sur laquelle il aurait tendu des boyaux de bœuf. Par son étymologie, la musique est placée directement sous le patronage de l'art. Le terme latin *musica* est directement emprunté au grec *mousikê* (sous-entendu *tekhnê*) qui signifie l'« **art des muses** ». Cette filiation directe avec la divinité confère un caractère d'exception, de supériorité, suggérant l'élection et l'exigence.

▲ Euterpe, la muse de la musique, mosaïque.

Selon la mythologie grecque, Euterpe est la muse de la musique. Elle aurait inventé l'aulos, la double flûte. Sur les statues de l'époque romaine, elle est souvent représentée avec une flûte simple ou double, instrument du culte dionysiaque. Elle est primitivement reconnue comme une divinité de la joie et du plaisir, rappelant ainsi le lien étroit entre la musique et la fête. Représentée comme une jeune fille couronnée de fleurs, Euterpe est souvent accompagnée d'instruments comme les hautbois, et aussi de papier à musique. Faisant partie des muses, elle est médiatrice entre les hommes et les dieux.

• **Musique et dépassement de soi.** L'art sous-entend un idéal de beauté, une **sublimation** et donc un **dépassement**. Il repose sur un **talent**, une **habileté**, une **adresse** parfois associée à une technique exigeante et difficile à acquérir. La musique relève de cette subtile alliance de la technique et de la beauté. Devenir musicien s'acquiert et demande un long cheminement dans l'apprentissage. Les expressions « **réglé comme du papier à musique** » et « **se mettre au diapason** » en soulignent l'**exigence**, la **discipline** et la **méticulosité**. L'expression « **faire ses gammes** » montre la nécessité d'acquérir les rudiments pour la totale maîtrise d'un savoir. Un musicien souhaitant progresser et parfaire sa technique doit intégrer un conservatoire. Cet établissement organisé en cycles est axé sur la pratique musicale. Les virtuoses y acquièrent une **expérience**, consolidant ainsi leur pratique musicale. Dans le film ***Les Choristes*** de Christophe Barratier, le surveillant mais néanmoins musicien, Clément Mathieu, repère un jeune talent Pierre Morhange. C'est grâce à lui et à ses connaissances dans le milieu musical que le jeune homme pourra donner libre cours à son talent.

Document

SALIERI – Tous disent : « Il n'y a pas de justice sur la terre » mais il n'y a pas non plus de justice plus haut. Pour moi, cela est clair comme une simple gamme. Je suis né, moi, avec l'amour de l'art. Étant petit enfant, lorsque les sons de l'orgue retentissaient dans les hauteurs de notre vieille église, j'écoutais, et je ne pouvais me lasser d'entendre ; des larmes coulaient de mes yeux. Je repoussai de bonne heure les distractions futiles. Toute science étrangère à la musique me devint importune. Je m'en détournai avec obstination et fierté ; je me donnai à la seule musique. Tout premier pas est difficile, et tout début de route ennuyeux. J'avais à vaincre des obstacles qui m'assaillirent tout d'abord. Je plaçais le métier pour base de l'art ; je me fis artisan. Je donnais à mes doigts une rapidité sèche et obéissante ; je forçais mon oreille à être juste ; je tuais les accords et j'anatomisais la musique comme un cadavre. Je pris enfin l'algèbre pour preuve de l'harmonie. Ce n'est qu'alors, après avoir traversé le creuset de la science, que j'osai me livrer à la volupté créatrice. Je me mis à créer, mais dans le mystère, dans l'isolement, sans me permettre de penser même à la gloire. Souvent, après avoir passé deux ou trois jours dans ma cellule silencieuse, où j'oubliais la nourriture et le sommeil, après avoir goûté les élans et les larmes de l'inspiration, je brûlais mon travail et je regardais froidement comment ma pensée et les sons que je venais de créer disparaissaient avec la légère fumée.

Alexandre Pouchkine, *Mozart et Salieri*, 1830.

Cet extrait de la pièce de Pouchkine présente le monologue de Salieri, un musicien d'exception. Il illustre la condition même du musicien qui, par une intuition musicale singulière, se retrouve contraint au dépassement de soi. Son enfance est à la marge des autres. Il centre sa vie sur la musique, son apprentissage et surtout son perfectionnement. Cette singularité le voue à la solitude, mais aussi à la rareté de ses desseins : il est un être né pour la musique, qui se voue à son art. La musique acquiert ici une dimension mystique.

▲ Salieri, par Joseph Willibrod Mähler en 1825.

• **Un art exigeant et cruel.** La musique est un art exigeant, qui peut être aussi parfois cruel. Beaucoup la pratique, sans avoir la certitude de parvenir à en vivre, voire à « **percer** ». Le principe des **télé-crochets** permet de repérer des talents grâce au vote du public. De nombreuses émissions télévisées comme *The Voice* présentent des candidats, postulant à la célébrité. Car être musicien se vit pleinement quand l'échange se fait avec un public. La musique se meurt si elle est isolée, insulaire. Elle réclame un **auditoire**. Le film *L'Accompagnatrice* de Nina Berberova relate la vie de Sonia, une jeune Russe pauvre, fille d'une professeure de piano, qui devient l'accompagnatrice de Maria, un être solaire et une admirable chanteuse qui suscite la **ferveur** du public. Cette vie d'ombre et de ténèbres, Sonia la refuse et cherche à détruire sa protectrice, qui est pour elle une figure triomphatrice. L'une a tout, l'autre n'a rien.

2 Vers la dépravation de l'art musical ?

• **Le mercantilisme.** Cet idéal musical s'ancre dans la **société de consommation** avec parfois bien des difficultés. La pureté même de cet art s'entache d'enjeux commerciaux. La musique devient alors un objet de consommation, un produit, sujet d'un mercantilisme effréné. Les principes **marketing** d'émissions comme *The Voice* génèrent des gains considérables, faisant de chaque candidat un investissement. Le film ***A star is born*** souligne la grandeur et la déchéance de stars musicales, icônes d'une époque ou d'un genre musical. Le duo Jackson et Ally y révèle la destinée des êtres sous les feux de la rampe. Le premier connaît le désaveu, l'oubli, au point de plonger dans l'alcool et de finir par se suicider. La seconde incarne la vigueur d'une artiste prometteuse, au talent certain et en voie d'être reconnue. Mais, derrière le *star system*, on voit poindre la perte de l'humain, maigre et anonyme pantin, voire fantoche interchangeable de l'interprète. Dans les années 1990, le phénomène des *boys band* sonne comme le paroxysme de cette musique artificielle, standardisée, créée de toutes pièces dans une pure finalité mercantiliste.

• **Une totale artificialisation.** Car la société désincarne la musique au point de l'artificialiser totalement. Les **playlists** uniformisent les goûts, rompant la diversité musicale et empêchant la découverte. Aux heures de grande écoute, les **tubes** tournent en boucle sur les ondes. À l'origine, ce terme désigne le cylindre rotatif sur lequel étaient enregistrés les morceaux grâce au phonographe. Puis, dans les années 1950, Boris Vian, directeur artistique chez Philips, l'utilise pour désigner une chanson à succès, dont l'aspect **creux** des paroles fait allusion métaphoriquement au vide du tube. Il n'est plus question de sens, mais de **remplissage**, de **production**. Le tube de l'été est incontournable. Chaque occasion nécessite sa chanson : l'été, les fêtes de fin d'année… Même les algorithmes permettent d'anticiper les goûts musicaux.

• **Vers un nihilisme musical ?** Que faire donc face à cette artificialisation outrancière ? Se recentrer sur l'essence même de la musique ? C'est le pari à faire. Car la musique est partout, omniprésente, elle se cache dans les recoins de notre quotidien. Certains artistes utilisent même des objets de la vie de tous les jours (des verres, des ustensiles de cuisine, une pompe à vélo…) qu'ils détournent de leur fonction première pour faire de la musique. Tout peut alors devenir musique. Les **vibrations** sont là, et le talent en plus permet de faire jaillir la musique à partir de rien.

Document

« Faire du bruit. Matière bruyante, poisseuse, abrasive, qui colle au visage. Le rap de NTM. C'est le chant des villes, son pouls saccadé, les soubresauts des mouvements de foule, ce sont les sirènes, les flashes des gyrophares, les vrombissements des travaux, les accidents, les crissements de pneus. Kool Shen et Joey Starr retournent à l'envoyeur les spasmes de la vielle, les dissonances du béton. On ne fait pas plus moderne que le rap, plus industriel, plus historique ; c'est le poumon qui absorbe et recrache les bruits du monde ici et maintenant. Le clou du réel enfoncé dans nos oreilles. »

Joy Sorman, *Du bruit*, Gallimard, 2007.

Combien de personnes assimilent le groupe de rap NTM à du bruit ? Expression sonore amorphe, le groupe insupporte. On le juge, on le critique, on le rabaisse. Mais, dans la brutalité de ses textes et la profondeur de la voix de Joey Starr, la narratrice défend le rap comme le manifeste d'une génération résolument urbaine, vivant dans les banlieues. Là où bon nombre y voit du bruit, d'autres y perçoivent l'expression essentialiste d'une génération vivante.

Conclusion

« De la musique avant toute chose », mais surtout le chant de l'âme, l'osmose de la **musicalité** et de l'**humanité**. La musique est un cadeau, une réalité qui s'offre à tous. Auditeur, musicien, chanteur, compositeur, la musique se vit à chaque instant de la vie. Des comptines pour les enfants aux hymnes nationaux, tous éveillent en chacun des **souvenirs**, des **émotions**. La musique est l'antithèse de l'indifférence. Elle suscite irrémédiablement **une réaction, une intensité**. Elle s'écoute, se joue, mais surtout elle se vit, **vibrante et vivante**.

Tableau de références

Thème 1 : De la musique avant toute chose ?

Dans le tableau suivant, vous trouverez des références culturelles non exhaustives liées aux différentes parties du thème « De la musique avant toute chose ? ». Ces références couvrent l'ensemble des différents supports artistiques : les écrits littéraires (en **noir**) ; les références filmographiques (en **bleu**) ; les œuvres picturales (en **vert**) ; les œuvres musicales (en **orange**).

Problématiques	Notions-clés	Références
1. La musique, une réalité polymorphe		
1. Une sonorité harmonieuse	• Une réalité sonore • Une production instrumentale, vocale ou naturelle • L'harmonie, valeur maîtresse de la musique	• Arthur Rimbaud, *Poésies*, « À la musique » • Paul Verlaine, *Jadis et Naguère*, « Art poétique » • Luigi Russolo, *La Musica*
2. Beauté et bienfaits de la musique	• La musique naturelle • Le chant • « La musique adoucit les mœurs. »	• Charles Baudelaire, *Les Fleurs du mal*, « La musique » • Emmanuel Bigand (dir.), *Les Bienfaits de la musique sur le cerveau* • Hervé Platel, « Comment la musique modifie notre cerveau ? » • Edward John Poynter, *Orphée et Eurydice*
2. Entre appropriation et assimilation, la musique comme artefact culturel		
1. Une expression culturelle	• La dimension culturelle • Le processus d'appropriation • Un art pluriel	• Voltaire, *Candide* • Nicolas de Staël, *Le Concert*
2. Un art essentiellement fédérateur	• Une dimension identitaire • Un hymne • Vivre la musique individuellement : la condition de musicien	• Lydie Salvayre, *Hymne* • Gérard Corbiau, *Le Maître de musique ; Farinelli* • Beethoven, *L'Hymne à la joie*
3. De l'art suprême à la standardisation : musique et technique		
1. La musique, un art	• La virtuosité, un idéal à atteindre • Musique et dépassement de soi • Un art exigeant et cruel	• Alexandre Pouchkine, *Mozart et Salieri* • Dominique Ané, *Ma vie en morceaux* • Vladimir Jankélévitch, *La Musique et l'ineffable* • *Euterpe*, mosaïque • Jacques Audiard, *De battre mon cœur s'est arrêté* • Jane Campion, *La Leçon de piano*
2. Vers la dépravation de l'art musical ?	• Le mercantilisme • Une totale artificialisation • Vers un nihilisme musical ?	• Joy Sorman, *Du bruit* • Bryan Singer, *Bohemian Rhapsody*

Dans ma maison

Introduction

« Ma maison », un énoncé simple qui fait écho à une réalité qui nous est bien familière : celle de notre habitat. Dérivée du verbe latin *manere* (« rester », « résider »), elle implique la sédentarité. « Ma maison » est une évidence pour chacun d'entre nous. Les noms abondent pour déterminer ce lieu qui nous est propre, qui nous ancre dans l'espace : logis, villa, pavillon, appartement, bâtisse, immeuble… bien d'autres termes encore déclinent ce référent. **« Ma maison » est plurielle dans sa dénomination.**

Physiquement, elle est polymorphe car elle varie selon les attentes de chaque propriétaire ou locataire, mais aussi selon leurs possibilités financières. Du simple appartement à la villa se déploie tout un faisceau de possibles. Car « ma maison » est le résultat, la somme des savoirs et savoir-faire de l'architecture. Concevoir sa maison repose sur une technique sujette à une évolution et, parfois, à de véritables prouesses. Dans les cas les plus extrêmes, « ma maison » peut devenir objet de dépassement et d'exploits, alliant esthétique et fonctionnel.

« Ma maison » répond à un besoin : celui de permettre à l'homme d'investir l'espace. Diachroniquement, elle renvoie au besoin premier qui, historiquement, a marqué une étape importante dans l'évolution humaine : celui de la sédentarisation. De fait, l'homme a pris possession de l'espace. Socialement, cet état de fait est une évidence. Chaque personne est associée à un espace individuel. « Ma maison » devient donc un marqueur social car on habite tous différemment son logis en fonction de la pluralité de ses modes de vie, des contraintes liées aux territoires occupés, conditionnées par des capacités financières, des impératifs professionnels et/ou familiaux, et du contexte sanitaire.

Temporellement, « ma maison » renvoie au fil de l'existence de chacun à une succession de résidences. Cette expression cristallise notre appartenance au monde, notre ancrage dans l'environnement et donc notre empreinte spatiale.

Symboliquement, on investit chacun le lieu où on réside, notre maison. Lieu de vacances, maison de famille, les souvenirs teintent affectivement « ma maison ». Elle peut parfois s'inscrire dans une histoire familiale. Elle devient alors un héritage.

Singulière et plurielle, « ma maison » reste notre centre de gravité, notre parenthèse dans l'espace de la collectivité. Elle se trouve à la croisée de l'expérience universelle et intime, car nous investissons tous différemment notre logis. Comment alors entre dénotation, la réalité première de l'habitat spatial, et connotation, le symbole de notre attachement, « ma maison » acquiert-elle polysémie et multivalence ?

1er axe de réflexion : *« Ma maison »/« Nos maisons » : pluralité et clivages (p. 353)*

Problématiques

- Comment « ma maison » a-t-elle marqué l'évolution humaine, véritable cap dans la relation entre l'homme et l'espace ?
- Dans quelle mesure la maison est-elle l'artefact de savoirs et de savoir-faire architecturaux, conditionnant un déploiement des pièces selon leur fonction ?
- Comment « ma maison » s'impose-t-elle comme une réalité graduelle, oscillant entre logement insalubre et villa de luxe ?

1. Entre nomadisme et sédentarité

« Ma maison » institue la sédentarité pour l'homme que ce soit historiquement ou socialement. Mais « ma maison » peut se concevoir à rebours comme le mode de vie de l'itinérance.

Mots-clés : baraque, bungalow, cabane, hutte, maison, préfabriqué.

2. Entre individualité et collectivité

Par définition, « ma maison » offre une enclave de l'individualité dans l'espace collectif. Elle propose une déclinaison d'habitat selon les territoires occupés (rural ou urbain), le type de logement occupé, le statut (propriétaire/locataire).

Mots-clés : bail, bâtisse, bicoque, charges, construction, domotique, gratte-ciel, HLM, immeuble, immeuble haussmannien, location, loft, masure, pavillon, propriété, résidence secondaire, studio, taudis, villa.

2e axe de réflexion : *Moi et « ma maison » : le processus d'habiter (p. 359)*

Problématiques

- Comment « ma maison » cristallise-t-elle l'investissement de l'homme sur l'espace qui lui est propre ?
- Quelles fonctions affectives motivent cette relation si personnelle ?
- Quelles expériences nourrissent le clivage entre huis clos rimant avec emprisonnement, et refuge cocon ?

1. « Ma maison », théâtre du personnel en tant qu'espace de l'intime

L'espace est découpé selon une constitution de pièces, détentrices d'une fonction essentielle : c'est le cocon, le repli salutaire de l'individu qui se livre dans toute sa singularité par le processus d'habiter et de choisir son habitat.

Mots-clés : antichambre, asile, bien-être, bricolage, chez-soi, confort, *cosy*, cuisine, domesticité, *Feng Shui*, famille, foyer, *home*, *home sweet home*, hospitalité, loggia, maisonnée, nid, refuge, retraite, salle à manger, salle de réception, salon, sociabilité, terrasse.

2. « Ma maison » : l'espace sclérosant

Le processus d'habiter peut souffrir de défauts (insalubrité, nuisances, etc.) et abriter de nombreuses tensions qui, en provoquant l'écart, le repli, font de cet espace une prison et rendent l'homme captif.

Mots-clés : chambre de bonne, communs, confinement, galetas, huis clos, insalubrité, isolement, promiscuité, nuisances, prison, solitude, soupente.

3e axe de réflexion : *« Ma maison », entre réalité et onirisme (p. 364)*

Problématiques

- Symboliquement, comment « ma maison » investit-elle les domaines de l'imaginaire ou du rêve ?
- Par quel processus se met-on à rêver d'un lieu utopique, idéalisé par le souvenir ?
- Comment « ma maison » relaie-t-elle des bâtisses oniriques, peuplées par d'étranges créatures ?

1. « Ma maison » onirique

« Ma maison » résonne comme une projection de l'imaginaire, personnelle car plusieurs maisons émaillent notre vie, notre enfance. C'est « ma maison » des souvenirs, celle de la jeunesse, mais aussi celle des contes de fée, que petits, nous imaginions à travers toutes les légendes qui nous faisaient rêver.

Mots-clés : alcôve, château, héritage, inventaire, maison de famille, maison de vacances, manoir, palais, utopie.

2. « Ma maison » tragique

A contrario, « ma maison » résonne comme une menace, le théâtre des plus sombres histoires, scénarios de nos peurs les plus ténébreuses. C'est aussi l'abri de ma conscience, le lieu où les souvenirs difficiles se cachent pour mieux nous hanter.

Mots-clés : asile, folie, maison hantée, manoir.

1 « Ma maison »/« Nos maisons » : pluralité et clivages

Saisie dans sa réalité première, **« ma maison » désigne un concept : celui de l'habitat. Elle est le vecteur entre l'homme et son environnement, accompagnant ainsi l'humain dans son évolution**. Cependant, si « ma maison » est unique dans sa définition, **elle est plurielle dans son élaboration.** Elle se façonne selon les aspirations et les possibilités de son (ou ses) habitant(s). **C'est ainsi que « ma maison » devient « nos maisons »**. Cette pluralité est renforcée par les bivalences qui la caractérisent et la placent à la croisée de nombreux clivages : propriétaire/locataire, espace public/intime, etc.

1 Entre nomadisme et sédentarité

« Ma maison » se positionne entre le nomadisme et la sédentarité. Elle est modulable selon le mode de vie de son occupant.

- **L'origine de « ma maison » : de l'abri et du nomadisme.** La maison relève d'une notion plus générale, celle de l'habitat. L'homme s'implante dans l'environnement pour un temps plus ou moins long. S'il est amené à bouger, il est donc nomade. L'habitat répond alors à un besoin humain de première nécessité : celui de l'abri. C'est un espace qui offre à l'homme la possibilité de se replier, se protéger ou se reposer, une sorte de **parenthèse dans l'espace**. Dès la préhistoire, le concept de l'avant-maison se décline selon les formes les plus rudimentaires : excavation, grotte, hutte faite de branchages, de peaux de bêtes, de feuillages. « Ma maison » se réduit alors à la notion d'**abri,** c'est-à-dire de lieu couvert protégeant contre les intempéries, les dangers.

> **Définition**
>
> **Excavation :** creux, cavité dans le sol.

- **« Ma maison », fruit de la sédentarité.** De fait, comme le révèle son étymologie, le terme latin *ma(n)sionem*, qui désigne « un séjour, un lieu de séjour, une habitation, une demeure, une auberge », la maison implique une certaine sédentarité. Ce sens premier accompagne l'évolution de l'humanité. **Durant la préhistoire, l'homme se sédentarise. Il s'implante durablement dans l'espace.** Les premières maisons apparaissent alors dans des formes d'abord très frustes. L'intérieur est sombre, sans fenêtres, avec un feu qui brûle au milieu de la pièce, prolongeant ainsi la notion d'abri. Il tend à se multiplier et à créer les premiers villages, c'est-à-dire le regroupement de plusieurs maisons. « Ma maison » prend alors tout son sens : le possessif cristallise cette notion d'appartenance, de singularité de l'homme à l'espace.

▲ *Tulou* dans la province du Fujian (Sud-Est de la Chine).

Le *tulou* (« maison de terre ») est une forme traditionnelle de résidence communautaire constituée de plusieurs bâtiments. Construits entre le XVe et le début du XXe siècle par les Hakkas, un peuple souvent persécuté, les *tulou* servaient à se protéger des envahisseurs. Ces grandes bâtisses en argile de forme concentrique sont organisées autour d'une grande cour très vivante, qui sert de lieu de socialisation. Chaque *tulou* peut accueillir jusqu'à 800 personnes. Les 46 maisons de terre des *tulou* de la province du Fujian en Chine ont été inscrites par l'UNESCO sur la liste du patrimoine mondial de l'humanité en 2008.

• **« Ma maison » : un choix entre itinérance et sédentarité.** Suivant l'évolution des modes de vie des hommes, **la sédentarité tend à s'imposer**. Le nomadisme devient alors non plus une obligation, une nécessité, dans la mesure où l'homme s'implante durablement dans son espace, mais un choix de vie, personnel et volontaire. Ma maison s'adapte alors. Elle prend une forme temporaire, éphémère ou conçue pour être habitée ponctuellement. Ce sont les huttes, le camping et ses mobil-homes, les bungalows, les cabanes, les baraques ou les préfabriqués qui offrent, par exemple le temps d'un chantier, un abri couvert. **Son caractère itinérant ou ponctuel s'inscrit sur le clivage « ouverture/fermeture »**. En effet, ce type d'habitat se présente comme une maison tellement frêle et « légère » dans l'environnement qu'elle s'unifie parfaitement à la nature (ouverture), tout en proposant un abri (fermeture). Ces habitats, aussi modestes soient-ils, proposent des conditions de vie un peu sommaires, particulièrement adaptés à une brève temporalité. Le bungalow ou le mobil-home sont des îlots dans l'environnement, permettant à leur locataire de vivre au contact de la nature.

2 Entre individualité et collectivité

Puisque « ma maison » cristallise le lien entre l'homme et l'espace, **elle se situe à la croisée de l'individuel et du collectif**, espace à la fois social, fonctionnel et intime.

• **« Ma maison » : un marqueur social. Ma maison est un abri, mais aussi un marqueur social**. Son aspect permet de caractériser son propriétaire ou son locataire et ses ressources financières. Ce sont elles qui déterminent la capacité de l'homme à acquérir et aménager le logis de son choix. Plus ses ressources seront importantes, plus il bénéficiera d'une liberté totale pour son habitat. *A contrario*, les personnes en précarité financière n'ont pas de maisons et sont reléguées au rang de sans-abri. Ce sont les invisibles qui investissent l'espace collectif, public comme lieu d'hébergement. **La maison peut alors devenir un lieu d'inégalité** en tant que marqueur social. Les taudis, les masures, les bicoques s'opposent aux villas, aux immeubles haussmanniens. La notion d'environnement révèle également le clivage rural/urbain. Vivre à la campagne, alors qu'on travaille dans une grande ville, peut rappeler qu'une maison de ville est parfois inabordable compte tenu des prix de l'immobilier. C'est ainsi que se joue également le statut de l'occupant : locataire ou propriétaire. Le premier choisit de disposer d'une maison ponctuelle, possession d'un autre, contre un loyer. En signant son bail, il s'investit dans une moindre mesure dans l'appropriation de l'espace. En effet, le locataire s'y projette de manière limitée car l'espace ne lui appartient pas. Le statut de propriétaire permet une totale fusion entre l'occupant et la maison car ils ne font qu'un. De plus, être locataire peut également signifier des capacités financières moindres, empêchant l'achat.

Document

Le vestibule et l'escalier étaient d'un luxe violent. En bas, une figure de femme, une sorte de Napolitaine toute dorée, portait sur la tête une amphore[1], d'où sortaient trois becs de gaz, garnis de globes dépolis. Les panneaux de faux marbre, blancs à bordures roses, montaient régulièrement dans la cage ronde ; tandis que la rampe de fonte, à bois d'acajou, imitait le vieil argent, avec des épanouissements de feuilles d'or. Un tapis rouge, retenu par des tringles de cuivre, couvrait les marches. Mais ce qui frappa surtout Octave, ce fut, en entrant, une chaleur de serre, une haleine tiède qu'une bouche lui soufflait au visage.

– Tiens ! dit-il, l'escalier est chauffé ?

– Sans doute, répondit Campardon. Maintenant, tous les propriétaires qui se respectent, font cette dépense… La maison est très bien, très bien…

Il tournait la tête, comme s'il en eût sondé les murs, de son œil d'architecte.

– Mon cher, vous allez voir, elle est tout à fait bien… Et habitée rien que par des gens comme il faut !

Alors, montant avec lenteur, il nomma les locataires. À chaque étage, il y avait deux appartements, l'un sur la rue, l'autre sur la cour, et dont les portes d'acajou verni se faisaient face. D'abord, il dit un mot de M. Auguste Vabre : c'était le fils aîné du propriétaire ; il avait pris, au printemps, le magasin de soierie du rez-de-chaussée, et occupait également tout l'entresol[2]. Ensuite, au premier, se trouvaient, sur la cour, l'autre fils du propriétaire, M. Théophile Vabre, avec sa dame, et sur la rue, le propriétaire lui-même, un ancien notaire de Versailles, qui logeait du reste chez son gendre, M. Duveyrier, conseiller à la cour d'appel.

– Un gaillard qui n'a pas quarante-cinq ans, dit en s'arrêtant Campardon, hein ? C'est joli !

Il monta deux marches, et se tournant brusquement, il ajouta :

– Eau et gaz à tous les étages.

Sous la haute fenêtre de chaque palier, dont les vitres, bordées d'une grecque[3], éclairaient l'escalier d'un jour blanc, se trouvait une étroite banquette de velours. L'architecte fit remarquer que les personnes âgées pouvaient s'asseoir. Puis, comme il dépassait le second étage, sans nommer les locataires :

– Et là ? demanda Octave, en désignant la porte du grand appartement.

– Oh ! là, dit-il, des gens qu'on ne voit pas, que personne ne connaît… La maison s'en passerait volontiers. Enfin, on trouve des taches partout…

Il eut un petit souffle de mépris.

– Le monsieur fait des livres, je crois.

Mais, au troisième, son rire de satisfaction reparut. L'appartement sur la cour était divisé en deux : il y avait là madame Juzeur, une petite femme bien malheureuse, et un monsieur très distingué, qui avait loué une chambre, où il venait une fois par semaine, pour des affaires. Tout en donnant ces explications, Campardon ouvrait la porte de l'autre appartement.

– Ici, nous sommes chez moi, reprit-il. Attendez, il faut que je prenne votre clef… Nous allons monter d'abord à votre chambre, et vous verrez ma femme ensuite.

Pendant les deux minutes qu'il resta seul, Octave se sentit pénétrer par le silence grave de l'escalier. Il se pencha sur la rampe, dans l'air tiède qui venait du vestibule ; il leva la tête, écoutant si aucun bruit ne tombait d'en haut. C'était une paix morte de salon bourgeois, soigneusement clos, où n'entrait pas un souffle du dehors. Derrière les belles portes d'acajou luisant, il y avait comme des abîmes d'honnêteté.

Émile Zola, *Pot-Bouille*, Chapitre I, 1882.

---

1. **Amphore :** vase antique comportant deux anses et un pied étroit.
2. **Entresol :** dans un immeuble, niveau ou espace situé entre le rez-de-chaussée et le premier étage.
3. **Grecque :** type d'ornement composé d'une suite de lignes brisées qui reviennent sur elles-mêmes à angle droit.

Ce chapitre liminaire de *Pot-Bouille* révèle combien la maison est un marqueur social. La remarque initiale, « l'escalier est chauffé », montre les commodités existantes dans l'immeuble. Il comprend des appartements désignés d'emblée par l'honorabilité des occupants. Il n'est pas question ici d'aménagements, mais de la dignité de celui qui l'habite. La montée de l'escalier permet d'appréhender le déploiement de la structure du bâtiment. Les locataires s'enchaînent comme dans un macrocosme, révélant un espace fragmenté, mais lisse dans sa probité et son honorabilité. La seule pointe de mystère relève du locataire qui fait des livres, offensant la dignité du lieu. L'acte de propriété est palpable dans l'expression : « Ici, nous sommes chez moi. » L'adverbe « ici » relaie le groupe prépositionnel « chez moi », soulignant la pleine possession de l'espace par le maître des lieux.

Définition

Macrocosme : ensemble englobant considéré par rapport à ses éléments constitutifs (individus, groupes).

- **« Ma maison » : un artefact architectural. « Ma maison » constitue aussi une somme de choix pour son occupant**. Il investit l'espace et y pose son empreinte selon différents champs d'action possibles : la décoration, l'ameublement et la conception même du bâtiment. **Ce processus s'inscrit dans une logique qui impose la maison comme une entité façonnable et, par extension, comme un produit de consommation**. En effet, quand la société s'empare de l'habitat, elle lui applique des tendances, des modes, le transformant en terrain d'expérimentation. Les émissions sur la thématique immobilière abondent, montrant comment valoriser sa maison pour la rendre plus esthétique ou pour mieux la vendre. Car « ma maison » cristallise une conception personnelle de l'occupant avec un paramètre fondamental : ses capacités financières. Disposant de ressources conséquentes, il pourra se rendre maître totalement de son bien en choisissant, par exemple dans le cadre d'une construction, tous les attributs dont il souhaite le doter. Les noms de bâtisses d'exception résonnent alors en tant que vraies créations artistiques et historiques. Les châteaux de Versailles, de Neuschwanstein et bien d'autres sont autant de références d'exubérance ou de luxe. L'architecture n'est-elle pas l'art, la science, la technique de construire, de restaurer, d'aménager des édifices ? « Ma maison » est donc le reflet d'une singularité qui s'affirme. Elle implique des choix, une volonté de son occupant de l'aménager, de la créer selon ses désirs ou sa conception de la fonctionnalité. « Ma maison » se façonne donc en intégrant différents paramètres : ceux du confort, de la décoration, mais également des normes environnementales, de sécurité et d'accessibilité (domotique). Elle prend ainsi en compte des critères liés aux évolutions sociétales.

Définitions

Artefact : objet façonné par l'homme.

Domotique : techniques permettant d'intégrer à la maison les automatismes liés à la sécurité, la gestion de l'énergie, la communication, etc.

▲ « Ma maison » se conçoit dans l'esthétique, dans l'élaboration d'un projet colossal. Résidence des rois de France Louis XIV, Louis XV et Louis XVI, le château de Versailles avec ses 2 300 pièces et son parc de 800 hectares visait à glorifier la monarchie française. Ce château est synonyme de démesure, de luxe et emblématique du pouvoir de la royauté, voulu par Louis XIV.

▲ Les 357 miroirs qui ornent les 17 arcades de la Galerie des Glaces du château de Versailles célèbrent les succès politiques, économiques et artistiques de la France tout au long des 73 mètres de cette somptueuse salle de réception.

• « Ma maison », une mosaïque d'espaces. **Ma maison est donc une parenthèse dans la collectivité, mais qui reste elle-même composée de sous-espaces.** En passant du macro au micro, on raisonne alors en terme de pièces. « Ma maison » se déploie autour de différentes pièces. Comme l'espace doit être, à la fois, fonctionnel et intime, les pièces se déclinent selon leur attribution : antichambre, salon, salle de réception, salle à manger, boudoir, terrasse, loggia, cuisine, buanderie, communs, chambre de bonne… **l'énumération révèle combien l'agrégat est complexe. Il reflète la répartition des différentes sphères constitutives de la vie humaine**. Avec ses pièces dévouées au travail, à la cuisine, à la réception des invités… « ma maison » combine toutes les obligations humaines. Cette répartition suit une logique allant du plus social au plus intime car il existe des pièces réservées strictement à l'usage personnel de son occupant, là où il se délivre de toute contrainte, en goûtant une totale liberté. La chambre comme l'alcôve sont des pièces confidentielles qui se dérobent au regard du visiteur. *A contrario*, le salon et la salle de réception, notamment, sont prévus pour accueillir autrui. De fait, c'est l'univers domestique, l'espace singulier dont le propriétaire ou le locataire a la clé.

Définition

Alcôve : renfoncement pratiqué dans une chambre pour y mettre un ou plusieurs lits.

Document

Dans le vestibule Jean pria qu'on attendît. Il voulait allumer les bougies et les lampes, et il laissa dans l'obscurité Mme Rosémilly, son père et son frère, puis il cria : « Arrivez ! » en ouvrant toute grande la porte à deux battants.

La galerie vitrée, éclairée par un lustre et des verres de couleur cachés dans les palmiers, les caoutchoucs et les fleurs, apparaissait d'abord pareille à un décor de théâtre. Il y eut une seconde d'étonnement. Roland, émerveillé de ce luxe, murmura : « Nom d'un chien, » saisi par l'envie de battre des mains comme devant les apothéoses[1].

1. **Apothéose :** partie finale, très brillante, d'une œuvre ou d'un spectacle.

▸▸▸

Puis on pénétra dans le premier salon, petit, tendu avec une étoffe vieil or, pareille à celle des sièges. Le grand salon de consultation très simple, d'un rouge saumon pâle, avait grand air. [...]
Mme Roland ouvrit une porte à droite.
– Voici la chambre à coucher, dit-elle.
Elle avait mis à la parer tout son amour de mère. La tenture était en cretonne[2] de Rouen qui imitait la vieille toile normande. Un dessin Louis XV — une bergère dans un médaillon que fermaient les becs unis de deux colombes — donnait aux murs, aux rideaux, au lit, aux fauteuils un air galant et champêtre tout à fait gentil.
– Oh ! c'est charmant, dit Mme Rosémilly, devenue un peu sérieuse, en entrant dans cette pièce.
– Cela vous plaît ? demanda Jean.
– Énormément.
– Si vous saviez comme ça me fait plaisir.
Ils se regardèrent une seconde, avec beaucoup de tendresse confiante au fond des yeux.
Elle était gênée un peu cependant, un peu confuse dans cette chambre à coucher qui serait sa chambre nuptiale. Elle avait remarqué, en entrant, que la couche était très large, une vraie couche de ménage, choisie par Mme Roland qui avait prévu sans doute et désiré le prochain mariage de son fils ; et cette précaution de mère lui faisait plaisir cependant, semblait lui dire qu'on l'attendait dans la famille.
Puis quand on fut rentré dans le salon, Jean ouvrit brusquement la porte de gauche et on aperçut la salle à manger ronde, percée de trois fenêtres, et décorée en lanterne japonaise[3]. La mère et le fils avaient mis là toute la fantaisie dont ils étaient capables. Cette pièce à meubles de bambou, à magots[4], à potiches, à soieries pailletées d'or, à stores transparents où des perles de verre semblaient des gouttes d'eau, à éventails cloués aux murs pour maintenir les étoffes, avec ses écrans, ses sabres, ses masques, ses grues faites en plumes véritables, tous ses menus bibelots de porcelaine, de bois, de papier, d'ivoire, de nacre et de bronze, avait l'aspect prétentieux et maniéré que donnent les mains inhabiles et les yeux ignorants aux choses qui exigent le plus de tact, de goût et d'éducation artistique. Ce fut celle cependant qu'on admira le plus. Pierre seul fit des réserves avec une ironie un peu amère dont son frère se sentit blessé.

Guy de Maupassant, *Pierre et Jean*, Chapitre VII, 1888.

---

2. Cretonne : tissu assez solide, fait de chanvre, de lin ou de coton.

3. Lanterne japonaise : type de luminaire oriental.

4. Magot : figurine représentant un personnage oriental trapu et pittoresque, assis.

Cet extrait révèle la théâtralisation de l'espace : il se livre comme un spectacle que l'on découvre en parcourant la pièce. La description spatiale fonctionne sur un diptyque. Elle va du lieu le plus ouvert sur la collectivité car prévu pour devenir l'espace de travail à la pièce la plus intime : la chambre. À cette occasion, Mme Rosémilly, la future femme de Jean, prend connaissance du logis qui sera bientôt le sien. Symboliquement, le lit où elle se couchera avec son futur époux prend tout son sens en tant que couche nuptiale. La décoration, lourde et chargée, révèle les intentions de l'occupant et de sa mère : celle de faire de la maison le miroir de la réussite sociale et du statut de notable de Jean.

2 Moi et « ma maison » : le processus d'habiter

« Ma maison » cristallise le processus d'habiter. Cela implique que **l'occupant se projette, s'accapare le logis pour en faire un prolongement de lui-même. L'environnement devient alors singulier, miroir de celui qui l'habite**, que ce soit **pour le meilleur ou pour le pire.**

1 « Ma maison », théâtre du personnel en tant qu'espace de l'intime

« Ma maison » est **le lieu de notre sphère personnelle, le réceptacle de notre être**, l'espace dans lequel nous nous laissons aller, **où nous laissons libre cours à notre personnalité, celui où nous nous réfugions**. Cela en fait **le théâtre personnel de notre intimité**.

• **La simplicité du quotidien domestique.** Le fait d'habiter laisse place à la simplicité de l'habitude, au plaisir de demeurer dans un lieu dont vous êtes le dépositaire. **Habiter revient donc à investir, mais également à instaurer le respect du lieu dans lequel on se sent bien**. C'est le principe d'avoir son propre « intérieur », **cette enclave personnelle dans l'espace public**. Cela renvoie à la sphère domestique, qui évoque, par principe, toute personne attenante à l'espace, dévolue à son entretien. Car la notion de respect est primordiale. Pour qu'un habitant se sente bien dans son espace, il faut qu'une relation se noue, un intérêt qui demande un investissement, mais aussi une prise en considération. De fait, les tâches domestiques deviennent incontournables, dans la mesure où elles permettent le maintien en état et surtout la propreté de la maison. Le ménage devient le premier devoir qu'un occupant doit à sa maison. Le bricolage et la restauration sont également des inconditionnels qui aident à l'amélioration de l'habitat. Ils participent de la valorisation de l'espace et de son potentiel.

▲ Pieter Janssens Elinga, *La Balayeuse*, vers 1670, Petit Palais, Paris.

Cette peinture à l'huile de Pieter Janssens Elinga représente un intérieur hollandais. La douceur de la pièce, plongée dans un halo lumineux, renvoie l'ambiance sereine d'un quotidien calme et paisible. Le tableau dépeint la simplicité des tâches journalières, exécutées par une servante vue de dos qui passe le balai. Les volets sont partiellement tirés, laissant toutefois passer la lumière, et révélant un intérieur sobre et calme constitué de poutres, de fenêtres, de rideaux, de carrelages et de cadres accrochés aux murs. Le visage de la femme qui apparaît dans le miroir accroché sur l'un des murs montre une figure évanescente.

• ***« Home sweet home ».*** Au-delà du simple soin dédié à la maison existe aussi **la volonté de créer un environnement paisible, consacré au bien-être et à la sérénité**. L'occupant se livre alors pleinement, se laisse aller dans un sentiment de fusion avec son espace. C'est **le fameux « *home sweet home* » qui renvoie aux intérieurs *cosy*, confortables, agréables, à l'image d'un cocon**. Il s'agit d'un espace qui est nôtre, dans lequel on se replie pour mieux se ressourcer. Car « ma maison » peut participer à la régénérescence de l'être selon **les préceptes du *Feng Shui***. Cet art millénaire d'origine chinoise a pour finalité d'harmoniser l'environnement avec son occupant pour favoriser le bien-être, la santé et la prospérité. Cela passe par l'harmonie des énergies visibles ou subtiles pour créer un équilibre des forces et une circulation optimale de l'énergie. De fait, « ma maison » peut être en totale fusion avec son occupant. **Il se replie et se ressource dans ce lieu qui est le sien**.

• **« Ma maison » : le refuge.** Par cette fusion du lieu et de son occupant, ma maison devient donc un refuge, un havre de paix, un prolongement de l'être. Elle est alors idéalisée, icône des aspirations les plus intimes de l'individu. On assiste à **une spiritualisation de l'espace**. On peut alors parler de cocon, d'alcôve, d'un lieu où l'être se laisse aller dans ses plus secrètes aspirations. **Individualité et singularité se revendiquent** pour l'aider à s'améliorer, se parfaire. **« Ma maison » est un refuge**, un théâtre de l'intime où se jouent les plus douces histoires. **Elle permet l'éclosion et le développement des familles**, véritable cellule où parents et enfants tissent leur histoire commune. Cette vie à plusieurs permet de se façonner et d'écrire son histoire familiale.

Document

Ce qui me grisa lorsque je rentrai à Paris, en septembre 1929, ce fut d'abord ma liberté. J'y avais rêvé dès l'enfance, quand je jouais avec ma sœur à « la grande jeune fille ». Étudiante, j'ai dit avec quelle passion je l'appelai. Soudain, je l'avais ; à chacun de mes gestes, je m'émerveillais de ma légèreté. Le matin, dès que j'ouvrais les yeux, je m'ébrouais, je jubilais. Aux environs de mes douze ans, j'avais souffert de ne pas posséder à la maison un coin à moi. Lisant dans *Mon journal*[1] l'histoire d'une collégienne anglaise, j'avais contemplé avec nostalgie le chromo[2] qui représentait sa chambre : un pupitre, un divan, des rayons couverts de livres ; entre ces murs aux couleurs vives, elle travaillait, lisait, buvait du thé, sans témoin : comme je l'enviai ! J'avais entrevu pour la première fois une existence plus favorisée que la mienne. Voilà qu'enfin moi aussi j'étais chez moi ! Ma grand-mère avait débarrassé son salon de tous ses fauteuils, guéridons, bibelots. J'avais acheté des meubles en bois blanc que ma sœur m'avait aidée à badigeonner d'un vernis marron. J'avais une table, deux chaises, un grand coffre qui servait de siège et de fourre-tout, des rayons pour mettre mes livres, un divan assorti au papier orange dont j'avais fait tendre les murs. De mon balcon, au cinquième étage, je dominais les platanes de la rue Denfert-Rochereau et le lion de Belfort.

1. ***Mon journal*** : mensuel de l'époque, pour filles et garçons de cinq à dix ans.
2. **Chromo :** image coloriée reproduite en lithographie.

▸▸▸

Je me chauffais avec un poêle à pétrole rouge et qui sentait très mauvais : il me semblait que cette odeur défendait ma solitude et je l'aimais. Quelle joie de pouvoir fermer ma porte et passer mes journées à l'abri de tous les regards ! Je suis très longtemps restée indifférente au décor dans lequel je vivais ; à cause, peut-être, de l'image de *Mon journal* je préférais les chambres qui m'offraient un divan, des rayonnages ; mais je m'accommodais de n'importe quel réduit : il me suffisait encore de pouvoir fermer ma porte pour me sentir comblée. Je payais un loyer à ma grand-mère et elle me traitait avec autant de discrétion que ses autres pensionnaires ; personne ne contrôlait mes allées et venues. Je pouvais rentrer à l'aube ou lire au lit toute la nuit, dormir en plein midi, rester claquemurée vingt-quatre heures de suite, descendre brusquement dans la rue. Je déjeunais d'un *bortsch* chez Dominique[3], je dînais à la Coupole d'une tasse de chocolat. J'aimais le chocolat, le *bortsch*, les longues siestes et les nuits sans sommeil, mais j'aimais surtout mon caprice. Presque rien ne le contrariait. Je constatai joyeusement que le « sérieux de l'existence », dont les adultes m'avaient rebattu les oreilles, en vérité ne pesait pas lourd. Passer mes examens, ça n'avait pas été de la plaisanterie ; j'avais durement peiné, j'avais eu peur d'échouer, je butais contre des obstacles et je me fatiguais. Maintenant, nulle part je ne rencontrais de résistances, je me sentais en vacances, et pour toujours.

Simone de Beauvoir, *La Force de l'âge*, © Éditions Gallimard, 1960.

3. Dominique : restaurant russe qui servait, entre autres choses, le *bortsch*, un potage traditionnel de l'Est.

Simone de Beauvoir vient d'avoir vingt ans : en s'installant à Paris, dans une pension tenue par sa grand-mère, elle obtient enfin la liberté dont elle avait tant rêvé pendant ses années d'études… Elle raconte cette installation dans le deuxième tome de son œuvre autobiographique. Cet extrait révèle combien la fusion entre l'habitant et sa maison devient lieu d'idéal et d'échanges. « Quelle joie de pouvoir fermer ma porte et passer mes journées à l'abri de tous les regards ! » : c'est l'espace de l'intime qui permet à Simone de Beauvoir jeune de goûter pleinement à une liberté qu'elle a tant espérée. Elle est là dans un intérieur modeste, assez fruste, et pourtant elle y goûte d'infinis plaisirs. C'est juste être elle, chez elle pour se permettre de vivre selon son rythme dans ce cocon, ce refuge qu'est son espace.

2 « Ma maison » : l'espace sclérosant

Cependant, « ma maison » peut s'inscrire dans un processus inverse : **celui de l'insalubrité, du danger, de l'isolement, la rendant semblable à une prison, voire à un tombeau.**

• **« Ma maison » insalubre.** Quand les moyens de l'occupant sont restreints, la maison devient un repoussoir. Elle peut alors être **atteinte par l'insalubrité, faisant d'elle un taudis, un galetas.** Les espaces ainsi caractérisés sont multiples, déterminés par **une superficie trop restreinte, des conditions de vie difficiles**. Le manque de confort, un contexte malpropre et malsain, peuvent mettre en péril la vie de l'occupant. On constate malheureusement de plus en plus de propriétaires peu scrupuleux louant des logements très mal entretenus, exigus. De fait, la dignité même de l'homme est atteinte, ce qui fait de sa maison un véritable repoussoir. **Soupente, promiscuité, insalubrité, nuisances, tel est alors le quotidien de l'habitant.**

Définitions

Galetas : logement très pauvre, sordide, situé dans les combles.

Soupente : espace aménagé dans la partie haute d'une pièce à l'aide de planches pour servir de grenier ou de logement.

Document

Un samedi, Nana trouva en rentrant son père et sa mère dans un état abominable. Coupeau, tombé en travers du lit, ronflait. Gervaise, tassée sur une chaise, roulait la tête avec des yeux vagues et inquiétants ouverts sur le vide. Elle avait oublié de faire chauffer le dîner, un restant de ragoût. Une chandelle, qu'elle ne mouchait pas, éclairait la misère honteuse du taudis.

– C'est toi, chenillon ? bégaya Gervaise. Ah bien ! ton père va te ramasser !

Nana ne répondait pas, restait toute blanche, regardait le poêle froid, la table sans assiettes, la pièce lugubre où cette paire de soûlards mettaient l'horreur blême de leur hébétement. Elle n'ôta pas son chapeau, fit le tour de la chambre ; puis, les dents serrées, elle rouvrit la porte, elle s'en alla.

– Tu redescends ? demanda sa mère, sans pouvoir tourner la tête.

– Oui, j'ai oublié quelque chose. Je vais remonter… Bonsoir.

Et elle ne revint pas. Le lendemain, les Coupeau, dessoûlés, se battirent, en se jetant l'un l'autre à la figure l'envolement de Nana. Ah ! elle était loin, si elle courait toujours ! Comme on dit aux enfants pour les moineaux, les parents pouvaient aller lui mettre un grain de sel au derrière, ils la rattraperaient peut-être. Ce fut un grand coup qui écrasa encore Gervaise ; car elle sentit très bien, malgré son avachissement, que la culbute de sa petite, en train de se faire caramboler, l'enfonçait davantage, seule maintenant, n'ayant plus d'enfant à respecter, pouvant se lâcher aussi bas qu'elle tomberait. Oui, ce chameau dénaturé lui emportait le dernier morceau de son honnêteté dans ses jupons sales. Et elle se grisa trois jours, furieuse, les poings serrés, la bouche enflée de mots abominables contre sa garce de fille. Coupeau, après avoir roulé les boulevards extérieurs et regardé sous le nez tous les torchons qui passaient, fumait de nouveau sa pipe, tranquille comme Baptiste ; seulement, quand il était à table, il se levait parfois, les bras en l'air, un couteau au poing, en criant qu'il était déshonoré ; et il se rasseyait pour finir sa soupe.

Émile Zola, *L'Assommoir*, Chapitre XI, 1877.

L'expression « la misère honteuse du taudis » révèle combien le lieu est insalubre, crasseux, bien loin d'un logis acceptable. On est ici dans l'annihilation totale du logis fonctionnel, qui a pour première fonction d'abriter le quotidien des hommes. La phrase « Nana ne répondait pas, restait toute blanche, regardait le poêle froid, la table sans assiettes, la pièce lugubre » met en évidence l'absence des activités et ustensiles élémentaires. Pas de feu entretenu, pas de nourriture, un ensemble vide, sans âme, proche du néant. C'est un lieu de déperdition.

• **« Ma maison » : une prison.** Ma maison peut également résonner comme **une prison, un espace renfermé, totalement clos qui retient son habitant captif**. Le repli n'est plus salutaire car il est coupé de l'ouverture sur l'extérieur. C'est le principe même de l'espace carcéral, pénitentiaire, voire concentrationnaire qui, en supprimant toute projection, fait de l'être un captif. **L'état du confinement**, mal vécu par un grand nombre de personnes, présente cette coupure, cette rupture entre les espaces collectif et individuel. **L'être est retranché, privé de contact avec l'extérieur**, ce qui lui pèse. À cela s'ajoute également la forme du télétravail qui efface la séparation traditionnelle entre les sphères personnelle et professionnelle. La surcharge mentale sclérose l'individu. Enfin, chacun se retrouve étouffé par la promiscuité ressentie avec les autres. « Ma maison » enferme, devient aliénante. Le manque d'espace, la proximité forcée provoquent une forme de suffocation. La pièce *Huis clos* (1947) de Jean-Paul Sartre témoigne de cette logique carcérale : l'enfer est représenté par la promiscuité constante avec d'autres. La conclusion n'en est-elle pas « l'enfer, c'est les autres »…

▲ Être confiné fait de sa maison un espace que l'on arpente, qui devient notre seul horizon. Le lien avec l'extérieur est minimaliste. Le balcon, lorsqu'il existe, devient le seul lieu d'ouverture, de contact avec l'autre. Et pourtant, cela semble bien dérisoire, voire ironique compte tenu de la présence de barreaux qui rappellent à l'occupant qu'il se retrouve claquemuré, interdit de s'aventurer à l'extérieur. Cela influe directement sur notre capacité de projection et réduit au maximum l'interaction avec l'autre.

• **« Ma maison »… un tombeau.** Alors, **ma maison peut devenir mortifère**, semblable à un caveau. Elle n'est plus un abri, mais le lieu de séjour d'un vivant assimilé à un défunt. Les maisons isolées, sinistres, macabres, enferment leur occupant pour mieux le couper des autres, mais aussi de la vie. En résulte une dégénérescence qui appelle au déclin du lien si fort qui peut unir l'occupant et son espace. **Une seule aspiration animera l'être : le départ, la fuite, quitter cet espace** pour retrouver celui, peut-être considéré comme plus civilisé, de la collectivité. **« Ma maison » retentit alors comme un caveau**.

3 « Ma maison », entre réalité et onirisme

Thème 2 : Dans ma maison

Bien que dans sa réalité première « ma maison » soit avant tout une entité physique, **elle peut être investie d'un sens symbolique**. Car dans l'appropriation de sa maison, plusieurs logis scandent la vie de l'occupant. Ils laissent alors **une empreinte affective favorable ou défavorable**. Certains espaces nous ont émerveillés, alors que d'autres nous ont effrayés, marquant notre inconscient, mais également notre imaginaire. **Cette bivalence entre le mélioratif et le péjoratif rend « ma maison » soit onirique, soit tragique.**

1 « Ma maison » onirique

Quand le rêve s'empare de « ma maison », on la vit à travers le filtre de l'imaginaire, de notre conscience qui retisse alors sa réalité. Ce sont des souvenirs ou des projections qui appellent au plaisir de ces évocations. **La maison devient alors onirique, idéalisée et privilégiée.**

• **La maison comme objet poétique**. Vivre sa maison comme une source d'inspiration appelle **à l'émulation de la créativité, à la poétisation de son être**. Ma maison ne résonne plus comme une réalité physique, pragmatique, **elle devient sujet à l'élévation, à la création**. Car la maison se vit comme un refuge, un abri, un lieu de séjour que l'on vénère. **Elle devient évocatrice, thématique, poétique**. L'écriture peut s'emparer de la maison et l'élever au rang de **l'onirisme**. Elle devient fantasmatique, sublimée dans les mots qui la font vibrer dans sa définition de lieu-refuge, idéale, tissée d'une conscience qui s'amuse de sa réalité. Le rythme incantatoire de la poésie la projette comme une invitation à la rêverie où « ma maison » résonne en tant que symbole puissant.

Document

Dans ma maison vous viendrez
D'ailleurs ce n'est pas ma maison
Je ne sais pas à qui elle est
Je suis entré comme ça un jour
Il n'y avait personne
Seulement des piments rouges accrochés au mur blanc
Je suis resté longtemps dans cette maison
Personne n'est venu
Mais tous les jours et tous les jours
Je vous ai attendue

Je ne faisais rien
C'est-à-dire rien de sérieux
Quelquefois le matin
Je poussais des cris d'animaux
Je gueulais comme un âne
De toutes mes forces
Et cela me faisait plaisir
Et puis je jouais avec mes pieds

▸▸▸

C'est très intelligent les pieds
Ils vous emmènent très loin
Quand vous voulez aller très loin
Et puis quand vous ne voulez pas sortir
Ils restent là ils vous tiennent compagnie
Et quand il y a de la musique ils dansent
On ne peut pas danser sans eux
Faut être bête comme l'homme l'est si souvent
Pour dire des choses aussi bêtes
Que bête comme ses pieds gai comme un pinson
Le pinson n'est pas gai
Il est seulement gai quand il est gai
Et triste quand il est triste ou ni gai ni triste
Est-ce qu'on sait ce que c'est un pinson
D'ailleurs il ne s'appelle pas réellement comme ça
C'est l'homme qui a appelé cet oiseau comme ça
Pinson pinson pinson pinson

Comme c'est curieux les noms
Martin Hugo Victor de son prénom
Bonaparte Napoléon de son prénom
Pourquoi comme ça et pas comme ça
Un troupeau de bonapartes passe dans le désert
L'empereur s'appelle Dromadaire
Il a un cheval caisse et des tiroirs de course
Au loin galope un homme qui n'a que trois prénoms
Il s'appelle Tim-Tam-Tom et n'a pas de grand nom
Un peu plus loin encore il y a n'importe qui
Beaucoup plus loin encore il y a n'importe quoi
Et puis qu'est-ce que ça peut faire tout ça

Dans ma maison tu viendras
Je pense à autre chose mais je ne pense qu'à ça
Et quand tu seras entrée dans ma maison
Tu enlèveras tous tes vêtements
Et tu resteras immobile nue debout avec ta bouche rouge
Comme les piments rouges pendus sur le mur blanc
Et puis tu te coucheras et je me coucherai près de toi
Voilà
Dans ma maison qui n'est pas ma maison tu viendras.

Jacques Prévert, « Dans ma maison », *Paroles*, © Éditions Gallimard, 1946.

Jacques Prévert s'amuse avec l'idée de maison. Il en fait un jeu poétique, reposant sur la musicalité de la répétition. Le lyrisme lié au ludique rend presque semblable à une comptine d'enfant cette maison qui n'est pourtant pas la sienne. Le ton mutin et galant invite une femme, l'aimée qui saura trouver refuge aux côtés du poète dans cette maison qui n'est pas la leur. Cette « maison refuge » propice au bonheur (« maison bleue ») sera également chantée presque 40 ans plus tard (1974) par Maxime Le Forestier dans sa chanson *San Francisco*. La maison devient ici une invitation à l'amour, à l'exaltation du couple qui saura y trouver le refuge à son bonheur.

• **La maison d'enfance**. Mais il est des maisons que l'on affectionne particulièrement. Elles participent de notre vie, de notre jeunesse, de ces moments privilégiés que peuvent être les vacances. **Le prisme du souvenir s'en empare**, les déforme parfois pour les idéaliser et nous renvoyer une réalité sublimée. Les premières expériences sont les plus exaltantes, celles qui font que l'on se frotte à la vie. **Les émotions les teintent de douceur, de bonheurs parfois tant regrettés**. Car l'enfance est le règne de l'innocence, de cette absence de fautes, de craintes et de désespérance. Les maisons d'enfance sont également celles qui rappellent le souvenir de ceux qui ne sont plus et qui, pourtant, ont bercé notre enfance. Les grands-parents, tant aimés, tant chéris, si tendres dans notre souvenir habitent ces maisons familiales que l'on se rappelle comme **des îlots d'innocence et de beauté**.

Document

La maison était grande, coiffée d'un grenier haut. La pente raide de la rue obligeait les écuries et les remises, les poulaillers, la buanderie, la laiterie, à se blottir en contrebas tout autour d'une cour fermée.

Accoudée au mur du jardin, je pouvais gratter du doigt le toit du poulailler. Le Jardin-du-Haut commandait un Jardin-du-Bas, potager resserré et chaud, consacré à l'aubergine et au piment, où l'odeur du feuillage de la tomate se mêlait, en juillet, au parfum de l'abricot mûri sur espaliers. Dans le Jardin-du-Haut, deux sapins jumeaux, un noyer dont l'ombre intolérante tuait les fleurs, des roses, des gazons négligés, une tonnelle disloquée… Une forte grille de clôture, au fond, en bordure de la rue des Vignes, eût dû défendre les deux jardins ; mais je n'ai jamais connu cette grille que tordue, arrachée au ciment de son mur, emportée et brandie en l'air par les bras invincibles d'une glycine centenaire…

La façade principale, sur la rue de l'Hospice, était une façade à perron double, noircie, à grandes fenêtres et sans grâce, une maison bourgeoise de vieux village, mais la roide pente de la rue bousculait un peu sa gravité, et son perron boitait, quatre marches d'un côté, six de l'autre.

Grande maison grave, revêche avec sa porte à clochette d'orphelinat, son entrée cochère à gros verrou de geôle ancienne, maison qui ne souriait que d'un côté. Son revers, invisible au passant, doré par le soleil, portait manteau de glycine et de bignonier[1] mêlés, lourds à l'armature de fer fatiguée, creusée en son milieu comme un hamac, qui ombrageait une petite terrasse dallée et le seuil du salon… Le reste vaut-il que je le peigne, à l'aide de pauvres mots ? Je n'aiderai personne à contempler ce qui s'attache de splendeur, dans mon souvenir, aux cordons rouges d'une vigne d'automne que ruinait son propre poids, cramponnée, au cours de sa chute, à quelque bras de pin. Ces lilas massifs dont la fleur compacte, bleue dans l'ombre, pourpre au soleil, pourrissait tôt, étouffée par sa propre exubérance, ces lilas morts depuis longtemps ne remonteront pas grâce à moi vers la lumière, ni le terrifiant clair de lune, – argent, plomb gris, mercure, facettes d'améthystes coupantes, blessants saphirs aigus, qui dépendait de certaine vitre bleue, dans le kiosque au fond du jardin.

Maison et jardin vivent encore, je le sais, mais qu'importe si la magie les a quittés, si le secret est perdu qui ouvrait lumière, odeurs, harmonie d'arbres et d'oiseaux, murmure de voix humaines qu'a déjà suspendu la mort, – un monde dont j'ai cessé d'être digne ?…

Il arrivait qu'un livre, ouvert sur le dallage de la terrasse ou sur l'herbe, une corde à sauter serpentant dans une allée, ou un minuscule jardin bordé de cailloux, planté de têtes de fleurs, révélassent autrefois, dans le temps où cette maison et ce jardin abritaient une famille,

1. Bignonier : liane ou arbrisseau grimpant, d'origine équatoriale.

▸▸▸

la présence des enfants, et leurs âges différents. Mais ces signes ne s'accompagnaient presque jamais du cri, du rire enfantins, et le logis, chaud et plein, ressemblait bizarrement à ces maisons qu'une fin de vacances vide, en un moment, de toute sa joie. Le silence, le vent contenu du jardin clos, les pages du livre rebroussées sous le pouce invisible d'un sylphe[2], tout semblait demander : « Où sont les enfants ? »

C'est alors que paraissait, sous l'arceau de fer ancien que la glycine versait à gauche, ma mère, ronde et petite en ce temps où l'âge ne l'avait pas encore décharnée. Elle scrutait la verdure massive, levait la tête et jetait par les airs son appel : « Les enfants ! Où sont les enfants ? »

Où ? Nulle part. L'appel traversait le jardin, heurtait le grand mur de la remise à foin, et revenait, en écho très faible et comme épuisé : « Hou... enfants... »

Nulle part. Ma mère renversait la tête vers les nuées, comme si elle eût attendu qu'un vol d'enfants ailés s'abattît. Au bout d'un moment, elle jetait le même cri, puis se lassait d'interroger le ciel, cassait de l'ongle le grelot sec d'un pavot, grattait un rosier emperlé de pucerons verts, cachait dans sa poche les premières noix, hochait le front en songeant aux enfants disparus, et rentrait. Cependant au-dessus d'elle, parmi le feuillage du noyer, brillait le visage triangulaire et penché d'un enfant allongé, comme un matou, sur une grosse branche, et qui se taisait. Une mère moins myope eût deviné, dans les révérences précipitées qu'échangeaient les cimes jumelles des deux sapins, une impulsion étrangère à celle des brusques bourrasques d'octobre... Et dans la lucarne carrée, au-dessous de la poulie à fourrage, n'eût-elle pas aperçu, en clignant les yeux, ces deux taches pâles dans le foin : le visage d'un jeune garçon et son livre ? Mais elle avait renoncé à nous découvrir, et désespéré de nous atteindre.

« LA MAISON DE CLAUDINE » De Colette

2. Sylphe : dans la mythologie, être surnaturel, génie de l'air.

La maison natale ou celle qui a accompagné les premières années résonne de cette candeur qui fait de l'enfance une période privilégiée. La narratrice se rappelle avec émotion cette maison qui ne vit plus que dans sa conscience, auréolée de magie. En effet, peut-être que la réalité actuelle est tout autre et que la maison d'autrefois n'est plus. Mais elle subsiste dans le souvenir, dans la conscience qui se rappelle les menus plaisirs, les détails pouvant paraître insignifiants et qui, pourtant, apportaient cette saveur aux souvenirs chéris d'une maison si intime, appartenant à un passé révolu.

• **La maison et le souvenir**. En effet, « ma maison » réside dans notre conscience, dans le souvenir de celui qui l'a occupé, ne serait-ce qu'un temps. Elle se désincarne, pour mieux devenir **une virtualité**, **celle d'une réminiscence qui émeut au plus profond de notre être**. Car elle peut héberger encore les âmes du passé, ceux qui ne sont plus et qui, pourtant, ont su nous protéger, nous aimer. Symbole si fort, si émotionnellement puissant, **« ma maison » cristallise le passé**. Elle devient **une projection d'antan, vestige d'une mémoire**. Elle se tient à la croisée du présent et du passé. Participant à l'élan introspectif, elle détermine les grandes thématiques autobiographiques que sont le souvenir, le rappel des expériences passées et achevées. Alors, le passé ressurgit dans ma maison, évocatrice de douceur et de sensations passées et perdues, comme un paradis disparu.

Document

Ô mon passé, ma petite enfance, ô chambrette, coussins brodés de petits chats rassurants, vertueuses chromos, conforts et confitures, tisanes, pâtes pectorales, arnica, papillon du gaz dans la cuisine, sirop d'orgeat, antiques dentelles, odeurs, naphtalines, veilleuses de porcelaine, petits baisers du soir, baisers de Maman qui me disait, après avoir bordé mon lit, que maintenant j'allais faire mon petit voyage dans la lune avec mon ami un écureuil. Ô mon enfance, gelées de coings, bougies roses, journaux illustrés du jeudi, ours en peluche, convalescences chéries, anniversaires, lettres du Nouvel An sur du papier à dentelures, dindes de Noël, fables de La Fontaine idiotement récitées debout sur la table, bonbons à fleurettes, attentes des vacances, cerceaux, diabolos, petites mains sales, genoux écorchés et j'arrachais la croûte toujours trop tôt, balançoires des foires, cirque Alexandre où elle me menait une fois par an et auquel je pensais des mois à l'avance, cahiers neufs de la rentrée, sac d'école en faux léopard, plumiers japonais, plumiers à plusieurs étages, plumes sergent major, plumes baïonnette de Blanzy Poure, goûters de pain et de chocolat, noyaux d'abricots thésaurisés, boîte à herboriser, billes d'agate, chansons de Maman, leçons qu'elle me faisait repasser le matin, heures passées à la regarder cuisiner avec importance, enfance, petites paix, petits bonheurs, gâteaux de Maman [...].

Albert Cohen, *Le Livre de ma mère*, © Éditions Gallimard, 1954.

L'énumération de tous les moments privilégiés qui ont bercé l'enfance de l'auteur présente combien ces instants du passé sont chéris. Ils font de sa maison le temple sacré de cette période si enchanteresse car ils y sont entièrement associés (« ô chambrette, coussins brodés de petits chats rassurants », « papillon du gaz dans la cuisine », « antiques dentelles, odeurs, naphtalines, veilleuses de porcelaine », « bougies roses », etc.). Les bonheurs simples, comme le fait d'être bordé par sa mère, associés à l'ancrage spatial de ces actions, en révèlent la beauté.

2 « Ma maison » tragique

A contrario, « ma maison » peut **rappeler de douloureux souvenirs, s'avérer être un lieu mortifère**, et même **le lieu de l'interdit**, funèbre et funeste.

• **« Ma maison » : réceptacle des souvenirs douloureux**. Autant ma maison peut abriter les plus beaux et doux souvenirs, autant elle peut devenir **le réceptacle des expériences les plus douloureuses**, voire de véritables traumatismes. L'inconscient peut associer des lieux aux périodes troubles de la vie. **La maison abrite et cache alors les tragédies humaines aux yeux de la collectivité.** Ainsi, ma maison peut, sous des apparences trompeuses, dissimuler des vies brisées, un présent où les êtres se déchirent, se livrent aux pires tourments. Elle devient alors **un lieu que l'on veut fuir, un espace contraint et oppressant** qui fait de ses occupants des victimes.

Document

Et la pistolétade[1] ? Tu sais, Folcoche, la pistolétade !

« Moi, je l'ai pistolétée pendant quatre minutes ! » se vantait Frédie.

Pauvre Chiffe ! Petit prétentieux à paupières faibles ! Si quelqu'un t'a pistolétée, c'est bien moi, je m'en vante. Tu t'en rappelles ? Pardon ! Tu te le rappelles ?... Tu dis toujours : « Je n'aime pas les regards faux. Regardez-moi dans les yeux. Je saurai ce que vous pensez. »

1. Pistolétade : coups de pistolet.

▸▸▸

Ainsi tu t'es toi-même prêtée à notre jeu. Tu ne pouvais pas ne plus t'y prêter. Et puis, ça ne te déplaît pas, ma tendre mère ! Au dîner, en silence, voilà le bon moment. Rien à dire. Tu ne me prendras pas en défaut. J'ai les mains sur la table. Mon dos n'offense pas la chaise. Je suis terriblement correct. Aucune faille légale dans mon attitude. Je peux te regarder fixement. Folcoche, c'est mon droit. Je te fixe donc, je te fixe éperdument. Je ne fais que cela de te fixer. Et je te parle en moi. Je te parle et tu ne m'entends pas. Je te dis : « Folcoche ! regarde-moi donc, Folcoche, je te cause ! » Alors ton regard se lève de dessus tes nouilles à l'eau, ton regard se lève comme une vipère et se balance, indécis, cherchant l'endroit faible qui n'existe pas. Non, tu ne mordras pas, Folcoche ! Les vipères, ça me connaît. Je m'en fous, des vipères. Tu as dit toi-même, un jour, devant moi, que, tout enfant, j'en avais étranglé une... « Une faute impardonnable de ma belle-mère, sifflais-tu, un manque inouï de surveillance ! Cet enfant a été l'objet d'une grande grâce ! » Et, ce disant, le ton de ta voix reprochait cette grâce au Ciel.

Mais ton regard est entré dans le mien et ton jeu est entré dans mon jeu. Toujours en silence, toujours infiniment correct comme il convient, je te provoque avec une grande satisfaction. Je te cause, Folcoche, m'entends-tu ? Oui, tu m'entends. Alors je vais te dire : « T'es moche ! Tu as les cheveux secs, le menton mal foutu, les oreilles trop grandes. T'es moche, ma mère. Et si tu savais comme je ne t'aime pas ! Je te le dis avec la même sincérité que le "va, je ne te hais point" de Chimène, dont nous étudions en ce moment le cornélien caractère. Moi, je ne t'aime pas. Je pourrais te dire que je te hais, mais ça serait moins fort. Oh ! tu peux durcir ton vert de prunelle, ton vert-de-gris de poison de regard. Moi, je ne baisserai pas les yeux. D'abord, parce que ça t'emmerde. »

Hervé Bazin, *Vipère au poing*, Éditions Grasset, 1948.

Cet extrait révèle l'histoire tourmentée du narrateur, alors à la merci de sa mère, Folcoche. Le théâtre du drame familial a lieu à la Bel-Angerie, maison de famille qui pourtant n'a pas toujours été ainsi. Quand la grand-mère du narrateur, femme douce et aimante, y régnait en maîtresse, le narrateur connaissait une enfance heureuse et sereine. Il a suffi de la mort de cette brave femme pour que Folcoche, la mère, fasse son apparition. Elle règne en tyran domestique, despote qui soumet tous ses enfants à un quotidien drastique et spartiate. Les enfants y apprennent la haine de l'autre, valeur fédératrice que leur livre Folcoche en héritage. Le texte montre comment dans ce quotidien si impitoyable le narrateur tente de se confronter à Folcoche sans déroger à la règle sous peine de sanctions. C'est le fameux épisode de la pistolétade où le narrateur nargue sa mère.

- **« Ma maison » : le stéréotype du lieu mortifère.** « Ma maison » devient alors **le stéréotype d'un lieu mortifère**. Les représentations abondent que ce soit dans les films ou dans les arts figuratifs. C'est le motel de *Psychose* de Norman Bates dans lequel il vit avec sa famille et où il assassine toutes les personnes qui y font halte. Ce sont **les maisons hantées**, théâtres des pires tragédies, histoires abominables d'esprits qui ne peuvent être apaisés. **Le manoir de la folie** qui amène ses occupants au meurtre ou au massacre est l'un des ressorts privilégiés des films d'horreur où « ma maison » résonne comme un piège emprisonnant ses habitants. *The Shining* (1980) ou *Scream* (1996) sont autant de références qui alimentent cette représentation de « ma maison », lugubre, insalubre, enveloppée de toiles d'araignées, **lieu propice à toutes les âmes tourmentées et hantées**, aux esprits démoniaques, aux crimes atroces perpétrés par les esprits malades et dérangés.

▲ Ces trois maisons évoquent le stéréotype de la demeure hantée, lugubre, théâtre des pires histoires. La mort y est omniprésente. Elles sont à l'écart, coupées du monde. La façade sinistre révèle l'absence de toute vie ou, du moins, de toute normalité. Les symboles abondent entre le brouillard qui opacifie les contours, les corbeaux, messagers de la mort, l'architecture vieille et dépassée qui évoque les tragédies du passé.

• **« Ma maison », lieu de l'interdit**. Ma maison emprisonne, coupe ses occupants de l'extérieur et vit en parfaite autarcie afin de mieux les livrer aux tragédies. Elle s'assimile alors à **un caveau, un tombeau** qui ensevelit ses habitants, les emprisonnant totalement. Ce sont des lieux de l'interdit sur lesquels pèsent de lourdes menaces, amenant au secret, nourrissant les pires cauchemars. **Cette aliénation spatiale se joint à celle de l'esprit**. La maison devient alors un asile. Ce dernier peut, en effet, désigner un refuge, un abri ou un lieu de perdition où sont parquées des personnes considérées comme folles. On les soustrait à la collectivité pour mieux la préserver et surtout favoriser l'oubli de ces êtres mis à part, en totale déperdition. « Ma maison » est alors **synonyme de caveau qui ensevelit ses occupants encore vivants**.

Document

Étant arrivée à la porte du cabinet, elle s'y arrêta quelque temps, songeant à la défense que son Mari lui avait faite, et considérant qu'il pourrait lui arriver malheur d'avoir été désobéissante ; mais la tentation était si forte qu'elle ne put la surmonter : elle prit donc la petite clef, et ouvrit en tremblant la porte du cabinet. D'abord elle ne vit rien, parce que les fenêtres étaient fermées ; après quelques moments elle commença à voir que le plancher était tout couvert de sang caillé, et que dans ce sang se miraient les corps de plusieurs femmes mortes et attachées le long des murs (c'étaient toutes les femmes que la Barbe bleue avait épousées et qu'il avait égorgées l'une après l'autre).

Elle pensa mourir de peur, et la clef du cabinet qu'elle venait de retirer de la serrure lui tomba de la main.

Après avoir un peu repris ses esprits, elle ramassa la clef, referma la porte, et monta à sa chambre pour se remettre un peu ; mais elle n'en pouvait venir à bout, tant elle était émue. Ayant remarqué que la clef du cabinet était tachée de sang, elle l'essuya deux ou trois fois, mais le sang ne s'en allait point ; elle eut beau la laver et même la frotter avec du sablon et avec du grain, il y demeura toujours du sang, car la clef était Fée, et il n'y avait pas moyen de la nettoyer tout à fait : quand on ôtait le sang d'un côté, il revenait de l'autre.

Charles Perrault, *La Barbe bleue*, 1697.

Cet extrait issu du conte traditionnel de *La Barbe bleue* révèle combien la maison peut dissimuler des pièces interdites, qui permettent de soustraire au regard des autres, de la collectivité, les pires atrocités. La jeune épouse va à l'encontre des interdits de son époux, le farouche Barbe bleue, en allant dans la pièce interdite. Elle fait preuve alors d'une curiosité qui peut lui coûter la vie. Elle deviendra, pour prix de sa trahison, une des victimes de son époux.

Conclusion

Pour conclure, **« ma maison » est une thématique qui renvoie à une réalité polymorphe**. Nous avons tous une maison, un lieu que nous chérissons ou, au contraire, que nous redoutons. L'espace s'impose alors comme **une projection de notre propre conscience et de notre imaginaire** car, en s'appropriant notre maison, nous y révélons un peu de nous-mêmes, de notre être, de ce que nous sommes. En l'investissant, en l'occupant, nous faisons de notre habitat **le théâtre de notre vie, de nos expériences, le rendant ainsi incontournable et fondamental**.

Tableau de références

Thème 2 : Dans ma maison

Dans le tableau suivant, vous trouverez des références culturelles non exhaustives liées aux différentes parties du thème « Dans ma maison ». Ces références couvrent les supports artistiques suivants : les écrits littéraires (en **noir**) ; les œuvres picturales (en **vert**) ; les références filmographiques (en **bleu**) ; les œuvres musicales (en **orange**).

Problématiques	Notions clés	Références
1. « Ma maison »/« Nos maisons » : pluralité et clivages		
1. Entre nomadisme et sédentarité	• Le nomadisme : l'abri, l'avant-maison • La maison, fruit de la sédentarité • Le choix entre itinérance et sédentarité	• Les représentations rupestres des grottes de Lascaux • Jean-Jacques Annaud, *La Guerre du feu*
2. Entre individualité et collectivité	• Marqueur social, inégalités • Un artefact architectural • Un produit de consommation • Une mosaïque d'espaces	• Marguerite Duras, *La Vie matérielle* • Guy de Maupassant, *Pierre et Jean* • Émile Zola, *Pot-Bouille* • Do Ho Suh, *Perfect Home* • Cédric Klapisch, *L'Auberge espagnole*
2. Moi et « ma maison » : le processus d'habiter		
1. « Ma maison », théâtre du personnel en tant qu'espace de l'intime	• Le quotidien domestique, la simplicité • « *Home sweet home* », Feng Shui • Refuge, havre de paix, cocon	• Simone de Beauvoir, *La Force de l'âge* • Pieter Janssens Elinga, *La Balayeuse*
2. « Ma maison », l'espace sclérosant	• Insalubrité • Prison, confinement • Tombeau	• Jean-Paul Sartre, *Huis clos* • Émile Zola, *L'Assommoir* • Jean Epstein, *La Chute de la maison Usher* • François Ozon, *Huit Femmes ; Dans la maison*
3. « Ma maison », entre réalité et onirisme		
1. « Ma maison » onirique	• Objet poétique, élévation, idéalisation • Souvenirs, nostalgie, maison de l'enfance • Projection d'antan, vestige d'une mémoire	• Albert Cohen, *Le Livre de ma mère* • Colette, *La Maison de Claudine* • Joachim du Bellay, « Heureux qui comme Ulysse », *Les Regrets* • Thomas More, *Utopie*, Livre II • Jacques Prévert, « Dans ma maison », *Paroles* • Vilhelm Hammershøi, *La danse de la poussière dans les rayons du soleil ; La très haute fenêtre* • Maxime Le Forestier, *San Francisco*
2. « Ma maison » tragique	• Le réceptacle des souvenirs douloureux • Stéréotype du lieu mortifère • Lieu de l'interdit	• Hervé Bazin, *Vipère au poing* • Truman Capote, *Les Domaines hantés* • Charles Perrault, *La Barbe bleue* • Wes Craven, *Scream* • Alfred Hitchcock, *Psychose* • Stanley Kubrick, *The Shining*

Langues

ANGLAIS

ESPAGNOL

L'ÉPREUVE

Présentation de l'épreuve d'Anglais

Épreuve
Durée : 2
Épreuve
Durée : 2
Coefficie

1 Les modalités d'évaluation

• **Dans le cadre du BTS SAM,** l'épreuve d'anglais peut être choisie en tant que **LVA (niveau B2)** ou **LVB (niveau B1)**. Dans les deux cas, **l'examinateur vérifie des compétences à l'écrit** et **à l'oral**.

• **Le candidat doit montrer sa capacité à communiquer par écrit...**
– comprendre un texte à caractère socioéconomique et produire un message écrit ;
– maîtriser les contraintes de la langue écrite ;
– faire la synthèse des informations (comprendre le sens des documents, les mettre en relation, dégager une problématique) ;
– répondre à une question de façon argumentée.

• **...et à communiquer et interagir à l'oral :**
– s'adapter à la situation de communication (gérer son temps, interagir avec son interlocuteur, employer des moyens d'expression pertinents) ;
– organiser son message oral (respect du sujet).

2 Le jour de l'examen

• **L'épreuve écrite (LVA ou LVB)** comporte un ou plusieurs documents en rapport avec les domaines du BTS visé. Le/la candidat(e) doit en faire un compte-rendu, **en français**, en restituant les idées essentielles, puis il/elle rédigera, **en anglais**, un écrit (lettre commerciale, de candidature…).

• **L'épreuve orale** comporte **une explication en français** d'un document audio ou vidéo suivie d'une **conversation en anglais** avec l'examinateur sur le document, sur certains points soulevés par le journaliste, ou sur votre réaction à ce document.

• Pendant le temps de préparation, prenez des notes de façon organisée comme pour un compte-rendu, repérez les axes de la problématique, préparez des pistes d'élargissement en anticipant les questions possibles sur le thème du texte.

> **Astuce**
> Parlez ! On évaluera autant votre aptitude à comprendre les questions et à y réagir que la qualité de votre anglais oral.

3 Comment se préparer

• **Tout au long de l'année, lisez en anglais et en français** dans le domaine professionnel qui est le vôtre, et le jour de l'examen, pensez à mobiliser vos connaissances et votre culture générale.

• **Écoutez la radio, regardez la télévision en anglais.** BBC Radio 4 diffuse sur les ondes longues, et vous pouvez bien sûr accéder à de nombreuses radios par Internet.

> **Cinq minutes d'écoute active tous les jours** valent mieux qu'une demi-heure une fois par semaine : choisissez une émission ou un sujet qui vous intéresse et prenez des notes. Vous pouvez également enregistrer quelques minutes pour pouvoir réécouter ensuite, et répéter quelques phrases.

1 Les différents types de documents

Les textes et documents choisis pour les sujets sont en général extraits de la **presse britannique ou américaine** (quotidiens ou magazines, revues spécialisées dans le domaine du travail), mais ils peuvent également provenir de sites Internet (journaux en ligne), ou prendre la forme d'une transcription d'émission télévisuelle ou radiophonique.

1 Les sources

Connaître la source du document permet de se faire une idée du type de contenu auquel vous allez avoir affaire. Par ailleurs, vous devez indiquer cette source dans l'introduction. Voici les titres des principaux journaux et revues britanniques et américains.

A La presse britannique

• **Les quotidiens de qualité** (broadsheets). Tous ces quotidiens ont leur édition du dimanche, qui comporte plusieurs cahiers thématiques.

The Daily Telegraph, The Sunday Telegraph : tendance conservatrice.
The Times, The Sunday Times : le grand journal de la bourgeoisie anglaise, centre droit.
The Independent, The Independent on Sunday : publie aussi une édition format tabloïd. Tendance centre gauche.
The Guardian, The Observer : orientés à gauche.

• **La presse à sensation** : les tabloïds.

The Daily Express, The Sun.
The Mirror, The Daily Mail.
The Evening Standard : le journal de Londres.

• **Les hebdomadaires d'actualité**

The Financial Times : le journal de la finance.
The Economist : malgré son titre, analyse tous les aspects de l'actualité internationale.
The New Statesman : politique, société, culture.
The New Scientist.

B La presse américaine

• **Les quotidiens.** Les Américains préférant lire la presse locale, il y a plus de 1800 quotidiens aux États-Unis. Les plus connus sont :

The Washington Post.
The New York Times, qui publie également The International New York Times, que l'on trouve facilement à l'étranger.
The Los Angeles Times, The Wall Street Journal, USA Today.

• **Les hebdomadaires d'actualité**

Time Magazine, Newsweek, US News and World Report, Business Week, orienté vers le monde de l'entreprise.

2 S'entraîner

Lire la presse anglaise ou américaine pendant l'année, c'est vous familiariser avec un lexique et des tournures que vous assimilerez presque sans y penser. Tous les grands journaux ont des **éditions en ligne** qu'il est facile de consulter depuis chez vous ou en bibliothèque.

Sur Internet

Vous pouvez consulter le site de la **BBC** (www.bbc.co.uk) où l'on peut entendre de l'anglais sur tous les sujets.

2 Lire et comprendre le texte

Lire et comprendre le texte est bien sûr la première étape, et c'est la clé de la réussite. Avec un peu de méthode et de l'entraînement, vous prendrez l'habitude de l'exercice et vous saurez quoi chercher et où le trouver.

1 Prendre ses repères

Avant même de commencer à lire le texte, certains éléments peuvent vous renseigner sur la **nature du contenu** : la publication (anglaise ou américaine, généraliste ou spécialisée), le type de document (article de presse, transcription d'émission radio, site Internet), l'illustration éventuellement.

2 La syntaxe et le lexique de l'article de presse

Les titres utilisent généralement des tournures **elliptiques** (c'est-à-dire dans lesquelles il manque un ou plusieurs termes sans que cela ne nuise à la compréhension) : E mail's about to get better, An Open and Shut Case, etc. Dans ce cas, le sous-titre ou le chapeau indiquent fréquemment le sujet de l'article. Apprenez à repérer d'autres caractéristiques :

– **L'utilisation de nombreux passifs**, en particulier dans les phrases rapportant des paroles ou des attitudes : The President **is reported to** have views over… On trouvera ainsi : is expected to, is said to, is rumoured to.
Tous ces passifs correspondraient à « on » en français : « On dit que le président…, on s'attend à ce qu'il… », etc. Ils signalent un manque de précision dans l'origine de l'information.

– **Des adverbes** comme allegedly, reportedly (on dit que / on prétend que, etc.) permettent également au journaliste de masquer ses sources,ou bien de révéler un point de vue.

– **Les citations** sont souvent introduites ou suivies par l'inversion : says X.

> **Conseil**
> Après avoir lu le titre et le sous-titre, prenez le temps de vous poser les questions suivantes : que vais-je lire dans cet article ? Qu'est-ce que je connais sur le sujet ? Qu'est-ce que j'aimerais apprendre ?

3 Trouver le sujet

Ce qu'il faut repérer :

• **Le lieu, la (ou les) date(s).** S'agit-il d'un article lié à un événement précis, ou bien est-ce un article de réflexion plus général ?

• **Les noms propres.** Les noms sont-ils importants (personnes connues, décideurs, etc.) ou bien s'agit-il de personnes inconnues du grand public qui ont simplement été interviewées pour l'article ou juste citées ?

> **Conseil**
> N'hésitez pas à écrire sur le texte (au crayon à papier pour ne pas le rendre illisible). Entourez les mots essentiels. Ce que vous comprenez vous aide, c'est sur cela que vous devez vous appuyer !

• **Les mots qui sont répétés, ceux qui vont ensemble (champs lexicaux).** Ils vous mèneront directement au thème de l'article ;

• **Les mots transparents** qui ressemblent tant au français peuvent souvent vous aider. (Voir la liste de faux-amis à connaître.)

4 Repérer la structure d'un article

A Les idées

C'est souvent le premier paragraphe qui contient l'essentiel de l'information, parfois sous forme d'anecdote pour mieux « accrocher » le lecteur. Vous aurez intérêt à le lire soigneusement.
La **première phrase** contient généralement l'idée directrice qui sera étoffée et développée dans le reste du paragraphe. Prêtez-y donc une attention toute particulière.

B Les articulations

Ce sont les **mots de liaison** qui vous aident à repérer les articulations du texte et à comprendre sous quel angle les faits sont présentés.
Voici la liste de mots de liaison qu'il faut connaître :

Le mot	On l'utilise pour…	Sa traduction
First / Firstly	introduire une idée	D'abord / Premièrement
And / Besides / Moreover / What's more / In addition / At the same time	ajouter ou compléter un argument ou une idée	Et / De plus / En outre / En même temps
For instance … say	introduire un exemple	Par exemple … disons
Or / Or else	présenter une autre idée, une autre interprétation	Ou / Ou bien
That is / That is to say / i.e.	expliciter, préciser	… c'est-à-dire
Above all / Over all / Mostly	insister sur un point	Surtout
Let alone / not least	suggérer qu'il y a encore un argument, une idée, un fait qui pourrait être pris en compte	… sans parler de
As it is Indeed / As a matter of fact	nuancer	Les choses étant ce qu'elles sont… En réalité,…
So / Therefore / Thus / Consequently / As a result	exprimer un rapport de cause à conséquence	Donc / Par conséquent
That's why	donner la raison, la cause	C'est pourquoi
On the one hand… on the other hand	opposer deux arguments, deux idées	D'une part… d'autre part
Finally / Lastly / To conclude	conclure	Finalement / Pour conclure

5 Que faire des mots inconnus ?

Pour accéder efficacement au sens d'un mot, il faut passer par quelques étapes indispensables.

• **Tout d'abord, il faut identifier la nature du mot** (verbe transitif ou non, nom, adjectif, composé ou non, adverbe, etc.), et sa **fonction** dans la phrase : est-ce un sujet, un complément d'objet direct, un complément d'agent, un complément circonstanciel… ?

• **Cherchez le radical,** pensez aux règles de dérivation et de composition.

> **Exemple :** inconsiderately = in + considerate + ly. C'est un adverbe dérivé de l'adjectif inconsiderate, lui-même formé à partir du verbe consider (= considérer), du préfixe privatif in- et du suffixe -ate (= inconsidéré). Il se traduit par l'adverbe français « inconsidérément ».

• **Pour comprendre les mots composés** et les expressions complexes, pensez à partir de la droite pour « remonter » la chaîne des mots anglais.
The North America Free Trade Agreement = l'Accord de libre-échange nord-américain
The Common Agricultural Policy = la Politique agricole commune
Aggressive advertising techniques = des techniques publicitaires agressives

• **Pensez aux mots proches que vous connaissez** et qui peuvent vous fournir des indices : les mots transparents, bien sûr, mais aussi ceux qui ne le sont pas en apparence. Apprenez à reconnaître les parentés entre l'anglais et le français : si recognize peut vous sembler obscur, le rapprochement avec l'adjectif français « cognitif » vous mettra sur la voie de la « connaissance » et du verbe « reconnaître ».

• Au cours de l'année, relevez les correspondances entre les formes des deux langues. Elles vous aideront à anticiper le sens de mots nouveaux.

> **Exemple**
> • Les mots qui commencent par sp- en anglais correspondent souvent à des mots qui commencent par esp- ou ép- en français.
> spy = espion ; spices = épices ; spinach = épinards ; spirit = l'esprit ; sponge = l'éponge
> • Les mots qui contiennent les consonnes -st- peuvent souvent être rapprochés de mots français contenant un accent circonflexe et la consonne -t.
> coast = la côte ; forest = la forêt ; castle = le château ; beast = la bête ; feast = le festin, la fête ; mast = le mât ; paste = une pâte

• **Enfin, n'oubliez pas de confronter le mot à son contexte !** Si le sens d'un mot vous résiste, procédez par déduction. Remplacez le mot par thing et relisez en rassemblant les indices : que savez-vous sur le thing ?

6 Quelques sigles à connaître

EEC (European Economic Community) = CEE (Communauté économique européenne)

EU (European Union) = UE (Union européenne)

GNP (Gross National Product) = PNB (Produit National Brut)

IMF (International Monetary Fund) = FMI (Fonds monétaire international)

NATO (North Atlantic Treaty Organization) = OTAN (Organisation du traité de l'Atlantique nord)

OECD (Organisation for Economic Cooperation and Development)
= OCDE (Organisation de coopération et de développement économique)

OPEC (Organisation of Petroleum Exporting Countries)
= OPEP (Organisation des pays exportateurs de pétrole)

STD (Sexually Transmitted Disease) = MST (Maladie sexuellement transmissible)
UFO (Unidentified Flying Object) = OVNI (Objet volant non identifié)
UNO (United Nations Organization) = ONU (Organisation des Nations unies)
WHO (World Health Organization) = OMS (Organisation mondiale de la santé)

7 Quelques problèmes d'interprétation

A Les particules adverbiales

Les particules adverbiales modifient le sens des verbes qu'elles accompagnent. En voici quelques-unes :

about	It's nice to walk **about** and see the sights.	→ de-ci, de-là
	The company is **about** to go bankrupt.	→ sur le point de
across	I came **across** Mr Jones in Moscow.	→ rencontre
	The goods will be shipped **across** the ocean in air-tight containers.	→ traversée
along	They rode **along** for a few minutes.	→ mouvement en avant
	Come **along**!	→ accompagnement
away	His worries are taking time **away** from his duties.	→ éloignement
	She was typing **away**, listening to the radio.	→ continuité
back	Come **back** about two o'clock.	→ mouvement en arrière
	Don't answer **back**.	→ riposte
by	Trains flashed **by** them.	→ passage
down	Sit **down** and have a talk.	→ mouvement vers le bas
	The prices have gone **down** again.	→ diminution
for	I'm going to run **for** president.	→ but
in	The roof started to cave **in**.	→ mouvement vers l'intérieur
	Fill **in** the form and send it back to us.	→ écriture (formulaires)
off	He's been laid **off**.	→ interruption
	It sold **off** last fall.	→ fin
	Maybe the bracelet fell **off** Jane's wrist.	→ éloignement
on	Prices keep **on** soaring.	→ mouvement continu
	The computer is **on**.	→ en fonctionnement
out	The computer works **out** where it is.	→ extraction
	Time is running **out**.	→ épuisement
	The secretary handed **out** the files.	→ distribution
	The press churns **out** one page after another.	→ mouvement vers l'extérieur
over	I've said this over and **over** again.	→ répétition
	Game **over**.	→ fin
through	Let's go **through** the dossier again.	→ passage, traversée
up	I need to check **up** on holiday destinations.	→ mouvement vers le haut
	Do you know who you are **up** against?	→ face-à-face
	What are they getting **up** to?	→ préparation

B Les formes en -ing

Les formes en **-ing** peuvent se traduire :

• par un nom

The **launching** of a new advertising campaign needs to be perfectly planned.

→ Le lancement d'une nouvelle campagne de publicité doit être planifié à la perfection.

• par un participe présent

One day, **looking** down the ad. column of the "Evening Standard"…

→ Un jour, en parcourant la colonne des petites annonces dans l'*Evening Standard*…

• par un infinitif

Many people prefer **working** in an open-plan office.

→ Beaucoup de gens préfèrent travailler dans un bureau en *openspace*.

• par une proposition

Their **filing** a petition in bankruptcy is terrible news for all the employees.

→ Le fait qu'ils déposent le bilan est une terrible nouvelle pour tous leurs employés.

C Les formes passives

Le passif est beaucoup plus souvent employé en anglais qu'en français. Il se traduit de différentes manières :

• « on »

We **were advised** to contact you. → On nous a conseillé de prendre contact avec vous.

• une forme impersonnelle

What **should be done**? → Que faudrait-il faire ?

• une forme pronominale

Her ambition **can be understood** if you consider the kind of life she's had.

→ Son ambition peut se comprendre si l'on regarde le genre de vie qu'elle a menée.

• une forme active avec changement de verbe

Your representative **was supposed** to contact us last week.

→ Votre représentant devait nous contacter la semaine dernière.

• un passif

They will have to face telling their customers that the goods **had not been cleared** through customs.

→ Ils devront se résoudre à dire à leurs clients que la marchandise n'avait pas été dédouanée.

3 La présentation orale

Il s'agit de proposer une présentation structurée de l'article dans laquelle vous mettrez en évidence le thème principal, avant de présenter les faits et d'expliquer les raisons et les solutions avancées par le journaliste.

1 La méthode

• Vous devez dans un premier temps **repérer le thème et le(s) point(s) de vue exprimé(s)** dans le texte (la **thèse** du texte), puis faire une explication qui introduise le document et restitue son contenu de manière ordonnée, en hiérarchisant les informations.

• La plus grande difficulté est de ne garder que l'essentiel, de déterminer si l'information a de l'importance ou si elle ne sert qu'à rendre l'article plus vivant. La presse anglophone utilise souvent une anecdote en début d'article pour introduire l'idée, le problème qui va être développé ensuite, ce qui permet au lecteur de bien en mesurer les applications concrètes.

Exemple

Pour introduire un article sur la peine de mort aux États-Unis, le journaliste commencera par décrire la situation d'un condamné dans le couloir de la mort d'une prison du Texas. Attention, dans ce cas-là, à ne pas présenter l'article comme portant sur cette personne alors qu'elle n'est que l'illustration du problème.

Conseil

Vous pouvez noter les idées principales au brouillon et ensuite voir comment elles s'articulent. **Faites des flèches**, mettez les idées en relation, demandez-vous quelle est la cause ou la conséquence, ce qui est positif ou négatif. Vous pouvez aussi faire un tableau pour classer les idées au fur et à mesure de la lecture.

Notez les points importants que vous voulez aborder, ainsi que le lexique et les structures qui vont vous permettre de parler du document. Ne perdez pas de temps à rédiger des phrases de présentation : vous n'êtes pas censé lire un discours mais participer à une conversation.

• Il est difficile de donner des règles précises dans ce domaine, tant il est vrai que cela va dépendre du texte que vous aurez sous les yeux. On peut tout de même dire que les noms de personnes sont généralement peu importants, à moins qu'il ne s'agisse de personnalités connues dans la vie publique ou dans le domaine professionnel. De même, pour les noms de lieux, essayez d'évaluer si l'endroit a de l'importance en lui-même, ou s'il représente seulement un type d'endroit lié à un type d'activité ou de problème.

2 La mise en œuvre

A L'introduction

C'est l'introduction qui donne la première impression.

• Vous pouvez éveiller la curiosité de l'examinateur par une phrase d'accroche qui présente le sujet en rappelant un fait historique ou d'actualité qui permet de replacer le texte dans un contexte plus large ou bien par une anecdote personnelle ou une définition des termes du sujet.

• L'introduction doit indiquer **l'origine** du ou des documents (les sources), et la **date** (l'année peut suffire si vous avez plusieurs documents). Vous devez bien connaître les noms des principaux journaux et magazines britanniques et américains, de manière à pouvoir donner cette précision dans l'introduction.

• L'introduction doit également annoncer le **thème principal** du ou des document(s), et annoncer une **problématique**, c'est-à-dire les grands axes autour desquels s'organise votre compte-rendu.

> **Remarque**
>
> Ne dites pas *~~This document of the Guardian on the seventh of March 2013~~ mais *This article published in The Guardian on the seventh of March, 2013…*

B Le développement

C'est dans le développement que vous détaillez les axes évoqués dans l'introduction. Soyez précis et concis.
Vous devez en général identifier les éléments suivants :

1. *The subject / the topic*

En une phrase concise, et avec la plus grande précision possible, indiquez quel est le sujet du texte, puis répondez aux questions What / Where / When. Faites comme si l'examinateur ne connaissait pas le texte : c'est à vous de l'éclairer.
N'oubliez pas qu'un article de presse est nourri de l'actualité. La question principale pour le lecteur est donc What's new?

2. *The subject in detail*

Why / who / causes / examples / consequences / problems / solutions

3. *The debate*

S'il y a débat, repérez les participants et regroupez-les selon les points de vue et les opinions exprimés : opponents / supporters, arguments in favour / arguments against.

Les éléments 1, 2 et 3 sont très factuels et constituent la colonne vertébrale de votre explication.

> **Remarque**
>
> Il s'agit de développer des idées logiques, adaptées au texte, et de manière organisée. Montrez que vous êtes capable de prendre du recul par rapport au document et de ne pas vous limiter à votre propre opinion. Vous pouvez donner votre avis sur la question évoquée par le texte mais de façon aussi subtile, nuancée et argumentée que possible. Ne cherchez pas à plaquer un cours ou des connaissances si ce n'est pas absolument pertinent.

4. *Significance of the phenomenon in the world today*

Est-ce un phénomène nouveau, qui a des échos dans le passé, des conséquences dans le futur ? Soignez ce point qui prépare et introduit l'entretien en invitant l'examinateur à vous suivre.

N'oubliez pas les mots de liaison pour hiérarchiser les idées.

C La conclusion

• Il s'agit là de rendre compte de la conclusion explicite ou implicite du texte, ce qui revient à résumer la question centrale, ses enjeux, ou les perspectives envisagées pour l'avenir. Une phrase suffit !

• La conclusion ne doit en aucun cas répéter les éléments de votre introduction, ni se contenter de reprendre votre plan. Rien de pire qu'une introduction qui annoncerait « Je vais maintenant vous expliquer A, B et C. » suivie d'une conclusion qui dirait : « Nous avons donc vu A, B et C. » Il faut essayer de poser une question, d'ouvrir sur un autre sujet, de montrer en quoi l'article a permis à votre réflexion d'avancer.

> **Conseil**
>
> Ne terminez jamais par *That's all!* mais faites en sorte que votre attitude, votre intonation et vos propos signalent que vous êtes parvenu au terme de votre exposé, et que vous êtes maintenant prêt à entamer l'entretien.

4 Répondre aux questions

Le but de l'entretien est de permettre à l'examinateur d'**évaluer votre aptitude à échanger à l'oral en anglais**. Les instructions officielles recommandent une conversation sur l'article. Il ne s'agit pas de vous piéger, mais de vous tendre des perches qui vous permettent de prendre part à cette conversation.

1 Comprendre ce que l'on vous demande

Les questions que l'examinateur peut vous poser sont de plusieurs types.

A Les questions de compréhension

• On vous demande d'expliciter un passage, une expression, ou un mot du texte :

Exemple

• On vous demande d'expliquer ce que Bridget Hogg veut dire dans la phrase suivante : "I would advise any secretary thinking about taking a job where hot-desking is the norm to carefully consider their suitability to this way of working."

• Vous devez montrer que vous comprenez cette phrase longue et complexe. Il faut reformuler, c'est-à-dire employer des mots différents pour dire la même chose.

• On peut vouloir vérifier si vous avez bien compris les enjeux du texte et si vous êtes capable de les expliquer :

Exemples

• Do you think the job-for-life culture is coming to an end?

Il vous faudra, en relisant le texte, essayer de définir l'expression job-for-life culture. Il s'agit d'en comprendre le sens par contraste avec ce qui est décrit comme étant la tendance actuelle.

• According to the text, do all the new developments expected from Poland's entry into the EU make Polish farmers happy? What are their reasons for being happy and their fears?

Dans une question de ce type, certains éléments doivent attirer votre attention et orienter votre réflexion : dans la première question le mot all suggère la possibilité d'une restriction (not all the developments, only some of them do, the others don't) confirmée dans la question suivante par l'opposition happy / fears.

Conseil

Ayez préparé quelques phrases au sujet des stages que vous avez effectués, de ce que vous y avez appris, du type d'entreprise et d'activité dont il s'agissait. Vous ne serez pas nécessairement interrogé à ce propos, mais vous produirez une impression désastreuse si vous n'êtes pas capable de décrire votre expérience en deux mots. Cherchez le vocabulaire utile, faites-vous une fiche. Sachez également parler de vos projets professionnels et personnels.

B Les questions personnelles

On vous demande votre avis, on s'intéresse à votre expérience, à votre réflexion autour du thème général du texte, à vos connaissances, à votre culture dans votre domaine professionnel :

Do you think e-mailing is threatened by the rise of spam, scams and viruses?

Would you like to work as a temp?

2 Trouver les éléments de réponse

A Comment procéder

• **Pour répondre aux questions de compréhension,** il suffit souvent de **reformuler** et de clarifier le sens du passage. Une paraphrase intelligente montre en général que vous avez bien compris. Si ce n'est pas le cas, vous pouvez prendre quelques précautions oratoires et dire : I'm not sure but I think that the journalist means that… / What I understand is that…

• **Pour répondre aux questions plus personnelles,** il faut rassembler rapidement quelques idées, puis les exposer de façon simple et cohérente. Ne commencez pas par donner votre opinion, même si on vous la demande : exposez brièvement le sujet, ses enjeux, les divers arguments possibles, et donnez votre avis à la fin. Il s'agit de montrer que vous êtes capable de prendre du recul.

• **Pour amorcer votre réflexion** lorsqu'on vous demande votre opinion à l'aide d'une question fermée du type : Do you think e-mailing is threatened by the rise of spam, scams and viruses?, **pensez aux axes oui/non/peut-être**, ou bien encore passé/présent/futur.

B Vocabulaire utile

• **Opinion**

I think that… I believe that… In my opinion… It seems to me that… My opinion is that… For my part,… In my case,…

• **Doute / certitude**

I doubt that… I have great doubts about… I'd hesitate to say… I wonder whether… Obviously / Of course…

No doubt / Undoubtedly… It is true that… I feel (quite) certain that… I am (rather) convinced that…

• **Goûts**

I like / I enjoy / I am fond of / I am keen on + nom ou -ing… I don't think much of… I dislike / I hate

• **Préférences**

I much prefer sthg to sthg… I prefer to do sthg than to do sthg… I prefer doing sth than doing sth… I'd rather do this than do that…

3 Adopter la bonne attitude

L'examinateur s'intéresse certes au contenu de votre exposé, mais également à la manière dont vous le présentez : c'est bien d'une épreuve orale qu'il s'agit.

• **Ne parlez pas français.** L'effort que vous faites pour vous exprimer correctement en anglais compte autant que ce que vous dites. Utilisez des périphrases pour dire les choses autrement. En dernier recours, vous pouvez demander « What's the English for…? », mais n'en abusez pas, car cela interrompt le rythme de votre exposé.

• **Soignez la prononciation.** On aura du mal à vous pardonner d'avoir mal prononcé **auth**or, **art**icle, **journ**alist, **writt**en (sans diphtongue!), **writ**er (avec diphtongue), etc.

> **Conseil**
>
> Ne lisez pas vos notes, regardez l'examinateur, parlez clairement, et souriez.

4 S'entraîner

A En classe

L'entraînement à l'oral, qui se fait tout au long de l'année, est essentiel.

• **Prenez l'habitude de réagir à tous les documents proposés,** même ceux qui a priori ne vous intéressent pas. Prenez la parole, répondez à vos camarades, contredisez-les ou dites-leur que vous êtes d'accord avec eux, etc. Plus vous jouerez le jeu, moins vous serez déconcerté le jour de l'épreuve.

• **Apprenez à donner votre opinion,** à exprimer votre accord ou votre désaccord, à nuancer votre pensée.

B Chez vous

• Écoutez de l'anglais

Pour vous familiariser avec des accents, des débits différents, et apprendre à repérer les intonations et les rythmes naturels de la langue, il est indispensable de profiter de toutes les occasions d'écouter de l'anglais (ou de l'américain) authentique.

Vous pouvez écouter la radio en direct et regarder les chaînes de télévision anglaises et américaines. Sur Internet, vous pouvez vous abonner aux **podcasts de la BBC**, regarder **les vidéos du *New York Times***, etc. Vous aurez tout intérêt à consulter les sites suivants :

→ **BBC** www.bbc.co.uk
- BBC World service podcasts www.bbc.co.uk/podcasts/worldserviceradio
- 60 Second Idea to Improve the World (5') www.bbc.co.uk/podcasts/series/forum60sec

→ **Radio 4 podcasts** www.bbc.co.uk/podcasts/radio4
- Best of today – news & analyse (8') www.bbc.co.uk/podcasts/series/today

→ **American radio**
- VOA (Voice of America) www.voanews.com
- NPR (National Public Radio) www.npr.org
- WABC Radio www.wabcradio.com actualités et débats. Cliquez sur le bouton 'Live listening'.

→ **Sites d'actualités avec supports vidéo et audio**

PRESSE BRITANNIQUE
- *The Guardian* www.guardian.co.uk et www.guardian.co.uk/audio
- *The Independent* www.independent.co.uk
- *The Economist* www.economist.com

PRESSE AMÉRICAINE
- *The New York Times* www.nytimes.com et www.nytimes.com/pages/podcasts/index.html
- *The Washington Post* www.washingtonpost.com
- *USA Today* www.usatoday.com
- *Slate* www.slate.com

→ **Télévision**
- CNN us.cnn.com, articles et vidéos sur us.cnn.com/videos
- CBS News & CBS Evening News www.cbsnews.com, articles et vidéos
- Sky News, télévision en direct et à la demande news.sky.com

• Intéressez-vous à l'actualité

Lisez la presse, écoutez la radio, les informations des pays anglophones.
Soyez attentifs à l'actualité et cherchez-y des illustrations aux notions que vous étudiez en classe : vous aurez ainsi davantage de choses à dire.

• Faites des fiches thématiques de vocabulaire

Pour chacune des notions que vous aurez abordées dans l'année, notez le vocabulaire utile, les associations de mots les plus fréquentes, les expressions idiomatiques. Vous gagnerez du temps pour vos révisions et il vous sera plus facile de mobiliser le lexique utile le moment venu.

5 Lecture

L'examinateur peut vous demander de lire un passage du texte. Il s'agit d'un test de compréhension tout autant que d'une évaluation de votre prononciation.

1 Quelle stratégie ?

• Il faut avoir bien compris pour pouvoir bien lire. Il est donc logique de préparer cette partie de l'exercice en dernier, une fois que vous avez bien compris le texte. En effet, la lecture trahira immédiatement une mauvaise compréhension du passage.

• Réservez quelques minutes en fin de préparation pour relire le passage attentivement.

• Crayon en main, notez les syllabes accentuées, marquez les pauses et les endroits où vous ne devez pas en faire, interrogez-vous sur la phonétique des voyelles.

Conseil

Entraînez-vous à bien lire les grands nombres pour n'avoir aucune hésitation le jour de l'examen.
100 = one **hun**dred / a **hun**dred
1,000 = one **thou**sand / a **thou**sand
3,257 = **three thou**sand **two hun**dred and **fif**ty **se**ven
10,000 = **ten thou**sand
100,000= **one hun**dred **thou**sand
1,000,000 = 1m = **one mil**lion
65,879,000 = **six**ty **five mil**lion **eight hun**dred and **se**venty **ni**ne **thou**sand

2 Quelques principes

Voir p. 388

• Pour que la lecture soit compréhensible, il faut qu'elle réponde à plusieurs conditions :
– les mots doivent être correctement prononcés et correctement accentués ;
– les pauses doivent tenir compte du sens et de la grammaire du texte ;
– le rythme et l'intonation doivent obéir aux règles de prononciation de l'anglais.

• La lecture à haute voix se fait en particulier sur le principe des groupes de sens : on ne sépare pas les éléments qui font sens ensemble. De manière générale, on lie le verbe et son complément d'objet direct. On ne sépare pas la particule adverbiale et le verbe, le déterminant et le nom, l'adjectif et le nom.

• Observez les syllabes accentuées (en gras), les pauses de respiration (/) et les pauses entre les groupes de sens (//) dans le passage suivant.

With a **work**force of just **o**ver 491,000 in 2013, // the **Uni**ted **States Pos**tal **Ser**vice / (USPS) // is **se**cond **on**ly to **Wal**mart / a**mong** ci**vi**lian em**plo**yers in A**me**rica. / But it **still** em**plo**yed **mo**re than 200,000 **fe**wer **peo**ple last year / than it did just **nine** years **ear**lier // —when it **hand**led **near**ly 500m **more pie**ces of mail / and had **al**most 2,000 more **re**tail **of**fices. // The **ri**se of **e**-mail has left A**me**rica's **ma**ssive **pos**tal **ser**vice / with **far** less to do, // and it has been **scram**bling to find **ways** to raise **re**venue.

The Economist, April 19th 2014

3 S'entraîner

• Lire à haute voix et s'enregistrer sont les seuls moyens de progresser véritablement et de comprendre en profondeur les mécanismes de l'exercice.

Conseil

On trouve facilement sur Internet de petits logiciels d'enregistrement gratuits, comme Audacity. Ils conviennent parfaitement pour cet usage.

• Des sites comme celui de *The Economist* www.economist.com ou celui de la BBC (Learning English) proposent des enregistrements des articles que vous lisez à l'écran. Le site eman.free.fr/prepa-colle/, destiné aux élèves des classes préparatoires scientifiques et commerciales, propose un ensemble d'articles avec leurs scripts, enregistrés dans un anglais très clair. C'est un matériau excellent pour l'entraînement dont vous avez besoin.

• Vous pouvez procéder de deux manières :
– écoutez l'enregistrement et lisez l'article en même temps en silence. Avec un crayon, notez les pauses, les accents de mots, les intonations, les sons qui vous surprennent. Ensuite, lisez à votre tour, à haute voix. Enregistrez-vous, puis réécoutez et comparez ;
– lisez un passage du texte en silence. Notez au crayon toutes les indications utiles, puis lisez à haute voix en vous enregistrant. Comparez avec l'enregistrement du texte.

6 Éléments de phonétique

Quelques règles simples peuvent vous éviter les erreurs les plus courantes pour des francophones. Entraînez-vous régulièrement pour être prêt le jour J.

1 L'accent de mot

Parfois appelé **accent tonique**, l'accent d'un mot est un élément essentiel de la prononciation de l'anglais. On dit qu'une syllabe est « accentuée » ou « non accentuée ». La place de l'accent de mot est déterminée par plusieurs éléments : l'origine étymologique du mot (germanique, latine ou autre), la présence d'un préfixe ou d'un suffixe et la nature de celui-ci. Nous donnons ici les grandes lignes.

• **La plupart des noms et des adjectifs de deux syllabes** sont accentués sur la 1re syllabe, sauf s'il s'agit d'un préfixe.

Exemple : **hap**py, **fa**ther, **pic**ture mais sur**prise**, com**plaint**, re**act**.

• **La plupart des verbes de deux syllabes** sont accentués sur la 2e syllabe.

Exemple : re**peat**, re**lax**, en**joy**, for**get**, mais **can**cel, **co**py, et les verbes en **-en** ou **-er** : **lis**ten, **hap**pen, **an**swer, **en**ter.

⚠ Quand le nom et le verbe sont identiques, la syllabe accentuée permet de les distinguer à l'oral.

Exemple : record (**rec**ord / re**cord**), contrast (con**trast** / **con**trast), export (**ex**port / ex**port**), object (**o**bject / ob**ject**), present (**pre**sent / pre**sent**), produce (**pro**duce / pro**duce**), protest (**pro**test / pro**test**), rebel (**re**bel / re**bel**). Mais **pic**ture, **pro**mise, **tra**vel, **vis**it sont toujours accentués sur la première syllabe.

• **Les mots de trois syllabes** sont également accentués sur la 1re syllabe sauf s'il s'agit d'un préfixe (ils sont alors accentués sur la 2e syllabe).

Exemple : **poss**ible, **hon**esty, po**si**tion ... mais im**poss**ible, dis**hon**esty, de**po**sit, ac**know**ledge, pre**cau**tion.

Entraînez-vous à lire ce dialogue en respectant l'accentuation indiquée sous chaque mot (● = syllabe accentuée ; • = syllabe non accentuée) :

John: When do you begin your internship?
• ●   ● • •

Mary: On the twentieth of September.
● • •   • ● •

John: Really? Next Wednesday?
● • •   ●   •

Mary: I'm starting in the morning.
● •   ● •

John: So when are you leaving?
● •

Mary: Tomorrow.
• ● •

John: And when will you be back in Paris?
●•
Mary: Saturday November the thirteenth.
●•• •●• •●
John: The thirtieth?
●••
Mary: No, the thirteenth!
•●

- **Les suffixes dits « neutres »** ne déplacent pas l'accent du mot de départ.

-able : *fashion* → *fashionable*
-al : *person* → *personal*
-dom : *martyr* → *martyrdom*
-ed : *recover* → *recovered*
-en : *light* → *lighten*
-er : *produce* → *producer*
-ful : *success* → *successful*
-hood : *brother* → *brotherhood*
-ing : *cover* → *covering*
-ish : *eleven* → *elevenish*
-ism : *terror* → *terrorism*
-ist : *guitar* → *guitarist*
-ling : *change* → *changeling*
-ly : *polite* → *politely*
-man : *police*→ *policeman*
-ment : *agree* → *agreement*
-or : *react* → *reactor*
-ship : *intern* → *internship*
-some : *trouble* → *troublesome*
-wise : *other* → *otherwise*
-y : *willow* → *willowy*
-ess : *duke* → *duchess*
-less : *penny* → *pennyless*
-ness : *happy* → *happiness*

- **Les suffixes dits « non neutres »**, modifient la place de l'accent dans le mot de départ :

– cas où l'accent tombe sur **le suffixe.**

-aire : *million* → *millionnaire*
-ee : *employ* → *employee*
-eer : *engine* → *engineer*
-ese : *journal* → *journalese*
-esque : *picture* → *picturesque*
-ette : *launder* → *launderette*
-eur : *entrepreneur*
-fy : *terrify*
-ique : *boutique*
-ise : *advise*
-oon : *cartoon*

– cas où l'accent tombe sur **la syllabe placée avant le suffixe.**

-eous : *courageous*
-ia(n) : *pneumonia*
-ial : *financial*
-ic(s) : *economics*
-ical : *historical*
-ient : *resilient*
-ion : *organization*
-ity : *nationality*
-ium : *planetarium*
-ive : *intrusive*
-logy : *ideology*

- Notez que les dérivés d'un nom en -tion sont accentués sur la même syllabe que lui : constitutional, functional, institutional, intentional, international.

Remarque

Exceptions à la règle du suffixe **-ic** : catholic, lunatic, politic, rhetoric, arithmetic, Arabic.

2 L'accent de phrase

L'alternance de syllabes accentuées, légèrement accentuées, ou pas accentuées constitue la structure orale du mot, mais aussi de la phrase, et lui donne son rythme et sa musicalité.

A Accentuation

- Les mots accentués sont ceux qui portent un contenu lexical, une information. Il s'agit des noms, des verbes principaux, des adjectifs. On accentue également les pronoms possessifs et démonstratifs, les pronoms interrogatifs, les formes négatives contractées, les adverbes, les particules adverbiales ou bien encore les mots grammaticaux de deux syllabes comme about, across, because, etc.

- Les mots non accentués sont les autres mots fonctionnels : articles, auxiliaires, pronoms personnels, adjectifs possessifs et démonstratifs, prépositions et conjonctions.
- À l'oral, ce sont les mots accentués qui vous permettent de repérer les idées-clés.

> **Exemple :** Re**la**tions be**tween** the **com**panies that cre**ate** **me**dia **pro**ducts and **those** that dis**tri**bute them have **long been poor**.

B Régularité du rythme

- Les syllabes accentuées sont généralement séparées par un « blanc », un léger silence, comme dans la phrase Dogs chase cats (Les chiens pourchassent les chats). On peut ajouter des syllabes non accentuées dans ces « blancs » sans que le rythme soit modifié.

• Observez :

	●		●		●
	DOGS		**CHASE**		**CATS**
	DOGS	have	**CHASED**		**CATS**
The	**DOGS**	will	**CHASE**	the	**CATS**
The	**DOGS**	have been	**CHASing**	the	**CATS**
The	**DOGS**	could have been	**CHASing**	the	**CATS**

Conseil

Entraînez-vous à lire ces mots, phrases et expressions en respectant le schéma accentuel.
● • = première syllabe accentuée, deuxième syllabe non accentuée.
○ • ● = première syllabe légèrement accentuée, deuxième syllabe non accentuée, troisième syllabe accentuée, dernière syllabe non accentuée.
Vous pouvez également vous enregistrer. Cela vous permet ensuite de vous réécouter d'une oreille critique.

• Quelques schémas accentuels courants :

● • mother Do it. Tell them.	• ● relax She comes. You did?	● • • president Look at her! Go away.	• • ● guarantee He's arrived. Where's the cat?
• ● • important I've seen her. I love you.	● • ● Come and see. Don't forget. What's your name?	● ● • No problem! Don't worry! Please help us.	• ○ • ● a piece of cake The shop was closed. It's time to go.
○ • ● • education John's a teacher. See you later.	● • • ● Give me a call. Where do you live? How do you do?	• ○ • ● • communication I think I know her. I want some coffee.	○ • ● • • nationality Come to Mexico. Where's your bicycle?

7 Boîte à outils

1 Des mots de liaison utiles

• Pour ajouter une idée, un argument

Then / Next : alors, ensuite

Besides / What is more : de plus, qui plus est

Moreover / Furthermore : en outre

In addition / On top of that : de plus

Similarly / Likewise : de même

Especially since / As : d'autant plus que

• Pour indiquer la cause

Because of + nom / on account of + nom : à cause de + nom

Due to + nom : en raison de + nom

Owing to + nom : par suite de / en raison de + nom

Thanks to + nom : grâce à + nom

Since : puisque

Because : parce que

Exemple : **Since / As / Because** time is money, customers with pressing requests are willing to dig a little deeper into their pockets. → **Étant donné que** le temps c'est de l'argent, les clients pressés ne voient pas d'inconvénient à mettre la main au porte-monnaie.

• Pour expliquer les conséquences

Therefore : donc

Consequently / As a result / Accordingly : par conséquent

That's why : c'est pourquoi

That's the reason why : c'est la raison pour laquelle

… , so much so that… : à tel point que

So : alors Thus : ainsi

Exemple : Companies are designing bigger offices **so that** they create more motivated staff.
Companies are designing bigger offices. **As a result / Consequently** they create more motivated staff.
→ Les entreprises conçoivent des bureaux plus grands, **de telle sorte** que les employés sont davantage motivés.

• Pour faire des concessions, exprimer des réserves

Although / Even though / Even if : même si…

Exemple : Most companies rely on their employees' good judgement **although / even though / even if** human resource directors agree that sometimes employees can push business casual too far.
→ La plupart des entreprises font confiance au bon sens de leurs employés, **même si** certains directeurs des ressources humaines s'accordent à dire que les employés poussent parfois la décontraction un peu loin.

In spite of / Despite + nom : malgré + nom

No matter what / who / where : quoi que / qui que / où que

Exemple : **No matter what** the surveys say, dress codes are still very much the norm in companies.
→ **Quoi qu'**en disent les études, les codes vestimentaires sont toujours bien présents dans les entreprises.

All the same : tout de même

Nevertheless : pourtant

Nonetheless / Still : malgré tout

• Pour exprimer le contraste, l'opposition

On the one hand : d'une part

On the other hand : d'autre part

However / Yet : cependant

In fact / Actually : en réalité

As opposed to… / Unlike : à la différence de

Exemple : **Unlike** paper ID, biometric ID is tamperproof.
→ **Contrairement aux** papiers d'identité, l'identification biométrique est infalsifiable.

On the contrary : bien au contraire
By contrast : par contraste
Conversely : inversement
Whereas : alors que

Exemple : Biometric ID is tamperproof, **whereas** paper ID isn't.
→ L'identification biométrique est infalsifiable, **tandis que** les papiers d'identité ne le sont pas.

Despite / in spite of : malgré

Exemple : Despite / In spite of all that, John remains convinced that a blanket ban is the best way to go.
→ **Malgré** tout cela, John demeure persuadé qu'une interdiction totale est la meilleure solution.

• Pour faire le bilan

All in all / Finally : finalement, tout compte fait
Last (but not least) : finalement
As a matter of fact : à vrai dire, en réalité
In short / In brief : en résumé
In a nutshell : en deux mots
In conclusion : en conclusion
To conclude : pour conclure
All things considered : tout bien considéré

• Pour exprimer une alternative

Either you get down to work, **or** you are fired. → **Ou** vous vous mettez au travail **ou** vous êtes renvoyé.
Neither our customers **nor** our suppliers have ever met the boss. → **Ni** nos clients **ni** nos fournisseurs n'ont jamais vu le patron.

2 Des expressions utiles

avoir du mal à + inf	to find it difficult / hard to + inf / to have trouble + – ing
avoir le droit de	to have a right / to to be entitled to / to be allowed to
avoir raison (de + inf)	to be right / wrong (to + inf)
correspondre à	to correspond to
envisager	to intend / to plan
être conscient de	to be aware of
être d'accord avec	to agree with
être en jeu	to be at stake
être responsable de	to be responsible for / to be in charge of
être sur le point de	to be about to / to be on the verge of + nom ou – ing
exigeant	demanding
exportation	export
face à (cette situation)	faced with / in the face of
faire du sport	to play sports / to go in for sports
faire partie de	to belong to / to be part of
faire pression sur	to exert pressure on sb / to pressure sb into + – ing
faire preuve de	to show
faire ressortir	to bring out / to stress / to enhance
jouer un rôle	to play a part
mettre en danger	to endanger
mettre en doute	to jeopardize / to question
prétendre que	to doubt
profiter de	to claim that
provoquer	to take advantage of
rater	to cause / to miss (the train) / to fail (an exam) / to carry out (a project)
réaliser	to fulfil (a dream)
se rendre compte	to realize
résoudre	to solve
risquer de	to be in danger of + – ing / to run the risk of + – ing
s'adapter à	to adapt to
s'avérer	to turn out
s'opposer à	to object to
tenir compte de	to take into account

3 Les faux-amis

Il faut distinguer deux listes : d'une part, les mots qui sont toujours des faux-amis, et d'autre part ceux dont le premier sens n'est pas le même qu'en français mais qui peuvent aussi avoir le même sens que le mot français auquel ils ressemblent.

A Les mots qui sont toujours des faux-amis

accommodation	logement
to achieve	atteindre, réaliser
actual / actually	réel / en réalité
(in) actuality	en réalité
advertisement	annonce publicitaire
to advocate	préconiser
affluence	richesse, abondance
affluent	riche
agonizing	angoissant
alien	étranger
to apologize	s'excuser
appointment	nomination sur un poste
to assist	aider
to assume	supposer
to attend	assister à
ballot	vote, bulletin de vote
to bribe	donner des pots-de-vin
chance	hasard
change	changement, monnaie
college	faculté
commodity	marchandise, denrée
confectioner	confiseur
con man	escroc
corporation	compagnie commerciale
current	actuel
to deceive	tromper
deception	tromperie, duperie
delay	retard
deputy	adjoint
to design	concevoir
directions	instructions, mode d'emploi
dramatically	de façon spectaculaire
engross	absorber
eventually	en fin de compte
evidence	preuves, témoignage
extra	supplémentaire
fabric	tissu
facilities	équipements
fastidious	exigeant
figure	chiffre
to furnish	meubler
furniture	meubles
gratuity	pourboire
gross	brut
hazard	danger, risque
hazardous	dangereux, risqué
inconvenient	malcommode, gênant
issue	problème, numéro
journey	voyage
labour	main-d'œuvre, travail pénible
large	grand
licence	autorisation, permis
lime	citron
location	situation, emplacement
luxury	luxe
malice	méchanceté
notoriety	mauvaise réputation
novel	roman
patron	client
petrol	essence
piece	morceau
place	endroit
policy	ligne politique, stratégie
politics	la politique
to prove	se révéler, s'avérer
rampant	effréné
to regard	considérer
to qualify	nuancer
rate	taux, cadence
to rest	se reposer
rude	mal élevé
sensible	sensé, raisonnable
supplier	fournisseur
sympathetic	compréhensif, compatissant
trivial	insignifiant
utilities	services publics : eau, gaz, etc.
valid	valable, etc.

Et tous les faux-amis qui concernent l'argent :

money	argent
change	monnaie
coin	pièce de monnaie
currency	monnaie légale d'un pays
note	billet

B Les faux-amis qui ont parfois le même sens que le mot français auquel ils ressemblent

application	candidature
argument	dispute ; argument
benefit	allocation ; bénéfice
competition	concurrence, competition
to complete	terminer ; compléter
confidence	confiance ; optimisme ; confidence
to consider	envisager ; considérer
to contemplate	envisager ; contempler
customs	douane ; coutumes
degree	diplôme universitaire ; degré
to demand	exiger, demander
demonstration	manifestation ; démonstration
department	ministère ; rayon ; département
exchange	le change ; un échange
to expose	dénoncer ; exposer au soleil, au chaud, au froid excessifs
file	dossier ; lime ; file
habit	habitude ; tenue, habit
intelligence	renseignements ; espionnage ; intelligence
to introduce	présenter ; introduire
pipe	tuyau ; pipe
platform	quai de gare ; estrade, plate-forme
prejudice	préjugé ; préjudice
to pretend	faire semblant ; prétendre, affirmer
relief	soulagement, secours ; [adj.] en relief
to replace	remplacer, remettre en place
resignation	démission ; résignation
rest	repos ; support, appui ; reste
to resume	reprendre ; résumer
tank	réservoir ; cuve, citerne ; aquarium ; tank (char d'assaut)

ÉPREUVE

Présentation de l'épreuve d'Espagnol

Épreuve écrite
Durée : 2 heures.
Épreuve orale
Durée : 20 min.
Coefficient : 2.

1 Compétences visées

• **Dans le cadre du BTS SAM,** l'épreuve d'espagnol peut être choisie en tant que **LVA (niveau B2)** ou **LVB (niveau B1)**. Dans les deux cas, **l'examinateur vérifie des compétences à l'écrit** et **à l'oral**.

• **Le candidat doit montrer sa capacité à communiquer par écrit...**

– comprendre un texte à caractère socioéconomique et produire un message écrit ;

– maîtriser les contraintes de la langue écrite ;

– faire la synthèse des informations (comprendre le sens des documents, les mettre en relation, dégager une problématique) ;

– répondre à une question de façon argumentée.

• **...et à communiquer et interagir à l'oral :**

– s'adapter à la situation de communication (gérer son temps, interagir avec son interlocuteur, employer des moyens d'expression pertinents) ;

– organiser son message oral (respect du sujet).

2 Comment préparer l'épreuve

• **L'épreuve écrite (LVA ou LVB)** comporte un article de presse hispanophone, une question de compréhension (compte-rendu à rédiger **en français**) et une question d'expression (lettre commerciale, de candidature, à rédiger **en espagnol**).

• **L'épreuve orale** comporte **une explication en espagnol** d'un document audio ou vidéo à caractère socioéconomique et **une conversation en espagnol** avec l'examinateur sur des éléments à approfondir ou sur votre réaction à des points soulevés par l'article.

Conseil

Renforcez vos compétences en espagnol en suivant l'actualité sur les quotidiens en ligne (*elpais.es*, *elcomercio.com*, *clarin.com*...), notamment les onglets « vidéo », et sur les sites des radios et des télévisions hispanophones.

3 Le jour de l'examen

• **À l'écrit ou à l'oral,** gérez bien votre temps pour appréhender l'ensemble du document et des consignes de travail. **Privilégiez des phrases simples et bien structurées**, soignez la logique, la pertinence et la qualité linguistique de vos réponses.

• **À l'oral, articulez distinctement**, faites des pauses entre les différentes unités de sens ; les questions de l'examinateur ont pour but de vous faire préciser un point de votre présentation, compléter votre pensée, corriger éventuellement certains propos.

1 Comprendre

1 Lire et comprendre

• **Commencez par la lecture du sujet dans son intégralité.** Attardez-vous sur le document : essayez de répondre aux questions ¿quién? ¿dónde? ¿cuándo? ¿cómo? ¿por qué?.
• **Lors de la deuxième lecture,** vous pouvez intégrer d'autres éléments formels et de sens. N'oubliez pas que les textes journalistiques organisent l'information autour d'un **axe central, le sujet**.

A Les éléments formels

• **La source et la date :** El País (journal espagnol de centre gauche), ABC (Espagne, centre droite), Cinco Días (journal économique espagnol), Reforma (Mexique, centre gauche), El Comercio (Pérou, journal libéral), Clarín (Argentine, indépendant) ; El Mercurio (Chili, droite).
• **Les citations** sont introduites ou suivies par des verbes tels que dice, afirma, sostiene, matiza, advierte, explica, recuerda, mais ils sont parfois élidés.

Conseil

Identifiez le temps du verbe pour éviter la confusion entre le présent (*dice, afirma*), le passé simple (*dijo, afirmó*), l'imparfait (*recordaba, sostenía*).

• **Les adverbes et constructions temporelles** facilitent le repérage des faits présentés : la semana pasada, ayer, mañana, el próximo mes…
• **Les noms propres** sont soit connus du grand public (Pedro Sánchez [le président du gouvernement espagnol], Mauricio Macri [son homologue argentin]), soit accompagnés d'un complément d'information qui indique leur fonction (J. R. y S. C. son los fundadores…).

B Les éléments de sens

• **La synonymie et l'explicitation :** la langue de la presse reformule les idées redondantes à l'aide des synonymes ou de formulations équivalentes (Carrera y Carrera : la marca, la empresa, la firma, el negocio).
• **Le lexique :** l'activité de l'entreprise mobilise le lexique de son secteur d'activité (Carrera y Carrera : firma de joyería, las ventas, la producción, el mundo de la moda y el lujo, el diseño, el montaje, la pieza, la joya).

2 Écouter et comprendre

• **Lors de l'épreuve orale,** il vous sera proposé un ou deux documents audio et/ou vidéo de courte durée (2 écoutes espacées de 2 minutes), mais la gestion du temps est plus contraignante qu'à l'écrit.
• **La première écoute** peut être consacrée à **dégager les idées fortes** du texte et leur articulation (el tema, al principio, luego, al final…) ; **la deuxième écoute** permettra de **compléter les informations**, les données chiffrées (las propuestas cambian cada día: por ejemplo los martes proponen teatro, los miércoles ofrecen actividades en inglés…, la empresa comenzó con una inversión de cinco mil euros).
• **Essayez d'identifier le contexte** du document (una entrevista, una declaración…), l'accent des interlocuteurs, leur gestuelle.

Sur Internet

Yahoo.es propose un bref résumé des vidéos récentes ;
sur *la prensa.com* (Panamá), vous entendrez un accent d'Amérique centrale ;
youtube.com/user/latercera est le site vidéo du quotidien *La Tercera* (Chili, centre gauche).

2 S'exprimer

1 Expression écrite

• **Pour vérifier la bonne compréhension du texte,** vous devez **rédiger un compte-rendu en français** (10 points sur 20).

• **Lisez attentivement l'intitulé de la question,** développez dans l'ordre les éléments demandés. La consigne précise le nombre de mots à utiliser (généralement entre 150 et 180). En règle générale, on vous demande de présenter une entreprise, son secteur d'activité, son évolution, ses forces, ses menaces…

Exemple de sujet

À partir du document proposé, vous présenterez l'entreprise Pilar Vera, son évolution et ses points forts.

• **Reprenez les mots-clés de la question,** mobilisez un vocabulaire économique riche et les constructions verbales nécessaires ; respectez le nombre de mots exigé.

• **L'expression écrite** (10 points sur 20) vous demande de rédiger un courrier en espagnol en rapport avec le texte proposé ou une lettre de candidature à une offre d'emploi.

Conseil

N'oubliez surtout pas d'indiquer le nombre de mots par ligne et pour l'ensemble.

• **Le sujet fournit l'identité de l'expéditeur et du destinataire** de la lettre commerciale. N'inversez pas, vous feriez un contresens et votre courrier serait irrecevable ! Parfois vous avez le choix entre un ou plusieurs destinataires :

Un destinataire	Plusieurs destinataires
Estimada señora: Le envío… Me gustaría pedirle… Sírvase llamarnos…	Estimados señores: Les envío... Me gustaría pedirles... Sírvanse llamarnos...

2 Expression orale

• **Vous préparez un compte-rendu en espagnol** d'un document audio ou vidéo en espagnol.

• **Présentez d'abord la source,** l'entreprise, les interlocuteurs, puis parlez de l'axe du document et des différentes idées. Une courte conclusion rappellera les idées essentielles.

Source du document	Axes et idées
El documento fue emitido el día en la cadena… Se presenta la empresa… Aparecen varias personas para hablar de…	El texto presenta las fuerzas de la empresa… Distinguiremos el proceso para obtener la materia prima y las fuerzas de la comercialización del producto…

• **Vous entamez ensuite une conversation avec l'examinateur** qui peut vous proposer d'expliquer certains points de votre exposé :
– vous pouvez reformuler sa question afin d'amorcer la réponse (Para explicar mejor la fabricación del producto…) ;
– si vous n'avez pas bien compris la question, essayez de lui demander de la répéter (¿Puede repetir la pregunta, por favor?, no estoy segura/o de haberla entendido bien) ;
– n'hésitez pas à apporter des informations sur les indices de l'émission audio ou vidéo (La entrevista fue grabada en las instalaciones de fabricación).

3 Rappels de grammaire

1 Les chiffres

• Les articles économiques présentent très souvent des chiffres, des pourcentages : il convient de les manier avec aisance.

• La conjonction y n'est utilisée qu'entre les dizaines et les unités (entre 16 et 29 elle prend la forme i) : **Exemple :** *El código postal de Valencia es el cuarenta y seis mil (46 000).*

• Attention à l'emploi de certaines formes :

cinco (5)	cincuenta (50)	quinientos (500)	cinco mil (5000)
siete (7)	setenta (70)	setecientos (700)	siete mil (7000)
nueve (9)	noventa (90)	novecientos (900)	nueve mil (9000)

Conseil

En cas de difficulté, privilégiez les chiffres ronds et simplifiez :
– *UO vendía **una tirada de veinticinco** pulseras a **tres euros cincuenta céntimos** ;*
– *UO vendía **veinticinco** pulseras a **unos tres euros**.*

2 Les pourcentages

• Ne confondez pas el porcentaje (le pourcentage) et por ciento (pour cent).

• Un pourcentage précis est précédé de el, un pourcentage approximatif de un.

Conseil

Ne confondez pas ***un millar*** (un millier) et ***mil millones*** (un milliard).

Exemples

*La facturación fue **un 60%** (sesenta por ciento) más que en el ejercicio anterior.*
***El 85%** (ochenta y cinco por ciento) de los ingresos procede de las ventas directas.*
***El 84,4%** (el ochenta y cuatro coma cuatro por ciento) de los trabajadores encuestados contestó que eran felices en la empresa.*

3 Emploi de *ser* et *estar*

• On emploie ser devant un nom, un pronom, un infinitif, un numéral.

Exemple : *UO **es** una empresa que fabrica pulseras.*
*La facturación **era** de 1.200.000 euros en 2016.*

• On emploie estar devant un gérondif (pour exprimer le déroulement de l'action) et pour situer dans l'espace et dans le temps.

Exemple : *En el año 2012, el país **está** en crisis.*
*UO **está** [situada] en Valencia.*
*UO **está vendiendo** en más de 500 puntos en toda España.*

4 L'expression de l'obligation

• **L'idée d'obligation peut être exprimée de manière personnelle** avec deber, tener que, haber de... La tournure avec haber de se construit avec l'infinitif.

Exemple : *Los incentivos no siempre **han de ser** económicos.*
***Tuvimos que ir** a la imprenta cada día.*

• **... ou impersonnelle** avec es necesario, es preciso, es imprescindible, hay que.

Exemples : ***Es preciso trabajar** con varios proveedores a la vez.*
→ ***Es preciso que la empresa trabaje** con varios proveedores a la vez.*
***Es necesario hacer** un pedido en línea.*
→ ***Es necesario que el cliente haga** un pedido en línea.*

Remarque

Les expressions ***ser necesario/preciso***... admettent deux constructions. Le verbe de la subordonnée respecte la concordance des temps.

5 Les équivalents du pronom « on »

En espagnol, le pronom indéfini « on » se rend de plusieurs manières en fonction de la plus ou moins grande implication de la personne dans l'action.

• **Exclusion de la personne qui parle :** 3e personne du pluriel.

Exemple : On a réalisé un CA de 100 000 euros.
→ ***Realizaron** una facturación de cien mil euros.*

• **Exclusion ou inclusion de la personne qui parle :**
se + 3e personne du singulier, se + 3e personne du pluriel.

Exemple : On peut travailler à la maison ou au bureau.
→ ***Se puede** trabajar desde su casa o la oficina.*

• **Inclusion de la personne qui parle :**
1re personne du pluriel ; uno, una + 3e personne du singulier.

Exemple : On s'est rendu compte que le public cible a entre 30 et 40 ans.
→ ***Nos dimos cuenta** que el público objetivo tiene entre treinta y cuarenta años.*

Remarque

Le français utilise souvent les constructions passives alors que l'espagnol préfère les constructions actives. Tenez-en compte pour vous exprimer dans une langue authentique.

6 La tournure *al* + infinitif

La tournure al + infinitif peut avoir :

• **une valeur temporelle** (la tournure sera reformulée par cuando) ; cette tournure peut exprimer la simultanéité de l'action ;

> **Exemple :** ***Al abrir*** *la pyme, lanzaron una gran campaña de marketing.*
> → (***Cuando abrieron*** *la pyme, lanzaron...).*

• **une valeur causale :** como introduit le verbe.

> **Exemple :** ***Al colaborar*** *con los indígenas colombianos, mejoraron la situación de la comunidad.*
> → **Como colaboraron** con los indígenas…

7 Discours direct – discours indirect

• **Un énoncé au discours direct** reproduit les propos d'un locuteur entre guillemets.

• **Un énoncé au discours indirect** intègre les propos dans une phrase complexe, ce qui entraîne une série de changements :
– **de personne :** Dice : "Hablo" → Dice que él habla.
– **de temps :** Yo iré a Perú → Anunció que iría a Perú.
– **de mode :** Le dijo : "Ven" → Le dijo que viniera.
– **de l'adjectif et du pronom possessif :** Añade: "Es el mío" → Añade que es el suyo.

> **Exemple**
> *"Pensamos que podríamos ofrecer bollería sin huevo. Además nuestros productos son 100 % vegetales" añade.*
> → *Añade que* ***piensan*** */* ***pensaban*** *que* ***podían*** *ofrecer bollería sin huevo. Además* ***sus*** *productos son 100 % vegetales.*

• **Il n'y a pas de changement de temps** lorsque le verbe déclaratif (decir, preguntar, declarar, afirmar, informar, sostener, añadir…) est au **présent** ou au **futur**.

> **Exemple :** *Le pregunta: "¿Contiene lactosa ?"*
> → *Le pregunta si* ***contiene*** *lactosa.*

• **Des changements interviennent** lorsque le verbe déclaratif est **au passé** : le verbe de la subordonnée sera à l'imparfait, au passé simple, au plus-que-parfait, au conditionnel présent ou au conditionnel passé.

> **Exemple :** *Respondió: "Creamos la empresa en Coín."*
> → *Respondió que* ***crearon*** */* ***habían creado*** *la empresa en Coín.*

4 Boîte à outils

1 Les sigles

A Les institutions

La CA → lisez *la Comunidad Autónoma*
La OTAN → lisez *la otan : la Organización para el Tratado del Atlántico Norte*
La ONU → lisez *la onu : la Organización de Naciones Unidas*
La UE → lisez *la Unión Europea*

B Les partis politiques, confédérations et syndicats

El PSOE → lisez *el pesoe : el Partido Socialista Obrero Español*
El PP → lisez *el pepe : el Partido Popular*
La CEOE → lisez *la ce-e-o-e : la Confederación Española de Organizaciones Empresariales*
El sindicato CCOO → lisez *Comisiones Obreras*
La UGT → lisez *la u-ge-te : la Unión General de Trabajadores*

Remarque

Lisez les sigles à l'espagnole (**e** prononcé **é**). L'accent tonique est indiqué en rose.

C Autres notions

El PIB → lisez *el pe-i-be : el producto interior bruto.*
La pyme / PYME → lisez *la pime : la pequeña y mediana empresa.*
La ETT → lisez *la e-te-te : la empresa de trabajo temporal.*
La web http://www.muuglu.com
→ lisez *hache te te pe - dos puntos barra doble – tres uves dobles – punto – eme u u ge ele u – punto com*

D Doublement des lettres au pluriel

Pour marquer le pluriel, les sigles redoublent la consonne initiale.

SM [Su majestad] acudió al acto.
→ *SSMM [Sus majestades] visitarán a los afectados.*

El presidente de la CA [Comunidad autónoma] participó en el pacto con el Gobierno.
→ *Los consejeros de economía de las CCAA (Comunidades Autónomas) se reunieron en Madrid.*

México y EEUU [Estados Unidos] renegocian acuerdos regionales.

2 Pour structurer un discours

Idée	Le mot et sa traduction	Exemples
Introduire	En primer lugar, primeramente (tout d'abord, premièrement) Para empezar (pour commencer) Antes que nada (avant tout)	*Para empezar, haremos referencia a la originalidad y a la creación de la librería.*

Espagnol

Idée	Le mot et sa traduction	Exemples
Développer	En segundo lugar (deuxièmement) A continuación (puis) También, además (en plus, par ailleurs) Podemos añadir que (nous pouvons ajouter que) Conviene matizar que (il convient de nuancer)	*A continuación, presentaremos al público que acude a la librería que está formado tanto por niños como por padres.*
Conclure	Para concluir (pour conclure) Finalmente (finalement) En último lugar, para terminar (pour terminer) Por último (dernièrement)	*Por último, especificaremos las tres vías de desarrollo de la empresa.*

- Les signes de ponctuation permettent également de structurer votre discours : les deux points ":" annoncent une énumération.
- Les verbes introduisent différents types d'arguments : añadir (*añadamos una idea*), oponerse (*se opone a esta idea...*).

3 Omission de la préposition de

- En français, certains verbes se construisent avec la préposition « de » alors qu'on l'omet en espagnol. Ces verbes étant très courants, il convient de bien les maîtriser :
decidir, evitar, intentar, pedir, permitir, proponer, tener previsto, prever…

Exemples
*Como se perdía mucho tiempo en tren, **decidimos** probar en avión.*
***Decidimos** hacer coworking y alquilar espacios de trabajo.*
*Consiguieron ganar un premio que les **permitió** entrar en contacto con entidades financieras.*
*Vender agua enlatada **permite** colocar el producto en máquinas expendedoras.*

- Les tournures avec le verbe ser se construisent sans la préposition de en espagnol :
ser interesante, ser necesario, ser difícil, ser bueno…

Exemples
***Es interesante proponer** actividades en la librería.*
***Es necesario pedir** el correo electrónico a los padres.*
***Es difícil competir** con las grandes librerías.*
*Se dieron cuenta de que **no es tan fácil montar** un negocio.*
***Era una buena idea dar** a su empresa un nombre "internacional".*

4 Les mots de liaison

Pour exprimer	Mots de liaison	Traduction	Exemples
la cause	porque, pues puesto que, ya que dado que por	parce que, car puisque étant donné que par	*Perdieron pedidos porque no tenía infraestructura.* *Acababa recurriendo a Internet porque no tenía tiempo para ir de tiendas.*

la finalité	para que a fin de que con vistas a de modo que para	pour que afin que en vue de, en prévision de de sorte que pour	*El trabajador recibe dos meses de sueldo para que pueda salir a buscar un nuevo empleo.* *Ofrecen actividades de ocio para crear un buen ambiente de equipo.*
les conséquences	por consiguiente por lo tanto, por ello, por eso, así que con lo cual, por esta razón en consecuencia	par conséquent donc c'est pourquoi en conséquence	*Nos dimos cuenta de que la mitad de nuestros usuarios eran alemanes así que empezamos a trabajar en Alemania.* *Quisimos montar una empresa que a nosotros nos gustase. Por esta razón, el perfil del cliente es gente joven.*
la condition	si en caso de que con tal de que, siempre y cuando	si au cas où pourvu que, à condition que	*En caso de que un trabajador quiera irse, recibe dos meses de sueldo.*
la concession	aunque, que aun cuando a pesar de que	même si, bien que quand bien même malgré	*Que el viaje sea sorpresa no implica que sea desagradable.* *Sus ubicaciones se pueden encontrar en la red, aunque el primer lugar donde los dos socios sirvieron sus artículos fue en el hotel.* *Aunque lo estuvimos analizando, tampoco hemos entrado en el "low cost".*

• La restriction et l'opposition :

– la conjonction de coordination pero exprime une restriction ou une limitation de ce que dit la proposition précédente.

– la conjonction de coordination sino indique l'opposition entre deux idées (dans la corrélation no… sino…).

– la conjonction de subordination sino que marque l'opposition entre deux verbes (dans la corrélation no… sino que…).

Exemples

Vimos que Interrail era divertido ***pero*** *que se perdía mucho tiempo.*

Muchas caravanas surgen como la extensión de un negocio ya existente, ***pero*** *en el caso de Cabra y Ruz se ha convertido en su modo de vida.*

La aparición de la lata no solo contribuye a modernizar la imagen de "Vichy Catalán" ***sino que*** *ofrece dos ventajas.*

5 Les faux-amis

• L'emploi de certains mots exige une attention particulière afin d'éviter les contresens :

– certains mots espagnols ressemblent à des mots français mais ils peuvent avoir un sens différent ;

– parfois, on est obligé d'employer plusieurs mots en espagnol pour traduire les multiples sens d'un seul et même mot français.

A Les adjectifs

Adjectifs	Faux-amis	Traductions
Dur	duro (a le sens de « résistant »)	difícil (difficile)
Débile	débil (faible)	tonto (bête)
Grand	grande (par la taille)	alto (grand par la hauteur) gran (important)
Large	largo (long, étendu)	ancho (large)
Propre	propio (qui est propre à quelqu'un)	limpio (qui n'est pas sale)
Rare	raro (bizarre)	escaso (peu nombreux)

Exemples

*El ministerio constata una **débil** presencia de empresas españolas en el exterior.*
*Son **escasos** los países donde ocupan una posición dominante.*

B Les noms

Noms	Faux-amis	Traductions
Une affaire		un asunto, un tema (un sujet de discussion) un negocio (un marché)
L'argent		la plata (le minerai d'argent) el dinero (la monnaie)
La concurrence	la concurrencia (le public)	la competencia (la rivalité)
La consommation	la consumición (la boisson)	el consumo (l'utilisation d'un produit)
Le déjeuner	el desayuno (le petit-déjeuner)	el almuerzo (le déjeuner)
Les études	los estudios (les analyses)	una carrera (un cursus universitaire)
Une lettre		una letra (a, b, c…) una carta (un courrier)
Le nom	el nombre (le prénom)	el apellido (le nom de famille)
Le nombre	el nombre (le prénom)	el número (le chiffre, le numéro de téléphone)
L'objet		el objeto (la chose) el asunto (l'idée centrale)
La pièce	la pieza (d'un mécanisme, le morceau de fruit)	la moneda (la pièce de monnaie)
La police	la póliza (le contrat d'assurance)	la policía (forces de l'ordre)
Le préjudice	el prejuicio (le préjugé)	el perjuicio (les dommages immatériels)

La qualité		la cualidad (les qualités morales) la calidad (la qualité d'un produit)
Le succès	el suceso (le fait divers)	el éxito (le triomphe)
Le taux		el tipo (de cambio) (le taux de change) la tasa (le taux de chômage, d'imposition)
Le vol		el vuelo (de l'oiseau, de l'avion) el robo (le délit)

Exemples

En el año 2012, Marta y Elena terminaban su ***carrera*** *en la Politécnica de Valencia.*
La españolidad de la marca es uno de nuestros principales valores frente a la ***competencia****.*
La lata ya supone el 10 % del total de nuestras ventas. Está siendo un ***éxito****.*
Fue un amigo con visión de ***negocio*** *el que les dio la idea de ponerlas en Facebook y venderlas.*
El precio no incluye las ***tasas*** *turísticas, ni el* ***desayuno*** *ni las demás comidas.*

C Les verbes

Verbes	Faux-amis	Traductions
Apprendre		aprender (acquérir une connaissance, un élève) enseñar (faire acquérir, un enseignant) enterarse (découvrir)
Contempler	contemplar (s'extasier)	considerar (envisager)
Déjeuner	desayunar (prendre le petit déjeuner)	almorzar (prendre le repas à midi)
Demander	demandar (poursuivre en justice)	pedir (solliciter) preguntar (poser une question, questionner)
Discuter	discutir (manifester son désaccord)	charlar, hablar (parler)
Exprimer	exprimir (presser un fruit)	expresar (formuler une idée)
Licencier	licenciarse (obtenir le diplôme de licence)	despedir (renvoyer un employé)
Monter	montar (monter la garde, un meuble)	subir (monter à l'étage, dans la hiérarchie)
Quitter	quitar (priver de)	dejar (abandonner)
Réaliser	realizar (faire)	darse cuenta (réaliser, comprendre)
Subir	subir (monter)	sufrir (endurer)

Exemple

Cuando el cliente vuelve, le preguntamos sobre la ***calidad*** *del viaje.*

5 Expressions utiles pour la correspondance

1 Pour rédiger une lettre commerciale

L'identité du destinataire (usted, ustedes) commande les accords.

- usted → *Le remito..., le pido que me envíe...*
- ustedes → *Les remito..., les pido que me envíen...*

Remarque

Nous présentons ces deux accords dans le tableau ci-dessous.

Saluer	Estimada señora: … Estimado señor: … Estimado cliente: … Señor director: … Estimados clientes: …
Introduire	Tengo el placer de ponerme en contacto con usted (ustedes)… Acuso recibo de su correo del… Le (les) confirmo que he recibido su correo del…
Envoyer	Le (les) remito el pedido que usted nos cursó, nos solicitó (ou que ustedes nos cursaron, nos solicitaron). Sírvase (sírvanse) encontrar adjunto… Le (les) adjuntamos el catálogo.
Demander	Le (les) pedimos que nos haga (hagan) llegar la mercancía. Le agradezco que nos remita… Me gustaría que tomara (tomaran) en cuenta nuestra preferencia por… Le (les) agradecería que nos enviara (enviaran)… Le (les) invitamos a conectarse a nuestra página web… Le (les) agradecemos que se conecte (conecten) a nuestra página…
Conclure	A la espera de su respuesta… Sin otro particular, le (les) saludamos (saludo) atentamente. Confiando en su visita, reciba(n) nuestros atentos saludos.

- Lorsque vous donnez quelque chose, employez des tournures à l'infinitif :
Tengo el gusto de enviarle, de remitirle…

- Lorsque vous demandez quelque chose, respectez la concordance des temps :
[Yo] le pido que [usted] me envíe...
[Yo] le ruego que [usted] me remita...

2 Pour rédiger une lettre de motivation

Se présenter	Me llamo… Tengo 20 años. Vivo en… Estoy cursando un Ciclo superior en el instituto… Soy serio/a, organizado/a y proactivo/a. Su empresa ha llamado mi atención por su posición de líder / por la posibilidad que ofrecen de adaptar sus horarios como indican en su web.
Parler de ses études	Este año terminaré el Ciclo superior de "Asistente de dirección". Las asignaturas que cursamos son… Tengo que efectuar un periodo de prácticas… Le comunico que estoy disponible a partir de hoy para presentarme a una entrevista personalmente o a distancia.
Parler de ses expériences	Tuve la ocasión de trabajar en la empresa… Trabajé en el departamento de RRHH.
Formuler une demande	Le solicito un puesto de "Asistente de dirección". En respuesta a / Para responder a su oferta de empleo publicada en la web… Le adjunto/remito mi currículo donde encontrará más informaciones relativas a/sobre …
Conclure	A la espera de su respuesta, le saludo atentamente. Atentamente.

ANNALES Viajes con destino desconocido

SUJET LVA

Waynabox es una agencia catalana en la que el turista sólo elige la fecha.

Un fin de semana, con vuelo y hotel incluido, a un destino de Europa que el usuario conocerá tan sólo dos días antes de que su avión despegue. Y todo por unos 150 euros. Esto es lo que ofrece Waynabox, la empresa fundada por Pau Sendra, Ferran Blanché y Daniel Jiménez, tres ingenieros, a mediados de 2014. Es una nueva manera de viajar a un destino sorpresa, haciendo el viaje más económico, divertido y memorable , dice Sandra. La idea comenzó a fraguarse [1] cuando los socios eran aún estudiantes y viajaban por Europa por Interrail, la popular y económica forma de moverse entre jóvenes, mochileros y universitarios. Vimos que Interrail era divertido, pero que se perdía mucho tiempo en los traslados en tren, así que pensamos : "¿Por qué no hacer esto mismo con los aviones ?' Y decidimos probar .

Quisimos montar una empresa con un producto que a nosotros nos gustase . Por esta razón, el perfil del cliente de Waynabox es, en general, gente joven, entre 18 y 35 años [...] Siempre hemos estado organizando eventos de todo tipo. Y con esta experiencia y con los contactos que ya habíamos hecho por trabajar para esos eventos con diferentes compañías aéreas, vimos que el proyecto era posible", dice Sendra.

Como la mayoría de estos emprendimientos, los primeros pasos se dieron con los ahorros de sus fundadores. "Apenas contábamos con recursos que nos alcanzaron para hacer algo de marketing y poco más . Así fue hasta que los tres emprendedores consiguieron el Premio Lanzadera 2014, impulsado por Juan Roig, el dueño de Mercadona. Nos dieron asesoramiento, planificación estratégica, contactos, un modelo de gestión que funcionaba y la financiación necesaria para cumplir nuestra misión . A raíz del premio, Waynabox consiguió completar su primera ronda de financiación por 250.000 euros. "La plataforma funciona de una forma sencilla", explica Sendra, "el cliente sólo tiene que seleccionar el fin de semana que desea viajar y confiar en los profesionales. Como el lugar de aterrizaje es sorpresa, la página permite ver los más de 20 posibles destinos y, si hay alguno al que no se quiere viajar, el contratante puede tacharlo [2] del mapa (el primero es gratuito, en el caso de querer eliminar más tiene un coste de cinco euros cada uno)". A partir de aquí, "el viajero recibirá los billetes y se desvelará el destino al que volará 48 horas antes de partir". El precio no incluye las tasas turísticas (entre uno y cinco euros), si las hay, ni el desayuno ni las demás comidas. Que el viaje sea sorpresa no implica que sea desagradable, por ejemplo, en lo referente al hospedaje. "Todos los hoteles con los que trabajamos cuentan, con al menos, una puntuación de 3,5 sobre 5, todos ellos situados cerca del centro de la ciudad o bien conectados", dicen en la firma.

"Con la ayuda de nuestros clientes, hemos ido mejorando el producto. Estamos en contacto permanente con ellos para saber qué les ha gustado y qué no, hacia dónde tenemos que tirar[3]..., qué hoteles funcionan y cuáles no. Todas las decisiones que tomamos están basadas en la interacción con los clientes. Al contratar le preguntamos al cliente cómo nos ha conocido, por qué nos compra y qué le ha parecido el proceso de adquisición. Cuando vuelve le preguntamos sobre la calidad del viaje para así ir adaptando el producto a lo que quiere el cliente". Más de 8.000 viajeros han utilizado la plataforma en el último año y la empresa ha facturado más de 1.400.000 euros.

Pepe Varela, *El País*, 20 de marzo de 2016

[1] Fraguarse : *se forger*
[2] Tachar : *effacer, rayer*
[3] Hacia dónde tenemos que tirar : *jusqu'où nous pouvons aller*

Travail à faire par le candidat

1. Compréhension écrite — 10 points

Compte-rendu en français

- **Vous présenterez l'entreprise Waynabox, sa création, son évolution et ses points forts. (180 mots + ou - 10 %)**

2. Expression écrite — 10 points

Courrier en langue espagnole

- **Vous êtes assistant(e) de manager dans l'entreprise Waynabox, C/ Conde de Luque 53, 08001 Barcelona, Tel 911 425 231, *www.waynabox.es***
Vous êtes chargé(e) par votre manager, Víctor García Girón, de rédiger une lettre circulaire en son nom, aux hôtels de la ville de Séville afin de leur proposer un partenariat avec votre entreprise.

Dans votre courrier :

– vous présentez votre entreprise et son fonctionnement ;

– vous exposez les motifs de votre courrier ;

– vous indiquez que vous joignez une brochure de présentation dans laquelle vos destinataires trouveront de plus amples informations ;

– vous les invitez à se connecter sur le site Waynabox, si le projet les intéresse, afin d'être rappelé et de convenir d'un rendez-vous ;

– vous utilisez les formules d'usage.

ANNALES

La web que te ayuda a regalar

SUJET LVB

La firma Perfecto4U, creada en Austria[1] por una española, opera ya en cinco mercados.

Mónica Clavijo es una española que lleva más de 18 años viviendo y trabajando en Austria. Desde el corazón de los Alpes, ha puesto en marcha Perfecto4U, un portal web que ofrece un buscador de regalos para todo tipo de personas y que ya está presente en Austria, Alemania y España.

Antes de poner en marcha su emprendimiento, trabajó en una cadena hotelera multinacional. "Mi puesto como responsable de marketing y comercial me llevaba a estar constantemente de viaje y siempre era la encargada de comprar los regalos de cumpleaños de familia y amigos". Y así fue como comenzó a tomar forma la idea de Perfecto4U. "Siempre acababa recurriendo a Internet para buscar los obsequios [2] porque no tenía tiempo para ir de tiendas. Acabé por darme cuenta de que había en la red muchas cosas para elegir, pero que todo estaba desordenado. Enseguida vi la necesidad de que hubiera un buscador para regalos. Rastreé por todos lados en Internet y no existía... así que decidí crearlo", relata.

Desde una cafetería, Mónica compró su dominio y comenzó a montar lo que hoy es su empresa. "En 2006 ya decidí dedicarme a tiempo completo a Perfecto4U. Arranqué con mis ahorros y, en poco tiempo, en menos de un año, nos dimos cuenta de que la mitad de nuestros usuarios eran alemanes así que empezamos a trabajar en Alemania". El siguiente paso de la empresa es abrir en Francia y en Suiza. Perfecto4U tuvo que enfrentarse y adaptarse muy rápidamente a diferentes tipos de mercado y perfiles de clientes. En cuestión de regalos, las diferencias entre los distintos mercados son significativas.

"Una de las peculiaridades del comprador español es que suele ser bastante joven, entre 20 y 30 años. En Alemania, en cambio, el público objetivo tiene entre 30 y 40 años. Para empezar, esto hace que tanto el lenguaje como las fotografías de nuestra plataforma tengan que ser diferentes". Perfecto4U, que durante en año 2005 logró más de 603.500 visitas en todas sus plataformas, se precia de ser una empresa innovadora y esta calificación se extiende también a las relaciones laborales sobre todo a la hora de tratar temas como la conciliación laboral. "Además, sólo trabajamos cuatro días a la semana. Nuestros fines de semana son de tres jornadas". Esta filosofía de trabajo se extiende incluso a una política nada fácil de encontrar: dos meses de vacaciones pagadas.

"Cada empleado puede realizar su labor desde donde quiera, su casa, nuestra oficina o una cafetería". La empresa cuenta con siete empleados desde el 2015. Sólo en su plataforma española, la web supera las 1.200 visitas diarias. La firma realizó una inversión para la internacionalización de la empresa en el mercado español y en Suiza y Francia de 100.000 euros. La facturación de 2014 fue de 66.000 euros y creció un 21 % el año pasado.

Pepe Varela, *elpais.com*, 17 de abril de 2016

[1] Austria : *Autriche*

[2] Obsequios = regalos

Travail à faire par le candidat

1. Compréhension écrite 10 points

Compte-rendu en français

- **À partir du document proposé, vous présenterez l'entreprise Perfecto4U, ses atouts et les projets. (160 mots + ou- 10 %)**

2. Expression écrite 10 points

Courrier en langue espagnole

- **Vous êtes H. Carrera Sánchez, C/ San Bernardo n° 81, 41015 Sevilla, (+34) 944 625 011, *hcarreras@jazzmamas.com*.**
- **En réponse à une offre d'emploi publiée le 2 mai dernier sur le site *www.perfecto4U.es*, vous rédigez une lettre de candidature, afin de postuler pour un poste d'assistant(e) de manager. Vous adressez votre courrier à Mónica Clavijo, Perfecto4U, Calle Gante 1, 2°A, 41012 Sevilla, tel 955 645 583, *www.perfecto4U.es*.**

Dans votre courrier :

– vous exposez les motifs de votre lettre ;

– vous mettez en avant votre intérêt pour cette entreprise innovante qui veille au respect de la personne ;

– vous précisez que vous êtes disponible pour un entretien d'embauche dans lequel vous pourrez exposer vos capacités en langues étrangères notamment en anglais et en français suite aux stages que vous avez réalisés en Grande-Bretagne et en France ;

– vous indiquez que vous joignez un CV ;

– vous respectez les formules d'usage.

SUJET LVA : VIAJES CON DESTINO DESCONOCIDO

1. Compréhension écrite

Énoncé p. 408

Cet article, publié dans *El País* en mars 2016, présente une entreprise catalane qui permet de choisir un vol en avion et un séjour à l'hôtel pendant un weekend. Vingt destinations sont proposées. En 2015, quelque 8000 voyageurs ont généré un chiffre d'affaires de plus de 1 400 000 euros.

Waynabox a été créée mi-2014 grâce aux économies de trois jeunes étudiants : l'idée a commencé à se concrétiser quand ils voyageaient en Europe par Interrail et ils ont décidé de l'adapter en utilisant l'avion. Ils ont mis à profit leur expérience en tant qu'organisateurs d'événements pour les compagnies aériennes. L'entreprise a évolué rapidement : l'obtention d'un prix a facilité le financement de Waynabox qui a pu profiter de conseils pour planifier sa stratégie, gérer les contacts et trouver le bon modèle de gestion. Waynabox utilise l'interaction avec ses clients pour améliorer sa stratégie, le choix des hôtels et la satisfaction des clients.

Waynabox présente plusieurs atouts. Tout d'abord sa simplicité (le client choisit le weekend souhaité), puis sa réactivité (les questionnaires contribuent à améliorer la qualité du voyage), ensuite les prix (150 euros environ), finalement son positionnement (ses clients ont de 18 à 35 ans).

[196 mots]

2. Expression écrite

Énoncé p. 408

WAYNABOX
C/ Conde de Luque 53
08001 Barcelona
Tel 911 425 231
www.waynabox.es

Hotel Bética
Calle de la Mezquita Catedral, 78
45001 Sevilla

Barcelona, 28 de mayo de 2018

Asunto : acuerdo entre nuestras empresas

Señor director del hotel Bética:

Tenemos el placer de remitirle esta carta circular para proponerle un acuerdo de colaboración entre Waynabox y su prestigioso hotel.

Le comunicamos que Waynabox es una empresa que propone un paquete que incluye el vuelo y la estancia en un hotel por un precio competitivo durante un fin de semana.

Le indicamos que nuestro posicionamiento en el mercado le permitirá llenar eventualmente sus plazas hoteleras ya que Waynabox comunica el destino a sus clientes sólo 48 horas antes de partir.

Le rogamos que tome en consideración que nuestra clientela son jóvenes de entre 18 y 35 años: en 2015, nuestra plataforma fue utilizada por más de 8.000 viajeros. Estamos interesados en formalizar un acuerdo con su hotel porque Sevilla figura entre los destinos mejor valorados.

Sírvase encontrar adjunto el folleto de presentación de Waynabox donde podrá encontrar amplias informaciones relativas a nuestros servicios y destinos entre los que figura la ciudad de Sevilla.

Si nuestra propuesta de acuerdo le interesa, le invitamos a que se conecte a la página web de Waynabox cuya dirección es www.waynabox.es.

Le confirmamos que en el caso que esté interesado en nuestra propuesta, le llamaremos por teléfono para fijar una cita de trabajo.

A la espera de su pronta respuesta, le saludamos atentamente.

Carmen Sánchez
Asistente de dirección
p/o Víctor García Girón

Anexo: folleto de presentación de Waynabox

SUJET LVB : LA WEB QUE TE AYUDA A REGALAR

1. Compréhension écrite

Énoncé p. 410

L'entreprise Perfecto4U créée en 2006 consiste en un moteur de recherche destiné à regrouper ce qui était « désordonné » sur le net. Sa créatrice, Mónica Clavijo a dû acheter le nom de domaine et utiliser ses économies. En 2014, Perfecto4U a connu une croissance de 21 % avec un chiffre d'affaires de 66 000 euros. Les atouts de cette entreprise sont multiples. Perfecto4U a toujours fait preuve d'innovation, même dans le domaine des conditions de travail : ses employés travaillent quatre jours par semaine, bénéficient de deux mois de congés payés, et peuvent travailler d'où ils le souhaitent (à l'entreprise, depuis chez eux ou dans une cafétéria).
Cette entreprise bénéficie de la situation économique de certains pays et de la jeunesse de ses clients : elle est surtout implantée en Allemagne où le client cible a entre 30 et 40 ans ; la moyenne d'âge de l'acheteur espagnol est de 20 à 30 ans. Perfecto4U a le projet de s'internationaliser ; elle augmente ses investissements en Espagne et va s'implanter en France et en Suisse.

[176 mots]

2. Expression écrite

Énoncé p. 410

H. Carrera Sánchez
C/ San Bernardo nº 81
41015 Sevilla
Móvil: (+34) 944 625 011
hcarreras@jazzmamas.com.

Mónica Clavijo
Perfecto4U
Calle Gante 1, 2ºA
41012 Sevilla
Móvil: 955 645 583
www.perfecto4U.es

Asunto: candidatura a un puesto de asistente de dirección

Sevilla, cuatro de mayo de 2018

Estimada señora Clavijo:

Tengo el placer de responder a su oferta de empleo publicada el pasado dos de mayo en su web *www.perfecto4U.es* referente a un puesto de asistente de dirección de manera inmediata y cuya referencia es P4U-1.
Según dicha oferta ustedes están buscando a un asistente de dirección que deberá trabajar en estrecha relación con usted. Me gustaría indicarle que terminé mi último contrato de prácticas el primero de mayo del presente año.

Le comunico que he leído atentamente la descripción del puesto aparecida en su página web: le confirmo que poseo la formación y las cualidades exigidas. Mi doble titulación en comercio e informática me hace entender perfectamente la importancia estratégica del análisis de datos masivos y la evolución del comercio electrónico. Durante mi último periodo de prácticas pude aplicar mis conocimientos de análisis en coordinación con el "director big data", gracias a lo cual la mediana empresa en la que trabajaba obtuvo un aumento de la facturación de un 20 % en dos meses.

Le confirmo que soy un trabajador exigente, metódico y honesto; mi implicación personal no va reñida con una vida familiar muy rica. Por ello, le indico que aprecio la gestión que hace de los recursos humanos, de la conciliación laboral y de la libre elección del lugar de trabajo.
Le ruego que tome en cuenta que estoy disponible para una entrevista de contratación durante la cual podré demostrarle mi capacidad a comunicar en diferentes idiomas, sobre todo en inglés y francés, gracias a los diferentes periodos de prácticas que he efectuado tanto en Gran Bretaña como en Francia. Le agradecería que tomara en cuenta igualmente que tengo un nivel B2 en alemán.

Sírvase encontrar adjunto mi CV donde doy pormenores de mi formación y de mis experiencias profesionales gracias a las cuales he mejorado tanto mi capacidad de análisis como mis competencias en negociación.

A la espera de su respuesta, le saludo atentamente.

Héctor Carrera Sánchez

Anexo: CV

Achevé d'imprimer en Juin 2021 en Espagne par Macrolibros
Dépôt légal : Juillet 2021 - Édition : 01 - 21/0914/1